Malachy Hyde · Tod und Spiele

Malachy Hyde

Tod und Spiele

Roman

Diederichs

Vordere Umschlagseite: Die Badende. Halbakt 1807, von Jean-Auguste-Dominique Ingres (1780–1867). Bayonne, Musée Bonnat.

Die Deutsche Bibliothek – CIP-Einheitsaufnahme
Hyde, Malachy:
Tod und Spiele: Roman / Malachy Hyde. – München : Diederichs, 1999
ISBN 3-424-01475-3

Umschlaggestaltung: Zembsch' Werkstatt, München
Produktion: Tillmann Roeder, München
Satz: Satzpunkt Ewert, Kulmbach
Druck und Bindung: Franz Spiegel Buch, Ulm-Jungingen
Printed in Germany

ISBN 3-424-01475-3

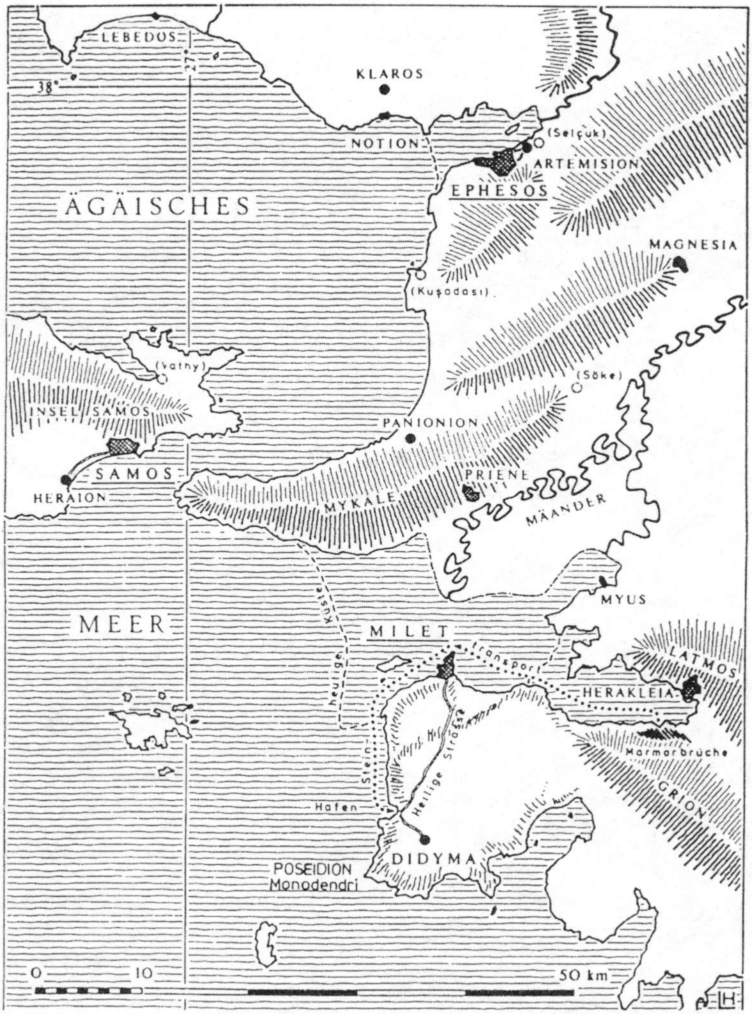

Didyma-Wegweiser Nr. 1, Ausgrabungen des Deutschen Archäologischen Instituts, Berlin.

Wie Smaragde schimmerten die Fliegen in der Sonne.
Trotz der frühen Morgenstunde war es heiß.
Der schwere Duft von Salbei lag wie eine dumpfe
Decke auf der Erde.
Die Sonne würde im Laufe des Tages den dürren
Boden weiter austrocknen.
Eine kleine Ratte huschte aus dem Unterholz,
schnupperte vorsichtig.
Gestört summten die Fliegen auf, kreisten kurz.
Die Ratte beanspruchte ihren Teil.
Nur das Schnarren der Zikaden war zu hören.

*

I

Der große Tag war endlich da. Der Tag, dem die Bürger von Milet mit Schrecken, aber auch mit Andacht stets entgegensahen, der letzte Tag des größten Festes, das die Stadt kannte. Einmal im Jahr kamen Tausende von Gläubigen hierher, um nach den Feiern zu Ehren Apollons den langen Marsch nach Didyma anzutreten. Ziel der Prozession: der gigantische, wenn auch noch nicht vollendete Apollon-Tempel, das bedeutendste Orakelheiligtum Kleinasiens, eine der wichtigsten Kultstätten der Welt.

In diesen Tagen bevölkerten mehr Menschen die Stadt, als Gasthöfe und Herbergen aufnehmen konnten. So waren nicht nur die Quartiere hoffnungslos überfüllt – bis zu zehn Personen hatten die geschäftstüchtigen Wirte in eine Kammer gepfercht –, sondern auch auf den Straßen und Plätzen drängten sich die Massen. Allerlei zwielichtige Gestalten lungerten herum und nutzten die aufgeregte Stimmung für ihre Zwecke. So mancher Pilger wachte des Morgens auf und sah sich seiner Habe beraubt. Doch heute konnten die Bürger aufatmen. In aller Frühe, noch vor Tagesanbruch, würde die Prozession aufbrechen.

Die Priester aus Milet und Didyma hatten am vorigen Tage alles für die Prozession vorbereitet. Jetzt versammelten sie sich auf den Stufen des Delphinions, des milesischen Apollon-Heiligtums, und sprachen die letzten Einzelheiten ab. Dieser Marsch würde etwas Besonderes sein, denn hoher Besuch hatte sich angesagt. Marcus Antonius, der Sieger von Philippi und neue Herr des römischen Ostens, hatte seine Teilnahme angekündigt. Während er sein Herrschaftsgebiet bereiste, wollte er die günstige Gelegenheit nutzen, durch die Prozession das Wohlgefallen der Götter, insbesondere Apollons, zu gewinnen.

Apollon war in dieser Gegend von größter Bedeutung, so hielt es Marcus Antonius aus politischen Gründen für unerläßlich mitzugehen. Außerdem war er bekannt dafür, daß er dem griechischen Geist, der hier herrschte, mit Wohlwollen begegnete, und dieser Haltung wollte er durch seine Teilnahme an den Festlichkeiten Nachdruck verleihen.

Ungeduldig warteten die Priester auf das Erscheinen von Antonius. Der Zeitpunkt, an dem der Zug üblicherweise aufbrach, war schon überschritten. Erste helle Streifen am Horizont kündigten an, daß die Sonne bald aufgehen würde. Wenn sie noch weiter warten mußten, würden sie das kleine Heiligtum, das die Hälfte des Weges markierte, nicht mehr vor der größten Mittagsglut erreichen. Aufgeregt flüsterten die Priester miteinander und beobachteten besorgt die Menschenmenge. Jedes Jahr waren es mehr, die den Weg auf sich nahmen, und in jedem Jahr waren es mehr, die den Strapazen nicht gewachsen waren. Endlich ging ein Raunen durch die Menge, und ehrerbietig traten die Menschen zur Seite. Begleitet von einer Eskorte hielt ein hochgewachsener Mann in Toga stolzen Schrittes auf das Heiligtum zu. »Salvete!« grüßte er die Priester. »Ich bitte meine Verspätung zu entschuldigen, aber in den Straßen herrscht ein solches Gedränge, daß selbst ich Schwierigkeiten hatte durchzukommen.«

Die Priester gaben das Zeichen zum Aufbruch. Zusammen mit Marcus Antonius und seinen Begleitern schritten sie dem Zug voran, gefolgt von den Aristokraten und Beamten der Stadt. Die Gehilfen der Priester mit den drei Schafen für das Abschlußopfer in Didyma, der Chor und die Festgesandtschaften reihten sich ein, schließlich das Volk. Es war ein langer Zug, der sich nach Didyma aufmachte. Die ersten erreichten schon das heilige Tor, als die letzten erst vom Delphinion aufbrachen.

Der Weg war breit und befestigt, die morgendliche Kühle angenehm. Gebete sprechend passierte man Grabmäler und Gedenksteine, die die Straße jenseits der Stadtmauer säumten. Allmählich wurde die Bebauung spärlicher. Nur noch hier und da erinnerten Denkmäler an fromme Pilger, die sich auf diese Weise dem Vergessen entziehen wollten.

Der Weg stieg nun leicht an und führte durch ein schattiges Pinienwäldchen. Marcus Antonius registrierte den reichen Baumbestand und hatte bereits die Flotte vor Augen, die er aus diesem Holz würde bauen können.

Hinter dem Wald öffnete sich ein herrlicher Ausblick über ein weites Plateau. Deutlich sichtbar zog sich die breite, befestigte Straße durch die Hochebene. Sie führte durch fruchtbares Land, überall arbeiteten Sklaven auf den Feldern. Angelockt von dem Klang der Instrumente und dem Gesang hielten sie in ihrer Arbeit inne und drängten sich am Straßenrand, um den Zug aus der Nähe zu sehen.

Das Frühjahr war bis jetzt ungewöhnlich trocken gewesen, der heutige Tag machte keine Ausnahme. Da die Mittagsstunde nahte, schien die Sonne fast senkrecht von einem wolkenlos klaren Himmel herab. So sahen die Pilger mit großer Freude das kleine Heiligtum vor sich liegen, das sich an die sanfte Anhöhe zur Rechten der Straße schmiegte. Erschöpfung beherrschte die Stimmung, nur die wenigsten achteten darauf, wie harmonisch sich das Heiligtum in die Landschaft einfügte. Umgeben vom Bergland bot sich von hier ein atemberaubender Ausblick über die Ebene, die im Dunst der Ferne mit dem Meer zu verschmelzen schien.

Wie üblich hatten am Tag zuvor beflissene milesische Gastwirte ihre Sklaven mit Wagen hergeschickt, voll beladen mit Wasser und Wein, die nun den Pilgern zum Kauf angeboten wurden. Vor den Opferhandlungen blieb noch genügend Zeit, um einen kühlen Trunk zu genießen, was viele auch freudig taten.

Die Strecke von Milet nach Didyma konnte von geübten Wanderern in rund vier Stunden zurückgelegt werden, die Prozession aber mußte sich dem langsamen Gang der Opfertiere anpassen und hatte in der gleichen Zeit gerade die Hälfte der Strecke hinter sich gebracht. Auch würde nun die immer müder werdende Schar der Pilger ein schnelleres Fortkommen verhindern. Sieben Stationen lagen am Weg, gemäß der heiligen Zahl Apollons, die vierte war jetzt erreicht, drei weitere lagen noch vor ihnen.

Zunächst jedoch dachte niemand daran, den Weg fortzusetzen. Zimbeln erklangen, das Zeichen für den Beginn der Zeremonie. Der Chor stimmte einen Hymnus zu Ehren Apollons an, und die Opferungen begannen. Danach ließ man sich im Halbdunkel des Heiligtums nieder, und so mancher hielt im Schatten der Säulen auf dem kühlen Boden ein Nickerchen.

Die Hitze hatte kaum nachgelassen, als die Prozession vom Heiligen Bezirk aufbrach. Allen voran schritt der Prophetes Vigolos, Vorsteher des Apollon-Heiligtums in Didyma. Ein Mann von schlanker Gestalt und hohem Wuchs, das Gesicht jetzt rot und schweißbedeckt von Anstrengung und Hitze. Die kurzen gelockten Haare mit ersten grauen Strähnen klebten feucht an seinem Kopf. Ihm zur Seite Chares, seine rechte Hand. Dieser war nicht mehr der Jüngste, und der üppige Lebenswandel hatte seine Spuren hinterlassen. Seine unförmige Gestalt wirkte neben dem schlanken Oberpriester, dem er kaum bis zur Schulter reichte, geradezu lächerlich. Mit zunehmendem Leibesumfang immer kurzatmiger geworden, fiel Chares der Fußmarsch von Jahr zu Jahr schwerer, und die Aussicht, gerade erst gut die Hälfte des Weges zurückgelegt zu haben, trug nicht dazu bei, seine Stimmung zu heben.

Marcus Antonius sah man die Strapazen des Marsches nicht an, er war von ausgezeichneter Konstitution, von zahlreichen Feldzügen gestählt. An seiner Seite schritt Silvanus Rhodius, vor kurzem aus Rom in Kleinasien eingetroffen und auf eine blühende Karriere hoffend, trotz der Pause erschöpft von der ungewohnten körperlichen Anstrengung.

Vigolos stimmte einen Hymnus an, die Menge nahm die Melodie auf und setzte sich unter den Klängen der Zimbeln und Trommeln langsam in Bewegung.

Endlich näherte sich der Zug der Menschen seinem Ziel, dem weithin sichtbaren Apollon-Tempel. Schon lange hatten Statuen und Grabmäler rechts und links der Straße das Heiligtum angekündigt, die Säulenhallen, die das letzte Stück des Weges säumten, rückten näher.

Lauter erschallten jetzt die Preislieder auf Apollon. Es waren Tausende, die da singend die Heilige Straße entlangzogen, erschöpft und verschwitzt nach dem langen Fußmarsch, aber voller Freude auf die Feierlichkeiten, die den Tag der heiligen Prozession abschlossen. Und ab morgen die Spiele! Sie waren immer der Höhepunkt des jährlichen Marsches von Milet nach Didyma. Rund um den Tempel stritten Athleten, Dichter und Sänger zu Ehren Apollons und zur Freude der Anwohner, Besucher und Pilger.

Schon von weitem sahen die vorne Schreitenden etwas Weißes hinter einem der marmornen Löwen schimmern. Der Gesang erstarb abrupt. Unruhe breitete sich wie ein Lauffeuer in der gesamten Prozession aus.

»Was ist das?« fragte einer der Priester.

»Da liegt einer«, glaubte ein anderer zu erkennen.

»Was ist da los?« Marcus Antonius blieb stehen und wandte sich Vigolos zu. Der zuckte ratlos mit den Schultern.

»Ist das Teil eurer Feierlichkeiten?« fragte Marcus Antonius mit erwartungsvoll hochgezogenen Augenbrauen, »versteckt ihr vielleicht ein paar Krüge Wein neben der Straße, um eure Gäste zu erfreuen? Nach diesem Marsch würde uns allen ein kleiner Schluck sicher guttun. Sehen wir nach, was es da so Erstaunliches gibt.« Diese Aufforderung richtete er an Silvanus Rhodius, der neben ihm stand und einem guten Tropfen genausowenig abgeneigt war wie er.

Antonius erkannte schnell, daß es keine Weinvorräte waren, sondern daß Schwierigkeiten bevorstanden. Ein Mann im langen, weißen Chiton der Apollon-Priester lag dort reglos auf dem Boden.

»Bei Apollon, der ist tot«, murmelte der Priester, der als nächster an der Stelle ankam. Bald standen alle im Kreis um den Toten herum, keiner wagte, ihn anzurühren. Betroffen flüsterten sie, welch schlechtes Omen das sei. Ein Toter auf der Heiligen Straße, an diesem Festtag, am Anfang der Regierung von Marcus Antonius, Apollon sei ihm nicht gesonnen. Das Geraune mischte sich mit dem Gesumm der Fliegen, die sich nicht stören ließen.

»Mist«, murmelte Marcus Antonius. Der Mann war tot, daran gab es keinen Zweifel. Er lag in einer Lache geronnenen Blutes, die von einem Schwarm dicker grüner Fliegen bedeckt war. Antonius war der Tod ein vertrauter Begleiter, nach seinen zahlreichen Schlachten schritt er oft die Reihen der Gefallenen ab, auf der Suche nach einem vertrauten Gesicht. Er umrundete den Leichnam und betrachtete ihn von allen Seiten. »Kennt ihr ihn?« fragte er. Keiner der Umstehenden fühlte sich angesprochen. Betreten erforschten die Schaulustigen ihre schmutzigen Füße in den ausgetretenen Schuhen.

Antonius schob die Spitze seines Stiefels unter die Hüfte des Toten und rollte ihn auf den Rücken. Dabei entfuhr der Leiche ein kräftiger Rülpser. Scharfer Verwesungsgeruch erfüllte die Luft. Mit einem erstickten Aufschrei sprang der Feldherr zurück. »Bei Jupiter«, entfuhr es ihm, und Zornesröte über seine mangelnde Selbstbeherrschung überzog sein Gesicht. Die umstehenden, ohnehin bleichen Priester wurden noch eine Spur bleicher. Einer drehte sich um und gab den Wein, dem sie an der letzten Station reichlich zugesprochen hatten, in einem Schwall wieder von sich. Das Gemurmel in der Menge wurde lauter und drohender.

Der Tote war jung. Sein Gewand, ursprünglich rein und weiß, war an der Brust von Blut getränkt. Bereits getrocknet hatte dieses die Farbe von reifen Kastanien.

»Bei Apollon, das ist Antigonos«, flüsterte einer der Priester. »Einer von uns. Wahrlich ein schlechtes Omen!«

Marcus Antonius hatte sich sofort wieder im Griff. Er sah sich nach Silvanus um, den er neben sich wähnte. Sein Blick schweifte suchend über die Menge.

Silvanus Rhodius ahnte nichts Gutes. Nach kurzem Hinsehen hatte er versucht, sich unauffällig rückwärts durch die nachdrängenden Pilger zu schieben. Er war noch nicht weit gekommen, als die befehlsgewohnte Stimme des Imperators über die Köpfe der Menschen hinweg hallte, »Silvanus, zu mir!« Silvanus' Gesicht wurde blaß, seine Kehle trocken, die Hände feucht. ›O ihr Götter! Nicht schon wieder.‹ Als einer der Tresviri Capitales in Rom hatte er mehr als genug Leichen gesehen. Unfälle, Morde, Selbstmorde – es hatte ihm gereicht.

Er war zu Marcus Antonius gegangen, weil er etwas anderes tun wollte, als die Straßen und Kerker Roms zu überwachen. Vielleicht ein paar kleine Schiebereien und Steuerhinterziehungen in den Provinzen aufdecken, dem Herrscher des römischen Ostens helfen, die Truhen zu füllen, das schon, aber doch nicht schon wieder ein Toter. ›Ich kann das nicht mehr ertragen‹, dachte er, während Übelkeit langsam in ihm hochstieg. Schwer schluckend rieb er seine schweißnassen Hände über die Hüften und folgte langsam der Stimme des Imperators.

Mit einem Handgriff riß Antonius das Gewand des Toten auf. »Er ist erstochen worden«, sagte er leise zu Silvanus.

»Sieht so aus«, murmelte dieser.

»Ich weiß zwar nicht, wie du das beurteilen willst, wenn du gar nicht hinsiehst, aber es stimmt zweifellos.« Marcus Antonius sah den bleichen Silvanus mit zusammengezogenen Augenbrauen an. »Ich glaube, ich beginne zu verstehen, wieso du so erpicht darauf warst, hierher versetzt zu werden. Aber wie dem auch sei, reiß dich jetzt zusammen. Sieh dir mal sein Gewand an, er war nicht wie die anderen für die Prozession gekleidet. Hat ihn keiner vermißt?«

»Er war gestern abend für den Dienst im Tempel eingeteilt«, mischte sich Vigolos ein. »Er sollte die Opferfeier für heute abend vorbereiten. Darum war er nicht unter uns. Erst beim Artemis-Heiligtum, es liegt dort vor uns, wollte er sich anschließen.«

»Ein schlechtes Omen, in der Tat.« Antonius trat näher an Silvanus heran. »Wir müssen handeln, und zwar schnell. Du wirst die Aufklärung dieses Falles übernehmen.«

Silvanus holte tief Luft.

»Keine Widerrede – das ist ein Befehl!« Mit lauter Stimme wandte sich der Imperator nun an die Umstehenden: »Priester, Pilger und Bürger Kleinasiens! Ein schweres Verbrechen ist geschehen. Dieser junge Mann, Priester des Apollon, wurde ermordet. Und doch hat der Gott der Weisheit und des Lichtes es gefügt, daß ich, Marcus Antonius, den Toten finde. Und ich, Marcus Antonius, werde dafür sorgen, daß der Mörder gefaßt und der Gerechtigkeit Genüge getan wird. Auf daß

Apollons Wille erfüllt werde. Ich werde Apollons Vertrauen nicht enttäuschen, ihm ein Opfer darbringen und seinem Tempel neben meinen Weihegaben noch einen ansehnlichen Geldbetrag zur Verfügung stellen, damit die Bauarbeiten weiter fortschreiten können. Zudem soll die Inschrift auf einer Säule immer daran erinnern, daß Marcus Antonius den Mörder des Antigonos, Priester des Apollon, entlarvt und mit dem Tode bestraft hat. Dazu hat mir der alles voraussehende Gott diesen Mann zur Seite gestellt, Silvanus Rhodius«, mit einer weit ausholenden Geste wies er auf den neben ihm stehenden Silvanus, »der sich schon in Rom auszeichnete bei der Aufklärung von gemeinen Verbrechen und der jetzt in meinem Auftrag und mit allen Vollmachten ausgestattet auch den niederträchtigen Mörder dieses heiligen Mannes entlarven wird!«

Silvanus zog die Schultern hoch und wurde noch eine Spur blasser.

»Silvanus Rhodius ist bei seiner Arbeit jegliche Unterstützung zu gewähren und seinen Anweisungen – als seien es die meinen – Folge zu leisten! Kann jemand Hinweise zur Aufklärung des Verbrechens geben, so soll es sein Schaden nicht sein.« Der Imperator blickte in die Runde und sah, daß sich das Entsetzen in den Gesichtern in Anerkennung und Erwartung gewandelt hatte.

Er wandte sich Silvanus zu, dessen Miene einen Anflug von Sorge zeigte. »Nun denn«, sagte er leise, »du weißt, was hier auf dem Spiel steht – für mich und für dich! Klärst du den Fall auf, ist deine Karriere gesichert. Schaffst du es nicht, bist du erledigt! Dann wird dir nicht einmal mehr Octavian, der Schwächling, ein Amt verschaffen können. Du wirst den Rest deines Lebens in irgendeiner unwirtlichen Gegend verbringen: die Garnison in Judäa wäre doch reizvoll, nicht wahr? Aber ich denke, ich habe auf den richtigen Mann gesetzt. Deine Referenzen sind ausgezeichnet, und mein persönlicher Eindruck bestätigt das – bis jetzt.« Er lächelte aufmunternd. Gerade wollte er sich seiner Leibgarde zuwenden, als er innehielt und sich Silvanus noch einmal vertraulich zuneigte. »Sage mal, Silvanus, warum hat der Kerl eigentlich diesen verdammten Laut von sich gegeben, wo er doch offensichtlich tot ist?«

Silvanus, gegen ein flaues Gefühl im Magen kämpfend, schluckte. ›Du mußt dich beherrschen‹, dachte er, ›reiß dich zusammen und konzentriere dich.‹

»Ja, hm, das passiert schon mal. Wenn noch Luft in den Lungen ist, und man den Körper bewegt. Ich selbst habe es einmal bei einem Erhängten erlebt. Ein Kollege schnitt ihn ab, ich fing ihn auf. Dabei habe ich ihm wohl auf den Brustkorb gedrückt, so daß die Luft geräuschvoll entwich. Ich erschrak so sehr, daß ich den Toten weit von mir schleuderte. Wir hätten ihn ebensogut auch gleich fallen lassen können ... .«

»Kann ich mir vorstellen«, lächelte Marcus Antonius, »ich habe viele Tote auf dem Schlachtfeld gesehen, aber so etwas habe ich nie zuvor erlebt. Nun geh und führe aus, was ich dir aufgetragen habe. Ich sehe dich später.« Antonius ordnete zwei Männer seiner Eskorte ab, gab Befehl, Silvanus in allem zu unterstützen und rief laut der Menge zu: »Laßt uns nun die Prozession fortsetzen, Apollon zu Ehren.« Erhobenen Hauptes schritt er zurück auf die Heilige Straße, dem Tempel des Apollon von Didyma entgegen.

⋆

Silvanus Rhodius konzentrierte sich. Er wies Antonius' Männer an, das Gelände großzügig abzusperren und es nach Spuren abzusuchen. Zu seinem Glück hatte die entsetzte Menge sich nicht ganz an die Leiche herangewagt. So war die unmittelbare Fundstelle nur von Antonius und ihm betreten worden.

Er verspürte die wohlbekannte Übelkeit, die ihn in letzter Zeit beim Anblick von Leichen immer häufiger überkam. »Nun ja«, seufzte er, »das ist der Preis, den man zahlen muß, wenn man etwas werden will im Römischen Reich.« Er sah sich den Körper genauer an. Der Tote war jung – vielleicht fünfundzwanzig Jahre alt und gutaussehend. Dunkle Locken umrahmten das Gesicht, die Nase wie gemeißelt, mit einem kleinen Haken. Die nun ins Leere starrenden Augen waren einst von einem angenehmen Braun. Das aufgerissene Gewand gab den Blick auf einen athletischen Körper frei – jetzt von häßlichen, rotlila schimmernden Leichenflecken bedeckt. Lange, kräftige Beine, keine Unze Fett zuviel an Bauch und Hüften, wohlgeformte Schultern. Abermals seufzte Silvanus, denn neben dem Brechreiz bemerkte er ein anderes Gefühl. ›Neid?‹ dachte er ungläubig, ›bei Jupiter, du bist neidisch auf einen Toten!‹ Dieser Mann hatte lebend so ausgesehen, wie er, Silvanus Rhodius, es sich immer gewünscht hatte. Diese Nase, diese Locken – Silvanus' Nase war gar nicht römisch, seine Haare hatten sich früh zu lichten begonnen und waren zudem von einem, wie er fand, langweiligen Hellbraun. Sie bedeckten nur noch den Hinterkopf vollständig, auf der Stirn zeigte sich eher spärlicher Wuchs, und das im Alter von zweiunddreißig Jahren. Dafür waren Schultern, Arme und Brust um so mehr davon bedeckt. Sein Oberkörper war kräftig, sehr kräftig – darauf war er besonders stolz, aber der Bauch ... Dieser war ziemlich gewachsen in den letzten Jahren, er konnte gar schon einen Becher Wein darauf abstellen – im Sitzen; das hatten sie bei seinem Abschiedsgastmahl in Rom ausprobiert, und damals (ach, wie lange schien das schon her, dabei waren es gerade ein paar Wochen) hatten er und seine Freunde so sehr gelacht, daß der Becher herunterfiel und seine beste Toga ruinierte. Lucida, seine Frau, hatte das Ganze nicht so lustig gefunden. Sie nörgelte sowieso ständig an ihm und besonders an seinem Bauch herum. Auch das war ein Grund, warum er zu Marcus Antonius nach Kleinasien gegangen war.

Aber deutlich größer als die meisten Römer war er, größer sogar als Marcus Antonius. Und dieser war von ansehnlicher Gestalt.

Er fing sich. Genug des Selbstmitleids. Was hatte diesem jungen Schönling sein Aussehen genutzt? Nichts! Jetzt war er tot. Wahrscheinlich Mord aus Eifersucht oder so etwas. Das kam davon. Er zwang sich, den Körper noch einmal anzusehen. Zahlreiche kleinere Verletzungen an beiden Seiten des Körpers – Tierfraß? Und das Wichtigste: drei Einstiche unterhalb der Rippen auf der linken Seite. Sie stammten nicht von einem Schwert, dafür waren die Stiche zu klein. Aber, wie es schien, von einem stattlichen Messer. Oder einer Lanze. Darüber hinaus keine weiteren sichtbaren Verletzungen. Nach den

Leichenflecken zu urteilen, lag der Tote vielleicht einen Tag, nicht länger. Die Leichenstarre war voll ausgeprägt, die Gasbildung im Körper hatte eingesetzt.

Silvanus prägte sich den Anblick ein, ganz bewußt, um sich später an jede Einzelheit erinnern zu können. Dies war eine der Eigenschaften, die ihm zu seinen Erfolgen in Rom verholfen hatten. Er konnte sich die Dinge wie ein Gemälde wieder vor Augen rufen.

Jetzt die andere Seite des Toten, der Rücken. Er rief einen der Legionäre heran, damit der die Leiche umdrehte. Sie selbst zu berühren, scheute er sich. »Nimm das Gewand, und verwahre es sorgfältig, wir werden es später untersuchen«, sagte er, und ließ den Blick den perfekten Körper abwärts wandern. Außer weiteren bißartigen Verletzungen waren hier keine Wunden zu sehen.

Silvanus wußte, daß er den Leichnam eigentlich genauer ansehen mußte. Kopfverletzungen, Einstiche, Verfärbungen im Mund ... Statt dessen befahl er dem Soldaten, in den Ort zu laufen. »Sorge dafür, daß die Leiche abtransportiert wird. Und suche einen Arzt. Wenn sie dort keinen haben, nimm dir ein Pferd, und reite nach Milet! Egal woher, ich brauche einen Arzt. Aber einen, der Erfahrung mit Toten hat, einen guten. Los, beeile dich!«

»Natürlich, Herr!« rief der Legionär schon im Gehen.

Silvanus wandte sich jetzt der näheren Umgebung zu. Bis auf drei Meter hatten sich die Neugierigen der Leiche genähert, weiter nicht. Gab es Spuren eines Kampfes? Irgend etwas, was ihn auf den Täter hinweisen konnte? Aufmerksam suchte er den Kreis ab. Nein, kein aufgerauhter Boden, keine niedergetretenen Halme, keine Blutspuren außer der Lache. Schleifspuren? Fußspuren? Dafür war die Erde zu hart, zu ausgetrocknet. Und sonst – nichts.

Silvanus Rhodius war erleichtert. Er hatte seine Arbeit hier getan. Später würde er mit dem Arzt sprechen und sich – je nachdem, wie er sich fühlte – die Leiche mit ihm zusammen noch einmal ansehen. Er konnte jetzt eigentlich gehen und sich ein wenig ausruhen. Immerhin war es ein anstrengender Tag gewesen, früh aufstehen, der Marsch von Milet bis fast nach

Didyma. Und dann dieser Auftrag. Ach, er hatte sich ein wenig Ruhe verdient. Nur noch abwarten, bis der Arzt da war, und dann auf nach Didyma. Oh, eine Sänfte! In Rom hätte er jetzt eine Sänfte bestellt, wäre in die Thermen gegangen, hätte sich von einer schönen Sklavin ein wenig massieren lassen ... Aufblickend sah er eine Gruppe Männer näherkommen, zwei mit einer Trage, neben ihnen ein älterer, hagerer Mann mit olivbrauner Haut und einem silbrig glänzenden Bart. Ihnen folgte ein Sklave mit einer Tasche. ›Aha‹, dachte Silvanus, ›der Arzt.‹

*

Die Sonne senkte sich, als Illicia die schwere Eichentür der Taberna Bibuli mit Schwung aufriß. Ihr Blick versuchte den Dunst der zahlreichen Öllämpchen zu durchdringen, die den Schankraum erhellten. Um diese Zeit war es noch leer, die ersten Gäste würden erst nach der Opferfeier den Weg in die Taverne finden. Illicia eilte an einen Tisch am Ende des Raumes. Dort, das wußte sie, würde ihre Freundin Laelia auf sie warten.

Diese schaute erfreut von ihrer Schreibtafel auf. Illicia setzte sich neben sie und versuchte, erst einmal zu Atem zu kommen. »Hast du schon gehört, was an der Heiligen Straße passiert ist?« keuchte sie. »Ich komme gerade von dort, es ist ganz schrecklich, ein schlechtes Omen, sagen alle.«

Laelia schüttelte den Kopf. »Ich war den ganzen Tag mit dieser Übersetzung für Demetrios beschäftigt. Zur Prozession habe ich es nicht geschafft, denn sie muß in drei Tagen fertig sein, da hat er einen Geschäftstermin mit den Parthern. Wenn ich da ...«

Illicia fiel ihr ins Wort. »Hast du nicht gehört, was ich gesagt habe, etwas Schreckliches ist passiert!«

»Was denn?« Laelia lehnte sich zurück.

»Antigonos ist tot – ermordet.«

Laelia sah ihre Freundin entsetzt an. »Tot?«

»Ja«, schluchzte diese und steckte eine vorwitzige Haarsträhne wieder zurück in ihre wirr zusammengebundenen Locken. »Ich wollte zum Tempel, mir die Prozession ansehen. Da hörte ich Theophrastos etwas über ein schlechtes Omen sagen, daß an der heiligen Straße ein Toter gelegen habe. Antigonos.«

»Was?« Laelia schüttelte heftig den Kopf. »Antigonos? Das kann doch nicht sein!« Verstört kaute sie auf ihrem Griffel. »Wann ist das denn passiert? Antigonos war doch gestern noch hier, das wollte ich dir gerade erzählen.«

Illicia schaute ihre Freundin fassungslos an. »Was sagst du da? Er war gestern hier? Aber er ist doch bei mir gewesen.«

Laelia nickte wissend. »Ich kann mir denken, daß er danach zu dir gerannt ist. Er war ja ziemlich aufgebracht, nach unserem Gespräch.«

»Ach, jetzt wird mir manches klar. Du hast ihm das Messer auf die Brust gesetzt«, Illicia stockte, »oh, entschuldige, so habe ich es natürlich nicht gemeint, du hast, du wolltest ...«, sie schaute Laelia an, die schuldbewußt den Kopf senkte. »Ja, Laelia, er hat mich wüst beschimpft, gestern abend. Er sagte etwas von einer anderen, und daß ich ihn wohl bespitzeln lassen würde. Ich habe überhaupt nicht verstanden, was er meinte. Aber du kannst mir das ja offensichtlich erklären!«

Laelia begann, geschäftig kleine unsichtbare Männchen auf die Tischplatte zu zeichnen. »Ja, wie soll ich dir das sagen?« Sie richtete sich auf und schaute Illicia direkt ins Gesicht. »Ich habe ihn gesehen, gestern abend, mit einer anderen. Als er anschließend hierherkam, habe ich ihn beiseite genommen und zur Rede gestellt. Er war ziemlich aufgebracht und ist nach dem Gespräch direkt wieder gegangen.«

»Aufgebracht! Er hat gekocht vor Wut, als er bei mir ankam. Angeschrien hat er mich. Ich würde dich gegen ihn aufhetzen. Ich solle mich endlich mal entscheiden, ob ich ihn nun will oder nicht. Ich solle nicht annehmen, daß er ewig auf mich warten würde. Er wäre halt auch nur ein Mann.« Geknickt wischte sie sich mit dem Handrücken über das Gesicht. »Ich dachte, er wäre betrunken, und habe ihn nach Hause geschickt, um seinen Rausch auszuschlafen. Oh, wenn ich das geahnt hätte. Du hast ihn wirklich gesehen? Mit einer anderen? Aber mit wem denn? – Und ich hatte mich schon so gut wie entschlossen. Und jetzt ...« Illicia brach in Tränen aus.

Laelia nahm ihre Hand, stand auf und drückte die Freundin an sich.

»Was ist denn mit euch los?« fragte eine volltönende Stimme hinter ihnen. »Was ist das für ein Geheule?«

»Ach, Vater, hast du es denn noch nicht gehört? Antigonos ist tot. Ermordet worden, wie man sagt. Man hat ihn vorhin an der Prozessionsstraße gefunden.«

»Was sagst du da? Ich bin soeben erst aus Ephesos zurück. Darum also der Aufruhr da draußen. Ich habe mich schon gewundert.« Er ließ sich auf einem Hocker nieder. »Thabea, bringe uns Wein! Ich glaube, wir brauchen eine kleine Stärkung auf diese Neuigkeiten. Aber erzählt doch mal, was wißt ihr darüber?«

»Nichts weiter, außer daß Antigonos an der Heiligen Straße tot aufgefunden wurde. Alle reden jetzt von einem schlechten Omen.« Laelia stutzte kurz. »Wollte nicht Marcus Antonius an der Prozession teilnehmen, ich meine, ich hätte so etwas gehört.«

Illicia nickte traurig. »Ja, Sylphides hat es mir gestern erzählt. Der Triumvir ist vor kurzem hier eingetroffen, das Fest ist eine gute Gelegenheit für ihn, die Götter gnädig zu stimmen – zu Beginn seiner Amtszeit. Aber dieser Vorfall ist nicht gerade ein gutes Vorzeichen. Einige reden sogar schon davon, daß der Leichnam absichtlich an die Prozessionsstraße gelegt worden sei, um Antonius zu schaden. Ein Pilger hat mir erzählt, daß der Imperator, nachdem er Antigonos gefunden hatte, sofort eine Rede hielt, in der er ankündigte, sich persönlich um die Aufklärung des Verbrechens zu kümmern. Ich habe ihn vor dem Tempel während des Opfers gesehen, er sieht so aus, als ob er tut, was er sagt. Vielleicht kommt er ja mal hierher, schließlich ist die Taberna Bibuli das erste Haus am Ort.«

Die Sklavin Thabea stellte einen Krug mit Wein, eine Kanne Wasser und drei Becher auf den Tisch. Laelia griff den Krug und füllte die Becher mit dem aromatischen Falerner, für den die Taverne in der ganzen Umgebung berühmt war. Sich und ihrer Freundin fügte sie noch etwas Wasser hinzu. Mit einem besorgten Blick reichte sie Illicia, die sich mit ihrem Chitonzipfel die Augen wischte, den Becher. Schweigend tranken sie.

»Vater, jetzt erzähle du doch mal, wie war es in Ephesos?« Laelia konnte die betretene Stille nicht mehr ertragen.

»Ach, Kind, du weißt doch, wie das ist. Den ganzen Tag war ich damit beschäftigt, hinter der Weinlieferung her zu rennen. Kroton hat mich mal wieder im Stich gelassen. Jedesmal dasselbe Theater. Ich müßte mich wirklich nach einem anderen Lieferanten umsehen, aber er beschafft nun einmal den besten Wein. Erst gestern abend habe ich ihn dann endlich erwischt. Dabei wußte er doch, wie dringend ich den Wein gerade jetzt zu den Spielen brauche. Glücklicherweise hatte er noch ein paar Amphoren auf Lager, ich habe sie gleich alle genommen.« Er griff zum Becher. »Heute morgen habe ich ein paar alte Rechnungen beglichen und mich dann direkt auf den Weg gemacht.«

Plötzlich durchdrangen schrille, aber melodische Töne den Raum. Die drei zuckten zusammen und drehten sich nach der Quelle des Lärms um. Laelia verdrehte stöhnend die Augen. »Oh nein, Rubingetorix, die gallische Pfeife. Das hat uns gerade noch gefehlt.«

Ein untersetzter Mann schwankte durch die Tür, eine Flöte an den Lippen, der er die schrillen Klänge entlockte. Mit seinen langen roten Haaren und immer bleichem Gesicht wirkte der stämmige Gallier, als sei er soeben von einem fremden Stern herabgefallen. Strahlend winkte er den Mädchen zu und setzte sich an einen der Tische. Er war nun seit fünf Jahren mit Laelias Schwester Offilia verheiratet, und dieser Ehe war eine Brut von bisher fünf Kindern entsprungen. Trotzdem sprach er noch immer so gut wie kein Wort Lateinisch oder Griechisch.

Angelockt von der Musik kam nun auch Offilia in den Schankraum, ein kleines Kind auf dem Arm. Ihr folgte eine Schar mehr oder weniger rothaariger Kinder. Sie stürzten sich brüllend auf ihren Vater, der diesem Ansturm nicht gewachsen war. Mit großem Gepolter fiel er von seinem Stuhl und lag, wild mit den Armen rudernd, auf dem Boden. Bedeckt von zahlreichen strampelnden Kinderkörpern tastete er in dem Durcheinander nach seiner Flöte.

Bibulus stand auf, ließ seine Faust auf den Tisch niederdonnern und brüllte: »Ruhe hier!« Er ging zu dem Menschenknäuel, schnappte sich das erste beste Wesen am Schlafittchen, schüttelte es, stellte es beiseite und griff sich das nächste. Eine untypische Reaktion von Bibulus, der sonst eher ein stiller, liebenswerter Charakter war. Kurze Zeit später war nur noch ein unterdrücktes Schluchzen aus den verschiedenen Kinderkehlen zu hören, und Offilia hatte alle Hände voll zu tun, ihren Nachwuchs zu trösten.

Bibulus kehrte an seinen Tisch zurück und setzte sich wieder zu den Mädchen. »Wie sie das aushält, ist mir ein Rätsel!« murmelte er und schüttelte den Kopf.

»Vor allem, wo sie sich doch überhaupt nicht verstehen, oder kann Offilia inzwischen Gallisch? Kannst du nicht Gallisch?« wandte Illicia sich an Laelia, die sofort heftig verneinte. »Das ist eine der Sprachen, unzivilisiert übrigens, wenn du mich fragst, die ich nicht kann und auch nie lernen werde! Höre dir doch nur die Laute an, die dieser Fremdling ausstößt: barbarbar – das ist doch keine Sprache.« Angewidert wandte Laelia sich ab. »Außerdem habe ich das Gefühl, daß Offilias Gefühle für Rubidings in letzter Zeit nicht mehr so stürmisch sind, oder, Vater? Hast du nicht auch so etwas gesagt? Ich meine, ich hätte einmal jemanden aus ihrer Kammer kommen sehen, als Rubi in den anderen Tavernen unterwegs war.«

»Rede nicht immer so schlecht über deine Schwester und ihren Mann!«

»Es stimmt doch! Ich habe heute nacht eine Gestalt aus ihrer Kammer schleichen und hier durchhuschen sehen. Ich mußte gerade mal nach draußen. Rubi lag noch sturzbetrunken in der Ecke. Komm, Vater, du kannst Gallier doch auch nicht leiden!«

Bibulus stellte seinen Becher ab, um ihn neu zu füllen. »Das tut nichts zur Sache, es ließ sich damals nicht ändern, das weißt du doch genau. Sollte deine Schwester mit dem Kleinen allein dastehen, welche Schande wäre das gewesen. Sieh du lieber zu, daß du auch endlich jemanden für dich erwärmen kannst, sonst sehe ich mich doch noch für dich um!« Laelia musterte betreten den feuchten Kreis, den ihr Becher auf dem Tisch hinterlassen hatte. Ihr Vater hatte einen wunden Punkt getroffen.

»Aber jetzt noch mal ernsthaft. Antigonos ist tot, sagst du, Illicia. Das ist ja schrecklich! Wolltet ihr nicht heiraten? Ich meine, Laelia hätte mir so etwas gesagt. Er war doch ein aufstrebender junger Mann mit glänzenden Aussichten. Dein Vater hätte sich doch sicherlich gefreut, wenn ihr zusammengekommen wäret.«

»Er konnte ihn nicht ausstehen. Das war doch auch einer der Gründe, warum ich mich noch immer nicht entschieden hatte. Und jetzt ...«, wieder mußte sie schluchzen, »und jetzt ist es zu spät!« Leise vor sich hin weinend griff sie nach ihrem Becher.

Inzwischen kamen die ersten Gäste, setzten sich an die leeren Tische und riefen laut nach Wein. Thabea stellte ihnen die Weinkrüge auf den Tisch und pries die Gerichte des Tages an: Hühnchen Didyma, Seezunge Panormos und Lammragout Grion waren heute im Angebot.

Illicia stand auf und begab sich in den hinteren Raum, der eine geräumige Küche beherbergte. Laelia folgte ihr, denn jetzt mußten die Mädchen Bibulus zur Hand gehen. An Festtagen wie diesen halfen sie ihm aus. Einen Teil des guten Rufes, den die Taberna Bibuli nicht nur bei den Stammgästen aus Didyma, sondern auch bei den Besuchern des Ortes genoß, verdankte sie schließlich Illicias Kochkünsten. Diese genoß das Lob, das viele der Gäste ihr freimütig aussprachen. Und Bibulus war es nur recht, daß Illicia ihm regelmäßig ihre Kochkunst anbot. Natürlich freute er sich auch, daß seine Tochter Laelia in ihr eine so treue Freundin hatte. Darum hatte er damals nicht lange gezögert, Illicia am Unterricht seiner Tochter teilnehmen zu lassen. Ihr Vater, ehemaliger Priester des Apollon, hätte ihr eine so gute Ausbildung nie ermöglichen können.

»Willst du wirklich in der Küche arbeiten?« fragte Laelia besorgt. Illicia schneuzte sich geräuschvoll, nickte aber. »Das wird mich etwas ablenken. Sonst würde ich ja doch nur immer wieder darüber nachdenken.«

In der Küche stand alles zum Besten. Illicia hatte die Waren, die Monoculos morgens auf dem Markt gekauft hatte, schnell griffbereit geordnet und wartete auf die ersten Bestellungen. Inzwischen wies sie den Sklaven an, die kleinen lästigen Arbeiten zu verrichten: den Salat zu waschen und das Gemüse zu putzen. Monoculos war der Sklave ihrer Freundin. Laelias Vater hatte ihn vor Jahren auf der Straße aufgelesen, sehr krank und verdreckt, und seiner Tochter übergeben. Laelia gelang es, ihn gesund zu pflegen. Da sich kein Besitzer meldete, behielten sie ihn, wenn auch die Krankheit unauslöschliche Spuren hinterlassen hatte. Der arme Kerl hatte sein Augenlicht nahezu vollständig eingebüßt, ein Auge war der Krankheit gänzlich zum Opfer gefallen, das andere überdeckte ein grauer Schleier. Am Anfang hatte man daran gezweifelt, ob er sich in der Küche zurechtfinden würde, dann aber schnell gemerkt, daß er ein intelligenter Bursche war und sein mangelndes Augenlicht durch seine Handfertigkeit mehr als wettmachte.

Es herrschte Hochbetrieb. Während Laelia die Schüsseln mit den Speisen füllte, brachte Thabea immer neue Bestellungen. Illicia griff mit gerunzelter Stirn zu einem großen Messer, um weiteres Lammfleisch zu zerteilen. »Weißt du, wie Antigonos zu Tode gekommen ist?« fragte sie Laelia, die Schüsseln auf einem Tablett anordnete und Thabea damit hinausschickte.

Laelia schüttelte den Kopf.

»Ich habe gehört, er sei erstochen worden!« Ein Schauer überlief sie, während sie so verbissen auf das Fleisch einschnitt, als hätte sie den Täter vor sich. »Wer kann so etwas tun? Warum kann jemand seinen Tod gewollt haben?«

»Genau das ist die Frage!« antwortete Laelia und wischte sich müde über die Stirn. »Das ist die Frage«, wiederholte sie noch einmal nachdenklich. »Du weißt doch auch, daß Antigonos bei seinen Kollegen nicht gerade beliebt war.« Laelias Gedanken wurden unterbrochen. Thabea kam herein und erzählte beiläufig, daß Hani Rami, ortsansässiger Arzt und guter Freund der Familie, mit einem Fremden angekommen sei. Laelia ging, ihn zu begrüßen. Sich die Hände an einem Tuch abwischend folgte ihr Illicia bis zur Tür und musterte den Unbekannten. Ganz offensichtlich ein Römer. Die Augen wegen des Dunstes zusammenkneifend beobachtete sie, wie die Männer sich abseits an einen der Tische setzten, Laelia ihnen einen Krug Wein holte und ihr der Fremde, der sich hoch aufrichtete, vorgestellt wurde. Hoffentlich kam Laelia bald zurück. Sie brannte darauf, zu erfahren, wer der Unbekannte war, den Hani Rami mitgebracht hatte.

Es schien Illicia eine Ewigkeit zu dauern. Je länger sie wartete, um so verbissener hackte sie auf das wehrlose Fleisch ein. Thabea kam mit weiteren Bestellungen in die Küche, lehnte sich abwartend an den Türrahmen und schaute Illicia zu.

»Sag mal, Thabea, sitzt Laelia noch immer bei Hani Rami und dem Römer?« fragte Illicia ganz nebenbei und streifte das gewürfelte Fleisch in die Pfanne.

»Ja. Sie unterhalten sich ganz angeregt.« Die kleine Sklavin stemmte ihre Fäuste in die molligen Hüften. Thabea war schon seit mehreren Jahren im Besitz von Bibulus. Sie war eine gute Bedienung und nahm auch das eine oder andere derbe Wort nicht übel. Ursprünglich stammte sie aus Macedonien, von dort hatte Bibulus sie auf einer seiner Einkaufsreisen mitgebracht. Klein, rundlich und immer guter Laune kamen viele Gäste sicher auch ihretwegen in die Taverne. Mit ihren großen dunklen Augen und üppigen braunen Locken bot sie durchaus einen netten Anblick, und dem konnten sich auch die heiligsten Männer Didymas nicht immer entziehen.

Illicia verzog das Gesicht. »Laelia sollte sich lieber mal um die anderen Gäste kümmern!« Mit einer Schöpfkelle füllte sie schwungvoll vier Suppenschüsseln. Thabea zuckte mit den Schultern, ergriff das Tablett mit den Suppenschalen und begab sich wieder in den Schankraum zurück.

*

Laelia hatte den beiden Männern Wein eingeschenkt und sich dann zu ihnen an den Tisch gesetzt. Hani Rami stellte sie vor. »Dies ist Laelia, Tochter des Bibulus, ihm gehört dieses Haus.«

»Ave Laelia. Oh, ein Becher Wein, das ist genau das, was ich brauche«, sagte Silvanus, wischte sich nach einem kräftigen Zug den Mund ab und wandte sich mit einem strahlenden Lächeln an das Mädchen. »Bei Jupiter, das ist der beste Falerner, den ich seit meiner Abreise aus Rom getrunken habe.«

»Mein Vater kauft ihn in Ephesos.« Sie senkte den Blick, nie zuvor hatte sie so blaue Augen gesehen. Überhaupt, der ganze Mann, diese aufrechte Haltung, die breiten Schultern und – die Stimme. Eine tiefe, warme Stimme.

»Du hast bestimmt von Antigonos' Schicksal gehört«, sagte Hani Rami zu Laelia. »Silvanus Rhodius soll den Mord aufklären. Marcus Antonius hat ihn beauftragt. Er wird in Didyma bleiben müssen, habt ihr noch ein Zimmer für ihn?«

»Aber natürlich«, Laelia lächelte Silvanus zu, »ich werde es sofort für dich richten lassen. Wie lange wirst du bleiben?«

»So lange, bis ich den Mörder habe.« Er erwiderte ihr Lächeln ganz ungehemmt. »Hani Rami empfahl mir eure Herberge als die beste Adresse im Ort. Daß hier so schöne Mädchen zu finden sind, erwähnte er nicht. Von gutem Essen aber sprach er – ich sterbe fast vor Hunger.«

»Oh«, Laelia blickte verlegen nach unten. Lüsterne Blicke und zweideutige, alkoholschwangere Komplimente war sie durchaus gewohnt, aber dies war irgendwie anders. »Wir haben heute im Angebot ...«

»Laß gut sein«, unterbrach Silvanus sie freundlich, »bring mir, was du empfehlen kannst.«

Laelia wollte bereits gehen, als sie sich an Hani Rami erinnerte. »Möchtest du auch etwas essen?« Der Arzt schaute sie gutmütig an. »Nein danke, mein Kind, geh nur, ich bin nicht hungrig.« Laelia ging zurück in die Küche, tausend Gedanken schossen ihr durch den Kopf. Dieser Ägypter! Wie konnte er sie vor dem Fremden ein Kind nennen. Sie war vierundzwanzig! Gut, er kannte sie von Kindesbeinen an, sie half ihm auch heute noch bei kleineren Eingriffen und der Zubereitung seiner verschiedenen Heilmittel. Trotzdem. – Das Zimmer! Sie hatten natürlich kein Zimmer frei, zu den Festlichkeiten war immer alles belegt. Dann mußte eben der gallische Flötenmann mal wieder bei seiner Frau einziehen, immerhin waren sie ja verheiratet. Offilia würde einen ihrer hysterischen Anfälle bekommen, weil Rubingetorix schnarchte und nach Wein roch, aber das war ihr in diesem Moment egal.

»Illicia, weißt du, mit wem Hani gekommen ist? Rate mal!«

»Nein«, brummte diese beleidigt.

»Sei doch nicht so!« sagte Laelia und legte freundschaftlich einen Arm um ihre Schulter. »Stell dir vor, das ist der Mann, den Marcus Antonius beauftragt hat, den Mord aufzuklären. Er heißt Silvanus Rhodius. – Monoculos! Räume schnell Rubis Sachen aus ...«

»Hör mal, Laelia«, Illicia rührte mit grimmigem Gesicht in einem Topf. »Was soll der Aufstand? Wegen dieses Römers!«

»Ich erkläre es dir gleich, liebste Illicia, also Monoculos, bring Rubis Sachen in Offilias Zimmer, und richte seines für den Gast her. Beeile dich!« Erst jetzt sah Laelia ihre Freundin richtig an und bemerkte die Tränen in ihren Augen.

»Laelia«, sagte Illicia, »was soll das? Antigonos ist tot, und du machst hier so einen Wirbel wegen eines Fremden. Und warum schickst du Monoculos fort, wer soll jetzt die Pilze schneiden?«

Laelia nahm die Freundin liebevoll in den Arm. »Es tut mir leid, Illicia, du hast ja recht.« Sie griff ein Messer und zerschnitt ungeschickt die bereitliegenden Pilze – die Arbeit in der Küche machte ihr nicht gerade die größte Freude. »Er will hier wohnen, so lange, bis er den Mord aufgeklärt hat, stell dir vor. Hani hat uns empfohlen, besonders die gute Küche«, schmeichelte sie. »Und er hat Hunger und will das Beste, was wir haben.«

Illicia hatte sich gefangen. »Ist ja schon gut, ich gebe mir Mühe mit dem Ragout. Beauftragt von Marcus Antonius, sagst du?«

»Ja, vielleicht treffen sie sich ja hier«, spann Laelia den Gedanken ihrer Freundin fort, »und, sag mal ehrlich, sieht er nicht gut aus?«

»Wer, Marcus Antonius?«

»Ach, du weißt ganz genau, wen ich meine! Der Römer draußen, Silvanus Rhodius natürlich!«

»Wie soll ich das wissen, wenn ich hier die ganze Zeit in der Küche stehen muß und nichts mitbekomme«, schmollte Illicia. Sie ging zur Tür und warf einen Blick in die Taverne. »Na, ich weiß nicht, mein Geschmack wäre er nicht. Ziemlich dicker Bauch, wenn du mich fragst, trotz der Toga. Aber du hattest ja schon immer einen seltsamen Geschmack.«

»Oh, du mußt seine Stimme hören«, begann Laelia zu schwärmen, als Offilia wutschnaubend in die Küche stürmte.

»Bist du verrückt?« schrie sie, »was fällt dir ein, Rubi bei mir einzuquartieren? Du weißt doch genau, daß ich nicht mit ihm in einem Zimmer schlafen kann!«

»Ach, aber Kinder machen, das geht, ja?« Laelia sah ihre ältere Schwester abfällig an. Diese war genauso beleibt wie ihr Ehemann, klein und mit einem mächtigen Busen ausgestattet. Offilia war von hitzigem Temperament, konnte aber ungeheuren Charme entfalten – wenn sie wollte! Viele Männer fielen darauf herein. Ihre hervorstechendste Eigenschaft aber war ihr ausgeprägter Egoismus.

Angelockt von Offilias Gekeife näherte sich Bibulus und fragte nach dem Grund für das Geschrei. Nachdem Laelia ihm die Sache erklärt hatte, stimmte er ihr zu. »Du hast recht«, sagte er. »Wir können einen Mann aus Marcus Antonius' Stab nicht abweisen. Und du, Offilia, mußt dich eben einmal in dein Los fügen.«

»Ich denke nicht daran«, schnaubte Offilia und begann laut zu weinen. Das wirkte immer bei Bibulus – und das wußte sie genau. Hilflos umherblickend langte er nach einem Becher Wein und sagte: »Ist ja gut, Kind, dann muß Rubi eben bei mir im Zimmer schlafen, es ist ja nur für ein paar Nächte. Sag Monoculos, er soll die Sachen zu mir hineinbringen.«

»Aber, Vater ...«, begann Laelia, doch Bibulus war schon wieder in der Schankstube verschwunden. Offilia warf den beiden Mädchen einen triumphierenden Blick zu, wischte sich die Tränen vom Gesicht und ging ebenfalls.

»Armer Vater«, sagte Laelia, »das habe ich nicht gewollt. Ich mache mir Sorgen um ihn, er ist zu gutmütig, und er trinkt zuviel.« Ihre Hochstimmung war verschwunden.

»Daß deine Mutter mit dem Baumeister davon ist, macht ihm eben immer noch zu schaffen«, nickte Illicia mitfühlend.

*

Silvanus Rhodius und Hani Rami waren derweil tief ins Gespräch versunken. Als die Legionäre Antigonos' Leichnam zu ihm brachten, hatte der Arzt den Römer in sein Haus eingeladen. Dort hatte sich Silvanus erfrischt und ein wenig ausgeruht, während Hani Rami gegangen war, um den Toten zu untersuchen. Der Arzt hatte Silvanus angeboten, bei ihm zu wohnen, doch Silvanus hatte dankend abgelehnt, es sei klüger, in einer der Herbergen zu logieren, erfahrungsgemäß konnte man dort interessante Neuigkeiten erfahren. So hatte Hani die Taberna Bibuli vorgeschlagen, das gepflegteste Haus am Orte. Er wollte ihn dorthin begleiten und ihm bei einem Becher Wein erzählen, was er herausgefunden hatte.

»Meine Untersuchungen stimmen zum größten Teil mit dem überein, was du mir schon erzähltest«, sagte Hani Rami, »der Tod ist, nach den Leichenflecken zu urteilen, ungefähr fünfzehn bis achtzehn Stunden vor dem Auffinden der Leiche eingetreten. Also grob gegen Mitternacht. Die Einstiche stammen von einem Messer mit gerader Klinge.«

Silvanus durchzuckte ein bitterer Gedanke. Ein Messer! Und seine Waffe? Er hatte sie in Rom gelassen. Natürlich besaß er ein Schwert, aber das war auffällig und zudem recht schwer. Seinen kleinen Dolch hätte er lieber dabeigehabt. Er war das Geschenk eines Kelten, dem er in Rom einmal behilflich gewesen war. Ein schönes Stück, überaus selten. Jetzt lag die Waffe wohlbehalten daheim in seiner Truhe. Er fühlte sich plötzlich nackt und verletzlich.

Hani Rami bemerkte, daß etwas in Silvanus vorging. »Was hast du? Stimmt etwas nicht? Haben deine Beobachtungen etwas anderes ergeben?«

Silvanus schüttelte den Kopf. »Du hast schon recht mit deinen Feststellungen. Es ist nur – mir ist gerade eingefallen, daß ich selbst gar keine Waffe dabeihabe.«

»Hast du kein Schwert?«

»Sicher, sicher! Aber es ist doch zu unhandlich. Eine kleine Waffe, wie eben ein Messer oder ein Dolch, ist doch sehr viel leichter zu verstecken und erfüllt ebenso ihren Dienst.« Silvanus war ärgerlich. »Ich muß mir etwas Passendes besorgen. Bei einer Morduntersuchung laufe ich nicht gern unbewaffnet herum. Weißt du jemanden, bei dem ich ein Messer oder etwas ähnliches erwerben kann?«

Hani nickte. »Ich kann dir eine Waffe geben, allerdings«, er zögerte, »sie ist zwar klein, aber als unauffällig würde ich sie nicht bezeichnen.«

Erleichtert konzentrierte sich Silvanus wieder auf sein eigentliches Problem. »Du wolltest noch etwas über die Wunden erzählen!«

Hani nickte. »Ja, ein Stich hat das Herz getroffen, die beiden anderen die Lunge. Die Stiche wurden von unten nach oben geführt. Höchstwahrscheinlich war nicht gleich der erste tödlich, denn an der rechten Hand des Toten habe ich Einschnitte gefunden – typische Abwehrspuren.«

Silvanus ärgerte sich. Das hätte er auch herausfinden können, aber die rechte Hand des Toten war von seinem Gewand bedeckt gewesen, und er hatte es nicht anrühren mögen. »Gab es weitere Verletzungen?« fragte er.

»Nein, nichts«, antwortete der Arzt, »außer einigen kleineren Bißspuren, die ihm aber erst nach Eintritt des Todes zugefügt worden sind. Vermutlich von Tieren. Er hatte auch keine Verletzungen am Kopf.«

»Spuren unter den Fingernägeln?«

»Nein, keine Hautfetzen, keine Haare, an der linken Hand auch kein Blut. Ich habe auch nach Anzeichen von Gift im Mundbereich oder im Magen geschaut. Nichts. Ich schnitt ihn auf, um sicherzugehen. Er ist ganz offensichtlich erstochen worden.«

Silvanus griff nach seinem Becher und nahm einen tiefen Schluck. Er mußte zugeben, er war beeindruckt. Neugierig betrachtete er den alten Mann. »Woher weißt du soviel über Tote?« fragte er ihn vorsichtig. Hani Rami lächelte ihn an, breitete seine Arme aus, soweit sein enges Gewand es zuließ, und sagte: »Ach, weißt du, ich bin Ägypter. In meinem Land sind der Tod und das Leben nach dem Tode von größter Bedeutung. Ich bin in Memphis im Tempel des Ptah zum Arzt ausgebildet worden. Du kennst Ptah? In seinem Tempel gibt es ein sogenanntes Haus des Todes, dort werden die Verstorbenen für die Reise in die Ewigkeit hergerichtet. In Ägypten strebt jeder danach, im Leben alles für seinen Tod vorzubereiten – die Grabkammer wird gebaut und kostbar ausgeschmückt, wenn das Geld dafür reicht, aber auch die Armen sparen, um zumindest die Mumifizierungsgebühr bezahlen zu können. Im Tempel des Ptah konnte ich viel über das Sterben und die verschiedenen Todesarten lernen, denn zu uns kamen sie alle, arm oder reich, ermordet oder dahingesiecht – aber genug davon. Meinst du, der junge Priester ist dort, wo wir ihn abgeholt haben, auch ermordet worden?«

»Hm, nach der großen Menge Blut zu urteilen, in der er lag, ja.«

»Haben deine Männer irgend etwas in der Umgebung gefunden?« fragte Hani.

»Nein, wir haben keine Spuren. Nichts, was auf den Täter deutet. Ist dir noch etwas an der Leiche aufgefallen?«

»Ja, allerdings«, erinnerte sich der Arzt, »der Täter hat das Messer von rechts unten nach links oben hineingestoßen, also hat er es mit der rechten Hand geführt.«

»Immerhin etwas«, brummte Silvanus. »Erzähle mir etwas über das Opfer, du kanntest den Jungen doch, nicht wahr?«

»Ja, aber nur flüchtig. Ich hörte, daß er relativ neu im Tempel war. Er stammte aus einer guten milesischen Familie, sein Vater ist Beamter. Böse Zungen behaupten, daß er, äh ...«, der alte Mann zögerte und suchte nach den passenden Worten, »nun ja, daß er nur aufgenommen wurde, weil sein Vater gute Beziehungen zu den Stadtoberen hat. Aber das glaube ich nicht. Wer sich um ein Amt bewirbt, muß sich einer strengen Aufnahmeprüfung unterziehen, und wer nicht bestimmte Voraussetzungen an Bildung und Intelligenz erfüllt, zudem unbescholten ist und einen guten Leumund vorweisen kann, hat trotz eines einflußreichen Vaters wenig Chancen. Allerdings ist es richtig, daß Vigolos, der Prophetes, mit dem Vater gut bekannt ist. Antigonos selber schien mir, nach den wenigen Begegnungen, die ich mit ihm hatte, klug und sehr gläubig zu sein. Wir haben uns nur über Apollon und seine Kulte unterhalten, und ich habe selten einen Menschen, auch keinen Priester, getroffen, der ihm soviel Ehrfurcht entgegenbrachte, und der sich so für die Aufrechterhaltung der überlieferten Gebräuche und Werte engagierte.«

»Wie alt war er?« fragte Silvanus.

»Ich weiß es nicht genau, ich denke Mitte Zwanzig. Da mußt du im Tempel nachfragen!« Silvanus nahm sich vor, diesen morgen aufzusuchen.

»Aber er sah sehr gut aus«, fuhr der alte Mann fort, »er war sehr sportlich – ach ja, übrigens, er sollte morgen an den Sportwettkämpfen teilnehmen. Er war der absolute Favorit. Und er hatte sehr viel Erfolg bei den Frauen. Laelia, du weißt, die Tochter des Hauses, die vorhin hier war ...«

»Oh ja, ich weiß«, unterbrach Silvanus, »sie hatte ein Verhältnis mit dem jungen Priester?« Der Gedanke gefiel ihm wenig. Er war seltsam erleichtert, als Hani fortfuhr: »Nein, nein, die nicht. Aber ihre Freundin, Illicia. Obwohl, Verhältnis kann man das wohl nicht nennen, was die beiden verband. Er war sehr verliebt in sie, erzählte mir Laelia. Er wollte sie heiraten, aber Illicia wollte davon nichts wissen. Vielleicht wirst du sie noch sehen, sie kocht manchmal hier bei Bibulus.«

»Sind denn beide noch unverheiratet?« erkundigte sich Silvanus, »so jung erschien mir Laelia gar nicht mehr.«

»Sie sind beide vierundzwanzig, und beide nicht verheiratet.«

»Das kommt mir ungewöhnlich vor«, meinte Silvanus, »bei uns in Rom heiraten die Mädchen mit fünfzehn, spätestens mit achtzehn. Ist das hier anders?«

»Nein«, antwortete Hani, »eigentlich nicht. Aber die beiden sind nicht irgendwelche Mädchen. Laelia und Illicia haben eine ausgezeichnete Bildung genossen. Bibulus – er ist übrigens Römer, allerdings schon eine Ewigkeit hier am Ort – hatte für seine Töchter einen griechischen Lehrer angestellt. Er meinte immer, Bildung zahle sich aus, auch für Mädchen. Trotzdem, bei seiner älteren Tochter Offilia hatte er damit kein großes Glück – die hat übrigens geheiratet. Aber du wirst das schon sehen, wenn du hier wohnst.«

»Und trotzdem arbeiten die Mädchen hier in der Taverne?«

»O nein, Silvanus«, lächelte der Arzt und versuchte, seine Arme abwehrend auszustrecken, wobei ihn sein enges Gewand wieder in seine Schranken verwies. »Sie helfen nur aus, vor allem während solcher Feiertage. Illicia kopiert Manuskripte, und manchmal – ziemlich oft sogar – verbessert sie sie auch.

Ich habe den Verdacht, daß sie selber Texte verfaßt. Zuzutrauen wäre es ihr. Sie ist gut. Damit bessert sie die magere Pension ihres Vaters – ehemaliger Priester hier – ein wenig auf. Laelia macht Übersetzungen. Sie spricht neben dem üblichen Griechisch und Latein fließend Parthisch. Sie dolmetscht im Tempel, wenn Ratsuchende aus dem Ausland zu uns kommen. Auch hilft sie mir oft bei meiner ärztlichen Tätigkeit, daher kenne ich sie so gut. Daß sie noch nicht verheiratet sind, liegt daran, daß ihre Väter für sie nichts arrangiert haben, sondern ihnen die freie Wahl lassen, eine außergewöhnliche Haltung. Und sie haben eben noch nichts Angemessenes gefunden.«

»Aber beide kannten Antigonos?« fragte Silvanus gerade, als Laelia mit prall gefülltem Tablett an den Tisch trat: eingelegte Eier als Vorspeise, eine Schüssel mit herrlich duftendem Lammragout, noch dampfendes frisches Brot und die obligatorischen Äpfel als Nachspeise. Die römische Herrschaft hatte auch in der kleinasiatischen Küche ihre Spuren hinterlassen.

Diesmal hielt Laelia sich nicht lange auf. Illicia hatte ihr eingeschärft, sofort zurückzukommen und ihr zu helfen, solange Monoculos mit dem Herrichten der Zimmer beschäftigt war. Noch immer waren viele Tische besetzt, so daß auch Thabea Hilfe gebrauchen konnte. Laelia lächelte den Männern zu – Silvanus etwas intensiver als Hani Rami – und ging zurück in die Küche.

»Sie haben ihn also beide gekannt«, wiederholte Silvanus nachdenklich.

»Ja, dem ist wohl so«, bestätigte Hani Rami. »Aber nun laß es dir schmecken. Illicia kann wirklich gut kochen. Es wäre schade, wenn du dein Lammragout kalt werden ließest.«

Silvanus dachte daran, daß er nach seinen Sachen schicken lassen mußte, dachte an den morgigen arbeitsreichen Tag – auch mit beiden Mädchen würde er sprechen müssen. Dann gab er sich voller Wonne seinem Mahl hin.

II

In aller Frühe hatte es ihn zu Hani Rami getrieben. Zum einen wollte er sich noch einmal den Leichnam ansehen, zum anderen brannte er darauf, sich das Messer zu holen, das der Arzt ihm versprochen hatte. Voller Stolz kam Hani mit einer goldenen Messerscheide aus seiner Schlafkammer und reichte sie Silvanus. Der wog das edle Stück in der Hand und betrachtete es von allen Seiten. Es war wunderschön.

»Die Halbedelsteine am Griff stellen das Auge des Horus dar. Damit bist du auf jeden Fall gewappnet. Horus wird auf dich achtgeben, du kannst ganz beruhigt sein. Nur, Silvanus, sei mir nicht böse, aber«, Hani Rami zögerte, es war ihm sichtlich unangenehm, »ich möchte dich bitten, mir das Messer wieder zurückzugeben. Und vor allem, achte gut darauf! Versteh mich nicht falsch, aber es ist ein Opfermesser, eines der wenigen Erinnerungsstücke an meine Heimat. Ich würde es dir wirklich gern schenken, aber es bedeutet mir sehr viel.«

Silvanus war gerührt. Fest drückte er Hani Ramis Hand und versicherte, daß er es hüten werde wie seinen Augapfel. Selbstverständlich werde er es ihm sobald wie möglich zurückgeben.

Sein Verständnis beruhigte den Ägypter. Silvanus änderte sein ursprüngliches Vorhaben, die Leiche noch einmal anzusehen, und zog es vor, sich zu Illicia und ihrem Vater zu begeben, um ihnen ein paar Fragen zu stellen. Hani Rami beschrieb ihm den Weg, wortreich und blumig.

Unschlüssig stand Silvanus hinter dem Tempel, am Rande des Heiligen Hains. Vor ihm schlängelte sich ein Sandweg hinauf und verschwand zwischen den Bäumen eines kleinen Platanenwaldes, rechts führte ein Pfad durch die grünen Felder hindurch. Welchen hatte Hani Rami wohl gemeint? Angesichts des warmen Wetters beschloß er, den Weg durch das Wäldchen zu versuchen, immerhin gab es dort etwas Schatten.

Nachdem er etwa eineinhalb Meilen gewandert war, zahlreiche Flüche auf alle ihm bekannten Götter ausgestoßen hatte und nichts sah als Bäume, drehte er um. Hatte Hani Rami nicht gesagt, das Haus läge hinter den Feldern? ›Ich Dummkopf‹, dachte er, ›natürlich hätte ich den anderen Weg nehmen müssen.‹ Als er wieder an der Weggabelung angekommen war, stand die Sonne mittlerweile schon hoch am Himmel. Nach einer guten Meile Staub und Hitze sah er endlich ein Haus, gebaut wie ein kleines römisches Landhaus, vor sich liegen, umgeben von einer niedrigen Mauer, die halb zerfallen und von vielen rot und blau blühenden Blumen bewachsen war. Unwillkürlich mußte er an Laelia denken – diese Blume Kleinasiens. Überrascht über sich schüttelte er den Kopf, öffnete das Tor und stand in einem gepflegten und kunstfertig angelegten Garten. Er hielt einen Augenblick inne und versuchte, wieder zu Atem zu kommen, solche strammen Fußmärsche war er einfach nicht gewohnt.

Silvanus betätigte den Klopfer, einen goldglänzenden Löwenkopf. Nichts rührte sich. Gerade wollte er ein zweites Mal klopfen, als von drinnen eine Mädchenstimme ertönte. Die Worte waren nicht zu verstehen, aber der Tonfall war eindeutig unwillig. Die Tür wurde heftig aufgerissen, und vor ihm stand ein etwas zerzaustes, ziemlich hübsches, nicht mehr ganz junges Mädchen. Die wirren lockigen Haare waren ohne erkennbares System am Hinterkopf befestigt, wogegen sie sich aber hartnäckig zu sträuben schienen. Ihr roter Chiton war vom vielen Waschen ausgeblichen, allerdings verlieh die verblassende Farbe des Gewandes ihr einen blühenden Gesichtston. Verblüfft sah sie ihn an, offensichtlich hatte sie jemanden anderes erwartet.

»Ja bitte?« fragte sie.

Ebenso erstaunt betrachtete Silvanus die junge Frau. Irgendwie sah sie Laelia ähnlich, aber doch auch ganz anders. Sie könnte ihre Schwester sein ... Höflich stellte er sich vor. »Mein Name ist Silvanus Rhodius. Ich bin von Marcus Antonius beauftragt, den Mord an Antigonos aufzuklären ...«, fing er an.

Ruppig unterbrach ihn das Mädchen. »Schon gut, ich weiß. Komm doch rein, oder willst du hier die ganze Zeit in der

Sonne stehen? Ich nehme an, du weißt, daß ich Antigonos kannte und willst mir jetzt ein paar Fragen stellen!« Sie drehte sich um und schritt ihm voraus in den Innenhof. Dort bot sie ihm einen der Klappstühle an, sich selbst zog sie unsanft einen Hocker heran, der derart über den Mosaikboden kratzte, daß es Silvanus frösteln ließ.

»Möchtest du etwas trinken? Ihr Römer trinkt doch immer!« sagte sie. »Wein also?« Und ohne seine Antwort abzuwarten, klatschte sie in die Hände und rief: »Flusia, nun komm schon! Flusia, komm heraus! Ich weiß, wo du steckst. Wenn du nicht gleich da herauskommst, vergesse ich mich!« Aufgebracht stand sie von ihrem Hocker auf und verschwand schnellen Schrittes zwischen den Säulen. Er hörte einige Türen schlagen und dann Illicia auf jemanden einreden. Kurz darauf kam sie zurück. Auf einem Tablett trug sie einen Krug mit Wein, einen mit Wasser, dazu zwei Becher. Sie bat Silvanus, nun etwas freundlicher, einen Tisch heranzuziehen, auf dem sie das Tablett abstellte. Mit einem Seufzer ließ sie sich wieder auf ihrem Hocker nieder, griff einen der Krüge und schenkte Silvanus Wein ein. Sie selbst nahm sich von dem Wasser. »Nimmst du Wasser in deinen Wein? Meine Großmutter, die Römerin war, erzählte, auch in Rom sei das so üblich. Oder trinkst du lieber dieses unerträglich saure Zeug, dieses Pulsum? Das allerdings kann ich dir nicht anbieten.« Unwillkürlich schüttelte sie sich.

Silvanus sah sie irritiert an. »Ich hätte wohl gern Wasser in den Wein, und nicht zuwenig, bitte. Was das Pulsum betrifft, das trinken vor allem Legionäre. Ich selbst, nun, trinke es eigentlich eher selten.«

Illicia schien beruhigt über seine Trinkkultur und goß Wasser in seinen Becher. Während er an ihm nippte, sah er sich um. Licht ergoß sich aus der Dachöffnung in das Atrium. Im Impluvium, dem darunter liegenden Wasserbecken, sah er ein schönes Mosaik, das einen Delphin darstellte, umgeben von zahlreichen Fischen und üppigen Ranken. ›Nicht übel‹, dachte er, ›aber auch bestimmt nicht billig.‹ Inmitten des Impluviums erhob sich ein kleines Podest, auf dem ein Faun stand. Den kannte er doch, wo hatte er ihn bloß schon einmal gesehen?

Dann fiel es ihm ein. Ja richtig. Im letzten Jahr, als er wegen eines Falles nach Pompeji mußte, war er im Sommerhaus eines reichen Senators gewesen, der hatte einen ähnlichen Faun. Silvanus konnte sich sonst nicht für solche Dinge begeistern, nun aber war seine Aufmerksamkeit geweckt. Von einem Auktionator in Rom wußte er, daß diese kleinen Kunstgegenstände hohe Preise erzielen konnten, da sie zur Zeit sehr gefragt waren. Er konnte sich vorstellen, daß das in Kleinasien nicht viel anders war. Gerade hier gab es noch das ein oder andere Kleinod griechischer Kunst zu entdecken, und sicherlich wurden ebenfalls stolze Preise dafür verlangt.

Am anderen Ende des Atriums zog eine fast lebensgroße weiße Marmorstatue seinen Blick auf sich. ›De gustibus non est disputandum‹*, dachte er anerkennend und wandte sich wieder seiner Gastgeberin zu. »Du sagtest gerade, du kanntest Antigonos?« fragte er sie.

»Ja, das ist wahr. Ich kannte ihn. Ich kannte ihn sogar ganz gut.«

»Wie hast du ihn kennengelernt?«

»Ach, weißt du, das ist eine lange Geschichte. Und – ehrlich gesagt – ich wollte eigentlich gerade zu den Wettkämpfen aufbrechen. Willst du sie dir etwa nicht ansehen? Die Festspiele sind das Ereignis in Didyma. Sonst passiert hier nicht viel. Ich ziehe mir nur eben etwas Angemessenes an, dann gehen wir gemeinsam zum Stadion. Auf dem Weg kann ich dir alles erzählen, was du wissen willst. Übrigens wartet Laelia dort auf mich. Sie hat sicher nichts dagegen, wenn du mitkommst.« Wieder wartete sie seine Antwort nicht ab, sondern verschwand im Haus.

Silvanus nutzte die Gelegenheit dazu, sich weiter umzusehen. Er stand auf und schlenderte durch den Säulengang, der das Atrium umgab, vorbei am hübsch geschmückten Hausaltar, um sich die Statue auf der anderen Seite aus der Nähe anzusehen. Eine Apollonfigur, eine ganz hervorragende Arbeit, die ein Vermögen gekostet haben mußte, sinnierte er, als Illicia zurückkam.

* Über Geschmack läßt sich nicht streiten.

»Ach, du bestaunst unseren Apollon? Ein schönes Stück, nicht wahr? Ein Geschenk. Mein Vater hat ihn von einem reichen Bekannten bekommen, sozusagen geerbt. – Komm, laß uns gehen, es wäre ärgerlich, wenn wir die Eröffnung versäumen würden.«

Er musterte Illicia: Ihren verwaschenen Chiton hatte sie gegen ein langes, minzgrünes Gewand vertauscht. Über den Kopf hatte sie sich züchtig einen hauchdünnen roten Schleier gelegt.

»Bist du ganz allein zu Hause?« fragte Silvanus, als er sah, daß Illicia die Haustür absperrte.

»Nein, nicht ganz. Meine Sklavin Flusia ist noch da. Aber sie ist so furchtsam, daß ich schon ihr zuliebe die Tür abschließe. Aber wir wollten doch nicht über Flusia, sondern über Antigonos sprechen.« Sie blickte ihn niedergeschlagen an. »So wie ich rede, könnte man meinen, daß mir sein Tod überhaupt nichts ausmacht. Das ist nicht so! Aber ich weiß auch nicht ... Er wollte mich heiraten, immer wieder stand er hier vor der Tür. Einige Male habe ich mich mit ihm getroffen. Er kam auch oft auf einen Wein zu Bibulus.

»Und warum ist nichts daraus geworden?«

»Ach, weißt du, es gab so manchen Grund dafür, der wichtigste aber war, daß mein Vater ihn nicht besonders leiden konnte.«

»Warum?«

»Ja, so genau weiß ich es auch nicht. Er wurde nur immer ziemlich wütend, wenn Antigonos hierherkam. Mein Vater ist – wie soll ich sagen – nun, Antigonos fand, er sei nicht besonders gläubig.«

»Aber dein Vater war doch auch Priester, habe ich gehört!«

»Ich sehe, du hast dich bereits informiert!«

»Na ja, Hani Rami hat mir ein bißchen erzählt. Von ihm weiß ich auch, daß du Antigonos recht gut gekannt hast.«

»Das dachte ich mir schon. Ja, du hast recht, mein Vater war Priester, früher, allerdings ist er schon lange aus dem Kollegium ausgeschieden. Antigonos jedenfalls war sehr gläubig. Deswegen hatte er auch öfter Meinungsverschiedenheiten mit meinem Vater.« Sie raffte ihren Chiton, um ihn vor dem Staub des Weges zu schützen, während sie zwischen den Feldern dahinschritten. In der Ferne konnte man schon die Säulen des Apollon-Tempels erkennen.

»Du wolltest mir noch erzählen, wie du Antigonos kennengelernt hast!«

»Nun, er kam, wie die übrigen Priester auch, oft in die Taberna Bibuli. Ich helfe da manchmal in der Küche – das weißt du doch, oder?« Sie schaute ihn fragend von der Seite an. Sichtlich dachte sie darüber nach, was er wohl schon alles über sie in Erfahrung gebracht hatte. »Wir sind irgendwann ins Gespräch gekommen. Er war nicht sonderlich beliebt bei seinen Kollegen, deshalb saß er meistens allein an einem Tisch, wenn es nicht so voll war, daß zwangsläufig alle Tische besetzt waren. Als ich ihn kennenlernte, war nicht viel Betrieb bei Bibulus. Ich habe darum an jenem Abend in der Taverne ein wenig geschrieben. Wie du sicher weißt, schreibe ich Gedichte ... ab«, sie schaute ihn herausfordernd an. Offensichtlich wartete sie auf eine Reaktion. Silvanus aber schwieg und nickte ihr nur aufmunternd zu.

»Ich helfe ein paar Dichtern bei der Niederschrift ihrer Werke, und dabei begegnet mir auch manchmal ein inhaltliches Problem, so wie damals. Es war ein religiöses Thema, und so habe ich ihn gefragt. Irgendwie tat er mir schon immer leid, wie er da meistens so allein saß. Und er erklärte mir damals bereitwillig alles, was ich wissen wollte.«

»Was war das für ein Problem?« Silvanus bemühte sich, Interesse zu zeigen.

Illicia betrachtete ihn ungläubig, machte er auf sie doch nicht den Eindruck eines Schöngeistes. »Ob du es glaubst oder nicht, ich weiß es nicht mehr!« versuchte sie nachdrücklich zu behaupten, sie hatte wirklich keine Lust, mit ihm derartige Themen zu diskutieren.

»Daß dein Vater Antigonos nicht mochte, war doch aber nicht der einzige Grund, warum du dir mit deiner Entscheidung soviel Zeit gelassen hast, oder?«

»Nein, natürlich nicht. Letztlich hätte mein Vater gegen eine Heirat nichts eingewendet, er hätte meine Zustimmung akzeptiert. Aber sein Vertrauen kommt ja auch nicht von ungefähr.

Schließlich bin ich das Produkt seiner Erziehung. Nein, Antigonos war – wie soll ich sagen – er war manchmal so düster. Ja, richtig trübsinnig. Ständig machte er irgendwelche dunklen Bemerkungen, aus denen kein Mensch schlau wurde.«

»Was denn für Bemerkungen?«

»Ach, Dinge wie ›Sie werden schon sehen, wohin das führt‹ oder daß er etwas unternehmen müsse, damit das aufhört ... – so etwas in der Art. Nie hat er gesagt, wen oder was er damit meinte.« Illicia blieb plötzlich stehen und schaute auf den Boden. »Sieh mal«, wandte sie sich an Silvanus, »eine Schildkröte! Ist die nicht hübsch? Ich hatte als Kind mal eine im Garten. Mein Vater hatte mir ein kleines Gehege gebaut, darin wohnte sie.«

»Ach, übrigens, wo ist dein Vater überhaupt?«

Illicia dachte über diese Frage nach, als handele es sich um ein schwieriges mathematisches Problem – Mathematik war nie ihre Stärke. Schließlich antwortete sie. »Er hatte noch etwas zu erledigen und wollte anschließend auch zu den Spielen.«

Silvanus konnte nicht verstehen, was an dieser Antwort so überlegenswert gewesen war. Das machte ihn nun doch stutzig, er sollte es im Auge behalten.

Illicia nahm das Gespräch zögernd wieder auf. »Übrigens ist Antigonos gestern abend noch bei mir gewesen.«

»Was sagst du da?« Silvanus blieb überrascht stehen.

»Ja, Laelia hatte kurz vorher mit ihm gesprochen, danach ist er direkt zu mir gekommen.«

Das wurde ja immer besser. Laelia also auch! Der Gedanke war ihm gar nicht recht. »Warum ist er gekommen?« rang er sich durch zu fragen.

»Ach, das Übliche eigentlich. Nein, ehrlich gesagt, er war ziemlich wütend auf uns.« Illicia entschloß sich, ihm den ganzen Vorfall zu schildern. »Ich dachte doch, er sei betrunken, und außerdem war ich sehr enttäuscht von ihm. Er hätte ja nicht gleich zu einer anderen zu gehen brauchen ...«, sie schüttelte traurig den Kopf. »Ich konnte doch nicht ahnen ... Jedenfalls ist er danach gegangen. Ich habe mich sehr geärgert. Als ob ich ihn beobachten ließe!« Schweigend gingen sie ein

Stück, während Silvanus überlegte, ob er dieses seltsame Mädchen jetzt nach weiteren Einzelheiten fragen sollte oder erst später. Er entschied sich für später.

»Wußtest du eigentlich, daß Antigonos an den Spielen teilnehmen wollte?« unterbrach Illicia seine Gedanken.

»Ich habe davon gehört«, antwortete Silvanus.

»Wußtest du auch, daß Antigonos als der absolute Favorit im Fünfkampf galt?«

»Nein, das habe ich nicht gewußt. Ich dachte, es kommen Athleten aus aller Herren Länder hierher, und dabei sind doch die aus Delphi immer die aussichtsreichsten, wie man hört.«

»Sicher, selbst bei den großen Didymeen, den Spielen, die alle vier Jahre stattfinden, ist das so. Aber die Delegation aus Delphi kommt jedes Jahr, so auch diesmal. Und Antigonos ist einmalig«, traurig fügte sie hinzu, »gewesen, er hätte alle geschlagen, die aus Delphi, wie bei den nächsten großen Didymeen den Rest der Welt.«

Der Weg führte jetzt leicht bergab. Rechts von ihnen erhob sich der Tempel, an ihm mußten sie vorbei, um auf die Heilige Straße zu kommen.

»Hast du nicht gehört, daß er im letzten Jahr alle Wettkämpfe gewonnen hat, an denen er teilnahm?

»Nein, auch das habe ich nicht gewußt!«

»Siehst du, alles bekommt ihr Römer doch nicht mit!«

Irgendwie hatte er das Gefühl, daß sie Römern recht kritisch gegenüberstand; gehörte sie auch zu den Provinzbewohnern, die ihn und seine Landsleute am liebsten wieder jenseits des Meeres gesehen hätten? Trotz ihrer römischen Großmutter?

Illicia hatte sich Zeit genommen, ihn während des Marsches gründlich zu beobachten. Schließlich wollte sie sich ein Bild von dem Mann machen, der Laelia offensichtlich gefiel. Nun – ihr Geschmack war er nicht. Allerdings war er ihr auch wieder nicht so unsympathisch, wie sie zunächst gedacht hatte. Laelia hatte sogar recht, was seine Stimme betraf. Tatsächlich war sie sehr angenehm. Aber für einen Römer war er doch eher unsportlich. Sie hatte von Caesars berühmten Eilmärschen gehört – mit Silvanus an der Seite hätte er diese Berühmtheit sicher nicht erlangt, dachte sie spöttisch. Aber immerhin gehörte er zum Stab des Marcus Antonius, irgendwelche Qualitäten mußte er also besitzen.

»Meinst du, das könnte etwas mit seiner Ermordung zu tun haben?« fragte sie ihn völlig unvermittelt.

»Was?« Er war mit seinen Gedanken ganz woanders.

»Na, daß er der Favorit der Wettkämpfe war.«

»Wir müssen abwarten, was meine Befragungen ergeben. Ich habe ja gerade erst angefangen.«

Illicia schwieg eine Weile, während sie jetzt am Tempel vorbeischritten. »Sag einmal«, traute sie sich jetzt zu fragen, »wieso hat Marcus Antonius eigentlich gerade dich damit beauftragt, den Mord aufzuklären?«

»Ich habe in dieser Hinsicht einige Erfahrung«, erklärte er. »In Rom war ich mit für die öffentliche Ordnung zuständig und habe auch einige Todesfälle bearbeitet. Keine angenehme Beschäftigung, kann ich dir sagen«, seufzte er, ein wenig auch aus Erleichterung, denn sie hatten das Artemis-Heiligtum erreicht, wo der Feldweg in die Heilige Straße mündete. Hier herrschte ein unbeschreibliches Gedränge, ganz Kleinasien schien unterwegs zu sein. Fliegende Händler hatten ihre Stände aufgebaut und boten außer den üblichen Götterfiguren auch allerlei Andenken an die Heiligen Tage feil. Neben Zelten mit Erfrischungen für die Besucher standen kleine Pferche mit Opfertieren, deren Angst- und Durstgeschrei weithin hallte. Obsthändler priesen lautstark ihre Früchte an, Gaukler sorgten für Unterhaltung, Wasserverkäufer drängten sich durch die Menge, und Taschendiebe machten ein gutes Geschäft.

Silvanus betrachtete gerade eine Auslage mit kleinen Nachbildungen der Siegerstandbilder, die – so hatte er am Tage zuvor gesehen – die Straße bis zum Stadion säumten, als Illicia ihn ungeduldig am Arm griff und wegzog. »Komm, Laelia wird Probleme bekommen, die Plätze frei zu halten, wenn wir uns nicht beeilen!« Sie bahnte sich und ihrem Begleiter zügig den Weg durch die Menge. Außer Atem erreichten sie das Stadion. Illicia wandte sich nach links zu den Tribünen, hier hatte sie sich mit Laelia verabredet. Mit gerecktem Hals versuchte sie über die Menschen hinweg zu schauen. Aussichtslos! Sie sah sich nach Silvanus um, der die Menge fast um Haupteslänge überragte, und bat ihn, nach Laelia Ausschau zu halten. »Sie muß da drüben irgendwo sein«, sagte sie.

Silvanus versuchte, Laelia in der Menge auszumachen, als er sie auch schon rufen hörte. »Illicia, hier! Hier bin ich!« Jetzt konnte auch Illicia ihre Freundin auf der Tribüne stehen sehen, heftig mit beiden Armen winkend. Illicia holte tief Atem und arbeitete sich entschlossen voran, auf die Treppenaufgänge zu, die zu den oberen Reihen führten. Jetzt übernahm Silvanus die Führung. Sanft schob er einen Verkäufer beiseite, der zwischen den um Plätze kämpfenden Zuschauern herumwanderte und aus seinem Bauchladen Leckereien anbot, drehte sich aber noch einmal zu ihm um und kaufte ein Körbchen gerösteter Mandeln.

Laelia hatte einen guten Platz ausgesucht. Von hier oben hatten sie eine hervorragende Sicht, stellte Silvanus zufrieden fest, während sich die Freundinnen begrüßten. »Sieh mal, wen ich mitgebracht habe, Laelia. Ihr kennt euch ja bereits, nicht wahr? Du hast doch nichts dagegen, wenn wir ein bißchen zusammenrücken, damit Silvanus sich dazusetzen kann? Er hat nämlich noch nie unsere Wettspiele gesehen! Ist doch so, Silvanus?«

Der blickte Laelia in die Augen, die ihn freudig anlächelte. »Nein, äh, ja! Ich bin ja auch erst seit kurzem im Lande!« Er ärgerte sich. Diese Frau machte ihn verlegen. Bei Jupiter, das war ihm lange nicht passiert.

Die drei setzten sich auf die steinerne Stufe, deren Unbequemlichkeit Laelia mit zwei Sitzkissen zu mildern versucht hatte. Auch sie hatte sich festlich hergerichtet. Das orangefarbene Gewand stand ihr außerordentlich gut. ›Was für schöne Augen sie hat‹, dachte Silvanus entzückt. ›Und das Kleid paßt genau zu ihrer Haarfarbe! – Seit wann interessiere ich mich für solche Dinge?‹ fragte er sich überrascht.

Musik setzte ein. »Es geht los!« rief Illicia ihrer Freundin über Silvanus' Kopf hinweg zu. »Ja, sieh doch! Da kommen sie!« gab Laelia zurück.

In der Tat betraten jetzt die Wettkämpfer in langem Zug das Rund an der Seite des Tempels. Farbenprächtig gekleidete Dichter und Sänger, deren Auftritt nach den athletischen

Wettbewerben vorgesehen war, bildeten den ersten Block. Es folgten die Knaben und Jünglinge, der Nachwuchs sozusagen, die sich erste Sporen bei den sportlichen Kämpfen ihrer Altersstufe verdienen wollten, um hoffentlich irgendwann in der Klasse der Männer streiten zu können. Diese bildeten den Schluß des Zuges.

Silvanus setzte sich eine Spur aufrechter, nahm die Schultern zurück. Jetzt kam es darauf an, neben dieser Elite kampferprobter Männlichkeit zu bestehen. Unauffällig musterte er seinen Bauch, wenn er gerade saß, ging es so leidlich ... In Rom war er ständiger Gast im Stadion, allerdings ging er meistens zu den Wagenrennen, vor allem, um seiner Gattin zu entkommen. Aber daran wollte er jetzt nicht denken.

Laelia riß Silvanus aus seinen Gedanken. »Vigolos, unser diesjähriger Oberpriester, wird gleich reden. Bestimmt benutzt er die Gelegenheit, die Liste der Arbeiten, die am Tempel ausgeführt wurden, zu verlesen und um Spenden für die Bauarbeiten zu bitten. Dann wird er noch seinen Dank an den Organisator der Spiele aussprechen. Es ist jedes Jahr dasselbe, nur mit wechselnden Personen. Sieh mal, wie rot sein Gesicht ist. Hoffentlich fällt er nicht gleich tot um, unser Orakeldeuter. Dann hättest du gleich zwei Fälle zu untersuchen, Silvanus.« Sie lachte leise. Ein Blick von Illicia allerdings ließ sie verstummen. »Oh, entschuldige.« Sie wandte sich wieder an Silvanus. »Vigolos läuft der Schweiß immer in Bächen herunter, wenn er vor Publikum spricht. Das war schon so, als er Stephanephoros war und damit das höchste Amt in Milet innehatte, aber es wird von Jahr zu Jahr schlimmer. Er sollte ein wenig auf seine Gesundheit achten, unser Vigolos. Ich frage mich, warum er nicht seinen Stellvertreter die Rede halten läßt, wenn es ihn so erregt.«

Silvanus hörte ihr aufmerksam zu. Laelia selbst war allerdings nicht minder aufgeregt, bemerkte er. »Mußt du auch noch eine Rede halten, vielleicht später, in der Taverne?« neckte er sie.

Illicia, nach Laelias Bemerkung still geworden, rettete die Situation für ihre Freundin. »Laelia kann sich für jede Art von Sportveranstaltung begeistern.« Das entsprach zwar der Wahrheit, war aber natürlich nicht der alleinige Grund für ihre Unruhe.

»Oh, interessant«, sagte Silvanus und blickte anerkennend auf die neben ihm sitzende junge Frau.

Während Vigolos seine Rede hielt, knabberten sie ihre Mandeln. »Heute habe ich daran gedacht, einen Krug mit verdünntem Wein mitzunehmen. Ich habe aber leider nur zwei Becher dabei. Schließlich konnte ich nicht wissen, daß du auch kommst.« Laelia warf ihm einen scheuen Blick zu. »Wenn es dir nichts ausmacht, kannst du aus meinem Becher trinken, ich teile mir den anderen mit Illicia«, bot sie ihm an. Silvanus, inzwischen recht durstig, nahm das Angebot erfreut an.

Die Athleten hatten ihre Gewänder abgelegt und sich zum Wettrennen aufgestellt.

»Sieh mal, da ist Antiphon, der Delphier!« Laelia beugte sich vor und zeigte auf einen der Läufer. »Erinnerst du dich, der war gestern und vorgestern in der Taverne!«

»Kommt mir auch irgendwie bekannt vor, aber bei dem Dunst in der Schankstube kann man die Leute nicht immer genau erkennen. Und ich habe nur kurz aus der Küche geguckt, als du mir erzähltest, daß Antigonos' großer Rivale da sei.«

Laelia konzentrierte sich auf das Rennen. »Der Junge ist schnell! Gegen den hätte Antigonos einen schweren Stand gehabt!« Sie wandte sich an Silvanus. »Hat Illicia dir erzählt, daß Antigonos im letzten Jahr alle Wettkämpfe gewonnen hat?«

Silvanus sah sie an und nickte. ›Diese Augen‹, dachte er. ›Diese Augen‹, dachte sie.

»Er hätte auch gegen den hier gewonnen«, mischte sich Illicia ein. »Ganz sicher!« Und schon rannen ihr wieder Tränen über die Wangen. Laelia warf einen besorgten Blick auf ihre Freundin und bat Silvanus, mit ihr den Platz zu tauschen. Illicia brauchte offensichtlich ihren Beistand. Tröstend drückte sie ihre Hand. »Silvanus wird den Mörder finden, da bin ich ganz sicher«, raunte sie ihr zu.

Illicia wischte sich die Tränen mit einem Zipfel ihres Schleiers ab und sah wieder zu den Läufern, die sich mit vor Anstrengung verzerrten Gesichtern dem Zielstein näherten, der Delphier allen voran.

Verhaltener Beifall folgte dem Sieg des jungen Mannes. Die meisten Zuschauer stammten aus der Gegend und hatten sich auf die Begegnung der beiden Favoriten, Antigonos aus Didyma und Antiphon aus Delphi, gefreut. Antigonos' Tod hatte die Stimmung erheblich gedrückt.

Illicia tastete nach einer weiteren Mandel und stellte zu ihrem Bedauern fest, daß das Körbchen schon leer war. »Die Mandeln werden von Jahr zu Jahr weniger«, bemerkte sie zu Laelia. Diese schaute suchend um sich und winkte dann den Verkäufer herbei. »Möchtest du noch mehr Mandeln oder lieber etwas anderes?« Fragend blickte sie Silvanus an.

»Ich hätte gern noch ein paar davon«, antwortete Illicia pikiert. Laelias Blick riß sich von Silvanus los, sie nickte ihrer Freundin kurz zu und wählte ein zweites Mandelkörbchen aus. Der Verkäufer nahm die ihm gereichte Münze entgegen und meinte: »Ein schöner Lauf war das, nicht wahr? Mit diesem Mann aus Delphi haben die Spiele doch sehr gewonnen, findet ihr nicht auch? Ich bin gespannt, wie er sich in den anderen Disziplinen schlägt!« Er steckte die Münze in seinen Beutel und ging die Stufen zu den unteren Rängen hinunter.

»Idiot«, zischte Laelia hinter ihm her. »Ach, übrigens, Illicia, du denkst doch daran, daß wir nicht bis zum Schluß bleiben können? Mein Vater hatte darum gebeten, daß wir ihm helfen. Es ist dir doch recht, oder?«

»Natürlich, Bibulus hat mich gestern schon gefragt. Ich denke, wir bleiben noch bis zum Ringkampf, dann gehen wir.«

Als nächstes wurde der Diskuswurf ausgetragen. Auch in dieser Disziplin trat Antiphon, der Sieger der Wettläufe, an.

»Schaut mal, da ist er wieder!« Laelia war aufgesprungen. Silvanus betrachtete sie hingerissen. Eine Frau, die sich derartig für Sport interessierte, fand man nicht oft. Illicia schien dieses Verständnis nicht zu haben, denn sie widmete ihre ganze Aufmerksamkeit den Mandeln.

»Schau doch nur, wie seine Muskeln spielen, und jetzt – mit welcher Kraft er den Diskus schleudert! Nun sieh doch mal!« Ungeduldig zupfte Laelia ihre Freundin am Ärmel. Endlich wirkte ihr Interesse ansteckend, und beide Mädchen spendeten kräftigen Beifall.

Silvanus dagegen konnte sich nicht recht auf das Wettkampfgeschehen konzentrieren. Das Gespräch mit Illicia ging ihm wieder durch den Kopf. Es hatte viele neue Fragen aufgeworfen, die geklärt werden mußten. Eine Befragung der Priester war dringend nötig. Er sah aber, daß er sich damit bis nach den Festspielen gedulden mußte. Vertraulich beugte er sich zu Laelia hinüber. »Ich müßte auch mit dir noch wegen des Mordes sprechen, am besten heute. Meinst du, daß es möglich sein wird?«

Laelia kehrte in die Realität zurück. »Natürlich. Du kommst doch nach den Spielen zu uns? Es wird zwar sehr viel zu tun sein, aber wir werden sicher eine Gelegenheit finden.«

»Und ich müßte auch mit den Priestern sprechen, vor allem mit – wie heißt er noch – der Oberpriester?«

»Mit Vigolos? Nun, entweder er trinkt einen Becher Wein bei Vater, oder du findest ihn in seinen Amtsräumen. Es kann sein, daß das Festkomitee sich noch zu einer Besprechung trifft. Am besten, du erkundigst dich direkt im Tempel. Aber du wirst schon bis nach der Siegerehrung warten müssen, Vigolos wird nicht nur die Kränze überreichen, sondern danach auch noch die Opferfeier durchführen. Das dauert.« Laelia hatte sich ganz Silvanus gewidmet, so daß erst Illicias Aufschrei sie wieder aufblicken ließ. »Schaut euch das an! Auch den Diskuswurf hat er gewonnen!«

›Sie ist also doch nicht ganz so teilnahmslos‹, dachte Silvanus. ›Wirklich zwei eigenartige Mädchen.‹

Mittlerweile stellten sich die Athleten im Stadion auf, um sich im Ringen zu messen. Wenn Silvanus an seine Ringkämpfe im Gymnasium zu Hause in Rom dachte, brauchte er den Vergleich nicht zu scheuen. Wie oft hatte er seine Gegner in den Staub geworfen, war selbst unerschütterlich stehen geblieben.

So verfolgte er höchst interessiert die Begegnungen. Etwas später zeigte sich, daß der junge Mann aus Delphi wieder das Finale erreicht hatte: Sein Gegner war ein Karier aus Herakleia. Die Sportler standen sich mit ausgestreckten Armen gegenüber. Plötzlich griffen sie zu, umklammerten sich, doch die Hände glitten an den eingeölten Körpern ab. Wieder griffen sie zu. Hier kämpften Gleichwertige gegeneinander. Am Ende der dritten Runde stand der Sieger fest: Es war der Mann aus Delphi.

»Komm, meine Liebe, für uns war es das!« wandte sich Laelia an Illicia. Bedauernd sah sie Silvanus an.

»Müßt ihr jetzt gehen?« fragte dieser überflüssigerweise.

»Ja, aber wenn du bleiben und dir das Speerwerfen ansehen möchtest, lasse ich dir gern den Korb mit dem Weinkrug hier, ein Kissen natürlich auch. Nachher kannst du uns dann berichten, wie der Wettkampf ausgegangen ist.«

Silvanus nahm das Angebot gerne an.

Die Mädchen schoben sich an den Beifall klatschenden Zuschauern vorbei dem Ausgang zu. Vor dem Tempel atmeten sie tief durch und gingen dann langsam die Straße hoch zur Taberna Bibuli. »Na, wie gefällt er dir, Illicia?« fragte Laelia und betrachtete scheinbar gleichgültig die Auslage eines Händlers.

»Silvanus?«

»Ja, natürlich, wer denn sonst!« Laelia wippte ungeduldig auf den Zehenspitzen. »Nun sag schon, gefällt er dir?«

»Warum sollte es wichtig sein, ob er mir gefällt?« quälte Illicia ihre Freundin. Schließlich hatte sie Mitleid. »Ja, er gefällt mir!«

Ein scharfer Blick schoß aus Laelias Augen.

»Du machst es einem aber wirklich nicht leicht. Er gefällt mir, aber so sehr nun auch wieder nicht. Ich habe dir doch schon gesagt, daß er nicht mein Typ ist. Er ist mir einfach zu ... füllig. Er hat ja Oberarme, wie andere Menschen Beine. Aber nett ist er schon! Und er hat ja ohnehin nur Augen für dich!«

Schweigend setzten sie ihren Weg fort. Kurz vor ihrem Ziel blieb Laelia noch einmal stehen. »Meinst du wirklich?«

»Was?« fragte Illicia überrascht.

»Na, daß er mich mag?«

»Das würde sogar Monoculos sehen!« Mit diesen Worten öffnete sie die Tür zu Bibulus' Taverne.

*

»Schön, daß ihr schon da seid, Mädchen!« rief Bibulus, als er Laelia und Illicia zur Türe hereinkommen hörte. Er war gerade dabei, große Amphoren mit Wein für den Abend bereitzustellen. Die billigeren und weniger guten nach links, die teuren Weine nach rechts, damit Monoculos, der ihm beim Ausschank helfen sollte, sich zurechtfand. »Und daß ich dich nicht wieder dabei erwische, den billigen Wein an die Betrunkenen als den guten Falerner auszuschenken! Wir werden heute abend illustre Gäste haben«, wandte er sich streng an den blinden Sklaven, welcher schuldbewußt sein eines Auge zu Boden senkte und murmelte: »Nein, Herr!«

Laelia setzte lachend hinzu: »Nur Rubi brauchst du nicht den besten zu bringen. Dieser Gallier versteht sowieso nichts von Wein. Und vermische ihn kräftig mit Wasser, damit er sich nicht wieder übergeben muß, so wie gestern. Hat Offilia schon saubergemacht?«

Monoculos lächelte. »Ich weiß, Herrin, wieviel und was ich dem Gallier zu geben habe, damit er am besten spielt. Nur schlich er sich gestern wohl häufiger an die Amphore, wie mir Thabea erzählte, so daß wir keine Kontrolle mehr hatten. Die Herrin Offilia ist noch nicht da, sie ist erst kurz vor der Mittagsstunde aufgestanden und dann gleich zu den Spielen gegangen. Thabea hat den Boden gewischt.«

»Immer dasselbe«, seufzte Laelia, »Vater, warum sprichst du nicht einmal ein Machtwort?«

Unglücklich zauste Bibulus sein schütter werdendes Kopfhaar. »Ach, Kind, sie ist nun einmal so. Außerdem hat sie mit den Kleinen genug zu tun.« Selbst nicht überzeugt von seiner Erklärung wandte er sich wieder den Amphoren zu.

»Um die Kinder kümmert sich doch nur Rubi«, mischte sich Illicia ein, »man kann ja über ihn sagen, was man will, aber er ist ein liebevoller Vater – und dabei sehen nur zwei von den Fünfen so aus wie er ...«

»Ja, da hast du recht, Illicia, mein Mädchen, gerade jetzt ist er wieder mit ihnen an den Bach zum Schwimmen gegangen«, sagte Bibulus, froh, das Thema wechseln zu können, »und wir dürfen auch nicht vergessen, seine Flötenmusik ist eine Attraktion unseres Hauses.

So, und jetzt an die Arbeit! Monoculos, hilf mir mal mit dieser Amphore!«

Laelia, deren Augen vor Zorn funkelten, wollte etwas erwidern, wurde aber von Illicia am Arm in die Küche gezogen. »Komm, ärgere dich nicht, laß uns alles für heute abend vorbereiten. Je eher wir fertig sind, desto schneller können wir uns zu den Gästen gesellen. Silvanus wollte doch kommen. – Und die Athleten ...«

Laelia versuchte ein Lächeln. »Du hast recht, Ärgern nützt nichts. Ziehen wir uns schnell um.«

Plaudernd bereiteten sie die Speisen vor. In der Taberna Bibuli wurden heute nur Kleinigkeiten angeboten, da nach den Spielen das Fleisch der von Vigolos geopferten Tiere verteilt werden würde. So widmete sich Thabea dem Salat und den Platten mit Früchten, während Laelia kleine Fleischbällchen rollte, die Illicia in Sesam wälzte und in Öl briet. Erfahrungsgemäß würde ihre Hilfe nur in den ersten Stunden benötigt, danach schaffte die Sklavin die Arbeit allein, und Illicia und Laelia konnten sich zu den Gästen setzen.

»Wollte dein Vater nicht noch eine zusätzliche Sklavin kaufen?« fragte Illicia, die eine Pfanne voll fertiger Sesambällchen in eine Schüssel füllte.

»Ja, hatte er eigentlich vor«, antwortete Laelia, »aber meine Mutter hat im letzten Jahr ihre Mitgift zurückgefordert. Er muß deswegen immer noch ein wenig sparen.«

»Ach ja, stimmt«, murmelte Illicia verlegen, »daran habe ich nicht mehr gedacht. Soll ich euch Flusia zurückschicken?«

Flusia war ein Geschenk Laelias an ihre Freundin gewesen. Einmal, weil Tollimos' Haussklavin gestorben war, zum anderen, weil Monoculos großen Gefallen an der Nubierin gefunden hatte und sie auf Schritt und Tritt verfolgte. Flusia, noch jung, schön und sehr schüchtern, wußte sich nicht anders zu helfen, als sich in der Vorratskammer einzuschließen. Selbst nachdem Monoculos zurechtgewiesen worden war und die Nachstellungen einschränkte, gab Flusia ihr Refugium nicht auf und wagte sich kaum hervor. Eine große Hilfe war sie nicht. Was schließlich den Ausschlag gab, sie zu verschenken, war die unangenehme Tatsache, daß, wenn Flusia sich einsperrte, niemand an die Vorräte herankam. Gutes Zureden, Drohungen, Versprechungen – nichts half. Sie in gute Hände abzugeben war die einzige Lösung.

»Nein, nein«, sagte Laelia, »behalte sie ruhig, sie fühlt sich hier ja doch nicht wohl. Und mach dir keine Sorgen, Vater wird in diesem Monat genug verdienen. Vielleicht kauft er nach den Spielen eine Neue. Germaninnen sind gerade recht billig, habe ich gehört.«

»Ja«, lachte Illicia beruhigt, »nur der Transport ist teuer. Oder wie wär's mit einer rothaarigen Gallierin, dann hätte Rubi wenigstens Gesellschaft und vielleicht ein bißchen Freude.«

Krachend flog die Tür auf. »Rubi? Gesellschaft und Freude? Wovon redet ihr?« Offilia stürmte herein. Ihr dunkles Haar hatte sich gelöst, die Wangen waren freudig gerötet, die Augen leuchteten erregt. Trotz ihrer Leibesfülle strahlte sie eine ungeheure Vitalität aus. »Ave Mädels!« Rubingetorix war schon vergessen. »Wart ihr im Stadion? Antiphon hat alles gewonnen. Keiner hat ihn auch nur eine Sekunde gefährdet. Er war – einfach der Beste! Ich habe hundert Sesterzen auf ihn gesetzt und hundertfünfzig gewonnen. Gestern hätte ich das Hundertfache bekommen. Alle hatten ja auf Antigonos gesetzt, aber der hätte keine Chance gegen ihn gehabt. Oh.« Entschuldigend sah sie Illicia an.

»Hm«, machte diese, »Antiphon ist der junge Mann aus Delphi, nicht wahr? Wir haben das Laufen, den Diskuswurf und das Ringen gesehen, den Speerwurf und Weitsprung allerdings nicht mehr. Ja, er ist gut, aber ich glaube nicht, daß er Antigonos geschlagen hätte.«

»Na, du mußt es ja wissen, Illicia«, erwiderte Offilia spitz, »aber ich kann auch einiges beurteilen. – Ich muß jetzt noch ein wenig ruhen, die Nacht wird heute lang werden.«

»He, Offilia, du könntest ein wenig helfen. Wir ...«, begann Laelia, aber ihre Schwester war schon aus der Küche geeilt.

»Was meinte sie damit, sie kann einiges beurteilen?« fragte Illicia.

»Keine Ahnung«, brummte Laelia.

*

Die Taberna Bibuli war bis auf den letzten Platz besetzt. In einer Ecke saßen ein paar Priester an einem Tisch, an einem anderen sah man die Magistraten von Milet, Ephesos und Priene, die sich verhalten unterhielten. Gegenüber hatte Sextus Crassus, der Besitzer des hiesigen Bordells, mit milesischen Geschäftsleuten Platz genommen. Etwas abseits saßen Hani Rami und Silvanus Rhodius. Einige Athleten, unter ihnen der Sieger des Fünfkampfes, mit einem Lorbeerkranz geschmückt und glücklichem Gesicht, hatten sich hier noch auf einen Becher Wein getroffen. Doch die allgemeine Stimmung war gedrückt. Der Tod des Antigonos beschäftigte die meisten der Anwesenden, und dem strahlenden Sieger der Wettkämpfe wurde der Lorbeer des Apollon nicht recht gegönnt.

Es war Tradition, gegenseitig zu den Spielen in Delphi und Didyma sich jeweils die besten Athleten zu entsenden. Die alte Rivalität zwischen den Orakelstätten wurde somit auf sportliche Weise ausgetragen. War Delphi in der Vergangenheit unbestritten das wichtigste Orakel des Apollon gewesen, so war Didymas Einfluß in den Jahren der römischen Herrschaft ständig gewachsen. Es lag den Unruheherden im Osten, Parthien und Armenien, näher und wurde daher von den Römern vor jeder militärischen Operation in Anspruch genommen. Man glaubte nicht nur an die Weisheit des Gottes, Rom zollte auf diese Weise auch seinen östlichen Provinzen Respekt. Darüber hinaus wurde das Heiligtum von Privatleuten und Magistraten vieler Länder, ja sogar von Parthern und Armeniern aufgesucht und verehrt. So vermehrten sich Einfluß und Reichtum des Tempels beständig.

Auch Brutus und Cassius – die Mörder Caesars – hatten das Orakel befragt und daraufhin radikal die Steuern für die Provinz Asien und die anderen östlichen Provinzen erhöht, was sie allerdings – so munkelte man – auch ohne Orakel getan hätten. Sie brauchten das Geld für den Kampf gegen die Rächer Caesars. Nach der Schlacht bei Philippi, in welcher die Heere der beiden von Marcus Antonius und Octavian (der allerdings im entscheidenden Augenblick krank danieder gelegen hatte) vernichtend geschlagen worden waren, hatte nun auch Antonius angekündigt, das Apollon-Orakel von Didyma zu befragen. Allein diese erklärte Absicht hatte ihm, auf den man große Hoffnungen setzte, bereits viele Sympathien bei den Bewohnern der Provinz eingebracht. Geplant war gewesen, die Frage direkt nach der Prozession zu stellen, an Vigolos, den Prophetes, vor aller Augen. Angesichts des Mordes aber hatte man dies erst einmal unterlassen.

Nachdem lange Zeit die Athleten aus Delphi den Fünfkampf dominiert hatten, war im Jahr zuvor der Stern des Antigonos aufgegangen, eines Ausnahmeathleten, der alle anderen Sportler in den Schatten stellte. Der Delphier Antiphon war nun das erste Mal in dieser Disziplin dabei und hatte beim Training seinen ihm vorauseilenden Ruf, als einziger Antigonos schlagen zu können, untermauert. Die Spannung vor dem Wettkampf war groß gewesen, nie waren so viele Wetten abgeschlossen worden, und nun drückten neben der Trauer um den Toten auch die Enttäuschung über das entgangene Duell auf die Stimmung.

Dieser setzte Sextus Crassus mit lauter Stimme ein Ende: »Der Gallier soll Flöte spielen!« Viele griffen den Ruf auf. »Ja, Rubingetorix soll spielen!« – »Spiel uns auf, Rubi!« Der Gallier, der bis dahin zufrieden mit einem Krug Wein in einer Ecke gesessen hatte, lächelte freundlich und zog eine kleine Metallflöte aus seinen weiten Beinkleidern, jenem seltsamen Kleidungsstück, das den Menschen hier so fremd war, daß Kinder den Gallier mit offenen Mündern anstarrten, Halbwüchsige sich laut kichernd abwandten und Männer wie Frauen mißbilligend die Augenbrauen hochzogen. Rubingetorix kümmerte dies wenig. Er beharrte auf seinen Beinkleidern.

Alle Augen richteten sich jetzt auf den kleinen, dicken Mann, als er die erste Weise anstimmte. Er begann mit einer getragenen Melodie. Die weichen, hohen und tiefen Töne fluteten durch die Taverne, und alles Reden erstarb. Gebannt ließen sich die Gäste von der Musik davontragen, die Visionen von der Liebe rot bezopfter Männer und rotblonder Mädchen hervorzauberte, in einem wilden, fernen Land. Als Rubi endete, hatten viele Tränen in den Augen, und nach einem kurzen Moment der Stille brach stürmischer Applaus los. Der Gallier stimmte ein zweites Lied an, ein fröhliches diesmal, bei dem die Gäste unwillkürlich versuchten, mit den Füßen den fremdartigen Takt zu schlagen. So spielte er eine Weise nach der anderen, bis kleine Speicheltröpfchen aus dem kupfernen Instrument zu tropfen begannen. Rubingetorix bedeutete den Gästen, daß er eine Pause machen wolle. Strahlend seinen Beifall hinnehmend, lehnte er sich zurück und goß sich einen neuen Becher Wein ein.

Illicia und Laelia hatten von Bibulus das Zeichen erhalten, daß ihre Hilfe nun nicht mehr benötigt wurde, und so zogen sie sich um und gesellten sich zu Tollimos, Hani Rami und Silvanus Rhodius. Hübsch sahen sie aus, die beiden jungen Frauen. Illicia tiefrot gekleidet, mit einer Schärpe um die Hüften, Laelia in einem grünen Gewand, das ihre Augenfarbe besonders unterstrich. Silvanus blickte Laelia bewundernd an und legte seine Hand auf ihren Arm. »Beim capitolinischen Jupiter, ich habe in Rom öfter Gallier musizieren hören, aber dieser Mann ist ein wahrer Künstler. Ich habe ihn schon gestern hier gesehen. Lebt er hier?«

Laelia errötete leicht, ließ seine Hand, wo sie war, und antwortete: »Ja, das ist Rubingetorix, der Ehemann meiner Schwester Offilia Bibula. Sie wohnen bei uns. Er kam vor einigen Jahren hierher, um das Orakel zu befragen. Er hatte kein Geld dafür, und so spielte er auf seiner Flöte, um es zu verdienen. Meine Schwester war so fasziniert, daß sie ihn heiratete.« Sie lachte. »Er versuchte später, das Orakel zu befragen, aber man verstand ihn nicht und nahm an, er frage nach seiner Zukunft. Die Antwort lautete, seine Zukunft läge hier. Ob das wirklich seine Frage war, weiß keiner. Er spricht nur wenig Griechisch oder Latein, und keiner hier kann Gallisch. Aber es scheint ihm nichts auszumachen.«

»Wenn deine Schwester so hübsch ist wie du, Laelia, kann der Gallier sich glücklich schätzen«, sagte Silvanus. »Ist sie auch hier?«

»Ja, sie sitzt dort drüben bei dem Delphier.« In der Tat saß Offilia in einem weit fallenden, meerblauen Chiton dicht neben dem strahlenden Antiphon. Ihr helles Lachen tönte laut durch den Raum.

»Sie scheint recht vertraut mit ihm zu sein«, bemerkte Silvanus, »kennt sie ihn näher?«

»Ich sah sie ein paarmal miteinander reden«, sagte Laelia nachdenklich, »die Athleten sind seit einer Woche hier in Didyma, einige kommen manchmal am Abend zu uns. Offilia ist ...« Sie brach ab.

»Was wolltest du sagen, Laelia?« Silvanus rückte ein unmerkliches Stückchen näher.

»Ach, nichts. Sag, Silvanus, hast du schon einen Verdacht?«

Silvanus' Hand lag noch immer auf ihrem Arm, als sie jedoch einen unwilligen Blick von Tollimos auffing, entzog sie sich ihm und legte ihre Hände züchtig in den Schoß. Erwartungsvoll sah sie Silvanus an.

Der senkte vertraulich die Stimme. »Nein, keinen konkreten. Viele könnten es gewesen sein, jeder, der nicht in Milet war, um in der Prozession mitzugehen. Ich habe versucht, nach dem Fünfkampf mit Vigolos zu sprechen, aber, wie du schon sagtest, er ist mit dem Fest beschäftigt. Sie haben mich auf morgen vertröstet. Ich habe mich auch unter den Wettkämpfern umgehört, soweit ich sie erreichen konnte, aber die waren in der Mordnacht entweder in Milet, die Dichter und Sänger jedenfalls, oder früh im Bett, wie die Sportler. Und Antiphon war hier, so erzählten sie. Stimmt das?«

»Ja, ich habe ihn gesehen.«

Silvanus sah sie an. Warum erzählte er ihr das alles? Schließlich war sie, wenn er es auch nur ungern dachte, eine potentielle Verdächtige. Er kannte sie erst einen Tag. Dennoch, er hatte das Gefühl, daß er ihr vertrauen konnte, und sein Gefühl hatte ihn selten getrogen. »Ich möchte dich um etwas bitten. Euch, dir und Illicia, kommt doch hier so manches zu Ohren. Wenn ihr etwas hört, was mir helfen könnte, teilt es mir bitte mit. Und wie ich heute nachmittag schon sagte, würde ich mich gerne einmal mit dir allein unterhalten, in aller Ruhe, vielleicht kannst du mir etwas über die Menschen hier erzählen.«

»Oh, natürlich, gerne.« Laelia lächelte.

»Vielleicht morgen nachmittag«, schlug er vor, »wenn du nicht zuviel zu tun haben solltest. Heute ist es ja doch schon ein wenig spät. Vielleicht weiß ich dann auch schon mehr.«

»Ich denke, das werde ich einrichten können«, meinte Laelia, »ich werde erst abends wieder helfen müssen. Und erfahrungsgemäß ist der größte Ansturm morgen vorbei, viele reisen schon wieder nach Hause.«

»Reisen die Athleten auch schon morgen ab?« fragte Silvanus.

»Nein, die bleiben noch ein paar Tage, um sich auszuruhen. Sie ...«

»Ave, mein Silvanus«, unterbrach ein gutaussehender Mann die Unterhaltung der beiden. »Willst du mich nicht mit den jungen Damen bekannt machen?« Marcus Antonius hatte die Taberna Bibuli zusammen mit Vigolos, der sich zu den Priestern gesellte, unbemerkt betreten. Die wenigsten kannten den Imperator persönlich, und da er – gemäß seiner Gewohnheit – ein unauffälliges griechisches Gewand trug, war er nicht weiter beachtet worden. Das lag ganz in seiner Absicht.

»Ave, Marcus Antonius«, antwortete Silvanus und erhob sich. »Dies ist Laelia Bibula, Tochter des Hauses und Übersetzerin. Und das ist Illicia, Tochter des ehemaligen Apollon-Priesters Tollimos«, er wies auf diesen, »und Kopistin. Das dort ist Hani Rami, ägyptischer Arzt. Setz dich zu uns, der Wein ist gut hier.«

»Es ist mir eine Freude«, sagte Antonius allen zunickend und setzte sich neben Illicia, die verlegen ob des hohen Besuches ein wenig zur Seite rückte. »So, du bist Kopistin«, wandte sich Marcus Antonius an sie, »das trifft sich gut, möchtest du nicht zu gegebener Zeit ein paar Erlasse für mich kopieren?«

Illicia konnte kaum glauben, was sie hörte. Der mächtigste Mann des Römischen Reiches – ja, der ganzen Welt – gab ihr, Illicia, einer kleinen Kopistin aus Didyma, einen Auftrag. Nun ja, er hatte sie noch nicht direkt beauftragt, es aber angekündigt. Und selbst wenn nicht, er saß neben ihr, genauso gutaussehend, wie man immer sagte, und strahlte einen ungeheuren Charme aus. Sie merkte, daß er sie, noch immer eine Antwort erwartend, ansah. Sie riß sich zusammen, sah ihm fest in die Augen und erwiderte mit einer Selbstsicherheit, die sie keineswegs spürte: »Aber natürlich, Marcus Antonius, ich würde mich geehrt fühlen.«

»Schön«, sagte dieser und winkte Monoculos zu, der gerade mit einem Tablett voller Weinkrüge vorüberging. Als dieser nicht reagierte, rief er unwirsch: »He, Sklave, bringe uns Wein, den besten, den ihr habt.«

Monoculos drehte sich zu ihm um, so daß der Schein der Wandfackel direkt auf die leere Augenhöhle fiel, und antwortete nicht unbedingt freundlich: »Gerne, Herr, aber erst, wenn die Reihe an Euch ist. So lange müßt ihr Euch schon gedulden.«

»Monoculos«, zischte Laelia ihn an, »benimm dich, du weißt nicht, wer er ist.«

»Ist mir egal«, erwiderte der Sklave schon im Gehen, »Anweisung von dir selbst, Herrin, immer der Reihe nach.« Damit verschwand er. Laelia war die Szene äußerst peinlich. »Entschuldige, Imperator, aber er ist so gut wie blind und ein wenig verzogen. Ich werde selbst gehen und den Wein besorgen.«

»Nein, bleib!« Antonius hielt sie zurück. »Ich bin ein Gast wie jeder andere hier, der den Abend genießen möchte, und der Sklave hat ganz recht. Wie auch du mit deiner Anweisung. Sage mir aber, schöne Laelia, wie schafft es ein blinder Mensch, in einer so großen Taverne zu arbeiten, ohne gegen etwas zu stoßen und den Wein zu verschütten?«

»Oh«, sagte Laelia, »solange alles an seinem Platz steht, passiert überhaupt nichts. Er hat ein sehr gutes Hörvermögen und merkt sich genau, wer wo sitzt, außerdem fühlt er, glaube ich, ob etwas oder jemand im Wege ist. Er ist ein sehr guter Sklave«, fügte sie mit einem gewissen Stolz hinzu.

»Das glaube ich dir gerne«, Antonius beobachtete Monoculos, der mit dem Wein kam, sicher auf sein Ziel zuschreitend. Dann wandte er sich an Silvanus: »Und du, mein Freund, hast du den Mörder schon gefunden?«

Kleine Schweißperlen bildeten sich auf Silvanus' Stirn. »Ähm, nein, aber ...«

»Ach, berichte mir später«, unterbrach Antonius, »laß uns heute abend fröhlich sein und nicht von solchen Abscheulichkeiten reden. Nunc est bibendum*!« Er hob seinen Becher. Alle sahen Marcus Antonius an, ihre Becher in den Händen.

* Laßt uns trinken.

Silvanus erleichtert, Illicia bewundernd, Hani'Rami und Tollimos beeindruckt; Laelia schaute besorgt auf Silvanus' schweißbedeckte Stirn. »Nunc est bibendum«, riefen sie, und alle erhoben ihre Becher.

*

Schlaflos lag Silvanus Rhodius auf seinem Bett. Es war spät, er hatte einiges getrunken und war todmüde, aber es war zuviel passiert in diesen letzten Tagen. Er schlug die leichte Leinendecke zurück und setzte sich auf. Das silbrige Licht des Mondes fiel durch das schmale Fenster. Zum ersten Mal seit seiner Ankunft sah er sich richtig um. Das Zimmer war nur spärlich, aber geschmackvoll und dazu bequem eingerichtet. In einer Ecke befand sich eine schön verzierte Holztruhe, in welche Thabea seine Sachen geräumt hatte, in der anderen ein dreibeiniger Tisch mit zwei Korbsesseln. Das Bett war einfach, aber sauber und bequem. Als er aus der Schankstube nach oben kam, war es frisch gemacht, und seine Tunika, die er gestern getragen und achtlos auf einen der Sessel geworfen hatte, lag frisch gewaschen und ordentlich zusammengefaltet auf der Truhe. ›Es hat seine Vorteile, für Marcus Antonius zu arbeiten‹, dachte er und erinnerte sich mit Schaudern an die billigen, nach Urin stinkenden Herbergen, in denen er wegen Geldmangels allzuoft genächtigt hatte.

Er stand auf und ging an das Fenster. Im Mondlicht konnte er den nahen Tempel sehen. Kaum ließ sich die offene Säulenhalle erahnen, die dem großen Portal vorgelagert war, an deren Seiten, wie er gehört hatte, zwei Gänge in den riesigen Tempel hineinführten.

Deutlicher hingegen waren die Statuen zwischen den Säulen zu erkennen, stumme Zeugen für die enorme Bedeutung dieses Tempels. Silvanus war von einer gewissen Ehrfurcht erfüllt. Es war das größte und beeindruckendste Bauwerk, das er je gesehen hatte. Und – wenn auch noch nicht vollständig vollendet – mit nichts in Rom vergleichbar. Obwohl sein Glaube an die Götter im Laufe der Jahre nachgelassen hatte, konnte er sich des Gefühls nicht erwehren, daß an diesem Ort etwas Besonderes war. ›Apollon, wenn es dich gibt, dann gibt es dich hier. Nicht heute am Tage, als die Spiele rings um den Tempel brandeten, sondern in dieser friedlichen Nacht.‹ Er wunderte sich über sich selber. Unwillkürlich mußte er an Lucida denken, seine Frau, die sich für jeden neuen Kult begeisterte, der in Rom auftauchte – und es tauchten viele auf. Lucida, die immer kritisierte, daß er sich gegen innere Kräfte verschließe, gegen die unbekannten Regionen des Seelenlebens, die mit den Göttern korrespondieren könnten und welche sie natürlich entdeckt hatte. Meistens lachte er sie aus. Das führte unweigerlich zu Streit, vor dem er in eine Taverne oder zum Wagenrennen floh. Oder zu Marcus Antonius nach Kleinasien. Als in Rom bekannt wurde, daß Antonius nach dem Sieg von Philippi die Herrschaft über den Osten zugeteilt worden war und dort Beamte gesucht wurden, hatte er sich ohne Zögern gemeldet. Als einer der Tresviri Capitales in Rom war die politische Leiter noch lang, besonders wenn die Familie nicht zu den alteingesessenen Patriziern gehörte und das nötige Geld fehlte. Als persönlicher Beamter von Marcus Antonius sah das schon anders aus. Daß er allerdings schon wieder einen Mordfall bearbeiten mußte, wo doch die Abneigung gegen diesen Teil seines Berufsalltags auch ein Grund für seinen schnellen Abschied von Rom gewesen war, das war Ironie des Schicksals. Oder der Wille der Götter – eine Chance durch Apollon? Denn eine Chance war es in der Tat. Er erinnerte sich an sein Erschrecken, als er Antigonos' Leichnam gesehen hatte. An seinen ersten Impuls, in der Menge zu verschwinden, und an die Panik, die ihn ergriffen hatte, als Marcus Antonius ihn mit dieser Ermittlungsarbeit beauftragte. Aber war er nicht der Chancen wegen in den Osten gekommen? Auch hatte Antonius ihn nicht grundlos ausgewählt. Immerhin konnte er auf einige beträchtliche Erfolge in Rom zurückblicken, besonders bei seiner kriminalistischen Arbeit. Sobald er in den Ermittlungen steckte, sobald die Untersuchung der Leiche beendet war, fing es an, ihm Spaß zu machen. Vernehmungen zu führen, Informationen zu sammeln, Schlüsse zu ziehen, das lag ihm.

Morgen würde er mit Laelia sprechen. Die junge Frau faszinierte ihn, ihre ganze Art: ihre Anmut, ihre Augen, ihr Gang, ihre Natürlichkeit. Sein Herz schlug schneller. Ein wenig erschreckt rief er sich zur Ordnung. ›Silvanus‹, dachte er, ›du bist hier, um zu arbeiten. Vergiß dieses Mädchen.‹ Andererseits hatte sie seine Berührung genossen, hatte ihren Arm nicht weggezogen, als seine Hand darauf lag. Er seufzte leise. ›Oh, Apollon, ich bin auf dem besten Wege, mich zu verlieben.‹

Gewaltsam riß er sich von diesen Gedanken los. Er mußte sich auf den Fall konzentrieren. Wer konnte den jungen Mann ermordet haben? Cui bono, wem nützte es? Er konnte sich drei mögliche Bereiche vorstellen: erstens den privaten, das war der häufigste; Rache, Eifersucht, verschmähte Liebe und dergleichen. Wer kam in Frage? Vielleicht hatte Illicia ja noch einen Verehrer, der den Konkurrenten aus dem Wege haben wollte. Oder Illicias Vater, der Antigonos nicht leiden konnte. Illicia selber, die sich, wie er fand, seltsam verhielt. Oder – Laelia, die den fast Verlobten mit einer anderen gesehen hatte. Aber nein, die Mädchen nicht.

Zweitens: Mord aus Gewinnsucht. Der junge Mann kam aus guter Familie, aber von viel Geld war bisher noch nicht die Rede gewesen. Konkurrenz bei den Spielen? Er dachte an das, was Hani Rami ihm über die Athleten aus Delphi erzählt hatte. Das wäre möglich. Er würde die Athleten verhören müssen, besonders den Sieger im Fünfkampf, möglichst schnell.

Drittens: Zum Schaden von Marcus Antonius. Ein politischer Mord? Es war schon seltsam, daß ein Toter gerade am Prozessionsweg lag, geradezu von Antonius gefunden werden mußte. Zufall? Er hoffte es, politische Morde waren am schwierigsten aufzuklären. In Kreisen der Magistrate zu ermitteln, in einem fremden Land, das würde ihn vor große Probleme stellen. Und er hatte keine Ahnung, wer da als Mörder in Betracht kommen könnte.

Plötzlich wurde er sehr müde. Private Motive oder Gewinnsucht, diesen Möglichkeiten wollte er zuerst nachgehen. Er warf einen hilfesuchenden Blick zum Tempel und ging zurück zu seinem Bett. ›Morgen werde ich mit Laelia sprechen.‹ Mit diesem Gedanken schlief er ein.

III

Am nächsten Tag war es später als gewöhnlich, als Laelia erwachte. Sie blinzelte in das helle Licht der Vormittagssonne. ›Ich habe gestern vergessen, die Fensterläden zu schließen ... Oh, heute bin ich mit Silvanus verabredet. – Au, mein Kopf!‹ Hinter ihrer Stirn pochte es merklich. Dennoch erhob sie sich bedächtig von ihrem Lager, die Fingerspitzen fest an die Schläfen gedrückt, und ging schlurfend zu ihrer Kommode, wo sie sich vorsichtig auf einen Hocker sinken ließ. Nachdenklich betrachtete sie den Spiegel, der mit der blanken Seite nach unten neben ihrer Schminkschatulle lag. Tapfer griff sie danach und betrachtete ihr Gesicht. ›O Apollon, was ist das? So soll ich Silvanus treffen? – Ich bin einfach zu alt für solche Gelage. Nie wieder, ich schwöre es! Nie wieder werde ich von diesem köstlichen Falerner trinken. Nur noch Wasser! Wie soll ich nur aus diesem Gesicht etwas Ansehbares machen?‹ Laelia seufzte tief. ›Erst einmal waschen!‹ Das kühle Wasser aus dem kleinen Becken neben der Kommode brachte wieder etwas Farbe auf ihre Wangen. Erneut schaute sie in den Spiegel. ›Nun ja‹, dachte sie, ›es wird schon.‹ Jetzt mußte etwas gegen den Kopfschmerz unternommen werden. Sie öffnete die Kommode. Da war doch irgendwo das Fläschchen von Hani Rami. Minzöl, das einzig wirklich wirksame Mittel gegen Kopfschmerzen, das sie kannte. Sie träufelte etwas davon auf ein kleines Tuch und betupfte sich vorsichtig Schläfen, Stirn und Nacken. Sofort spürte sie die belebende Wirkung. Tief durchatmend merkte sie, wie der Kopfschmerz langsam nachließ.

Hani Rami schenkte ihr immer mal ein paar Fläschchen seiner Pflanzenextrakte zum Dank für ihre Hilfe. Aber vor allem seine Parfümöle waren heiß begehrt, denn keiner konnte sie so mischen wie er. Noch nicht einmal Laelia selbst, die ihm bei der Zubereitung der verschiedensten Heilmittel half, kannte die genauen Rezepturen seiner berauschenden Düfte. Zwei hatte sie im Laufe der Zeit von ihm bekommen und sie noch nie benutzt. Immer hatte sie auf einen besonderen Anlaß gewartet. Heute, meinte sie, sei der richtige Tag, um die Wirkung von Hanis Kunst auszuprobieren. Aber zuerst mußte der Minzduft verflogen sein.

Es war ein schöner Abend gewesen. Silvanus hatte von Rom erzählt, und er konnte herrlich erzählen. Sie hätte ihm die ganze Nacht zuhören können. Über seine persönlichen Verhältnisse hatte er nicht gesprochen, und sie hatte sich nicht getraut zu fragen, ob er verheiratet sei, Kinder habe. Es hätte doch zu offensichtlich ihr Interesse gezeigt. Zwar hatte er sich fast ausschließlich mit ihr unterhalten, natürlich, aber was bedeutete das schon.

Rasch kleidete sie sich an und ging hinunter, um nach dem Rechten zu sehen. Der Gastraum war leer. Von ihrem Vater erfuhr sie, daß Silvanus in aller Frühe aufgestanden und nach einem kurzen Frühstück gegangen war. Wohin, hatte er ihm nicht gesagt. Bei dem Wort Frühstück spürte Laelia wieder die Wirkung des Weines. Dann aber schoß ihr ein Gedanke durch den Kopf. Vielleicht sollte sie sich Antigonos' Leichnam noch einmal ansehen. Eigenartig, trotz dieser Idee fühlte sie sich auf einmal wohler. Sie murmelte einen kurzen Abschiedsgruß und ging.

»Aber, Laelia, ich dachte ...«, hörte sie ihren Vater noch rufen.

›Wo ist Antigonos überhaupt?‹ fragte sie sich. Hani Rami, der ihn untersucht hatte, mußte es wissen. Eilig lief sie am Tempel vorbei und überquerte die Heilige Straße. Rechts sah sie das Artemis-Heiligtum in der Sonne liegen. Laelia bog nach links in einen kleinen Sandweg, wo – den Weg ein Stück hinauf – Hani Rami wohnte. Er besaß nur ein kleines Haus, der dazugehörige Garten aber war dafür um so größer. Dort würde sie ihn um diese Zeit antreffen, denn vormittags pflegte er Kräuter zu ernten, die er für bestimmte Destillate brauchte.

Sie öffnete das Gartentor und betrat Hanis Reich. Hier war es ein wenig wie in Afrika – so wie sie sich Afrika vorstellte. Zahlreiche Pflanzen überwucherten üppig die Wege, fremdartige Bäume warfen ihre Schatten über empfindlichere Pflanzen, die das gleißende Sonnenlicht nicht vertrugen. Suchend blickte Laelia sich um. Ganz hinten sah sie ein helles Gewand durch die Blätter leuchten. Aber, was war das? Daneben schimmerte ein rotes durch das Laub.

»Salve!« klang es ihr entgegen.

»Was machst du denn hier?« fragte Laelia erstaunt. Es war Illicia. Fachkundig beugte sie sich über eine gelbe Blüte. »Sieh doch mal, ist sie nicht ganz wunderbar? Diese Farbe, einfach atemberaubend!« Illicia teilte mit Hani Rami die Begeisterung für Pflanzen und Blumen. Eine ihrer Leidenschaften war ihr eigener Garten, für den hatte ihr Hani schon die eine oder andere Pflanzenrarität geschenkt.

»Ja, sehr schön«, murmelte Laelia geistesabwesend. Wie sollte sie jetzt unauffällig nach Antigonos fragen? Was wollte Illicia überhaupt hier? Natürlich, so wie sie ihre Freundin kannte, und sie kannte sie ziemlich gut, war ihr bestimmt derselbe Gedanke gekommen. Nun gut, warum nicht, vier Augen sehen mehr als zwei.

»Ich habe gedacht, nun, ich wollte mal fragen ...« Laelia wußte nicht recht, wie sie ihren Wunsch vortragen sollte.

Wieder wurde sie von Illicia überrascht. »Ich bin hergekommen, um Hani Rami zu fragen, wo Antigonos' Leichnam ist. Ich wollte ihn gern noch einmal sehen, bevor er bestattet wird.«

Freundlich blickte der alte Ägypter auf die junge Frau. »Natürlich kannst du dich noch verabschieden, wenn du das möchtest. Aber bedenke, daß er nun nicht mehr so schön aussieht wie zu Lebzeiten! Immerhin hat er eine Zeitlang draußen in der Hitze gelegen. Ich bringe dich zu ihm, denn er liegt hinten im Haus, wo ich meine Kräuter mische und die Öle aufbewahre. In dem Raum ist es kühl, wie du weißt. Auch hat Silvanus angekündigt, daß er die Leiche noch einmal sehen wolle. So konnte ich sie noch nicht den Priestern zur Bestattung übergeben.« Hani Rami wandte sich dem Haus zu und bedeutete Illicia, ihm zu folgen. Zögernd ging sie ihm nach, sah dann aber Laelia an, die unschlüssig herumstand. »Kannst du mich nicht begleiten? Ich glaube, allein bin ich dem nicht gewachsen!« Gern folgte Laelia ihrem Wunsch.

Der Ägypter wartete an der Tür. »Na dann kommt herein. Soll ich mit euch gehen?«

»Ja, bitte, zeig uns doch, wo er ist. Ich glaube, ich würde mich zu Tode erschrecken, wenn ich seinem Leichnam unvermittelt gegenüberstehen würde!« Illicia hatte Angst.

Der Arzt nickte und ging voran. Durch kleine Fenster oben an den Wänden fiel etwas Licht herein. Trotzdem griff er nach einer brennenden Öllampe, die in einer Nische stand. Die Kühle der alten Gemäuer und ein durchdringender Gestank ließ die Mädchen schaudern.

»Ich sagte euch ja, der Leichnam hat einige Zeit in der Sonne gelegen, daher der Geruch. Er ist wirklich unangenehm.« Aus einem Regal im Gang nahm er ein paar kleine Tücher, die er mit einer Essenz aus einer Karaffe tränkte. »Hier, nehmt das und haltet es euch vor die Nase.« Dankend folgten sie seinem Rat. Dann öffnete Hani eine Tür, und trotz der Vorsichtsmaßnahme verursachte der Geruch, der dem Raum entströmte, beiden Übelkeit.

»So«, sprach Hani Rami, »hier ist er.« Besorgt legte er seine Hand auf Illicias Schulter. »Geht es dir nicht gut? Ich weiß, es riecht sehr schlimm. Vielleicht solltet ihr doch lieber nicht hineingehen.«

Beide schüttelten heftig den Kopf. »Nein, nein, es geht schon,« sagte Laelia tapfer und unterdrückte das Würgen in ihrem Hals.

»Na gut. Aber ich bitte euch, den Leichnam nicht anzurühren. Und – zieht das Leintuch nicht weiter zurück. Erspart euch den Anblick! Hört auf meine Worte! Ich weiß, daß es euch schwerfällt, aber tut euch das nicht an!« Bittend schaute er zuerst Illicia, dann Laelia an. Beide nickten bereitwillig, wichen jedoch seinem Blick aus. Er gab Laelia seine Lampe und ging. Laelia nahm ihren Schleier ab und bat Illicia, ihr damit das getränkte Tuch vor der Nase festzubinden, damit sie die Hände frei hatte. Nachdem auch Illicia sich auf diese Weise geschützt hatte, betraten sie zögernd den dämmerigen Raum. In der Mitte stand der alte Holztisch, auf dem Hani Rami seine Öle abzumessen pflegte. Dort lag jetzt der Tote. Bis auf den Kopf war sein Körper von einem weißen Tuch bedeckt. Dunkel hoben sich seine braunen Locken davon ab, die ihre ganze Pracht bewahrt hatten. Noch immer war deutlich zu sehen, was für ein schöner junger Mann er gewesen war.

»Wer war das nur – wer könnte einen Grund gehabt haben, das zu tun?« schluchzte Illicia und verbarg ihr Gesicht in den Händen. Dann schaute sie auf. »Es bleibt uns nichts anderes übrig, als ihn genauer anzusehen, wenn wir das herausfinden wollen. Ich glaube nicht, daß Hani Rami uns alles über seinen Tod erzählen würde. Meinst du, wir schaffen das?« fragte Illicia ihre Freundin.

»Es hängt ganz von dir ab! Ich weiß, was auf uns zukommt. Ich habe Hani Rami schon einmal dabei geholfen, einen Leichnam für die Bestattung herzurichten. Weißt du noch, damals, als der Tempelarbeiter hier zu Tode gestürzt ist?«

»Ich erinnere mich. Gut, ich will dazu beitragen, daß der Mörder gefaßt wird und sein Verbrechen sühnen muß.«

Tapfer näherten sie sich dem Tisch. Illicia betrachtete noch einmal Antigonos' Gesicht. »Er sieht doch aus, als würde er schlafen. Es wird schon nicht so schlimm sein!« Beherzt griff sie sich eine Ecke des Tuches und schlug sie mit Schwung zurück.

»Bei allen Göttern!« krächzte sie und wich einen Schritt zurück. Sie schluckte heftig. Auch Laelia war beim Anblick des nackten Körpers blaß geworden. Unterhalb der Rippen traten die bräunlich verfärbten Stichwunden deutlich hervor. Ein langer Schnitt verlief vom Hals bis über seinen Nabel hinaus, ein weiterer quer über den Unterleib. Fachkundig war der Körper wieder geschlossen worden.

Laelia stellte die Lampe auf den Tisch. »Sieh doch, Illicia!« wandte sie sich an ihre Freundin, die mühsam versuchte, Fassung zu bewahren. Laelia war jetzt in ihrem Element. Wollte sie doch einst bei Hani Rami den Arztberuf erlernen, was ihr Vater aber verhindert hatte. Dies sei nun doch nicht die angemessene Tätigkeit für seine Tochter, hatte er gemeint.

Sie hob Antigonos' Arm und betrachtete den Körper aus der Nähe.

»Diese Wunden sind ihm erst nach dem Tode zugefügt worden. Sie sehen wie Bißwunden aus ...« Laelia legte den Arm wieder nieder, ging um den Tisch herum und sah sich die andere Seite an. Illicia erwachte langsam aus ihrer Erstarrung.

»Wie kannst du ihn einfach so anfassen?« fragte sie verständnislos und rührte sich nicht von der Stelle.

»Sieh dir das an!« Laelia drehte Antigonos' linken Arm hin und her. »Hier sind ein paar Kratzer zu sehen. Vielleicht hat er sich doch gewehrt? – Aber es könnte natürlich auch von Steinen, Gestrüpp oder etwas Ähnlichem stammen.« Sie runzelte die Stirn und betrachtete nachdenklich die Schnittwunden. »Ziemlich groß, die Einstiche ...«

»Komm jetzt, wir sollten gehen – außerdem ist mir schlecht!« Illicia sah wirklich nicht gut aus. »Ich glaube, Hani Rami hatte recht. Das ist nichts für mich – und dieser Gestank!« Illicia drückte ihr Tuch fester an die Nase. »Laelia, komm! Ich muß sofort hier raus!«

Illicia versuchte, sie zur Tür zu ziehen. Laelia schüttelte ihren Arm ab. »Wir müssen ihn wenigstens wieder zudecken, Hani soll doch nichts merken.« Sie nahm die Lampe vom Tisch und zog sorgfältig das Leintuch wieder über den Körper. Auf dem Weg zur Tür wandte sie sich noch einmal um und warf einen letzten Blick auf den Toten.

»Antigonos, wer auch immer das getan hat, wir werden nicht ruhen, bis der Täter gefunden ist.« Sie verließ den Raum. Illicia hatte sich das Tuch vom Gesicht gerissen und war hinausgestürzt.

»So warte doch!« rief Laelia ihr eindringlich zu. »Warte!«

Ungeduldig wandte Illicia sich um. »Was ist denn? Mir ist schlecht, ich muß sofort an die Luft.« Eilig hastete sie weiter. Im Garten setzte sie sich auf den Rand eines kleinen Brunnens, tauchte ihre Arme ins Wasser und atmete gierig die frische Luft ein. Laelia, die noch schnell die Lampe in ihre Nische zurückgestellt hatte, setzte sich jetzt zu ihr, die laut stöhnte. »Oh, ist mir schlecht!«

»Jetzt hör mir mal zu. Du willst doch auch, daß der Täter gefaßt wird, oder?«

»Natürlich will ich das!« Illicia holte tief Luft.

»Also, dann mußt du auch etwas tun.« Eindringlich redete Laelia auf ihre Freundin ein, die langsam wieder etwas Farbe ins Gesicht bekam. Verständnislos schaute Illicia sie an. »Was meinst du damit, ich muß etwas tun?«

»Du mußt mit Hani Rami sprechen! Du mußt unbedingt herausbekommen, was die Wunden bedeuten, was sie verursacht hat – kurzum, alles, was er Silvanus erzählt hat und uns freiwillig nicht erzählen wird. Meinst du, daß du das schaffst?«

Illicia überlegte einen Augenblick, atmete noch einmal tief durch und horchte in sich hinein. »Es scheint besser zu werden. – Ist gut, ich werde es versuchen. Geh du schon vor, und laß mich hier allein. Ich glaube, das ist unauffälliger. Du weißt, Hani Rami ist ein kluger Mann.«

Mit einem skeptischen Blick auf die Freundin ging Laelia.

Illicia blickte suchend in den Garten, Hani mußte doch hier irgendwo sein. Da trat er auch schon hinter einem Busch hervor, ein Büschel Minze in der Hand.

»Laelia läßt dich herzlich grüßen, Hani. Sie mußte nach Hause, sie hatte ihrem Vater versprochen zu helfen. – Ach, Hani, du hattest recht, es war furchtbar. Obwohl er aussah, als würde er schlafen. So friedlich. Und doch ist er das Opfer eines grausamen Verbrechens.« Illicia schwieg und sah abwesend in die Ferne. Auch Hani Rami schwieg. Geduldig wartete er, daß sie fortfuhr.

Unwillkürlich zupfte sie an dem Moos, das an dem Brunnenrand wuchs. »Weißt du, Hani, ich glaube, es würde mir leichter fallen, darüber hinwegzukommen, wenn ich wüßte, was ihm passiert ist. Wie er gestorben ist. Kannst du mir das nicht sagen?«

Nachdenklich sah Hani Rami sie an, schließlich schüttelte er den Kopf. »Es tut mir leid, aber das ist mir sicher nicht erlaubt. Ich erwähnte ja bereits, daß Silvanus Rhodius noch einmal herkommen will. Ich kann mir vorstellen, daß es ihm nicht recht wäre.«

Traurig blickte Illicia ihn an. Sie spürte Tränen aufsteigen. »Hani, ich bitte dich, du mußt es mir sagen! Du kannst mich nicht einfach im ungewissen lassen. Ich habe ein Recht darauf. Ich war ja schließlich so gut wie seine Braut ...« Überrascht hielt sie inne. Sie hatte die Worte unbewußt und ganz überzeugend vorgebracht, aber es stimmte! Auch wenn sie es nie hatte wahrhaben wollen.

Nach einem Moment der Besinnung traf Hani seine Entscheidung. »Na gut, mein Kind, ich glaube eigentlich auch nicht, daß es Schaden anrichten wird, wenn ich es dir erzähle. Dennoch, du weißt, dies ist sehr vertraulich. Verhalte dich entsprechend umsichtig!« Und dann erfuhr Illicia alles, was sie wissen wollte: von den drei Messerstichen, dem Tierfraß, der Todeszeit ...

Illicia war entsetzt. »Schrecklich! Kannst du dir vorstellen, wer so etwas macht? Was für ein Messer kann das wohl sein?« Fragend blickte sie zu Hani Rami. Der breitete hilflos seine Arme aus, was sein luftiger Chiton, den er bei der Gartenarbeit zu tragen pflegte, heute erlaubte. »Auch ich weiß es nicht. Ich kann mir nicht denken, wer dazu fähig sein könnte. Ich hielt Antigonos stets für einen angesehenen und allseits geehrten jungen Mann. Ich kann mir beim besten Willen nicht vorstellen, wer etwas gegen ihn gehabt haben könnte!« Beide saßen sie noch eine Weile schweigend auf dem Brunnenrand. Dann dankte Illicia dem Arzt für seine Hilfe und verabschiedete sich.

Traurig machte sie sich auf den Weg zur Taberna Bibuli. Gedankenverloren schritt sie die Straße entlang und achtete kaum auf die Umgebung, als sie plötzlich jemanden rufen hörte. Aufschauend fand sie sich beim Artemis-Heiligtum wieder, von wo ihr eine der jungen Frauen zuwinkte.

»Du bist doch die – wie sagt man – die Freundin von dem jungen, unglücklichen Priester gewesen?« Neugierig schaute sie Illicia an.

»Ja, warum fragst du?«

»Weißt du, daß Antigonos kurz vor seinem Tod bei uns im Heiligtum gewesen ist?«

»Ja, er sollte die Festlichkeiten mit euch abstimmen. Es war ziemlich spät in der Nacht, nicht wahr?«

»Wir mußten noch die heiligen Riten zu Ehren von Artemis abhalten. Daher fand das Gespräch erst so spät statt. Kurz bevor er gegangen ist, hat er etwas Merkwürdiges gesagt ...« Das Mädchen verstummte und schaute sich verstohlen um.

»Was hat er gesagt? Erzähl schon! Allerdings hat Antigonos oftmals merkwürdige Dinge gesagt.«

»Ich weiß wohl, diesmal hatte es aber nichts mit Religion, sondern mit den Spielen zu tun. Er sagte, er könne viel Geld bekommen, wenn morgen – also gestern – der Richtige siegen würde.«

»Was meinte er mit ›der Richtige‹? Er hätte doch auf jeden Fall gewonnen, wenn er mitgemacht hätte!«

»Ich weiß es nicht. Ich fand nur, du solltest das erfahren. Du hast ihn doch gut gekannt.« Das junge Mädchen schaute sie treuherzig an. »Weißt du eigentlich, wie gern er dich hatte?«

»Woher willst du das denn wissen?«

Das Mädchen antwortete nicht. Illicia wurde jetzt unbehaglich. Die Mädchen aus dem Artemis-Heiligtum waren bekanntermaßen etwas weltfremd, hatten aber manchmal so eine Art sechsten Sinn. Schnell verabschiedete sie sich, drängte es sie doch, das Gehörte Laelia mitzuteilen. Hoffentlich war sie zu Hause. Illicia lief die Straße hinunter und war froh, Laelias Gestalt schon vor der Türe zu sehen. »Komm, laß uns in die Garküche gehen, da können wir in Ruhe reden.«

Diese Lokalität in einem schmalen Haus oberhalb der Herberge bestand nur aus einem Tresen, der sich zur Straße öffnete. Davor einige Tische und Bänke, die um diese Zeit kaum besetzt waren. Nur ein älterer Mann und sein Sohn saßen direkt vor dem Stand und unterhielten sich angeregt über ihren Orakelspruch. »Nein«, sagte der ältere Mann gerade, »das kann nicht gemeint gewesen sein – unmöglich.«

»Es muß aber so sein, Vater«, erwiderte sein Sohn, »es ist beim besten Willen nicht anders zu erklären!«

Illicia setzte sich, und Laelia holte einen Krug mit verdünntem Wein. Erwartungsvoll nahm sie ihrer Freundin gegenüber Platz. »Nun, was hat Hani gesagt?« Illicia berichtete ihr alles. Am Ende hätte sie fast vergessen, was das Mädchen aus dem Heiligtum ihr noch erzählt hatte.

*

Silvanus verließ die Herberge schon in aller Frühe. Trotz der nur kurzen Nacht fühlte er sich ausgeruht. Zunächst wollte er dem Tempel einen Besuch abstatten, Vigolos müßte ihm seine zahlreichen offenen Fragen eigentlich beantworten können. Schon von weitem sah er die hohen Baugerüste, auf denen bereits in dieser frühen Stunde die Arbeiter in schwindelnder Höhe herumkletterten.

Kurz überlegte Silvanus, das Orakel zu fragen, ob er den Mordfall aufklären würde, beschloß dann aber, davon Abstand zu nehmen. Man sollte die Götter nicht herausfordern, und Apollon schon gar nicht.

Vor dem Tempel blieb er stehen. Gestern bei den Spielen neben Laelia hatte er die ganze Schönheit dieses Bauwerks gar nicht wahrgenommen, und in der Nacht an seinem Fenster konnte er sie nur erahnen. Nichts aber wurde dem Anblick gerecht, der sich ihm in dieser frühen Stunde darbot. Der weiße Marmor des riesigen Tempels schimmerte im frühen Morgenlicht. Säulen, die drei Männer kaum umfassen konnten, erhoben sich fast zwanzig Meter hoch. In den Sonnenstrahlen, die die Säulengänge der Vorhalle durchdrangen, wirkten die dort aufgestellten Statuen seltsam lebendig. Neben dem Tempel standen Kisten wertvoller Bronzedübel an der Seite aufgereihter Steinquader, die darauf warteten, bearbeitet zu werden. Dahinter ragten die Hebemaschinen empor, was der Szene etwas Unwirkliches verlieh.

Silvanus genoß es, sich einen Augenblick wie ein Tourist zu fühlen und den Anblick auf sich wirken zu lassen. ›Wenn Lucida das sehen würde‹, schoß es ihm durch den Kopf, ›vielleicht würde sie dann wieder zum bewährten Glauben zurückfinden, anstatt jedem Scharlatan zu folgen, der in Rom eine neue Religion feilbietet.‹ Er wunderte sich ein wenig über den Anflug von Religiosität, die ihm eigentlich fremd war; bei solchen Gelegenheiten brach sich jedoch seine altrömische Erziehung Bahn. In seinem Elternhaus wurden die ererbten Gebräuche aufrechterhalten, wenn auch nicht viel darüber gesprochen wurde. Seit seiner Hochzeit war Religion dann häufiger ein Thema, als ihm lieb war. Als er Rom verließ, hatte seine Frau gerade damit begonnen, Tarate-Statuetten aufzustellen – weiß der Himmel, was das jetzt wieder war. Immerhin hatte sie daraufhin diese scheußlichen Attis-Figuren entfernt, bei deren Anblick es ihn stets schmerzhaft durchzuckte. Ein eigenartiger Zug der Frauen, die zum Fest der Kybele, der Erdgöttin, ausgerechnet Attis-Statuen verwendeten. Ein Abbild dessen, der in Raserei verfiel, sich selbst entmannte, um dann bis an sein Lebensende der Göttin zu dienen. Er erinnerte sich, so etwas bei Catullus gelesen zu haben. Nun also Tarate; Apollon sei es gedankt, daß ihm das vorerst erspart blieb.

Von Silvanus unbemerkt, hatte sich ihm ein alter Mann in einem abgetragenen Chiton genähert. »Du kommst aus Rom?« fragte er nun.

Silvanus zuckte zusammen. Ihm war diese Einmischung in seine Gedanken gar nicht recht.

»Soll ich dir etwas über den Tempel erzählen?« Ohne eine Antwort abzuwarten, begann er. »Du mußt wissen, der Tempel ist in einem Heiligen Hain erbaut worden. Der Legende nach hat genau hier, an dieser Quelle, Leto ihre Zwillinge Apollon und Artemis von Zeus empfangen.« Der Alte grinste respektlos. »Apollon hat dann einen Hirten, nämlich Branchos, zum Hüter der Quelle und des Orakels bestimmt, dem er die Sehergabe verlieh. Er war der Stammvater eines bedeutenden Priestergeschlechts hier in Didyma, der Branchiden.« Der Mann holte Luft. »Dieses Orakel hat immer Weltgeschichte gemacht, sogar ein Pharao hat sich hier Rat geholt und eine Stiftung erlassen. Übrigens auch der Lyderkönig Kroisos«, fügte er ergänzend hinzu, voraussetzend, daß dieser Silvanus ein Begriff sei. »Dann kam eine Katastrophe nach der anderen: zuerst die Perser. Die verschleppten die Statue des Apollon, nach Ekbatana! Damit verschwanden auch die Branchiden. Böse Zungen behaupten, sie seien freiwillig mit den Persern gegangen, nachdem diese das Heiligtum noch gründlich in Schutt und Asche gelegt hatten. Die heilige Quelle versiegte, und das Orakel verstummte. – Dann kam Alexander!« Die Augen des Mannes begannen zu leuchten. »Und ein Wunder geschah! Die Quelle sprudelte wieder, und das Orakel gewann seine alte Kraft zurück. Damals begann man auch mit dem Neubau des Tempels, den du jetzt vor dir siehst.« Der Führer war stolz auf sein enormes

Wissen. »Dreißig Jahre später erhielt Didyma von Seleukos Nikator nicht nur eine großzügige Stiftung, sondern der bewirkte auch, daß Didyma seine Apollon-Statue zurückbekam. Nach hundertfünfzig Jahren! Man stelle sich das vor! Für die hoffentlich letzte Katastrophe sorgten die Seeräuber. Die haben alles, was beweglich war, weggetragen«, klagte der Mann, »außer der Apollon-Statue. Die Priester haben sie allein – so sagten sie jedenfalls – noch rechtzeitig verstecken können!« Seitdem leide das Heiligtum ständig unter Geldmangel, trotz der ständigen Besucher und teuren Geschenke. »Du siehst ja selbst, ein Faß ohne Boden.« Das Bedauern stand dem alten Mann im Gesicht geschrieben. Und jetzt streckte er die Hand aus, um seinen – wie er meinte – wohlverdienten Obolus einzufordern. Silvanus, der dem Wortschwall des Mannes nichts entgegenzusetzen hatte, suchte nach seiner Börse. Er entnahm ihr ein paar Kupfermünzen und drückte sie ihm in die Hand. Sich vielmals bedankend, machte sich der Alte davon.

Silvanus widmete sich wieder seinen Gedanken. Er wußte nicht, ob es erlaubt war, das Innere des Tempels zu betreten. Soweit ihm bekannt war, wurden die Pilger und Ratsuchenden an der hohen unüberschreitbaren Schwelle abgefertigt, die den prächtigen Zwölfsäulensaal vom inneren, heiligen Bereich trennte. Von dort oben wurden die Orakelsprüche verkündet, das hatte Silvanus bereits in Rom erfahren. Bei der Gelegenheit hatte er von den zwei verschiedenen Verfahren gehört: Eine Kategorie war preiswert, der Frager mußte sich allerdings mit einer Ja- oder Nein-Antwort begnügen. Die kostspieligeren, aber auch längeren Sprüche boten mehr Raum für Interpretationen, allerdings auch für Mißverständnisse. Daher mußte der Fragende oft viel Zeit auf die Deutung des Spruches verwenden. Und am Ende lag er unter Umständen trotzdem falsch.

Silvanus wandte sich links zu den Gebäuden auf der Terrasse, die den Tempel in einem Bogen umgab. In der nächstgelegenen, langgestreckten Säulenhalle sah er Bronzestatuen und Weihegeschenke in Hülle und Fülle. Silberne Greife thronten neben marmornen Götterstandbildern, in einer Ecke standen bronzene Dreifüße, und auf einem Sockel stapelten sich kunstvoll getriebene Opferschalen. In dem Gebäude daneben befand sich die Orakelkanzlei. In Didyma war es Tradition, die Orakelsprüche in Verse zu fassen. Diese wurden dann in zweifacher Ausfertigung schriftlich niedergelegt, ein Exemplar wurde dem Ratsuchenden mitgegeben, das andere im Tempelarchiv verwahrt. Zusätzlich konnte der Spruch aber auch in Stein geschlagen und öffentlich aufgestellt werden. In der Hauptsache waren es religiöse, aber auch einige politische Fragen, die Apollon vorgelegt wurden, was Silvanus bestätigt sah, als er einen der Inschriftensteine studierte.

Er schaute auf den Tempelvorplatz hinunter und sah einige Priester zum Eingang eilen. Schnell ging Silvanus die nächste Treppe hinab, er mußte sie noch erwischen, bevor sie im Tempel verschwanden. Gerade wollten sie die Stufen hinauf, als er sie aufhielt.

»Gehört ihr zum Tempelpersonal?« fragte er überflüssigerweise und atmete tief, als er sie auf den Stufen zur Vorhalle erreichte.

»Ja! Mein Name ist Sylphides. Und das sind Androchai und Xopathes«, antwortete der älteste von ihnen, ein hagerer Mann mit ernstem Gesicht. Er schaute ihn mit klugen, dunklen Augen an. »Was wünschst du, womit können wir dir behilflich sein? Wenn du das Orakel befragen willst, so mußt du morgen in aller Frühe kommen, jetzt ist es bereits zu spät.«

Silvanus schüttelte den Kopf. »Nein, nicht das Orakel will ich befragen, sondern Vigolos. Ihn suche ich. Wißt ihr, wo ich ihn finden kann?«

»Wer bist du, daß du den Prophetes zu sprechen wünschst?«

»Oh, erinnerst du dich nicht an mich? Ich war bei der Prozession dabei. Mein Name ist Silvanus Rhodius, und ich gehöre zum Gefolge des Marcus Antonius. Derselbe hat mich beauftragt, den Mord an Antigonos aufzuklären. Nun, könnt ihr mir sagen, wo ich Vigolos finde?«

»Du wirst nicht zu ihm können, denn er ist im heiligsten Bereich des Tempels. Dort befindet sich die heilige Quelle, wo auch die Prophetis, unsere Pythia sozusagen, das Orakel befragt. Niemand außer den Priestern und der Prophetis darf hinein. Aber wir können Vigolos fragen, ob er Zeit für dich hat. Komm mit uns, ausnahmsweise. Dann kannst du Marcus Antonius berichten, wie prächtig unser Tempel ist, wie dringend wir aber Geld brauchen, den Bau endlich zu vollenden. Du kannst ja im Kulthof warten.« Er winkte, ihm zu folgen. Sie stiegen die letzten Stufen hinauf und durchschritten die Halle der zwölf Säulen. Wie klein der Mensch sich fühlte, zwischen solchen Kolossen. Silvanus blieb nicht viel Zeit, die Kapitelle des mächtigen Säulenwaldes zu bewundern, der die Kassettendecke trug, gerade noch konnte er seinen Hals recken, um über die Schwelle zu schauen. ›Von hier werden also die Orakel verkündet‹, dachte Silvanus, ›das beeindruckt, in der Tat.‹

Er mußte sich beeilen, denn die Priester waren schon durch eine Tür seitlich der Schwelle verschwunden. Er folgte ihnen in einen kurzen Durchgang, der leicht bergab führte. Sogar hier war die Decke mit Kassetten besetzt, bemerkte er. Der Gang war nur kurz, an seinem Ende öffnete sich eine Tür auf das Adyton, den Kulthof des Heiligtums. Am gegenüberliegenden Ende stand ein zierlicher Tempelbau. Er barg die Statue des Apollon, in seinem Innern sprudelte die heilige Quelle. Dies war also die berühmte Orakelstätte von Didyma, dort war Vigolos. Kaum hatte Silvanus seinen Fuß nach draußen gesetzt, stolperte er über ein großes Schmuckrelief, das zu einem der unvollendeten Friese gehörte. Nach oben blickend stellte er fest, daß in schwindelnder Höhe ein paar Sklaven damit beschäftigt waren, genau diese Friesteile zu montieren. Trotz ihrer augenscheinlichen Fertigkeit beschloß Silvanus, besser die Wände zu meiden und sich in der Mitte des Bauwerks zu halten. Ohnehin waren große Wandabschnitte eingerüstet, einige mit Rötel gefärbt. Davor lagen Teile von Friesen und Kapitellen am Boden. Ein paar Männer saßen im Schatten und aßen.

›Warum sind wohl die Wände rot angestrichen?‹ fragte er sich.

»Auf den Wänden haben die Architekten die Baupläne aufgezeichnet, darum sind sie rot eingefärbt. So kann man die eingeritzten weißen Linien erkennen«, antwortete der hilfsbereite Priester, als hätte er seine Gedanken gelesen.

»Baupläne?« fragte Silvanus ratlos.

Sylphides schaute ihn erstaunt an. »Die Bauleute müssen doch wissen, wie ein Stein auszusehen hat, damit er am Ende an die gewünschte Stelle paßt. Siehst du, dort?« Er zog Silvanus mit sich. »An dieser Wand ist eine Säule abgebildet. Einmal der Länge nach und einmal im Querschnitt. Daneben siehst du, wie die Basis gestaltet wird. Solche Modelle werden an die Wände gezeichnet, damit die Bauleute jederzeit nachsehen können, wie ein gewisses Teil gefertigt werden muß.« Jetzt machten sie einen Bogen um ein paar Statuensockel und standen schließlich vor dem kleinen Tempel. »Warte hier«, sagte der Priester, bevor er mit seinen Kollegen in dem Heiligtum verschwand.

Silvanus setzte sich auf einen der herumliegenden Steine und blickte sich um. Geschäftiges Treiben herrschte. Trotz der Baugerüste war der gewaltige Tempel ein großartiges Bauwerk, dachte Silvanus zum wiederholten Mal. Wenn er einmal fertig sein würde, müßte man ihn in einer Folge mit den Pyramiden und dem Koloß von Rhodos nennen. Und den anderen Weltwundern, die Silvanus momentan entfallen waren. Unvorstellbar, wie Menschenhände solche Werke schaffen konnten. Hier wurde es sichtbar. ›Sind sie erst fertig, schüttelt man verwundert den Kopf, ungläubig darüber, wie sie haben entstehen können. Dann glaubt man, die Götter hätten dabei geholfen‹, ging es Silvanus durch den Kopf. So außergewöhnlich und großartig dieser Bau war, es waren doch Menschen, die da oben auf den Gerüsten herumkletterten und hier unten den Stein grob oder fein zurechtschlugen. Steinmetze, Bildhauer und Sklaven, keineswegs Götter waren es, die an den kunstvollen Ornamenten und Figuren arbeiteten.

Endlich kam Sylphides heraus. »Es tut mir leid, aber Vigolos ist zur Zeit unabkömmlich. Nach den Spielen steht er dir gern zur Verfügung.« Bedauernd zuckte der Mann die Schultern. »Leider kann ich dir nicht weiterhelfen. Glaub mir, ich habe mein Bestes getan.« Er schwieg einen Moment. »Vielleicht kann Chares dir weiterhelfen.«

»Wer ist Chares?«

»Die rechte Hand unseres Vorstehers. Du mußt ihn kennen, denn du warst doch bei der Prozession, so sagtest du doch? Er kann dir deine Fragen mindestens ebensogut beantworten wie Vigolos selbst. Er wird jetzt im Archiv sein, in der Schreibstube, dort kannst du ihn finden«, der Priester deutete auf eine der Säulenhallen oben auf der Terrasse.

»Dann werde ich sofort dorthin gehen«, sagte Silvanus und verabschiedete sich von dem hilfsbereiten Sylphides.

*

Tatsächlich traf Silvanus besagten Chares im Archivhaus an. Es war der kleine, dicke Mann, den er bei der Prozession gesehen hatte. Dort war er Vigolos nicht von der Seite gewichen.

Chares beugte sich gerade über einen jungen Schreiber, der Orakelsprüche notierte, um sie später den Steinhauern zu übergeben. Mit lüsternem Blick ließ der ältliche, fettleibige Priester seine Hand über den Rücken des Jungen gleiten, als Silvanus eintrat. Der Junge spannte sich bei dieser Berührung verängstigt an, wagte aber nicht, sich zu widersetzen.

Silvanus räusperte sich laut. Chares zuckte sichtlich zusammen, zog ruckartig seine Hand zurück und verbarg sie hinter seinem Rücken, als hätte er sie beschmutzt. Schnell hatte er sich wieder in der Gewalt. »Was wünschst du?« fragte er ihn mit einer unangenehm hohen Stimme. »Wer bist du, und was willst du hier? Wenn du Deinen Orakelspruch abholen willst, dann komm morgen wieder, heute ist es schon zu spät.«

Silvanus wunderte sich. Für Orakel war es also schon zu spät. Das hatte er heute doch schon einmal gehört. Es war noch nicht Mittag und schon zu spät? Nun, sie würden ihre Gründe dafür haben.

»Mein Name ist Silvanus Rhodius. Ich bin, daran wirst du dich erinnern, von Marcus Antonius beauftragt, den Mord an Antigonos aufzuklären. Ich möchte dir dazu ein paar Fragen stellen.« Silvanus tippte ungeduldig mit seinem rechten Fuß auf den Boden. »Vielleicht wäre es besser, wenn wir dazu hinausgehen würden«, schlug er mit einem Blick auf den Jungen vor. Draußen bat er Chares: »Ich möchte, daß du mir etwas über Antigonos erzählst. Ich nehme an, du hast ihn gut gekannt?«

Chares wog bedächtig sein Haupt. »Nun, was heißt gut gekannt? Er war erst seit etwa einem Jahr hier im Tempel. Ich kann mich noch gut daran erinnern, wie sein Vater kam und um Antigonos' Aufnahme in den Tempel bat. Er stammt aus einer angesehenen milesischen Familie.«

»Leben seine Eltern noch?« unterbrach ihn Silvanus.

»Soweit ich weiß, ja. Sein Vater war vor ein paar Wochen hier und hat ihn besucht. Aber Antigonos ist gleich, nachdem er vorgesprochen hatte, mit ihm weggegangen. Wohin, weiß ich nicht.«

»Hat er Geschwister?«

»Von Brüdern oder Schwestern habe ich nichts gehört.«

»Was war Antigonos für ein Mensch, bist du gut mit ihm ausgekommen?« Chares wand seine Finger ineinander, es war ihm sichtlich unangenehm, darüber zu sprechen. »Na ja, eigentlich habe ich ihn nicht besonders gut gekannt. Er war immer sehr eigenbrötlerisch. Außerdem wichen seine Ansichten über den Dienst am Gott deutlich von den unseren ab.«

»Was meinst du damit?«

»Er warf uns vor, Heuchler zu sein. Nur er besäße hier am Tempel den wahren Glauben. Das ist natürlich Unsinn. Vigolos ist in dieser Hinsicht sehr korrekt. Soweit ich weiß, hatte er vor, in der nächsten Zeit ein ernstes Gespräch mit Antigonos zu führen. Schließlich schaden solche Anschuldigungen dem Tempel. Ich denke, früher oder später hätte der junge Mann uns ohnehin verlassen. Seine finanziellen Mittel waren begrenzt, und ohne Geld hatte er kaum Aufstiegschancen hier. Vielleicht ist dir bekannt, daß der oberste Priester nicht unerhebliche Aufwendungen hat. Das Amt ist mit hohen Repräsentationskosten verbunden, allein die Bewirtungen verschlingen beträchtliche Summen. Was durch das Orakel hereinkommt, wird fast vollständig von den Bauarbeiten aufgezehrt und deckt doch nur einen kleinen Teil davon ab.« Er sah Silvanus mit seinen ungewöhnlich hellblauen Augen an. »Solltest du jetzt an die Weihegeschenke denken, die sind unverkäuflich. Wenn wir nicht ab und zu großzügige Geldspenden bekommen würden, könnten wir gerade den normalen Tempelbetrieb aufrechterhalten. Vigolos hat in dieser Hinsicht wirklich Großartiges geleistet. Ihm ist es zu verdanken, daß wir mit dem Bau einen großen Schritt weitergekommen sind. Er hat gute Beziehungen und damit eine größere Summe zusammengebracht. So können wir jetzt langfristiger planen, und das danken uns alle, die hier am Tempelbau arbeiten. Schließlich bedeutet der Tempel ihre Existenz.«

»Was heißt ›gute Beziehungen‹?« fragte Silvanus.

»Nun – das sind einflußreiche Leute in Milet und sogar Ephesos, denen – aus eigenen Interessen nehme ich an – am guten Ruf des Orakelheiligtums liegt. Vigolos kennt sie gut, denn er war vor zehn Jahren Stephanephoros in Milet, das Höchste, was man hier erreichen kann. Dieses Amt bekleiden nur die Männer aus den bedeutendsten Familien, und wer Stephanephoros gewesen ist, kann sich für das Amt des Prophetes bewerben.«

»Sage mir, Chares, was genau sind Vigolos' Aufgaben hier im Tempel?« Trotz seines ersten Eindrucks machte der Mann einen offenen Eindruck, und er schien die Wahrheit zu sagen. Dieser Antigonos war anscheinend ein seltsamer junger Mann gewesen, es sah so aus, als hätte ihn keiner sehr gemocht, und niemand machte einen Hehl daraus.

Nach kurzem Zögern sprach Chares weiter. »Dir ist vielleicht bekannt, daß der Prophetes das Oberhaupt unseres Heiligtums ist, der für ein Jahr von den milesischen Bürgern gewählt wird, er kann aber auch wiedergewählt werden. Das Amt ist mit hohen Würden und diversen Pflichten verbunden, es verlangt Anstrengung, materielle wie persönliche, und große Führungsqualitäten. In manchen Jahren ist es schwierig, jemanden für das Amt des Prophetes zu finden, denn es sollte ja jemand sein, der bereits Stephanephoros gewesen ist.« Chares sah ihn neugierig an. »Da du in den Diensten des Marcus Antonius stehst, müßtest du wissen, daß er für dieses Jahr als Stephanephoros vorgeschlagen wurde«, wunderte er sich.

Verlegen suchte Silvanus nach einer Antwort. Marcus Antonius hatte ihm nichts davon gesagt, aber das brauchte dieser Priester nicht zu wissen. »Natürlich, sicher ... – Und jetzt,

Chares, zeige mir bitte, wo Antigonos gewohnt hat. Ich würde gern einmal einen Blick in seine Kammer werfen.«

Bedauernd schüttelte Chares den Kopf. »Er wohnte nicht wie wir im Tempelbezirk, er hatte ein Zimmer in Didyma, hier in der Nähe.«

»Wieso wohnt ihr teilweise hier und teilweise außerhalb?« fragte Silvanus.

Chares lächelte. »Nun, aus mehreren Gründen. Es ist nicht nötig, und es gibt noch nicht genug Zimmer für alle. Der Prophetes und ich leben allerdings im Tempelbezirk und haben Räume zu unserer persönlichen Verfügung.«

»Aha«, Silvanus genügte diese Erklärung. »Dann führe mich bitte zu Antigonos' Unterkunft. Du weißt, daß ihr Marcus Antonius jede Unterstützung zugesagt habt, aber daran muß ich dich sicher nicht erinnern!«

Beflissen nickte der Priester. »Natürlich können wir sogleich gehen. Ich will nur meinem Schreiber Bescheid geben, falls mich jemand sucht. Zur Zeit ist viel zu tun. Warte einen Augenblick, ich bin sofort zurück.«

Tatsächlich kam Chares nach kurzer Zeit wieder heraus. »Dorthin müssen wir!« Er zeigte in Richtung der Straße und schritt voraus. Sie gingen an Bibulus' Taverne vorbei und bogen die erste sich bietende Gelegenheit nach links ab, in eine kleine finstere Gasse.

›Das hat mir gerade noch gefehlt‹, dachte Silvanus mit einem Blick auf die unwirtlichen Mauern. Die meisten Fensterläden waren geschlossen, kein Mensch war zu sehen. ›Wenn mir hier etwas passiert, würde es wahrscheinlich niemand bemerken, und wenn doch, so würde es vermutlich keinen interessieren.‹ Er tastete nach Hanis Messer und war beruhigt, als er es an seinem Platz im Gürtel fühlte. Er schob die Gedanken beiseite. ›Was soll schon passieren? Silvanus Rhodius, erschlagen von einem fetten, kleinen Priesterlein? Daß ich nicht lache!‹

Plötzlich stoppte Chares. »Hier ist es«, sagte er und öffnete eine Tür. »Er wohnt oben bei einer alten Witwe. Willst du, daß ich dich begleite? Es wäre mir allerdings lieb, wenn du allein zurechtkämest. Auf mich wartet noch Arbeit.«

›Das kann ich mir denken‹, ging es Silvanus durch den Kopf. »Natürlich, du kannst gehen. Allerdings, warte bitte einen Moment.« Chares blickte ihn fragend an.

»Weißt du, mit wem Antigonos in seiner Freizeit Umgang hatte? Hatte er Freunde oder vielleicht auch Feinde?« Mit der Frage hatte Chares zu diesem Zeitpunkt nicht mehr gerechnet. Silvanus entging nicht das unmerkliche Zögern, bevor der Priester antwortete. »Viel wissen wir über sein Privatleben nicht. Wie er es gestaltete, meine ich. Er sah gut aus und hatte zahlreiche Chancen bei Mädchen. Vor einiger Zeit hat er mir erzählt, er wolle vielleicht bald heiraten. Die Tochter von Tollimos, einem ehemaligen Kollegen. Dieser war aber nicht sehr angetan von dem Gedanken, was ich von ihm selbst weiß. Von anderen Freunden habe ich nie gehört oder welche gesehen. Er trainierte hart, die anderen Sportler mochten ihn jedoch nicht sehr, weil er keinem anderen eine Chance ließ. Aber Feinde? Ich glaube kaum. Antigonos interessierte sich nur für Sport, Religion, seine Aufgaben im Tempel und ...«, ein seltsam verträumter Blick huschte über Chares' Gesicht, »für Frauen. Und bevor du mich fragst, Silvanus, ob ich an ihm interessiert war, ja, ich war es, als er kam. Aber er machte sich nichts aus Männern. Wir haben das ziemlich schnell geklärt. Und, um auch deine nächste Frage vorwegzunehmen, ich habe ihn nicht umgebracht, weil er mich abgewiesen hat. Dann hätte ich schon viele junge Männer umbringen müssen – und du wahrscheinlich viele junge Frauen. Ich war an jenem Abend mit Vigolos in der Taberna Bibuli, auf einen Schluck Wein. Wir sind gemeinsam zum Tempel zurückgegangen und von dort aus mit einem Wagen nach Milet gefahren.«

Silvanus konnte nicht umhin, den dicken Priester zu bewundern. Ein schlauer Kopf. Und kein Anzeichen von Falschheit. Silvanus neigte dazu, ihm zu glauben. »Ich danke dir, Chares«, sagte er, »in der Tat hast du meine Gedanken richtig gedeutet.« Chares nickte ihm zu und ging.

Silvanus betrat das Gebäude, in dem Antigonos gewohnt hatte, und gelangte in ein finsteres Treppenhaus. Vorsichtig erklomm er die Stufen. Das ganze Gemäuer roch muffig.

Silvanus klopfte an die einzige Tür, die sich auf dem Treppenabsatz befand. Er klopfte noch einmal, lauter. Von innen hörte er eine alte Stimme rufen. »Ja, ja, was ist denn? Ich komme ja schon.« Die Tür wurde einen Spaltbreit geöffnet, und zwei dunkle Augen leuchteten durch den Spalt. »Was willst du? Ich habe nichts, und ich kaufe nichts!«

Silvanus' Erfahrung mit seinen römischen Mitbürgern machte sich jetzt bezahlt. Bevor die Alte ihm die Tür vor der Nase zuschlagen konnte, hatte er schon seinen Fuß dazwischen.

»He, junger Mann, was soll das? Nimm sofort deinen Fuß da weg!« Die Stimme der Alten überschlug sich vor Angst.

Silvanus versuchte, sie zu beruhigen. »Ich will dir doch gar nichts tun!«

»Du bist doch ein Römer, nicht?« keifte ihn die Alte, nun mutiger geworden, an. »Habt ihr noch nicht genug, daß ihr mein Land besetzt haltet, wollt ihr jetzt auch noch meine armselige Wohnung? Nein, nein, nein, wohin ist es mit uns gekommen, womit haben wir das verdient, oh ihr Götter, was haben wir nur getan, daß ihr uns so straft?«

Er hörte sich ihr lautes Jammern und Klagen über die Mißgunst der Götter im allgemeinen und im besonderen an, ohne jedoch den Fuß aus der Tür zu nehmen. »Liebe Frau, sei doch so gut und beruhige dich. Ich komme doch nur wegen Antigonos. Du weißt doch bestimmt, was ihm widerfahren ist?«

»Oh, oh, der arme Junge!« Nun weinte sie fast.

›Was für eine harte Arbeit die Ermittlung doch manchmal ist‹, dachte Silvanus. »Laß mich bitte hinein. Ich möchte nur einen Blick in die Kammer werfen, in der Antigonos gewohnt hat.«

»Erst bringt ihr ihn um, den armen Jungen, und jetzt wollt ihr wohl auch noch sein Hab und Gut wegnehmen, ihr Römer. Verbrecher seid ihr allesamt!« Die Frau wuchs über sich hinaus. Dann wurde ihr doch etwas unwohl. War sie zu weit gegangen? Unsicher schaute sie Silvanus durch den Spalt genauer an. »Du bist sicher, daß du nur schauen willst, nichts nehmen? Ich habe seine Eltern schon benachrichtigt, sie müssen jeden Moment hiersein.« Trotz aller Vorbehalte öffnete sie nun die Tür etwas weiter, so daß er wenigstens einen Blick in die Wohnung werfen konnte. Viel war allerdings nicht zu sehen, da die Fensterläden auch hier geschlossen waren.

»Bitte, Frau, laß mich jetzt hinein. Ich weiß nicht, wie du darauf kommst, daß wir etwas mit dem Tod von Antigonos zu tun haben. Im Gegenteil, ich bin beauftragt – von Marcus Antonius übrigens –, seinen Tod aufzuklären!«

»Marcus wer? Kenne ich nicht«, keifte die Alte mit Überzeugung. »Wenn du dir wirklich nur die Kammer ansehen willst, dann komm herein in Apollons Namen. Aber tritt dir die Füße ab. Ich habe Besseres zu tun, als den Schmutz alter Römersandalen wegzukehren.« Unwillig schlurfte die Alte voraus und winkte ihm, ihr zu folgen. Sie stieß die Tür zu einem kleinem Zimmer auf. Silvanus sah sich um. Ein Bett, ordentlich gemacht und unbenutzt, davor eine abgetretene Matte, daneben ein Hocker und gegenüber eine Truhe. Er öffnete den Deckel, aber außer ein paar Kleidungsstücken war nichts darin. Das half ihm nicht weiter. Er schaute unter das Bett, unter die Matte. Nichts. Kein Schriftstück, kein Pergament, nichts von Belang war hier. War nie hiergewesen oder war bereits entfernt worden.

»Sage mal, Alte, ist schon jemand hiergewesen, der diese Kammer sehen wollte? Ich meine, gestern oder heute?«

Sie schaute ihn verständnislos an. »Du meinst einen, der seine Kammer sehen wollte? Nein, wozu auch? Wen kümmert das Zeug denn schon, er hatte doch fast nichts.«

»Bekam er manchmal Besuch?«

»Besuch? Nein, er war ein stiller Junge. Wenn er hier war, las er in irgendwelchen Schriften, die er sich aus dem Tempel mitgebracht hatte. Er redete auch nicht viel, nicht einmal mit mir!« Bedauernd blickte sie auf das unbenutzte Bett.

Silvanus konnte Antigonos im nachhinein gut verstehen, auch er würde sich nicht freiwillig mit dieser Frau abgeben. Er wechselte das Thema. »Du sagtest, du erwartest seine Eltern. Wenn sie kommen, dann sag ihnen, daß ich sie sprechen möchte, wirst du das tun?«

»Muß ich das denn?« fragte sie keck.

»Es wäre auf jeden Fall besser, wenn du es tust. Marcus Antonius ist jetzt Herrscher über Kleinasien, er ist es nicht gewöhnt, daß man sich seinen Befehlen widersetzt. Ich denke du solltest tun, was ich dir sage.«

Beeindruckt nickte sie eifrig mit dem Kopf. »Doch, doch, du kannst dich auf mich verlassen. Ich sage bestimmt Bescheid. Kommst du denn noch einmal wieder?« Sie warf ihm einen schelmischen Blick zu. »Ich habe jetzt eine Kammer frei, du brauchst nicht zufällig eine Unterkunft?« Die Alte hatte sichtlich Gefallen an ihm gefunden. ›So groß kann die Sehnsucht gar nicht sein, daß ich hier logieren würde‹, dachte Silvanus, bedankte sich höflich und war froh, als er wieder draußen war.

*

Fröhlich machte sich Laelia ein wenig frisch. Der Tag war heiß und das kalte Wasser auf der Haut eine Wohltat. Sie suchte die sonnengelbe, schlichte Tunika heraus – ein wenig zerknittert, aber für einen Spaziergang genau das richtige, leicht, einfach und hübsch. Das Haar bändigte sie mit einem Tuch. Ein Blick in den Spiegel zeigte ihr, daß die Spuren des letzten Abends vergangen waren, trotzdem legte sie ein wenig Kohle um die Augen. Ganz unauffällig. Zufrieden lächelte sie ihr Spiegelbild an. Gar nicht schlecht. Wenn sie sich etwas Mühe gab, konnte sie ganz nett aussehen, fand sie. Meistens allerdings strengte sie sich nicht so an. Jetzt, zum Schluß, öffnete sie den kostbaren Flacon mit Hani Ramis Parfüm. Eine wohlriechende Duftwolke entströmte ihm, Rose und Eberraute waren die einzigen Bestandteile, die sie erkannte. Ein Tropfen auf die Schläfen, auf die Handgelenke, einen in den Ausschnitt und einen in die Kniekehlen – man konnte ja nie wissen ... Jetzt noch schnell ein paar Pfefferminzblätter in den Mund gesteckt, bei so einem Anlaß geht nichts über einen frischen Atem ...

Eines von Rubis Liedern pfeifend lief sie die Treppe hinab in den Schankraum. »Vater, ich gehe zum Heiligen Hain. Wenn Silvanus kommt, sage ihm, ich bin schon vorgegangen, er wollte mit mir sprechen«, rief sie im Vorbeigehen. Bibulus sah mißbilligend hinter einer Amphore hervor. »Laelia, warte mal. Du willst doch nicht allein dort hingehen? Das ist viel zu gefährlich, das laß ich nicht zu.«

»Aber, Vater«, ihre gute Stimmung sank ein wenig, »ich bin doch immer dort spazierengegangen. Es wird mir schon keiner etwas tun. Außerdem treffe ich dort Silvanus Rhodius.«

»Sagtest du nicht, er käme hierher?« mischte sich Offilia ein, die, eines ihrer zahlreichen Kinder fütternd, an einem Tisch saß. »Er gefällt dir, nicht? Na, schlecht ist er nicht, viel Spaß!«

Laelia merkte, wie sie rot wurde. »Besten Dank, Offilia«, zischte sie, »er will allerdings nur ein paar Informationen von mir.«

Bibulus hatte inzwischen einen besorgten Ausdruck im Gesicht. »Kind, laß dir von ihm nicht den Kopf verdrehen. Du weißt doch, wie sie sind, diese Römer.« Für den Moment vergaß er, daß er selbst einer war, so heimisch fühlte er sich hier nach den vielen Jahren. »Und wenn du schon gehen mußt, nimm Monoculos mit.«

»Besser ein gutaussehender Römer als ein besoffener Gallier«, murmelte Laelia in Offilias Richtung und war schon halb aus der Tür. Monoculos steckte demonstrativ ein langes Messer in den Gürtel seines Chitons und sagte: »Mach dir keine Sorgen, Herr, ich passe auf sie auf.«

Noch bevor sie den Tempel erreichte, hatte der Sklave sie eingeholt. »Herrin, ärgere dich nicht über Offilia. Sie ist nur eifersüchtig. Und dieser Römer ist, verzeih, Herrin, wesentlich sympathischer als die eingebildeten Kerle, die die Herrin Offilia des Nachts empfängt.«

Überrascht sah Laelia ihn an. »Eingebildete Kerle? Woher weißt du das?«

»Oh, du weißt doch, ich höre gut. Und, Herrin, so, wie sie reden, können sie nur eingebildet sein. Gerade vor zwei Nächten war einer in ihrem Zimmer. Ich habe seine Stimme erkannt. Er ...«

In diesem Augenblick holte Silvanus sie ein. Laelia fühlte ihr Herz einen Augenblick stocken, als sie ihn sah. »Ave Silvanus, ich dachte, wir sollten beim Reden ein wenig spazierengehen und bin schon vorausgegangen.«

»Gute Idee«, freute er sich, etwas verlegen. »Monoculos, du kannst zurückgehen, ich werde jetzt auf deine Herrin aufpassen.« Grinsend verneigte sich Monoculos und ging zurück.

Laelia hatte den Weg zum Lorbeerhain eingeschlagen, der sich an der Rückseite des Tempels erstreckte. »Wie war dein Tag, hast du etwas erfahren, was dir weiterhilft?«

»Nein, nicht direkt. Ich habe einige Informationen bekommen, viele Eindrücke gesammelt, aber die haben die Situation eher noch verworrener gemacht. Ich wollte mit Vigolos sprechen, der hätte aber erst nach den Spielen Zeit für mich. Schon seltsam, findet du nicht? Da wird einer seiner Priester ermordet, das Verbrechen geschieht vor der Tür seines Tempels, und er nimmt sich nicht einmal eine Viertelstunde Zeit, um bei den Ermittlungen zu helfen. Laelia, was weißt du über ihn?«

»Über Vigolos? Eigentlich weiß man nicht viel über ihn, nicht viel Persönliches, meine ich. Ab und zu kommt er in die Taverne, trinkt ein oder zwei Becher Wein, aber betrunken habe ich ihn noch nie erlebt. Er wirkt immer sehr – beherrscht. Er ist nie fröhlich, lacht selten, und wenn, dann klingt es eher – ach, wie soll ich es ausdrücken – hämisch.« Sie stockte.

»Du magst ihn nicht.« Das war eher eine Feststellung als eine Frage.

Laelia nickte nachdenklich. »Ja, du hat recht, obwohl er als Oberpriester einen tadellosen Ruf hat und Erfolge aufweisen kann. Die Zahl der Ratsuchenden nimmt ständig zu, und viele sehr wichtige Persönlichkeiten kommen zu uns. Der Tempelbau ist unter seiner Obhut ein gutes Stück vorangekommen.« Sie betraten den großzügig angelegten Heiligen Hain, der herbe Duft vieler Lorbeerbäume erfüllte die Luft. Laelia drehte sich um und zeigte zurück. Hinter den Bäumen erhoben sich die Säulen des Heiligtums. »Sieh, Silvanus, diese Säule dort ist erst kurz nach Vigolos' Amtsantritt gespendet worden, er hat gleich dafür gesorgt, daß sie aufgerichtet wurde. Die Arbeiten am Tempel wurden übrigens von einem bekannten Baumeister geleitet. Vor zwei Jahren stockten sie für einige Zeit, als er plötzlich nach Side ging – mit meiner Mutter.«

»Oh«, sagte Silvanus, »das tut mir leid. Es muß ein harter Schlag für dich gewesen sein.«

»Ach, für mich nicht so, aber für meinen Vater. Der hat sehr darunter gelitten. Als er hierherkam, aus Rom, lernte er meine Mutter kennen. Sie war die Tochter eines milesischen Kaufmannes. Zusammen haben sie hier die Herberge aufgemacht, mit dem Geld, das Vater mitbrachte. Was noch fehlte, hat mein Großvater vorgestreckt. Daß Mutter wegging, traf Vater ganz unerwartet, obwohl wir, das heißt, Illicia, Offilia und ich, schon immer gemutmaßt hatten, daß sie wohl einen Freund hatte. Sie verließ uns, ohne viele Worte.« Warum erzählte sie ihm das alles? Sie kannte ihn doch kaum. Was hatte er an sich, daß sie Familienangelegenheiten einfach so preisgab?

»Helft ihr darum soviel in der Taverne aus? Du und Illicia?«

»Ja, zum Teil. Wir haben auch schon früher geholfen, allerdings nicht so regelmäßig. Aber Vater ging es wirklich schlecht. Illicia hat dann an Festtagen das Kochen übernommen, was meine Mutter früher machte. Illicia hat uns viel geholfen in jener Zeit, nicht nur durch die Arbeit. Sie hat uns alle wieder ein bißchen aufgerichtet. Du mußt wissen, ihre Mutter ist gestorben, als sie noch sehr klein war, sie hat praktisch ihrem Vater den Haushalt geführt und unterstützt ihn noch immer. Sie hatte kein leichtes Leben – und jetzt das mit Antigonos ...«

Silvanus sah sie mitfühlend an und legte seine Hand auf ihre Schulter. Nur kurz.

»Ich kann es euch nachfühlen. Mein Vater ist früh gestorben, was meine Mutter nie verkraftet hat. Dann starb auch sie, und ich hatte das Gefühl, daß ich ihr noch so viel zu sagen gehabt hätte. Wie verkraftet Illicia den Tod von Antigonos?«

Laelia blickte ihm ernst in die Augen. »Du denkst, sie verhält sich nicht wie jemand, der einen geliebten Menschen verloren hat? Nun, zum einen hat sie ihn nicht so sehr geliebt, wie man es tun sollte, wenn man heiraten will. Sie mochte ihn gerne, schon, aber die große Liebe war er nicht. Zum anderen ist das ihre Art, mit Problemen umzugehen. Wie gesagt, sie kennt das Abschiednehmen. Nach dem Tod ihrer Mutter war sie Ersatzmutter für ihre kleine Schwester, bis diese am Fieber erkrankte und starb. Illicia mußte weitermachen, sie konnte sich nicht in Trauer vergraben. Was in ihrem Inneren vorgeht, ist etwas anderes.«

Silvanus legte wieder seine Hand auf ihre Schulter, etwas länger diesmal. »Entschuldige, Laelia, ich wollte nichts Falsches über deine Freundin sagen. Aber ich habe mich in der Tat über ihre Reaktion gewundert.«

Seine Offenheit beeindruckte Laelia. »Wie sollst du es auch verstehen können, du kennst sie ja kaum. Ehrlich gesagt glaube ich nicht, daß sie ihn geheiratet hätte. Tollimos, ihr Vater, konnte ihn nicht leiden. Das hat bei Tollimos zwar auch noch andere Gründe, Illicia ist sein ein und alles, und er sähe es am liebsten, wenn sie ihr Leben lang bei ihm bliebe. Aber bei anderen Dingen hatte er schon ganz recht. Antigonos war ein ziemlicher Frauenheld. Nur in Dingen der Religion, da war er ein absoluter Pedant. Er hat mir sogar einmal erzählt, daß er Vigolos für einen Klugschwätzer hielt, der nicht nach den religiösen Vorschriften handelte. Ich mag zwar Vigolos nicht sehr, aber das halte ich für übertrieben.«

»Erzähle mir ein wenig über Antigonos!« bat Silvanus. Gerne hätte er jetzt nach Tollimos gefragt, aber er merkte, daß Laelias Bereitschaft, über Familienangelegenheiten – ihre oder die ihrer Freundin – zu sprechen, erst einmal erschöpft war. Das Thema Antigonos war – hoffentlich – unverfänglicher, da auch Laelia ihn anscheinend nicht sehr gemocht hatte. Hatte ihn überhaupt jemand gemocht in diesem Ort? Illicias Reaktion war ihm nach Laelias Erklärung verständlicher, aber auch Laelia hatte eigentlich keine große Betroffenheit gezeigt. War sie eifersüchtig gewesen?

Plötzlich durchzuckte ihn ein anderer Gedanke: ›Hoffentlich meint sie nicht, daß ich sie nur aushorchen will, sie nur benutze.‹ Wie sollte er sich jetzt verhalten? Eine solche Situation, in der berufliche und private Interessen vermischt wurden, hatte er noch nicht erlebt. Aber – Pflicht ist Pflicht, und die kommt für einen römischen Beamten vor der Liebe. Laelia würde er später von seinen Gefühlen überzeugen. Also zurück zum Fall und weiter mit Antigonos.

Laelia blickte ihn erstaunt an. »Haben dir nicht schon die anderen alles erzählt, allen voran Illicia?«

»Ja, einiges, aber es ist immer besser, soviel wie möglich über das Opfer zu erfahren. Und deine Meinung interessiert mich ganz besonders. Mochtest du ihn?«

»Hm«, Laelia überlegte kurz, »ja und nein, wenn ich ehrlich bin. Er war nett, wenn auch manchmal etwas trübsinnig, intelligent, sportlich, sah gut aus, aber – das weißt du ja schon – das fanden auch andere Frauen. Illicia hat etwas Besseres verdient.«

Silvanus nickte. »War er oft bei euch?«

»Ziemlich. Er kam meistens nach dem Training, trank einen Becher Wein mit viel Wasser und hoffte, Illicia zu treffen. So sagte er jedenfalls. War sie nicht da, umschmeichelte er andere, oder diese ihn. Selbst Offilia tat das.«

»Hast du eine Ahnung, wer die Frau war, mit der du ihn gesehen hast? Wegen der es dann Streit gab?« fragte er. Laelia sah ihn mit einem Blick an, der nichts Gutes verhieß. ›Nicht feinfühlig genug, du Dummkopf‹, dachte er und lächelte schuldbewußt. Es nutzte nichts. Kalt erwiderte Laelia: »Meine Schwester mag zwar mit dem Verlobten meiner Freundin schöntun, aber daß sie weitergeht, traue ich selbst ihr nicht zu.« Dann schwieg sie trotzig. Was wollte dieser eingebildete Römer eigentlich? Umwarb sie, zog ihr die Familiengeheimnisse aus der Nase und unterstellte auch noch, daß ihre Schwester mit dem Verlobten ihrer Freundin geschlafen hätte. Das ging eindeutig zu weit. Selbst wenn es im Bereich des Möglichen lag, wie sie sich selber eingestehen mußte – aber ein Fremder durfte es eben nicht aussprechen. Seine Frage war allerdings interessant. Sie hatte in der ganzen Aufregung vergessen, daß diese Frau, mit der sie Antigonos am Abend vor seinem Tode gesehen hatte, vielleicht etwas mit dem Mord zu tun haben könnte. Sie wußte nicht mehr, was sie denken sollte. Krampfhaft blickte zu Boden.

Mittlerweile waren sie zu einer Lichtung gekommen. Von hier bot sich ein grandioser Ausblick auf das Artemis-Heiligtum und die Heilige Straße mit ihren Herbergen und Geschäften für den Pilgerbetrieb. Zurückblickend sah man die scharfgezeichnete Silhouette des Apollon-Tempels vor dem abendlichen Himmel. Silvanus schaute sich um, ohne die Aussicht genießen zu können. Was sollte er jetzt machen? Daß er aber auch so unsensibel sein mußte. Er setzte sich auf eine Marmorbank, ergriff die rechte Hand des Mädchen und zog es neben sich. Dann nahm er ihre Hände in die seinen. »Es tut mir leid, meine Laelia«, flüsterte er in ihr Ohr, »ich wollte dich nicht verletzen, bei allen Göttern. Du mußt mir glauben! Aber du bist die einzige, die mir jetzt helfen kann. Ich bin in meinen Ermittlungen noch nicht so weit, wie ich sollte, und Marcus Antonius erwartet meinen Bericht. Und ich ...« Er brach ab, sah sie flehend an und drückte ihre Hände. Laelia erwiderte den Druck. Als sie den Ausdruck in seinen Augen sah, glaubte sie ihm alles, jedes Wort. Sie wollte ihm glauben.

Sich leicht gegen ihn lehnend antwortete sie endlich: »Es war fast dunkel. Die beiden waren zwischen den Bäumen neben unserem Haus und küßten sich. Ich war nur kurz hinausgegangen, um ein wenig frische Luft zu schnappen, es war so stickig drinnen. Da sah ich die beiden. Ich traute meinen Augen nicht. Umschmeicheln ist eine Sache, aber das ... Antigonos erkannte ich gleich, an seiner Haltung und den Haaren. Die Frau nicht, ich sah sie nur von hinten. Voller Schrecken ging ich wieder zurück ins Haus, in die Küche und beschäftigte mich mit dem Essen. Ich war wütend und fragte mich nur, sage ich es Illicia, oder sage ich es ihr nicht.« Sie seufzte.

Silvanus hatte den Arm um sie gelegt und hielt immer noch ihre Hände fest in den seinen. »Kannst du sie beschreiben?« fragte er sanft.

Laelia überlegte kurz. »Sie war nicht sehr groß, kleiner als ich, hatte lange dunkle Haare und trug ein helles Kleid. Die Farbe weiß ich nicht, es war ja schon dunkel. Meinst du, sie ...? Eine Frau?«

Silvanus zögerte. »Ich weiß es nicht. Aber es wäre wichtig, sie zu befragen und zu sehen, ob sie etwas weiß, ob Antigonos ihr etwas erzählt hat, und wo sie nach ihrem Treffen war. Außerdem liegt es durchaus im Bereich des Möglichen, daß eine Frau ihn ermordet hat. Die Stiche waren von unten nach oben geführt, und die Kraft dazu hat auch eine Frau.«

»Oh!« Laelia bedachte diese Möglichkeit.

Silvanus fragte weiter: »Als du wieder in die Taverne kamst, ist dir da aufgefallen, daß eine Frau fehlt?«

Laelia schüttelte den Kopf. »Ehrlich gesagt, ich habe gar nicht darauf geachtet. Aber es sind sowieso nicht so häufig Frauen in der Taverne. Die Mädchen des Ortes kommen selten, und dann nur in Begleitung, außer bei bestimmten Festen. Manchmal kommen ein paar aus dem Artemis-Heiligtum, aber die tragen eigentlich immer ihre gefältelten Gewänder und sind daran zu erkennen. – Oh, da fällt mir ein, ich muß dir nachher noch etwas erzählen. – Ein solches Gewand aber trug die Frau nicht, mit der Antigonos sich traf, da bin ich mir sicher. Ich glaube nicht, daß sie sich in der Taverne getroffen haben.«

»Hm.« Silvanus überlegte. »Aber Antigonos war vorher bei euch?«

»Ja, er schaute sogar in die Küche und fragte nach Illicia, und ob sie noch käme. Ich sagte ihm, nein, heute nicht mehr, sie müsse etwas kopieren. Da ging er wieder.«

»Aber er kam noch mal herein, nachdem du ihn mit der Frau gesehen hattest?«

»Ja.« Laelia blickte in die Ferne und versuchte, sich die Szene wieder in Erinnerung zu rufen. »Ich servierte einem Gast das Essen und sah Antigonos an einem der Tische sitzen. Allein, wie meistens, aber nicht so trübsinnig wie sonst. Er lächelte auf eine seltsame Art. Dieses Lächeln war es, was mich unendlich ärgerte. Ich stellte das Essen ab und ging zu ihm. Ich sagte ihm, daß ich ihn gesehen hätte, und was für ein mieser Kerl er sei. Er wurde bleich, sagte, ich solle ihn nicht bespitzeln, was er täte, wäre seine Sache, stand auf und ging. Das war alles. Danach ist er zu Illicia gegangen, wie sie mir am nächsten Tag erzählte, aber das weißt du ja.«

»Also war Illicia eine der letzten, die ihn vor seinem Tode gesehen haben«, murmelte er, mehr zu sich selbst. Versonnen blickte er auf das Meer und wurde sich erneut der anregenden Nähe des Mädchens bewußt. Ob ihr wohl klar war, daß sie und ihre Freundin zu den Hauptverdächtigen gehörten? Beide hatten ein starkes Motiv. Dennoch, er konnte nicht glauben, daß eine der beiden etwas mit dem Mord zu tun hatten. Illicia nicht und Laelia schon gar nicht. Aber wer dann?

»Was wolltest du mir noch erzählen?«

»Ach ja, ich hätte es fast vergessen, dabei ist es vielleicht wichtig. Illicia ist heute von einem der Mädchen aus dem Artemis-Heiligtum angesprochen worden, demnach sei Antigonos noch spät am Abend bei ihnen gewesen, um zeremonielle Dinge zu besprechen. Das Mädchen erzählte, er hätte dabei etwas gesagt wie: Er könne viel Geld bekommen, wenn der Richtige gewinnen würde.«

Silvanus blickte sie überrascht an. »Und das sagst du mir erst jetzt? Das kann in der Tat von entscheidender Wichtigkeit sein! Meinte sie, bei den Spielen?«

»Ich kann mir nichts anderes vorstellen.« Laelia nickte ernst. »Das klingt nach Bestechung, nicht wahr? Allerdings ist es schwer vorstellbar bei einem so gläubigen Menschen wie Antigonos.«

»Nun, es klingt danach. Aber wir müssen vorsichtig sein. Vielleicht hat ihm auch jemand viel Geld geboten, wenn er selber gewinnt. Bist du dir sicher in der Formulierung ›der Richtige‹?«

»Ja, Illicia und ich haben auch darüber gesprochen. Das Mädchen sagte ›der Richtige‹. Außer Antigonos gab es doch nur den Delphier, der als Sieger in Betracht kam, und der hat ja schließlich auch alles gewonnen.«

»Vorsicht, meine Laelia, Vorsicht«, mahnte Silvanus. »Das ist eine harte Anklage. Versprich mir eines, sage niemandem, aber auch wirklich niemandem etwas von deinem Verdacht. Wenn es stimmen sollte, könntest du dadurch in große Gefahr geraten, genau wie Illicia. Und gehe nie alleine irgendwo hin. Versprichst du es?«

»Ja, natürlich, Silvanus, ich werde es auch Illicia sagen.« Sie sah die Sorge in seinen Augen, und ein leichter Schauder überlief sie, eine Mischung aus Angst und Zuneigung zu diesem Mann. Unwillkürlich rückte sie näher an ihn heran.

»Dann muß ich noch den Namen des Mädchens aus dem Artemis-Heiligtum wissen, mit dem Illicia sprach.«

»Wir können Illicia nachher fragen, sie kommt noch in die Taverne. Meinst du, der Delphier hat versucht, Antigonos zu bestechen und ihn dann ermordet, weil dieser nichts von dem Handel wissen wollte?«

»Ich meine noch gar nichts«, sagte Silvanus vorsichtig, »ich muß erst mit dem Mädchen und dem Delphier sprechen. Es wäre eine Möglichkeit, zugegeben, und es würde passen. Ich sage dir jetzt etwas unter dem Siegel der Verschwiegenheit: Wir haben auf dem Gewand des Toten einen Sandalenabdruck gefunden. Der Mörder muß in das Blut getreten sein und dann auf das Gewand, vielleicht, als er nachsehen wollte, ob sein Opfer auch wirklich tot sei. Es war weder eine römische Sandale noch eine von hier.«

Laelia fröstelte: »Wie kannst du das wissen?«

»Oh, das ist nicht schwierig. Römische Sandalen haben eine Doppelnaht, die aus der Gegend hier meistens eine einfache. Der Abdruck hat auch nur eine, aber die ist im Zickzack genäht. Das ist ungewöhnlich. Auch der Schnitt der Sohlen ist je nach Herkunft der Sandalen unterschiedlich. Nun kann in größeren Städten natürlich jeder alle möglichen Arten von Sandalen kaufen, es ist also nur ein Indiz, aber dennoch. Trotzdem dürfen wir keine voreiligen Schlüsse ziehen. Nun laß uns aber zurückgehen, wir müssen mit Illicia sprechen, und dein Vater wird sich Sorgen machen, wenn du zu lange ausbleibst.«

*

Bibulus hatte sich tatsächlich Sorgen gemacht. Die letzten Sonnenstrahlen färbten den Himmel purpurrot, und Laelia war noch immer nicht zurück. Besorgt schaute er immer wieder zur Tür und atmete erleichtert auf, als sie endlich, mit rosigen Wangen und einem Lächeln auf dem Gesicht, die noch ziemlich leere Taverne betrat.

»Wo ist Silvanus? Bist du etwa alleine nach Hause gekommen?« fuhr er sie an.

»O nein, Vater, er hat mich bis zur Tür gebracht, er hat noch etwas zu erledigen.« Sie strahlte ihn an. »Vater, sei nicht böse, aber ich denke, ich habe ihm wirklich geholfen. Vielleicht hat er bald den Mörder gefunden.«

»So«, meinte Bibulus. Er konnte seinen Töchtern nie lange zürnen.

Offilia, die mit Rubingetorix an einem Tisch saß und aß, fragte mit einem Hühnerbein im Mund: »Wobei hast du ihm denn geholfen, kleine Schwester? Aus seiner Tunika ein Zelt werden zu lassen? Hi, hi, hi.«

Laelia ignorierte sie. »Ist Illicia schon da?« fragte sie Bibulus.

»Ja, sie ist in der Küche. Nett, daß sie heute gekommen ist, denn immerhin tragen heute die Dichter und Sänger ihren Wettstreit aus, und wie ich sie kenne, würde sie bei ihrer Liebe zur Dichtung viel lieber im Stadion sein. Ist dir aufgefallen, wie schön sie in diesem Jahr das Gelände beleuchtet haben? So viele Fackeln gab es noch nie.«

»Ja, es ist wunderschön. Vigolos hat sich viel Mühe gegeben. Und wenn nachher noch der Fackellauf beginnt ... Weißt du eigentlich, ob Antiphon, der Delphier, mitlaufen wird, Vater?«

»Nein, Kind, keine Ahnung.«

»Aber ich weiß es«, mischte sich Offilia ein, »er nimmt nicht teil, sondern kommt nachher noch.« Sie warf einen Seitenblick auf Rubingetorix und schenkte ihm Wein in seinen Becher. Unverdünnt. Der Gallier lächelte glücklich und sagte etwas in seiner unverständlichen Sprache. Offilia lächelte süß zurück. »Oh, gern geschehen, mein Gemahl.«

Laelia eilte in die Küche, aus der schon ungeduldiges Geschepper zu hören war. Illicia und die Sklaven waren voll beschäftigt.

»Illicia, komm mit nach oben, ich muß dir etwas Wichtiges sagen.« Laelia nahm der Freundin die Schüssel aus der Hand.

»Ich dir auch, Laelia, weißt du, ich habe nachgedacht. Dieses Mädchen aus dem Heiligtum ...«

Mit einem Blick auf Monoculos und Thabea unterbrach Laelia sie. »Komm, du mußt mir helfen, mein Haar aufzustecken, erzähle es mir dabei.« Illicia verstand.

In Laelias Zimmer setzten sie sich auf das Bett. Illicia begann von neuem: »Ich glaube, daß Antigonos bestochen werden sollte. Und wer kommt dafür in Frage? Natürlich der Delphier. Er hat Antigonos umgebracht! Vorhin war mir so schlecht, daß ich gar nicht nachdenken konnte. Dabei ist es so offensichtlich, findest du nicht auch?«

Laelia nickte eifrig und erzählte von dem Gespräch mit Silvanus. »Er hat recht, Illicia, wir dürfen keinem Menschen etwas sagen. Und dich begleitet Monoculos nach Hause. Eigentlich schade, Antiphon macht gar nicht den Eindruck eines Verbrechers, aber man kann eben nicht in die Leute hineinsehen, vor allem nicht in diese Delphier. Weißt du, Illicia, auf der einen Seite will ich natürlich, daß Antigonos' Mörder so schnell wie möglich gefunden wird, aber auf der anderen Seite ... Stell dir vor, Silvanus verhaftet ihn morgen, er gesteht, der Fall ist geklärt, und dann geht Silvanus wieder zurück zu Marcus Antonius. Ach!«

Illicia wurde neugierig. »Erzähl, Laelia, was habt ihr gemacht? Hast du ihn gefragt, ob er verheiratet ist?«

»Nein«, sagte Laelia ein wenig traurig. »Danach habe ich ihn nicht gefragt. Aber ...« Sie erzählte vom Spaziergang im Heiligen Hain, von ihrem Gespräch auf der Marmorbank. »Illicia, du kannst dir gar nicht vorstellen, welche Gefühle dieser Mann bei mir auslöst. Ich bin ganz durcheinander. Manchmal könnte ich ihn einfach küssen, dann wieder, wenn er nur an seinen Fall denkt, glaube ich, er nutzt mich nur aus. Daß er Interesse an mir hat, merke sogar ich, nur welches? Dann braucht er mich aber nur mit seinen blauen Augen anzuschauen, schon habe ich ihm seine Fragerei verziehen und schmelze dahin, dabei habe ich sogar fast vergessen, ihm von deinem Gespräch mit dem Mädchen vom Artemis-Heiligtum zu erzählen. Und als er mich dann nach Hause begleitete, hat er die ganze Zeit darüber gesprochen, was die Entscheidung von Philippi für ihn bedeutete und wie er sich bei Marcus Antonius vorstellte und welche Chance sich ihm jetzt bietet. Ich glaube, er ist sehr ehrgeizig.«

Illicia lächelte aufmunternd. »Laelia, dich hat es richtig erwischt. So habe ich dich noch nie erlebt, nicht einmal damals, als dieser gutaussehende Britannier hier auftauchte, Rubis Freund. Aber Silvanus macht nicht den Eindruck, als wollte er nur Informationen und eine schöne Nacht. Warte einfach ab, und genieße die Romanze. Ach, ich möchte mich ja auch mal wieder so richtig verlieben.«

Jetzt war es an Laelia, sie zu ermuntern. »Warte nur, vielleicht kommt ja Marcus Antonius noch einmal hier vorbei. Der wäre zwar nichts zum Verlieben, aber er war sichtlich angetan von dir. Na, was ist?«

Beide mußten lachen. Es war ein befreiendes Lachen, eines, das die Spannung löste, unter der sie seit dem Mord standen.

Sie saßen auf dem Bett und lachten, bis sie kaum noch Luft bekamen.

»Ja, Antonius, das wäre schon nicht schlecht. Er hat das gewisse Etwas und ... Geld«, keuchte Illicia.

Laelia setzte hinzu: »Du wirst noch seine Biographie schreiben, gewürzt mit pikanten Einzelheiten, und dann wirst du reich und berühmt.« Noch eine Weile spannen sie die Gedanken weiter aus, bis sich Illicia erkundigte: »Wo ist Silvanus jetzt eigentlich?«

»Er wollte zu der delphischen Gesandtschaft und sehen, ob Antiphon da ist. Und dann zum Artemis-Heiligtum. Übrigens erzählte mir Offilia, daß Antiphon noch kommen wollte. Sollte Silvanus ihn nicht in seinem Quartier antreffen, wird er ihn vielleicht hier befragen. Das sollten wir uns anhören.«

Illicia hob eine Augenbraue. »Weißt du, Laelia, Silvanus mag ja gut im Verhören sein, aber meinst du nicht, daß Antiphon sich schon alles zurechtgelegt hat? Vielleicht sollten wir vorher mit ihm sprechen, so von Frau zu Mann. Ihm ein wenig schmeicheln, dem großen Sieger etwas Falerner eingießen und ein paar unverfängliche Fragen stellen? Ich denke, wir würden mehr herausfinden als ein offizieller Ermittler.«

Laelia zögerte. »Das stimmt schon, aber ich halte es für ziemlich gefährlich. Antiphon weiß doch, daß Silvanus hier wohnt, und vermutlich hat er uns zusammen am Tisch gesehen.«

»Antiphon hat in seinem Siegestaumel fast gar nichts wahrgenommen. Und mich hat er bestimmt nicht gesehen. Ich mache es. Du solltest dich im Hintergrund halten. Von dir weiß er vielleicht, daß du mit Silvanus verkehrst.«

Laelia war nicht überzeugt. Es sei gefährlich, wiederholte sie. Sie hätte Silvanus versprochen, nichts zu unternehmen.

»Du hast ihm versprochen, mit niemandem über den Fall zu sprechen, das ist ein Unterschied«, warf Illicia ein.

»Gut«, sagte Laelia, aber wie sollte man Offilia davon abhalten, Antiphon mit ihrer Gesellschaft zu beglücken? Kein Problem, meinte Illicia, man könne sie ja beauftragen, ihren bis dahin betrunkenen Ehegatten ins Bett zu bringen, oder einem der Kinder – dem kleinsten – die Nase zuhalten, bis es schreit, so daß Offilia sich darum kümmern müsse. Bei dieser Vorstellung mußten sie erneut lachen.

*

Als die beiden nach unten gingen, umgezogen und frisch zurechtgemacht, war die Taverne nur von Stammgästen besucht, die sich verwundert nach den Mädchen umschauten. So hatten sie sie noch nie gesehen. Hübsch waren sie sowieso, heute aber besonders. Sie hatten Laelias Truhe geplündert und die feinen Gewänder angelegt, die Bibulus das letzte Mal aus Side mitgebracht hatte. Laelia trug Grün, Illicia Rot, Farben, die ihnen schmeichelten. Die Haare kunstvoll auf dem Kopf getürmt, die Locken herabrieselnd, ähnelten sie sich sehr. Der Duft von Hani Ramis Ölen umgab sie, und die Kohle um ihre Augen verlieh ihnen einen geheimnisvoll sinnlichen Ausdruck.

»Ave Mädchen«, rief Crassus, der hiesige Bordellbesitzer und Sklavenhändler, »wüßte ich nicht, daß ich in der Taberna Bibuli sitze, fühlte ich mich zurückversetzt nach Rom, zu einem von Pompeius' legendären Gelagen. Nie habe ich so schöne Frauen gesehen, und ich kenne viele, wie ihr wißt. Nicht einmal die ägyptische Pharaonin könnte euch heute das Wasser reichen. Was habt ihr vor?«

Illicia drehte sich zu ihm um, wobei das Gewand ihren Körper wie fließendes Wasser umwogte, schüttelte lachend die Lockenpracht und gab zurück: »Ave Crassus, danke für das Kompliment, das aus deinem berufenen Munde natürlich besonders wohltut. Wir haben uns nur dem Anlaß entsprechend gekleidet. Aber was machst du hier? Läuft das Geschäft schlecht?«

»Oh, im Gegenteil, ich habe in den letzten Tagen recht gut verdient, gönne mir aber einmal eine Pause. Heute wird soviel nicht los sein. Setzt euch doch einen Augenblick zu mir.« Gern nahmen sie seine Einladung an, von Antiphon war noch nichts zu sehen. Crassus erzählte ihnen, daß er nach den Feierlichkeiten nach Side wollte, um sich nach frischem Blut für sein Bordell umzuschauen. Sides Sklavenmarkt war berühmt für seine Qualität. Dort war das beste Material zu bekommen, speziell aus dem Süden, aus Afrika. Auch die Nubierin Flusia, ein halbes Kind noch, hatte er von dort mitgebracht und sie seinem Freund Bibulus geschenkt.

Crassus war ein Freigelassener des Marcus Licinius Crassus, ehedem einer der reichsten Männer Roms. Nach dessen Tod hatte er durch das Testament die Freiheit, ein ansehnliches Vermögen und dazu, wie üblich, den Namen seines Herrn erhalten. Vor elf Jahren war er nach Didyma gekommen und hatte hier sein inzwischen florierendes Geschäft gegründet. Von freundlicher Natur und reich, war Crassus im Ort durchaus angesehen. Seine zahlreichen Sklavinnen und Sklaven allerdings sah man nur selten, und was in seinem Hause passierte, wurde nur hinter vorgehaltener Hand weitergegeben. Aber soviel wußte man: Es war ein exklusives Haus, das alles bot, was das Herz begehrte, die Sinne erfreute und selbst die ausschweifendste Phantasie sich nur schwer ausmalen konnte. Und die Sklaven, die er verkaufte, waren bekanntermaßen von hervorragender Qualität.

Laelia und Crassus diskutierten gerade über das Verhältnis von körperlicher Schönheit und Intellekt bei Sklavinnen, als Antiphon in die Taverne trat. Illicia sah Laelia kurz an, die unmerklich nickte. Sie verabschiedete sich höflich, ging auf Antiphon zu und beglückwünschte ihn zu seinem großen Erfolg bei den Spielen. Überheblich winkte er ab. »Das war doch nichts. Kein angemessener Gegner! Ja, wenn Antigonos gegen mich angetreten wäre, das wäre ein richtiger Wettkampf gewesen, aber so.« Unwillig schüttelte er den Kopf.

Illicia sah bewundernd auf seinen durchtrainierten Körper. »Wenn du dich setzen willst, da hinten ist ein freier Tisch!« Sie deutete in den hinteren Teil der Taverne. »Möchtest du etwas trinken? Wein?«

»Ja, wenn du so gut sein willst! Ein Krug von eurem roten Falerner wäre jetzt das Richtige!« Antiphon setzte sich breitbeinig auf den Stuhl vor der Wand. Während Illicia Monoculos nach dem Wein schickte, stellte sie sich vor. »Ich bin Illicia. Hast du etwas dagegen, wenn ich mich einen Moment zu dir setze?« Einladend zog Antiphon einen Stuhl heran. Illicia raffte ihr Gewand und nahm zierlich Platz. »Sag mal, Antiphon, hast du Antigonos überhaupt gekannt?«

Antiphon hob überrascht den Kopf. »Ja, vom letzten Jahr. Da war ich noch in der Klasse der Jünglinge, aber wir haben uns hier in der Taverne kennengelernt. Er erzählte mir, daß er auch bei diesen Wettkämpfen dabeisein würde. Ich bin sicher, daß er es mir schwergemacht hätte. Auf jeden Fall wäre der Kampf spannender und befriedigender geworden.«

»Aber du kannst dich doch trotzdem freuen, in Delphi werden sie dich jedenfalls mit großen Ehren empfangen.«

»Natürlich, du weißt doch, wie das ist. Es wird eine Menge Ehrungen geben, sicher! Und natürlich eine Statue! Ich in Marmor hier am Eingang zum Stadion bei den anderen Siegern. Man stelle sich das vor! Gewiß freue ich mich, aber es ist doch nicht dasselbe, ohne einen ernstzunehmenden Gegner.« Er nahm einen großen Schluck aus seinem Becher und stellte ihn wieder ab. Mit beiden Händen fuhr er sich durch sein dunkelblondes kurzgelocktes Haar, ein Mann, der wußte, welche Wirkung er auf Frauen hatte. Da war er bei Illicia genau richtig.

»Du warst ganz großartig!« lispelte sie zuckersüß. »Ich bin fest überzeugt, daß Antigonos gegen dich keine Chance gehabt hätte!«

Er schien dem Mädchen zu gefallen, dachte Antiphon. Recht hübsch war sie ja, das mußte er zugeben, wenn auch schon ein wenig zu alt, aber sie hatte so eine Art an sich ... Einem Flirt war er nie abgeneigt. Jetzt legte sie auch noch vertraulich ihre Hand auf seinen Arm. Er fühlte, wie sich seine Härchen vor Aufregung sträubten.

»Du hast mir wirklich gut gefallen«, umwarb ihn Illicia. Geschmeichelt lächelte er ihr zu und ließ seine Blicke ihren Körper hinabwandern.

»Illicia!« schrillte es plötzlich hinter ihr. Offilia war unbemerkt herangekommen und hatte sich drohend vor ihnen aufgebaut. »Hast du nichts in der Küche zu tun, daß du hier so herumsitzen kannst?« Mit zusammengezogenen Augenbrauen blickte sie auf Illicia herab. Diese ließ sich nicht einschüchtern. »Och, im Moment nicht, Offilia. Du siehst doch, daß ich mich gerade angeregt unterhalte!« Finster richtete Offilia ihre Augen auf Antiphon.

»Ja?« fragte er unbefangen.

»Komm, Antiphon, ich habe mit dir zu reden!« herrschte sie ihn an.

»Jetzt nicht, Offilia. Wir können uns auch später noch unterhalten, wenn du möchtest!« Er wandte sich wieder Illicia zu.

Wutentbrannt ging Offilia zu Laelia, die inzwischen von Crassus' Tisch aufgestanden war und ihrem Vater beim Weineinschenken half. Von hier aus hatte sie einen hervorragenden Überblick.

»Unverschämtheit! Findest du nicht auch, Laelia?« Entrüstet blickte Offilia zu Illicia und Antiphon hinüber, die die Köpfe zusammensteckten. Laelia, voll innerer Schadenfreude, meinte trocken: »Ach, eigentlich nicht!« und ließ ihre schnaubende Schwester einfach stehen. Fassungslos schaute diese hinter ihr her.

»Wie oft mußt du denn trainieren, um diese Leistung bringen zu können? Das ist doch sicherlich sehr mühevoll?« Illicia tat sachkundig.

»Täglich mehrere Stunden, harte Arbeit ist das.«

Illicia füllte beflissen seinen Becher. »Schmeckt dir der Wein? Aber du bist sicher Besseres gewohnt, in Delphi!«

Antiphon verneinte. »Wie kommst du darauf? Noch teureren? Ich stehe am Anfang meiner Karriere, da kann ich keine großen Sprünge machen. So edlen Wein habe ich noch nie getrunken!«

Fröhlich prostete Illicia ihm zu. »Dann nur zu, wer weiß, wann sich wieder eine Gelegenheit bietet!« Erneut füllte sie seinen Becher. Antiphon winkte ab. »Ich glaube, es ist genug. Ich sollte es nicht übertreiben.« Seine Stimme klang schon ein wenig belegt.

»Ach was«, meinte Illicia, »so ein Kerl wie du kann doch sicher einiges vertragen. Unser Wein ist außerdem sehr bekömmlich. Ich verspreche dir, du wirst morgen nichts mehr davon spüren!« Sie sah ihm tief in die Augen. Er war ja wirklich ein schöner Kerl. ›Wäre er nicht so überheblich, könnte er mir tatsächlich gefallen‹, dachte sie. Diese gerade Nase, das energische Kinn, äußerst attraktiv, es kostete sie kaum Überwindung, ihn bewundernd anzusehen. »Du mußt sicher aufpassen, was du ißt, oder? Ich kann da leider keinerlei Disziplin aufbringen. Bestimmt gefalle ich dir gar nicht!«

Antiphon beschloß, die Chance zu ergreifen, die sich ihm da bot. Zuvor nahm er aber noch einen kräftigen Schluck. Der Wein war wirklich großartig. »Du bist ein äußerst reizvolles Mädchen, Illicia. Das weißt du doch sicher.« Er erwiderte ihren tiefen Blick mit gleicher Intensität. Illicia wurde jetzt etwas unbehaglich, aber sie ließ sich nichts anmerken. Verschämt nippte sie an ihrem Becher. Antiphon hob den seinen und leerte ihn in einem Zug. »Du hast wunderschöne Augen, Illicia. Wie das Meer bei Delphi, so blau.« Seine Stimme wurde verschwommen. Der Wein begann zu wirken. Illicia schien jetzt der richtige Moment, um auf den Punkt zu kommen.

»Kann man eigentlich vom Sport leben?« fragte sie beiläufig. »Ich meine, du hast doch sicherlich viele Ausgaben. Die Reisen zu den Wettkämpfen und so, das kostet doch eine Menge Geld. Bekommst du denn genug wieder herein?«

»Oh, es geht schon! Sicher, reich wird man davon nicht, aber Ruhm und Ehre sind ja auch etwas wert.«

Illicia leerte den Rest aus dem Krug in Antiphons Becher. Ihrer war noch immer halbvoll. »Komisch, ich habe von Antigonos gehört, daß er viel Geld bekommen würde, wenn er gewinnt!« Gespannt schaute Illicia ihn an. Würde er auf diese dreiste Behauptung eingehen? Sie hoffte auf den Wein, hoffte, daß er Antiphons Sinne vernebelte und ihre wahre Absicht verschleierte. »Hast du das nicht bekommen, jetzt, wo du gewonnen hast?«

Trotz der Trunkenheit reagierte Antiphon erstaunlich klar. »Woher hast du das, hat dir das Antigonos wirklich erzählt?« Er wunderte sich. »Das war doch nur, wenn er verliert ...« Erschrocken hielt er inne. »Ich meine, wenn ich, äh, wenn er ...« Er verhaspelte sich immer mehr. Mit ungelenken Bewegungen stand er auf. »Ich glaube, es ist besser, wenn ich doch jetzt gleich mit Offilia rede, sonst ...« Ohne seinen Satz zu vollenden schwankte er unsicher in die Richtung, in die Offilia zuvor verschwunden war.

Triumphierend wandte sich Illicia um und blickte suchend durch die Taverne. Wo war Laelia? Diese hatte Antiphon gehen sehen und näherte sich bereits Illicias Platz. Sie ließ sich auf die Bank neben ihrer Freundin fallen. »Na, und? Was hat er gesagt?« flüsterte sie aufgeregt.

»Er hat es zugegeben, stell dir vor! Genau wie wir vermutet hatten! Er hat zugegeben, daß Antigonos Geld bekommen hätte, wenn er verliert! Ist das nicht ein Ding? Es stimmt also, Bestechung bei den Spielen, bei Apollon, welche Schande!« Illicia war entrüstet.

»Weißt du, was das heißt?« Es war förmlich zu sehen, wie Laelias Gehirn arbeitete. »Bestechung! Wenn Antigonos Geld bekommen hätte, damit er verliert, dann hat doch sicherlich auch Antiphon irgendeinen Vorteil davon, wenn er gewinnt. Nicht nur Ruhm und Ehre. Das hat er bestimmt nicht allein geplant. Da steckt doch jemand anders dahinter, jemand, der Interesse daran hat, daß Delphi gewinnt. Delphi selbst vermutlich! Und als Antigonos nicht wollte, mit seinen Ansichten über die Integrität eines Apollon-Priesters, da hat Antiphon ihn aus Angst vor einer Anzeige umgebracht. Ist doch ganz logisch.«

»Ist das nicht ein bißchen voreilig von dir, gleich so etwas anzunehmen?« fragte Illicia zögernd. »Wir müssen Silvanus davon erzählen. Soll er doch Genaueres herausfinden! Wir haben wahrlich genug dafür getan, daß er die Lorbeeren ernten kann.« Illicia war immer lauter geworden.

»Schrei doch nicht so, man könnte uns hören! Wir müssen vorsichtig sein, du weißt doch!« Laelia legte warnend ihre Hand auf Illicias Arm. »Solange wir nicht vollkommene Sicherheit haben, kann jeder hier verdächtig sein. Wir müssen warten, bis Silvanus zurückkommt. Dann sehen wir weiter. Ich muß mich jetzt um die Gäste kümmern, mein Vater winkt schon.« Noch ganz aufgeregt und mit glänzenden Augen erhob sich Laelia.

Inzwischen hatte sich die Taverne gefüllt. Die Lesungen der Dichter schienen vorüber zu sein. Illicia schaute sich um. »Du hast recht! Es ist Zeit, die Früchte vorzubereiten.« Sie erhob sich. »Dann werde ich jetzt mal in die Küche gehen. Sag mir aber sofort Bescheid, wenn Silvanus kommt. Ich möchte unbedingt dabeisein, wenn du es ihm erzählst.« Verschwörerisch zwinkerte sie Laelia zu. »Auch wenn du sicherlich lieber mit ihm allein wärst, habe ich recht?«

Laelia lächelte. »Natürlich hast du recht! Aber ich rufe dich trotzdem sofort, du kannst dich darauf verlassen!«

*

Nachdem Silvanus Laelia wohlbehalten zu Hause abgeliefert hatte, hatte er einen Moment lang nachgedacht, ob er direkt zur der delphischen Mannschaft gehen oder zuerst beim Artemis-Heiligtum vorbeischauen sollte. Vielleicht traf er dort sofort auf das Mädchen, das Illicia gegenüber diese merkwürdige Andeutung gemacht hatte. Einfacher wäre es natürlich, Illicia zu fragen, mit wem sie gesprochen hatte. Irgendwie aber brauchte er jetzt Abstand von den jungen Frauen. Er würde das Mädchen auch so finden. Und da die Delphier in einer der letzten Herbergen an der Heiligen Straße einquartiert waren, lag das Heiligtum ohnehin auf dem Weg. Er ging gemächlich die Straße hinauf und genoß den blutroten Abendhimmel. Es war angenehm, die Hitze war vorbei, und es wehte ein milder Wind. Viel Betrieb herrschte nicht, denn die meisten Menschen waren im Stadion, um sich den Dichterwettstreit anzuhören. Als Silvanus am Tempel ankam, hielt er einen Moment inne, um die Illumination zu betrachten. Tausende von Fackeln hüllten den eindrucksvollen Bau in flackerndes Licht. Über dem Stadion stiegen Rauchschwaden in einer grauen Wolke gen Himmel. Stimmen schallten herüber, die Worte waren nicht zu verstehen. Silvanus riß sich los und ging zügig weiter. Die Dämmerung schritt rasch voran, aber auch die Heilige Straße war ein Stück von Fackeln erhellt. Beim Artemis-Heiligtum angekommen, klopfte er an das Tor und bat um Einlaß. Im Hof standen mehrere Mädchen beisammen. Silvanus grüßte sie höflich, nannte seinen Namen und fragte nach derjenigen, die an besagtem Abend mit Antigonos gesprochen hatte.

Eines der Mädchen trat vor. »Mit mir, aber auch mit Thalia, wahrscheinlich meinst du sie. Dann muß ich dich jedoch enttäuschen. Sie ist heute nach Priene abgereist und wird erst in ein paar Tagen zurückkommen.«

Silvanus sah das Mädchen freundlich an. »Wie heißt du?«

»Panthella.«

»Kannst du mir sagen, Panthella, worüber ihr gesprochen habt?«

Das Mädchen schaute schüchtern auf den Boden. Sie war jung, höchstens fünfzehn, schätzte er.

»Nun, über den Ablauf des Opfers, über viele Dinge. Ich habe nur zugehört, Thalia hat mit ihm gesprochen. Ich bin noch nicht lange genug hier.«

»Haben Thalia und er noch über etwas anderes gesprochen?«

Das Mädchen sah ihn ehrfürchtig an. »Nein.«

»Ist dir denn etwas aufgefallen an Antigonos, war er anders als sonst?«

»Nein, eigentlich nicht. Er war wie immer ziemlich ruhig. Er wirkte höchstens etwas bedrückt.«

»Und wann ist er gegangen?«

Das Mädchen lächelte. »Oh, das weiß ich genau. Es war kurz vor Mitternacht. Unsere Priesterin rief gleich danach zum Gebet. – Wirst du den Mörder fangen? Ich habe ein wenig Angst, wo Antigonos doch fast vor unserem Tor umgebracht wurde.« Panthella hatte Zutrauen zu dem großen Römer gefaßt.

»Ich hoffe es. Wenn mir alle helfen, wird es schneller gehen. Sage mir noch, Panthella, hat er nichts anderes gesagt? Warst du die ganze Zeit dabei?«

»Ja, nein, nichts anderes. Allerdings hat ihn Thalia noch vor das Tor gebracht, ich bin hier geblieben.«

»Ich danke dir, Panthella.« Silvanus wandte sich jetzt den anderen zu, die interessiert der Unterhaltung gelauscht hatten. »Ich muß euch bestimmt nicht darauf hinweisen, wie wichtig die Klärung dieses Mordfalls ist, und so bitte ich euch, mir zu helfen.« Er holte tief Luft. Die Frage, die er jetzt stellen mußte, war nicht einfach. Und diese Frauen und Mädchen umgab eine seltsame Aura der Heiligkeit, die er bei den Priestern im Apollon-Heiligtum nicht verspürte. Er schaute in die Runde. »Wo wart ihr, als der Mord geschah?«

Eine hochgewachsene, edle Frau trat auf ihn zu und antwortete freundlich. »Silvanus Rhodius, keines der Mädchen in diesem Haus begeht einen Mord. Wir waren alle, und niemand fehlte, bei dem Gebet. Ich bin Bandenia, ich trage die Verantwortung hier. Frage ruhig nach allem, was du wissen willst, wir werden versuchen, dir zu helfen. Wir alle kannten Antigonos, und wir mochten ihn. Ich weiß auch, daß er den Ruf hatte, bei Frauen sehr beliebt zu sein, aber von uns hat er keine belästigt. Wir sind hier so etwas wie die Vestalinnen bei euch in Rom, mußt du wissen. Alle sind Jungfrauen und bleiben es auch, solange sie im Dienst der Göttin stehen.«

Silvanus fand das betrüblich, denn von diesen Frauen, fast alle ausnehmend hübsch, ging eine unbestimmbare Faszination aus.

»Äh, danke, Bandenia«, sagte er ein wenig verlegen. »Habt ihr vielleicht irgend etwas gehört oder bemerkt in jener Nacht?«

Bandenia sah ihn mit klugen Augen an. »Nein, Silvanus. Sonst hätten wir uns schon an dich gewandt. Natürlich haben wir, sobald wir von dem Mord erfuhren, überlegt, ob wir etwas zur Aufklärung beitragen können. Unser Entsetzen war groß. Aber da wir alle beim Gebet waren, haben wir nichts gehört.«

Silvanus schwieg enttäuscht. Seine Hoffnung, hier etwas zu erfahren, was ihm weiterhelfen konnte, hatte sich nicht erfüllt. Eines allerdings mußte er noch wissen. »Wer wußte, daß Antigonos um diese Zeit zu euch kommen wollte?«

»Eine gute Frage. Auch darüber haben wir schon gesprochen. Jeder, der unsere Riten kennt, wußte es. Und jeder wußte, daß wir am liebsten mit Antigonos zusammengearbeitet haben. Leider kannst du daraus keine Schlüsse ziehen.« Die Priesterin bedeutete mit einer kleinen Bewegung den jungen Frauen, den Hof zu verlassen, und wandte sich ebenfalls zum Gehen. »Da du keine weiteren Fragen hast, Silvanus, sage ich dir Lebewohl und wünsche dir Erfolg bei der Aufklärung des Verbrechens.«

Mit einem seltsamen Gefühl verabschiedete sich Silvanus, nicht ohne die Bitte ausgesprochen zu haben, ihn zu benachrichtigen, sobald Thalia aus Priene zurück sei. Beeindruckend, diese Priesterin. Woher hatte sie gewußt, daß er keine weiteren Fragen hatte? Eine kluge Frau! Aber daß sie jungfräulich sein mußten, hätte er nicht gedacht. Ob nicht auch hier ihre Unberührtheit die Männer reizte? In Rom war das auf jeden Fall so.

Silvanus ging die Straße ein Stück weiter hinunter und sah bereits nach wenigen Schritten eine Herberge zu seiner Rechten liegen. Bibulus hatte ihm letzte Nacht erzählt, daß die delphische Mannschaft hier wohnte. Silvanus stellte sofort fest, daß diese Unterkunft um Klassen schlechter war als seine. ›Glück gehabt‹, dachte er bei sich, als er die wurmstichige Tür öffnete. Er betrat den schummerigen Gastraum. Schäbige Holztische standen auf einem schadhaften Lehmboden, der neu hätte gestampft werden müssen. Bis auf einen Mann, der hinter dem Tresen Scherben zusammenkehrte, war die Gaststube leer.

»Salve«, grüßte Silvanus. »Bist du der Wirt? Es ging wohl hoch her bei dir?«

Der Mann schaute kurz auf und brummte etwas Unverständliches. Silvanus beschloß, den Plauderton aufzugeben, und fragte ihn direkt nach Antiphon. Tatsächlich hielt der Angesprochene mit dem Kehren inne und stützte sich mit beiden Armen auf seinen Besen. »Antiphon? Wer soll das sein?« Seine Stimme klang rauh.

»Na, einer der delphischen Sportler, die bei dir wohnen. Du mußt ihn doch kennen, er hat gestern alle Wettkämpfe gewonnen!«

»Ach der! Natürlich kenne ich den. Er ist aber jetzt nicht da, er ist vor geraumer Zeit gegangen. Der trinkt nie hier, ist ihm nicht fein genug. Geht immer zu Bibulus und kommt erst spät zurück. Du wirst ihn sicher dort finden.« Knurrend nahm er seine Arbeit wieder auf und ließ Silvanus stehen. ›Kein Wunder, daß Antiphon hier nichts trinken will, bei dem umgänglichen Charakter.‹ Silvanus beeilte sich, den unwirtlichen Ort zu verlassen.

Es war dunkel, nur eine schmale Mondsichel zeigte sich. Er hatte heute wirklich kein großes Glück, keiner hatte etwas gesehen, keiner etwas gehört. Nun, den Delphier würde er sich bei Bibulus vornehmen und ihn richtig unter Druck setzen. Vielleicht gestand der ja alles, und dann wäre der Fall erledigt. Zu schön, dieser Gedanke. Marcus Antonius würde bei seiner Rückkehr nach Rom den Antrag stellen, ihn, Silvanus Rhodius, in den Senat aufzunehmen. In den Senat! Als ersten seiner Familie! Das nötige Geld würde ihm Antonius auch leihen, vielleicht sogar schenken, er war ja für seine Großzügigkeit bekannt. Silvanus sah sich vor seinem inneren Auge in der pupurgesäumten Toga der Senatoren die Stufen zur Kurie hinaufschreiten, in ein Gespräch vertieft mit den wichtigsten Männern Roms. Er sah sich Reden halten und die Geschicke der Menschheit beeinflussen, Kriegen zustimmen und Friedensverträge abschließen. So in Gedanken versunken fiel ihm erst, als ihm ein Apollon-Priester entgegenkam, ein, daß er ja noch mit Illicias Vater reden wollte. ›Wahrscheinlich ist auch er nicht da‹, überlegte er, ›aber einen Versuch ist es wert, wo ich schon einmal unterwegs bin.‹

So folgte er nicht der Heiligen Straße nach links zum Apollon-Heiligtum, sondern suchte im spärlichen Licht des Mondes den sandigen Feldweg, den er ja schon kannte. Er mußte wieder an Laelia denken. Was für ein Trottel er doch war! Nie fand er die richtigen Worte. Was mußte das Mädchen jetzt von ihm denken. Römer sind eben doch anders als die Griechen! Die hatten für solche Gelegenheiten immer gleich mehrere Dichter parat, von denen sie anmutige Verse zitieren konnten. Er hatte leider nur Caesars Werk über den gallischen Krieg vollständig gelesen, Fachliteratur sozusagen. Für Liebesangelegenheiten gab das nichts her! Vielleicht sollte er sich von Illicia ein paar Verse borgen. Nein, sicher nicht gerade von Illicia ... Eine Catullus-Ausgabe eventuell, da hatte er auch schon einmal hineingeschaut. Der hatte doch so schöne Gedichte an Lesbia, wie er die allseits bekannte Clodia nannte, verfaßt. Ob es hier im Ort wohl einen Schriftenhändler gab?

Während er also seine weitere Vorgehensweise Laelia gegenüber überlegte, stand er an der Mauer, die Tollimos' Grundstück begrenzte. Das Gartentor war offen. Trotz der Dunkelheit herrschte vor dem Haus geschäftiges Treiben. Vier Männer versuchten den marmornen Apollon, den Silvanus gestern bewundert hatte, durch die Eingangstür zu tragen. Der ausladende Arm schlug jedoch immer wieder an den Türrahmen und drohte abzubrechen. Aufgeregt lief Tollimos vor der Tür hin und her und versuchte, die Männer zu dirigieren, wobei er die Lampenträger beschimpfte, nicht ordentlich zu leuchten. »Vorsicht! Halt! Es geht so nicht! Ihr müßt noch einmal hinein und es andersherum probieren.« Er versuchte, einen der Arbeiter durch die Tür zu schieben. Eine Weile standen sie sich gegenseitig im Wege, bis sie die Statue wieder im Haus hatten. Silvanus sah Tollimos, der im Licht einer Laterne stand, zum ersten Mal richtig an, in der Taverne hatte er nach Antonius' Eintreffen keine Gelegenheit mehr gehabt, mit ihm zu sprechen.

Tollimos war ein großer, schlanker Mann in einem einfachen, aber großzügig geschnittenen Chiton. Ein grauer, voller Haarkranz umgab seinen hageren Schädel.

»Salve Tollimos«, rief Silvanus und versuchte, ihn auf sich aufmerksam zu machen, wobei er aus dem Dunkel trat, so daß Tollimos ihn erkennen konnte.

Zögernd ging dieser auf Silvanus zu. »Salve, Silvanus. Was führt dich zu dieser Stunde zu mir?«

»Ich wollte dich einen Moment sprechen, aber ich möchte nicht stören. Du bist offensichtlich beschäftigt.«

»Ja, tatsächlich. Es ist ein äußerst unglücklicher Moment. Vielleicht können wir später ...«

Silvanus fiel ihm ins Wort. »Ach, das macht nichts! Ich warte gern, bis du fertig bist.«

Ärgerlich erkannte Tollimos, daß er den ungebetenen Gast so leicht nicht los wurde. Unschlüssig blickte er zwischen der Tür, wo die Männer warteten, und Silvanus hin und her. Dann ging er zu den Männern, wechselte leise ein paar Worte mit ihnen und schickte sie weg. Nun wandte er sich an Silvanus. »Bitte komm doch herein, dann können wir uns in

Ruhe unterhalten. Oder nein, laß uns in den Garten gehen. Die Luft ist jetzt mild und angenehm.« Silvanus folgte Tollimos hinter das Haus. Dort brannten Lampen, und auf einer kleinen Lichtung, umgeben von Blumen und Bäumen, standen einige Hocker und ein kleiner Tisch mit Getränken, Bechern und getrockneten Früchten. Tollimos hatte offensichtlich anderweitigen Besuch gehabt, denn daß er den Trägern so aufgewartet hatte, konnte sich Silvanus nicht vorstellen. Bereitwillig setzte er sich auf den angebotenen Hocker neben Tollimos.

»Flusia, bring einen neuen Becher, wir haben einen Gast«, rief Tollimos und blickte wartend zum Hintereingang. Die Tür stand offen, und Silvanus konnte durch die Öffnung in den Innenhof sehen, genau auf den Platz, auf dem der Apollon gestanden hatte. Den ehemaligen Platz, denn der war jetzt leer, natürlich! Die Statue hatten die Männer ja drinnen hinter der Tür stehengelassen.

»Es ist wirklich ein Ärger mit diesem Mädchen. Laelia hat uns wahrlich mit ihr keinen großen Gefallen erwiesen.« Tollimos erhob sich und verschwand. Kurz darauf kehrte er mit einem Becher in der Hand zurück.

»Möchtest du Wein?«

»Ja, bitte, wenn er mit viel Wasser gemischt ist.« Tollimos nickte und füllte zwei Becher.

»Schön habt ihr es hier, Tollimos!« Der Garten war wirklich geschmackvoll angelegt und erhielt durch das Schimmern der Mondsichel und das Licht der zahlreichen Öllampen einen geheimnisvollen Zauber. Prächtige Blumen blühten hier und da in leuchtenden Farben. Weiße Rosen strahlten in der Dunkelheit, schienen das Sonnenlicht tagsüber gespeichert zu haben, um es jetzt wieder abgeben zu können. Ihr schwerer Duft erfüllte die ganze Lichtung. Auf einem Stein wärmte sich ein Feuersalamander.

Tollimos drehte den Becher zwischen seinen Handflächen hin und her und blickte unbeteiligt vor sich hin. Silvanus riß sich von dem zauberhaften Anblick des Gartens los und wandte sich Tollimos zu. »Schön habt ihr es hier«, wiederholte er noch einmal.

»Ja, der Garten ist Illicias ganzer Stolz. Sie hat fast alles allein angelegt.« Er blickte sich um, als sähe er sein Anwesen zum ersten Mal. »Sie verbringt jede freie Minute damit, hier herumzuwirtschaften.« Er hüllte sich wieder in Schweigen und fuhr fort, seinen Becher zu drehen. Silvanus erkannte, daß er so nicht weiterkam. »Du willst dich von dem herrlichen Apollon trennen?«

Tollimos nickte.

»Illicia hat mir erzählt, er sei ein Geschenk gewesen? Mußt du ihn etwa wieder zurückgeben?«

Tollimos zuckte gleichgültig die Schultern. »Mein Herz hängt nicht an weltlichen Dingen. Sie kommen, und sie gehen wieder, so ist das nun einmal.«

»Von wem hast du sie bekommen, diese Statue?« Silvanus ließ nicht locker.

Tollimos zögerte einen Moment, antwortete dann aber doch. »Ich habe sie von einem Bekannten aus Ephesos, als Dank. Sie stammt noch aus der Zeit, als ich Priester war. Er bekam damals ein günstiges Orakel, und in seinem Überschwang hat er mir diese Statue geschenkt. Natürlich hatte ich keinen Einfluß auf einen Orakelspruch, aber so ist das nun einmal. Wer die Nachricht überbringt, wird beschenkt – oder geköpft, um bildlich zu sprechen – wenn sie nicht wie gewünscht ausfällt. Mein Los war günstig, da das Orakel günstig war.«

»Und jetzt gibst du die Statue weg? Einfach so?« Silvanus schaute ihn ungläubig an.

»Einfach so ... Einfach so geht nichts im Leben. Es ist immer hart. Ich habe viele Jahre im Tempel gedient, und immer war es harte Arbeit. Und jetzt? Ich will es dir sagen, Silvanus, jetzt muß ich diese Statue verkaufen, um mein Leben zu fristen. Meines und das meiner Tochter Illicia, die du ja kennst, von Steuern und Abgaben für eure Machtkämpfe in Rom will ich gar nicht reden.«

»An wen verkaufst du sie?« Silvanus ging auf die letzte Bemerkung nicht ein.

Die Antwort kam prompt. »Crassus hat sie gekauft und mir absolute Diskretion zugesichert. Das ist der Besitzer des hiesigen Freudenhauses. Du hast ihn bei Bibulus gesehen.«

Silvanus erinnerte sich an den Mann. »Bei Jupiter, was will er in seinem Bordell mit einer Apollon-Statue?«

Tollimos zuckte die Achseln. »Das mußt du ihn schon selber fragen, weiterverkaufen vermutlich. Durch sein Geschäft kennt er viele reiche Leute, die immer auf der Suche nach exzellenten Kunstwerken sind. Wahrscheinlich verkauft er diese Statue an einen von ihnen.«

Silvanus mußte also auch mit Crassus ein Wort sprechen. Zunächst aber interessierte ihn der ehemalige Priester. »Hast du keine weiteren Einkünfte? Du mußt doch irgend etwas bekommen. Zumindest hättest du dir etwas aus deiner Priesterzeit zurücklegen können.«

Tollimos lächelte über seine naive Frage. »In Rom mag es so sein, daß Priester sich im Dienst bereichern können. Aber hier, Silvanus, hier sieht das ganz anders aus. Es ist eine große Ehre, Priester zu sein. Aber es ist auch mit hohen Kosten verbunden. Wir müssen Festlichkeiten ausrichten, und das bedeutet, wir müssen sie auch bezahlen. Das Amt hat mir keine Reichtümer verschafft. Die paar Gegenstände, die noch übrig sind, müssen ohnehin verkauft werden.« Sein Blick war völlig ohne Empfindung, während er das sagte.

Silvanus nahm einen Schluck von dem Wein, um über das Gehörte nachzudenken. Tollimos aber sprach schon weiter. »Ich möchte nicht, daß du Illicia etwas davon erzählst. Sie weiß nichts von meinen Problemen. Du mußt mir versprechen, ihr nichts zu sagen.« Auf einmal waren seine Augen hellwach und glitzerten erregt. Er starrte ihn durchdringend an und wartete auf eine Antwort.

Silvanus ließ sich nicht darauf ein. »Aber was erzählst du ihr, wenn so nach und nach ein Kunstwerk nach dem anderen verschwindet? Das muß sie doch merken!«

Tollimos schwieg.

»Sie ist ein intelligentes Mädchen, sie muß sich doch ihren Teil denken«, beharrte Silvanus.

Tollimos seufzte. »Natürlich denkt sie sich ihren Teil. Sie ist nicht dumm. Bis jetzt hat sie aber nicht gefragt. Irgendwann wird sie sowieso die Wahrheit erfahren. Wie du weißt, trägt sie ja ihren Teil zum Haushalt bei. Wir leben sehr bescheiden.

Außerdem essen Illicia und ich meist bei Bibulus. Weil sie dort aushilft, brauchen wir nichts zu bezahlen. Nur wenn außergewöhnliche Ausgaben zu bestreiten sind, muß ein Kunstwerk verkauft werden. Und da du es sicher wissen willst, es ist das Dach, das uns Kummer bereitet. Im letzten Winter hat es an mehreren Stellen durchgeregnet. Es muß unbedingt repariert werden, ich muß Dachziegel kaufen und Arbeiter bezahlen, dafür brauchen wir das Geld.« Aber Tollimos hatte sein eigentliches Anliegen nicht vergessen. »Silvanus«, sprach er eindringlich, »du mußt mir versprechen, Illicia nichts zu sagen! Sie wäre sehr unglücklich, und das kann ich nicht verkraften. Sie hat schon so viel durchgemacht, sie soll sich keine Sorgen machen müssen. Du weißt es sicher nicht, aber ihre Mutter ist früh gestorben, sie mußte sich dann um ihre Schwester kümmern, bis ...«

Silvanus unterbrach ihn: »Ich weiß, Laelia hat mir davon erzählt. – Eine andere Frage, Tollimos: Was hast du am Abend vor der Prozession gemacht? So zwischen zehn Uhr abends und Mitternacht?«

Tollimos schaute ihn entgeistert an. »Denkst du etwa ...?« Er war sichtlich getroffen. »Ich habe Antigonos nicht gemocht, wie du sicher schon weißt, aber ermordet habe ich ihn nicht!« Er wurde jetzt doch lebhaft.

»Dann sage mir, warum du ihn nicht mochtest.«

»Ganz einfach, er stellte meiner Tochter nach und wollte sie beschwatzen, ihn zu heiraten. Nebenher hatte er aber noch andere Frauengeschichten. Er hat sie betrogen. Das konnte ich doch nicht gutheißen! Das zum einen. Zum anderen hat er Mißgunst gegen den Tempel gesät. Wir haben uns oft darüber gestritten. Er war gänzlich anderer Ansicht als ich.«

»Inwiefern?« Silvanus wollte jetzt endlich wissen, wodurch sich Antigonos' Meinung über Religion von der der anderen wie Chares, Vigolos und Tollimos selbst unterschied. »Was war so anders an seiner Ansicht?«

»Antigonos hielt sich für den einzig wahren Gläubigen. Er sagte immer, man dürfe für Orakel kein Geld nehmen. Die Weisheit käme von den Göttern und gehöre allen Menschen. Das war einer seiner Kritikpunkte, darüber konnte er sich sehr ereifern. Er wußte allerdings nicht zu beantworten, wie der

Orakelbetrieb ohne diese Einnahmen aufrechterhalten werden sollte. Er war der Meinung, es ginge durch die Spenden. Allerdings hat der Tempel seit langer Zeit keine größeren Geldspenden erhalten, nur wertvolle Weihegeschenke, die nicht verkauft werden dürfen. Von dieser Art waren die Auseinandersetzungen. Außerdem kritisierte er den Lebenswandel der Priester. Jeder Mann solle sich eine Frau suchen und den Willen der Natur damit erfüllen. Daß er nun ausgerechnet meine Tochter wollte, um den Willen der Natur zu erfüllen ...«

»Warum bist du eigentlich aus dem Tempeldienst ausgeschieden?«

»Ich konnte es mir nicht mehr leisten, so einfach ist das!«

»Und wie lange ist das jetzt her?«

»Einige Jahre. Laß mich überlegen. Ich glaube, es war das Jahr, nachdem Marcus Licinius Crassus im Feldzug gegen die Parther getötet worden war, als ich aus dem Tempel austrat. In diesem Jahr kam nämlich unser Crassus nach Didyma. Das muß jetzt elf oder zwölf Jahre hersein. Ich stand zwanzig Jahre im Dienste Apollons. Und vor allem die letzten Jahre kamen mich teuer zu stehen, wie du jetzt weißt. Das ist lange genug.«

»Jetzt sage mir noch, wo du in der besagten Nacht gewesen bist und was du gemacht hast.« Um das zu erfahren, war Silvanus schließlich hergekommen.

Tollimos überlegte. »Ich kann mich nicht mehr genau erinnern. Ich glaube, ich bin bei Bibulus gewesen. Daran müßten Illicia oder Laelia sich erinnern können. Es kann aber auch sein, daß ich zu Hause war. Das könnte dann leider niemand bezeugen. Illicia hat wegen der Feierlichkeiten jeden Abend in der Taverne geholfen, und Flusia antwortet sowieso keinem Fremden. Außerdem glaube ich, daß sie da ihren freien Tag hatte. Es war doch vor zwei Nächten, als sich der Mord ereignete?«

»Ja, richtig.«

»Ich bin mir ziemlich sicher, daß ich bei Bibulus war. Dann werde ich so gegen Mitternacht nach Hause gegangen sein. Wie immer. Und zwar gemeinsam mit meiner Tochter.« Er zögerte und dachte nochmals nach. »Oder, warte mal, ich glaube, Illicia ist früher nach Hause gegangen, sie hatte noch etwas zu kopieren, so sagte sie. Das muß so gegen zehn gewesen sein. Für meinen Heimweg habe ich dann leider keinen Zeugen.« Er lächelte resigniert.

Silvanus leerte seinen Becher und stand auf. »Es ist spät geworden. Ich werde jetzt gehen. Allerdings muß ich dich darauf hinweisen, daß ich Illicia fragen werde, ob deine Angaben stimmen. Sie wird auf meine Frage ja das gleiche antworten müssen, so daß ich unser Gespräch nicht zu erwähnen brauche.«

Tollimos nickte schweigend und erhob sich gleichfalls. Er begleitete Silvanus noch bis zum Gartentor, wo sie sich verabschiedeten. »Gehst du zu Bibulus?«

»Ja«, antwortete Silvanus.

»Kannst du mir einen Gefallen tun?«

»Sicher!«

»Dann sage bitte Illicia, sie soll auf keinen Fall allein nach Hause gehen, jemand soll sie begleiten. Du wirst mir doch sicher zustimmen, daß es augenblicklich noch gefährlicher für eine junge Frau ist, allein diesen einsamen Weg zu gehen, was sie manchmal gerne tut!«

Silvanus gab ihm recht und versprach ihm, darauf zu achten, daß Illicia eine Begleitung erhielt. Er verabschiedete sich noch einmal von Tollimos und machte sich auf den Heimweg. Eigenartiger Mensch, dieser Tollimos. So ganz schien seine Geschichte nicht der Wahrheit zu entsprechen, es verbarg sich mehr dahinter. Er konnte nicht glauben, daß das alles war, was der ehemalige Priester zu erzählen hatte.

Während er so durch die vom Mondlicht sanft erhellte Landschaft schritt, kam ihm wieder Laelia in den Sinn. Ob sie wohl noch auf war? Oder vielleicht sogar auf ihn wartete? Ein schöner Gedanke, wie er fand. Seine Frau war immer unterwegs. Meistens hatte er auf sie gewartet, bis sie von einer ihrer Kultversammlungen zurückkam. Das war immer sehr spät in der Nacht. Als er frisch verliebt war, hatte er sich Sorgen gemacht, wenn es so spät wurde. Jetzt, er mochte es kaum denken, wünschte er fast, es wäre ihr etwas zugestoßen. Nichts Gefährliches natürlich. Bei Jupiter, was war nur in ihn gefahren? Solche Gedanken waren ihm bislang fremd gewesen. Es hatte ihn wohl wirklich schwer erwischt, er konnte es nicht mehr leugnen. Ihm wurde ganz heiß, und sein Herz klopfte, wenn er an Laelia dachte.

Unbezwingbare Sehnsucht ergriff ihn. Nach dem Duft ihrer Haut, ihres Haares, ihres ganzen Körpers. Sehnsucht nach dem liebevollen Blick, mit dem sie ihn auf der Bank angesehen hatte. Ja, sie erwiderte seine Gefühle. Wieder unsicher schüttelte er den Kopf. Was bildete er sich ein? Nachdem er sich so tolpatschig benommen hatte, wie konnte sie da ein tiefes Gefühl für ihn hegen, außer Zorn oder gar Mitleid. Schuldbewußt ließ er sein Haupt sinken. Lag da nicht eine Münze? Tatsächlich. Er hob sie auf und sah, daß es ein Silberdenar war. Eine ganz neue Münze, gepreßt anläßlich des Sieges bei Philippi. Doch noch Glück gehabt, sagte sich Silvanus. Oder sollte es gar ein Wink der Götter sein? Ein Orakel? Philippi war ein Sieg von Antonius gewesen, Octavian brauchte man nicht mitzuzählen. Ein Sieg von Antonius ... Natürlich, es mußte ein Orakel sein, und das ganz umsonst ... Silvanus war guter Stimmung, als er am Tempel auf die Heilige Straße traf und eilig zur Taverne ging. Wenn er jetzt noch Laelia anträfe, dann empfinge er ein zweites Orakel, das aber wäre nicht umsonst. Er fürchtete, dieses könnte einen Preis fordern, einen sehr hohen Preis – und er überlegte, ob er bereit wäre, ihn zu zahlen.

⋆

Laelia unterhielt sich mit einem Parther, der, wie er sagte, Marcus Antonius zu seinem Amtsantritt beglückwünschen wollte. Er gehörte einer diplomatischen Gesandtschaft an, die erste Gespräche mit dem neuen Machthaber in Roms Osten führen sollte. Der nicht mehr ganz junge Mann war sehr erfreut, daß jemand seine Sprache so fließend beherrschte, hatte dem Rotwein gut zugesprochen und Laelia viel erzählt. Auch zeigte der Parther reges Interesse an dem Orakel-Heiligtum, seiner Geschichte und den Menschen, die in seinem Umkreis lebten und arbeiteten. Ob Laelia ihm denn vielleicht auch beim Formulieren der Frage, die sie morgen dem Orakel stellen wollten, helfen könne? Laelia nickte abwesend, sie hatte nur mit halbem Ohr zugehört. Ihre Gedanken kehrten immer wieder zu Antiphons Geständnis und zu Silvanus zurück. Unauffällig schaute sie zur Tür hinüber. Mitternacht war nicht mehr fern und der Fackellauf längst vorüber. Wo blieb Silvanus nur? Hoffentlich war ihm nichts zugestoßen. Nervös spielte sie mit ihrem silbernen Ohrring.

»Woher, holdes Mädchen, sprichst du so gut die Sprache meines Landes?« fragte ihr Gegenüber gerade und riß sie aus ihren Gedanken.

»Ach, äh, ich hatte eine parthische Amme. – Oh, du mußt mich entschuldigen!« Der Parther nickte irritiert. Laelia war aufgesprungen und Silvanus, der endlich die Taverne betreten hatte, entgegengeeilt. Fast hätte sie sich ihm in die Arme geworfen, so erleichtert und erfreut war sie, ihn zu sehen. Auch er ließ die impulsiv erhobenen Arme wieder sinken. »Meine Laelia«, sagte er, »wie schön du bist!«

Laelia atmete tief durch, was ihr duftiges Gewand in leichte den Körper hinabfließende Wellen verwandelte.

»Wie schön du bist«, murmelte Silvanus nochmals und führte sie an einen der etwas abseits stehenden freien Tische. Monoculos, der ihn gehört hatte, kam schon mit einem Krug Wein und zwei Bechern. »Danke«, sagte Silvanus, »habt ihr noch etwas zu essen? Ich sterbe fast vor Hunger.« »Ich werde dir etwas Suppe bringen, Herr«, versprach Monoculos.

»Sage bitte Illicia, daß Silvanus Rhodius hier ist«, trug Laelia ihm auf.

»Natürlich, Herrin.«

Silvanus nahm einen großen Schluck aus seinem Becher und blickte sie verwundert an. »Magst du nicht mit mir allein sein?« Enttäuschung klang in seiner Stimme, hatte er sein Orakel doch falsch gedeutet?

»Unsinn, Silvanus, was redest du?« Laelia war aufgeregt. »Aber wir haben Neuigkeiten für dich, interessante Neuigkeiten. Antiphon hat zugegeben, Antigonos bestochen zu haben oder es zumindest zu wollen!«

»Was sagst du da?« Silvanus, der sich einen romantischen Abend mit Laelia erträumt hatte, traute seinen Ohren nicht. »Woher weißt du das? Was ist passiert? Ihr habt doch nicht etwa ...?«

»Doch, Illicia hat mit ihm geredet.« Diese war an den Tisch getreten. Silvanus sah verwundert von einer zur anderen. Darum hatten sie sich so schön gemacht. Er hatte schon geglaubt, Laelia hätte seinetwegen dieses Gewand angezogen. Dieses Gewand! Obwohl es nichts offenbarte, versprach es doch viel. Und sie hatten mit Antiphon gesprochen. Innerlich stöhnte er.

Illicia setzte sich strahlend. »Ave Silvanus!« Sie erzählte, was sie von Antiphon gehört hatte. »Dir gegenüber hätte er es bestimmt nicht zugegeben«, fügte sie stolz hinzu. Laelia nickte bestätigend. Silvanus sagte nichts. Mit grimmigem Gesichtsausdruck saß er da und schwieg.

Laelia stieß ihn an. »Nun sag doch etwas. Das war doch genau das, was wir vorhin besprochen haben. Weswegen du Antiphon vernehmen wolltest. Wir haben dir einfach ein wenig geholfen. Und wahrscheinlich hat er dann Antigonos umgebracht, weil der nicht auf sein Angebot eingegangen ist. Wer sonst sollte es getan haben? Keiner haßte ihn so sehr, daß er ihm so etwas antun würde, wir kennen die Menschen hier am Ort. Ich würde es niemandem zutrauen. So sag doch etwas, Silvanus! Freust du dich nicht, daß der Fall geklärt ist?«

Silvanus schüttelte den Kopf. »Ich habe dich doch gebeten, dich da herauszuhalten! Bei Jupiter, wißt ihr denn nicht, was das bedeutet? Angenommen, Antiphon ist der Mörder – was noch nicht sicher ist, Bestechung ist etwas anderes als Mord – und ihm wird mit klarer werdendem Kopfe bewußt, was er erzählt hat, so könnte er versuchen, euch zum Schweigen zu bringen. Ihr schwebt vielleicht in Lebensgefahr! Bei Jupiter, Apollon und allen anderen, ich hätte euch nicht für so dumm gehalten!« Er war ehrlich aufgebracht.

Illicia und Laelia sahen sich an, mit einer solchen Reaktion hatten sie nicht gerechnet. Illicia sagte leise: »Silvanus, errege dich nicht so. Was soll uns passieren? Er wird nicht vor allen Leuten hierherkommen und uns umbringen. Außerdem dachten wir, daß du ihn festnimmst und verhörst, bis er den Mord gesteht. Die einzige Gefahr besteht darin, daß er flieht, wir hatten früher mit dir gerechnet. Aber selbst das glaube ich nicht, dazu war er zu betrunken, er hat kaum die Prozessionsstraße gefunden, als er gegangen ist.«

Silvanus hob seinen Becher, leerte ihn und füllte ihn erneut. Er winkte zwei Legionäre heran, die in Zivil an einem der Tische saßen, und beauftragte sie, zum Quartier der delphischen Mannschaft zu marschieren, Antiphon festzunehmen und herzubringen. »Wartet aber draußen mit ihm, und gebt mir Bescheid.« Die Männer verließen den Raum. Silvanus wandte sich an die Mädchen: »Ihr habt euch nicht nur selber in Gefahr gebracht, sondern auch meine Ermittlungen. Ich wollte ihn beschatten lassen, er hatte bestimmt Helfer oder Auftraggeber, mit denen er sich bespricht. Manchmal ist es besser, den Verdächtigen im Glauben zu lassen, daß er nicht verdächtigt wird. Ich wollte mit ihm sprechen; natürlich hätte er mir nicht die Wahrheit gesagt, aber ich hätte so getan, als glaubte ich ihm. Zugegriffen hätte ich dann vor seiner Abreise. Nun gut, es ist nicht mehr zu ändern. Gibt es einen Raum, in dem wir ihn festsetzen können?«

Das war ein Punkt, den die beiden Mädchen noch nicht bedacht hatten. Ratlos und ein wenig betroffen sahen sie sich an. Sie hatten Silvanus helfen wollen, und ihre Hilfe hatte sich als Behinderung erwiesen. An ihre eigene Sicherheit hatten sie, zugegebenermaßen, nicht gedacht. Vielleicht war ja Antiphon gar nicht der Mörder, sondern ein anderer aus der delphischen Mannschaft. Ein Anflug von Angst trat in ihre Augen. Illicia fragte leise: »Laelia, kann ich heute hier übernachten?«

Laelia nickte. »Natürlich, Illicia, ich schicke Monoculos, um deinem Vater Bescheid zu geben«, und an Silvanus gewandt: »Es tut mir leid, wir haben wirklich vorschnell gehandelt. Der einzige Raum, der mir einfällt, ist im Haus von Crassus«, sie zeigte auf den Bordellbesitzer, der noch immer seinen Wein genoß, »dort haben sie einmal einen Dieb eingesperrt.« Silvanus erwiderte nichts und ging zu Crassus hinüber.

Sie sahen die beiden Männer leise miteinander reden. »Ich glaube, wir müssen bei Kriminalfällen noch einiges lernen«, sagte Illicia und versuchte ein Lächeln.

*

Laelia saß auf der Bank vor der Taverne. Das Mondlicht umspielte den Tempel, der jetzt ruhig und verlassen dalag. Nur die Grillen sangen, ansonsten herrschte Stille, die letzten Gäste hatten den Weg in ihre Betten gefunden. Auch Illicia, todmüde nach dem anstrengenden Tage, hatte sich niedergelegt, in Laelias Kammer, die Platz genug für zwei bot. Laelia dachte voll Mitleid an die Freundin, die anfangs so stolz auf ihren Erfolg gewesen war und dann so unglücklich ausgesehen hatte, als der Delphier gebracht wurde. An den Händen gefesselt und noch immer nicht nüchtern, hatte der junge Athlet Illicia einen Blick zugeworfen, den sie wohl nie vergessen würde. Aus den nicht mehr so strahlenden Augen hatten Resignation, Traurigkeit und tiefe Enttäuschung gesprochen. Nicht einmal Ärger, das sei das Schlimmste, hatte Illicia gesagt. Silvanus war mit dem Gefangenen, Crassus und den Legionären zum Bordell gegangen, das über einen sicheren Raum verfügte. Dorthin hatte man Antiphon gebracht.

Kurz nachdem sie fort waren, war ein Legionär verschwitzt und voller Eile in die Taberna Bibuli gestürzt. Wo Silvanus Rhodius sei, hatte er wissen wollen, den angebotenen Becher Wein abgelehnt. Er habe eine Nachricht für Silvanus Rhodius und nur für ihn persönlich. Als ihm gesagt wurde, wo Silvanus zu finden sei, hatte er kehrtgemacht, sich auf sein Pferd geworfen und war davongaloppiert. Was er wohl gewollt hatte? Ob es eine Nachricht aus Rom war? Vielleicht war einem Familienangehörigen etwas passiert, und Silvanus sollte sofort nach Hause kommen. Laelia spürte, wie sich ihr Herz zusammenzog. Wäre das der Fall, würde Antonius einen anderen mit der Ermittlung, wenn es denn noch eine geben sollte, beauftragen, und sie würde Silvanus nie wiedersehen. Welch schrecklicher Gedanke!

So wartete sie auf seine Rückkehr. Silvanus blieb lange fort. Was machte er, fragte sie sich. Verhörte er Antiphon, oder vertrieb er sich die Zeit anders? Crassus war für seine Freigebigkeit bekannt. Endlich hörte sie Schritte. Schritte von Schuhen, die müde über den harten Boden schlurften. Das war Silvanus, sie fühlte es, doch huschte sie leise hinter die Tür der Taverne, er hatte sie ja zur Vorsicht gemahnt. Sie lugte durch den Türspalt. Es war Silvanus, der zwischen den Bäumen hervortrat, seine sonst so aufrechte, stolze Haltung war verschwunden. Laelia erfaßte eine Welle von Zuneigung und Mitgefühl, sie ließ alle Bedenken fahren und lief ihm entgegen. Er nahm sie einfach in die Arme und drückte sie fest an sich. »Meine Laelia, du bist da! Ich hatte nicht zu hoffen gewagt, dich noch anzutreffen. Du hast gewartet. Wie ich mich danach gesehnt habe, dich in die Arme zu schließen.« Bevor sie antworten konnte, küßte er sie, hob sie auf und trug sie zur Bank. Wie stark er war! Es schien ihm nicht die geringste Anstrengung zu bereiten, und sie war nicht die schlankeste unter den Frauen – fand sie. Nicht dick, nein, das nicht, aber eben auch nicht dünn.

Laelia seufzte glücklich und flüsterte in sein Ohr: »Mein Silvanus! Ich konnte nicht schlafen gehen, ohne dich gesprochen zu haben.« Sie schmiegte sich an ihn, sie fühlte sich geborgen, beschützt, sicher, als gehöre sie an seine Seite. »Ich wollte dir noch einmal sagen, wie leid es mir tut. Wir haben nicht richtig überlegt. Ich hoffe, du trägst es uns nicht nach.«

»Wie sollte ich dir etwas nachtragen können, meine Laelia?« sagte er und küßte sie erneut, lang und zärtlich. »Vielleicht war es auch gar nicht so schlecht. Ein Motiv hätte er, und ich habe auch ein Indiz. Du erinnerst dich, ich habe dir von dem Sandalenabdruck auf dem Gewand des toten Antigonos erzählt, und dieser Abdruck stimmt mit dem seinem überein. Es war keine römische Sandale, wie ich dir schon sagte, auch keine von hier, und jetzt weiß ich, daß es eine delphische war. Das ist zwar noch kein Beweis, aber doch ein wichtiger Hinweis. Ich habe ihn damit konfrontiert und mit der Erpressung, aber er hat nichts gesagt, gar nichts. Er hat die ganze Zeit geschwiegen. Wir haben ihn in Crassus' Folterkammer gesperrt, vielleicht wird ihn diese Umgebung zum Sprechen bringen.

Und morgen muß ich nach Priene reisen, meine süße Laelia, Marcus Antonius hat mich dorthin befohlen. Ich werde Antiphon nochmals vernehmen, wenn ich zurück bin, bis dahin bewachen ihn die Legionäre. Weißt du, Laelia, eigentlich sollte ich froh sein, es sieht so aus, als sei der Fall fast aufgeklärt, aber irgendwie habe ich ein seltsames Gefühl. Ach, ich weiß auch nicht.«

Laelia war erleichtert: nach Priene also, immerhin nicht nach Rom. Als hätte er ihre Gedanken erraten, sagte er: »Ich bekam einen Schreck, als der Kurier mitten in der Nacht so dringend nach mir suchte. Ich befürchtete, ich müsse zurück nach Rom. Ach, Laelia, ich würde am liebsten hierbleiben, bei dir, aber Befehl ist Befehl. Ich hoffe, ich bin übermorgen zurück.«

»Zwei Tage«, flüsterte Laelia und lehnte ihren Kopf an seine breite Schulter, »zwei Tage können wie eine Ewigkeit sein. Bei Apollon, Silvanus, wenn ich nicht aufpasse, werde ich mich unsterblich in dich verlieben.« Das war eine bewußte Untertreibung, und die von ihr erhoffte Reaktion kam prompt.

»Ich bin unsterblich verliebt«, flüsterte Silvanus in ihr Ohr, während er seine Hand zärtlich über ihren Rücken gleiten ließ, »seit dem Augenblick, als ich dich zum ersten Mal sah. Ich habe so etwas noch nie erlebt. Aber dein Gang, deine Bewegungen, dein Körper ... Du bist so anders als andere Frauen, so anders als ... meine Frau.« Es war heraus. Er hatte nicht gewußt, wie er es ihr sagen sollte, er hatte sich davor gefürchtet. Schon bei dem Spaziergang im Heiligen Hain hatte er es ihr sagen wollen, dann auf dem Rückweg, aber er hatte nur von anderen Dingen erzählt, Belangloses, um ja nicht die von ihm gefürchtete Situation heraufzubeschwören. Sie würde ihn stehenlassen, hatte er gedacht, ihn kalt anschauen oder kein Wort mehr mit ihm reden. Aber nun war es heraus.

Laelias eben noch weicher, anschmiegsamer Körper versteifte sich. Sie rückte von ihm ab. Obwohl sie es vermutet hatte – denn kein römischer Mann in seinem Alter war unverheiratet –, traf es sie wie ein Blitzschlag. Er hätte ja wenigstens geschieden sein können! »Oh«, sagte sie, »habt ihr Kinder?«

»Nein.« Und dann erzählte er ihr alles. Von Lucida, die er aus Liebe geheiratet hatte, was nicht häufig in Rom vorkam, wo Ehen eher familienpolitischen Argumenten folgten. So war denn auch sein Onkel, der den Equites, dem Ritterstand, angehörte und nach dem Tode seines Vaters das Familienoberhaupt geworden war, gegen diese Verbindung gewesen. Silvanus und Lucida hatten sich nicht darum gekümmert, ihr weniges Geld zusammengelegt und sich eine Wohnung in der Subura genommen. Sie waren glücklich, bis der Alltag einkehrte. Silvanus hatte das Amt eines der Tresviri Capitales übernommen und war mit niedrigen Magistratsaufgaben betraut worden. Das füllte ihn nicht aus, und auch füllte es nicht seinen Geldbeutel, so hatte er sich durch die Aufklärung von Verbrechen ein Zubrot verdient.

Lucida, die ständig an ihm herummäkelte, vor allem weil seine politische Karriere auf sich warten ließ, hatte sich den verschiedensten Religionen verschrieben, war selten zu Hause, und wenn, dann in den jeweiligen Kult vertieft. Sie redete kaum von etwas anderem. »Du kannst dir nicht vorstellen, Laelia, wie das ist, man liegt im Bett und will ein wenig Zärtlichkeit von seiner Frau, und die redet von Religion und nur von Religion. Ich habe es nicht mehr ausgehalten, ich mußte fort. Ich habe überlegt, mich scheiden zu lassen, aber die Entscheidung fällt mir nicht leicht, immerhin hatten wir ja auch sehr schöne Zeiten miteinander. Ich habe gehofft, es würde vorübergehen, es wäre nur eine Krise, aber so geht das nun schon seit einigen Jahren. Also bin ich in den Osten gegangen, auch, um fern von Lucida über mein Leben nachzudenken. Daß ich eine Frau wie dich hier treffen würde, hätte ich nicht zu träumen gewagt.«

Laelia hatte ihm zugehört, ohne zu unterbrechen. »Was sagte sie, als du ihr deinen Entschluß wegzugehen mitgeteilt hast?«

Silvanus sah ihr liebevoll in die Augen. »Nun, sie hat geschimpft, ich würde sie allein lassen und nur für meine Karriere leben – obwohl sie mich ja immer gedrängt hat – und keine Rücksicht auf sie und ihre Interessen nehmen. Und ich solle für sie versuchen, einem Anhänger des Mithras-Kultes ihre Mysterien zu entreißen.« Beide mußten lachen.

Sie saßen noch lange auf der Bank. Die Müdigkeit war verflogen und hatte anderen Gefühlen Platz gemacht.

IV

Illicia stand an ihrem Bett und schüttelte sie. »Wach auf, Laelia, es ist schon fast Mittag. Ich weiß ja, daß du gern lange schläfst, aber ich sterbe vor Neugierde. Ist er noch gekommen? Was war?« Illicia sah frisch und munter aus und sprühte vor Energie.

Laelia, noch schlaftrunken, murmelte: »Was soll gewesen sein?« Und, sich aufsetzend: »Ist er schon weg?«

»Natürlich ist er schon weg, heute morgen in aller Frühe ist er weggeritten, erzählte mir dein Vater. Nach Priene, zu Marcus Antonius. Ach, der hat es gut«, schwärmte Illicia. »Ich hätte nichts dagegen, Marcus Antonius noch einmal zu sehen ... – Aber nun erzähl doch schon, was hat er gesagt?« Laelia brummte: »Laß mich erst einmal richtig wach werden. Ich erzähle dir alles beim Frühstück, ist jemand unten?«

»Nein, nur Thabea, die die Küche saubermacht.«

Nachdem Laelia eilig ihre Morgentoilette beendet hatte, streifte sie eine leichte Tunika über, gürtete diese mit einem Tuch und lächelte glücklich in Gedanken an die vergangene Nacht. Sie gingen die Treppe hinunter und setzten sich an einen Tisch hinter dem Haus. Thabea, eifrig wie immer, brachte ungefragt das Frühstück. Frisches Brot, Ziegenkäse, Oliven und einen Krug Milch.

»Ach, Illicia«, mit strahlenden Augen blickte Laelia die Freundin an, »was für ein Mann. So zärtlich und liebevoll, zwar ist er verheiratet, aber unglücklich. Er hat mir wunderschöne Komplimente gemacht, und ich glaube tatsächlich, daß er sie so meint. Und wie stark er ist, er hat mich einfach hochgehoben und zu der Bank getragen. Und ...«

Illicia unterbrach die begeisterte Freundin mit einem skeptischen Blick: »Ich will dir ja nicht die schöne Stimmung verderben, aber wenn er verheiratet ist ... Verliebe dich nicht zu sehr, Laelia, er könnte dich sehr verletzen, ohne es zu wollen. Und er wohnt in Rom. Eines Tages, vielleicht schon bald, wird er zurückgehen, und sei es nur, um seine Sachen zu ordnen. Mach dir nicht zu große Hoffnungen, ich glaube ja auch nicht, daß er ein Frauenheld ist, aber du weißt doch, wie die Männer sind. Reden viel, aber wenn sie dann handeln sollen, sind sie feige, besonders Frauen gegenüber. Man sieht es doch oft, daß verheiratete Männer sich eine Freundin suchen und dadurch die langweilige Ehe wieder Aufschwung bekommt. Also sieh dich vor, Laelia.«

Diese biß vergnügt in ein Stück Brot. »Du hast ja recht, Illicia, das habe ich mir auch schon gesagt. Ich versuche, mich ein wenig zu dämpfen. Aber es ist schwierig, besonders wenn er so redet wie gestern nacht. Weißt du, ich werde es genießen, solange er hier ist, und dann kann ich immer noch weitersehen. Und er ist sehr anständig, er hat nicht versucht, mich irgendwie zu bedrängen.«

Illicia nickte resignierend. »Ich merke schon, im Moment hat es sowieso keinen Sinn, dir Vernunft einzureden; verliebt, verdreht! Und irgendwie bin ich auch ein wenig neidisch. Das mit Antigonos, na ja, du weißt ja, richtig verliebt war ich nie in ihn, aber man wird ja nicht jünger und muß auch an die Zukunft denken.« Sie nahm einen Schluck Milch und sah Laelia betrübt an. »Kannst du dir das vorstellen, Laelia, manchmal liege ich im Bett und merke, daß ich gar nicht so traurig bin, wie ich sein sollte, sondern eher sogar ein bißchen erleichtert. Weil ich mich nicht mehr entscheiden muß! Ist das nicht schrecklich? Und dann geht es mir schlecht, nicht weil er tot ist, sondern weil ich so gefühllos bin.« Tränen standen in ihren Augen. Laelia legte mitfühlend die Hand auf ihren Arm.

»Und dann denke ich, ich würde alles tun, um seinen Tod zu rächen«, fuhr Illicia fort. »Ich finde auch immer noch, daß es so verkehrt nicht war, Antiphon zum Reden zu bringen, ganz egal, was Silvanus sagt. Aber, Laelia, auf der anderen Seite habe ich ein schlechtes Gewissen, weil ich irgendwie Zweifel daran habe, daß er Antigonos wirklich umgebracht hat. Er macht nicht den Eindruck eines Mörders. Und dieser Blick, den er mir zugeworfen hat, als sie ihn abführten. Wenn ich daran denke, fühle ich mich doppelt schlecht!«

Laelia konnte ihre Freundin gut verstehen. »Du bist nicht gefühllos, Illicia, rede dir da nichts ein. Wärest du es, würdest du dir nicht solche Gedanken machen. Und vielleicht hat es Apollon ja so gefügt, daß dir auf diese Weise die Entscheidung abgenommen wurde. Hättest du Antigonos geheiratet, du wärst bestimmt nicht glücklich geworden. Er war viel zu unreif für dich. Und was Antiphon betrifft, den gleichen Gedanken hatte ich inzwischen auch. Bestechung ja, aber Mord? Silvanus hat erzählt, Antiphon hätte kein einziges Wort gesagt. Sie haben ihn übrigens in die Folterkammer von Crassus gebracht.«

»In die Folterkammer? Bei allen Göttern!« Illicia war entsetzt. Kein Mensch, den sie persönlich kannten, schon gar kein weiblicher, hatte diese Folterkammer je gesehen. Aber die Männer erzählten beim Wein hinter vorgehaltener Hand pikante Geschichten, die – wie anders – von Freunden von Freunden stammten. Bruchstücke davon hatten sie immer mal wieder aufgefangen.

»Der arme Antiphon! Ob sie ihn wohl angekettet haben?«

Laelia beruhigte sie. »Ich glaube nicht, Silvanus hat davon nichts gesagt. Und überhaupt, selbst wenn er nicht der Mörder ist, immerhin wollte er den Fünfkampf durch Bestechung gewinnen. Dafür kann er schon eine oder zwei Nächte in der Folterkammer verbringen. Auch hat mir Silvanus noch erzählt, daß auf Antigonos' Gewand der Abdruck einer Sandale gefunden wurde, der mit den Sandalen von Antiphon übereinstimmt. Größe, Nähte und so. Das spricht ziemlich gegen ihn. Vielleicht war er es doch.«

»Ich weiß nicht, ich weiß nicht«, sagte Illicia nachdenklich. »Ein Mörder hat nicht so einen Ausdruck in den Augen. Was machen wir jetzt? Stell dir vor, Silvanus reist nach Priene und berichtet Antonius, er habe einen Verdächtigen, und Antonius nutzt die Chance, den Mörder zu präsentieren, und verurteilt ihn zum Tode, um sein Versprechen so schnell wie möglich einzulösen. Die Lösung dieses Falles ist für Antonius ungemein wichtig, du weißt doch, was die Leute gemunkelt haben. Dann wird Antiphon hingerichtet, war es vielleicht gar nicht, und wir sind verantwortlich für den Tod eines Unschuldigen. Und – genauso schlimm – der wahre Mörder wird nie gefunden und nie bestraft.«

Laelia überlegte kurz. »Ja, du hast recht. Silvanus hat zwar auch Zweifel an Antiphons Schuld geäußert, aber gegen einen Befehl von Marcus Antonius wird er nichts ausrichten können. Vielleicht sollten wir noch einmal zu Antiphon gehen und mit ihm sprechen. Es kann ja sein, daß er uns mehr erzählt. Was denkst du?«

»In die Folterkammer?« Auf Illicias Gesicht spiegelten sich Aufregung und Angst. »Meinst du, die lassen uns da überhaupt hinein?«

»Wenn wir sagen, Silvanus hat uns gebeten, mit ihm zu sprechen, vielleicht. Wir sollten es auf jeden Fall versuchen. Allerdings dürfen wir es keinem Menschen sagen. Wo ist mein Vater überhaupt?«

»Thabea erzählte, er sei mit Monoculos nach Panormos gefahren, um eine Lieferung abzuholen.« Illicia war jetzt voller Unternehmungslust. »Wann, meinst du, ist die beste Zeit, um zu Crassus zu gehen?«

»Am frühen Abend, wenn alle beim Essen sind und Vater den Wein vorbereitet. Weißt du, was wir noch machen können, Illicia? Wir befragen das Orakel, ob Antiphon der Mörder ist. Ich muß nachher sowieso mit dem parthischen Gesandten zum Tempel, er bat mich, seine Frage zu übersetzen. Bei der Gelegenheit werde ich nachsehen, ob Phryne heute Dienst als Prophetis hat und weissagt, wenn dem so ist, bekommen wir das Orakel vielleicht sogar umsonst. Apollon wird auch nicht wollen, daß ein Unschuldiger verurteilt wird.«

Sie schwiegen, denn man hörte jemanden im Hause rumoren. Offilia kam heraus und setzte sich zu ihnen an den Tisch. Sie sah schlecht aus, die Augen verquollen, die Mundwinkel hingen herab, die Haare wirr. An sich war dieses Aussehen nichts Ungewöhnliches, aber an diesem Tag strahlte sie nicht nur die gewohnte morgendliche schlechte Laune aus. Irgend etwas war anders.

»Ave Mädels«, brummte sie, nahm sich Laelias Becher, füllte Milch nach und trank ihn in einem Zuge leer. »Ist Rubi schon mit den Kindern unterwegs?« Auf Illicias Bestätigung hin sagte sie nur: »Gut.« Sonst nichts. Keine Stichelei, kein Ausfragen. Äußerst ungewöhnlich. Es folgte eine längere Pause. Laelia und Illicia warfen sich einen Blick zu. »Was ist los mit dir, Offilia?« fragte Laelia und sah ihre Schwester mit einer gewissen Besorgnis an. War sie schon wieder schwanger?

»Nichts!« erwiderte diese kurz angebunden und blickte in den Becher. »Gibt es etwas Neues von Antiphon? Hat dein Römer ihn schon vernommen?«

Laelia wurde vorsichtig. »Nein, nichts Neues. Ich weiß nur, daß er verhaftet ist und Silvanus nach Priene reisen mußte, um Marcus Antonius Bericht zu erstatten.« Laelia wappnete sich für weitere Fragen, doch Offilia sagte nur: »Ach so«, blickte weiter in ihren Becher und schwieg. Komisch.

Illicia erhob sich. »Ich werde nach Hause gehen und ein wenig im Garten arbeiten. Kommst du nachher vorbei, Laelia?«

»Ja, nachdem ich für den parthischen Gesandten übersetzt habe. Bis dann.«

Illicia verabschiedete sich, und auch Laelia stand auf.

»Ich werde mich fertigmachen für den Termin. Schönen Tag noch, Offilia.« Als sie schon fast im Hause war, rief Offilia ihr nach: »Ach, Laelia ...!«

Diese wandte sich um. »Ja?«

»Ach ... nichts.«

›Na gut, dann nicht‹, dachte Laelia und ging.

*

Laelia holte den Parther – sein Name war Mithriventes – aus seiner Herberge ab. Diese lag, wie die meisten, an der Heiligen Straße und wurde gerne von Ratsuchenden und Reisenden aufgesucht, die in der Taberna Bibuli keinen Platz fanden. Der Wirt, ein gemütlicher älterer Mann, empfing Laelia freundlich und sagte ihr, daß sie bereits erwartet würde. Tatsächlich saß der Parther schon an einem Tisch, einige Schriftrollen vor sich, die er studierte, während er an einem Becher Wein nippte.

Freudig blickte er auf, als Laelia vor ihm stand. Die anderen Mitglieder der Gesandtschaft, so erzählte er ihr, seien nach Milet aufgebrochen, um sich die Stadt anzusehen, er werde nach Einholung des Orakels auch für einen kurzen Besuch dorthin fahren, dann aber direkt nach Ephesos reisen, um mit Marcus Antonius zusammenzutreffen.

Laelia wurde aufmerksam. »Habt ihr einen Termin mit Marcus Antonius?« fragte sie süß lächelnd.

»O ja«, der Parther nickte, »nächste Woche, nach Antonius' offiziellem Einzug in Ephesos wird er die Friedensgesandtschaften empfangen, auch unsere. Aber sage mir, schöne Laelia, darf ich um ein wenig deiner kostbaren Zeit bitten und dich heute abend einladen zu einem Mahl und etwas Wein?«

Laelia blickte schamhaft zu Boden, um Zeit zu gewinnen. Wenn Antonius nach Ephesos ging, mußte vielleicht auch Silvanus dorthin. Vielleicht hatte er ja vor, für längere Zeit zu bleiben, obwohl es hieß, daß er die östlichen Provinzen und befreundete Königreiche besuchen wollte. Nun, ihr wäre es sehr recht, wenn der Imperator noch bliebe, Ephesos lag nur eine knappe Tagesreise von Didyma entfernt. Damit wäre Silvanus ganz in ihrer Nähe. Vielleicht wußte der Parther mehr.

Den Blick ein wenig hebend, sagte sie: »Ich muß erst meinen Vater um Erlaubnis bitten, oh Mithriventes. Aber sollte er nichts dagegen haben, würde ich gerne deine Einladung annehmen. Werdet ihr eine ständige Vertretung in Ephesos einrichten?«

Der Parther ließ seine Augen Laelias Körper hinauf und hinab wandern. »Ja, aber das werden nicht wir sein. Unsere Gesandtschaft wird nach den Gesprächen zurückkehren und berichten. Du mußt wissen, wir sind in einer sehr vorteilhaften Position. Antonius will die Feldzeichen zurück, die wir Crassus' Streitkräften bei seiner totalen Niederlage in Karrhae abnahmen. Aber billig wird er sie nicht erhalten.«

Laelia erkannte, daß sie hier an hochpolitische Informationen kommen konnte, Informationen, die für Marcus Antonius wertvoll waren, sollte er sie noch nicht haben. Ihre persönlichen Sympathien galten den Römern – war doch ihr Vater einer obwohl die Provinz zuletzt unter Cassius und Brutus wegen der hohen Besteuerung sehr gelitten hatte. Aufgewachsen in Kleinasien wußte sie aber durchaus zu schätzen, was die römische Herrschaft mit sich brachte. Neben der hervorragenden Verwaltung des Landes, der Errichtung öffentlicher Gebäude und der Gewährung einer gewissen öffentlichen Sicherheit boten die Römer den unschätzbaren Vorteil, durch ihre militärische Stärke die Machtgelüste umliegender Völker in ihre Schranken zu weisen. Die Parther zum Beispiel, immer eine latente Bedrohung, würden gerne diese blühende Region ihrem Reich zuschlagen. Aber die Parther wurden als schnell erregbar eingeschätzt, als verschlagen, als unehrlich. Wer wollte schon unter solchen Herrschern leben? Allerdings, die wenigen, die je in Parthien gewesen waren, wußten viel von Reichtum, sogar von hoher Bildung zu berichten, aber auch von Königen, deren Wort tyrannisches Gesetz war. Auch gefielen ihr die Römer vom Aussehen her besser, man brauchte sich doch nur Silvanus Rhodius oder Marcus Antonius anzuschauen, was für Männer!

Laut sagte sie: »Ich weiß es noch wie heute, der Tag, an dem die Nachricht von Crassus' Niederlage kam. Alle haben gefeiert. Meine Mutter, eine große Traditionalistin, war außer sich vor Freude, mein Vater hat freien Wein ausgegeben, und wir tranken auf euren Sieg. Obwohl mein Vater Römer ist, wie du sicher weißt, ist er doch sehr gegen die römische Politik eingestellt, seitdem mein Großvater Opfer der Proskriptionen des Sulla war. Meine Mutter ist aus Milet.« Fast alles war gelogen, aber es kam ihr leicht über die Lippen.

Der Parther grinste breit. »Oh, wirklich? Ein vernünftiger Mann, dein Vater, dann wird er auch nichts dagegen haben, wenn du heute abend mit mir speist. Ich werde mit ihm reden, und er wird zustimmen, denn ich bin Mithriventes, der Sohn der Großnichte des Königs Orodes, und habe eine exponierte Stellung am Hofe inne. Laß uns jetzt zum Tempel gehen.«

Laelia erschrak. Sie hatte sich zu weit vorgewagt. »Ich werde meinen Vater selbst fragen, o Mithriventes«, sagte sie stolz. Er nahm es hin.

Unterwegs erzählte Mithriventes, daß der Übersetzer der Delegation schwer erkrankt sei und den Rückweg nach Parthien antreten mußte. Es sei ein Zeichen Apollons, daß er nun gerade sie, Laelia, getroffen hätte, er sei sich sicher, daß das Orakel nur günstig ausfallen könne. Und so weiter und so weiter. Der Mann wurde ihr immer unsympathischer. ›O Silvanus‹, dachte sie, ›mußtest du gerade heute nach Priene reisen?‹

Sie waren beim Tempel angekommen. Langsam stiegen sie die Stufen zum Zwölfsäulensaal hinauf und blickten auf das große Portal. Mithriventes zeigte sich beeindruckt: »Euer Gott muß mächtig sein.«

»Ja, das ist er«, antwortete Laelia schlicht und sah sich nach einem bekannten Gesicht um. Sie erblickte einen der Priester, winkte ihn heran und bat ihn, Vigolos mitzuteilen, daß der parthische Gesandte Mithriventes da sei, seine Frage an das Orakel zu richten. Der Priester verschwand, und innerhalb weniger Minuten stand Vigolos vor ihnen. »Gegrüßt seist du, Mithriventes, Sohn des Ariobastes«, und, etwas weniger höflich, »gegrüßt seist du, Laelia.«

Der Parther verbeugte sich tief und antwortete in gebrochenem Griechisch: »Der Segen deines Gottes ruhe auf dir, oh Vigolos, Prophetes des Apollon Didymaios.«

Laelia wunderte sich. Kannten sich die beiden? Vigolos wandte sich jetzt ihr zu: »Sage ihm, er soll seine Frage stellen, ich werde sie der Prophetis überbringen. Die mündliche Antwort kann er morgen oder übermorgen abholen, wenn er will, die Tafeln mit dem offiziellen Text allerdings erst in frühestens drei Tagen. Der endgültige Preis wird ihm dann mitgeteilt werden, jetzt bitte ich um die Anzahlung.«

Laelia übersetzte. Der Parther nickte und reichte Vigolos einen kleinen Beutel. »Ist das Orakel günstig, ist euch reichlicher Lohn gewiß. Mein Herr ist äußerst großzügig.« Mithriventes entrollte eine Schriftrolle mit fremden Zeichen. »So lautet die Frage unseres Herrschers an Apollon Didymaios: Wird dem geplanten Unternehmen Erfolg beschieden sein?«

Laelia schrieb die Übersetzung auf eine kleine Tafel, die Vigolos ihr gereicht hatte, und gab sie ihm zurück. Vigolos lächelte dem parthischen Gesandten zu, nickte kurz und wandte sich zum Gehen.

»Warte bitte, Vigolos«, rief Laelia, »noch eine Frage! Versieht Phryne heute Dienst?«

Vigolos hob die Augenbrauen. »Ja, warum?«

»Könntest du ihr sagen, daß ich sie kurz zu sprechen wünsche, mein Vater läßt fragen, wann er ihre Bestellungen liefern soll.«

Vigolos nickte und verschwand in dem Seitengang, der in das Innere des Tempels führte.

Der Parther schloß seine Schriftrolle und sah Laelia fragend an. »Du hast hier noch etwas zu erledigen? Ich habe es nicht verstanden.«

Laelia bejahte. Bedauernd nahm er ihre Hand in seine, führte sie an den Mund und hauchte einen Kuß darauf. »Ich danke dir für deine Hilfe. Ich werde heute abend in die Taverne deines Vaters kommen und dich abholen, wenn es ihm genehm ist. Auch werde ich dich natürlich entlohnen für deine Mühe. Den Spruch brauche ich nicht mündlich, also auch nicht deine Dienste in diesem Sinne. Ich werde auf den schriftlichen Bescheid warten, aber vorher werde ich dich noch sehen. Möge die Sonne ihr leuchtendes Antlitz bis dahin auf dir ruhen lassen, schöne Laelia.« Erhobenen Hauptes schritt er die Stufen des Tempels zum Vorplatz hinab.

Laelia atmete erleichtert auf. Über das Gehörte würde sie später nachdenken und es mit Illicia besprechen. Jetzt mußte sie sich auf ihre Frage an das Orakel konzentrieren. Eine einfache Ja-Nein-Frage würde reichen, dann stünde sie auch nicht in so großem Maße in Phrynes Schuld. Orakel zu sprechen war anstrengend, die Prophetis mußte zuvor drei Tage gefastet, sich rituellen Waschungen unterzogen und innerlich ganz auf die Prozedur eingestellt haben. Dann nahm sie neben der heiligen Quelle Platz, trank von dem Wasser und versetzte sich auf irgendeine Art und Weise, die kein Mensch außerhalb des Tempels je erfuhr, in Trance. In diesem Zustand wurde sie von der Gottheit direkt inspiriert und offenbarte den göttlichen Willen, wobei der Prophetes und seine Gehilfen neben ihr standen und ihre Worte übersetzten.

Private Orakel waren eigentlich streng verboten. Phryne, ein nettes, stilles Mädchen aus Priene, machte für eine Freundin allerdings manchmal eine Ausnahme. Als sie jetzt in ihrem langen weißen Gewand aus dem linken Seitengang in den Zwölfsäulensaal trat, winkte sie Laelia zu sich herüber. Mit leiser Stimme grüßte sie sie: »Apollon sei mit dir, Laelia, ich freue mich, dich zu sehen. Du möchtest den Gott fragen, ob der Delphier unseren Antigonos umgebracht hat? Das ist eine wichtige Frage, und darum werde ich Apollon um eine Antwort bitten.«

Laelia hob erstaunt die Augenbrauen und setzte zum Sprechen an. Phryne unterbrach: »Wundere dich nicht, Laelia, wir wissen zwar einiges, was ihr nicht wissen könnt, aber dein Begehren heute war einfach zu erraten. Der ganze Tempel summt von den Vorgängen der letzten Tage. Alle wissen, daß Antiphon verhaftet wurde, und es herrscht ein großes Rätselraten, ob er der Täter war oder nicht. Einige der Priester, stell dir das vor, haben sogar Wetten abgeschlossen. Wetten! Im Heiligtum des Apollon! Manchmal hatte Antigonos ganz recht mit seiner Kritik.«

Nun hakte Laelia doch ein. »Sag, Phryne, gibt es denn Mutmaßungen, wer es sonst gewesen sein könnte?«

Phryne wurde sehr ernst. »Ja, natürlich. Soll ich es dir wirklich sagen? Nun gut. Verdächtigt wird jeder: Illicia, weil sie von Antigonos betrogen wurde, ja, das wußte man hier. Du, weil du ihre Freundin bist. Tollimos, Illicias Vater, weil er Antigonos nicht mochte. Deine Schwester, weil sie selbst Interesse an ihm hatte. Dein Vater wegen Offilia. Die Mädchen aus dem Artemis-Heiligtum, weil er mit diesen zusammengearbeitet hat. Crassus, weil Antigonos Schulden bei ihm hatte. Marcus Antonius selbst, um sich wichtig zu machen. Ich könnte die Liste endlos weiterführen. Und um deine nächste Frage gleich zu beantworten, nein, wir können Apollon nicht befragen, wer es war. Das solltest du wissen, solche Auskünfte gibt Apollon nicht.«

Laelia schwieg erschreckt. Ihr war zwar klar gewesen, daß sie für manche Leute zum Kreis der Verdächtigen zählen konnten, sie selber und ihre Familie und Freunde, aber daß darüber so geredet wurde, machte sie doch betroffen. Eine solche Tat traute man ihnen zu!

Phryne sprach weiter. »Ich denke so etwas natürlich nicht, Laelia, und es sind auch nicht viele, die diese Gedanken äußern. Die meisten sind froh, daß ein Schuldiger gefunden wurde, und hoffen, daß das Leben jetzt normal weitergehen kann. Aber wenn ich etwas Konkretes erfahren sollte, werde ich es dir mitteilen, damit du es deinem römischen Freund sagen kannst. Er ist nett.«

»Du kennst ihn?« Laelia kam aus dem Staunen nicht mehr heraus.

»Ich habe ihn nur von weitem gesehen. Aber ich weiß, daß er nett ist. Er selbst wird allerdings hier im Tempel nicht viel erfahren, dazu ist er zu fremd. Aber zurück zu deinem Begehr. Ehrlich gesagt, Laelia, ich glaube auch nicht, daß Antiphon der Mörder ist. Aber zur Sicherheit werde ich Apollon um eine Antwort bitten. Und jetzt mußt du gehen. Komm heute abend bei Sonnenuntergang zur letzten nördlichen Säule. Ich werde dich dort erwarten.«

*

Illicia saß in ihrem Garten neben dem Teich und arbeitete an einer Transkription. Aufgeregt sprang sie auf, als sie Laelia auf sich zukommen sah. »Gut, daß du kommst, ich konnte mich sowieso nicht konzentrieren. Monoculos war hier. Er suchte dich und tat sehr geheimnisvoll. Mir wollte er nicht sagen, worum es ging. Nicht einmal nach Flusia hat er gefragt. Er meinte, er käme wieder. Was will er wohl?«

»Keine Ahnung«, sagte Laelia trocken und setzte sich. Flusia kam, als sie die Stimme ihrer ehemaligen Herrin hörte, und brachte ihr ungefragt eine Kanne mit frischem Wasser. »Nun, wie geht es dir, Flusia?« Laelia schaute sich die schöne junge Nubierin genauer an. Die rote Tunika paßte außerordentlich gut zu ihrer dunklen Haut. Die langen schwarzen seidigen Haare fielen offen über ihre Schultern. Das Mädchen sah gut aus, besser als zu den Zeiten, da sie noch in Bibulus' Haus lebte, aber trotzdem lag ein seltsamer, gehetzter Ausdruck in ihren Augen. Doch Laelia hatte nicht die Muße, jetzt darüber nachzudenken.

»Mir geht es gut, Herrin, danke, kann ich euch noch etwas bringen?« gurrte Flusia mit tiefer, kehliger Stimme.

»Nein, du kannst gehen.« Laelia wandte sich an Illicia. »Ich muß dir viel erzählen. Bei Apollon, mir ist, als seien mehrere Tage vergangen seit heute morgen.« So berichtete sie der Freundin alles, was sie erlebt hatte. »Und dieser widerliche Parther will heute mit mir zu Abend essen, kannst du dir das vorstellen?«

Illicia lachte. »So ist das nun einmal. Hast du Erfolg bei einem Mann, kannst du fast alle haben. Aber was du da von dem Parther erzählt hast, ist hochinteressant. Was, meinst du, haben die vor?«

»Irgend etwas Schlechtes auf jeden Fall. Wirklich schade, daß Silvanus gerade jetzt nicht hier ist. Er hätte einen Kurier zu Marcus Antonius schicken können, um ihn zu warnen.« Laelia seufzte bei dem Gedanken an den Römer. Was er jetzt wohl tat?

Illicia blickte nachdenklich auf die fernen Berge, dachte an Marcus Antonius und bemerkte in ihrer praktischen Art: »Vielleicht gar nicht so übel, daß er nicht da ist, denn er sähe es bestimmt nicht gerne, wenn du dich da einmischt. Außerdem kommt er ja morgen oder übermorgen wieder, dann kannst du ihm alles erzählen. Das ist noch früh genug. Und vielleicht wissen wir dann schon mehr. Aber sag mal, Laelia, was ist mit allen hier los? Offilia ist nicht sie selbst, Monoculos tut geheimnisvoll, und Flusia kann mir nicht in die Augen schauen. Ich habe das Gefühl, daß sogar mein Vater meine Gegenwart meidet.«

Laelia war mit ihren Gedanken woanders. »Ach, Offilia ist wahrscheinlich wieder schwanger, Monoculos hat vielleicht eine Freundin, wer weiß? Wir sollten lieber überlegen, wie wir in Crassus' Haus und in die berüchtigte Folterkammer kommen.«

»Ja, du hast recht. Ich bilde mir das wahrscheinlich auch nur ein.« Illicia klatschte in die Hände. Flusia kam, räumte den Tisch ab und verschwand ohne ein Wort. Illicia sah ihr nach. »Aber seltsam ist es doch, wie sie sich verhält. Anfangs dachte ich, es würde besser mit ihr, sie würde zutraulicher, aber jetzt ... Na ja, vielleicht ist es wieder eine ihrer Phasen.«

Sie beratschlagten gerade, auf welche Weise sie Crassus dazu bringen könnten, sie zu Antiphon zu lassen, als Monoculos den Weg hinaufgelaufen kam.

»Herrin, Herrin«, keuchte er und richtete sein Auge auf Laelia.

»Was gibt es denn, Monoculos, du siehst doch, wir sind beschäftigt.« Laelia war ungehalten. Illicia jedoch war klar, daß es etwas wirklich Ungewöhnliches sein mußte, was den Sklaven zweimal den langen Weg zu ihrer Villa zurücklegen ließ. »So sag schon, Monoculos.«

»Heute morgen, als ich hörte, daß man Antiphon eingesperrt hat, da fiel es mir wieder ein. Ich wollte es dir neulich schon sagen, Herrin, aber ich kam nicht dazu.« Er machte eine bedeutungsvolle Pause.

»Weiter«, sagte Laelia ungeduldig.

»Ich habe doch abends häufiger Stimmen aus dem Zimmer der Herrin Offilia gehört. Nun, in der Nacht, als Antigonos ermordet wurde, hörte ich auch Stimmen, Offilias und die eines Mannes. Der Mann war Antiphon!«

Das war in der Tat eine Überraschung. Beide Mädchen sprangen auf. »Monoculos, bist du dir ganz sicher?« fragte Illicia.

»Natürlich, Herrin, ich weiß genau, wer welche Stimme hat. Und der Delphier war immer freundlich, man sollte ihn nicht für etwas bestrafen, das er nicht getan hat.«

Laelia war jetzt sehr aufgeregt. »Ich weiß, daß deine Ohren dich nicht täuschen. Ich danke dir, Monoculos. Jetzt müssen wir nur noch Offilia fragen, ob sie diese Information auch gegenüber Silvanus bestätigt, der Aussage eines Sklaven alleine würde man nicht glauben. Also darum war sie so seltsam heute morgen. Komm, Illicia, wir müssen sofort gehen!«

Offilia saß brütend vor einem Becher Wein in einer Ecke der Taverne. Bibulus war nicht zu sehen, die Kinder tobten mit Rubingetorix im Garten. Illicia, mit einem Blick durch die offene Tür, flüsterte ihrer Freundin zu: »Es ist vielleicht besser, wenn sie ihren Mann und die kleinen Ungeheuer wegschickt, die stören nur.«

»Du hast recht, Illicia, wir sollten ihr gegenüber fairer sein, als sie es ist. – Offilia, wir müssen mit dir reden. Allein.«

Offilia stand auf, ging zur Tür und rief ihrem Mann zu, er solle mit den Kindern an den Fluß gehen, sie könne den Lärm nicht ertragen. Zurück an ihrem Platz sah sie ihre Schwester und deren Freundin mit roten, geschwollenen Augen an. »Gut, daß ihr kommt, ich wollte auch mit euch sprechen. Aber ihr scheint ohnehin schon alles zu wissen. Wer hat es euch erzählt? Antiphon selber? Hat er deinem Römer alle Details von mir preisgegeben? Und du, Illicia, hattest du nicht genug an Antigonos? Mußtest du mir auch noch den Delphier ausspannen?« Sie begann zu weinen. »Ihr wißt nicht, wie es ist, mit einem ewig betrunkenen Fremdling zusammenzuleben, der sich mit stinkendem Weinatem auf einen legt und danach schnarchend auf die Seite rollt.« Jetzt schluchzte sie herzzerreißend. »Ach, Laelia, erzähl es nicht Vater. Rubi bekommt es sowieso nicht mit. Aber Antiphon war so schön, so leidenschaftlich, ich wollte auch mal wieder ein wenig Freude haben.«

Laelia und Illicia sahen sich an. Was sollten sie mit diesem Häufchen Elend tun? Obwohl beide wußten, daß Offilia sich alles selbst zuzuschreiben hatte, obwohl sie beide häufig unter ihren Launen zu leiden hatten, konnten sie sich doch des Mitleids nicht erwehren. Sie war eben anders. Laelia legte vorsichtig eine Hand auf Offilias Schulter. »Antiphon hat gar nichts gesagt. Nicht ein Wort. Aber du mußt Silvanus alles erzählen, sonst wird Antiphon hingerichtet für etwas, das er nicht getan hat. Er hat Antigonos bestochen, das hat er zugegeben, deswegen hat sich auch Illicia an ihn herangemacht, aber er ist kein Mörder. Jetzt ist er ist in Crassus' Folterkammer, und nur du kannst dafür sorgen, daß er wieder freikommt.«

Offilia schluchzte noch herzzerreißender. »Er hat nichts gesagt? Er hat mich nicht verraten? Oh! Er hat mir alles erzählt über die Bestechung. Es war nur ein Versuch. Antiphon war nicht glücklich dabei, er wollte lieber auf dem sportlichen Wege gewinnen. Aber er wurde von den delphischen Magistraten unter Druck gesetzt. ›Entweder du bestichst ihn und gewinnst, oder du fährst gar nicht‹, hatten sie ihm gesagt. Und der Sport ist doch sein Leben. Er wußte keinen

Ausweg. – Ja, ich werde alles Silvanus erzählen, wenn er wieder da ist. Ehrlich gesagt, geht es mir schon ein wenig besser, jetzt, wo es heraus ist.« Ihr Schluchzen ließ tatsächlich nach. »Wann kommt er denn wieder, dein großer, schlauer Römer«, fragte sie Laelia.

»Morgen oder übermorgen«, Laelia war fast froh, daß Offilia wieder zu ihrem Spott zurückzufinden schien.

»Gut«, meinte Offilia, »dann habe ich ja noch etwas Zeit. Ich werde erst einmal in die Thermen gehen.«

Illicia und Laelia blieben sitzen. »Was jetzt?« fragte Laelia ratlos. »Damit ist unser Besuch bei Antiphon hinfällig. Schade eigentlich, ich hätte ja doch gerne einmal diese Kammer gesehen.«

Illicia sah sie böse an. »Das ist dein einziger Gedanke? Also hör mal. Der arme Mensch sitzt unschuldig in diesem Verlies, und du denkst nur an deine Neugierde!« Illicia war ehrlich entrüstet, ihre Augen funkelten aufgebracht. »Weißt du was? Ich werde jetzt hingehen und mich bei ihm entschuldigen. Immerhin war ich es, die ihn in diese Lage gebracht hat. Mir tut er ehrlich leid!« Sie war aufgestanden.

Laelia versuchte, sie zu beruhigen. »Komm, Illicia, sei mir nicht böse. Ich habe doch nur Spaß gemacht.«

»Schöner Spaß«, brummte Illicia, setzte sich aber wieder.

»Ich meinte ja auch nur, wir stehen wieder ganz am Anfang«, sinnierte Laelia. »Wir wissen jetzt zwar, daß es nicht Antiphon war, der Antigonos umgebracht hat, aber wer war es dann? Ein anderer der delphischen Delegation? Wegen des Sandalenabdrucks, meine ich. Aber soviel ich weiß, waren die Sportler alle gemeinsam beim Opfer, bevor sie schlafen gingen, und die Dichter und Sänger in Milet, um an der Prozession teilzunehmen, das hat mir Silvanus erzählt.«

Von der offenen Tür her ertönte Hufschlag. Ein Reiter schien sich in vollem Galopp zu nähern. Die beiden Mädchen sahen sich an. Was hatte das zu bedeuten? Solche Eile war ungewöhnlich an diesem Ort, wo das Leben sonst eher gemächlich vor sich ging. Sie sprangen auf, um nachzusehen.

Ein staubiger, verschwitzter Legionär kam ihnen entgegen. Er verbeugte sich kurz und sah die Mädchen prüfend an. Sein

Blick blieb an Laelia hängen. »Ich habe eine Botschaft für Laelia Bibula. Bist du das? Die Beschreibung paßt auf dich. Die grünen Augen!«

Laelia errötete freudig. »Ja, ich bin Laelia Bibula. Wer schickt dich? Silvanus Rhodius?«

Der Mann nickte, holte eine Rolle aus seinem Gürtel und reichte sie ihr freundlich lächelnd. »Für dich persönlich, Domina.« Geschmeichelt nahm sie die Rolle entgegen, wies Monoculos an, dem Legionär Speisen und Wein zu bringen und sein Pferd zu versorgen. Dann zog sie Illicia mit sich in eine stille Ecke des Gartens. Dort drehte sie den Brief unschlüssig hin und her.

»Nun mach schon auf«, drängte Illicia.

»Vielleicht schreibt er ja, daß alles ein großer Irrtum war oder er sofort nach Ephesos oder Rom muß. Warum sonst sollte er mir schreiben?« versuchte Laelia sich zu wappnen. Langsam entrollte sie die Botschaft. Sie überflog sie kurz, sagte glücklich »Oh!« und las vor.

»Silvanus Rhodius, in Diensten des Marcus Antonius, zur Zeit in Priene, an Laelia Bibula, die schönste Blume Kleinasiens.

Mea carissima, meine Liebste,

ich bin kein großer Briefeschreiber. Dennoch befahl mir mein Herz, Dir diese Nachricht zu senden. Du sollst wissen, daß alles, was ich in jener Nacht sagte, wahr ist. Ego te amo*! Ich sehne mich nach Dir! Ich schreibe Dir dies, da ich noch mindestens einen Tag länger hier in Priene bleiben muß, einen Tag, der mir unendlich lang erscheint. Ach, wäre ich doch der Worte eines Dichters mächtig, eines Catullus, ich würde Elegien an Dich und über Dich schreiben. So aber bleibt mir nur die ungelenke Sprache des Verliebten, nicht gewohnt, diese auf Pergament zu bringen.

So laß mich kurz berichten, was mich aufhält. Es ist natürlich Antonius, der im übrigen recht zufrieden mit mir ist. Ich traf ihn sofort nach meiner Ankunft. Er residiert bei einem der angesehensten Bürger der Stadt. Ich selbst wohne

* Ich liebe dich.

auch dort – ein wunderschönes Haus –, aber trotz all des Luxus sehne ich mich nach der Taberna Bibuli! Gleich unterhalb meiner Bleibe liegt der Tempel der Athena, auf dessen Stufen ich gerade sitze, um Dir zu schreiben. So blicke ich sehnsuchtsvoll auf die Ebene unter mir und in die Ferne, in Richtung Didyma, und stelle mir vor, was Du gerade tust.

Antonius hörte meinen Bericht mit Freude und ordnete an, dem Delphier ein Geständnis zu entringen, um ihn dann öffentlich hinrichten zu lassen. So kann er einen langwierigen Prozeß, dem er vorsitzen müßte, vermeiden. Sein Plan ist es, die Hinrichtung nach seinem Einzug in Ephesos als Abschreckung und als Demonstration seiner Macht durchzuführen. Mir bleibt noch die Aufgabe, Antiphon zum Gestehen zu bewegen, und ich hoffe, er tut es, so daß meine leisen Zweifel – eher ein Gefühl – an seiner Schuld ausgeräumt werden.

Morgen hat mich Antonius zu seiner Besprechung mit Vertretern der Stadt Priene beordert. Ich hoffe, er läßt mich danach gehen, damit ich zu Dir eilen und Dich in meine Arme nehmen kann.

Aber ich schweife ab. Die Pflicht ruft, und ich muß hinunter zu Marcus Antonius. Es hat viele Vorteile, für ihn zu arbeiten, so kann man Eilbotschaften senden und auch sicher sein, daß der Kurier schnell ankommt.

Ich küsse Dich, meine Laelia, und hoffe, Deine Gedanken sind bei mir wie meine bei Dir.

Silvanus Rhodius«

Laelia hob den Brief an ihre Lippen und küßte ihn. »Mein Silvanus, ist er nicht einzigartig? Wer hat mir je einen solchen Brief geschrieben?«

Illicia nickte anerkennend. »Ja, ein recht schöner Brief. Allerhand für einen Römer. Nicht unbedingt poetisch vollendet, aber voller Gefühl. Ich freue mich wirklich für dich, Laelia. Mir scheint, ihr beide habt eine schöne Zeit vor euch. Aber jetzt mußt du zurückkehren aus dem Reich der Aphrodite, wir müssen unbedingt etwas unternehmen. Marcus Antonius braucht einen Schuldigen, und Antiphon kommt ihm gerade recht. Stell dir vor, sie lassen ihn foltern, bis er gesteht, in der Folterkammer ist er ja schon.«

Laelia verlor ihren träumerischen Blick und sah erschreckt auf die Freundin. »Du hast recht, wir müssen etwas tun. Daß sie ihn foltern, glaube ich nicht, das machen sie doch nur mit Sklaven, aber vielleicht lassen sie ihn hungern und dürsten. Obwohl ich weder Silvanus noch Antonius solche Grausamkeit zutraue.«

»Silvanus ist Befehlsempfänger und ehrgeizig. Er wird tun, was Antonius ihm sagt. Und Antonius ist Politiker und Feldherr. Ich glaube eigentlich auch nicht, daß er ihm einen gerechten Prozeß verweigern wird, und ich denke, er ist ein integrer Mensch, aber man weiß ja nie. Er hat an dem Abend hier auf mich den Eindruck eines zwar sehr netten, höchst attraktiven Mannes gemacht, aber doch eines Mannes, der genau weiß, was er will. Laß uns also überlegen, was zu machen ist. Ich finde immer noch, ich sollte zu Antiphon gehen und mich entschuldigen. Und ihn warnen. Allein. Und ich kann ihn gleich fragen, ob es einer seiner Landsleute gewesen sein könnte. Auch werde ich Crassus bitten, ihn sofort freizulassen, vielleicht tut er es ja. Sonst können wir nicht viel tun, außer auf Silvanus zu warten. Aber weißt du, was mir noch so durch den Kopf gegangen ist, als Offilia sich heute morgen so seltsam verhielt? Ich dachte auch, sie sei schwanger. Hast du dir eigentlich schon überlegt, was du machst, wenn das mit Silvanus weitergeht? Ich meine, um nicht in eine solche Situation zu kommen. Das willst du doch nicht, oder?«

»Bei Apollon, du solltest mich doch kennen, Illicia! Ich und Kinder!« Laelia war entsetzt. »Aber du hast recht, ich werde zu Hani Rami gehen und mir etwas besorgen. Ich kann ihm ja sagen, es sei für Offilia.« Beide grinsten bei diesem Gedanken.

»Das nimmt er dir bestimmt ab, Laelia! Die treusorgende Schwester. Sage ihm ruhig die Wahrheit, er vermutet es doch sowieso. Paß auf, während ich zu Antiphon gehe, machst du dich auf den Weg zu Hani. Du kannst mir ja auch etwas mitbringen, für alle Fälle.«

Laelia war erstaunt. »Für was für Fälle? Hast du einen im Auge?«

Ein wenig verlegen schaute Illicia auf den Boden. »Nun ja, man kann ja nie wissen. Vielleicht kommt Marcus Antonius ja doch noch mal vorbei. Wer würde bei ihm nein sagen? Der schönste und mächtigste Mann im Römischen Reich, das könnte ich meinen Enkelkindern noch erzählen, sollte ich welche haben.«

»Ja, ja, aber sich nicht trauen, selber zu Hani zu gehen, was?« neckte Laelia ihre Freundin. »Gleichwohl, ich bringe dir etwas mit. Aber, Illicia, willst du wirklich ganz allein in diese schreckliche Kammer zu Antiphon gehen? Nimm wenigstens Monoculos mit.«

»Ja, ich bin mir sicher. Und es wäre schön, würdest du mir Monoculos leihen. Am besten, wir gehen sofort. Ich treffe dich dann hier wieder.«

So machten sie sich auf den Weg, Illicia zu Crassus' Haus, Laelia zu Hani Rami, und keine von beiden war so ruhig, wie sie vorgab.

*

Crassus' Haus lag südlich des Tempels, etwa eine Meile entfernt. Zehn Minuten Fußmarsch mußten Illicia und Monoculos auf sich nehmen, ehe der kleine, unauffällige Sandweg nach rechts abbog, der zu dem riesigen Anwesen führte. Die Villa lag in einem weitläufigen Garten mit verschlungenen Wegen, Baumgruppen und leise plätschernden Springbrunnen. Putten zierten die Ränder der Wasserbecken, deren Böden mit farbenprächtigen Mosaiken ausgelegt waren, zierliche Marmorbänke luden neben wasserspeienden Delphinen zum Verweilen ein, herrlich gearbeitete Statuen aus Marmor und Bronze säumten die Wege. Im anschließenden Olivenhain spielten nackte Mädchen und Knaben. Sonst war alles still, die Zeit der Kunden war noch nicht gekommen. Dennoch zog Illicia ihren Umhang über den Kopf. Man konnte nie wissen, und sie wollte nicht unbedingt erkannt werden. Ihr Herz klopfte bis zum Hals. ›Ein schön angelegter Garten‹, dachte sie, um sich abzulenken, ›aber für meinen Geschmack zu künstlich. Nun ja, Crassus muß seinen Kunden eben etwas Ausgefallenes bieten.‹ Ihr Blick fiel auf eine Statue, die auf einem kleinen Podest stand. Es war der Apollon aus ihres Vaters Haus. Wehmütig schaute sie ihn an, sie hatte gehofft, Crassus würde ihn weiterverkaufen. »Was mußt du jetzt mit ansehen«, sagte sie leise und dachte traurig daran, daß ihr Vater versucht hatte, seine Geldsorgen vor ihr geheimzuhalten. Natürlich wußte sie längst, wohin all die Statuen verschwanden, man hörte viel in der Taberna Bibuli ...

Sie ging auf die Villa zu und betätigte, tief Luft holend, den bronzenen Türklopfer. Erst als sie ihn losließ, bemerkte sie, daß er einen Priapos darstellte. Angewidert wischte sie die Hand an ihrem Chiton ab. Die Tür öffnete sich, und ein dunkelhäutiger Knabe mit Lockenkopf blickte sie an. Er war jung, kaum älter als dreizehn, trug nur eine grüne Seidenschärpe um die Hüften geschlungen und ein tiefrotes Band um die Stirn, was seinen wohlgeformten Körper herausfordernd schmückte. Ein Lustsklave! Höflich fragte er nach ihrem Begehr.

»Ich wünsche, Crassus zu sprechen. Sage ihm, Illicia, die Tochter des Tollimos, sei in einer wichtigen und dringenden Angelegenheit hier.«

Der Knabe bat sie in die großzügige Eingangshalle, hieß sie warten und verschwand. Neugierig musterte sie den Raum. Die Wände waren bemalt mit Darstellungen körperlicher Liebe, deren Existenz sie sich nie hätte träumen lassen. Stellungen, die die biegsamen Glieder von Akrobaten verlangten, neben Szenen von wilden Orgien. Die Malereien waren künstlerisch vollendet und zeugten von viel Geld, genau wie die marmorne Statue eines Jünglings in der rechten Ecke. Diesmal kein kleinwüchsiger Priapos mit überdimensionalem Geschlechtsteil, sondern eine äußerst lebensecht wirkende Statue mit steil aufgerichtetem Penis. Ein nicht nur unangenehmer Schauder durchrieselte Illicia.

Ihre Augen hingen noch immer an dem lebensechten Jüngling, als Crassus den Raum betrat. »Ave Illicia, bewunderst du meinen Praxiteles? Ja, auch solche Statuen hat der größte aller Bildhauer geschaffen. Hat dein Vater dich geschickt, ihn mir abzukaufen?« Trotz der spöttischen Worte lächelte er freundlich. Als er sah, wie sie errötete, nahm er sie höflich beim Arm und geleitete sie in das Atrium. Auch hier war alles voller erotischer Darstellungen, die Mosaiken, auf denen sie schritten, stellten kopulierende Tiere dar, zwischen den Säulen erhoben sich Marmorstatuen von Frauen und Männern in eindeutigen Posen. Crassus klatschte in die Hände und trug der zierlichen Ägypterin, die hüftenschwingend aus dem Haus kam, auf, Wein und Honiggebäck zu bringen.

»Ich wollte dich nicht kränken, verzeih mir.« Crassus sprach in beruhigendem Tonfall. »Doch es ist selten, daß ich Besuch von einer angesehenen Dame des Ortes bekomme. Ich weiß wohl, daß dein Vater dich nicht geschickt hat, das würde kein Vater machen. Was also kann ich für dich tun?«

Illicia nahm einen Schluck Wein. »Ich, also, ich möchte dich bitten, meinem Vater nicht zu erzählen, daß ich hier war. Ich kam, nun, wegen des Delphiers, Antiphon.«

Den ganzen Weg hierher hatte sie sich überlegt, wie sie anfangen, was sie sagen sollte, und hatte sich dann für die Wahrheit entschieden. Jetzt sprach sie flüssiger. »Crassus, du mußt ihn freilassen, er ist unschuldig. Er hat ein Alibi, wir haben zwei Zeugen. Er war es nicht! Und ich möchte mit ihm reden, denn ich bin schuld daran, daß er überhaupt eingesperrt wurde. Bitte laß ihn holen!«

Crassus blickte sie erstaunt an. »Mein Mädchen, ich bin überrascht! Ich glaube dir sogar, was du sagst, denn herzukommen war bestimmt kein leichter Schritt für dich. So ist er also unschuldig! Hm. Was hat er denn für ein Alibi? In meinem Hause war er nicht an jenem Abend. War er bei einer Frau oder einem Mann?«

Illicia knabberte unsicher an einem Stück Gebäck, es war köstlich. »Das kann ich dir nicht sagen, aber glaube mir, er ist unschuldig. Laß ihn frei!«

Crassus lachte. »Illicia, selbst wenn ich wollte, ich habe keinerlei Einfluß darauf. Die Legionäre, die ihn bewachen, nehmen nur Befehle von Silvanus oder Antonius entgegen. Sie haben sozusagen meine Spezialkammer konfisziert. Ich habe dadurch große Einbußen. Lieber heute als morgen wäre ich ihn los, aber, wie gesagt, es liegt nicht in meiner Hand.«

Illicia standen inzwischen Tränen in den Augen. Die Anspannung, die Enttäuschung und die Sorge machten sich bemerkbar. »Dann laß mich wenigstens zu ihm, Crassus. Ich muß mit ihm reden. Bitte!« Nun rann eine Träne die Wange hinab. Crassus reichte ihr ein Tuch. »Es ist eigentlich verboten. Niemand darf zu ihm. Und wirst du den Anblick der Kammer ertragen können?«

Sie nickte.

»Na gut. Du wirst einen Umhang von Nefer überwerfen, dann gehst du mit einem Krug Wasser und etwas Brot hinein. Das könnte klappen. Nefer!« Er klatschte wieder in die Hände und orderte bei der verführerischen Ägypterin Gewand, Wasser und Brot. Mit einem Seitenblick auf Monoculos fügte er hinzu. »Den Sklaven läßt du hier. Er ist zu auffällig und kann dir sowieso nicht nutzen. Um die Legionäre abzulenken, gebe ich dir Nefer mit, dann kannst du dich mit Antiphon unterhalten.« Die Sklavin warf Illicia den Umhang über, drückte ihr das Tablett in die Hand und ging mit gewohnt schwingenden Hüften voraus. Sie öffnete eine Tür, die kunstvoll als Wandmalerei getarnt war, ging einen langen Flur entlang und wartete an dessen Ende. Illicia war ihr klopfenden Herzens gefolgt. Fackeln warfen ihr flackerndes Licht an die Wände, wo Nymphen und Satyrn sich jagten. Illicia schauderte.

Vor einer schweren Holztür saßen zwei gelangweilte Legionäre. Ein breites Grinsen ging über das Gesicht des einen, als er der beiden jungen Frauen ansichtig wurde.

»Oh, guck mal, Quintus, da kommt etwas Abwechslung für uns. Ich nehme die Ägypterin, du die andere, was meinst du?« Quintus grinste breit und griff nach Illicia. »Komm her, meine Schöne, zeig mir, was du kannst.« Illicia entwand sich dem Griff mit einem kleinen Schrei, das Tablett auf den Händen balancierend.

Nefer rettete die Situation. »Laßt sie in Ruhe, Männer, sie ist neu und soll dem Gefangenen nur das Essen bringen. Aber bin ich nicht genug für euch beide? Habe ich nicht zwei Hände?« Auffordernd beugte sie sich dem einem Legionär entgegen, streichelte seine kratzige Wange und streckte dem anderen einladend ihr Hinterteil zu. Illicia war vergessen.

Diese entriegelte die Tür und schlüpfte in den Raum. Hier war es noch dunkler, nur eine ranzige Fackel erhellte die Kammer. Illicia fühlte, wie ihre Knie zitterten. Noch immer das Tablett in der Hand stand sie da und versuchte, mit den Augen die Dunkelheit zu durchdringen. »Antiphon«, rief sie unsicher, »bist du hier?«

Aus einer Ecke hörte sie leises Stöhnen. Jetzt konnte sie langsam die Konturen eines Menschen erkennen, der dort zusammengekauert saß. »Antiphon«, sagte sie noch einmal und ging auf den Schatten zu. Sie stellte das Tablett vor ihm nieder und hockte sich hin. »Antiphon, ich bin es, Illicia. Es tut mir so leid ...«

Er regte sich. »Illicia? Du, die mich hierherbrachte? Verschwinde!«

Ihre Augen, inzwischen an die Dunkelheit gewöhnt, sahen den wutverzerrten Ausdruck in seinem Gesicht. Eine Welle der Erleichterung erfüllte sie. Besser Wut als der Blick, mit dem er sie bei seiner Verhaftung bedacht hatte. Und er schien gesund zu sein.

»Antiphon, hör mir zu. Es tut mir leid! Ich weiß, daß du Antigonos nicht umgebracht hast, Offilia hat zugegeben, daß sie mit dir zusammen war. Allerdings weiß weder Silvanus noch Marcus Antonius bis jetzt davon. Ich wollte dich warnen.« Sie sah ihn mitleidig an. »Sag, behandeln sie dich gut? Bekommst du zu essen und zu trinken?«

Antiphon blickte jetzt freundlicher auf das Mädchen. »Ja, ich bekomme, was ich brauche. Wasser und Brot. Auch angekettet haben sie mich nicht. Aber es hätte nicht schlimmer sein können, hätten sie es getan.«

Erst jetzt sah sich Illicia um. Die Folterkammer! Sie hatte fast vergessen, wo sie sich befand. An den Wänden hingen Ketten und Flaschenzüge. Haken, an welchen man Menschen aufhängen konnte. Peitschen jeder Größe und Art. Seltsame Kleidungsstücke. Geräte, denen sie keinen Zweck zuordnen konnte. In der Mitte des Raumes standen eine Kline, an der diverse Lederriemen befestigt waren, ein Stuhl und eine Pritsche. Wandgemälde illustrierten drastisch den Gebrauch der Vorrichtungen. Angewidert wandte sie sich wieder Antiphon zu.

»Du siehst ja selbst. Noch einen Tag in diesem Gemäuer und ich hätte wahrscheinlich alles zugegeben, nur um hier herauszukommen. Die Phantasie ist zuweilen furchtbarer als die Wirklichkeit. Sie hatten es nicht nötig, mich anzuketten oder mich dürsten zu lassen. Aber das Schlimmste ist, niemand spricht mit mir. Kein Wort. Die Sklavin, die das Essen bringt, stellt es nur hin. Die Legionäre vor der Tür sagen auch nichts. Nicht einmal Schmähungen kommen aus ihrem Mund. Ich sage dir, Illicia, es ist schlimmer als der Hades. Bei Apollon, ich hätte sofort sagen sollen, daß ich die Bestechung nicht mitmache, aber dann hätten sie mich nicht teilnehmen lassen. Und Offilia? Ich mußte ihr versprechen, unter keinen Umständen und niemals etwas von unserem Verhältnis zu erzählen. Darum habe ich bei der Vernehmung geschwiegen. Hätten sie mich nach dem ersten Schock gefragt, ich hätte alles erzählt. Aber welche Chance hätte ich gehabt, man hätte ihr doch viel eher geglaubt als mir, einem Fremden. Und der Sandalenabdruck, von dem der Römer sprach! Mir ist eingefallen, daß mir ein Paar fehlt. Ich habe dem nicht viel Bedeutung beigemessen. Als ich es bemerkte, dachte ich, ich hätte es wohl verlegt. Aber wer hätte mir das abgenommen?«

Voller Mitgefühl strich Illicia über seinen Arm. »Bei Apollon, es tut mir wirklich leid. Du mußt das alles Silvanus erzählen, er zweifelt sowieso an deiner Schuld. Wenn er wieder zurück ist, holen wir dich sofort hier heraus. Es wird nicht mehr lange dauern. Aber sage mir, Antiphon, hatte vielleicht ein anderer von euch etwas gegen Antigonos?«

»Nein, das glaube ich nicht. Ich habe auch schon darüber nachgedacht. Die meisten waren in Milet an dem Abend, nur diejenigen, die am ersten Wettkampftag antraten, waren hier. Und die sind früh ins Bett gegangen. Eigentlich wollte ich das auch tun, aber Offilia ... Und von der Erpressung wußte auch keiner sonst, das sei besser, sagte man mir. Es ist also wenig wahrscheinlich.«

Von draußen polterte es gegen die Tür. Illicia sprang auf. »Ich muß gehen. Hab Mut, Antiphon, alles wird gut!« Sie ergriff das leere Tablett, hauchte einen Kuß auf seine Wange und lief zur Tür.

»Danke«, hörte sie Antiphon leise sagen. Dann huschte sie hinaus.

Nefer wartete vor der Tür. Sie warf den beiden Legionären, die den lüsternen Ausdruck in den Augen verloren hatten und zufrieden auf ihren Stühlen saßen, einen kurzen Abschiedsgruß zu und zog Illicia den Flur entlang.

»Gar nicht so schlecht, die beiden«, flüsterte Nefer Illicia vertraulich zu, »im Vergleich zu so manchen anderen. Wie war denn deiner? Ich habe euch gar nicht gehört. Normalerweise sind die Kunden in der Folterkammer immer recht laut. Aber das war ja kein Kunde, nicht wahr? Ist er dein Geliebter?«

»Nein«, zischte Illicia.

»Gut, gut«, murmelte Nefer, »manche wollen eben nicht darüber reden. Aber machen, das ist in Ordnung, nicht? Mit knackigen jungen Athleten. Aber ich sag dir, die älteren Männer sind noch schlimmer. Die wollen nur junges Blut, besonders Knaben. Ich könnte dir Geschichten erzählen ... Honorige Familienväter! Aber in meinem Gewerbe hat man gelernt zu schweigen. Ich bin als Lustsklavin erzogen worden, mußt du wissen. Ich ...«

»Wenn du gelernt hast zu schweigen, dann tue es, ich will nichts wissen von alldem. Ich habe nur geredet mit dem jungen Mann, es war wichtig.« Sie ließ die Ägypterin stehen. Im Atrium angekommen, sah sich Illicia nach Crassus um, von dem aber war keine Spur zu entdecken.

Monoculos saß auf einer Bank und sprang beim Klang ihrer Fußtritte auf. »Ist alles in Ordnung, Herrin?«

»Ja, Monoculos. Laß uns gehen.« Sie war froh, Crassus nicht in die Augen schauen zu müssen, sie hätte die Verachtung nicht verstecken können. Den Umhang von sich reißend rannte sie in den Garten und zum Tor hinaus. Monoculos folgte ihr.

*

Sie ging nicht direkt zur Taberna Bibuli zurück, sondern erst in die Thermen an der Heiligen Straße. Monoculos schickte sie nach Hause mit der Bitte, ihr etwas Kräftiges zum Essen vorzubereiten. Sie würde später sicher Hunger haben.

Jetzt, da die Feierlichkeiten vorbei waren, fand sie die Thermen fast leer. Es war ihr recht. Sie schwitzte ihren Ekel im Caldarium aus und ließ ihre Schuldgefühle von einer Sklavin wegmassieren. Danach fühlte sie sich sauber und kräftig genug, Laelia von dem Erlebnis zu berichten.

Als sie zur Taverne kam, war Laelia noch nicht da. »Gut«, dachte Illicia, sie wollte erst einmal in Ruhe essen. Thabea brachte ihr eine Schüssel mit Suppe. Nachdenklich tunkte sie ihr Brot in die Brühe, als aus dem Garten Kindergeschrei, dann Geheule ertönte. »Apollon strafe Offilia und ihre Gören«, sagte sie leise, nahm dann in Gedanken das mit den Gören aber wieder zurück. Die konnten ja nichts dafür. Offilia dagegen, die Schlampe! Ob sie von sich aus geredet hätte? Gut, daß sie nicht zu sehen war. Wo sie wohl steckte? In den Thermen war sie auch nicht mehr gewesen.

Die Sonne ging schon unter, wo blieb Laelia? Es konnte ja nun wirklich nicht so lange dauern, Hani Rami ein paar Verhütungsmittel abzuschwatzen. Ihre Suppe essend, sah Illicia, daß Rubingetorix sich näherte. Auch das noch. Der Gallier. Was wollte der denn jetzt? Rubi setzte sich neben sie. Er roch nach Wein. Manchmal konnte sie Offilia doch ein wenig verstehen, aber, auf der anderen Seite, trank er auch nicht ohne Grund, denn leicht hatte er es bestimmt nicht. Sie nahm sich zusammen und sagte freundlich: »Ave Rubi.«

Der Gallier sah bedrückt aus, fiel ihr auf, die wässerig blauen Augen rot gerändert, die Zöpfe noch unordentlicher als sonst. »Afe Illicia«, fing Rubi an, »du vissen, vo Offilia? Baby Hunger, Brei alle, Baby schreien. Bibulus weg, kein Hirse für Brei nicht da.«

»Nein, Rubi, tut mir leid, ich weiß nicht, wo sie ist. Kann Thabea nichts für den Kleinen machen?«

»Essen nur Hirsebrei, Kleiner, Hirse alle. Vo Offilia? Sie komisch. Nix reden. Nix freundlich für Rubingetorix.«

O je, gerade jetzt wollte er ihr sein Herz ausschütten. Wo er doch so schwer zu verstehen war. Sonst war seine Mischung der Sprachen ja ganz komisch, aber heute war es ihr zu anstrengend. Sie tat besorgt. »Wenn der Kleine Hunger hat, müssen wir ihm etwas geben. Der arme Kerl. Tauche doch einfach ein kleines Tuch in Honig, daran kann er herumnuckeln, und das mögen alle Kinder. Mein Vater erzählte, daß ich selbst es immer bekam, als ich klein war, es sei das beste Mittel, schreiende Kinder zu beruhigen.«

Rubi blickte sie dankbar an. »Gutes Idee das, Rubingetorix gleich machen. Salfe Illicia.«

»Salve, salve.« Sie sah ihm nach, wie er in der Küche verschwand. Kurz darauf lief er in den Garten, das Geheul verstummte, und statt dessen erklang eine getragene, traurige Flötenweise. ›Armer einsamer Gallier‹, dachte Illicia.

Sie war bei der zweiten Schüssel Suppe, als Laelia zurückkam. Außer Atem, ließ sie sich neben ihre Freundin auf die Bank fallen. »Wo hast du so lange gesteckt?« fuhr Illicia sie an.

»Oh, man ist ungeduldig«, sagte Laelia ein wenig pikiert ob dieser Begrüßung, und dann mitfühlender: »War es sehr schlimm?«

»Ja, das war es. Und du, warst du erfolgreich?«

»Und ob«, Laelia hob einen kleinen Lederbeutel, »alles hier drin. Außerdem mußte ich ja noch am Tempel vorbei und das Orakel von Phryne abholen. Es lautet: ›Nein‹, also ist Antiphon nicht der Mörder. Aber das wußten wir ja schon. Ich habe Phryne versprochen, daß wir mit ihr nach Milet fahren, wenn sie frei hat, und ein wenig über die Märkte bummeln, natürlich inkognito. Hast du fertig gegessen?« Eine rein rhetorische Frage, denn Illicias Schüssel war leer, und sie hatte sich zufrieden zurückgelehnt. »Laß uns nach oben gehen, ich brenne vor Neugierde, was Antiphon gesagt hat. Und ich muß dir zeigen, was ich von Hani Rami habe.«

Gespannt auf den Bericht der jeweils anderen, liefen sie die Treppenstufen hinauf. In Laelias Zimmer schloß diese die Fensterläden, rief nach Monoculos, wies ihn an, vor der Tür Wache zu stehen, damit sie nicht überraschenden Besuch bekamen, und warf sich dann bäuchlings auf ihr Bett. »Erzähle du zuerst«, bat sie die Freundin. Illicia erzählte. Schon jetzt erschien ihr das Ganze wie ein böser Traum, seltsam unwirklich, als hätte nicht sie das alles erlebt, sondern jemand anderes. Sie berichtete von dem Priapos-Türklopfer, den Wandgemälden, der Folterkammer und Nefer, der ägyptischen Lustsklavin.

Laelia hing gebannt an ihren Lippen. »Weißt du, fast beneide ich dich. Welche Frau bekommt so etwas jemals zu Gesicht!

Schade, daß ich nicht dabei war. Aber was ist mit Antiphon? Was hat er gesagt?« Illicia erzählte. Laelia nickte nur schuldbewußt. Sie schluckte. Ob Silvanus wußte, wie es einem unschuldig eingesperrten Menschen ging? Nun, ihm blieb ja gar nichts anderes übrig, als ihn zu verhaften, nahm sie ihn in Gedanken in Schutz. Schließlich hatten sie das alles ja inszeniert.

»Und Crassus kann ihn nicht freilassen?« vergewisserte Laelia sich.

»Sag ich doch, das muß von Silvanus oder Antonius angeordnet werden. Ich hoffe nur, dein Römer kommt bald wieder.«

»Na komm, Illicia, fang nicht an wie Offilia mit ›dein Römer‹! Schließlich hat dir Antonius auch ganz gut gefallen. Ob das wohl stimmt mit den Sandalen? Wer soll sie ihm gestohlen haben? Das war bestimmt eine bewußt gelegte Spur, um Silvanus auf die falsche Fährte zu führen. Und es hätte fast geklappt! Wer macht so etwas?«

Illicia schüttelte traurig den Kopf. »Keine Ahnung. Und weißt du, Laelia, vielleicht sollten wir aufhören, uns einzumischen. Das ist schon einmal danebengegangen. Wir sagen einfach alles Silvanus, und der soll dann seine Arbeit machen. Der wird schließlich dafür bezahlt. Aber nun zeig doch mal, was Hani Rami dir gegeben hat.«

»Hm – ach so, ja.« Laelia holte den Ledersack hervor und breitete den Inhalt auf dem Bett aus. »Ist schon interessant, was es alles gibt. Offilia sollte doch einmal zu Hani gehen. Sieh dir zum Beispiel das hier an!« Sie hielt eine Art Tütchen hoch. »Das ist aus Schweinedarm gemacht, hauchdünn. Der Mann zieht es über sein Pinsulum, und es fängt alles auf. Mit diesem Faden kann man es festbinden. Dann muß er es waschen und kann es wieder benutzen. Ist aber nicht vollkommen sicher, weil es manchmal verrutscht und dann undicht ist, sagt Hani.«

Illicia staunte. »Ist ja toll, eigentlich eine ganz einfache Idee.« Mit zwei Fingern nahm sie eines der zwei Tütchen, die dort lagen, und hielt es zwecks genauerer Inspektion hoch. »Und was ist das?« Sie zeigte auf ein kleines Schwämmchen.

»Das ist für die Frau. Du tränkst es mit dieser Tinktur ...«, Laelia nahm ein ägyptisches Fläschchen, zog den Glasstöpsel heraus und hielt es Illicia an die Nase.

»Hm, riecht nicht schlecht«, befand diese.

»... und führst es ein. Ist ziemlich sicher, sagt Hani, aber umständlich, weil man es ja wieder herausholen muß.«

Illicia rümpfte die Nase. »Und was ist in dieser Dose?« Ein Bronzedöschen mit Elfenbeinintarsien lag auf dem Bett.

»Das ist Salbe«, erklärte Laelia. Damit reibst du dich vorher von innen ein. Ist einfacher, aber auch nicht so ganz sicher, sagt Hani. Aber er hat mir noch diese Kräuter mitgegeben, falls doch mal etwas passiert sein sollte. Daraus kann man Tee kochen. Und mir hat er etwas gegeben, das sicherste Mittel überhaupt, meinte Hani, das muß aber ein Arzt einsetzen, darum konnte ich es dir nicht mitbringen.«

»Oh, was denn?« Illicia war fasziniert von der Vielfalt der Möglichkeiten.

»Es sind kleine Kugeln, die der Arzt in den Unterleib einsetzt. Eine alte ägyptische Methode. Verhindert, daß etwas wachsen kann. Es tat allerdings ziemlich weh, obwohl er vorher eine schmerzstillende Salbe aufgetragen hat.« Laelia verzog das Gesicht bei der Erinnerung an den Schmerz.

»Kleine Kügelchen?« Illicia litt mit ihrer Freundin. »Ich weiß ja nicht. Ich glaube, ich würde die Salbe vorziehen, das erscheint mir das einfachste. Aber erzähl doch mal, was hast du Hani Rami denn nun gesagt, um an all diese Dinge zu kommen?«

»Na ja, so ziemlich die Wahrheit. Ich hab' ihm erzählt, wir hätten uns überlegt, wie wir dem Schicksal Offilias entrinnen könnten. Und daß ich wahrscheinlich einen neuen Freund habe. Und daß du schon damals bei Antigonos überlegt hättest, was du tun solltest, würde es so weit kommen.«

Illicia errötete. »Hättest du mich nicht aus dem Spiel lassen können?«

»Na hör mal, wie hätte ich sonst soviel mitbringen können? Hani war sehr hilfsbereit. Er lächelte wissend, sagte, er hätte sich so etwas schon gedacht und überlegt, ob er uns nicht von sich aus ansprechen solle. Frauen heutzutage sollten über solche Dinge Bescheid wissen, sagte er. Ich solle mir keine Sorgen machen, er sei schließlich Arzt und würde keinem etwas erzählen. Er fände uns sehr vernünftig. Ich habe mich schon immer gefragt, wenn ich ihm half, wofür er gewisse Kräuter und Mixturen brauchte. Er hat es mir nie erzählt. Später, sagte er immer. Na, nun wissen wir's. Die Frauen aus Crassus' Bordell seien seine besten Abnehmer, sagte er. Crassus muß ziemlich viel dafür bezahlen. Wir allerdings haben alles umsonst bekommen, alte Freundschaft, meinte er. Und wir sollten immer zu ihm kommen, wenn wir Fragen hätten.«

»Und wie lange hält sich das Zeug?« fragte Illicia.

Es klopfte leise dreimal an die Tür. Monoculos räusperte sich hörbar. Schnell deckten die Mädchen eine Leinendecke über die Utensilien, als auch schon die Tür aufflog und Bibulus hereinkam. »Na, Kinder, was habt ihr für Heimlichkeiten?«

Beide konnten nicht verhindern, daß sie erröteten. »Ach, ihr müßt es mir nicht erzählen, junge Frauen brauchen ihre Geheimnisse. Wahrscheinlich unterhaltet ihr euch über Männer, wie wir damals über Mädchen.« Bibulus war gut gelaunt, und eine merkliche Weinfahne durchwehte das Zimmer.

»Oh, Vater«, sagte Laelia, »hast du deine Einkäufe getätigt?«

»Ja, mein Kind, und gleich alles ausgeliefert, was ich mitbringen sollte. Bin auch eingeladen worden, aber unser Falerner ist der beste, ich wußte es immer. Laelia, unten ist ein Parther, ich habe ihn nicht richtig verstanden, aber ich glaube, er fragte nach dir. Kennst du ihn?«

»Nicht gut, ich habe für ihn übersetzt, und er wollte mich zum Dank ausführen. Ich habe das fast vergessen. Allerdings habe ich keine Lust, mit ihm wegzugehen. Sagst du ihm, ich käme gleich, Vater?«

»Ist gut, ich versuche es. Wißt ihr übrigens, wo Offilia steckt? Rubi sucht sie.«

Laelia und Illicia verneinten. Bibulus verließ leicht schwankend das Zimmer.

»Er trinkt wirklich zuviel, Laelia«, meinte Illicia mit einem skeptischen Blick, »vielleicht mußt du mal mit ihm reden.«

»Ach, hab' ich schon viele Male versucht, es hilft nicht viel. Aber manchmal ist es doch ganz praktisch, findest du nicht? Stell dir vor, er hätte, wie manche andere Väter, im Zimmer umhergesucht oder sich wegen des Parthers aufgeregt. Oh, dieser widerliche Parther. Ich werde versuchen, ihn schnell loszuwerden. Willst du hier warten?« Illicia wollte. Sie war müde. Als Laelia ging, legte sie sich auf das Bett und schloß die Augen. Was für ein Tag!

In der fast leeren Schankstube saß Mithriventes bei einem Becher Falerner. Er trug kostbare und aufwendig gearbeitete Gewänder, dem warmen Wetter gar nicht angemessen, was ihn schwitzen ließ. Laelia betrachtete ihn einen Moment von der Tür aus. Nein, stellte sie erneut fest, diese Parther waren nicht ihr Geschmack. Besonders nicht dieser. Der Bart allein! Lieber einen glattrasierten Römer, der abends ein wenig kratzt, als einen solchen Ziegenbart. Und diese lange, spitze Nase. Wie der Schnabel eines Raubvogels. Dann der Ohrschmuck. Zwei riesige goldene Ringe baumelten von seinen Ohrläppchen unter dem kunstvoll frisierten Haupt. Sklaven oder Seeräuber trugen Ohrringe, aber Männer? Nun gut, sie mußte ihm freundlich, aber bestimmt absagen, sie durfte ihn nicht verärgern. Vielleicht konnte sie ja noch einige politische Informationen aus ihm herausholen. Sie strich sich noch einmal über ihr Haar und schritt auf ihn zu.

»Sei gegrüßt, Mithriventes. War dein Tag erfolgreich?« sprach sie ihn höflich an.

Der Parther erhob sich sofort. »Sei gegrüßt, schöne Laelia. Der Tag verblaßt in meiner Erinnerung, wenn ich dich sehe. Setze dich zu mir, und genieße mit mir einen Becher des guten Weines. Selbst die Weine meiner Heimat sind nicht so süß wie dieser, in deiner Gegenwart genossen.«

›Welch ein schleimiger Mensch‹, dachte sie, setzte sich aber freundlich lächelnd auf den Rand eines Stuhles. Mithriventes schenkte ihr ein. »Du wirst dieses edle Getränk doch nicht mit Wasser verderben wollen«, säuselte er, die lange Nase in ihre Richtung schiebend.

»Doch, ein wenig Wasser sollte schon hinein, ich bin nicht gewöhnt, unverdünnten Wein zu trinken. Ich trinke nur sehr selten Wein«, sagte sie mit einem kurzen Blick in seine tiefliegenden braunen Augen, bevor sie ihre züchtig wieder nach unten schlug. Sie mußte sich zusammenreißen, um nicht laut zu lachen, und er erhaschte nur einen Blick auf ihr freudig verzogenes Gesicht. Er mißdeutete es. »So bist du gewillt, mit mir zu speisen? Ich habe ein parthisches Gericht von unserem Koch zubereiten lassen, unsere Küche ist etwas ganz Besonderes. Auch unser Wein ist hervorragend. Begleite mich zu meinem Quartier, liebliche Laelia, und ich werde dir einige Vorzüge Parthiens zeigen.« Der Ziegenbart kam vertraulich näher. Diese Arroganz! Laelia zwang sich, einen bedauernden Ausdruck in ihre Augen zu bringen. »Ach, Mithriventes. Gerne würde ich die parthische Küche probieren, doch bin ich heute leider indisponiert. Du mußt mir verzeihen, aber ich werde sogleich, nachdem ich diesen Becher gelehrt habe, mein Lager aufsuchen. An einem anderen Tag würde ich mich freuen, auf dein Angebot zurückzukommen. In Begleitung meines Sklaven natürlich, auch bei uns ist es einer Frau nicht erlaubt, allein mit Fremden zu speisen.«

Mithriventes zog enttäuscht die Nase zurück. »Natürlich! Ich habe nicht andeuten wollen, daß wir allein speisen sollten. Verzeih, wenn ich mich falsch ausgedrückt haben sollte. Aber mein Herz ist schwer wie ein Fels im Flusse Euphrat, daß ich diesen Abend nun nicht in deiner anregenden Gesellschaft verbringen kann. Doch ich sehe« – ein prüfender Blick in ihr Gesicht –, »in der Tat bist du ein wenig blaß. Ja, du solltest dich zur Ruhe begeben, wieder zu Kräften kommen, damit du morgen abend mit mir speisen kannst. Doch nun die versprochene Entlohnung für deine Hilfe.« Er zog aus einer der vielen Falten seines Gewandes einen Lederbeutel und entnahm ihm ein aus Silber gewirktes, geschmeidiges Armband. Er ergriff ihren Arm und legte es ihr an. Laelia wollte protestieren, aber er winkte ab.

Nie hatte sie eine schönere Arbeit gesehen. Das Armband, so breit wie drei Finger, aus ineinander verwobenen, dünnen Silberfäden, war wie ein Teppich so fest und doch nachgiebig. Es schmiegte sich an ihr Handgelenk wie eine Schlange. Der Verschluß, eine Silberschnalle, war kunstvoll verziert.

»Das kann ich nicht annehmen«, flüsterte sie, immer noch das Armband ansehend und mit den Fingern darüber streichend. »Das ist viel zu wertvoll für mich. Ich habe doch nur ein wenig übersetzt.«

»Es ist dein! Angemessener Lohn für geleistete Arbeit. Ich sagte doch, Parthien ist ein reiches Land, voll von wundersamen Dingen.« Er hob seinen Becher und trank ihr zu. Ein Tropfen Wein blieb in seinem Bart hängen.

Laelia nippte an ihrem Becher. Das ließ ihr Zeit, kurz nachzudenken. Das Geschenk konnte sie nicht zurückweisen, sie hätte damit seinen Stolz tief verletzt. Und doch ging ihr das Ganze ein wenig zu weit. Ein gefährliches Spiel, das sie da spielte. Was wäre, wenn der Parther sie irgendwann mit Silvanus vertraulich beisammen sähe? Auch hatte sie nicht die geringste Lust, einen Abend mit ihm zu verbringen, jedenfalls nicht außerhalb des Hauses ihres Vaters. Aber Mithriventes hatte ja gesagt, er wolle nach Abholung des Orakelspruchs abreisen.

Seine Stimme riß sie aus ihren Gedanken. »Sage mir, schöne Laelia, wohnt eigentlich noch immer dieser Römer bei euch? Ich habe ihn heute gar nicht gesehen.«

Laelia wurde hellwach. Vorsicht jetzt. Sie legte ein wenig Verachtung in die Stimme: »Der Römer ist nach Priene gereist. Wie du wohl schon gehört hast, hat er einen Verdächtigen verhaftet. Damit ist sein Auftrag wahrscheinlich erledigt. Seine Sachen sind allerdings noch hier, sie werden wohl irgendwann abgeholt.«

Mithriventes glaubte ihr. »Ich habe dich gestern abend mit ihm sprechen sehen. Erzählt er dir über seine Vorhaben? Über seine Aufträge?«

Laelia verstand. Der Parther wollte sie genauso aushorchen wie sie ihn. Nur daß er sie – hoffentlich – nicht durchschaute. Nun, dieses Spiel konnte er haben. »Er ist Gast in unserem Haus und bezahlt gut. Ich muß daher höflich zu ihm sein, auch wenn mir nicht danach ist. Ja, er hat einmal angefangen zu erzählen, als er ein wenig zuviel Wein getrunken hatte, aber es interessierte mich nicht. Ich bin weggegangen.«

Die spitze Nase neigte sich ihr wieder vertraulich zu. »Vielleicht solltest du ein wenig mit ihm sprechen. Es wäre interessant zu wissen, was diese Römer vorhaben. Du sagtest doch, daß ihre Herrschaft dir nicht zusagt, nicht wahr?«

Laelia nickte, wieder nach unten schauend, damit ihre Augen sie nicht verrieten. »Sollte er wiederkommen, könnte ich versuchen, mit ihm zu reden. Aber ich kann nichts versprechen. Ich weiß nicht, ob ich meine Gefühle verbergen kann.«

»Einem solch wunderbaren Wesen wie dir wird er nicht widerstehen.« Seine Hand, schwarz behaart und mit drei edelsteinbesetzten Ringen geschmückt, bewegte sich über den Tisch auf ihre zu. Schnell griff sie nach ihrem Becher. »Ich werde es versuchen, oh Mithriventes. Laß uns darauf trinken!«

»Ja, trinken wir auf das unbesiegbare Reich der Parther und auf dich, du göttergleiches Geschöpf. Ich sehe, deine Wangen haben wieder etwas an Farbe gewonnen, steht dir der Sinn nicht vielleicht doch nach einem Spaziergang im Mondenschein mit einem parthischen Prinzen?« Er ließ die Ringe im Schein der Lampen aufblitzen und zeigte eine Reihe strahlend weißer Zähne.

»Nein, Mithriventes. Ich möchte mich zurückziehen.« Sie hatte genug. Bei Apollon, sie mußte erst einmal über alles nachdenken. Sie bedankte sich noch einmal und wandte sich zum Gehen. Auch er stand auf. »Verzeih mir, liebliche Laelia, sollte ich dich bedrängt haben. Das lag auf keinen Fall in meiner Absicht. Doch darf ich hoffen, daß du meine Einladung zu einem parthischen Mahl annehmen wirst, wie du vorhin andeutetest?«

Sie nickte nur. Er ergriff ihre Hand, hauchte einen Kuß darauf und ließ sie nur widerstrebend gehen. Seine lüsternen Blicke folgten ihr, sie konnte sie fast körperlich spüren. Dieser Widerling, ihr Vater sollte ihn zu Crassus schicken, damit er sich dort abreagierte.

Sie rannte hinauf in ihr Zimmer. Illicia lag friedlich schlafend auf dem Bett. Auch Laelia merkte jetzt, daß sie müde war, hatte sie doch wenig geschlafen die Nacht zuvor, und der Tag war ereignisreich gewesen. Sie zog sich aus. Vorsichtig legte sie das Armband des Parthers ab. Eine wirklich wunderschöne Arbeit, schade, daß Illicia schon schlief, sie hätte ihr das Schmuckstück gerne gezeigt. Nun ja, dann eben morgen. Bei Apollon, was für eine Zeit! Da ereignete sich jahrelang fast gar nichts, und plötzlich passierte ein Mord, sie traf die Liebe ihres Lebens, trug dazu bei, daß Unschuldige in Folterkammern landeten, horchte Parther aus und sollte als Spionin arbeiten. Sie legte sich neben die schlafende Freundin. Arme Illicia, das Erlebnis in Crassus' Haus hatte sie doch ziemlich mitgenommen. Laelia hörte ihre gleichmäßigen Atemzüge voller Neid. Sie fand keinen Schlaf, zu viele Gedanken gingen ihr durch den Kopf. Antiphon hatte ein Alibi und saß trotzdem noch immer in diesem Raum. Sie mußten ihn da unbedingt herausholen. Auch der Mörder war noch nicht gefaßt! Und Silvanus, schoß es ihr plötzlich durch den Kopf, Silvanus war auf dem besten Wege, sich zu blamieren. Immerhin hatte er Marcus Antonius schon Bericht erstattet über die erfolgreiche Festnahme Antiphons, des vermeintlichen Mörders. Er mußte umgehend über die neuen Entwicklungen informiert werden. Auch die Sache mit den Parthern mußte er erfahren, diese führten nichts Gutes im Schilde. Ach, und sie würde ihn ja auch gerne wiedersehen. Ruckartig setzte sie sich in ihrem Bett auf. Einen kurzen Moment betrachtete sie die schlafende Illicia, bevor sie rücksichtslos an ihrer Schulter rüttelte. »Illicia«, rief sie ihr leise ins Ohr. »Illicia, wach auf!« Sie rüttelte fester.

Endlich wurde Illicia wach. Verschlafen rieb sie sich die Augen. »Ist es schon Zeit aufzustehen? Mir ist, als hätte ich keinen Lidschlag lang geschlafen.« Müde schaute sie ihre Freundin an. Laelia schien hellwach zu sein.

Eindringlich begann sie, auf Illicia einzureden. Diese verstand zunächst kein Wort von dem, was Laelia da sagte. Dann begriff sie. »Das ist doch nicht dein Ernst? Du willst mitten in der Nacht nach Priene reisen, um deinem Römer zu sagen, daß Antiphon nicht der Mörder sein kann? Das darf doch nicht wahr sein! Wie willst du denn nach Priene kommen? Zu Fuß? Bei Sternenschein? Denk doch einmal nach, Laelia, es hat doch gar keinen Sinn, das so zu überstürzen. Er hat es Antonius doch schon berichtet.« Bedauern schwang in ihrer Stimme mit.

Laelia wurde nachdenklich. »Wahrscheinlich hast du recht. Aber ich kann unmöglich hier herumliegen, während Silvanus sich in Priene blamiert.« Aufgeregt war Laelia aufgesprungen und lief nun im Zimmer auf und ab. »Aber irgend etwas müssen wir doch unternehmen. Wir können doch nicht einfach hier so tatenlos herumsitzen!«

Illicia beobachtete sie eine Weile. »Du mußt einsehen, daß wir im Moment nichts tun können. Warten wir bis Tagesanbruch, dann fragen wir deinen Vater, ob er uns den Wagen ausleiht.«

Verdrießlich sank Laelia neben Illicia auf das Bett. »Du hast ja recht. Jetzt können wir wirklich nichts tun.« Sie überlegte einen Augenblick. »Ich glaube nicht, daß mein Vater von unserer Idee, nach Priene zu fahren, begeistert sein wird.«

Illicia hatte eine Idee. »Hat er nicht gesagt, er müsse etwas in Priene besorgen? Vielleicht können wir ihm das ja abnehmen.«

Laelias Augen blitzten auf. »Stimmt! Er kann aber zur Zeit hier nicht weg, weil noch Gäste im Hause sind. Darum wußte er auch nicht, wie er die Ware abholen sollte. Er hat dort eine Fuhre von dem billigen Wein bestellt. Der sollte in den letzten Tagen in Priene eingetroffen sein, und unsere Bestände gehen langsam zur Neige. Er hat bestimmt nichts dagegen, wenn wir ihm die Fahrt abnehmen.« Erleichtert legte Laelia sich wieder hin. Sie kicherte leise. »Wir sollten die Utensilien von Hani Rami mitnehmen.«

Illicia nickte zustimmend. »Wie war es überhaupt mit dem Parther?« fiel ihr ein, und Laelia erzählte.

»Das ist ja kaum zu glauben.« Illicia staunte. »Aber wir sollten ausgeruht sein für unser Vorhaben. Ich hoffe, du kannst noch ein wenig schlafen.«

Laelia, jetzt wirklich müde, stimmte ihr zu. »Gute Nacht, Illicia.«

»Gute Nacht, Laelia. Schlaf gut! – Und träume was Schönes, von deinem Römer!«

»Und du von deinem!«

»Ich und ein Römer, ha!« murmelte Illicia. Lächelnd kuschelten sie sich aneinander und schliefen tatsächlich bald ein.

V

Es hatte sie einiges an Überredungskunst gekostet, von Bibulus die Erlaubnis zu bekommen, nach Priene zu fahren. Schließlich hatte er es gestattet, obwohl ihm dabei mehr als unwohl war, und er bestand darauf, daß sie einen Sklaven zu ihrem Schutz mitnahmen. Da Monoculos nicht in Frage kam, mußte Tergetes, ein Sklave von Crassus, sie begleiten. Bibulus hatte Monoculos zu ihm geschickt, mit der Bitte, ihm diesen Sklaven auszuleihen. Crassus war ihm noch einen Gefallen schuldig – Bibulus, der die Quellen seiner guten Weine geheimhielt, verkaufte seine guten Tropfen gern weiter, und Crassus erhielt sie stets zum Sonderpreis.

Monoculos sollte auch bei Tollimos vorbeigehen und ihm ausrichten, daß die Mädchen in Bibulus' Auftrag nach Priene führen. Illicias Vater würde sich zwar aufregen, hatte dann aber keine Möglichkeit mehr, einzuschreiten, worüber Illicia sehr froh war.

Tergetes war ein junger Mann, der seine Nase wohl einmal in Dinge gesteckt hatte, die ihn nichts angingen. Sie war ihm vor längerer Zeit gebrochen worden und ragte jetzt schief aus seinem Gesicht. Da sie ohnehin recht großzügig bemessen war, bot er für diejenigen, die ihn nicht kannten, einen furchterregenden Anblick, angesichts etwaiger Straßenräuber ein großer Vorteil. Im übrigen war er ein gutmütiger junger Mann. Allerdings war er für seine Fahrkünste berüchtigt, daher lenkte Laelia lieber selbst das Fuhrwerk. Illicia und der Sklave saßen neben ihr auf dem Kutschbock.

Bis Milet nutzten sie den befestigten Fahrweg der Heiligen Straße, auf der zu dieser frühen Stunde noch wenig Betrieb war, so daß sie gut vorankamen. Laelia trieb die beiden Pferde zu Höchstleistungen an.

»Sage mal, wie sollen wir Silvanus überhaupt finden?« überlegte Illicia.

Laelia machte sich da keine Sorgen. »Silvanus ist schließlich bei Marcus Antonius. Und wo der sich aufhält, müßte leicht herauszubekommen sein.«

Die Pferde gaben ihr Bestes, und so kamen sie nach knapp zweistündiger Fahrt in Milet an. Damit hatten sie jetzt die halbe Strecke nach Priene zurückgelegt, und die Pferde brauchten eine Pause. Am Heiligen Tor hielten sie nach einem Mietstall Ausschau, wo die Pferde etwas Wasser und Heu bekommen könnten. Tergetes erwies sich hier als durchaus kundig, fuhr er doch häufig mit Crassus durch die Lande, um Sklaven einzukaufen. Er empfahl Laelia, in eine kleine Gasse einzubiegen, die im rechten Winkel auf die Hauptstraße stieß.

Die Mädchen hatten keinen Blick für die großartigen Bauwerke dieser Stadt. Auch den frischen Seewind konnten sie nicht recht genießen, der die geraden Straßen der Stadt durchwehte und für ein angenehmes Klima sorgte.

Der Mietstall, neben einer Taverne gelegen, war schnell gefunden. Kaum hatten sie ihr Gefährt zum Stehen gebracht, kam auch schon ein dienstbarer Stallbursche angelaufen, dem Laelia die Zügel zuwarf und den sie aufforderte, die Pferde zu versorgen. Sie selbst gingen in die Taverne. Der Gastraum war groß und, wie die Mädchen erfreut feststellten, einigermaßen sauber. Eine Bedienung eilte sofort herbei, kaum daß sie an einem der Tische Platz genommen hatten. Sie bestellten etwas Käse und getrocknete Früchte. Es dauerte nicht lange, da stand ein Körbchen mit frisch gebackenem Brot und ein Teller mit Käse vor ihnen, auch ein Schälchen mit Oliven fehlte nicht. Jetzt merkten die Mädchen, wie hungrig sie waren. Seufzend steckte Illicia ein Stück Brot in den Mund und kaute hingebungsvoll. »Sehr gut«, murmelte sie zufrieden. Auch der Käse war hervorragend.

Tergetes nickte. »Ich und Crassus, wir kommen immer hierher, wenn wir in den Norden fahren. Und Crassus weiß, wo es gut ist«, fügte er stolz hinzu und nahm sich eine Olive.

Nur Laelia verließ die Begeisterung über das Essen schon nach den ersten Bissen. Sie war viel zu erregt, tausend Gedanken schossen ihr durch den Kopf. Kamen sie wohl rechtzeitig in Priene an, um Silvanus vor der Blamage zu bewahren? Hoffentlich hatte Antonius noch nicht bekanntgegeben, daß der Mörder festgesetzt war. Nur mit halbem Ohr hörte sie zu, wie Tergetes von seinen Reisen mit Crassus erzählte.

Als die Sklavin mit den Früchten an ihren Tisch trat, fragte sie, wann die nächste Fähre nach Priene abführe.

»Geht einfach zu einem der Fährmänner im Hafen«, antwortete die Sklavin, »irgendeiner wird schon übersetzen, und wenn ihr gut zahlt, bestimmt auch sofort.«

Laelia drängte zum Aufbruch. Ungeduldig wartete sie nicht einmal ab, bis die anderen ihre Mahlzeit beendet hatten, sondern sprang auf und rief ihnen im Hinausgehen zu, sie würde schon einmal nach den Pferden sehen. So zur Eile angetrieben, packte Illicia die restlichen Früchte in ihre Tasche und winkte der Bedienung, um zu zahlen.

Als sie vor die Tür traten, saß Laelia schon auf dem Wagen und hielt die Zügel in der Hand. Für seinen Versuch, sie zu überreden, ihm für den Rest der Strecke die Zügel zu lassen, erntete Tergetes nur einen finsteren Blick.

Illicia wagte zu fragen, ob sie nicht noch eine kleine Münze hätte, sie müßten dem Stallburschen doch etwas geben. »Ich habe mit meinem letzten Geld das Mädchen bezahlt.« Laelia nickte kurz und reichte ihr eine Münze.

Illicia hatte kaum Zeit, ihm das Geld hinunterzureichen, denn schon trieb Laelia die Pferde an. Hastig bog sie um die Ecke und jagte einem Wasserträger einen gehörigen Schrecken ein, der derbe Flüche hinter ihnen herschickte. Rumpelnd bog Laelia in die Hauptstraße ein und drängte sich rücksichtslos in den nun lebhafter werdenden Verkehr. Laut schimpfend wich ihr ein Mann mit seinem Esel aus, der um seine Stoffballen fürchten mußte. Laelia kümmerte das alles nicht im geringsten. In halsbrecherischem Tempo durchquerte sie die Stadt, wobei sie unverständliche Worte in unmißverständlichem Tonfall vor sich hin murmelte.

Im Hafen hatten sie schnell einen Fährmann gefunden, dem Laelia ein paar zusätzliche Münzen zusteckte, damit er seine Ruderer zu besonderer Eile anhielt. So hatten sie schnell übergesetzt und fuhren wieder über Land. Hier war zur Mittagsstunde nur wenig Verkehr – den Göttern sei Dank. Illicia zog ihren Schleier tiefer ins Gesicht, um sich vor dem aufwirbelnden Staub zu schützen, der Laelia nichts auszumachen schien. Stumm hielt sie die Zügel in der Hand und schaute starr geradeaus. So legten sie schweigend den restlichen Weg zurück.

Priene lag an dem steilen Hang eines Berges. Am ersten Tor herrschte Laelia zuviel Betrieb, also eilten sie weiter zum Tor im Nordosten. Laelia behielt ihr atemberaubendes Tempo bei, so daß der Wagen umzustürzen drohte, als sie in die Kurve einbog.

Illicia schrie auf. »Sag mal, willst du uns alle umbringen?« Ungehalten blickte sie ihre Freundin an: »Wenn du so weiterfährst, brechen wir uns auf den letzten Metern noch den Hals!« und klammerte sich an den Sitz, denn Laelia schien ihre Worte nicht zu hören. Mit unverminderter Eile trieb sie die Pferde den steilen Weg hinauf und verlangsamte erst vor dem Tor, gezwungenermaßen, denn dort standen bereits einige Wagen und warteten auf ihre Abfertigung. Ungeduldig beobachtete sie, wie am Anfang der Schlange ein Mann angeregt mit einem der Torwächter debattierte. Mit seiner Ladung schien etwas nicht zu stimmen – der Posten hob nun die Plane. Angewidert trat er einen Schritt zurück und schüttelte entschlossen den Kopf. Der Fahrer redete noch eine Weile auf ihn ein. Er konnte ihn aber offensichtlich nicht umstimmen, denn nun bedeutete der Wachmann ihm umzukehren. Auf der vollgestopften Straße war das allerdings ein Problem. Mühsam mußte der Mann seinen Wagen vor und zurück schieben, bis er ihn, mit lauten Worten des Protests, gewendet hatte. Jetzt dirigierte der Wachtposten ihn in eine Ausbuchtung an der Straße, wo er ihm zu warten befahl. Laelia rutschte nervös auf dem Sitz herum, schimpfte vor sich hin und fuhr immer, wenn es vorwärts ging, bedenklich nah an den Vordermann heran. Dieser blickte sich um, musterte Laelia mit zusammengezogenen Brauen und maß den geringen Abstand mit den Augen ab. Als ihre Pferde begannen, an seiner Heuladung herumzuknabbern, bedachte er die drei mit einem Schwall von Schimpfwörtern.

Da er in einem ländlichen Dialekt sprach, konnte Laelia zwar nicht verstehen, was er da von sich gab; dennoch, was er meinte, war eindeutig.

Endlich waren sie an der Reihe. Auf die Frage nach dem Woher und Wohin berichtete Laelia kurz angebunden, daß sie eine Weinsendung abzuholen hätten. Mißtrauisch musterte der Soldat die jungen Frauen und den verdächtig aussehenden Sklaven, ließ sie aber dann doch durch, nachdem er einen Blick auf die leere Ladefläche geworfen hatte. Erleichtert trieb Laelia die völlig erschöpften Pferde wieder an.

Priene war eine kleine, aber prachtvolle Stadt. Hohe Quadermauern begleiteten den Weg zur Rechten und zur Linken, bis er in die breite Hauptstraße mündete. Laelia, jetzt doch unsicher geworden, hielt bei der ersten sich bietenden Möglichkeit an. Ratlos blickte sie umher. »Was jetzt?« wandte sie sich an ihre Mitfahrer.

Illicia brach ihr verärgertes Schweigen. »Laß uns auf die Agora fahren, da erfahren wir mit Sicherheit, wo wir Antonius und damit auch Silvanus finden werden.«

Sie fragten einen älteren Mann, der gerade vorüberging, nach dem Weg. »Ach, ihr seid fremd hier? Ist dies nicht eine herrliche Stadt? Habt ihr den Tempel der Athene gesehen? Ein wundervolles Bauwerk. Und erst das Haus des Alexander ...« Der Mann war von seinem Wohnort überaus angetan.

Laelia fiel ihm ins Wort, bevor er sich in weiteren Lobeshymnen über seine Stadt ergehen konnte. »Wenn du so freundlich sein willst, uns den Weg zur Agora zu zeigen, wir sind sehr in Eile.«

Beleidigt schwieg der Mann einen Augenblick, überwand sich dann aber doch zu einer Antwort. »Ihr könnt sie gar nicht verfehlen. Da vorne an der Ecke biegt ihr rechts auf die Hauptstraße, dann kommt ihr direkt dorthin.« Brummig setzte er seinen Weg fort.

Kurz bevor sie die Agora, den örtlichen Marktplatz, erreichten, begann der Verkehr zäher zu fließen. Händler schoben ihre Karren langsam und unbeirrt vor sich her. Sie kamen um diese Stunde wohl vom Markt zurück, wo sie ihre Waren angeboten hatten. So näherten die drei sich notgedrungen langsam der Agora und hatten Muße, sich umzusehen. Das städtische Leben begann sie in seinen Bann zu ziehen. Als sie auf dem Marktplatz ankamen, gab nur Tergetes sich welterfahren, den Mädchen verschlug es einen Moment die Sprache. Ein blendender Farbenrausch bot sich ihnen. Tempel, Säulenhallen, staatliche Gebäude in lebhaften Blau- und Rottönen gruppierten sich um einen von Säulengängen gerahmten Platz. Der ganze Marktplatz war mit Statuen, wohl Bildnisse Priener Bürger, bestückt. So etwas hatten sie noch nie gesehen. Von den vielen farbig bemalten Götterstatuen an fröhlich plätschernden Brunnen ganz zu schweigen.

Zur Rechten erstreckte sich eine Stoa über die gesamte Länge des Marktes. Unter ihrem Dach, das von anmutigen Säulen getragen wurde, fanden die vielen Spaziergänger angenehmen Schatten und konnten doch dem Treiben auf dem Platz zusehen. Auch auf den Stufen dieses Wandelganges saßen Männer und Frauen, beobachteten die Kauflustigen, die sich vor den kleinen Läden an den Seiten des Platzes drängten, ruhten sich von ihren Geschäften aus. Aber vor allem saßen sie dort, um gesehen zu werden.

Laelia beschloß, den Wagen in der nächsten Seitenstraße abzustellen. Dazu mußten sie aber den Gemüsemarkt überqueren, der sich direkt an die Agora anschloß. Hier herrschte, wenn dies überhaupt möglich war, noch mehr Gedränge. Nach vielen Flüchen ließen sie auch diesen Markt endlich hinter sich. Einen Platz für den Wagen zu finden war nicht leicht, denn in dieser Stadt am Berg zweigten fast ausschließlich Treppen auf der rechten Seite der Straße ab. Nur zur Linken konnte sich eine Möglichkeit bieten. Endlich fanden sie eine befahrbare schmale Querstraße, in der sie den Wagen abstellen konnten.

Die beiden Frauen schärften Tergetes ein, das Gefährt nicht aus den Augen zu lassen und versprachen, sich zu beeilen, mußten sie doch auch noch den Weinhändler ausfindig machen, um ihrer vorgeschobenen Pflicht Genüge zu tun. Zunächst aber hatten sie Wichtigeres zu tun. Auf der Agora würden sie mit Sicherheit erfahren, wo Marcus Antonius sich aufhielt.

Dort waren ein paar Männer dabei, den Altar in der Mitte des rechteckigen Platzes festlich zu dekorieren und Baldachine über den Podesten rechts und links davon aufzubauen. Sie beschlossen, hier zu fragen. »Entschuldige bitte«, wandte sich Laelia an einen der Männer, der gerade mit seinem Hammer ausholte, um einen Pfosten einzuschlagen. Dieser hatte die Mädchen nicht kommen hören, erschrak, so daß er sich beinahe den Hammer gegen sein Knie geschlagen hätte. Bleich geworden, drehte er sich zu Laelia um, die eine Entschuldigung stammelte. »Für wen ist das hier?« fragte sie ihn kleinlaut.

Der Mann hatte seinen Schrecken schnell überwunden, faßte die beiden Mädchen ins Auge und antwortete freundlich: »Marcus Antonius, der neue Herrscher Kleinasiens, ist in der Stadt. Ihm zu Ehren werden hier Feierlichkeiten stattfinden.«

»Habt ihr ihn gesehen?« mischte sich Illicia eifrig in das Gespräch.

»Ja, vor ein paar Stunden ging er ins Prytaneion, das Rathaus, dort drüben.« Er deutete mit seinem Hammer auf ein Gebäude rechts der Stoa. »Wenn ihr euch ein wenig geduldet, könntet ihr ihm sogar begegnen!« Sichtlich genoß er das Interesse der beiden Frauen, sein Kollege hingegen wurde langsam ungeduldig. So faßte er sich widerstrebend kurz. »Wenn es euch interessiert und ihr Zeit habt, solltet ihr warten. Die Sitzung ist sicher bald zu Ende.« Damit wandte er sich wieder seinem Pfosten zu. Während er zum nächsten Schlag ausholte, rief der andere hinter ihnen her: »Wenn ihr heute abend Zeit habt, wir zeigen euch gern die Stadt ...«, dabei grinste er unverschämt. Die Mädchen schnaubten kurz, überquerten den Platz und setzten sich auf die Stufen der Stoa, in Sichtweite des Eingangs.

»Siehst du die Wachen dort?« fragte Laelia. »Meinst du, wir könnten sie nach Silvanus fragen?«

Unschlüssig beobachteten sie eine Weile die Soldaten, die vor dem Eingang auf und ab schritten.

»Das sinnvollste wird sein, wir sprechen sie an«, Laelia strebte zügig in Richtung Rathaus, direkt auf den Eingang zu. Sofort stellten sich ihnen die Legionäre in den Weg. »Wohin?« brüllte der eine sie an.

»Wir haben gehört, daß Marcus Antonius hier ist. Wir müßten dringend mit einem Mann aus seinem Stab sprechen. Sein Name ist Silvanus Rhodius.«

Nach einer kurzen Pause brach der Legionär in schallendes Gelächter aus.

›Was für ein unangenehmer Mensch‹, dachte Laelia.

»Zu Silvanus Rhodius wollen sie!« schrie er dem anderen Wachposten zu, der neben ihm stand. Den Mädchen war das Aufsehen, daß die lautstarke Art des Soldaten erregte, äußerst peinlich. Einige der Müßiggänger schauten sich belustigt nach ihnen um und begannen zu tuscheln.

»Mensch, hat der ein Glück! Kommt in eine fremde Stadt, und schon fragen zwei schöne Frauen nach ihm!«

Illicia sah mit einem Seitenblick, daß ihre Freundin kurz davor war, dem Legionär eine passende Antwort zu geben. Sie mischte sich ein und redete ernsthaft mit leiser Stimme auf ihn ein. »Bitte, es handelt sich um eine äußerst wichtige Angelegenheit! Es wird euer Nutzen sein, wenn ihr Silvanus sagt, daß wir eine wichtige Botschaft für ihn haben.«

Unsicher geworden sah er seinen Kollegen an, der unmerklich mit dem Kopf nickte. So sagte er mit erstaunlich verhaltener Stimme: »Also gut, wartet hier!« und verschwand im Innern des Gebäudes.

Ungeduldig standen die beiden unter dem musternden Blick des zurückgebliebenen Legionärs vor der Tür. Es dauerte nicht lange, und der Wachtposten tauchte wieder auf, gefolgt von Silvanus. Überraschung und Freude spiegelten sich auf seinem Gesicht, als er Laelia sah. Er eilte auf sie zu, fast hätte er sie umarmt. In letzter Sekunde beherrschte er sich und ergriff ihre Hand, die er fest drückte. Erst dann bemerkte er Illicia. Er ließ Laelias Hand wieder los und grüßte beide förmlich. Die Legionäre beobachteten grinsend die Szene, die sich ihnen bot, so daß Silvanus die Mädchen vom Eingang fort in Richtung Straße zog.

»Was macht ihr hier?« entfuhr es Silvanus endlich. »Carbulus sagte, es wäre jemand mit einer wichtigen Nachricht gekommen, aber daß ihr das sein würdet, damit habe ich nicht gerechnet.« Glücklich lächelnd betrachtete er Laelia. »Ich habe nicht viel Zeit, ich muß sofort wieder zurück. – Also, was gibt es so Wichtiges? Oder«, er sah Laelia tief in die Augen, »wolltest du mich nur besuchen?«

Gekränkt wandte Laelia ihren Blick von den strahlenden Augen ab.

»Wir haben dir etwas Wichtiges zu sagen! Darum sind wir hergekommen!« erwiderte sie kühl. Sollte er doch mit seiner Frau so umgehen, mit ihr konnte er das nicht machen!

»Entschuldige, so habe ich das nicht gemeint, es war ja nur Spaß! Ich weiß wohl, daß ihr den weiten Weg nicht auf euch genommen hättet, wenn es nicht wirklich wichtig wäre.« Zerknirscht griff er wieder nach Laelias Hand, was sie ihm auch erlaubte. Illicia sah, daß die beiden wohl so bald nicht auf den Kern ihres Kommens zu sprechen kämen, und beschloß, das Wort zu ergreifen. »Wenn du es so eilig hast, wieder zurückzukommen, will ich dir alles erzählen, du kannst ja derweil Laelias Hand zerdrücken und sie anschauen, Hauptsache, du leihst mir dein Ohr! – Antiphon hat Antigonos nicht ermordet!«

Schlagartig war Silvanus die Aufmerksamkeit selbst. »Was sagst du da? Woher willst du das wissen?«

Illicia fuhr fort: »Er war zu der Zeit beschäftigt. Wir haben es gestern erst erfahren. Er selbst hätte es nie zugegeben. Trotz allem ist er ein ehrenwerter Mann, auch wenn er zunächst einen leichtfertigen Eindruck macht.« Jetzt war es an Laelia, Illicia erstaunt anzusehen. ›Sieh an‹, dachte sie.

»Offilia hat es Laelia gesagt. Antiphon war in der fraglichen Nacht bei ihr.«

Völlig überrascht von der Neuigkeit, fand Silvanus zunächst keine Worte.

»Hat Marcus Antonius schon etwas entschieden?« fragte Laelia besorgt.

»Natürlich! Direkt nach meiner Ankunft gestern hatte ich ein langes Gespräch mit ihm. Er war hoch erfreut, daß sich alles so schnell aufgeklärt hat. Gleich heute morgen hat er alles für die versprochene Schenkung an den Tempel vorbereitet, die Säule mit der Inschrift. – Ich muß sofort mit ihm sprechen!« Und schon strebte er zurück. Laelia hielt ihn auf. »Das ist aber noch nicht alles!«

Silvanus wandte sich um. »Alles Weitere könnt ihr mir später erzählen, ich muß sofort zu Marcus Antonius. Er wollte in seiner Rede auf den Fall eingehen, das muß ich unbedingt verhindern. Wenn er sich meinetwegen hier vor der Stadt, ja, dem ganzen Land blamiert, kann ich meine Sachen packen und nach Judäa aufbrechen, wenn er mich nicht gleich hier köpfen läßt. Wir treffen uns nachher. Am besten geht ihr in die Taverne ›Zum Olivenbaum‹, ein Stück hinter dem Gemüsemarkt in der Querstraße links.« Er deutete in die Richtung. »Da treffen wir uns, wenn die Sitzung vorbei ist. So ungefähr in einer Stunde. Wartet dort auf mich, ich komme so bald wie möglich.« Damit wandte er sich ab und ging schnellen Schrittes ins Prytaneion zurück.

Illicia sah ihm nachdenklich nach. »Hoffentlich ist es noch nicht zu spät.«

Während Laelia mit den Augen mißmutig die Treppenstufen der Stoa zählte, versuchte Illicia sie zu beruhigen. »Es hätte auch nicht viel geändert, wenn wir in der Nacht aufgebrochen wären. Wir haben es doch selbst erst so spät erfahren. Mach dir keine Vorwürfe. Es war einfach voreilig, Antiphon wegen dieser Bestechungssache auch des Mordes zu verdächtigen. Aber hier trifft auch Silvanus die Schuld, er hat in solchen Sachen doch Erfahrung. Er hätte bei seinem Bericht Marcus Antonius gegenüber vorsichtiger sein müssen.«

Diese Bemerkung zerstörte die tröstende Absicht. Laelia brütete vor sich hin. Illicia hätte wissen müssen, daß ihre Freundin auf den Römer nichts kommen ließ.

»Tut mir leid!« Illicia hielt es für besser, jetzt davon zu schweigen. Jedes weitere Wort würde alles nur noch schlimmer machen. Sie wechselte das Thema. »Komm, laß uns nach Tergetes sehen, und dann gehen wir in die Taverne. Den Weinhändler müssen wir auch noch suchen!« Illicia schaute wartend auf Laelia, die sich schließlich doch rührte.

»Ist gut«, war alles, was Illicia zu hören bekam.

So gingen sie zum Wagen zurück und fanden Tergetes, der hinten auf der Ladefläche lag und ein Nickerchen machte.

»So hältst du also Wache!« schrie Laelia ihn an, um ihrem Ärger Luft zu machen. Als Tergetes seine Augen aufriß und sie verwirrt ansah, tat es ihr sofort leid. »Schon gut« murmelte sie.

»Die Taverne muß doch ganz in der Nähe sein.« Illicia blickte sich suchend um. Richtig, ein paar Häuser weiter sah sie ein Schild, das Vorübergehende auf den Gastraum aufmerksam machen sollte.

»Ich gehe mal hin und frage, wo wir den Wagen lassen können. Ihr beide wartet am besten hier!« Laelia nickte zustimmend und setzte sich auf den Kutschbock.

Es dauerte nicht lange, da war Illicia schon wieder zurück.

»Am Ende der Straße gibt es einen Mietstall, mit sauberen Unterständen. Der Wirt meinte, wir könnten dort die Pferde und den Wagen abstellen.« Illicia schwang sich neben Laelia auf den Bock, und sie fuhren langsam die Straße hinunter. Der Mietstall war nicht zu übersehen. Eine breite Einfahrt führte auf einen Hof mit mehreren Pferdeboxen und Standplätzen, von denen nicht alle besetzt waren. Laelia wies den herbeieilenden Sklaven an, die Pferde zu versorgen und den Wagen unterzustellen. Der Sklave verlangte die Gebühr im voraus. Erklärend fügte er hinzu: »Dies ist so üblich, seit einige Reisende ihre Klepper hier zurückgelassen haben.« Sie seien nicht wieder aufgetaucht, und im Stall hätte man dann das Problem mit den alten Pferden gehabt, die zu nichts mehr zu gebrauchen gewesen waren.

Laelia streichelte ihre Pferde, die so aussahen, als hätten sie verstanden, daß man sie gerade mit alten Kleppern verglichen hatte. »Du kannst sicher sein, daß wir Pferde und Wagen abholen werden. Aber sei's drum, hier ist das Geld!« Sie zückte ihre Börse und zählte dem Burschen die verlangten Münzen in die Hand.

»Kennst du zufällig einen Händler namens Servius?« Illicia ließ ihrer beider Aufgabe nicht aus den Augen.

Der junge Mann überlegte einen Moment. »Ja, wenn ihr den Weinhändler meint, den kenne ich. Die von der Taverne bekommen ihren Wein von ihm, daher stehen hier oft seine Wagen. Die Sklaven, die die Amphoren bringen, fluchen immer, daß sie den ganzen Weg mit den schweren Dingern wieder zurückmüssen. Seit die Römer hier was zu sagen haben, dürfen sie vor der Tür der Taverne nicht mehr anhalten. Die Straße sei zu schmal, die anderen Fahrzeuge kämen dann nicht mehr durch, sagen die Römer.«

›Daß Sklaven immer soviel schwätzen müssen‹, dachte Laelia ungeduldig. »Wo hat denn nun dieser Servius seinen Laden?« wiederholte sie Illicias Frage.

»Wartet mal. Er ist in der Nähe vom heiligen Haus, das Alexander geweiht ist. Kennt ihr das?« Alle drei schüttelten den Kopf.

Enttäuscht über soviel Unwissenheit, beschrieb der Sklave ihnen den Weg. »Es ist gar nicht zu verfehlen! Ihr geht zurück bis zur Hauptstraße, dann links. Das Alexanderhaus liegt auf der linken Seite vor der dritten Querstraße. Die Weinhandlung ist das dritte Haus danach, aber auf der anderen Straßenseite, kurz vor der Stadtmauer.« Wie zur Bestätigung nickte er noch mehrmals mit dem Kopf, fragte dann aber besorgt nach, ob sie es wohl finden würden. Alle drei bejahten das eilig, um eine Wiederholung der Beschreibung zu vermeiden.

Die drei gingen auf die Straße zurück, blieben aber noch einen Moment vor dem Eingang stehen. »Sollen wir gleich zum Weinhändler gehen, damit er die Lieferung schon fertig machen kann?« fragte Illicia ihre Freundin, in der Hoffnung, sie wäre mittlerweile gesprächiger.

»Gut, gehen wir zu ihm.« Laelia war tatsächlich wieder etwas besser gelaunt. Es half ja doch nichts, sich Sorgen um Silvanus' Zukunft zu machen, und was sie tun konnten, hatten sie getan. Sie wandte sich an Tergetes. »Du setzt dich jetzt in die Taverne. Falls Silvanus vor uns kommt, sage ihm, daß wir beim Weinhändler am Alexanderhaus sind und gleich kommen.«

Tergetes schüttelte den Kopf. »Nein, nein, Herrin. Erstens könnte euch hier in der Stadt etwas passieren – und das würde mein Herr mir nie verzeihen! Und zweitens kenne ich diesen Silvanus überhaupt nicht!«

Laelia, zwar gerührt über seine Besorgnis, blieb unerbittlich. Sie beschrieb ihm Silvanus und schickte ihn weg. Illicia bezweifelte im stillen, daß Tergetes Silvanus anhand dieser Beschreibung erkennen würde ...

Sie gingen gemächlich die Hauptstraße hinunter. Der Weg führte ziemlich steil bergab und zog sich endlos hin. Allmählich machte sich die Anstrengung der Reise in ihren Knochen bemerkbar, und so würdigten sie die eleganten Stadthäuser zu beiden Seiten der Straße, prächtig bemalt und schön verziert, kaum eines Blickes. In dieser Mittagshitze hätten sie Sklaven gebraucht, die ihnen den Sonnenschirm trugen oder mit dem Fächer Luft zuwedelten. Dankbar sahen sie einen Springbrunnen mit einer Bank vor sich. Da sie noch genug Zeit hatten, beschlossen sie, sich einen Moment auszuruhen. Sie ließen sich nieder und betrachteten die hin und her eilenden, prächtig gekleideten Menschen.

»Ist das ein Unterschied. Schöne Häuser, schöne Menschen, Stadtkultur eben ...« Illicia war entzückt. »Stell dir vor, wir könnten ein paar Tage hierbleiben und uns die Stadt ansehen! Oder sogar ins Theater gehen! Neulich waren Priener bei euch in der Taverne, die ganz begeistert von einem Schauspieler, der hier auftreten soll, sprachen. Das wäre etwas! In Priene ins Theater!« Träumerisch schloß Illicia die Augen.

»Vielleicht ergibt sich ja etwas!« warf Laelia scherzhaft ein. »Schließlich ist Marcus Antonius ja auch hier. Und bei dem Eindruck, den du auf ihn gemacht hast, würde es mich nicht wundern!« Laelia zwinkerte ihr schelmisch zu und klopfte auf ihren Beutel, in dem sie die Kostbarkeiten, die sie von Hani Rami besorgt hatte, verwahrte.

»Ja, und dann schreibe ich meine Memoiren!« kicherte Illicia, der dieser Gedanke sichtlich Spaß machte. Gleichzeitig war sie froh, daß Laelia ihre Fröhlichkeit wiedergefunden hatte.

»Mein Leben mit Marcus Antonius, oder so«, spann diese den Faden weiter. »Und sei es auch noch so kurz – das gemeinsame Leben, meine ich natürlich!« Beide lachten und setzten ihren Weg fort.

Das Geschäftliche war schnell erledigt. Der Weinhändler hatte seit Tagen darauf gewartet, von Bibulus zu hören, und war froh, daß die Lieferung endlich abgeholt wurde. Neue Ware war eingetroffen, und er hatte Probleme, sie unterzubringen. So hatten sie ihm versichert, den Wein im Lauf des Nachmittags abzuholen.

Als sie in die Taverne kamen, war Silvanus noch nicht da. Tergetes sahen sie am Tresen stehen, in ein angeregtes Gespräch mit einer fülligen Schönheit vertieft. Sie setzten sich an einen der Tische, bestellten sich eine Kleinigkeit zu essen und teilten sich einen Krug verdünnten Wein.

Illicia hatte sich gerade noch zwei von den süßen Törtchen bestellt, die sie auf den Tellern am Nachbartisch gesehen hatte, als Silvanus hereinkam. »Hast du mit Marcus Antonius gesprochen?« fragte Laelia beklommen.

»Ja, ich habe es ihm gesagt. Er will übrigens gleich nachkommen. Er wollte es sich nicht nehmen lassen, euch zu begrüßen. Ihr müßt ihm gut gefallen haben!« Bei diesen Worten schaute er vor allem Illicia an, die leicht errötete.

»Und, hat es ihn sehr aufgeregt?« Laelias Sorge um Silvanus wuchs.

»Zuerst natürlich schon. Den Göttern sei Dank, daß wir nicht allein waren! So mußte er sich beherrschen. Er will, daß ich den Fall so schnell wie möglich aufkläre und ihm derartige Peinlichkeiten in Zukunft erspare. Aber es ist, wenn man es richtig bedenkt, wirklich meine Schuld! Ich hätte nicht so voreilige Schlüsse ziehen dürfen. Vor allem hätte ich meinen Bericht anders formulieren müssen.« Er bestellte sich Wein.

Illicia wechselte einen besorgten Blick mit Laelia.

»So, und jetzt berichtet! Was ist noch passiert?« Aufmerksam sah er von einer zur anderen.

»Laelia hat etwas Wichtiges erfahren!«

Bei diesen Worten umwölkte sich Silvanus' Stirn bedenklich. Laelia fürchtete schon einen ähnlichen Zornesausbruch wie neulich, als sie ihm von Illicias Gespräch mit Antiphon berichtet hatten. Doch Silvanus schwieg. Das war für die beiden fast noch schlimmer.

»Na ja, da war, ich habe ...«, stotterte Laelia und traute sich nicht weiterzureden. Unsicher sah sie Silvanus an, nicht wissend, wie er auf ihre Mitteilung reagieren würde.

Illicia, von keinen persönlichen Vorbehalten gehindert, fuhr fort. »Da war also dieser Parther. Er gehört zu einer Gesandtschaft, die das Orakel befragen soll. Laelia hat für ihn übersetzt.

Und von diesem Parther hat sie einige interessante Dinge erfahren.« Sie schwieg einen Moment.

Silvanus blickte sie auffordernd an. »Na und? Was für interessante Dinge?« fragte er ungeduldig.

Illicia sah zu Laelia hinüber und nickte ihr zu. Diese griff den Faden wieder auf und erzählte Silvanus alles, was sie von dem redseligen Parther erfahren hatte: über die eigenartige Frage, die die Parther an das Orakel richteten, und daß sie Silvanus aushorchen solle.

Silvanus runzelte mißbilligend die Stirn. »Wie kommt dieser Mensch dazu, dich zu fragen, ob du für sein Land spionierst?« Laelia stockte, entschloß sich dann aber doch, Silvanus die ganze Geschichte zu erzählen. Das Armband allerdings erwähnte sie nicht.

»Mädchen, Mädchen«, resigniert schüttelte Silvanus den Kopf. »Weißt du eigentlich, wie gefährlich das ist? Aber ich glaube, du tust sowieso, was du willst.« Nach einem Moment des Schweigens wiederholte er noch einmal die Frage, die die Parther dem Orakel gestellt hatten. »Wird dem geplanten Unternehmen Erfolg beschieden sein? Laelia, bist du sicher, daß das der genaue Wortlaut war?«

Laelia nickte. »Ich bin mir ganz sicher!«

»Und heute soll die Antwort auf diese Frage ausgegeben werden?«

»Ja, wahrscheinlich heute, vielleicht aber auch erst morgen.«

Silvanus schüttelte den Kopf. »Ich werde auf jeden Fall noch bis morgen hierbleiben müssen. Das wäre dann also zu spät.«

»Was kann die Frage wohl bedeuten? Meinst du, sie ist überhaupt wichtig für Rom?« fragte Illicia ihn neugierig. »Vielleicht ist die Angelegenheit ja genauso unbedeutend wie die Sache mit Antiphon!« Gespannt sah sie Silvanus an.

»Ich muß auf jeden Fall Marcus Antonius Bericht erstatten. Er wird am ehesten wissen, was bedeutsam ist.«

»Welchen Bericht mußt du mir erstatten?« schallte eine volltönende Stimme.

Unbemerkt von ihnen, hatte Marcus Antonius die Taverne betreten und stand nun hinter Silvanus. Ohne Geleit und unauffällig gekleidet, erkannte ihn niemand hier. Er holte sich einen Stuhl und setzte sich neben Illicia, die verlegen ein wenig abrückte.

»Seid gegrüßt, ihr beiden Schönen aus Didyma! Ich höre, wichtige Neuigkeiten treiben euch hierher! Bisher war es wahrlich keine Glanzleistung, was unser Silvanus da vollbracht hat!« Antonius' Blick senkte sich auf seinen Untergebenen, der unter dieser Last sichtbar zusammensackte. Illicia zerbröselte vor lauter Unbehagen den Rest ihres Törtchens in winzige Krümel, die sie hastig zu kleinen Häufchen zusammenschob.

»Aber das Schlimmste konnte ja noch abgewendet werden!«

Silvanus nickte müde.

»Vielleicht geruht unser Freund Silvanus jetzt auch, mir mitzuteilen, was ihr soeben besprochen habt?« Mit hochgezogenen Augenbrauen und einem spöttischen Lächeln sah er Silvanus an. »Das heißt, natürlich nur, wenn es ihm deine Gegenwart erlaubt, Laelia.« Sein Spott wandelte sich in Freundlichkeit. »Wenn nicht, kann ich es durchaus gut verstehen!« Er lächelte Illicia zu, die vor Unsicherheit nicht wußte, wohin sie schauen sollte.

Marcus Antonius, gewohnt, daß seine Anwesenheit Verlegenheit hervorrief, wandte sich wieder Silvanus zu. Der berichtete von den Parthern und der Frage, die sie an das Orakel gestellt hatten. Nachdenklich runzelte Antonius die Stirn. »Das ist ja äußerst interessant!« entfuhr es ihm. Er überlegte, eine lange Pause trat ein. »Nun, ich habe gesehen, daß ihr mein Vertrauen verdient! Immerhin habt ihr euch hierherbegeben, um mir diese wichtige Nachricht zu bringen.« Er griff nach einem Becher Wein. »Ich erwarte eine Delegation des parthischen Königs. Orodes will ein Friedensangebot machen, aber ich traue ihm nicht, jetzt noch weniger als zuvor. Vielleicht sollte ich meinen Feldzug doch vorverlegen ....« Seine wachsamen Augen glitten von einer zur anderen. »Ich weiß selbst nicht, was mich dazu bewogen hat, euch dies anzuvertrauen.« Sein Blick blieb auf Illicia hängen. »Meine Sinne müssen verwirrt sein!«

Diese errötete. Bei allen Späßen, die Laelia und sie über Antonius gemacht hatten, die Sache wurde nun ernster, als ihr lieb war. Der Delphier fiel ihr ein. Sie ergriff die Chance, das

Thema zu wechseln. »Was geschieht jetzt mit Antiphon?« fragte sie in die Runde.

»Ja, richtig, unser verdächtiger Athlet!« Antonius überlegte kurz und wandte sich an Silvanus. »Wenn du nach Didyma zurückkehrst, wirst du noch einmal mit ihm sprechen! Selbst wenn er nicht der Mörder ist, so ist Bestechung ein Frevel, der geahndet werden muß! Ich vertraue darauf, daß du die richtigen Schritte unternehmen wirst. Der Junge gehört bestraft. Aber das ist nicht meine Angelegenheit, darum müssen sich die Behörden in Milet kümmern.« Er blickte auf Silvanus, der mit seinem feuchten Becher Ringe auf die Tischplatte druckte. »Was ist, Freund Silvanus? Was bedrückt dich?«

»Das fragst du? Ich mache mir Sorgen um die beiden!«

Antonius nickte verständnisvoll. »Natürlich, das kann ich mir vorstellen! Aber glaube mir, ich werde alles in meiner Macht Stehende tun, um sie zu schützen! Und wie du weißt, ist das nicht wenig.« Aufmunternd sah er Silvanus an und klopfte ihm freundschaftlich auf die Schulter. »Nur Mut! Morgen wirst du zurück nach Didyma reisen und den Fall zu Ende bringen.« In diesem Augenblick schien ihm ein Gedanke zu kommen. Ein erfreulicher Gedanke, denn seine bisher ernsten Züge heiterten sich auf. »Wie wäre es, mein Silvanus, wenn die Damen bis morgen hierblieben?«

Überrascht sahen die beiden ihn an. Sollten sich ihre Gedanken so einfach erfüllen?

»Aber, das ... das ...«, stammelte Laelia.

»Das geht nicht! Das ist völlig unmöglich!« sprach Illicia mit fester Stimme aus, was Laelia, wenn auch nur der Form halber, hatte sagen wollen.

»Was hindert euch zu bleiben?« fragte Antonius, nicht gewohnt, daß man ihm widersprach.

»Oh, es geht aus vielerlei Gründen nicht.«

»Nun, so sag mir deine Gründe, und ich werde dir sagen, daß es doch gehen wird!« Überzeugt von seinem Charme, stützte Antonius seine Arme auf den Tisch und sah Illicia erwartungsvoll an. So hatte Silvanus den berühmten Feldherrn noch nie erlebt. Marcus Antonius brauchte sich in der Regel nicht besonders anzustrengen, um eine schöne Frau zum Bleiben zu überreden. Wie Silvanus erwartet hatte, machte Illicia es dem Imperator nicht leicht.

»Erstens: Wir haben hier Wein für Laelias Vater abzuholen!«

Antonius hielt sofort dagegen. »Ihr habt doch die Fahrt nicht ohne Begleitung gemacht? Der Mann kann allein nach Didyma zurückfahren!«

Unbeirrt fuhr Illicia fort. »Zweitens: Wir werden noch heute zurückerwartet.«

»Ein Befehl von mir, daß ihr hier gebraucht werdet, wird wohl ausreichen, eure Väter zu beruhigen. Ich schicke einen Kurier.« Entwaffnend lächelte er sie an, ihm gefiel dieses Spiel.

»Drittens: Wie kommen wir dann zurück?« Illicia war überzeugt, daß Marcus Antonius auch dafür eine Antwort hatte.

Antonius lachte. »Ich hätte es sowieso nicht zugelassen, daß ihr nur in Begleitung eines Sklaven heimgefahren wäret. Genug davon! Ihr müßt bleiben! Und wenn meine Gesellschaft – und die von Silvanus natürlich«, ergänzte er mit einem Blick auf Laelia, »euch nicht ausreichend erscheint, so möchte ich euch in das schöne Theater von Priene einladen. Sie geben heute eine griechische Tragödie. Eure Anwesenheit würde das Vergnügen für mich noch erhöhen!«

Dem konnte sich Illicia nicht verschließen. Lächelnd sah sie zu Laelia hinüber, hatten sie sich nicht genau das ausgemalt? Die nickte.

»Also ist es beschlossen!« Antonius war hoch erfreut. »Dann werde ich jetzt veranlassen, daß die Weinsendung wohlbehalten in Didyma ankommt, außerdem werde ich einen Legionär mit einer Botschaft zu euren Vätern schicken. Ihr bekommt morgen einen bequemen Wagen und Geleitschutz.« Mit einem freundlichen Blick fügte er hinzu: »Außerdem wird Silvanus euch begleiten. Damit kann ich wirklich sicher sein, daß euch nichts zustößt!« Er stand auf, nicht ohne einige Münzen auf dem Tisch zurückzulassen. »Ich muß gehen, Silvanus wird sich um alles Weitere kümmern.«

Illicia durchfuhr ein Schreck. »Aber wir haben nichts anzuziehen für heute abend!« Verzweifelt blickte sie Antonius nach. Der hatte den Ausruf gehört und wandte sich noch einmal um. »Silvanus, ich gehe davon aus, daß die beiden heute abend die

Schönsten sein werden!« Plötzlich schien ihm noch etwas einzufallen. Er winkte Silvanus zu sich und flüsterte ihm etwas ins Ohr, worauf Silvanus erfreut nickte. Antonius lachte zufrieden, verabschiedete sich noch einmal und ging.

Silvanus blieb vor ihrem Tisch stehen. »Wollt ihr noch etwas trinken? Oder sollen wir sofort losgehen und das Geld des Imperators ausgeben?«

Die Mädchen brauchten nicht lange zu überlegen. Die Aussicht, in einer Stadt wie Priene einzukaufen, lockte natürlich. Aber Illicia vergaß die Pflicht nicht. »Ich sage nur noch Terges Bescheid, daß Antonius einen Mann herschicken wird, mit dem er den Wein abholen und nach Didyma fahren soll.«

So gingen die drei hinaus in den strahlenden Sonnenschein des Frühlingstages, geradewegs zur Agora, wo die teuersten und feinsten Läden unter den Arkaden auf zahlungskräftige Kunden warteten.

*

Vor einem gepflegten Anwesen oberhalb des Athena-Tempels ließ Silvanus die Sänften halten. Ihnen entstiegen zwei strahlende junge Frauen, mit großen Paketen beladen. Dem Türsklaven teilte Silvanus kurz mit, daß die beiden zum Gefolge von Marcus Antonius gehörten, dieser hätte sie, das Einverständnis des Hausherrn vorausgesetzt, eingeladen zu bleiben. Man solle ein Zimmer vorbereiten.

Dienstboten eilten herbei, denen die beiden Frauen ihre Pakete übergaben, während ein Haussklave die Gäste durch die elegante Eingangsdiele in den lichten, aber dennoch angenehm kühlen Innenhof, das Peristyl, führte. Hier kümmerten sich weitere Bedienstete mit ausgesuchter Höflichkeit um die Gäste. Silvanus erklärte unterdessen, daß Erymanthes, der Besitzer dieses herrschaftlichen Hauses, einer der vornehmsten und bedeutendsten Bürger Prienes sei, dem es eine Ehre war, Antonius und seinem Gefolge Gastfreundschaft zu gewähren. Er hätte es ja schon in seinem Brief erwähnt. Erymanthes sei ein überaus freundlicher Herr, das würden sie noch sehen.

Ein Sklave kam und führte sie durch einen Säulengang zu ihrem Zimmer. Der Raum war zwar klein, aber atemberaubende Wandgemälde schmückten die Wände. Zarte Gold- und Rottöne dämpften das vom Peristyl hereinfallende Licht angenehm und erzeugten eine anheimelnde Stimmung. Das Mobiliar war schlicht, elegant und, wie Illicia mit Kennerblick feststellte, sehr teuer. Die Betten standen im rechten Winkel zueinander an den Wänden in einer Nische, die durch eine, was erst bei genauem Hinsehen auffiel, kunstvolle Malerei perfekt vorgetäuscht wurde. Ein kleiner Tisch, zwei Sessel und eine Truhe, auf der ihre Pakete lagen, vervollständigten die Einrichtung. Atemlos bewunderten die Mädchen den Raum. Silvanus verabschiedete sich mit der Bemerkung, daß sie sicher müde seien und sich vor dem Theaterbesuch etwas ausruhen wollten. Er würde sie abholen, wenn es soweit wäre. Bevor er ging, hielt er kurz inne. »Ihr werdet heute abend die Schönsten sein!« Dann schloß sich die Tür hinter ihm.

Kaum war er gegangen, klopfte es. Eine junge Sklavin stand vor der Tür und meldete, sie sei geschickt worden, um ihnen beim Ankleiden behilflich zu sein. Außerdem sei das Bad für sie gerichtet, sie wollten sich doch sicher noch ein wenig entspannen. Der Hausherr ließe entschuldigen, daß er noch keine Zeit gefunden hatte, sie persönlich zu begrüßen, aber sie sei angewiesen worden, all ihre Wünsche zu erfüllen.

Laelia und Illicia schauten sich an, neugierig geworden auf diesen Mann, der sich so freigiebig zeigte. Erfreut folgten sie dem Mädchen ins Bad. Auch hier umgab sie nie gesehener Luxus. Kostbare Malereien schimmerten an den Wänden, den Fußboden bedeckte ein Mosaik, so fein abgestimmt, daß sich die zartesten Farbspiele ergaben. In seiner Mitte thronte ein Flußgott, umgeben von Nymphen und Delphinen. Zahllose Fische umschwärmten das göttliche Volk, das sich hier tummelte.

An den Seiten standen große Marmorwannen, bis an den Rand gefüllt mit wunderbar duftendem Wasser. Sie mußten sich nicht lange bitten lassen, ihre staubigen Reisekleider abzuwerfen und sich in das wohlige Naß zu legen. Die Sklavin sollte nicht bemerken, wie ungewohnt eine solche Umgebung für sie war und wie sehr sie sie genossen, kannten sie doch nur das öffentliche Bad von Didyma. Und so schwiegen sie, streckten sich in den geräumigen Marmorwannen aus und beschränkten sich auf ein paar genießerische Seufzer. Das Sklavenmädchen wartete geduldig, bis sie sich endlich entschlossen, aus den Wannen zu steigen, und hüllte sie dann in wohlriechende Leintücher.

Nach dem Bad widmeten sie sich ihren Einkäufen. Andächtig ließen sie ihre Hände über die kostbaren Stoffe gleiten. »Wir müssen die Kleider sicher wieder zurückgeben«, sagte Illicia traurig.

»Meinst du?« Laelia hielt sich ihres an.

»Natürlich! Warum sollten wir so wertvolle Dinge geschenkt bekommen?« fragte sie mehr sich als ihre Freundin.

»Dann laß uns diesen Augenblick so richtig auskosten. Für einen Abend können wir elegante Damen sein, wie die Frauen der römischen Senatoren. Paß auf, keiner wird etwas merken!« Laelia gab sich zuversichtlich.

»Jeder wird es merken. Sie alle werden es uns an den Gesichtern ansehen, daß wir nicht hierhergehören. Wir kommen vom Lande, und das kann man nicht abstreifen wie eine Schlange ihre Haut.«

Aufmunternd schaute Laelia sie an. »Nun komm schon, legen wir die Gewänder an. Es wird bestimmt herrlich, den Stoff auf der Haut zu spüren.«

Rasch waren sie angezogen. Laelia stand da, in ihrem blaßgrünen bodenlangen Chiton und ließ sich von Illicia bewundern. Goldfäden leuchteten auf, sobald sie sich bewegte. Aber auch Illicia bot einen berückenden Anblick. Ihr nachtblaues Kleid war mit zarten Silberfäden durchsetzt, die bei jeder Bewegung funkelten wie die Sterne am Himmel. Die Frisuren zu richten, überließen sie vertrauensvoll den Händen der Dienerin, die beider Locken tatsächlich bändigte, in der aktuellen Mode aufsteckte und darüber hauchzarte Schleier legte, die sie mit feinen Elfenbeinkämmen im Haar befestigte.

Auch an Kosmetik hatten sie bei ihren Einkäufen gedacht – nur einen Pinsel, um die Augenschminke aufzutragen, hatten sie vergessen. Ratlos hielt Laelia das Töpfchen in der Hand. Das kleine Sklavenmädchen kicherte, verschwand und kehrte mit Pinseln in den verschiedensten Größen zurück. »Der Herrin ist es eine Ehre, sie euch zu schenken.«

Als Silvanus kam, um sie abzuholen, standen zwei fremde Frauen vor ihm. Er starrte sie an und umrundete sie mehrmals, um sie von allen Seiten anzusehen.

Schließlich wurde Illicia sein Staunen unangenehm. »Wir werden im Theater auffallen wie geschmückte Opfertiere. Außerdem stolpern wir bestimmt über den Saum und werden die Roben zerreißen. Oder noch schlimmer: Wir werden Marcus Antonius direkt vor die Füße fallen. Alle werden über uns lachen. Und wenn wir nicht fallen, so werden wir uns gewiß anderweitig danebenbenehmen.«

Furcht ergriff nun auch Laelia. »Ich glaube, wir bleiben lieber hier!«

Illicia wurde noch mutloser. Selbst unter dem Rot ihrer Wangen sah sie blaß aus. »Mir ist schlecht!« stöhnte sie leise. »Wir können unmöglich da hingehen! Unmöglich!«

»Unsinn!« tönte Silvanus. »Ihr seid wunderschön! Ihr werdet euch perfekt benehmen. Außerdem bin ich ja bei euch. Und ihr gehört zu Marcus Antonius, damit seid ihr unantastbar, egal wie ihr euch aufführt. Denkt immer daran, keiner kann euch etwas anhaben! – So, und jetzt kommt. Draußen warten bereits die Sänften.« Er geleitete die Widerstrebenden zum Ausgang, wo der Türsklave hinter ihnen den Riegel zuschob und ein anerkennendes Lächeln nicht verbergen konnte.

Silvanus schob Illicia kurzerhand in eine Sänfte, half Laelia in die zweite und setzte sich zu ihr. Diskret schloß er die Vorhänge.

Der Weg zum Theater war kurz. Marcus Antonius wartete bereits auf sie, auch er festlich gekleidet, seine Leibwache in gebührendem Abstand zwei Schritte hinter ihm. Galant half er Illicia beim Aussteigen. Um Laelia war Silvanus bemüht.

»Du hast mich nicht enttäuscht, mein Silvanus!« sagte Antonius anerkennend, zog Silvanus beiseite und flüsterte kurz mit ihm. Der reichte ihm ein flaches Päckchen. Antonius schlug das Tuch auseinander, warf einen Blick darauf und nickte zufrieden. »Mir scheint, es fehlt noch eine Kleinigkeit, um die Schönheit der beiden so richtig zum Leuchten zu bringen, meinst du nicht, Silvanus?« Während Antonius dem Tuch etwas entnahm, suchte Silvanus in den Falten seiner Toga, die er zur Feier des Tages angelegt hatte, und förderte ein ähnliches Päckchen zu Tage. Jeder wandte sich nun seiner Dame zu und legte ihr eine sanft schimmernde Perlenschnur um den Hals. Die Ketten glichen sich, nur schmückte Illicias Kette in der Mitte eine große tropfenförmige Perle, die sich angenehm in ihr großzügiges Dekolleté schmiegte.

Sprachlos schauten die jungen Frauen an sich hinunter. Antonius war mit der offensichtlichen Wirkung der Geschenke sehr zufrieden, ergriff unbekümmert Illicias Arm und führte sie ins Theater. Silvanus und Laelia folgten ihm. Sie durchschritten das Gittertor und umrundeten die Orchestra, wo später der Chor seinen Auftritt haben würde. Zielsicher stieg Marcus Antonius die Treppe hinauf und steuerte auf den äußersten der Ehrenplätze in der Mitte der fünften Sitzreihe zu. Er ließ sich auf das Polster sinken und zog Illicia zu seiner Linken, auf die vergleichsweise bescheidene Sitzreihe nieder, aber auch diese mit bequemen Kissen belegt. Statt ihres Armes hielt Antonius nun ihre Hand, obwohl das durch die hohe Armlehne des Logenplatzes für ihn recht unbequem sein mußte.

Verschämt versuchte Illicia, einen Blick ihrer Freundin aufzufangen, die aber saß, genauso beklommen wie sie, steif auf der Bank neben Silvanus.

›Nur keinen die Unsicherheit merken lassen!‹ dachte Illicia. Antonius blickte sie von der Seite an und drückte ihre Hand. »Sei unbesorgt, meine Schöne!« raunte er ihr zu und verschenkte wieder sein charmantes Lächeln. »Jeder hier bewundert dich!«

Illicia schluckte. Aus den Augenwinkeln sah sie, daß die Blicke der anderen Ehrengäste in ihrer Reihe neugierig auf sie gerichtet waren.

»Es dauert nicht mehr lange, dann werden sie beginnen. Es braucht aber seine Zeit, bis die Zuschauer ihre Plätze eingenommen haben, immerhin sind es ein paar Tausend.« Antonius drückte erneut ihre Hand.

Illicia blickte nervös um sich. Bei Dionysos, so viele Menschen, und alle würden sehen, daß sie neben Marcus Antonius saß, daß er in aller Öffentlichkeit ihre Hand hielt! Unwillkürlich wollte sie diese zurückziehen, doch Antonius hielt sie sanft, aber durchaus bestimmt fest. Mit einem leichten Lächeln sah er von seinem Ehrenplatz auf sie hinunter. So straffte sie ihre Schultern und versuchte zu wirken, als sei Repräsentieren eine ständige, aber auch angenehme Pflicht in ihrem an festlichen Anlässen reichen Leben. Eigentlich war es ihr zutiefst zuwider, sich so zu verstellen, aber die Freude auf das kommende Schauspiel versöhnte sie damit.

Antonius beugte sich zu ihr nieder. »Zuerst kommt natürlich das Opfer an Dionysos, aber die Zeremonie ist kurz. Habe ich schon erwähnt, welches Stück gespielt wird? Es ist der Ödipus von Sophokles. Ich hoffe sehr, daß es euch gefällt! Der Hauptdarsteller ist übrigens großartig.«

Illicia fühlte sich langsam sicherer, von Dichtung verstand sie immerhin einiges. Natürlich kannte sie den Ödipus. »Von dem Schauspieler haben wir sogar in Didyma schon gehört!«

»Ich sollte euch auch sagen, daß wir anschließend zu einem Festmahl eingeladen sind! Unser Gastgeber Erymanthes richtet es aus, und einige der einflußreichsten Männer der Stadt werden mit ihren Frauen kommen. Ich hoffe, es wird euch Freude bereiten! Aber sieh, da kommt der Priester.« Sitte und Anstand nur ungern gehorchend, ließ Marcus Antonius Illicias Hand los und nahm die Begrüßungsworte des Mannes würdevoll entgegen.

Dieser ging sodann mit seinen Gehilfen gemessenen Schrittes zum Altar, direkt vor ihnen am Rande der Orchestra, und begann mit dem Opfer.

Während der Zeremonie ließ Illicia die Augen schweifen. Dort unten in der Nähe des Eingangs sah sie die Wasseruhr, die zur Begrenzung der Redezeit diente, denn das Theater wurde auch für Volksversammlungen genutzt. Links und rechts, am Ende der Sitzreihen, standen ausgefallene Bronze-Skulpturen auf hohen Sockeln. Wen sie darstellten, konnte sie nicht erkennen, es schienen jedoch Götterstatuen zu sein. Sie nahm sich vor, beim Hinausgehen diese Kunstwerke noch einmal aus der Nähe anzusehen, auch die Statuen rechts und links vom Bühnengebäude, die sie erst jetzt wahrnahm und die offensichtlich Bürger der Stadt darstellten. Wahrscheinlich Wohltäter, die mit erheblichen Geldspenden irgendeine öffentliche Einrichtung gestiftet hatten, vielleicht sogar dieses Theater?

Der Todesschrei des Opfertieres drang schrill an ihr Ohr, der Dienst an Dionysos war gleich vorüber.

Noch einmal versuchte Illicia, einen Blick von Laelia zu erhaschen, die jetzt etwas entspannter auf den Kissen saß. Doch diese schien in Gedanken versunken. ›Wie soll es bloß weitergehen mit den beiden?‹ dachte Illicia. Seit Laelia ihr erzählt hatte, daß Silvanus in Rom verheiratet war, beobachtete sie die Gefühlswallungen ihrer Freundin mit großer Unruhe. Auch bei dem Gedanken an die kommende Nacht wurde ihr immer unwohler. Die erste Begeisterung über Laelias Idee war vergangen, und die Gedankenspiele, in denen sie und Antonius die Hauptrolle innehatten, kamen ihr so unwirklich vor, als sollte sie für Zeus auf dem Olymp ein Gastmahl vorbereiten. Aber Antonius hatte ganz offensichtlich Interesse an ihr. Sie bekam Angst.

Der Klang von Musikinstrumenten riß sie aus ihren Überlegungen. Das Schauspiel begann, und Antonius griff wieder nach Illicias Hand.

Silvanus war kein großer Theatergänger, und die Aufführung konnte ihn nicht sehr begeistern. Er überdachte voller Sorge die Situation, in der sie sich befanden, die Gefahr, die damit verbunden war. Jetzt, wo Antonius ihnen seine Informationen zu den Parthern – sicherlich nicht alle – offen dargelegt hatte, war er sich der Bedrohung noch bewußter als zuvor. Außerdem beunruhigte ihn dieser ungelöste Fall. War er wirklich in der Lage, den Mord aufzuklären? – Hätte er doch gar nicht erst herkommen müssen! Aber einem Befehl von Antonius durfte man sich nicht widersetzen. Dieser lange Aufenthalt in Priene bedeutete verlorene Spuren, verlorene oder vergeßliche, wenn nicht sogar beseitigte Zeugen – und schlimmstenfalls auch das Verschwinden des Mörders.

Unruhig rutschte Silvanus auf dem Sitz hin und her. Jede Minute hier war ein nicht wieder aufzuholender Zeitverlust. Wenigstens wies bisher nichts daraufhin, daß es einer der Prozessionsteilnehmer gewesen war, die waren ja erst in Didyma eingetroffen, als Antigonos schon tot war. Somit konnte eine unüberschaubare Zahl von Menschen ausgeschlossen werden, die eine Aufklärung nahezu unmöglich gemacht hätte. Er hoffte inständig auf sein Glück, erfahrungsgemäß brauchte man in solchen Situationen reichlich davon. Spontan entschloß er sich, einen Tempel der Fortuna aufzusuchen und ihr ein Opfer darzubringen. Irgendwo zwischen Priene und Didyma würde es schon einen geben. Und dann würde er beten, wie er noch nie in seinem Leben gebetet hatte, schwor er sich. Dankbar spürte er die Wärme von Laelias Hand und drückte sie unvermittelt.

Laelia schien zu ahnen, was ihn bewegte, und erwiderte leicht seinen Druck.

Silvanus' Gedanken schweiften wieder ab. Wer könnte es gewesen sein? Nun, da bot sich mittlerweile eine Reihe von Verdächtigen: Tollimos' Verhalten war äußerst merkwürdig, wenn auch recht überzeugend gewesen, als er ihn in seinem Haus aufgesucht hatte. Aber wer war der Besuch gewesen, der kurz vor ihm weggegangen sein mußte? Wirklich dumm von ihm, daß er nicht nachgefragt hatte! Vielleicht wußte Illicia etwas über die Gäste ihres Vaters? Er müßte sie noch einmal dahingehend befragen. Wenn Antonius ihn in nächster Zeit in ihre Nähe ließ! Dann gab es da noch Bibulus. Nichts sprach für ihn als Mörder, allerdings auch nichts gegen ihn! Und die Priester vom Tempel! Mit ihnen würde er sich intensiver als bisher beschäftigen müssen. An Vigolos mußte er endlich herankommen, notfalls mußte er eben Druck ausüben. Chares war in seinen Augen ein armseliger Schwächling, wenn auch intelligent. Aber ihm traute er soviel Zorn und Entschlossenheit, einen Mord zu begehen, nicht zu. Wäre es nur immer so einfach! Seine Erfahrung sagte ihm, daß es manchmal sogar die gänzlich unscheinbaren Menschen waren, die in Extremsituationen töten konnten. Also blieb auch Chares auf der Liste, die langsam anwuchs.

Offilia, schoß es ihm durch den Kopf. Irgendwie neigte er immer dazu, Frauen eine Bluttat nicht zuzutrauen. Und doch, in Rom hatte er einmal einen Fall, wo tatsächlich die Ehefrau ihren Gatten ermordet hatte. Nicht mit Gift, wie man es dem weiblichen Geschlecht gerne zuschob. Nein, auch dort war es ein Messer gewesen, kaltblütig hatte sie dem Ehemann aufgelauert, weil er sie betrogen hatte. Ein Schaudern durchlief ihn. Nun, daran zeigte sich, daß Frauen durchaus in der Lage waren, Mordlust nicht nur aufkommen zu lassen, sondern auch in die Tat umzusetzen. Aber nein, wenn sich bestätigte, daß Antiphon durch Offilia ein Alibi hatte, dann galt das auch umgekehrt für Offilia. Und Monoculos schien äußerst glaubwürdig zu sein, sagte zumindest Laelia. Aber waren die beiden wirklich die ganze Zeit in Offilias Zimmer gewesen? Das mußte er unbedingt überprüfen! Und – damit käme ein neuer, bisher unbeachteter Aspekt ins Spiel: Könnte Antiphon mit Offilia gemeinsame Sache gemacht haben? Aber warum hätten sie das tun sollen? Hier konnten nur weitere Nachforschungen in Didyma Aufklärung bringen. Und wenn schon Frauen in Betracht gezogen werden mußten, dann blieben da doch immer wieder Illicia und – er mochte kaum daran denken – Laelia. Seine Laelia! Der Vollständigkeit halber ließ er sie in seiner Aufstellung, mit einem großen Abstand zu den zuvor Genannten. Er sah ihr schönes Profil an, das von der Tragik des Schauspiels leicht gerötet war. ›Völlig arglos ist sie‹, dachte er, zweifelnd an seinem Entschluß, sie auf der Liste zu belassen. Und Illicia? Er blickte zu ihr hinüber. Hingerissen hatte sie sich vorgebeugt. Sie sog förmlich die schönen Verse von den Lippen des berühmten Schauspielers. Sollten so unschuldig aussehende junge Frauen einen Mord begehen können?

Wer aber weiß denn, was in jener Nacht dort beim Heiligtum der Artemis geschah?

Er mußte an seine Begegnung mit der Artemispriesterin und den Mädchen im Heiligtum denken, die sich alle gegenseitig ein Alibi gaben. Lag es nicht im Bereich des Möglichen, daß sie sich abgesprochen hatten, um eine der ihren zu decken, aus welchen Gründen auch immer? Allerdings, konnte er die frommen Frauen wirklich des Mordes verdächtigen, ohne den Zorn der Göttin auf sich zu ziehen? Nun, die Götter wußten, kein Ding war unmöglich. Wenn er die Priester des Tempels verdächtigte, konnte er an den Dienerinnen der Artemis nicht einfach vorbeisehen. Also auch sie. War nicht überhaupt diese eine, wie hieß sie noch, die sich mit Antigonos getroffen hatte und ihn – außer dem Mörder – vermutlich zuletzt gesehen hatte, war diese nicht jetzt auch in Priene? Er suchte in seinem Gedächtnis nach dieser Information. Richtig! Thalia war ihr Name, und eines der Mädchen hatte gesagt, sie sei in Priene! Dann mußte er sie umgehend ausfindig machen. Impulsiv, wie er war, wäre er beinahe aufgesprungen und davongeeilt, hätte er nicht noch immer Laelias Hand gehalten. Er wurde sich wieder bewußt, wo er war. Gut, Thalia mußte bis morgen warten.

Das Schauspiel zog sich endlos hin. Ödipus drückte sich verzweifelt beide Hände vor die erblindeten Augen und beklagte sein Schicksal. Ein Blick zu Laelia und weiter zu Illicia machte Silvanus die Dramatik des Gebotenen klar: Beiden standen helle Tränen in den Augen, beide litten mit dem armen Opfer des Schicksals. Kann man wirklich nicht von dem durch die Götter vorbestimmten Weg abweichen? Seine Meinung war das nicht. Seiner Ansicht nach hing viel davon ab, wessen Sohn man war und wessen Unterstützung man sich sicherte. Liebevoll dachte er an seine Mutter, die immer nach besten Kräften versucht hatte, ihn zu fördern. Leider reichten ihre Mittel nicht sehr weit. Als sie starb, war alles Ersparte aufgebraucht, was sein Vater hinterlassen hatte. Sein Vater, den er nie kennengelernt hatte, weil er in irgendeinem Feldzug ums Leben gekommen war. Seine Mutter hatte nie viel über ihn erzählt, und seltsamerweise hatte er nie das Bedürfnis verspürt, nach ihm zu fragen. Er hatte von klein auf das Gefühl gehabt, daß ihm vielleicht nicht gefallen würde, was sie zu erzählen hätte.

Endlich war das Stück zu Ende. Die ergriffenen Zuschauer trockneten die Reste der vergossenen Tränen und gingen langsam dem Ausgang zu.

Antonius erhob sich aus seinen Polstern. Die Augen der beiden jungen Frauen waren noch feucht. Antonius legte seinen Arm um Illicia, um sie liebevoll hinauszugeleiten. Kurz vor dem Bühnengebäude blieb Illicia stehen, um sich die Skulpturen näher anzusehen. »Wen stellen sie dar?« fragte sie Antonius.

»Der rechte dort ist Apollodoros, und der linke soll Thrasyboulos sein. Beide lebten vor etwa hundert Jahren hier und waren sehr angesehene Bürger. Unser Gastgeber Erymanthes ist übrigens ein Nachfahre dieses besagten Thrasyboulos.«

Illicia zeigte deutliche Bewunderung über Antonius' Wissen.

Der lächelte. »Ich bin nicht zum ersten Mal hier, denn ich schätze das Schauspiel sehr. Und bei einem der letzten Theaterbesuche hat mir Erymanthes selbst von seinem Ahn und dessen Bildnis hier erzählt. Außerdem steht in seinem Haus eine ähnliche Statue.«

Illicia zog ihn zur anderen Seite, um sich die Wasseruhr anzusehen.

»Eine sinnreiche Einrichtung, diese Uhr, findest du nicht?« sagte Antonius. »Damit die Redner das Volk nicht mit langen Sermonen langweilen, ist die Redezeit begrenzt. Gemessen wird sie mit dieser Uhr.« Er blickte sie spöttisch an. »Wenn ich da an die römischen Sitten denke, besonders an meinen speziellen Freund Cicero ... Nun, seine Redezeit ist abgelaufen, und er kann kein Gift mehr verspritzen.« Antonius lächelte zufrieden.

Sie waren unter den letzten, die das Theater verließen.

Silvanus und Laelia warteten bereits draußen, die Sänften standen bereit. Nun mußten sie noch das Gastmahl bestehen. Es bedeutete Konversation mit illustren Gästen.

Laelia drückte sich an Illicia heran und flüsterte ihr ihre Sorgen ins Ohr.

»Oh«, meinte Illicia dazu, »das wirst du schon machen. Du bist doch immer gut darin, ein Gespräch anzufangen. Was soll ich sagen! Ich kann besser schreiben als reden. Ich werde stumm sein wie ein Fisch.«

Laelia wußte, daß ihre Freundin nicht übertrieb. In fremder Gesellschaft wurde sie von einer unerklärlichen Furcht erfaßt. Daher war sie in der Regel bei solchen Anlässen recht schweigsam und machte auf Menschen, die sie nicht kannte, oft einen abweisenden Eindruck. Hatte sie allerdings ein wenig Wein getrunken und sie näher kennengelernt, redete sie sehr wortgewandt. Laelia beschloß, ihrer Freundin in der ersten Stunde nach besten Kräften beizustehen.

Die Sänften hielten vor dem in Fackellicht getauchten Haus des Erymanthes. Zwei schwarze Sklaven öffneten die Tür und geleiteten sie in den Innenhof, auch dieser durch zahllose Fackeln und Lampen festlich erleuchtet. Ein älterer Mann in strahlend weißem Chiton kam ihnen mit ausgebreiteten Armen entgegen. Sein silbernes, langes Haar wehte hinter ihm her.

»Marcus Antonius! Wie schön, daß du uns an der Gesellschaft zweier derartig bezaubernder Damen teilhaben läßt!«

Seine freundlichen Worte machten auf die beiden Frauen durchaus den Eindruck von Ernsthaftigkeit. Trotz seiner würdevollen Erscheinung vermittelte er ihnen, daß ihm Konventionen gleichgültig waren. Seine Augen hatten einen jugendlichen Glanz und blitzten voller Neugierde und Humor. Angeregt plaudernd geleitete er sie zu den anderen Gästen und stellte sie vor. Nach einer Weile, Antonius war in ein Gespräch mit dem Gastgeber vertieft, standen alle in lockeren Grüppchen im Hof verteilt oder saßen an kleinen Tischen und unterhielten sich angeregt.

Dies war die Gelegenheit, auf die Silvanus gehofft hatte. Er stellte sich zu Illicia und fragte, ob er die Dame, das Einverständnis der Runde voraussetzend, einen Moment entführen dürfte. In einer ruhigen Ecke ließen sie sich nieder.

»Entschuldige, daß ich dich hier damit belästige, aber vorhin im Theater ist mir etwas eingefallen. Es betrifft deinen Vater!« Besorgt, wie sie auf diese Eröffnung reagieren würde, schaute er sie an.

Illicia war erstaunt. »Ich dachte, du hättest bereits mit meinem Vater gesprochen und alles geklärt?«

»So dachte ich, aber wie gesagt, eben ist mir noch etwas durch den Kopf gegangen, dazu brauche ich deine Hilfe.«

Illicia nickte und wartete, was Silvanus ihr zu sagen hatte.

»An dem Abend, als ich bei deinem Vater war, hatte er kurz zuvor Besuch gehabt. Weißt du zufällig, wer das war?«

»Wann bist du bei uns gewesen, vorgestern, nicht wahr?« Bei allen Göttern, Antigonos war kaum eine Woche tot, und sie amüsierte sich bei einem Gastmahl. Leise Traurigkeit kam wieder über sie. »Vorgestern. Da war ich bei Laelia, glaube ich. Nein, mein Vater hat mir nichts davon gesagt, daß er Gäste erwartete. Es kommen nur selten Leute zu uns heraus. Bist du sicher, daß jemand da war?« Mit den Fingern zupfte sie nervös an einem kleinen Silberfaden, der sich an ihrem Ärmel gelöst hatte.

»Ja, ganz sicher! Auf dem Tisch standen mehrere benutzte Becher und ein leerer Weinkrug.«

Illicia schüttelte ratlos den Kopf. »Der einzige, der mir einfällt, ist Crassus. Vielleicht ist er auf einen Besuch vorbeigekommen. Mein Vater und er kennen sich sehr gut. Obwohl ...«, sie zögerte, »nun, für einen Priester scheint ein Bordellbesitzer vermutlich nicht der richtige Umgang zu sein. Aber sie kennen sich wirklich schon sehr lange. Und Crassus ist trotz seines zweifelhaften Berufs ein ehrenwerter Mann. Das kann dir jeder in Didyma bestätigen.«

Silvanus nickte unbefriedigt mit dem Kopf. »Das würde es natürlich erklären!«

»Das beste ist, du fragst meinen Vater selbst. Oder Crassus.« Damit betrachtete sie die Angelegenheit als erledigt. »War das alles, was du wissen wolltest? Kann ich jetzt gehen?«

Geistesabwesend nickte Silvanus. Crassus hatte er bei der Erstellung seiner Liste ganz vergessen. Seiner Ansicht nach war er ein etwas zweifelhafter Mann. Obwohl, in der Tat hatte er bisher nur Gutes über ihn gehört. Und bei seinem kurzen Aufenthalt in dem Bordell hatten die Mädchen und Knaben, die er zu Gesicht bekommen hatte, einen durchaus zufriedenen Eindruck gemacht. Aber konnte man es wissen? Zerstreut registrierte er, daß Illicia wieder zu ihrer Gesprächsrunde zurückgekehrt und bereits in eine neue Diskussion vertieft war. Er schaute sich nach Antonius um. Der stand immer noch mit dem Gastgeber und den Würdenträgern der Stadt zusammen und wurde seinen gesellschaftlichen Verpflichtungen gerecht. Silvanus bemerkte eine gewisse Ungeduld in seinem Gebaren. Dennoch würde Antonius weitere Gespräche mit wichtigen und weniger wichtigen Gästen führen müssen, und niemand würde bemerken, wie lästig es ihm war.

Jetzt suchte Silvanus die Umgebung nach Laelia ab. Er sah sie, wie sie sich gerade mit einem jungen Mann unterhielt. Der schien doch wahrhaftig Gefallen an ihr gefunden zu haben! Langsam schlenderte er zu ihnen hinüber und stellte sich wie zufällig neben Laelia. Der junge Mann schilderte gerade seine Probleme, die er beim Erlernen von Fremdsprachen gehabt hatte. Silvanus versuchte, einen Anfall von Eifersucht zu unterdrücken, da es sich aber um einen ausgesprochen gutaussehenden Jüngling handelte, der noch dazu sehr amüsant zu plaudern verstand, wollte es ihm nicht recht gelingen. Fragend schaute der junge Mann zuerst auf Laelia, dann auf Silvanus.

»Oh, entschuldige! Ich habe euch nicht miteinander bekannt gemacht. Silvanus, das ist Apollodoros aus Tharsos. Er ist zu Besuch bei seinem Onkel, unserem Gastgeber. Apollodoros, das ist mein ...«, sie suchte nach den richtigen Worten, um ihre Beziehung zu Silvanus deutlich, aber nicht zu deutlich zu machen, »das ist Silvanus, mein Begleiter hier in Priene. Er gehört zum Stab des Marcus Antonius!« Den letzten Satz fügte sie mit Stolz in der Stimme hinzu.

Angemessen beeindruckt, bedachte Apollodoros Silvanus mit einem Kopfnicken. »Du begleitest Marcus Antonius?« fragte er ihn. »Das ist sicher sehr aufregend. Bist du schon lange bei ihm?«

Gespannt wartete er auf einen der unvermeidlichen Erlebnisberichte, die – so dachten alle – in Antonius' Gefolge an der Tagesordnung waren.

Silvanus mußte ihn enttäuschen. »Ich bin erst seit kurzem in seinen Diensten, erst seit er hier in Kleinasien ist. Vorher war ich einer der Tresviri Capitales in Rom.«

Mit erlahmendem Interesse nickte der Jüngling und wandte seine Aufmerksamkeit wieder Laelia zu. »Gehörst du auch zu Antonius' Gefolge?« fragte er sie.

»Hm«, Laelia wußte nicht recht, was sie darauf sagen sollte. Gehörte sie dazu oder nicht? Es war ihr selber nicht klar, was sie mit Marcus Antonius zu tun hatte. Sie warf einen Blick hinüber zu Illicia, die sich langsam in die Nähe von Antonius vorgeredet hatte.

»Weißt du, meine Freundin – sie steht dort hinten, es ist die mit dem blauen Kleid – und ich, wir sind nur vorübergehend in seinem Dienst. Er braucht uns für einige Übersetzungs- und Schreibarbeiten. Das ist schon alles.«

Glücklicherweise enthob das Mahl, zu dem in den Speiseraum gebeten wurde, Laelia weiterer Erklärungen. Gepolsterte Klinen warteten auf sie, Tische mit raffinierten Tafelaufsätzen versprachen Köstlichkeiten, und zahllose Sklaven eilten beflissen hin und her.

Die Tischordnung hatte Illicia wieder in die Gesellschaft von Silvanus und Laelia gebracht, welche von ihm kaum aus den Augen gelassen wurde. Illicia hatte das Pech, neben einem alten Unterbefehlshaber zu liegen, der alle in seiner Reichweite mit Kriegsgeschichten aus der guten alten Zeit langweilte. Antonius nahm einen Platz neben den Honoratioren der Stadt ein. Bisher hatte er noch keine Zeit für Illicia gehabt, ihr aber, wann immer es ging, einen Blick zugeworfen.

Das Essen zog sich endlos lange hin.

Endlich begannen die ersten Gäste sich zu verabschieden, als Silvanus Laelia etwas ins Ohr raunte. Diese errötete, zuckte kurz mit den Schultern, nickte aber. Dann zog sie Illicia beiseite. »Hör mal«, begann sie zögernd, »ich wollte dir noch etwas sagen.«

Illicia brauchte nur einen Blick, um zu erkennen, was ihre Freundin vorhatte. »Ich wünsche euch viel Spaß«, sagte sie etwas pikiert.

»Ich werde nicht lange bleiben«, lenkte Laelia ein. »Du kannst dich derweil ja schon ins Bett legen – falls es dir nicht doch noch gelingt, Marcus Antonius einzufangen.«

Illicia hatte sich darauf gefreut, die Ereignisse des Tages mit ihrer Freundin durchzusprechen, mußte sich aber eingestehen, daß sie diese Entwicklung hätte voraussehen können. Versöhnter mahnte sie: »Sei vorsichtig, Laelia, du weißt ja, daß es hier streng moralisch zugeht. Die Räume für die Männer liegen doch da hinten irgendwo. Man wird sich fragen, was du dort zu suchen hast, wenn man dich sieht!«

»Mir wird schon etwas einfallen!«

Laelia schien wirklich viel daran zu liegen, mit diesem Römer allein zu sein. Wieder kamen Illicia Bedenken. »Aber er ist doch verheiratet, Laelia!« flüsterte sie ihr ins Ohr. »Du solltest dich nicht so an ihn binden. Hinterher wird es dir leid tun! Wir haben das alles nicht richtig überlegt!« Besorgt sah sie ihre Freundin an.

»Mach dir keine Gedanken! Ich weiß schon, wie weit ich gehen kann.«

Resigniert nickte Illicia und wandte sich wieder dem Hof zu, nicht ohne Silvanus noch einen drohenden Blick zuzuwerfen. Mit schlechtem Gewissen studierte dieser eine der Inschriften am Sockel einer Statue.

Kopfschüttelnd wandte sich Illicia ab.

Die letzten Gäste hatten es sich im Speisesaal bequem gemacht, und das Gelage nahm seinen Lauf. Illicia war allein im Peristyl, das vor kurzem noch von lauten Gesprächen und Gelächter erfüllt gewesen war. Erfreut über die Ruhe, die sie umgab, zog sie sich einen Sessel in die Mitte des Hofes, von wo aus sie durch die Öffnung im Dach die Sterne sehen konnte. Den Kopf im Nacken, betrachtete sie versunken die Sternbilder, direkt über ihr stand die Kassiopeia. Erschreckt zuckte sie zusammen, als sich eine Hand leicht auf ihre Schulter legte.

»Ich wollte dich nicht erschrecken!« sagte eine leise ihr wohlbekannte Stimme. Nun spürte sie auch auf ihrer anderen Schulter den leichten Druck einer Hand. Sie wendete ihren Kopf und sah in das ernste Gesicht von Antonius, der sie liebevoll betrachtete.

»Wie schön, daß ich dich noch antreffe, meine Illicia. Ich fürchtete schon, zu spät zu sein.« Antonius nahm seine Hände von ihren Schultern, holte sich einen Stuhl und setzte sich neben sie. Lange schaute er sie schweigend an. Dann schüttelte er ratlos den Kopf und sah seltsam niedergeschlagen aus. Bei einem berühmten furchtlosen Feldherrn ein unerwarteter Anblick.

»Was ist los?« rang Illicia sich durch zu fragen.

Er seufzte nur.

»Was bedrückt dich, kann ich dir helfen?« Illicia kam nicht umhin, mit ihm zu leiden.

Wieder schaute er sie so seltsam an. Schließlich begann er doch zu sprechen. »Ich weiß, es darf nicht sein, und doch, ich kann nichts dagegen tun.«

»So sag doch, was passiert ist!« Illicia befürchtete Schlimmes. Antonius sprang so heftig auf, daß er seinen Stuhl dabei umwarf. Ein Schritt, und er stand direkt vor ihr. Eine knappe Bewegung, und er hatte sie von ihrem Stuhl hochgezogen und fest an sich gedrückt. Dann suchten seine Lippen ihren Mund.

Illicia war so verblüfft, daß sie alles mit sich geschehen ließ. Als er sie küßte, erwachten in ihr all die Gefühle, die sie so lange unterdrückt hatte, die selbst Antigonos nie hatte wecken können. Sie vergaß alle Bedenken, alle Einwände, die sie Laelia gegenüber so eindringlich vorgebracht hatte. Leidenschaftlich erwiderte sie seine Umarmung und seine Küsse. Beide waren vollkommen in sich versunken, vergaßen, wo sie waren, vergaßen das Gelage und die Gäste. Als Antonius' Hände zärtlich ihren Nacken, ihre Schultern entlang tasteten und sich langsam, aber unaufhaltsam unter ihren Chiton schoben, kehrte Illicia in die Wirklichkeit zurück, ihr Widerstand erwachte, und sie wand sich aus Antonius' Armen. »Es könnte doch jemand kommen!« flüsterte sie.

Antonius schien sie nicht zu hören und versuchte wieder, sie an sich zu ziehen.

»Nein!« sagte sie leise, aber bestimmt. »Das kann ich nicht! Und will ich auch nicht!« Ihre Augen, die ihn voller Sehnsucht ansahen, straften ihre Worte Lügen.

Antonius, gewohnt zu handeln, kümmerten Illicias Einwände nicht im geringsten. Er nahm sie bei der Hand, zog sie in einen Raum auf der anderen Hofseite und schloß die Tür hinter sich. Drinnen nahm er sie wieder in seine Arme und bedeckte ihr Gesicht mit Küssen. Schließlich hob er die Widerstrebende hoch wie eine Feder, trug sie zum Bett und legte sich neben sie.

Für Illicia bestand noch immer ein großer Unterschied zwischen dem, was sie so unbekümmert geplant hatten, und dem, was sich hier ankündigte. Sie sprang auf und flüchtete sich in eine Ecke.

Antonius rührte sich nicht, verfolgte aber mit sehnsüchtigem Blick jede ihrer Bewegungen. Ihr Kleid schimmerte in dem silbernen Mondlicht, das durch das Fenster neben der Tür hereinschien. Sie versuchte, Antonius nicht anzusehen, dennoch trafen sich ihre Blicke immer wieder. Sie wußte, was

Antonius wollte, und, was viel schlimmer war, sie wollte es auch. Und sie mußte daran denken, daß das, was sie beide wollten, ihr schon einmal, unter Schmerzen und Ekel, widerfahren war. Ihr und Laelia. Sie hatte jeden Gedanken daran bisher immer unterdrücken können. Es lag schon lange Zeit zurück, aber jetzt war es wieder da, als sei es erst gestern gewesen. Die Erinnerung ließ sie am ganzen Körper zittern.

Antonius erkannte, daß etwas in Illicia vorging, etwas, das sie zutiefst erschreckte.

Besorgt erhob er sich und ging langsam auf sie zu. Zärtlich versuchte er sie zu umarmen, aber Illicia blieb starr wie ein Schwert und rührte sich nicht. Er nahm ihr Gesicht in seine Hände. »Was ist? Habe ich dich erschreckt? Das wollte ich nicht!« Behutsam streichelte er ihr Antlitz.

›Was für schöne Augen er hat, ganz anders als ...‹, schoß es ihr durch den Kopf. »Es geht nicht, Marcus, wirklich!«

»Möchtest du mir nicht sagen, was passiert ist? Es ist dir doch etwas passiert, oder?« Seine sanften Augen flößten ihr Vertrauen und Ruhe ein, und so erzählte sie ihm, wie ihr Hauslehrer Laelia und sie zu Dingen gezwungen habe, die sie nie gewollt hatten. Wie diese Erfahrung ihr Verhältnis zu Antigonos belastet habe. Nie habe sie ihm unbefangen begegnen können, aber solche Gefühle, wie sie jetzt empfand, habe er auch nie bei ihr geweckt.

Antonius hatte sie sanft auf das Bett gezogen und streichelte ihre Hände, während sie sprach. Er war bestürzt über das, was er da hörte. »Meine Illicia, hier wird nichts geschehen, was du nicht willst. Wenn du jetzt sagst, ich soll gehen, so gehe ich. Ich habe noch nie für eine Frau so empfunden, wie für dich, aber ich will dir nichts vormachen – eine gemeinsame Zukunft haben wir nicht! So schmerzlich der Gedanke auch für mich ist! In Rom wartet meine Frau auf mich, Fulvia. Ich liebe sie nicht mehr, aber selbst ich kann mich nicht gegen die herrschenden Sitten wenden. Ich kann dir versprechen, daß ich immer an dich denken werde. Vielleicht glaubst du mir das nicht, aber es ist so! Wenn du es willst, werde ich so oft zu dir kommen, wie mir möglich ist.«

Illicia hörte kaum, was er sagte, sie sah ihn nur an und war sich sicher, daß sie diesen Mann liebte, daß sie sich nach ihm sehnte, ihn begehrte. Vergessen waren die mühevollen Besorgungen, die Laelia für diesen Fall unternommen hatte.

*

Sie lagen noch eng umschlungen auf dem Bett, als sie draußen eine leise Stimme rufen hörten. Durch das Fenster sahen sie die ersten Strahlen der Morgensonne.

»Illicia, wo bist du?« Es war Laelia. Bedauernd ließ Illicia noch einmal ihre Hände über seinen muskulösen Rücken gleiten. »Ich glaube, ich muß jetzt gehen!«

Antonius stöhnte leise und drückte sie fester an sich.

»Doch, doch, ich muß gehen, sonst werden wir entdeckt.« Aber auch Illicia konnte sich nicht losreißen.

»Illicia?« Laelias Stimme wurde lauter.

»Ich muß jetzt gehen!« versuchte Illicia Antonius und sich selbst zu überzeugen.

»Warte!« Antonius stand auf und warf sich seinen Chiton über. »Du kannst deiner Freundin vertrauen?«

»Natürlich!« Illicia wollte noch etwas hinzufügen, aber Antonius war schon hinausgegangen.

Illicia hörte leises Flüstern und dann rasche Schritte, die sich entfernten. Antonius kam mit einem strahlenden Lächeln zurück.

»Ich habe uns noch ein paar Stunden erobert. Laelia hat sich nur Gedanken gemacht, wo du bist.«

»Was sagst du da? Was hast du?« Sprachlos über diese Eigenmächtigkeit, kam trotz aller liebevollen Gefühle Illicias Eigensinn wieder hervor. Daß derartige Entscheidungen über ihren Kopf hinweg getroffen wurden, konnte sie nicht gut vertragen.

Leise schlich sie auf Zehenspitzen zu Laelias Zimmer. Ihre Freundin war bereits wach und – allein. Laelia saß schon zur Abreise bereit auf dem Bett, das Festgewand lag säuberlich zusammengefaltet auf der Truhe, Schuhe und Schminke standen ordentlich daneben.

Illicia ließ sich zu ihr auf das Bett fallen und sah ihre Freundin neugierig an, aber Laelia kam ihr zuvor. »Na? War es schön?« Ihre Augen blitzten vergnügt.

»Bestimmt nicht so schön wie bei dir, oder? Du siehst so ausgeruht aus, Silvanus ist wohl bald eingeschlafen?«

»Ziemlich genau zu dem Zeitpunkt, als ich dich mit dem Herrscher Kleinasiens fand!« schmunzelte Laelia vielsagend.

»Wir sollten langsam an den Rückweg denken!« lenkte Illicia ab. »Sonst ist es dunkel, bevor wir zu Hause sind.«

»Ich denke, Antonius wollte uns Geleit besorgen, aber du weißt sicherlich genauestens darüber Bescheid? Ihr habt doch bestimmt die ganze Nacht über nichts anderes gesprochen?«

Illicia lächelte. »Das wird sich finden. Marcus ist ja nicht aus der Welt.«

»Marcus!« lachte Laelia. »Das ist der Beweis, daß es schön war! Wenn du den Herrn des römischen Ostens beim Vornamen zu nennen wagst ...«

Illicia hatte ihre Sachen schnell zusammengepackt, und als sie ihr Zimmer verließen, wurden sie bereits erwartet. Marcus Antonius, Silvanus und Erymanthes saßen im schattigen Peristyl beim Frühstück. Antonius sah blendend aus und wirkte vollkommen ausgeruht, Silvanus dagegen machte einen etwas abgespannten Eindruck.

Illicia wechselte einen Blick mit Laelia, die nur kurz eine Augenbraue hob. Ein Sklave holte rasch zwei Stühle für sie herbei, während ein zweiter ihnen auftrug.

»Ich habe alles Nötige für eure Heimreise veranlaßt!« teilte Antonius sachlich mit. Seine Augen sagten etwas völlig anderes. »Es werden euch gleich zwei Legionäre mit einem Wagen hier abholen. Du hast doch sicher nichts dagegen, daß ein Mann den Wagen fährt?« fragte er Laelia mit einem Augenzwinkern. »Aber es ist eins meiner wertvolleren Fahrzeuge, und ich hätte es gern unbeschadet wieder zurück.«

Laelia warf einen irritierten Blick auf Illicia, sollte sie etwa ...? Aber Illicia sah aus wie die Unschuld selbst.

Sie hatten gerade das Frühstück beendet, als die Ankunft der Legionäre gemeldet wurde.

»So, es ist Zeit, Abschied zu nehmen!« Antonius stand auf, um sie zur Tür zu geleiten, Silvanus folgte auf dem Fuße.

Herzlich verabschiedeten sich die beiden Frauen von Erymanthes, der sie einlud, ihn zu besuchen, wann immer sie in der Nähe wären.

»Wo ist euer Gepäck?« fragte Antonius, als sie hinaustraten.

»Aber wir hatten doch nichts dabei!« sagte Illicia verwundert.

»Was ist mit euren Gewändern?«

»Die Gewänder?« wiederholte Illicia. »Wir können das alles wirklich behalten?«

»Ja, natürlich! Meint ihr denn, ich wollte in euren Festtagskleidern durch Kleinasien reisen? Natürlich habe ich sie euch geschenkt!«

Hocherfreut machten sie kehrt, um die Kleidungsstücke zu holen. Antonius, der schon dem bereitstehenden Sklaven einen Wink gegeben hatte, sich um das Gepäck zu kümmern, wechselte mit Silvanus einen amüsierten Blick, die Spontanität dieser jungen Frauen faszinierte ihn.

»Aber die Perlen«, sagte Illicia, als sie ein wenig außer Atem wieder vor ihm stand, und löste ihre Kette, die sie die ganze Nacht nicht abgelegt hatte.

»Natürlich auch die!« Antonius lächelte sie liebevoll an und wehrte großmütig den Dank der Mädchen ab.

Laelia drehte sich zu Silvanus um. »Wo ist dein Gepäck? Wolltest du uns nicht begleiten?«

Mit einem Seitenblick auf Antonius schüttelte er den Kopf. »Nein, ich habe hier noch etwas zu erledigen. Vielleicht hole ich euch unterwegs ein.«

»Es wird sicher nicht lange dauern, Laelia!« sagte Antonius, und zu Illicia gewandt fügte er hinzu, »vielleicht komme ich noch einmal nach Didyma. Aber auf jeden Fall möchte ich euch einladen, meinem Einzug in Ephesos beizuwohnen. Ihr werdet rechtzeitig von mir hören. Und jetzt lebt wohl!« Leise flüsterte er in Illicias Ohr: »Und vergiß mich nicht!«

Ihr lief ein Schauer über den Rücken. Abrupt drehte sie sich um und ging hinaus. Laelia und Silvanus standen noch unschlüssig in der Tür. Er nahm ihre Hand, drückte sie fest und gab ihr einen schnellen Kuß auf die Wange. »Bis bald!«

VI

Während der Fahrt nutzten Laelia und Illicia die Geborgenheit des Wagens, um ihre nächtlichen Erlebnisse auszutauschen, bis sie in Didyma eintrafen und Antonius' Männer sie, wie befohlen, in der Taverne ablieferten.

Bibulus' lief aufgeregt vor die Tür, als er den Wagen kommen hörte. »Bei Apollon, Mädchen, warum mußtet ihr denn so lange fortbleiben? Hier geht alles drunter und drüber. Offilia ist verschwunden, die Kinder heulen, der Gallier spielt nur traurige Weisen, so daß die Gäste schwermütig werden. Tollimos kommt und schimpft, ich würde seine Tochter zu sehr in Anspruch nehmen, er sähe sie gar nicht mehr.«

Die Mädchen hörten ihm geduldig zu. Dann zeigte Illicia lächelnd auf die beiden Legionäre. »Ave Bibulus. Hast du noch einen Raum für die beiden? Und etwas zu essen? Von deinem Falerner haben wir ihnen auch erzählt.«

Bibulus blickte versöhnter. »Natürlich habe ich einen Raum für die Soldaten des Marcus Antonius. Die Festlichkeiten sind ja vorbei. Ich werde Thabea sagen, sie soll für euch alle etwas zu essen bereiten. Monoculos, kümmere dich bitte um den Wagen und die Pferde!«

Monoculos war an Laelias Seite getreten und wollte ihr etwas ins Ohr flüstern. Sie schob ihn beiseite. »Später, Monoculos, später, laß uns erst einmal richtig ankommen.« Sie ging zu ihrem Vater. »Was sagst du da, Vater, Offilia ist noch immer nicht aufgetaucht? Sie hat auch keine Nachricht gesandt?«

Bibulus' Miene wurde wieder trübe. »Es ist im Prinzip ja nichts Ungewöhnliches, daß sie für mehrere Tage verschwindet, aber es sind die Kinder, die so jammern, daß sie mir leid tun. Selbst Rubingetorix kann sie nicht beruhigen, obwohl er sein Bestes gibt. Ich bin nur froh, daß der Mörder eingesperrt ist, sonst würde ich mir in der Tat Sorgen machen.«

Laelia hob aufgeregt an: »Aber, Vater, Antiphon ist ...«, als ihr Illicia mit einem warnenden Blick ins Wort fiel.

»Bibulus, wir sind alle müde von der Reise. Ich möchte mich etwas frisch machen, mir gerne den Staub vom Körper spülen und dann etwas Gutes essen.«

Die beiden Frauen zogen sich auf Laelias Zimmer zurück.

Laelia schäumte. »Offilia, diese alte Medusa. Sie hat Angst bekommen und sich davongemacht. So eine Feigheit! Das hätte ich selbst ihr nicht zugetraut.«

Illicia sah versonnen aus dem Fenster. »Vielleicht hält sie sich nur versteckt, bis sie hört, daß Silvanus wieder da ist. Vielleicht kann sie ihrem Gallier nicht in die Augen schauen. Aber, ehrlich gesagt, wie ich deine Schwester kenne, glaube ich selbst nicht so recht daran. Und du weißt, wie das römische Recht ist, auf die Aussage eines Sklaven hin wird keiner freigelassen. Verhaftet, ja, aber freigelassen nicht. Das bedeutet, daß Antiphon weiterhin gefangengehalten werden wird. In dieser schrecklichen Folterkammer.« Illicia sah Laelia sorgenvoll an. Das Bild des jungen Athleten in jenem Raum trat wieder vor ihre Augen. In Priene hatte sie das alles vergessen.

Laelia hatte sich beruhigt und begann nachzudenken. »Ich weiß. Das ging mir auch schon durch den Kopf. Ich denke, wir sollten erst einmal abwarten. Vielleicht kommt sie ja zurück, weil wir wieder da sind. Immerhin hat sie gesagt ... na ja, sie sagt viel. Wenn sie morgen noch immer verschwunden ist, müssen wir überlegen, was man tun kann. Wo könnte sie hingegangen sein? Wäre sie hier im Ort, müßte das jemand wissen. Vielleicht Hani Rami, der weiß fast alles, was vor sich geht. Wenn sie sich in irgendeiner Höhle versteckt hält, muß sie irgendwann wieder hervorkommen, weil sie Hunger bekommt. Aber das würde nicht zu ihr passen. Vielleicht ist sie nach Milet gegangen, dann haben wir allerdings wenig Chancen, sie aufzuspüren. Und, was mir Angst macht, der Mörder ist noch nicht gefaßt. Gut, daß du mich vorhin unterbrochen hast, mein Vater hätte sich vor lauter Sorge sofort unter den Tisch getrunken.«

Bedrückt saßen sie nebeneinander auf dem Bett und schwiegen eine Zeitlang.

Endlich meinte Illicia: »Im Moment können wir nicht viel tun, da hast du recht. Und wenn Silvanus da ist, reden wir mit ihm.« Schweigend packte Laelia ihr Festgewand aus und legte es zuoberst in ihre Truhe. »Hoi!« rief sie plötzlich aus und ließ den Deckel zuknallen. »Der Parther! Was ist mit dem Orakelspruch? Ob er wohl schon verkündet ist?«

Mit einem Ruck war auch Illicia auf den Beinen. »Meinst du, dein Vater weiß etwas?«

»Wenn nicht er, wer dann? Außerdem kommt später sicher irgend jemand vom Tempel in die Taverne, spätestens dann werden wir etwas erfahren! Laß uns hinuntergehen, wir sollten ohnehin endlich etwas essen.«

Sie liefen die Treppe hinunter und überfielen Bibulus, der nichts ahnend tief gebückt unter dem Tresen etwas suchte. Er schoß hoch und stieß sich heftig den Kopf an der hervorragenden Holzplatte. Mit einem Schmerzensschrei sank er auf den Boden und hielt sich sein Haupt. Laelia beugte sich bestürzt zu ihm nieder und faßte ihn vorsichtig an der Schulter. »Vater! Es tut mir leid!« Zaghaft untersuchte sie seinen Kopf, ob er irgendwo blutete.

»Kannst du etwas sehen?« fragte Illicia besorgt. »Ist er verletzt?«

Beide halfen ihm aufzustehen. Illicia holte einen Stuhl, auf den sie ihn behutsam niederließen.

»Kinder, Kinder!« murmelte Bibulus. »Was macht ihr nur mit mir! Müßt ihr mir so einen Schrecken einflößen. Ich dachte, mein Ende ist gekommen.«

»Oh, Vater, verzeih uns! Das haben wir nicht gewollt!«

Bibulus besah seine Hände, ob er Blut daran entdecken konnte. Als er keines fand, beruhigte er sich etwas. Laelia fühlte über seinen Kopf und strich ihm zärtlich das schüttere Haar aus der Stirn. »Du wirst eine stattliche Beule bekommen! Wir sollten etwas zum Kühlen holen.« Sie sah sich um.

Illicia lief in die Küche und kam mit einem feuchten, kühlen Tuch zurück, das sie Bibulus an den Kopf drückte. Bibulus stöhnte auf, blieb aber ruhig sitzen. Nacheinander betrachtete er die beiden. »So, da ich jetzt ein wenig sitzen bleiben werde, könntet ihr die Mußezeit nutzen, mir von eurem Aufenthalt in

Priene zu erzählen.« Obwohl er die Augen vor Schmerzen zusammenkniff, schaffte er es, sie streng anzusehen.

Illicia machte sich davon, um in der Küche nachzusehen, wie es mit dem Essen stand. Laelia blieb bei Bibulus sitzen, ergriff seine Hand, mehr um sich selbst Mut zu machen, als um ihn zu trösten. Sie erzählte ihm die Reise in ausgewählten Einzelheiten. Ganz zufällig hätten sie Silvanus getroffen und Antonius auch! »Ist Rubi eigentlich da? Ich habe ihn noch nicht gesehen?« wechselte Laelia das Thema.

Ihr Vater schüttelte ratlos den Kopf, wobei sich seine Gesichtszüge schmerzhaft verzerrten. »Er ist vollkommen außer sich. Er kümmert sich sogar kaum um die Kinder, und das spricht eine deutliche Sprache!«

Laelia nickte. Wenn Rubi seinen Nachwuchs vernachlässigte, dann mußte es schlimm um ihn stehen. Normalerweise merkte er sogar noch im Vollrausch, wenn einem seiner Kinder etwas fehlte, und lallte ihnen beruhigende Worte ins Ohr.

»Wo sind denn die Kleinen überhaupt?« In der Taverne war es ungewohnt ruhig.

»Ich habe gerade Monoculos losgeschickt, sie ein bißchen zu beschäftigen. Ach, ich mache mir Sorgen um Offilia, wo mag sie wohl sein?«

»Sie ist sicher bei einem ihrer Liebhaber!« entfuhr es Laelia. Sie wollte Bibulus beruhigen, und es fiel ihr nichts Besseres ein.

Entrüstet blinzelte ihr Vater zu ihr hinüber. »Du sollst so etwas nicht sagen. Sie ist noch nie so lange weggeblieben, und außerdem ist doch kaum noch jemand hier.« Den zweiten Satz hatte er mit müder Stimme hinzugefügt. »Ich habe überlegt, ob wir nicht Silvanus bitten sollten, nach ihr suchen zu lassen. Aber ob ihm das möglich ist ... Ich habe ja auch immer damit gerechnet, daß sie jeden Augenblick wieder da ist.«

Wenn sie ehrlich war, machte sich Laelia keine großen Sorgen um Offilia. Sie war eher ärgerlich. Was ihr eigenartig vorkam, war, daß Offilia ausgerechnet jetzt verschwunden war. Wirklich nur aus Angst vor der entdeckten Affäre? Silvanus mußte doch auf den Gedanken kommen, daß sie etwas mit dem Mordfall zu tun hatte. Das Alibi, das sie Antiphon verschafft hatte, diente ja gleichzeitig ihr selbst. Monoculos hatte sie zwar beide in Offilias Zimmer gehört, aber waren sie wirklich die ganze Zeit darin gewesen? Hatte sie nicht selbst in der Mordnacht huschende Schritte gehört? »Hat sie eigentlich irgend etwas mitgenommen?«

»Soweit ich es sehen konnte, nicht.«

In Laelias Gehirn zogen die Gedanken vorüber wie Wolken an einem stürmischen Herbsthimmel. Die Parther! Wenn dieser Parther ihr soviel erzählt hatte, konnte er dann nicht auch mit Offilia ...? Und wie Laelia ihre Schwester kannte, war diese für so einen Auftrag empfänglicher als sie. Wenn nur genug dabei heraussprang. Sollte es sich tatsächlich so verhalten, nicht auszudenken, was das für Folgen haben könnte! Laelia fiel der Orakelspruch wieder ein.

»Sag, Vater, hat das Orakel eigentlich die Frage der Parther beantwortet? Hast du etwas gehört?«

Illicia, die in der Küche das Gespräch bruchstückhaft mitbekommen hatte, steckte bei dem Wort Parther den Kopf durch die Tür, um nichts zu verpassen.

»Ja, bereits gestern wurde die Antwort verkündet. Und wie so oft, waren alle mächtig ratlos, wie ich hörte. Ich kann mich gar nicht mehr an den Wortlaut erinnern, aber es war etwas mit Schatten und Bergen und ein Volk am Rande des Abgrunds oder so in der Art. Nun, wenn es dich so interessiert – in ein paar Tagen kannst du es im Orakelhaus genau nachlesen. Bei so etwas sind sie immer schnell mit den Inschriften.«

Die Tür öffnete sich, und ein paar delphische Athleten kamen herein. Sie wirkten noch immer bedrückt. Es hatte sie sehr getroffen, daß einer der ihren so schmählich verhaftet und eingesperrt worden war, noch dazu in einem Bordell! Eine Schande, die auch auf sie zurückfallen würde, wenn es in Delphi bekannt wurde. Und so etwas würde sich nicht lange verheimlichen lassen, denn solche Nachrichten verbreiteten sich immer in rasender Geschwindigkeit.

Bibulus erhob sich zögernd und ging mit unsicheren Schritten in die Küche. Illicia, die sich beim Eintritt der Sportler wieder dorthin zurückgezogen hatte, hatte für Laelia und sich eine Kleinigkeit zu essen gemacht. Jetzt bereitete sie die

Gerichte für die Gäste vor. Monoculos hatte eingekauft und alles bereitgelegt, so daß wenige Handgriffe reichten. Gerade stellte sie einen Topf mit einem Eintopfgericht auf die Flammen, als Bibulus hereinkam.

Sie drehte sich zu ihm um. »Wird es denn gehen, Bibulus? Oder soll ich nach meinem Vater schicken, damit er dir hilft?«

»Nein, mein Kind.« Abwehrend hob Bibulus die Hände. Er dachte mit Schrecken an die wenigen Male, wo Tollimos ihnen in der Schankstube ausgeholfen hatte. »Der Schmerz hat schon etwas nachgelassen. Monoculos wird gleich zurück sein und mir dann in der Taverne helfen. Schön, daß du schon das Essen vorbereitest. Gestern wußte ich nicht, wo mir der Kopf steht. Viele waren enttäuscht, daß die Speisen nicht in der gewohnten Auswahl angeboten wurden, aber Thabea war mit den Kindern beschäftigt, und mir fehlte einfach die Zeit, auch noch zu kochen.«

»Keine Sorge, Bibulus! Heute werden deine Gäste zufrieden sein!«

Beruhigt ging er hinaus.

Laelia kam mit den Bestellungen der Sportler. Thabea war nirgendwo zu sehen, so mußte sie sich um die Gäste kümmern. Hungrig machte sie sich über die Häppchen her, die Illicia ihr hinschob. »Hoffentlich kommt Vigolos heute!« Laelia hatte alles aufgegessen und rührte nun versonnen, aber heftig im Eintopf herum. Illicia nahm ihr den Löffel aus der Hand. »Heute gibt es keinen Gemüsebrei!«

»Entschuldige!« Laelia leckte sich einen Spritzer Suppe vom Handrücken.

»Es ist doch egal, ob Vigolos kommt. Den Orakelspruch können wir wahrscheinlich von jedem der Priester erfahren. Irgendeiner wird bestimmt kommen.« Illicia hatte keinen Zweifel daran, noch heute abend den genauen Wortlaut zu erfahren.

»Trotzdem! Ich habe den Prophetes seit dem Mord an Antigonos kaum zu Gesicht bekommen, du etwa?«

Illicia schüttelte den Kopf. »Nein, du hast recht! Auch Chares läßt sich kaum blicken. Und wenn, dann kurz. Er sitzt mit seinen Priesterkollegen zusammen, trinkt schnell etwas und geht. Aber vielleicht ist es ihnen peinlich, daß einer der ihren ermordet wurde, so etwas wirkt sich doch auf den Ruf des ganzen Orakel-Heiligtums aus.«

»Ja, das könnte der Grund sein. Na ja, und sie hatten mit den Feierlichkeiten zu tun. Aber weißt du, Illicia, ich mache mir noch immer Gedanken wegen Offilia! Du weißt doch, was der Parther mir für einen Vorschlag machte! Stell dir vor, er hat sich damit nicht nur an mich gewandt, sondern auch an Offilia. Ihr Verschwinden bekäme damit eine vollkommen neue Bedeutung!«

Erschreckt hörte Illicia auf, den Teig für die Pastete zu kneten. »Du meinst ...?«

»Ja, genau das meine ich! Wenn der Parther tatsächlich zu Offilia gegangen ist, wüßte ich nicht, was sie daran hätte hindern sollen, auf sein Angebot einzugehen.« Laelia dachte an das silberne Armband, das ihr der Parther geschenkt hatte und das nun oben in ihrer Truhe ruhte. »Vor allem, wenn sie mit reicher Belohnung geködert wird. Du kennst sie doch auch und weißt, wie sie ist!«

»Vielleicht ...« Illicia zögerte. »Meinst du wirklich, sie würde für ein Silberarmband spionieren? Das scheint mir doch eine sehr geringe Entlohnung im Vergleich zu der Gefahr, der sie sich aussetzen würde.«

»Wo ein Silberarmband ist, ist noch mehr zu holen. Offilia ist nicht dumm, sie weiß ihren Vorteil zu nutzen. Nur ob ihr klar ist, in welche Gefahr sie sich begibt, da bin ich mir nicht sicher. Laß uns doch mal weiter überlegen ...«

Illicia unterbrach sie, obwohl sie darauf brannte zu erfahren, wohin Laelias Gedanken führen würden. Sie reichte ihr die gefüllten Schüsseln. »Bring erst einmal die Suppe hinaus, bevor sie kalt wird. Wir dürfen unsere Arbeit nicht vernachlässigen, sonst wird dein Vater mißtrauisch. Und wir können es uns ganz gewiß nicht leisten, auch von ihm noch unbequeme Fragen gestellt zu bekommen – nach dem, was gestern alles passiert ist.«

»Wie immer hast du völlig recht, meine Liebe!« Widerspruchslos verschwand Laelia mit den Suppenschüsseln.

Als sie zurückkam, hingen fünf schreiende Kinder an ihrem Tunikazipfel.

»Wie du siehst, ist Monoculos mit den Kindern zurück! Vater hat uns gebeten, sie abzufüttern und ins Bett zu bringen. Auch das noch! Er hat Monoculos losgeschickt, Thabea zu holen, sie wollte eine Freundin besuchen, aber das wird sie wohl verschieben müssen. Wie kann Vater ihr das auch erlauben, wenn hier so viel zu tun ist. Er ist einfach zu gutmütig!« Unwillig sah Laelia auf die Kinder hinunter, deren Geschrei lauter und durchdringender wurde.

Illicia begann, Suppe in fünf kleine Schüsseln zu füllen und auf dem Tisch aufzureihen. Dann nahm sie den Ältesten, setzte ihn auf einen Stuhl und drückte ihm einen Löffel in die Hand. »Halt den Mund und iß! Dann lese ich euch auch eine Geschichte vor, wenn ihr ins Bett geht.«

Solch ein Angebot machte Illicia nur in äußersten Notfällen. Dies schien einer zu sein. Verblüfft schaute der Kleine sie an, hob aber brav den Löffel und begann, die Suppe in sich hineinzuschaufeln. Zufrieden sah Illicia, daß der erste versorgt war. Die Kinder waren mit Monoculos am Bach gewesen, jetzt bildeten sich unter ihren Füßen schmutzige Wasserlachen. Der Kleinste hatte sich voller Wonne mitten in eine Pfütze gesetzt und patschte mit der Hand hinein, daß es nach allen Seiten spritzte. Illicia pflückte ihn vom Boden auf, setzte sich und nahm ihn auf den Schoß. »Könntest du nicht endlich auch etwas unternehmen, damit dieses Geschrei aufhört?« fuhr sie Laelia an, die untätig herumstand und mißmutig zusah.

»Hört auf mit der Brüllerei, setzt euch hin und eßt endlich, sonst setzt es was!« schrie Laelia die Kleinen an. Diese waren eine solche Behandlung von ihr gewohnt, grinsten frech und ignorierten sie einfach. Bevor sie anfangen konnten, in der Küche herumzulaufen und die Töpfe von der Kochstelle zu ziehen, was nicht das erste Mal gewesen wäre, schubste Laelia sie auf die Stühle und schob ihnen der Reihe nach einen Löffel in den Mund. Die Ruhe, die daraufhin eintrat, war herrlich, doch nur kurz. Bald fingen sie an, mit vollem Mund über die Erlebnisse des Tages zu erzählen. Leider hatte das häufige Zusammensein mit ihrem Vater dazu geführt, daß sie kaum

Griechisch, dafür aber schon ganz gut Gallisch sprachen. Man verstand somit nur etwas wie »Monololos«, »Fiss gegangt« und »ssön geveest«. Der Rest war nicht auszumachen.

»Ja, ja, eßt jetzt!« antwortete Illicia zerstreut. Endlich kam Thabea. Mit einem Blick überschaute sie die Situation und begann sofort, sich um die Gäste zu kümmern.

Laelia war dankbar, als Illicia anbot, die Kinder ins Bett zu bringen. Eine geschlagene Stunde dauerte es, bis sie erschöpft zurückkam. »Ich habe ihnen aus der Ilias vorgelesen. Wahrscheinlich haben sie kein Wort verstanden, aber die Melodie der Verse ist so schön, daß sie tatsächlich darüber eingeschlafen sind. Homer würde aus der Unterwelt zurückkehren, wenn er wüßte, welch profanen Zwecken seine Dichtung dienen mußte.« Illicia rollte mit den Augen und setzte die unterbrochene Arbeit an der Pastete fort.

»Dauert es noch lange, bis sie fertig ist?« fragte Laelia mit hungrigem Blick auf den Tontopf, den Illicia gerade mit dem Teig bedeckte. Pastete war eines ihrer Lieblingsgerichte.

»Du weißt ganz genau, daß es noch eine Stunde dauert«, sagte Illicia geduldig. Es war immer die gleiche Zeremonie, ab jetzt würde Laelia alle zehn Minuten fragen, ob die Pastete fertig sei.

»Wie sieht es im Gastraum aus? Alles in Ordnung?« Laelia nickte nur.

»Dann können wir ja weiterreden. Was wolltest du sagen?«

Laelia hatte den Faden verloren. »Ich weiß nicht mehr. Wo waren wir gerade?«

»Na, bei Offilia und den Parthern!«

»Ach ja, eigentlich nichts weiter. Nur, daß sie in irgendwelche Machenschaften mit den Parthern verstrickt sein könnte, immerhin ist sie weg! Vielleicht ist sie auch schon ...« Laelia lief es bei diesem Gedanken kalt über den Rücken.

Illicia schüttelte sich. »Bevor wir nicht wissen, was es mit diesem Orakelspruch auf sich hat, kannst du doch nicht solche schrecklichen Dinge annehmen. Wer weiß, vielleicht ist alles ganz harmlos. Außer den Parthern natürlich, furchtbare Menschen sind das. Aber das alles klingt mir doch ein wenig zu abenteuerlich!«

Laelia überlegte weiter. »Vielleicht hat sie doch etwas mit dem Mord an Antigonos zu tun, nur sehen wir die Hintergründe noch nicht. Vielleicht stecken sie sogar unter einer Decke, Antiphon und Offilia.«

»So ein Unsinn!« rief Illicia dazwischen. »Die haben doch ein Alibi!«

»Das ist die Frage!« warf Laelia ein.

»Aber Monoculos hat sie doch gehört! Das hast du mir selbst gesagt!« Daß Laelia immer wieder von vorne anfangen mußte!

»Genau! Monoculos hat sie gehört, aber sicher nicht die ganze Zeit! Nur Offilia und Antiphon haben bis jetzt bestätigt, daß sie die ganze Nacht zusammen waren. Wenn sie gemeinsame Sache gemacht hätten, hätten sie sich zwischendurch hinausschleichen können und später wieder zurück. – Wäre doch theoretisch möglich, oder?« Gespannt sah Laelia sie an.

»Hmmm«, Illicia war skeptisch. »Ich weiß nicht recht.«

»Ich habe doch gesagt, daß ich jemanden aus Offilias Zimmer schleichen hörte!« Laelia war entrüstet über die mangelnde Zustimmung.

»Du hast recht! Jetzt, wo du das sagst, fällt es mir wieder ein! Trotzdem muß das nichts heißen!«

»Immerhin bedeutet es, daß das Alibi der beiden auf wackeligen Füßen steht! Vielleicht deckt sie ihn, verblendet von seiner Schönheit und seinem Charme. Das müssen wir auch Silvanus sagen.«

»Na, der wird sich bedanken! Jeden Tag etwas anderes. Aber gut, sagen wir es Silvanus. Was ist denn jetzt mit den Priestern? Ist noch keiner da?«

»Nein, bis jetzt noch nicht. Wenn sie nicht gleich kommen, wird es zu spät. Dann brauchen wir nicht mehr mit ihnen zu rechnen.« Laelia spähte in die Schankstube. »Doch, da sind sie! Sie müssen gerade hereingekommen sein. Ich gehe mal zu ihnen. Ist die Pastete eigentlich noch nicht fertig?« Sie warf einen begehrlichen Blick auf den Ofen.

»Ein bißchen dauert es noch!« entgegnete Illicia nach einem Blick auf die Sanduhr, die sie in die Nische über dem Spülstein gestellt hatte. Enttäuscht ging Laelia hinaus. Atemlos kam sie zurück. »Stell dir vor, ich weiß es!«

Gespannt blickte Illicia von ihrer Arbeit hoch und wischte sich die Hände an einem Tuch ab. »Ja, und?«

»Ist die Pastete fertig?«

»Gleich!« rief Illicia unmutig aus, »jetzt sag schon!«

Laelia sonnte sich in ihrem Wissen. »Ich habe ihnen die Pastete empfohlen und gesagt, daß es noch etwas dauern würde. Dann habe ich die Zeit genutzt, sie ein wenig auszuhorchen!«

»Sehr schön! Nun sag endlich!«

»Also, das Orakel hat verkündet: Wenn Wolkentürme über die Berge ziehen, trifft ein Volk im Tal die Schatten seiner Ahnen, und einen mächtigen Mann durchzuckt der Strahl der Erkenntnis.«

Schweigen.

»Ja, und? Was soll das bedeuten? Haben die Priester auch dazu etwas gesagt?« unterbrach schließlich Illicia die Stille.

»Nein, das nicht! Du weißt doch, Deutungen geben sie nicht«, gab Laelia zurück.

»Und? Was fangen wir jetzt damit an? Das kann doch alles mögliche bedeuten: daß die Römer nicht in Parthien einfallen sollen, oder umgekehrt, daß die Parther nicht Rom angreifen dürfen. Spricht doch alles für eine friedliche Lösung, oder?«

»Man kann es eben nicht genau sagen! Hast du jemals erlebt, daß sich der Sinn des Orakels sofort erschloß? Ich habe die Priester allerdings nach ihrer persönlichen Meinung zu dem Spruch gefragt, wenn es schon keine offizielle Deutung gibt, worauf sie mir einen Vortrag hielten: Das Orakel sei keine Wahrsagerin, die dir erzählt, was du gern hören möchtest. Es enthält die Wahrheit. Nur würden die Fragenden dieses meist erst später erkennen. Und so weiter, als wüßten wir das nicht! Um meine Frage haben sie geschickt herumgeredet.«

»Sollen wir jetzt abwarten, bis sich die Prophezeiung erfüllt?«

»Wir müssen es Silvanus erzählen. Vielleicht kann der ja etwas damit anfangen. Oder möchtest du dich direkt an Antonius wenden?« Laelias Grinsen war mehr als dreist.

»Unsinn!« entgegnete Illicia unerwartet gutgelaunt. »Sagen wir es Silvanus. Übrigens, wo bleibt denn dein Schatz? Wollte er uns nicht sogar einholen?«

Ratlos hob Laelia ihre Arme und ließ sie wieder sinken. »Ich weiß auch nicht! Ob du es glaubst oder nicht, er hat mir nicht gesagt, was er noch in Priene zu tun hat. Wir müssen einfach abwarten.«

»Dann kannst du dich ja ausgiebig um die Gäste kümmern, bis er kommt. Die Pastete müßte jetzt fertig sein! Möchtest du erst ein Stück probieren, oder bringst du zuerst den Priestern etwas davon?«

»Dumme Frage! Her mit meinem Teller!«

*

Monoculos war, gleich nach seiner Rückkehr mit den Kindern, zu Tollimos geschickt worden, um ihn von Illicias Rückkehr zu unterrichten.

Spät am Abend hatte der Sklave Illicia dann nach Hause begleitet. Wie sie vermutet hatte, stellte ihr Vater wirklich keine weiteren Fragen. Illicia war erleichtert. Sie hatte ihren Vater noch nie angelogen und wollte es auch diesmal nicht tun. Das beste war, jedes Thema zu vermeiden, das in diese Richtung wies.

Zusätzlich hatten Laelias Vorwürfe sie verunsichert. Diese war recht ungehalten darüber gewesen, daß Illicia keines der mitgenommenen Utensilien von Hani Rami benutzt hatte. In schillernden Farben hatte ihr Laelia die möglichen Folgen geschildert. Denk an Offilia! hallte es noch in ihren Ohren. Was sollte sie tun, wenn tatsächlich etwas passiert war? Wie sollte sie das ihrem Vater erklären? Im Moment konnte Illicia nur hoffen. Sie überlegte, wie günstig oder hoffentlich ungünstig der Zeitpunkt gewesen war. Leider war sie in diesen Dingen sehr vergeßlich, hatte es in ihrem Leben ja auch noch keine große Rolle gespielt. ›Also erst einmal abwarten‹, dachte sie. Erschreckt stellte sie fest, daß der Gedanke, ein Andenken an Marcus Antonius zurückbehalten zu haben, sie nicht so beunruhigte, wie er sollte.

Nun lag sie auf ihrem Bett und dachte an den Mann, in den sie sich verliebt hatte, den einzigen Mann auf der Welt, der gänzlich unerreichbar für sie war. Aber wollte man nicht das, was man nicht haben konnte, mit besonderer Begierde? ›Warum müssen die Götter alles so kompliziert einrichten‹, fragte sie sich, bevor sie einschlief.

★

Nachdem Silvanus seine Pflichten gegenüber Antonius erfüllt hatte, machte er sich auf, besagte Thalia – die Illicia den entscheidenden Hinweis auf die Bestechung gegeben hatte – zu suchen. Dieses Unterfangen stellte sich als äußerst schwierig heraus. Zwar war sie zur Zeit im Artemis-Tempel, der sich in unmittelbarer Nähe von Erymantes' Haus befand, doch hatte man sie dort mit diversen Aufgaben betraut, die sie quer durch Priene führten. Unermüdlich folgte Silvanus ihrer Fährte, doch jedesmal verfehlte er sie knapp. Schließlich führte ihre Spur zurück zum Artemis-Tempel, wo er sie nach zwei Stunden Fußmarsch treppauf, treppab endlich antraf.

Thalia stellte sich als ein etwas naives junges Mädchen heraus. Zwar hatte sie Antigonos zuletzt gesehen, konnte aber keine hilfreichen Angaben machen. Nein, Antigonos hätte sich an jenem Abend nicht anders verhalten als sonst. Aber eine eigenartige Persönlichkeit sei er schon gewesen, meinte auch sie. Antigonos habe immer versucht, religiöse Themen zu diskutieren.

Was Antigonos gesagt hätte? Daran konnte sie sich beim besten Willen nicht erinnern, sie habe ohnehin nur die Hälfte davon verstanden. Er hätte sich nie genau ausgedrückt, sei immer sehr langatmig gewesen, so auch an besagtem Abend. Thalia habe darauf drängen müssen, zum Ende zu kommen, da sie zum Gebet müßte, sonst hätte er sie noch stundenlang aufgehalten. So sei es immer gewesen.

So brachte ihm diese Verzögerung seiner Rückkehr nach Didyma weder Klarheit in dem Mordfall noch eine Antwort auf die Frage, was es mit Antigonos' Kritik am Tempel auf sich hatte. Und statt dieser Frage nachzugehen, dachte er an Laelia.

Silvanus hatte so etwas noch nie erlebt. Eine Frau, die ihm in der ersten Nacht so viel Zuneigung, so viel Vertrauen entgegenbrachte, wie er es sich immer gewünscht hatte. Lucida hatte ihn immer nur widerwillig an sich herangelassen. Am Anfang hatte er das Gefühl gehabt, sie erobern zu müssen, das hatte ihn angestachelt, seinen Ehrgeiz geweckt, aber in all den Jahren war es ihm nicht gelungen.

Wie anders war Laelia. Wieviel natürlicher. Daß er erst nach Kleinasien kommen mußte, um sich zu verlieben und zu erfahren, wie aufregend das Liebesspiel von Männern und Frauen sein konnte, hätte er nicht gedacht.

Nein, so ging das nicht. So würde er den Fall niemals aufklären. Er versuchte sich abzulenken, zwang sich, seine nächsten Schritte zu planen. Vielleicht sollte er zunächst einmal diesen blinden Sklaven mit dem passenden Namen Monoculos verhören, der schien mehr mitzubekommen, als man annahm. Dann mußte Offilia die Aussage des Sklaven bestätigen. Tat sie dies, würde er Antiphon den örtlichen Behörden übergeben. Und weiter? Es blieb ihm nicht mehr viel Zeit. Antonius hatte ihm noch an diesem Morgen jovial, aber unmißverständlich zu verstehen gegeben, daß er schnellstens einen Schuldigen wollte. Am besten einen geständigen Schuldigen, damit der langwierige Prozeß entfiele und nur noch das Urteil gesprochen werden müsse. Und Antonius war ein Mann, der nicht vergaß, was er gesagt hatte. Konnte er keinen Täter präsentieren, bedeutete das Dienst in irgendeiner unwirtlichen Provinz. Fern von Laelia. Silvanus seufzte. Er konnte nur hoffen, daß ihm irgendein Zufall bei der Aufklärung dieses Falles zu Hilfe kam, im Moment hatte er jedenfalls keine konkrete Spur. Antonius wollte demnächst noch einmal nach Didyma kommen, um das Orakel offiziell zu befragen – aber bestimmt auch wegen Illicia, daran hatte Silvanus keinen Zweifel. Er hoffte, hatte er gesagt, dann endlich die versprochene Säule mit der entsprechenden Inschrift in Auftrag geben zu können.

Silvanus konnte nicht umhin, die Führungsqualitäten dieses Mannes zu bewundern. Schon damals in Rom, nach der Ermordung Caesars, hatte Antonius als Konsul die unvermeidlichen Ausschreitungen in Grenzen gehalten. Dafür war ihm Silvanus sehr dankbar gewesen, er erinnerte sich gut daran. Der randalierende Mob war auch durch sein Viertel gezogen und hatte gedroht, alles in Brand zu setzen.

Seit er für ihn arbeitete, wurde ihm immer bewußter, daß dieser Mann ein hervorragender Staatsmann war. Ein würdiger

Nachfolger Caesars, der genau wußte, was das Volk erwartete und wie ihm zu begegnen war. Seine Anweisungen waren klar und deutlich, seine Leute führte er hauptsächlich durch das Vertrauen, das er in ihre Fähigkeiten setzte. Selbst ihn, Silvanus Rhodius, behandelte Antonius wie seinesgleichen und zeigte ihm, daß er nicht nur Politiker, sondern auch Mensch war, ein Mensch, der das Leben und seine Vergnügungen liebte.

*

Silvanus war kein begeisterter Reiter, daher war der Rückweg für ihn eher beschwerlich. Obwohl er sich unterwegs mit dem Gedanken an Laelia aufzuheitern versuchte, spürte er den harten Pferderücken. Auch forderte die Liebesnacht ihren Tribut. Mehrmals drohte er einzunicken und wäre einmal fast vom Pferd gefallen.

Zerschlagen traf er mitten in der Nacht in Didyma ein, drückte dem schlaftrunkenen Stallburschen die Zügel in die Hand und schaffte es mit letzter Kraft, den Weg in die Taverne zu finden. Dort fand er nur noch Monoculos vor, der hinter dem Tresen aufräumte und ihm sein blickloses Antlitz entgegenwandte.

»Ach, Silvanus! Du bist es. Hier ist irgendwo eine Depesche für dich. Sie ist heute gekommen, aus Rom.« Monoculos tastete suchend hinter dem Tresen herum, bis er sie fand.

Silvanus nahm sie wortlos entgegen und trottete müde nach oben. Er ließ sich auf sein Bett fallen und drehte die Depesche unentschlossen in den Händen. Von Lucida? Was wollte sie? Der Brief enthielt sicher nichts Gutes. Er würde ihn morgen lesen. Er schloß die Augen und schlief sofort ein.

VII

Als Laelia und Illicia am nächsten Morgen nach unten kamen, saß Silvanus bereits bei einem kräftigen Frühstück. Vertieft in einen Brief, der vor ihm auf dem Tisch lag, hatte er seine Stirn nachdenklich in Falten gezogen. Schnell rollte er das Schriftstück jetzt zusammen und lächelte etwas gequält den Mädchen zu. »Ave meine Schönen!«

»Ave Silvanus! Schön, daß du wieder da bist.« Laelia umarmte ihn erfreut. »Was hattest du eigentlich noch so Wichtiges zu erledigen in Priene?«

»Ich habe Thalia gesucht, auch gefunden, aber leider nichts Neues erfahren. Wie war eure Rückfahrt?«

»Ach, gut«, sagte Laelia etwas abwesend und warf einen neugierigen Blick auf das Schriftstück, das Silvanus mit seinem muskulösen Arm zu verdecken suchte. »Was liest du da?«

»Eine Nachricht aus Rom. Nichts Wichtiges. Von, äh, Verwandten.«

»Von deiner Frau«, stellte Laelia fest.

»Ja, von meiner Frau.«

»Woher weiß sie, daß du hier bist?«

»Ich habe ihr von unterwegs geschrieben, daß Didyma unser nächstes Ziel sei, und wo ich wohne, weiß Antonius' Stab.« Ein Blick in Laelias Augen ließ ihn nichts Gutes ahnen. »Komm, laß uns später darüber reden.« Er zog sie neben sich auf die Bank und legte seine Hand auf ihr Knie. Laelia ließ es sich gefallen und sagte nichts.

Illicia, die sich den beiden gegenübergesetzt hatte, sah Probleme auftauchen. Armer Silvanus, der würde nachher noch einiges zu erklären haben.

Es war Silvanus, der die Sprache auf Offilia brachte. »Sie ist immer noch weg, habe ich gehört.«

»Ja.«

»Ihr wißt, was das bedeutet?«

Beide nickten.

»Wirst du Antiphon trotzdem freilassen?« Illicia schaute ihn bittend an.

»Nein, das kann und darf ich nicht, das weißt du.«

Illicia nickte, den Blick zu Boden gesenkt. Man konnte ja mal fragen. Widerstrebend entschloß sich Laelia, Silvanus an den Überlegungen des vergangenen Abends teilhaben zu lassen. Sie berichtete ihm von ihren Zweifeln an Offilias und Antiphons Alibi.

»Ihr habt recht. Ich muß also dringend mit dem Sklaven sprechen.«

»Monoculos heißt er«, fiel Laelia ihm bissig ins Wort.

»Wenn ich mit Monoculos gesprochen habe und sich herausstellt, daß es bei dem Alibi bleibt, werde ich versuchen, Antiphon woanders unterzubringen. Und jetzt muß ich euch leider noch einige Fragen stellen.« Ihm klopfte das Herz bis zum Hals. Warum mußte gerade jetzt dieser Brief von Lucida ankommen? Warum hatte er ihn auch hier, beim Frühstück, aufgemacht? Er könnte sich ohrfeigen ob seiner Dummheit. Und das alles nach der Nacht mit Laelia. Aber die Fragen mußten gestellt werden und je eher, desto besser. Er nahm Zuflucht zu einer ernsten Ermittlermiene.

»Falls es Antiphon nicht war, und trotz allem gehe ich noch immer davon aus, muß ich wieder von vorn anfangen. Dazu muß ich genau wissen, was ihr an dem bewußten Abend gemacht habt, wer euch gesehen hat und wen ihr gesehen habt. Ich bitte euch«, er sah Laelia an, »nehmt diese Fragen nicht persönlich.« Der Ermittlerblick war einem Flehen um Verständnis gewichen.

Laelia merkte, wie es ihr einen Stich ins Herz gab. Trotzdem: ein Brief von seiner Frau! Er hatte ihr geschrieben von unterwegs! Schrieb man jemandem, von dem man sich trennen wollte? – Natürlich war ihr klar gewesen, daß er irgendwann auch sie fragen würde, was sie an dem Abend gemacht hatten, wo sie gewesen waren. Aber gerade jetzt? Oh, sie bemerkte schon, daß es ihm nicht leichtfiel, sie sah die Zerrissenheit in seinen Augen, und dies blieb nicht ohne Wirkung. Das mußte er aber nicht unbedingt wissen. Sollte er ruhig noch ein wenig leiden.

»Wenn der Herr uns zum engeren Kreis der Verdächtigen zählt und wenn er nichts dagegen hat, sein Lager mit einer potentiellen Mörderin zu teilen, dann hat er natürlich das Recht, danach zu fragen, was wir an dem Abend gemacht haben«, sagte sie kalt.

Silvanus stöhnte auf. »Laelia ...«

Selbst Illicia war entsetzt. »Laelia, das kannst du doch nicht sagen!«

Laelia tat es schon leid. »Entschuldige Silvanus, es ist nur ..., dieser Brief ...«

Jetzt war es an Silvanus, den Schmerz durch Kälte zu verdecken. »Laß den Brief aus dem Spiel. Darüber reden wir später, das habe ich schon einmal gesagt. Was habt ihr an dem Abend gemacht?«

Illicia antwortete, nach kurzem Zögern. »Wir waren beide hier und haben gearbeitet. Es war nicht viel Betrieb, schließlich war es der Abend vor der Prozession. Deshalb bin ich so gegen zehn Uhr nach Hause gegangen, Monoculos hat mich begleitet. Ich mußte noch eine Abschrift fertigmachen. Silvanus, ich weiß, daß ich damit für die Tatzeit kein Alibi habe und in deinen Augen auch ein Motiv, aber ich war es nicht.«

Silvanus lächelte ihr beruhigend zu. »Das glaube ich dir, Illicia. Ich muß aber für Marcus Antonius einen Bericht anfertigen, und dafür brauche ich eure Angaben. Wer war noch in der Taverne?«

»Zu dem Zeitpunkt, als ich ging, war kaum noch jemand da. Natürlich Laelia, mein Vater, er kam erst gegen Mitternacht nach Hause, dann Rubi, der Flöte spielte und trank. Die Sklaven. Laß mich überlegen, wer vorher dort gewesen war. An Vigolos und Chares kann ich mich erinnern, die sind aber recht früh gegangen. Beide redeten viel und intensiv miteinander. Dann waren da noch zwei Parther, die kurz mit beiden am Tisch saßen, aber schon vor Vigolos und Chares das Haus verließen. Crassus war nicht da, das weiß ich genau, weil wir witzelten, daß er wohl viel zu tun habe.« Sie schüttelte sich unwillkürlich. »Bibulus war in Ephesos, um Wein zu holen.

Und Offilia habe ich zu Anfang des Abends gesehen, mit einem der Athleten, es war wohl Antiphon. Dann waren beide irgendwann weg.«

Silvanus wandte sich Laelia zu. »Kannst du das bestätigen?«

Laelia nickte. Sie hatte Tränen in den Augen.

»Also waren außer dir, Rubingetorix und den Sklaven nach zehn Uhr keiner mehr in der Taverne?«

»Ja. Monoculos hat nur Illicia nach Hause gebracht und ist gleich wieder zurückgekommen.« Laelias Stimme zitterte.

Silvanus zog ein Tuch hervor, reichte es ihr und küßte sie schnell auf die Wange. Dann wandte er sich an Illicia. »Stimmt es, daß Offilia ein Auge auf Antigonos geworfen hatte?«

»Ja, das stimmt. Antigonos hat es mir selbst erzählt, und es war auch ganz offensichtlich. Sie hatte aber kein Glück bei ihm. Es war auch nichts Ungewöhnliches, Offilia war so gut wie hinter jedem jungen hübschen Mann her. Einige hat sie bekommen, einige nicht, aber bis jetzt hat sie keinen von denen, die sie abgewiesen haben, ermordet!«

»Sie macht sich verdächtig damit, daß sie verschwunden ist. Hat Offilia Geld?«

»Soviel ich weiß, nicht mehr oder weniger als wir alle.« Laelia hatte sich gefangen. »Die Herberge wirft meistens genug ab, damit wir gut leben können. Vater gibt uns, was wir brauchen, und ich verdiene ab und zu etwas durch meine Übersetzungen. Glaubst du etwa, sie hat sich einen Mörder gekauft? Das könnte jeder andere auch. Und Silvanus, ganz ehrlich, Offilia hat zwar ihre Fehler, aber eine Mörderin oder, fast noch schlimmer, eine, die einen Mörder bezahlt, ist sie nicht. Und sollte sie wirklich gemeinsame Sache mit Antiphon gemacht haben, so ging die Initiative ganz sicher nicht von ihr aus. Sie läßt sich leicht blenden.«

»Gut, ich glaube dir. Ich sage ja auch gar nicht, daß sie es war, aber ihr Verhalten ist verdächtig. Waren außer Antiphon andere Delphier hier?« Beide Mädchen schüttelten den Kopf.

»Nein, daran würde ich mich erinnern«, erwiderte Laelia.

Silvanus atmete tief durch. Es war geschafft, er hatte es hinter sich. »Ich danke euch«, sagte er.

*

Illicia hatte sich verabschiedet und war nach Hause gegangen. Sie müsse sich dort schließlich auch einmal wieder sehen lassen, hatte sie gesagt, wollte aber auch Laelia und Silvanus Gelegenheit geben, miteinander zu reden. Über den Brief.

Dieser Brief lag auch Silvanus auf der Seele. Er hatte ihn noch nicht einmal zu Ende gelesen; bis jetzt war es nur harmloses Geplänkel gewesen: was Lucida so machte, daß sie mit Freundinnen einen Tarate-Schrein aufgestellt hatte – und das in seiner Wohnung! –, ein wenig Klatsch aus Rom. Er hatte nicht das Gefühl, daß noch etwas Wichtiges folgen würde, Lucida hätte solches gleich am Anfang geschrieben, aber man konnte nie wissen. Also mußte er den Brief vollständig lesen, bevor er sich mit Laelia unterhielt. Und er mußte mit Monoculos reden, allein, dieser durfte nicht von seiner Herrin beeinflußt werden. Also bat er Laelia, Monoculos zu ihm zu schicken, verabredete sich mit ihr zu einem Abendspaziergang und zog sich dann auf sein Zimmer zurück. Dort setzte er sich an das Fenster, warf einen Blick auf den im Sonnenlicht glänzenden Tempel und widmete sich seinem Brief. Er las. Kleine Schweißperlen sammelten sich auf seiner Stirn. »Mist«, murmelte er, »Mist, verdammter Mist!«

Lucida schrieb, daß sie ihn vermisse. Daß sie überlege, ihn zu besuchen, er habe ja geschrieben, daß sie eine Zeitlang in der Gegend verweilen würden. Ephesos zu sehen, desgleichen den berühmten Tempel in Didyma, reize sie sehr, die Kulte von Apollon und Artemis seien ja sehr bedeutend. Auch ihre Freundinnen sagten, das sei die Gelegenheit, ein wenig Wissen vor Ort zu sammeln und zugleich eine geweihte Artemis-Statuette mitzubringen. Die würde vielleicht auch zu Kindern verhelfen, Artemis sei ja bekannt als Fruchtbarkeitsgöttin.

Es endete mit: »In Liebe, Lucida.«

Silvanus stöhnte leise. Auch das noch. Als ob eine Frau es fühlen könnte, wenn man sich einer anderen zuwandte. Es wäre ihr zuzutrauen, sich ein paar Sklaven zu leihen – sie selber verfügten wegen Geldmangels nur über zwei –, nach Brundisium zu fahren und das nächste Schiff zu besteigen. Nicht auszudenken, wenn sie eines Tages hier vor der Tür stünde. Mit einem Ruck stand er auf und lief in dem kleinen Raum auf und ab. Was war zu tun? Er setzte sich wieder an das Fenster. Erstens: Laelia durfte nichts davon erfahren. Sie würde ihm nie wieder ein Wort glauben. Zweitens: sofort einen Brief an Lucida schreiben und ihr mitteilen, daß Marcus Antonius früher als geplant seine Reise durch Kleinasien fortsetzen wolle, der genaue Zeitpunkt stünde zwar noch nicht fest, es könnte aber bald sein. Das wäre nicht einmal gelogen, immerhin hatte Antonius schon in Priene von seinen weiteren Reiseplänen gesprochen. Drittens: eine Depesche an den Stab von Marcus Antonius mit der Bitte, etwaige private Besucher nicht gleich zu ihm weiterzuschicken, sondern bei ihm anzukündigen.

Er fühlte sich etwas wohler. So könnte es gehen. Wenn er Glück hatte, würde sein Brief sie noch rechtzeitig erreichen und überzeugen zu bleiben, wo sie war.

Er holte seine Wachstafel heraus, löschte die alten Notizen – die Liste der Verdächtigen, die hatte er sowieso im Kopf – und begann seinen Brief an Lucida. Nachdenklich kaute er an dem Griffel. Gar nicht so einfach. Er mußte freundlich, aber bestimmt sein. Wie sollte er anfangen, ohne daß sie Verdacht schöpfte? Meine liebste Lucida? So hatte er sie seit Ewigkeiten nicht mehr genannt, sie würde sofort losfahren, wenn sie das läse. Meine Lucida? Schon besser. Seine Gedanken schweiften ab. Wie sollte er den Brief auf den Weg bringen? Normalerweise diktierte er einem Sklaven oder ließ seinen Entwurf abschreiben, wenn er kein Pergament hatte, so wie jetzt. Monoculos aber konnte er ja schwerlich bitten, dies zu tun, schon gar nicht abzuschreiben, blind, wie er war. Wo blieb dieser Sklave überhaupt, hatte Laelia ihm nicht gesagt, daß er ihn zu sprechen wünsche? Aber, der Brief. Am besten, er gäbe ihn morgen einem der Legionäre, die Antiphon bewachten, und schickte ihn damit zu einem Schreibsklaven des Antonius. Dieser unterhielt ja einen regen Depeschenverkehr mit Rom, da war man gewiß, daß die Post ohne Verzögerung und sicher ankam. Er widmete sich wieder seiner Tafel. Vielleicht sollte er Lucida schreiben, daß er ihr eine Artemis-Statuette mitbringen würde, dann bräuchte sie nicht die weite und gefährliche Reise auf sich zu nehmen, an deren Ende sie ihn wahrscheinlich sowieso nicht anträfe. Ja, das war nicht schlecht.

Es klopfte an die Tür. Erschreckt versteckte Silvanus die Tafel unter seiner Tunika. Monoculos steckte seinen Kopf zur Tür herein. »Du wolltest mich sprechen, Herr?«

Silvanus atmete auf. »Ja, komm herein, Monoculos. Setze dich, ich habe ein paar Fragen an dich.« Er zog die Tafel, die in seinem Schoß drückte, hervor und schob sie vorsichtig unter die Bettdecke. Dann ordnete er seine Gedanken. »Monoculos, du hast am Abend vor der Prozession hier in der Taverne gearbeitet?«

»Ja, Herr, wie immer.«

»Erzähle mir doch bitte, was du von Offilia und Antiphon weißt.«

»Also, Herr, sie saßen anfangs am Tisch in der linken Ecke. Offilia trank eine Menge unverdünnten Falerner, Antiphon wenig und diesen mit viel Wasser. Dann sind sie in Offilias Zimmer gegangen.«

»Woher weißt du, daß sie in Offilias Zimmer gegangen sind, bist du ihnen gefolgt?«

»Oh nein, Herr, ich nehme das an, denn sie gingen nach oben, das hörte ich, und später, als ich von Illicias Haus zurückkam, hörte ich ihre Stimmen aus Offilias Zimmer.«

»Wann war das?«

»Nun, ich denke, das muß gegen halb elf gewesen sein, denn Illicia sagte so um zehn, sie wolle nach Hause. Ich habe sie begleitet und bin sofort zurückgekommen.«

»Und du bist dir ganz sicher, daß es Antiphons Stimme war?«

Monoculos verzog beleidigt den Mund. »Natürlich, Herr, ich erkenne jeden an seiner Stimme, ich sehe mit meinen Ohren. Ich kann jedes Geräusch zuordnen, darum habe ich auch gehört, daß du eben etwas unter die Bettdecke gesteckt hast.«

Silvanus brach der Schweiß aus. Gut, daß man das nicht hören konnte. »Bleib beim Thema, Sklave«, sagte er härter, als er beabsichtigt hatte. Doch sofort nahm er sich zurück, bei Verhören sollte man freundlich bleiben, so bekam man mehr Informationen. »Entschuldige bitte, Monoculos. Hast du gehört, worüber sich die beiden unterhalten haben?«

»Herr, ich lausche nicht an Türen! Ich bin am Zimmer vorbeigegangen, auf dem Weg in meine Kammer, habe die Stimmen gehört und mir meinen Teil gedacht. Dann ging ich zurück in den Schankraum.« Monoculos war gekränkt.

Silvanus wurde ungeduldig. Dieser Sklave war aber auch zu empfindlich. »Ich wollte dir nicht unterstellen, daß du lauschst. Aber es hätte ja sein können, daß du mit deinem guten Gehör etwas aufgeschnappt hast. Weißt du denn, worüber die beiden unten im Schankraum geredet haben?«

»Ja, teilweise.«

»Und, worüber? Bitte, Monoculos.«

»Über die Spiele. Über Antiphons Chancen zu gewinnen. Ich habe immer nur Bruchstücke mitbekommen, wenn ich an dem Tisch vorbeiging oder ihnen etwas brachte. Und zuletzt redeten sie über ... ihre Zukunft.«

Silvanus war erstaunt. »Über ihre Zukunft?«

»Ja. Du mußt wissen, Herr, es war nicht die erste Nacht, die Antiphon mit Offilia verbrachte. Die Sportler waren ja schon seit zwei Wochen hier, um zu trainieren, und die beiden hatten sich schnell angefreundet. Antiphon mochte sie anscheinend sehr und schlug ihr vor, mit ihm nach Delphi zu gehen. Offilia allerdings klang nicht sehr begeistert, hat aber auch nicht direkt abgelehnt. Mehr habe ich nicht gehört.«

»Aha. Weißt du, wo Offilia sein könnte? Hat sie dir irgend etwas gesagt, dich um etwas gebeten?«

»Nein, Herr, keine Ahnung. Ich gehöre Laelia, mit Offilia habe ich nicht viel zu tun. Aber sie war seltsam, nachdem du Antiphon eingesperrt hattest, ihre Stimme hatte den gewohnten spöttischen, überheblichen Klang verloren. Obwohl, wenn ich nachdenke, war das ab und zu auch vorher schon so, wenn sie mit den Kindern sprach, zum Beispiel.«

»Sag, Monoculos, ist dir noch etwas aufgefallen an dem Abend oder zu einem anderen Zeitpunkt, was uns helfen könnte? Ich glaube wirklich, daß du mit deinen besonderen Fähigkeiten sehr wertvolle Informationen liefern kannst, mehr als andere Menschen.«

Jetzt war Monoculos versöhnt. »Ich würde gerne helfen, den Mörder zu fangen, Herr. Ich weiß, daß es nicht Antiphon war, auch keiner aus der Familie hier. Seltsam verhalten haben sich der Prophetes und sein Stellvertreter, Vigolos und Chares, aber das ist eigentlich normal. Sie reden ständig sehr leise und verschwörerisch miteinander, und wenn ich vorbeigehe, werden sie noch leiser. Chares hat mir einmal seine Hand auf den Hintern gelegt. Andererseits, man weiß von ihm, daß er dies tut. Diese Parther sind auch sehr eigenartige Leute, denen würde ich um nichts in der Welt trauen. Ihre Stimmen sind falsch. Einer von ihnen ist hinter meiner Herrin her, das gefällt mir nicht. Vielleicht solltest du darauf ein Auge haben, Herr. Und, bei allem Respekt für Illicia, die immer sehr nett zu mir ist, ihr Vater ist merkwürdig. Ich habe es eben schon meiner Herrin erzählt, sie sagte, ich solle es dir auch sagen, aber wir sollten es auf keinen Fall Illicia gegenüber erwähnen!« Eindringlich richtete Monoculos das ihm verbliebene verschleierte Auge auf Silvanus, dem sich unwillkürlich die Nackenhaare sträubten.

»Als ich neulich morgens dort war, um Tollimos zu melden, daß Illicia nach Priene fährt, habe ich ihn gehört. Es war sehr früh, und die Geräusche kamen aus dem Schlafgemach. Herr, er hat Flusia etwas angetan! Meiner Flusia! Sie flehte und bettelte, er solle aufhören, und ich hörte Schmerzensschreie. Ich hörte das Pfeifen einer Peitsche. Und ich hörte ihn stöhnen und murmeln. Das Herz drohte mir zu brechen. Ich habe dann laut geklopft und gerufen. Nach einiger Zeit kam Tollimos, er war sehr ungnädig und nahm meine Botschaft nur mit einem Brummen hin. Herr, du mußt etwas unternehmen!«

Silvanus sah eine Träne aus Monoculos' mattem Auge hervorquellen, ein seltsamer Anblick. Er dachte nach. Irgend etwas war sonderbar gewesen an Tollimos, das hatte auch er bemerkt. War das sein Hang zu sexuellen Ausschweifungen? Gab es da einen Zusammenhang mit dem Mord? Dazu müßte er Crassus befragen.

Er sah Monoculos mitleidig an. »Ich werde auf jeden Fall mit Tollimos und mit Flusia sprechen. Ich danke dir sehr, Monoculos. Wenn dir noch etwas einfällt, sage es mir bitte.«

»Ja, Herr.« Monoculos ging zur Tür. Er wandte sich noch einmal um. »Nimmst du Laelia mit nach Rom, Herr? Wirst du ihr erlauben, mich auch mitzunehmen?«

Silvanus war vollkommen überrascht. »Ich, ja, vielleicht, äh, ich würde ihr nie verbieten, dich mitzunehmen.«

Ein Lächeln huschte über Monoculos' Gesicht, als er hinausging.

⋆

Silvanus hatte in aller Eile seinen Brief an Lucida fertiggeschrieben, immer in der Angst, es könnte erneut an der Türe klopfen und Laelia ihren hübschen Kopf hereinstecken. Aber sie kam nicht. Als er fertig war, legte er die Wachstafel in die Truhe. Es war besser, wenn er sie versteckte, immerhin räumte Thabea jeden Morgen das Zimmer auf, und vielleicht konnte sie lesen. Mit dem festen Vorsatz, als erstes zu Crassus zu gehen, lehnte er sich aufatmend in seinem Sessel zurück. Er war müde. Die langen Nächte und der Ritt gestern forderten ihren Tribut. Er müßte wieder etwas Sport treiben, mehr auf seinen Körper achten. Wenn er an die Athleten dachte oder den nicht mehr ganz so jungen, aber in der Blüte seiner Jahre stehenden Marcus Antonius, dessen Körper noch immer so fest und athletisch war wie in seiner Jugend – Cicero hatte ihn einmal ironisch als Gladiator bezeichnet – und dagegen seinen eigenen Bauch betrachtete, dann sollte er vielleicht doch etwas dagegen tun. Laelia hatte zwar in Priene seinen Bauch zärtlich gestreichelt und geflüstert, daß sie ihn mochte, diesen Bauch, aber er fand, er sollte doch daran arbeiten, daß er ein wenig flacher wurde. Vielleicht wäre er dann auch nicht mehr so müde wie jetzt. Er riß sich zusammen und erhob sich.

Als Silvanus den Schankraum betrat, signalisierte ihm Bibulus mit einem Kopfnicken, daß er erwartet wurde. In der hintersten Ecke nahm Silvanus einen unförmigen Schatten wahr, der zusammengesunken auf einem Stuhl vor einem Becher Wein saß. Als er näher herantrat, erkannte er, daß es die Alte war, Antigonos' Wirtin. Sie hatte sein Kommen nicht bemerkt. Erst als er dicht vor ihr stand, hob sie den Kopf und lächelte ihn mit ihrem zahnlosen Mund liebreizend an.

»Da bist du ja endlich!« krächzte sie. »Ich habe lange auf dich warten müssen, mein starker Held!«

Silvanus gefiel diese vertrauliche Ansprache überhaupt nicht. »Was willst du?« fuhr er sie unwirsch an.

Das Gesicht der Alten verzog sich zu einer traurigen Grimasse. »Du hast doch gesagt, ich sollte dir Bescheid sagen, wenn die Eltern von Antigonos angekommen sind.« Enttäuscht über seine offensichtliche Ablehnung, sank sie noch mehr in sich zusammen.

Silvanus hatte Mitleid mit ihr. »Ist ja schon gut, du hast ja recht. Die Eltern sind also da? Wann sind sie gekommen?«

»Ich war schon ein paarmal hier, aber immer sagte man mir, du seiest auf Reisen. Als ich hörte, du wärst wieder zurück, bin ich hergekommen, um auf dich zu warten. Ich wollte dir nicht einfach eine Nachricht hinterlassen, sondern es dir persönlich melden.« Eifrig glänzte sie ihn mit ihren kohlschwarzen Augen an.

›Sie kann nicht schreiben‹, wurde Silvanus bewußt. »Du hättest es ruhig jemandem hier sagen können!«

»Ich weiß. Aber ich sagte doch, ich wollte es dir persönlich mitteilen!« Zutraulich rückte sie näher an ihn heran. Silvanus lehnte sich so weit wie möglich in seinem Stuhl zurück. Der Dunst von altem Fett und gebratenen Zwiebeln hing schwer in ihren Kleidern und machte ihm das Atmen schwer.

Die Alte glich den Abstand aus, indem sie sich weit zu Silvanus hinüberbeugte. »Ich hatte gehofft, du würdest vorbeikommen. Die Kammer ist noch immer frei, wenn du also eine Unterkunft brauchst ...«

Silvanus hob impulsiv beide Arme. »Nein, nein! Danke! Ich habe bereits eine gute Unterkunft, mit der ich sehr zufrieden bin.« Ängstlich schaute er sich um, ob ihn jemand in dieser prekären Situation beobachtete. Aber außer Bibulus war niemand da, und der war beschäftigt. Er richtete sein Augenmerk wieder auf die Alte. Bemüht, seine Ablehnung nicht deutlich werden zu lassen, wiederholte er noch einmal seine Frage. »Wann sind sie denn nun gekommen?«

Die Alte betastete bewundernd die Muskeln seines Unterarmes. Silvanus ließ ihr die Freude, in der Hoffnung, es würde sie endlich zu einer Antwort bewegen.

»Sie sind gestern gekommen, um die Bestattungszeremonie

vorzubereiten. Jetzt sind sie gerade bei Vigolos im Tempel, um alles Nötige zu besprechen. Daher habe ich die Zeit genutzt, um hier auf dich zu warten.«

Bemüht, seiner Dankbarkeit Ausdruck zu verleihen, ergriff Silvanus ihre dürre Hand und drückte sie kräftig. Mit einem spitzen Aufschrei zog sie sie zurück.

»Was für ein Händedruck!« murmelte sie andächtig, während sie ihre Hand rieb.

Silvanus stand auf. »Wir werden jetzt zu dir gehen und sie dort erwarten.«

Eifrig erhob sich die Alte und ging ihm behende voraus.

»Moment!« meldete sich Bibulus aus seiner Ecke. »Der Wein! Sie muß den Wein noch bezahlen.«

Die Alte schien es nicht gehört zu haben. Silvanus winkte Bibulus beruhigend zu. »Es geht schon in Ordnung. Schreib es auf meine Rechnung.«

Er mußte sich anstrengen, die Alte einzuholen, die schon eine gute Strecke zurückgelegt hatte. Munter schwatzte das Weib auf ihn ein. »Traurig war sie, seine Mutter. Kein Wunder. Ihr einziger Sohn. Welcher Kummer! Geweint hat sie, die ganze Zeit. Aber der Vater, welch ein stolzer Mann. Ganz gefaßt. Aber du wirst ja selber sehen.« Und so ging es weiter, bis sie zu ihrer Wohnung kamen.

Silvanus stellte sich auf eine längere Wartezeit ein. Immer wieder näherte sich ihm die Alte, in der Hoffnung auf eine zärtliche Berührung. Verzweifelt versuchte er, sie mit Aufträgen von sich fernzuhalten. Er verlangte nach etwas zu trinken, dann nach etwas zu essen. Als ihm nichts mehr einfiel, kamen Antigonos' Eltern zurück. Den Göttern sei Dank.

Zwei bekümmerte Gestalten standen in der Tür. Beide hatten ihre Häupter bedeckt. Sie verströmten eine Aura von tiefer Traurigkeit. Antigonos' Vater stützte seine Frau liebevoll, sie konnte sich kaum auf den Beinen halten. Silvanus holte einen Stuhl herbei, damit sie sich setzen konnte. Dann stellte er sich vor.

»Sei gegrüßt, Silvanus! Mein Name ist Leonidas, und das ist meine Frau Sophonisbe. Ich habe bereits vernommen, daß du Antigonos' Tod untersuchst. Leider glaube ich nicht, daß wir dir weiterhelfen können.«

Silvanus lächelte ihn aufmunternd an. »Erzählt mir einfach ein wenig über Antigonos. Wann habt ihr ihn das letzte Mal gesehen?«

Leonidas dachte einen Moment nach. »Es liegt schon eine Weile zurück. Antigonos kam zu uns nach Milet. Er kam nur sehr selten nach Hause, seit er nach Didyma ging. – Warum hat er uns auch verlassen müssen? Dieser Tempel war sein Untergang!« brach es plötzlich aus Leonidas heraus.

Aufmerksam geworden rückte Silvanus seinen Stuhl näher an Leonidas heran. »Wie kommst du darauf?« ermunterte er ihn fortzufahren.

Leonidas hatte sich wieder gefaßt. »Er hat sich so verändert. Früher war er ein aufgeschlossener, freundlicher Junge. Immer aufmerksam und respektvoll seiner Mutter und mir gegenüber. Aber seit er hier in Didyma ist«, traurig korrigierte er sich, »war, konnten wir mit ihm nicht mehr reden. Er ließ niemanden an sich heran.

Das einzige, was er auf unsere Fragen antwortete, war, daß die Zeit noch nicht reif sei. Als er das letzte Mal bei uns war – das muß jetzt einige Wochen zurückliegen –, hat er gesagt, es werde nun nicht mehr lange dauern, bald sei es soweit.«

»Hast du irgendeine Idee, worum es dabei ging? Überlege gut, Leonidas, jede Kleinigkeit kann bedeutungsvoll sein. Hat er irgendwelche Namen genannt, bestimmte Personen erwähnt, zu denen er Kontakt hatte?«

Seine Frau kam ihm mit der Antwort zuvor. »Ja, das hat er.«

Überrascht sah Silvanus die Frau an. Ihr Schleier war verrutscht, und einige graue Haarsträhnen hingen wirr heraus. Trotz allem konnte er sehen, daß sie einst eine wunderschöne Frau gewesen sein mußte, jetzt allerdings waren ihre feinen Züge von Schmerz und Gram gezeichnet, die Augen rotgerändert und tränengeschwollen. Mit bebenden Lippen fuhr sie fort. »Er hat von einem Mädchen gesprochen.«

Ihr Mann hatte davon offensichtlich nichts gewußt, denn überrascht blickte er seine Frau an. Zu ihm gewandt sagte sie: »Dir hat er nichts davon erzählt, er wußte ja, wie du reagieren würdest. Er war sehr in sie verliebt. In einer Taverne hat er sie kennengelernt.«

In Leonidas' Gesicht zuckte es unmutig.

»Siehst du, darum hat er nur mir sein Herz geöffnet. Du würdest sofort das Schlimmste denken, hat er gesagt. Aber sie sei ein anständiges Mädchen, sie helfe von Zeit zu Zeit in dieser Taverne aus, sagte er. Sie sei die Tochter eines ehemaligen Priesters hier am Ort. Ein gebildetes Mädchen. Er wollte sie sogar heiraten.«

Bei diesen Worten sprang Leonidas auf. Zorn schwang in seiner Stimme. »Warum hat er mir nichts davon erzählt, wenn es ihm so ernst war? Ich hätte doch Verständnis dafür gehabt. Warum hatte er nur sowenig Vertrauen zu mir?« Erschüttert senkte er den Kopf. Tiefe Furchen hatten sich in seine Stirn gegraben. Die Lippen aufeinandergepreßt, setzte er sich wieder hin.

Die Alte hatte die ganze Zeit dabeigesessen und hingebungsvoll gelauscht. Silvanus bat sie, doch etwas Wein zu holen. Mißmutig schlurfte sie davon, von ihrer Behendigkeit war nichts mehr zu bemerken.

Also war es Antigonos wirklich ernst mit Illicia gewesen. Silvanus wandte sich Sophonisbe zu. »Warum ist es nicht zur Hochzeit gekommen?«

»Sie wollte nicht! Er war ganz verzweifelt. Als wir uns das letzte Mal sahen, sagte er, er wolle noch einen Versuch unternehmen, sie zu überzeugen. Wenn der auch nichts helfe, wollte er sie sich aus dem Kopf schlagen. Seit diesem Besuch haben wir nichts mehr von ihm gehört. Wir hatten uns schon Sorgen gemacht, sogar in Erwägung gezogen hierherzukommen. Aber dann erreichte uns diese schreckliche Nachricht. Ich werde mir nie verzeihen, daß ich nicht eher gekommen bin.«

»Könnte seine Veränderung etwas mit diesem Liebeskummer zu tun gehabt haben?« fragte Silvanus.

»Das glaube ich nicht. Er hatte sich schon vorher verändert. Das mit dem Mädchen ging, soviel ich weiß, so lange noch nicht. Als er mit mir über sie sprach, war er voller Gefühl, voller Wärme, obwohl seine Werbung bisher erfolglos war. Nein, nein, richtig niedergedrückt hat ihn etwas anderes. Ich kenne doch meinen Sohn. Bei allen Göttern, ich kannte ihn doch ...« Ihr schlanker Körper wurde von einem Weinkrampf geschüttelt. Voller Mitgefühl legte Leonidas seinen Arm um sie. »Kannst du uns etwas Genaueres über seinen Tod sagen, Silvanus Rhodius? Hat er sehr leiden müssen? Niemand hat uns etwas erzählt. Diese Ungewißheit ist das Schrecklichste.«

»Nein«, rief Sophonisbe erschrocken aus. »Ich will nichts davon hören! Mein einziges Kind, mein Sohn ist tot. Niemals wieder werde ich ihn sehen, niemals wieder sprechen! Niemals an mein Herz drücken! Es ist meine Schuld. Ich werde es mir nie verzeihen.« Ihre weit geöffneten Augen starrten an Silvanus vorbei ins Leere.

Der hob besorgt die Augenbrauen. »Es ist wohl besser, sie legt sich ein wenig hin. Komm, Leonidas, bringen wir sie in Antigonos' Zimmer, dort soll sie sich ausruhen.«

»Nein, nicht in sein Zimmer. Das nicht!« Zitternd schlang sie sich ihre Arme um den Körper und hielt sich fest umklammert.

Schlurfend trat die Alte wieder hinzu. »Sie kann sich in meinem Zimmer etwas hinlegen«, bot sie feinfühlig an. Gemeinsam brachten sie die schluchzende Frau in das Schlafgemach der Alten. Besorgt bettete Leonidas seine Gattin auf die Liege, verweilte kurz und hauchte ihr einen Kuß auf die Stirn.

Silvanus hatte allen Wein eingeschenkt, als Leonidas zurückkam. Die Alte schickte er mit einem Becher zu Sophonisbe, einen weiteren drückte er Leonidas in die Hand. Dann erzählte er dem Vater, was er bisher ermitteln konnte. Nachdem er geendet hatte, starrte Leonidas betroffen vor sich hin. Nach einer Weile des Schweigens fragte Silvanus ihn vorsichtig, was sie im Tempel besprochen hatten.

Leonidas umklammerte seinen Becher. »Wir waren wegen der Bestattung bei Vigolos, sie soll morgen stattfinden. Er selbst wird die Leichenrede halten. Wir brauchen uns um nichts weiter zu kümmern. Sogar die Bestattungskosten will der Tempel übernehmen. Ich weiß wirklich nicht, warum Antigonos sich über den Tempel beklagt hat. Der Prophetes ist ein außerordentlich ehrenwerter Mann. Er war sehr besorgt und bemüht, uns alle Formalitäten abzunehmen, sogar ein Grabmal hat er in Auftrag gegeben. Er hat uns die Pläne gezeigt, es ist sehr schön, so etwas hätten wir uns nie leisten können. – Wir sind nicht sehr vermögend. Antigonos' Aufnahme in den Tempel hatte uns schon finanziell überfordert, und damals hatte Vigolos uns geholfen, indem er uns einen Teil der Summe erließ.«

»Wieso hat er das getan? Ich dachte, der Tempel ist auf jeden Denar angewiesen?« Silvanus war überrascht.

»Es hat mich auch gewundert. Aber wir kannten Vigolos flüchtig, durch einen Onkel von mir. Der ist wiederum mit einem Neffen von Vigolos verschwägert, du weißt ja, wie das ist. Außerdem hielt er Antigonos für einen vielversprechenden jungen Mann. Das hat uns natürlich mit Stolz erfüllt und es uns erleichtert, sein Angebot anzunehmen. Wir haben ihm aber zugesichert, den fehlenden Betrag nach und nach zurückzuzahlen. Bis auf einen kleinen Rest haben wir das auch getan. Heute hat Vigolos uns mitgeteilt, daß der Tempel auf den noch ausstehenden Betrag verzichtet. Das konnten wir natürlich nicht annehmen.«

Silvanus verstand, was in ihm vorging. Vigolos' Großzügigkeit hingegen verstand er nicht. Warum sollte er auf Geld verzichten, das dem Tempel zustand und, so hatte man ihm ja mehrfach gesagt, auf das er auch dringend angewiesen war?

Leonidas fuhr fort. »Er wollte sogar das Totenmahl übernehmen, aber das würden wir gern selbst ausrichten. Allerdings, hier wird es wohl nicht gehen«, er sah sich niedergeschlagen in dem kargen Zimmer um.

»Fragt doch einmal in der Taberna Bibuli, ich wohne selbst dort und bin sehr zufrieden. Die Küche ist gut, ich kann sie euch wirklich empfehlen.«

Erleichtert, daß sich hier eine Lösung abzeichnete, kündigte Leonidas an, direkt zu Bibulus zu gehen, um die nötigen Absprachen zu treffen. Es wäre ihm eine große Freude, wenn Silvanus morgen an der Bestattung und dem anschließenden Gastmahl teilnehme, erklärte er. Silvanus versprach es, verabschiedete sich und dankte für ihre Hilfe.

⋆

Kurz entschlossen wandte sich Silvanus zum Tempel. Gleich jetzt wollte er mit dem Prophetes Vigolos sprechen, und diesmal würde er sich nicht abweisen lassen. Mit diesem Vorsatz traf er am Tempel ein. Vor dem Portal standen mehrere Priester und sprachen mit Ratsuchenden, die ihren Orakelspruch abholen wollten. Unter ihnen erkannte er auch den freundlichen Sylphides, der sogleich, als er Silvanus sah, auf ihn zukam.

»Salve Silvanus! Was führt dich zu uns? Kann ich dir behilflich sein?«

Erfreut erwiderte Silvanus seinen Gruß. »In der Tat, das kannst du. Ich muß dringend mit dem Prophetes sprechen, weißt du, wo ich ihn finden kann?«

Sylphides nickte. »Folge mir, ich bringe dich zu ihm. Er ist in der Orakelkanzlei, bei Chares.« Auf dem Weg zur Treppe zögerte Sylphides unmerklich. »Mit Chares hast du bereits gesprochen, nicht wahr?«

»Ja, das habe ich«, antwortete Silvanus. Er merkte sehr wohl, daß der Priester zu gern mehr gewußt hätte.

»Ich hoffe, Chares konnte dir weiterhelfen?« hakte Sylphides vorsichtig nach.

»Er hat mir ein wenig über den Tempel und die Aufgaben der Priesterschaft erzählt«, gab Silvanus ebenso vorsichtig zurück.

Sylphides erkannte, daß der Römer ihm nicht mehr verraten würde, und beschloß nicht weiter zu drängen. »Morgen ist die Bestattung von Antigonos, wirst du auch kommen?«

»Ich habe es seinen Eltern versprochen und werde alles daransetzen, sie nicht zu enttäuschen.«

»Du hast seine Eltern schon gesehen?« Sylphides wunderte sich. »Sie waren gerade noch hier. Wann hast du sie denn getroffen? Die arme Frau«, fuhr er fort, ohne eine Antwort zu abzuwarten, »sie tut mir wirklich leid. Antigonos war ihr einziger Sohn, glaube ich. Ich habe sie nur kurz gesehen, aber ihr Anblick wollte mir schier das Herz brechen.« Tiefes Mitgefühl schwang in seinen Worten.

»Mit den Zurückgebliebenen zu sprechen ist immer eine schlimme Sache. Das wünsche ich keinem. Apollon sei Dank, daß sie zuvor mit Vigolos gesprochen hatten, er hat sicher die richtigen Worte gefunden. Warst du dabei?« Unauffällig streute Silvanus diese Frage ein.

»Ich habe sie in Empfang genommen und zu Vigolos begleitet. Um ehrlich zu sein, ich war froh, daß ich wieder gehen konnte. Wie du schon sagst, so etwas ist wirklich schlimm. Mir geht der Kummer anderer Menschen sehr zu Herzen, und als Priester an einem Orakeltempel ist man deren Nöten immer ganz nah.«

Vor der Orakelkanzlei blieb er stehen. »Warte einen Moment, ich werde dich bei Vigolos anmelden.« Sylphides klopfte an die Tür und ging hinein.

Silvanus schritt derweil gemächlich vor dem Haus auf und ab und beobachtete das rege Treiben der Bauleute vor dem Tempel. Die Arbeiten schienen gut voranzugehen, von Geldmangel war nichts zu spüren.

»Ave Silvanus Rhodius, welche Überraschung!« Silvanus fuhr herum, als Vigolos ihn ansprach. »Ich dachte, du hättest mit meinem Stellvertreter Chares über alles gesprochen. Er hat mir von deinen Besuch berichtet. Leider haben mich die Vorbereitungen der Feierlichkeiten so in Anspruch genommen, daß ich für dich keine Zeit hatte. Ich hoffe, du verstehst das. Selbstverständlich werde ich dich, so gut ich kann, bei deiner Arbeit unterstützen. Nun, wie kann ich dir helfen?«

Silvanus war überrascht, mit dieser Hilfsbereitschaft hatte er nicht gerechnet. Er hatte angenommen, er werde mit einer fadenscheinigen Ausrede wieder weggeschickt.

Vigolos schaute ihn erwartungsvoll an. »Nun, Silvanus? Entschuldige mein Drängen, aber ich habe noch einige wichtige Termine.«

»Ich bin gekommen, um mit dir über Antigonos' Eltern zu sprechen. Sie waren heute bei dir, nicht wahr?«

Vigolos nickte zustimmend. »Ja. Wir haben über die Beisetzung und Trauerfeier gesprochen.«

»Genau! Dazu habe ich einige Fragen. Leonidas hat mir von deinem Entgegenkommen erzählt. Er sagte, du, beziehungsweise der Tempel, würde auf das Geld verzichten, das sie noch schuldeten?«

»Natürlich! Wie könnten wir in einer solchen Situation darauf bestehen? Warum das Leid der Eltern noch verschlimmern? Antigonos war ein geschätztes Mitglied unseres Kollegiums. Auch wenn er manchmal anderer Meinung war als wir. Er war hochintelligent. Eine blühende Karriere stand ihm bevor.« Vigolos verstummte.

»Die Bestattungskosten trägt der Tempel, habe ich gehört?«

»Bei Angehörigen des Tempels ist das so üblich. Auch das Grabmal wird vom Tempel übernommen. Vor allem wegen der schrecklichen Umstände haben wir die Pflicht, die Eltern zu entlasten.« Mitfühlend legte Vigolos seine Stirn in Falten. »Besonders die Mutter, sie hat der Tod des Sohnes zutiefst getroffen. Ich habe große Sorge, daß sie sich von diesem Schicksalsschlag nicht wieder erholt.«

Silvanus traute seinen Ohren kaum. Soviel des Mitgefühls von einem Mann, den er als kühlen Rechner eingeschätzt hatte. Erstaunlich!

»Nur das Totenmahl morgen abend wollten sie unbedingt selbst ausrichten. Obwohl ich daran zweifle, daß Sophonisbe das durchstehen wird.« Beunruhigt wiegte er sein Haupt. »Aber jetzt mußt du mich entschuldigen. Antigonos' Leichnam wurde einbalsamiert, ich werde einmal nach dem Ergebnis sehen müssen. Davon hängt ab, ob wir ihn morgen zeigen können oder ob wir ihn bedecken müssen. Leider war er in keinem sehr guten Zustand, als er hier eintraf.« Stirnrunzelnd beobachtete Vigolos die Bauarbeiten, ohne Silvanus offen einen Vorwurf zu machen.

Die Leiche hatte lange bei Hani Rami gelegen, ohne daß Silvanus sich entschließen konnte, sie noch einmal anzusehen, trotz aller guten Vorsätze. Schließlich hatte er sie vor seiner Abreise nach Priene den Priestern überlassen.

Vigolos redete unbeirrt weiter. »Zudem muß ich mich um die Errichtung des Scheiterhaufens kümmern. Und die Einzelheiten der Begräbnisprozession wollen vorbereitet und besprochen werden. Du siehst, ich habe noch viel zu erledigen.«

»Ich möchte dich auch nicht länger als nötig aufhalten, das versichere ich dir. Wo wird der Leichnam verbrannt werden?«

»Wir haben uns entschlossen, den Scheiterhaufen im Stadion zu errichten. Das entspricht zwar nicht der Tradition, aber wir möchten jedem die Gelegenheit geben mitzutrauern. Ganz Didyma wird dabeisein wollen, wenn Antigonos zu seiner letzten Reise aufbricht. Die Athleten natürlich auch. Für alle bietet nur das Stadion Platz genug.« Er hielt einen Moment inne. »Seine Grabstelle wird an der Heiligen Straße bei den Branchiden errichtet werden, nicht weit von der Stelle, an der wir ihn fanden. – Übrigens, ich wollte dich noch um etwas bitten!«

Gespannt wartete Silvanus, was Vigolos von ihm wollte.

»Wir hätten gerne sein Gewand, ich möchte es zum Abschluß meiner Rede den Flammen übergeben. Das würde der Ungerechtigkeit und Grausamkeit seines Todes stärkeren Nachdruck verleihen. Ist das möglich?«

Entschuldigend, aber energisch schüttelte Silvanus den Kopf. »Es tut mir leid, daß ich dir diesen Gefallen nicht leisten kann, aber das Gewand ist ein wichtiges Beweisstück, das vielleicht noch von Bedeutung sein kann.«

»Ich habe mir schon so etwas gedacht, wollte aber nicht versäumen, danach zu fragen«, bemerkte Vigolos und schien verständnisvoll.

»Wann werden die Beisetzungsfeierlichkeiten beginnen?«

»Wir werden die Zeremonie gleich morgen früh durchführen, und sie wird sicherlich bis in den Nachmittag hinein andauern. Wirst du dabeisein?«

Silvanus nickte. »Ich werde es einrichten können.« Bevor Vigolos sich ihm entziehen konnte, brachte er sein wichtigstes Anliegen vor. »Vigolos, was ich noch wissen müßte, wo warst du in der Mordnacht?«

Der Prophetes räusperte sich. »Natürlich, das verstehe ich. Ich hatte angenommen, du hättest Chares bereits danach gefragt. Aber nun, ich war selbstverständlich in Milet. Am Abend des unglückseligen Ereignisses sind wir dorthin gefahren, alle Diener Apollons, bis auf Antigonos, der hatte sich ja um die gemeinsame Zeremonie mit dem Artemis-Heiligtum gekümmert.«

»Außer Antigonos war niemand im Tempel?«

»An der Prozession nehmen alle Tempelangehörigen teil, soweit sie nicht, wie eben Antigonos, durch heilige Aufgaben hier in Didyma gebunden sind. Aber sage mir, Silvanus Rhodius, warum fragst du das noch? Bestehen Zweifel an Antiphons Schuld? Ich habe so etwas gehört. Entspricht das der Wahrheit?«

Silvanus zögerte einen unmerklichen Augenblick. Es war besser, wenn man so lange wie möglich glaubte, der Mörder sei gefaßt. »Nun«, sagte er, »Antiphon hat zwar noch nicht gestanden, aber ich denke, das ist nur noch eine Frage der Zeit. Sollte er dies allerdings nicht tun, muß ich im Prozeß beweisen, daß nur er es gewesen sein kann. Und dazu gehört auch der Nachweis, daß kein anderer in Frage kommt. Du kennst doch die Gerichtsverfahren.«

Vigolos nickte bestätigend. »Ja, natürlich. – Wenn du jetzt keine weiteren Fragen an mich hast, dann würde ich mich gern meinen Pflichten zuwenden!«

Silvanus hatte erst einmal genug gehört. So verabschiedete sich Vigolos höflich, aber bestimmt und drückte noch einmal sein Bedauern aus, daß er nur über so begrenzte Zeit verfügte. Silvanus blickte ihm nach, als er eilig die Stufen zum Tempel hinabschritt. Er wußte nicht, was er von diesem Menschen halten sollte.

⋆

Laelia saß im Garten und arbeitete an einer Übersetzung, als Silvanus an der Taverne eintraf. Bevor er sich auf den Weg zu Crassus machte, mußte er noch den Brief an Lucida holen, den mitzunehmen ihn der überraschende Besuch der Alten gehindert hatte.

Neugierig beugte er sich über das Pergament, welches vor Laelia auf dem Tisch lag. »Was machst du, meine Schöne?«

Laelia berichtete mit Stolz, daß sie an der lateinischen Übersetzung eines in griechisch verfaßten Geschichtswerkes über den Tempel arbeite. »Chares hat es geschrieben, es ist gar nicht schlecht. – Was wollte die Alte von dir, Vater erzählte, sie habe hier auf dich gewartet? Sie ist ein wenig verdreht.«

Silvanus berichtete von seiner Begegnung mit Antigonos' Eltern.

»Oh«, sagte Laelia, »dann ist also morgen die Bestattung. Das wird hart werden für Illicia. Und? Was willst du als nächstes tun?«

»Ich wollte gerade zu Crassus. Und dann werde ich noch einmal zu Tollimos gehen.«

»Wegen der Sache mit Flusia? Das wäre nett, Monoculos ist immer noch ganz aufgeregt deswegen.«

»Ja, und ich werde versuchen, mit Flusia über Antigonos zu reden. Sklaven hören viel.«

Laelia sah ihn ernst an. »Hast du Tollimos in Verdacht? Nein, mein Silvanus, ich kann nicht glauben, daß er es war. Ich kenne ihn mein Leben lang.«

Silvanus streichelte ihren Rücken. »Ich weiß, und es wäre schlimm für Illicia. Aber er hat kein Alibi, er mochte Antigonos nicht, und manchmal handeln die Menschen im Affekt völlig unvorhergesehen. Es könnte also sein. Ich muß ihn einfach noch einmal befragen.«

Laelia nickte traurig. »Tu, was du tun mußt. Sehe ich dich nachher?«

»Natürlich. Ob wir allerdings noch spazierengehen können, weiß ich nicht. Aber, meine Laelia, ich würde gerne heute nacht mit dir reden. Und noch anderes.« Er ließ seine Hand ihren Rücken hinabgleiten. »Jetzt aber muß ich gehen. Ich hole nur noch schnell ein paar Notizen aus meinem Zimmer.« Liebevoll hauchte er ihr einen Kuß auf die Wange.

In seinem Zimmer steckte er die Wachstafel mit dem Brief an Lucida unter den Gürtel. Jupiter sei Dank, daß Laelia ihn nicht gefragt hatte, was Lucida ihm geschrieben hatte. Es wäre ihm schwergefallen, sie anzulügen. Jetzt jedoch sah die ganze Sache schon nicht mehr so bedrohlich aus. Lucida würde sicher nicht einfach so losfahren. Sie würde erst auf seine Antwort warten. Jeder vernünftige Mensch würde das tun. – Aber vielleicht war sie gleich nach Absenden des Briefes abgereist? – Nein, sie würde seine Nachricht erhalten und bleiben, wo sie war, und sich Tarate oder einer anderen Gottheit widmen. Schluß der Zweifel, Apollon hatte ihm nicht die herrlichste Frau Kleinasiens zugeführt, nur um ihn in Schwierigkeiten zu bringen. Sicherheitshalber wollte er heute abend ein Trankopfer des besten Falerners zu Apollons Ehren darbringen. – Und das Opfer an Fortuna? Bis jetzt hatte er noch keinen Tempel entdecken können!

Im Gehen warf er Laelia, die wieder an ihrer Übersetzung saß, einen Kuß zu und eilte die Straße hinunter zu Crassus' Bordell. Er sah die Villa und den Garten zum ersten Mal bei Tageslicht. Nicht schlecht, staunte er. Das Anwesen konnte sich fast mit dem des Pompeius messen, das Marcus Antonius nach dessen Tod erworben hatte. Dem würde es hier auch gefallen, schoß es ihm durch den Kopf. Antonius' lockeres Leben war lange Zeit Gesprächsstoff in Rom gewesen.

Silvanus betätigte den Türklopfer. Priapos, erkannte er, ziemlich ordinär. Wieso hatte er den bei seinem ersten Besuch nicht bemerkt? Und er wollte Ermittler sein? Nichts rührte sich. Gerade überlegte er, ob er diesen unangenehmen Türklopfer nochmals betätigen sollte, als doch noch ein Sklave öffnete. Er war groß, stark und sah aus wie jemand, der ungebetenen Gästen die Tür weist. Nun, zu dieser Tageszeit wurde wohl nicht mit Kundschaft gerechnet.

»Ave, ich bin Silvanus Rhodius und von ...«

»Ich weiß«, erklärte der Sklave, »komm herein. Willst du Crassus sprechen, oder möchtest du ein Mädchen? Vielleicht auch einen Knaben?«

»Nein!« Silvanus sprach laut und legte Autorität in seine Stimme. »Ich will zu den Legionären, die den Gefangenen bewachen. Führe mich zu ihnen! Und melde Crassus, daß ich ihn danach zu sprechen wünsche.«

»Ja, Herr. Natürlich, Herr. Crassus allerdings ruht gerade ein wenig.« Der Sklave war merklich eingeschüchtert.

»Dann wecke ihn!«

Silvanus folgte dem Sklaven zu der versteckten Tür. Verstohlen sah er sich die Wandgemälde und Statuen an. Er war nicht häufig in Bordellen gewesen, schon gar nicht in solchen dieser Preisklasse. ›Exquisite Arbeit‹, dachte er anerkennend. Die phantasievollen Darstellungen sprachen ihn so an, daß er peinlich berührt die Hände vor seinem Bauch verschränkte. Er hoffte, daß der Sklave sich nicht umdrehen würde.

Dieser, durch jahrelange Arbeit in Crassus' Haus geschult, ging mit der Fackel in der Hand stur voraus. Erst vor der Tür der Folterkammer drehte er sich um und sagte: »Ich werde Crassus, meinem Herrn, Bescheid geben.«

Silvanus nickte. Seine Aufmerksamkeit war ganz auf die beiden schlafenden Legionäre gerichtet, die weder von den Schritten, noch von den Worten geweckt worden waren.

»Aufwachen, Männer!« donnerte er.

Die Legionäre schreckten auf, waren sofort hellwach und sahen ihn schuldbewußt an. »Verzeih, Silvanus Rhodius, wir haben uns nur ganz kurz ausgeruht. Die ganze Nacht haben wir gewacht. Der Gefangene ist unversehrt. Wirst du uns dem Imperator melden?« Tertius Gallus, so hieß der eine, versuchte, sich vor einen umgekippten Weinkrug inmitten von herumliegenden Würfeln zu stellen. Silvanus trat einen Schritt zurück, Gestank von saurem Wein und Knoblauch strömte zwischen den schadhaften Zahnreihen des Mannes hervor.

»Ich weiß es noch nicht. Das kommt darauf an, wie ihr euch verhaltet und in welchem Zustand der Gefangene ist.«

»Er ist wohlauf. Er bekam zu essen und zu trinken, wie du es befahlst. Wir haben unseren Dienst pflichtgemäß versehen«, meldete Gaius Malivius, der zweite Legionär.

Silvanus donnerte weiter: »Nennt ihr das Pflichterfüllung, zu trinken, zu würfeln und nebenbei die hiesigen Huren zu besteigen?«

Bei Mars, woher wußte er das mit den Weibern? Die Männer schauten betreten zu Boden. »Äh, Herr, bitte, die Mädchen haben uns verführt. Du weißt, wie langweilig es hier ist. Was sollten wir denn tun?« Gaius suchte vergeblich nach weiteren Erklärungen.

Silvanus winkte ungeduldig ab. »Kann einer von euch lesen und schreiben?«

»Nein, Herr.«

»Gut. Dann befehle ich dir, Gaius, sofort zur Truppe zu reiten und dem besten Schreiber im Quartier diesen Brief zum Abschreiben zu geben«, Silvanus reichte ihm die Wachstafel, »und persönlich dafür zu sorgen, daß er unverzüglich mit Antonius' Kurierdienst auf den Weg nach Rom geht. Wenn du auch nur eine Minute vertrödelst, werde ich Marcus Antonius von eurem Benehmen hier berichten. Und du, Tertius, verschwindest und schickst eure Ablösung. Aber zuerst mach mir die Tür auf.«

Silvanus nahm eine Fackel von der Wand und betrat den Raum. Der Gestank, der ihm entgegenschlug, war schier unerträglich, eine Mischung aus Schweiß und menschlichen Exkrementen. Antiphon hatte sich in eine Schüssel erleichtern müssen, die noch ungeleert in einer Ecke stand. Er selbst kauerte an der gegenüberliegenden Wand.

›Dies ist mein letzter Fall‹, dachte Silvanus, ›das ist keine Arbeit für mich. Mir ist schlecht. Ich werde Laelia heiraten und mich in Ionien zur Ruhe setzen.‹ Am liebsten wäre er einfach gegangen. Aber das Pflichtgefühl überwog seine sensible Nase, und er zwang sich, zu Antiphon zu treten. Bei Jupiter, konnte dieser Mann nicht der Mörder sein? Es wäre alles so einfach.

Ein Blick in das Gesicht des jungen Mannes jedoch löste eine Welle von Mitleid aus. Aus dem strahlenden Sieger der sportlichen Wettkämpfe war innerhalb weniger Tage ein Wrack geworden. Die Wangen eingefallen, die ehemals leuchtenden blauen Augen stumpf und voller Haß, die hellbraunen Locken verklebt. Der athletische Körper zusammengekrümmt und schmutzig. Ein kurzer Bart überschattete Kinn und Wangen.

Silvanus ging in die Hocke und sagte freundlich: »Antiphon, die Mädchen haben mir alles erzählt. Es tut mir leid.«

»Du hast dir Zeit gelassen, Römer«, die Stimme des Delphiers war rauh, »wie lange ist es her, daß Illicia hier war? Eine Woche, zwei? Oder nur ein paar Tage? Hast du schon einmal in einem solchen Loch gesessen? Das Schlimmste ist, daß du nicht weißt, ob Tag ist oder Nacht. Siehst du den da? Ich habe mich mit ihm unterhalten«, er wies mit dem Kopf auf eine der männlichen Statuen, die in eindeutiger Pose hinter einer weiblichen stand. »Er hat mir erzählt, er sei versteinert. Immerhin ein angenehmer Tod!« Antiphon kicherte.

›Bei Jupiter, er ist verrückt geworden‹, fuhr es Silvanus durch den Kopf. Doch Antiphons Kichern brach abrupt ab.

»Ihr habt mich am Leben gehalten, um euch an meinem Leiden zu ergötzen. Warum habt ihr mich nicht gefoltert?

Körperlicher Schmerz wäre leichter zu ertragen gewesen. Ihr seid so subtil, ihr Römer. ›Bei uns gibt es keine Folter, wir sind doch keine Barbaren, nur Sklaven dürfen gefoltert werden.‹ Daß ich nicht lache. Tausendmal lieber wäre ich in die Hände der Parther oder irgendwelcher anderer Wilder gefallen, die foltern, dann setzt wenigstens das Denken aus. Aber eure Taktik geht auf! Wenn Illicia nicht versprochen hätte, daß ich aus diesem Loch freikomme, ich hätte dir alles gesagt, was du hören wolltest, nur um dem quälenden Grübeln und der Schande ein Ende zu machen, ein Gekreuzigter denkt nicht mehr. Kann ich jetzt gehen?«

»Einen Moment noch, Antiphon. Du wirst nicht gekreuzigt werden, und du wirst hier herauskommen. Aber zuerst muß ich von dir erfahren, wie das war mit der Erpressung. Und was genau in der Mordnacht geschah.«

Antiphon erzählte. Er entschuldigte nichts, er beschönigte nichts, er schmückte nichts aus. Er schilderte seine Treffen mit Offilia und die letzte Nacht mit ihr. Wann er gegangen sei, wisse er nicht mehr, aber es sei noch dunkel gewesen. Schließlich berichtete er Silvanus von seinen Sandalen, die er vermißte.

Silvanus spürte, daß der Mann die Wahrheit sagte. »Antiphon, es tut mir leid, dir mitteilen zu müssen, daß Offilia, die deine Aussage bestätigen muß, verschwunden ist. Der blinde Sklave – Monoculos«, fügte er eingedenk Laelias Tadel hinzu, »gilt als Zeuge nicht. Also kann ich dich nicht freilassen. Aber ...«

Trotz seiner scheinbaren Hinfälligkeit schnellte Antiphon bei diesen Worten wie eine Katze vom Boden hoch, stürzte sich auf Silvanus, riß ihn um und schlang ihm die Hände um den Hals. Er drückte zu. Silvanus, vollkommen überrascht, versuchte die Hände auseinanderzureißen. Es gelang ihm nicht. Er merkte, wie es anfing, in seinem Kopf zu sausen, wie ihm langsam die Sinne schwanden. ›Das kann doch nicht sein‹, dachte er, ›ich bin viel stärker als er. Ich muß doch ...‹ Er versuchte, an sein Messer zu kommen. Vergeblich. Antiphon lag auf ihm. Mit letzter Kraft stieß er diesem sein Knie zwischen die Beine. Antiphon rollte mit einem animalischen Aufschrei von ihm herunter und wälzte sich stöhnend auf dem Boden. Silvanus rieb sich den Hals. Er wollte aufstehen, aber alles drehte sich um ihn herum. Er hörte sich selbst nach Luft schnappen. Nur langsam kehrten seine Kräfte wieder. Mit zitterigen Beinen erhob er sich, nahm eine Peitsche von der Wand und fesselte dem sich immer noch krümmenden Antiphon mit dem Riemen die Hände hinter dem Rücken. Dann ließ er sich auf einen Stuhl fallen, von dem zahlreiche Ledergurte herabhingen. Er zitterte jetzt am ganzen Körper, seine Stirn war mit kaltem Schweiß bedeckt, seine Gedanken rasten. Das hätte sein Ende sein können!

Silvanus wußte, daß diese Symptome eher dem Schock zuzuschreiben waren als einer körperlichen Verletzung. Er durfte sich jetzt nicht gehenlassen, er mußte weitermachen. Also fuhr er einfach dort fort, wo er aufgehört hatte: »Ich kann dich nicht freilassen, aber ich werde dich an einen anderen Ort bringen, bis wir Offilia gefunden haben.« Er stand auf, ging zur Tür, verließ erleichtert die Zelle und befahl Gallus, die Tür fest zu verriegeln.

Am Ende des Ganges erwartete der Sklave ihn und führte ihn in das Atrium, wo Crassus bei einem Becher Wein saß. Ein Blick des Bordellbesitzers genügte, um zu erkennen, daß Silvanus eine Stärkung benötigte. Er klatschte in die Hände, ein zart gebautes junges Mädchen in durchsichtigem Gewand war sofort zur Stelle. Crassus trug ihr auf, von Bibulus' Falerner zu holen, von dem, der mit Honig gewürzt war, dem besten.

Die Sklavin brachte nicht nur den Wein, sondern auch ein feuchtes Tuch, mit welchem sie Silvanus zartfühlend die Stirn abwischte. »Du hast deine Sklaven gut erzogen, Crassus«, sagte Silvanus dankbar, schob jetzt aber das Mädchen weg und griff nach dem Becher. Der Falerner lief feurig seine Kehle hinunter.

Crassus lächelte freundlich. »Meine Sklaven sind erstklassig, in jeder Hinsicht. Wenn du Bedarf hast ... Allerdings, Qualität hat ihren Preis. – Was ist dir passiert? Du bist so weiß wie das Gewand einer Artemis-Priesterin. Hat dich der Delphier an die Liege gekettet und dir Gewalt angetan?«

Silvanus war nicht nach Scherzen zumute. »Hast du einen anderen Raum für ihn?«

Crassus hob unwillig die Augenbrauen. »Du verlangst viel, Römer. Ich dachte, du würdest ihn mitnehmen, und ich hätte meine Ruhe. Du weißt, daß ich ziemliche Umsatzeinbußen hatte durch deinen Gefangenen. Auch tragen deine Männer nicht unbedingt zur Geschäftssteigerung bei, wie du dir vorstellen kannst. Und jetzt noch einen anderen Raum?«

»Sklavenhändler!« Silvanus wurde ärgerlich. »Du hast gehört, was Marcus Antonius sagte: Jeder habe die Ermittlungen zu unterstützen, und das werde keinem zum Schaden gereichen. Antonius wird dir deine Verluste großzügig ersetzen. Sollte aber die Unterstützung verweigert werden, wird der Schaden spürbar sein. Vergiß nicht, daß Antonius jetzt hier der Machthaber ist. Du solltest doch bei deinem früheren Herrn gelernt haben, was das bedeutet, Freigelassener. Er war nicht umsonst der reichste Mann Roms.«

Crassus war bleich geworden. Er winkte einen Sklaven herbei, flüsterte ihm leise Anweisungen zu und schenkte Silvanus Wein nach. »Herr, dein Gefangener wird sofort in einen anderen Raum gebracht werden. Es ist der, in welchem ich sonst die neuen, noch aufsässigen Sklaven verwahre. Er wird gerade vorbereitet. Du wirst doch Antonius berichten, daß ich alle deine Anweisungen befolgt habe? Und wenn dich einmal nach etwas Abwechslung gelüstet, nach exklusiver Unterhaltung mit allem, was das Herz begehrt, so sei versichert, du wirst mein bevorzugt behandelter Gast sein. Alles umsonst natürlich.«

»Bestechung, Crassus?« Silvanus lächelte spöttisch. »Besten Dank, ich benötige deine Exklusivitäten nicht, aber wissen möchte ich etwas. Was ist mit deinem Antiquitätenhandel? Ist der Apollon dort draußen nicht von Tollimos? Hast du nicht schon vorher echte Statuen billig eingekauft und teuer wieder verkauft? Und wie ich mittlerweile von dem hiesigen Steuereinnehmer erfuhr, sind deine Einkünfte doch eher gering. Wie kann das sein?«

Crassus wurde noch bleicher. Nervös spielte er mit dem Gürtel seiner reichverzierten Tunika, dann sah er Silvanus flehend an. »Ich bitte dich, Silvanus Rhodius, melde das nicht Antonius. Ich gebe ja zu, daß ich nicht alles versteuert habe, aber ich habe hart gearbeitet, um mir hier etwas aufzubauen.

Ich hatte es nicht leicht im Leben. Marcus Licinius Crassus, mein ehemaliger Herr ...«

»Hör auf zu lamentieren, Freigelassener«, unterbrach Silvanus ihn hart, »ich werde es mir überlegen, wenn du mir einige Informationen gibst. Sag mir zum Beispiel, wen du zu deinen Kunden zählst.«

»Aber, Herr, das kann ich nicht! Diskretion ist die Grundlage meines Geschäfts!«

»Gut«, Silvanus erhob sich, »danke für den Wein, du wirst von mir hören.« Er schritt in Richtung Ausgang.

Crassus lief hinter ihm her. »Warte, ich kann vielleicht einmal eine Ausnahme machen. Nimm bitte wieder Platz, trink doch noch einen Schluck Wein. Aber, ich bitte dich, erwähne niemandem gegenüber, von wem du die Informationen hast.«

Silvanus setzte sich wieder, nahm noch einen Becher Wein und sagte ruhig: »Du hast mein Wort, sofern du mich nicht belügst. Und jetzt erzähle, ist Tollimos einer deiner Kunden?«

Crassus seufzte und holte tief Luft. »Ja. Tollimos kommt häufig. Er hat wenig Geld, er zahlt sozusagen mit seinen Statuen und bekommt den Service billiger.«

»Woher hat er die Statuen?«

»Ich weiß es nicht genau. Aber er hat exquisite Stücke. Er sagt, er hätte in seiner Zeit als Priester einmal eine größere Erbschaft gemacht und das Geld in Kunstgegenständen angelegt.«

Silvanus merkte auf. Tollimos hatte ihm vor wenigen Tagen noch eine andere Geschichte erzählt. Von einer Erbschaft war nicht die Rede gewesen. Einer von beiden hatte gelogen. Oder beide? Mal sehen. »Hat Tollimos Vorlieben, was das Angebot in deinem Hause angeht?«

»Nein! Er kommt ein- bis zweimal die Woche, sucht sich ein nettes Mädchen aus und verschwindet mit ihr in einem der Gemächer. Die Mädchen sagen, er will nichts Besonderes, er sei ein recht angenehmer Kunde. Seit seine Frau tot ist, mußt du wissen, hat er ja nicht wieder geheiratet.« Crassus hatte einen sehr offenen Blick, zu offen. Der Mann log. Silvanus stand auf und sagte verächtlich: »Lügner! Ich habe dich gewarnt. Denkst du, du bist der erste, den ich befrage? Antonius wird sehr interessiert an meinem Bericht sein.«

Jetzt brach Crassus zusammen. »Ja«, jammerte er, »ich habe gelogen. Tollimos ist mein Freund, er ist nicht irgendein Kunde. Er hat die Statuen als Bestechung für günstige Orakel angenommen. Er hat die Orakel gefälscht. Als es herauskam, mußte er den Tempel verlassen. Mehr aber ist ihm nicht passiert. Er durfte alles behalten. Seine größte Sorge war immer, daß seine Tochter davon erführe.« Crassus nahm einen großen Schluck Wein. »Ich werde dir alles sagen, jetzt ist es sowieso egal. Ich war damals noch nicht in Didyma, aber Tollimos hat es mir einmal beim Wein erzählt, nachdem sich ein Mädchen bei mir beschwert hatte. Er war mit ihr in der Folterkammer gewesen. Sie war schlimm zugerichtet, für mich bedeutete das Verdienstausfall, und dafür bot er mir eine seiner Statuen an. Ich fragte ihn – genau wie du –, wie ein kleiner Apollon-Priester an solche Kunstwerke kommt. Nun, ich gebe zu, ich habe ein wenig Druck ausgeübt. Da sagte er es mir. Seitdem verkaufe ich Bildnisse für ihn, wenn er Geld braucht, und er darf weiterhin mein Haus besuchen, den Mädchen aber keine sichtbaren Verletzungen zufügen. Danach haben wir uns angefreundet, er ist eigentlich ein feiner Kerl.«

»War er am Abend des Mordes hier?«

»Nein.«

»Warst du denn hier?«

»Natürlich, Silvanus, es war ja die Nacht vor der Prozession. Da ist das Haus voll. Ich habe viele Zeugen dafür.«

»Hat Tollimos je etwas über Antigonos gesagt?«

»Ja, ziemlich oft. Er hat geschimpft. So einem Kerl wolle er seine Tochter nicht geben. Aber ich glaube, seine größte Angst war, daß Antigonos etwas über seine Orakelfälschung herausfindet und es Illicia erzählt. Alles andere erscheint mir vorgeschoben.«

Silvanus mischte noch etwas Wasser in seinen Wein. Das war ja hochinteressant. Daher die Andeutungen von Tollimos über die religiösen Auseinandersetzungen. Hatte Antigonos von den Machenschaften seines zukünftigen Schwiegervaters gewußt und wollte ihn durch diese Diskussionen unter Druck setzen? Hatte er ihm offen gedroht? Oder hatte Tollimos nur vermutet, Antigonos wisse etwas? Wie dem auch sei, auf jeden

Fall kann ein Mann, der um seinen Ruf fürchtet, schon einen anderen umbringen.

»War Antigonos Kunde bei dir?«

»Ja, auch der kam, allerdings nicht so oft. Er suchte sich meistens Mädchen aus, die Illicia ähnelten. Manchmal allerdings auch andere, junge, schwarze.«

»Konnte er sich das leisten?«

»Er hatte Schulden bei mir, zugegeben. Nicht viel, so um die fünftausend Sesterzen. Er sagte, er würde sie bezahlen, wenn er den Fünfkampf gewonnen hätte, von den Wettgewinnen.«

Fünftausend Sesterzen schienen Silvanus doch ein stattlicher Betrag zu sein, für einen mittellosen jungen Mann. »Was ist mit dem übrigen Tempelpersonal?«

»Zu den Stammkunden zählen nur Vigolos und Chares. Der verlangt Knaben, je jünger, desto besser. Viele im Tempel bevorzugen eher Männer. Vigolos nimmt, wenn er mein Haus besucht, die Ägypterin zusammen mit einem Jüngling, geht in die Folterkammer und läßt sich binden. Er liebt beide Geschlechter. Ich sage dir, Silvanus, in meinem Beruf lernst du die Seelen der Menschen kennen. Die anderen Tempelangehörigen kommen selten, es ist hier zu teuer für sie.«

»Und Bibulus?«

»Bibulus ist ein hoffnungsloser Fall. Ich mag ihn gerne, er ist mein Freund, aber er kann weder mit den Mädchen noch mit den Knaben etwas anfangen. Einmal hat er es versucht, aber es hat nicht geklappt. Das war ihm so peinlich, daß er nie wieder danach fragte. Er trinkt zuviel. Möchtest du noch einen Schluck Wein?«

Silvanus schüttelte den Kopf. »Nein. Eine letzte Frage noch. Warst du am Tage nach der Ermordung von Antigonos, am ersten Tag der Spiele, bei Tollimos?«

Crassus überlegte. »Am ersten Tage der Spiele ... Ja, ich war bei ihm. Wir haben über den Preis für die Apollon-Statue verhandelt. Warum fragst du, ist das wichtig?«

»Vielleicht.« Silvanus erhob sich. »Ich gehe jetzt. Ich werde vorerst weder Marcus Antonius informieren noch deinen Kunden von unserem Gespräch berichten. Sei also beruhigt. Aber, wenn ich erfahre, daß du mir etwas verschwiegen hast ... Salve.«

»Salve Silvanus Rhodius, du kannst dich auf mich verlassen. Und wenn es dich doch einmal gelüstet ...«

Doch Silvanus war schon aus dem Atrium heraus und hörte seine Worte – glücklicherweise – nicht mehr. Crassus nahm einen tiefen Schluck Wein, wischte sich den Schweiß aus dem Gesicht und rief mißgelaunt nach der Ägypterin.

Silvanus hatte zwei Legionäre beauftragt, ihm unauffällig zu folgen, in Zivilkleidung. Vor Tollimos' Haus sollten sie auf ihn warten und im Falle von Schwierigkeiten – er würde dann rufen – eingreifen. Noch einmal wollte er sich nicht einer solchen Gefahr wie in Antiphons Gefängnis aussetzen.

Auf dem Weg zu Tollimos dachte Silvanus über das von Crassus Gehörte nach. Die sexuellen Vorlieben der Einwohner von Didyma interessierten ihn nicht, auch in Rom war Knabenliebe nichts Besonderes. Sagte man doch auch Antonius nach, daß er in seiner Jugend mit Männern zu tun gehabt hatte, und von Caesar und auch Octavian war dies ebenfalls bekannt. Interessant war die Verknüpfung mit dem sehr religiösen Antigonos. Könnte der mit seinen dunklen Andeutungen das Treiben der Priester im Tempel gemeint haben? War er so naiv und wollte die Homosexualität der Tempeldiener anprangern? Wäre das ein Motiv für die Priester, ihn umzubringen? Eigentlich nicht, fand Silvanus, und er konnte sich nicht erinnern, jemals davon gehört zu haben, daß Apollon etwas gegen Homosexualität hätte.

Tollimos dagegen – hoffentlich war er zu Hause – war eine heißere Spur. Von Anfang an hatte er das Gefühl gehabt, daß dieser Mann etwas verbarg. Bei allen Göttern, was für eine Gesellschaft. Dies war immerhin eines der berühmtesten Heiligtümer der Welt und sein Orakel zur Zeit das einflußreichste. Neben Delphi natürlich. Und da findet man heraus, daß Priester gegen Bezahlung die Sprüche Apollons fälschen, daß bei den Spielen bestochen wird und wer weiß, was nicht noch alles.

Bei Tollimos angekommen, sah er sich erst einmal um. Hoffentlich war Illicia nicht da, er wollte ihr ersparen, das Gespräch mit ihrem Vater mit anzuhören. Aber er sah sie nicht. Nur Flusia, die kleine Nubierin, war im Garten und pflückte Blumen. Als sie ihn bemerkte, wollte sie im Haus verschwinden, doch er hielt sie auf. »Flusia, warte bitte.« Aus sicherer Entfernung sah sie ihn mit angsterfüllten Augen an.

»Ich bin Silvanus Rhodius. Kennst du mich?« Seine Stimme war sanft.

Sie nickte, wich aber ein paar Schritte zurück.

»Ich würde gerne mit dir sprechen. Über Antigonos.«

Flusia flüchtete ins Haus. Er würde es nachher noch einmal versuchen. ›Bei Apollon, was für eine Schönheit‹, dachte Silvanus frustriert, es geschah nicht oft, daß Frauen vor ihm davonliefen.

Die Haustür war angelehnt. »Tollimos? Tollimos, bist du da?« Nichts. Das Haus war totenstill. »Tollimos!« rief er noch einmal. Keine Antwort. Ein seltsames Gefühl beschlich ihn. Er griff nach seinem Messer und ging in den Innenhof. »Flusia?«

Stille. Ihm wurde unbehaglich. Er hatte das Gefühl, hinter einer der vielen Säulen rings um den Innenhof stünde jemand. Er blickte sich um. Nichts zu sehen, nur der Faun starrte ihn aus stumpfen Augen an. ›Silvanus‹, dachte er, während seine Augen nach einer Bewegung suchten, ›sei nicht kindisch. Antiphons Angriff vorhin hat deinen Nerven geschadet. Illicia hätte geantwortet, also ist sie nicht da, Tollimos wahrscheinlich auch nicht, und warum sollte er dir auflauern? Er weiß nicht, was du herausgefunden hast. Und Flusia hat sich wahrscheinlich wieder in ihrer Kammer versteckt. Nutze die Zeit, um dich ein wenig umzusehen.‹

Rings um den Hof lagen Räume, die meisten der Türen geschlossen. Tief durchatmend, um sich zu beruhigen, schlich er zwischen den Säulen hindurch und öffnete die erste Tür, die vor ihm lag. Ein Raum, spärlich eingerichtet, mit einem Bett und einem Schminkschrank. Auf einem Sessel lagen ein paar Kleider. Augenscheinlich Illicias Schlafgemach. Er schloß die Tür wieder, bei dem Mädchen zu schnüffeln, konnte er nicht über das Herz bringen.

Der nächste Raum. Die Wände waren bedeckt mit Fächern für Schriftrollen, viele von ihnen waren gefüllt. Offensichtlich war dies die Bibliothek oder ein Arbeitszimmer. Auf dem Tisch lagen ein paar Stücke Pergament. Er ergriff eines und las:

Mellitos oculos tuos, Marce,
siquis me sinat usque basiare,
usque ad milia basiem trecenta,
nec mi umquam videar satur futurus,
non si densior Africis aristis
sit nostrae seges osculationes.*

Illicia hatte ein Gedicht auf Marcus Antonius verfaßt. Voller Liebe, voller Gefühl. Glücklicher Antonius, arme Illicia. Silvanus wußte, daß Antonius heftiger Gefühle fähig war – jedermann in Rom wußte das –, war Antonius doch in jungen Jahren eine öffentliche Beziehung mit der Tochter eines Freigelassenen eingegangen, eine Verbindung ganz unter seinem Stand. Danach hatte er seine Cousine Antonia geheiratet, aus politischen und familiären Gründen, und nach der Scheidung von ihr Fulvia, eine temperamentvolle, undurchsichtige Frau. Diese liebte er so sehr, daß er ihretwegen vor einigen Jahren ganz Rom in Aufregung versetzt hatte, nur weil er sie überraschen wollte. Verkleidet als Sklave, war er nach Rom zurückgekehrt und hatte sich zu seinem Haus begeben. »Ich bringe einen Brief von Marcus«, hatte er dem Diener an der Tür gemeldet, woraufhin er zu Fulvia vorgelassen wurde. Der Brief war eine leidenschaftliche Liebeserklärung, und als er sie vorlas, brach Fulvia in Tränen aus. Da erst zog er die Kapuze vom Gesicht und schloß sie in die Arme. Die Römer hatten gemeint, die Republik wäre in Gefahr, weil sich ein so wichtiger Mann bei Nacht und Nebel verkleidet in die Stadt geschlichen hatte, und besonders Cicero hatte ihm diese Eskapade übelgenommen.

Affären, ja, die waren bei Antonius nichts Ungewöhnliches, auch leidenschaftliche, wie die langjährige mit der Schauspielerin Cytheris, aber eine dauerhafte Beziehung mit einer Pro-

---

* Deine Augen so honigsüß, Marcus,
immer wieder, wenn ich sie küssen dürfte,
wollt ich dreihundertausendmal sie küssen,
und doch würde ich trotzdem nicht satt sein,
wenn so dicht, wie in Afrika die Halme,
dann auch stünden die Saaten unserer Küsse.
(Catullus, im Original an Juventius)

vinzlerin, einem Mädchen aus Kleinasien, das war ganz und gar unmöglich.

Das Gedicht jedoch war wunderschön. ›Fast wie Catullus‹, dachte Silvanus, als er das Pergament mit schlechtem Gewissen beiseite legte. Danach hatte er nicht gesucht. Eher schon nach einigen von Tollimos' Unterlagen. Er ging an eines der Fächer und nahm eine Schriftrolle heraus.

»Meinst du nicht, du hast genug geschnüffelt? Ist das Arbeitszimmer meiner Tochter so interessant für dich?« Die Stimme war kalt und schneidend. Silvanus wirbelte herum, die Hand an dem Messer. Tollimos lehnte lässig in der Türöffnung.

»Oh, Tollimos, ave, ich hatte gerufen, und keiner schien hierzusein. Da wollte ich einmal in den Zimmern nachsehen. Ich bin hier, um noch einmal mit dir zu sprechen.«

»Ich war auf der Latrine. Ist es in Rom Sitte, in leere Häuser einzudringen und Schriftstücke zu lesen? Ich habe diese Bibliothek meiner Tochter geschenkt, sie liebt Bücher über alles, und nicht einmal ich würde es wagen, ohne ihre Zustimmung hier einzudringen und in ihren Unterlagen zu wühlen. Ich glaube, ich werde bei Marcus Antonius eine offizielle Beschwerde einreichen.«

Silvanus wurde wütend. Der Mann schien die Verhältnisse umzudrehen, er tat ja gerade so, als sei er, Silvanus, der Verbrecher. Nun, der sollte ihn kennenlernen. Er hatte vorgehabt, Tollimos höflich und sachlich mit seinen Erkenntnissen zu konfrontieren, meistens führte diese Vorgehensweise bei intelligenten und gebildeten Verdächtigen eher zum Ziel, als Druck auszuüben. Aber die Erlebnisse dieses Tages hatten seine Nerven angegriffen.

»Priester«, seine Stimme war gefährlich ruhig, »ich glaube, ich habe durchaus das Recht, mich hier umzusehen. Und nicht nach Privatangelegenheiten deiner Tochter suchte ich, sondern nach Beweisen für deine Unredlichkeiten. Wobei ich diese Beweise gar nicht mehr bräuchte, ich könnte dich auch gleich mitnehmen, einsperren und dir den Prozeß machen lassen. Willst du also erst reden, oder soll ich den Legionären Bescheid geben?«

Tollimos schluckte. Das einzige Zeichen seiner Betroffenheit war das krampfhafte Zucken des Adamsapfels. Hoch aufgerichtet blickte er auf Silvanus, schwieg eine Weile und sagte dann:

»Komm mit in den Innenhof, laß uns dort reden. Was hast du mir vorzuwerfen?«

Silvanus folgte ihm, keine seiner Bewegungen aus den Augen lassend, und setzte sich ihm gegenüber in einen Korbsessel. Tollimos saß starr da, sein Gesicht zeigte keine Regung. »Nun?«

»Ich weiß von der Fälschung der Orakel, von der Herkunft der Kunstwerke, von deinem unehrenhaften Ausscheiden aus dem Tempeldienst. Das allein genügte, dich vor die hiesigen Gerichte zu bringen.« Silvanus machte eine effektvolle Pause, den Blick nicht eine Sekunde von Tollimos lassend. Dieser aber zeigte keine Reaktion.

»Ich weiß auch, wieviel dir daran gelegen ist, daß deine Tochter nichts von diesen Dingen erfährt.«

Tollimos' Blick blieb starr, sein Adamsapfel zuckte heftiger.

Aha, jetzt hatte er ihn. »Hinzu kommt, daß du Flusia mißhandelst, sie mißbrauchst.«

Jetzt endlich reagierte der ehemalige Priester. Er fuhr sich mit der Hand an den Hals und sagte gepreßt: »Die Sklavin ist mein Eigentum, ich kann mit ihr machen, was ich will. Das geht dich nichts an!«

»Die Sklavin ist, soviel ich weiß, Illicias Eigentum, und deine Tochter ist sicher nicht erfreut darüber, zu erfahren, welch ein mieser Bock ihr Vater ist.«

Tollimos wischte sich mit der Hand über die Stirn und sagte resigniert: »Was willst du, Silvanus Rhodius? Worauf willst du hinaus? Ja, ich gebe zu, ich habe Orakel gefälscht. Ich wollte meiner Tochter ein gutes Leben bieten. Ich habe einmal dem Drängen eines armenischen Gesandten nachgegeben, der auf eine politische Frage eine bestimmte Antwort brauchte. Ich bekam die Apollon-Statue dafür. Es war so einfach. Danach waren meine Skrupel dahin, und ich tat es wieder und wieder. Eines Tages flog es auf. Die Priesterschaft beriet, was mit mir geschehen solle. Sie entschieden sich dafür, mich nur aus dem Dienst zu entfernen, um den Ruf des Tempels zu wahren. Stelle mich ruhig vor ein Gericht, ich wäre dir fast dankbar. Nach all den Jahren der Angst, meine Tochter könnte es erfahren, wäre es geradezu eine Erleichterung. Das Versteckspiel hätte ein Ende. Nur sage ihr nichts über Flusia, ich bitte dich inständig, Illicia könnte es nie verstehen. Sie würde mich verachten – zu Recht. Ich verachte mich selbst. Warum quälst du mich, Silvanus Rhodius, worauf willst du hinaus?«

Fast hatte Silvanus jetzt sogar Mitleid mit dem Mann. Jahrelang in Angst zu leben, welch ein Schicksal. Doch Vorsicht, warnte er sich und fragte weiter. »Du hattest Meinungsverschiedenheiten mit Antigonos. Hat er gedroht, Illicia alles zu erzählen?«

Jetzt lachte Tollimos bitter auf. »Ach, das ist es. Du denkst, ich hätte Antigonos umgebracht. Ich habe ja kein Alibi, jedoch ein schönes Motiv. Ich kann dir nicht das Gegenteil beweisen, Silvanus, aber ich habe ihn nicht getötet. So verderbt bin ich dann doch nicht. Antigonos hat mir nicht gedroht, ich glaube, er wußte nichts von diesen Dingen, obwohl er etwas zu ahnen schien. Im Tempel redet man nicht über mein Vergehen, um niemanden auf falsche Gedanken zu bringen. Unsere Meinungsverschiedenheiten gingen in eine andere Richtung, das habe ich dir doch schon gesagt. Aber nimm mich ruhig mit, wenn du einen Schuldigen benötigst, es macht mir nichts mehr aus, aus dem Leben zu scheiden, nur die Sache mit Flusia darf Illicia nie erfahren.« Tollimos sah Silvanus gefaßt in die Augen. Jetzt war dieser verwirrt. Was sollte er davon halten? Er mußte nachdenken. »Tollimos, noch nehme ich dich nicht mit. Aber ich lasse zwei Legionäre hier; solltest du versuchen zu fliehen, werden sie dich sofort ergreifen. Und jetzt rufe Flusia, ich möchte mit ihr reden, allein.«

Wieder lachte der Mann sein bitteres Lachen. »Sie kommt nicht, wenn ich sie rufe. Ich muß sie aus ihrer Kammer zerren, wenn ich sie haben will. Dort ist sie, versuche dein Glück.« Er stand auf und schritt aufrecht auf eines der Zimmer zu. Silvanus hinderte ihn nicht. Bevor er in den Raum trat, drehte sich Tollimos noch einmal um. »Ich werde nicht versuchen zu fliehen. Ich bitte dich aber, Illicia zu sagen, sie soll heute bei Laelia bleiben. Ich könnte ihr jetzt nicht in die Augen sehen.« Damit schloß er die Tür hinter sich.

Silvanus machte sich auf die Suche nach Flusia.

Er brauchte nicht weit zu gehen. Flusia kam hinter einer der Säulen des Atriums hervor und lehnte sich in sicherem Abstand zu ihm mit dem Rücken dagegen.

»Ich habe alles gehört, Herr. Ich weiß, du wirst mir helfen. Er wird mir nicht mehr weh tun, nicht wahr?«

Silvanus hielt inne. Bei Jupiter, er konnte verstehen, daß dieses Mädchen Tollimos' Begierde anstachelte. Sie war fein gebaut, die schwarze Haut schimmerte wie poliertes Ebenholz, das Haar hing ihr lose über Schultern und Gesicht. Ihre Bewegungen waren katzengleich. Doch aus ihrer ganzen Erscheinung sprachen Angst und Mißtrauen.

Freundlich sah er sie an. »Nein, Flusia, ich glaube, er wird dir nichts mehr tun. Wie lange geht das schon so?«

»Es fing an, nachdem ich einen Monat hier im Hause war. Am Anfang dachte ich, er sei nur freundlich zu mir, so wie Illicia. Aber eines Morgens rief er mich in sein Schlafgemach, griff nach mir und ...« Flusia schluchzte auf.

»Du brauchst mir nichts mehr zu erzählen. Es ist vorbei. Aber sage mir, Flusia, hat er jemals über Antigonos gesprochen? Weißt du etwas über die Meinungsverschiedenheiten der beiden?«

Flusia schwieg. Ihre Augen flackerten unruhig. Das Mädchen wußte etwas, das war gewiß. Silvanus ließ ihr Zeit. Nach einer Weile begann sie stockend: »Mir gegenüber hat er nichts von Antigonos gesagt. Aber ich habe gehört, wie sie sich gestritten haben, manchmal, wenn er hier war. Es ging immer um Religion. Oder Illicia. Antigonos sagte bei seinem letzten Besuch, das war ein paar Tage vor seinem Tod, er werde bald etwas unternehmen, so ginge das nicht weiter. Er sagte aber nicht, was. Der Herr Tollimos sagte nichts mehr, sondern kam mit wutverzerrtem Gesicht aus dem Raum dort.« Sie wies auf eine der Türen.

»Was ist dahinter?« wollte Silvanus wissen.

»Sein Arbeitsraum. Aber du brauchst ihn nicht zu durchsuchen, es ist nichts Wichtiges darin. Nur ein paar Bücher. Ich habe dich vorhin gesehen, in Illicias Bibliothek. Sie schreibt schöne Gedichte, nicht wahr?«

»Du kannst lesen?« Silvanus war erstaunt. Von griechischen Sklaven erwartete man das, bei nubischen dagegen war es eher unüblich. Man stellte sich unter Nubiern nackte schwarze Menschen vor, die im oberägyptischen Hinterland mit ihren Viehherden durch die Savanne zogen, barbarisch, ungebildet, wild, und die von ägyptischen Sklavenhändlern mit Netzen gefangen wurden, um dann weiterverkauft zu werden. Ihre Verwendung war dementsprechend.

»Ja, Herr, Laelia hat es mir beigebracht.«

»Erzähle weiter. Was war mit Antigonos?«

»Der ging nach dem Streit. Er sah müde aus, enttäuscht, aber nicht wütend. Er tat mir leid. Wirst du Tollimos gleich mitnehmen? Ich glaube ganz sicher, daß er Antigonos getötet hat.« Flusia wurde sicherer in ihrer Rede.

»Glaubst du es, oder weißt du es? Hat er jemals eine Drohung ausgesprochen oder ein zufriedenes Wort, nachdem Antigonos tot war?«

Flusia überlegte. »Nein. Aber er war es bestimmt, Herr.«

»Sage mir, Flusia, welche Art von Sandalen trägt Tollimos? Sind es die ortsüblichen oder ausländische?«

»Natürlich die von hier. Andere wären zu teuer. Warum?«

»Gibt es in diesem Haus so etwas wie ein Kurzschwert, oder ein langes Messer, größer als die, die in der Küche verwendet werden?«

»Nein, Herr. Warum fragst du das?« Flusia sah ihn mit großen Augen an.

›Bei Apollon‹, dachte Silvanus, ›so schön, wie sie ist, so dumm ist sie auch, obwohl sie lesen kann.‹ Er ging nicht auf ihre Fragen ein. »Hat Antigonos dir gegenüber jemals etwas erwähnt, was uns helfen könnte?«

»Ja, Herr, er sagte, wenn Tollimos nicht wäre, hätte Illicia der Hochzeit schon längst zugestimmt. Er wollte zu der Zeremonie alles enthüllen, sagte er, dann mit Illicia nach Milet ziehen und sein Priesteramt aufgeben. Mich wollte er mitnehmen.«

Silvanus wunderte sich. Dieses sonst so scheue Wesen hatte sich anscheinend ausführlich mit dem jungen Mann unterhalten. »Weißt du, was für eine Enthüllung?« Seine Stimme wurde noch eine Nuance weicher.

»Nein, das hat er mir nicht gesagt.« Ihr Blick war jetzt ohne Angst, eher vertrauensvoll auf ihn gerichtet.

»Wann hat er dir das alles erzählt, Flusia?« Silvanus sprach jetzt mit Autorität. Er konnte sehen, wie die Nubierin merkte, daß sie mehr berichtet hatte, als sie wollte. Er hakte sofort nach. »Wann war das, Flusia? Sag es mir!«

»Nun, an seinem letzten Tag, Herr.«

»An seinem letzten Tag? Du hast ihn am Tag seines Todes gesprochen? Wann?«

Flusias Augen wurden feucht. »Ach, Herr, ich hatte doch meinen freien Abend. Er hat gesagt, ich solle unter den Bäumen bei Bibulus' Taverne auf ihn warten. Das habe ich gemacht. Und dann kam er, und ... und da hat er es mir erzählt.«

Jetzt begriff Silvanus. Flusia war die Frau gewesen, mit der Laelia Antigonos gesehen hatte. Deretwegen sie ihn zur Rede gestellt hatte. Ohne nachzudenken, fragte er: »Hat er dich auch gezwungen?«

Flusia schüttelte die schwarzen Haare. »Nein, ich mochte ihn. Er war sehr nett zu mir. Er wollte mich ja auch mitnehmen, wenn ...«

Silvanus unterbrach sie: »Hat er dir noch etwas erzählt? Etwas, was uns zu seinem Mörder führen könnte?«

»Aber das habe ich doch schon gesagt, Herr. Das mit Tollimos. Sonst nichts. Der war es bestimmt. Er ist ein böser Mann. Nimmst du ihn mit?«

Silvanus reagierte nicht auf ihre Frage. »Was hast du danach gemacht? Bist du nach Hause gegangen?«

»Ja. Es war aber keiner da. Dann habe ich mich schlafen gelegt. Ich habe nicht gehört, wann die anderen nach Hause kamen.«

Aus Flusia war nichts mehr herauszuholen. Silvanus beschloß, erst einmal über alles nachzudenken. Das Haus könnte er morgen durchsuchen, nach der Bestattung. Tollimos mußte er allerdings unter der Aufsicht der Legionäre hierlassen, noch einen Gefangenen konnte er schlecht zu Crassus bringen. Als er das Flusia mitteilte, kehrte der gehetzte Blick in ihre Augen zurück, und sie verschwand ohne ein Wort. Silvanus tat das Mädchen leid, aber im Moment konnte er nicht mehr tun.

Es war spät geworden. Silvanus hatte Hunger. Er war müde. Er wollte zu Laelia. Nachdem er die Legionäre instruiert hatte, Tollimos nicht aus den Augen zu lassen, da er das Gefühl hatte, dieser könnte seinem Leben selbst ein Ende setzen, machte er sich auf den Heimweg.

*

Laelia war mit ihrer Übersetzung nicht recht weitergekommen. Tausend Gedanken gingen ihr durch den Kopf. Wie ernst war es Silvanus mit seiner Liebe zu ihr? Hatte sie, Laelia, überhaupt eine Chance gegen die Römerin? Sie wußte, daß dieser Mann derjenige war, auf den sie immer gewartet hatte. Sie nahm den Krug, der neben dem Manuskript stand, schüttete ein wenig von dem Wasser auf den Boden – ein Trankopfer konnte nicht schaden, auch wenn es kein Wein war – und bat Apollon im stillen um Beistand. Etwas ruhiger versuchte sie, sich wieder ihrer Übersetzung zuzuwenden, als wütendes Geschrei sie erneut ablenkte. Thabea kam mit den Kindern zurück. Da Rubingetorix seine Traurigkeit nur noch mit Wein bekämpfte, beschäftigte Thabea sich mit Kindern – nicht freiwillig. Jetzt kam sie auf Laelia zu, den Kleinsten auf dem Arm, die anderen vier liefen brüllend hinter ihr her. Konnten diese Kinder nicht wie andere sein, still, nett, freundlich und gehorsam? Nein, entweder sie machten Unsinn oder schrien. ›Unerzogene Bande!‹ dachte Laelia.

»Herrin«, keuchte Thabea, »ich kann nicht mehr. Gib mir jede andere Arbeit, lieber will ich ein Jahr lang nur die Latrinen saubermachen, aber entbinde mich von dieser Folter.« Sie setzte den Kleinen auf den Boden, der prompt in das allgemeine Gekreische mit einstimmte. Die anderen vier begannen sich zu prügeln.

»Ja, Thabea, das kann ich gut verstehen, aber was sollen wir mit ihnen machen? Wir können sie ja nicht einfach aussetzen.« Auch Laelia war ratlos.

Thabea blickte sie hoffnungsvoll an. »Herrin, ich habe vorhin zufällig eines der Mädchen vom Artemis-Heiligtum getroffen. Die bot an, daß wir die Kinder – gegen ein geringes Entgelt – bei ihnen lassen könnten, bis wir wissen, was mit Offilia ist. Ich könnte die fünf jetzt gleich hinbringen.«

Laelia zögerte.

»Herrin«, Thabea klang verzweifelt, »wenn es am Entgelt scheitern sollte, ich würde auch im Artemis-Heiligtum die Latrinen putzen, wenn ich hier mit meiner Arbeit fertig bin.«

»Na gut.« Laelia war der Meinung, Bibulus könnte für seine unerträglichen Enkel ruhig etwas von dem Geld ausgeben, das er bei den Feierlichkeiten eingenommen hatte. »Bring sie hin. Und handele einen anständigen Preis aus, sonst mußt du wirklich Latrinen putzen. Aber komm dann umgehend zurück, es gibt genug Arbeit für dich hier!«

Erleichtert sammelte Thabea die Kinder um sich und machte sich auf den Weg. Laelia genoß die Ruhe, als sie weg waren. Wo war wohl Offilia? Vielleicht sollte sie wirklich Silvanus bitten, nach ihr suchen zu lassen. Er schien sie doch nicht in dem Maße zu verdächtigen, sonst hätte er es bestimmt schon getan. Silvanus ... Schon waren ihre Gedanken wieder bei ihm. Das war ja schrecklich. Sie konnte doch nicht die ganze Zeit nur an diesen Mann denken. Wo war Illicia eigentlich? Die hatte doch gesagt, sie wolle vorbeikommen? Laelia beschloß, Illicia abzuholen, auf die Übersetzung konnte sie sich ohnehin nicht mehr konzentrieren.

Das Haus war still, anscheinend hielten alle ihren Mittagsschlaf. Ihr war es recht. Sie hatte jetzt keinerlei Lust, mit ihrem Vater zu reden und ihm zu erklären, daß sie die Kinder weggeschickt hatte.

Mißgelaunt machte sie sich auf den Weg. Am Tempel waren die Vorbereitungen für die morgige Bestattung in vollem Gange, man baute den Scheiterhaufen auf. Schaudernd wandte sie sich ab. Auf halbem Wege zu Illicias Haus kam diese ihr entgegen. Illicia bemerkte schnell, daß ihre Freundin schlechte Laune hatte, und schlug einen Spaziergang zum Hafen Panormos vor, um sie auf andere Gedanken zu bringen. Plaudernd schritten sie durch den Heiligen Hain, und Laelias Stimmung besserte sich zusehends.

Der Hafen war wunderschön gelegen, in einer kleinen Bucht. Viele Kais waren verwaist, die meisten Schiffe ausgelaufen, das Fest war vorbei und die Besucher auf dem Weg nach Hause. Eine Triere allerdings fiel ihnen auf. Sie war elegant, groß, mit drei Ruderreihen, kunstvoll verziert und reich geschmückt. Wegen ihrer Größe hatte sie außerhalb des Hafenbeckens vor Anker gehen müssen.

»Wem mag sie wohl gehören?« wunderte sich Laelia.

Illicia fragte einen der vielen Hafenarbeiter.

»Das ist das Schiff des Mithriventes, eines Verwandten des parthischen Königs Orodes«, gab dieser bereitwillig Auskunft.

Die Mädchen sahen sich an. »Der Parther«, murmelte Laelia, »bei Apollon, den habe ich fast vergessen. Ich hatte gehofft, er sei schon aufgebrochen. Komm, laß uns gehen, Illicia, nachher ist er hier irgendwo in der Nähe. Auf den habe ich im Moment nicht die geringste Lust.«

Die Sonne begann unterzugehen, als sie an der Taverne ankamen. Bibulus lief ihnen aufgeregt entgegen. »Mädchen, wo wart ihr denn, es ist spät, ich brauche eure Hilfe. Morgen sollen wir das Gastmahl anläßlich Antigonos' Bestattung ausrichten. Gut, daß du die Kinder weggeschickt hast, Laelia.« Eifrig berichtete er über die gewünschte Speisenfolge, über die Anzahl der Gäste und das Geld, das sie einnehmen würden.

Laelia unterbrach ihn: »Aber Vater, heute können wir doch gar nicht viel machen, morgen früh ist Zeit genug.«

Illicia sagte nichts und verschwand in der Küche. Laelia folgte ihr. »Du mußt morgen nicht kommen, Illicia, wenn du nicht willst. Wir schaffen das schon alleine.« Sie legte der Freundin eine Hand auf die Schulter.

Illicia schüttelte den Kopf. »Nein, nein, ich werde euch helfen. Willst du etwa kochen?«

Beide mußten lachen.

»Es ist ganz gut«, fuhr Illicia fort, »dann habe ich eine Entschuldigung, nicht zur Trauerfeier zu gehen. Die könnte ich wirklich nicht ertragen. Aber wenn es geht, möchte ich nicht servieren.«

»Natürlich.« Laelia war erleichtert. Tatsächlich hätte sie sich nie zugetraut, allein mit Thabea das Gastmahl zuzubereiten.

Monoculos, der gerade mit einem Korb voll Zwiebeln eintrat, bemerkte beiläufig: »Herrin, vorhin war der Parther da. Er fragte nach dir. Er sagte, er wolle noch einmal wiederkommen.«

»Oh!« Laelia war bestürzt. »Wann war das?«

»Vor gut einer Stunde. Er müßte bald wieder dasein.«

»Hast du etwas von Silvanus gehört, Monoculos?«

»Nein, Herrin. Nichts.«

Illicia mischte sich ein. »Du solltest dich umziehen, Laelia. Am besten empfängst du den Parther höflich und wimmelst ihn schnell ab. Wenn Silvanus kommt, könnte es Schwierigkeiten geben. Und sei vorsichtig. Auch andere können das Römische Reich retten.«

Laelia eilte nach oben. Mit klopfendem Herzen machte sie sich zurecht. Hübsch, aber nicht zu hübsch. Was sollte sie Mithriventes sagen? Wußte er, daß sie bei Silvanus in Priene gewesen war? Aber woher sollte er das wissen?

Sie erinnerte sich an das, was Antonius in Priene gesagt hatte, Gespräche mit den Parthern stünden bevor. Und daß diese Menschen sehr gefährlich sein könnten. Unbehagen erfaßte sie, aber auch eine gewisse Erregung. Diesem Mann fühlte sie sich durchaus gewachsen.

Sie hatte gerade die Kohle um die Augen gelegt, als es klopfte und Monoculos meldete, daß der Parther da sei. Laelia holte tief Luft, warf einen letzten Blick in den Spiegel, legte noch schnell das Armband an und ging in den Schankraum.

Der Parther saß wieder hinten im Raum, wo man ungestört reden konnte. Auch heute hatte er festliche fremdländische Gewänder angelegt. Als er sie erblickte, stand er auf, ging ihr entgegen, verneigte sich tief und führte sie zu dem Tisch. »Mein Herz öffnet sich wie eine Blume am Morgen, schöne Laelia, jetzt, da ich dich sehe.« Sein spitzer Bart zitterte leicht, und eine deutliche Weinfahne umwehte ihn. Er hielt ihre Hand einen Moment zu lange fest. »Und doch war es schwer wie ein Stein in der Wüste, als ich vor zwei Tagen hören mußte, du seist verreist. Waren es wichtige Geschäfte, die dich in die Ferne führten?« Ungefragt schenkte er ihr einen Becher voll mit Wein und reichte ihn ihr. Seine Hand, schwarz behaart, berührte dabei die ihre. Bevor sie antworten konnte, fuhr er fort: »Doch laß uns anstoßen darauf, daß die Götter dich wieder zurückgeführt haben.« Er sah ihr in die Augen und nahm einen tiefen Schluck, sie nippte nur.

»Oh, Mithriventes«, sie senkte züchtig ihren Blick, »ich danke dir für deine freundlichen Worte. Mein Vater schickte mich nach Priene, um Ware zu holen. Darum konnte ich nicht hier sein, um den Orakelspruch zu übersetzen. Ich bitte um Verzeihung. Du hast gewiß jemand anderen gefunden, der eurer Sprache mächtig ist? War der Spruch zu eurer Zufriedenheit?«

»Oh ja, in der Tat. Wenn auch ein wenig verschwommener als die Orakel der Vergangenheit, aber Apollon hat uns selten enttäuscht. Euer Gott liebt das Volk der Parther. Und zu Recht! Es gibt kein Volk, das dem unseren ebenbürtig ist. Du hast gut daran getan, schöne Nymphe, dich auf die Seite der von den Göttern Bevorzugten zu stellen. Doch sage mir, wenn du in Priene warst, dann weißt du vielleicht auch, daß Marcus Antonius gerade dort weilt?«

Was wußte er? Laelia durchfuhr ein eisiger Schrecken. Vorsicht, mahnte sie sich. »Ja, das ist allgemein bekannt, man redete von nichts anderem.« Sie sah ihn aufrichtig an.

»Hast du vielleicht auch gehört, wie viele Legionen er befehligt und wo sie stehen?« Die spitze Nase des Parthers kam näher, seine Augen blitzen hinterhältig.

Laelia wurde klar, daß er sie prüfen wollte. Es war kein großes Geheimnis, wie viele Legionen unter Antonius' Oberbefehl standen, diese Informationen mußten die Parther längst haben. »Von einem römischen Magistraten, der in der gleichen Herberge wie wir übernachtete, hörte ich, daß acht Legionen Fußvolk und zehntausend Reiter in den Garnisonen unter Waffen stehen, der Triumvir Octavian hat zwei hiergelassen im Tausch gegen die, die Antonius in Italien hatte.« Sie sah ihn stolz an. »Ich hoffe, euch nützen diese Angaben.«

Der Parther nickte zufrieden. Er glaubte ihr.

›Welch ein Dummkopf‹, dachte Laelia, ›für wie töricht hält der mich eigentlich.‹ Aber sie lächelte ihn süß an. Es begann, ihr Spaß zu machen.

Er hob seinen Becher, nahm einen weiteren Schluck, schenkte nach und fragte: »Hast du noch mehr erfahren?«

Sie überlegte kurz. Vielleicht würde eine gezielte Falschinformation Antonius nutzen? »Ja, der Mann erzählte, Rom habe vor, mit euch ein Friedensabkommen zu treffen, und wolle nur die von Crassus verlorenen Feldzeichen sowie die Gefangenen zurück.« Das war genau das Gegenteil dessen, was Antonius wirklich vorhatte. Sie wußte von Silvanus, daß der Triumvir den schon von Caesar geplanten Feldzug gegen die Parther unbedingt durchführen wollte. – Hoffentlich mußte nicht Silvanus daran teilnehmen.

»Interessant«, murmelte Mithriventes, fragte dann aber weiter: »Und hast du etwas von eurem Römer hier erfahren?«

»Nein, leider nicht. Er kam erst spät in der gestrigen Nacht zurück. Heute habe ich ihn nur kurz von weitem gesehen. Vielleicht habe ich nachher noch Gelegenheit, mit ihm zu sprechen. Daß mir das nicht leichtfällt, weißt du, aber ich werde es versuchen. Für die Sache.«

Der Parther strahlte. »Ich sehe, du Edelstein in einem Geschmeide, daß ich dich richtig eingeschätzt habe. Eine Frau mit Anmut und Verstand. Du würdest dich bei uns in Parthien, das ja bekanntlich das von den Göttern am meisten geliebte Land dieser Welt ist, sehr wohl fühlen.«

Der Krug mit Wein war leer. Laelia rief nach Monoculos, damit er einen neuen bringe. Aus den Augenwinkeln nahm sie Illicia in der Küchentür wahr, die ihr ein Zeichen machte. ›Gute Idee‹, dachte Laelia und nickte unmerklich. Illicia würde Monoculos anweisen, den Wein mit viel Honig zu versetzen, ein sicheres Mittel, um einen nicht daran gewöhnten Zecher binnen kurzer Zeit trunken zu machen.

Laelia wandte sich wieder ihrem Gesprächspartner zu, dessen Blick schamlos an dem weiten Armausschnitt ihres Gewandes hing. Unwillkürlich zog sie das Kleidungsstück enger um sich.

Mithriventes lachte. »Es tut wohl, zu sehen, daß die Frauen hier züchtig sind. Wir Parther lieben es nicht, wenn weibliche Schönheit sich mit Schamlosigkeit paart, wie bei den verderbten Römern.«

Monoculos kam mit dem Wein. Mithriventes schenkte nach und trank seinen Becher in einem Zuge leer. »Köstliches Getränk, beinahe wie göttliches Ambrosia, der Wein deines Vaters. Dieser hier ist noch besser als der vorherige.« Er rülpste laut.

Laelia, zutiefst angewidert, goß von neuem voll. »Ja, Mithriventes, dieser Wein ist der beste, den wir haben.« Sie sah ihm tief in die Augen, die schon ein wenig verschwommen blickten. Der Parther griff nach ihrer Hand und führte sie an die Lippen. »Ich verspreche dir, du Tautropfen in der Morgensonne, daß du nicht mehr lange unter der römischen Dekadenz wirst leiden müssen.« Er trank. »Aber mein Herz wird schwer, wenn ich daran denke, daß ich morgen abreisen werde und ein solches Juwel wie dich hier zurücklassen muß.« Er begann schon zu lallen. »Schöne Laelia, tröste mich, teile mein Lager in dieser Nacht!« Sein Kuß auf ihre Hand war naß. »Und bevor ich zurück nach Ktesiphon, dieser Perle Parthiens, gehe, hole ich dich. Du wirst mit mir in der Palastanlage meines Verwandten, des großen Königs Orodes leben, du wirst die erste unter meinen Frauen sein, alle anderen verblassen neben deiner Schönheit. Ich werde dir ein Bett aus Rosenblättern bereiten!«

Laelia entzog ihm ihre Hand. Sie widerstand dem dringendem Impuls, diese abzuwischen. »Oh, Mithriventes, dein Angebot ehrt mich sehr. Aber wie kann ich das Lager mit dir teilen, ohne deine Frau zu sein? Auch kann ich nicht einfach weggehen, ich bin meinem Vater, der meiner Hilfe bedarf, verpflichtet. Aber sagtest du nicht, daß ihr uns bald von der Herrschaft der Römer befreien werdet? Wirst du als großer Würdenträger deines Landes nicht vielleicht die Verwaltung dieser Provinz übernehmen können?« Laelia wagte sich weit vor, dessen war sie sich bewußt. Der Parther hatte nichts dergleichen gesagt, wohl aber angedeutet. Und in seinem trunkenen Zustand würde er dies hoffentlich nicht mehr wissen. Sie hatte vollkommen recht mit ihrer Annahme.

»Meine schamhafte Jungfrau, du mußt mir verzeihen. Deine Schönheit hat mich betört, meinen Verstand umnebelt, natürlich kannst du mein Lager nicht teilen. Auch wollte ich keine Frau, die nicht unberührt in das eheliche Schlafgemach tritt. Ich werde Orodes bitten, mir diese Provinz zuzuteilen. Sei versichert, ich werde dich mit Schätzen überhäufen, deinem Vater jede Unterstützung zukommen lassen, und dein Bauch soll schwellen mit einem Sohn königlichen Blutes.« Seine Raubvogelnase kam ihrem Gesicht bedenklich nahe, der schmallippige Mund zum Kuß gespitzt.

Laelia lehnte sich zurück. »Bei uns ist es dem Manne nicht erlaubt, die Frau auch nur zu berühren, bevor nicht eheliche Bande sie vereinigen. Doch sage mir, Mithriventes, wie lange werde ich warten müssen?«

»Nicht mehr lange, du göttergleiches Wesen, nicht mehr lange.« Der Parther hatte Schwierigkeiten zu sprechen. »Die Heere stehen bereit. Schon im nächsten Frühjahr werden wir den Einfall wagen. Das Orakel hat uns die Bestätigung gegeben. Orodes, unser großer, wenngleich zu zauderhafter König, wird nun nicht mehr zögern. Nach dem Winter werden wir euch von der römischen Herrschaft befreien und die Segnungen des parthischen Reiches bringen.«

Laelia überlief es kalt. Wenn Antonius nichts unternahm, würde es Krieg geben, hier, bei ihnen. Sie konnte nur hoffen, daß es den Römern auch weiterhin gelingen würde, den Frieden in Kleinasien zu sichern. Antonius mußte den Parthern einfach zuvorkommen!

»Und dann, meine Laelia, werde ich dich holen.« Mithriventes schwankte jetzt bedenklich auf seinem Stuhle hin und her. »Ich glaube, ich muß gehen. Mir ist ein wenig seltsam zumute. Lebe wohl, du leuchtender Lapislazuli, bis ich wiederkomme.« Er tastete nach ihrer Hand, sabberte einen Kuß darauf, fingerte eine Goldmünze aus seinem Beutel und klatschte sie auf den Tisch. Dann schwankte er aus der Taverne. Laelia folgte ihm bis an die Tür und hörte aus der Dunkelheit würgende und hustende Geräusche. Sie schüttelte sich unwillkürlich, eilte in die Küche, nahm sich einen großen Becher Wein und erzählte Illicia alles.

*

Als Silvanus von Tollimos zurückkam, war der Schankraum fast leer. Er suchte sich einen leeren Tisch und bestellte bei Monoculos Wein. Bei Jupiter, den konnte er jetzt gebrauchen. Weder Laelia noch Illicia waren zu sehen. »Monoculos, ist deine Herrin außer Haus oder in der Küche?« fragte er den Sklaven, als der den Wein brachte.

»Sie ist in ihrem Zimmer, Herr. Illicia ist in der Küche. Hast du mit Tollimos gesprochen, Herr?«

»Ja, Monoculos, und ich bin sicher, daß er Flusia nichts mehr antun wird.«

Monoculos strahlte. »Danke, Herr. Soll ich der Herrin sagen, daß du hier bist?«

»Nein, nicht jetzt. Aber du könntest Illicia sagen, daß ich sie kurz zu sprechen wünsche. Und richte bitte ein Zimmer für sie, sie wird heute nacht hier bleiben.«

Monoculos eilte davon, und kurz darauf erschien Illicia.

»Silvanus, gut, daß du da bist. Laelia hat mit dem parthischen Gesandten gesprochen, und der hat ihr erzählt, daß Parthien einen Überfall auf uns plant, einen Krieg im nächsten Frühjahr. Du mußt das sofort Antonius melden.«

Silvanus sah sie fassungslos an. »Laelia hat was? Habe ich euch nicht gesagt, daß ihr euch nicht mehr einmischen sollt? Bei allen Göttern, begreift ihr denn nicht, daß das kein Spiel ist?« Er war ehrlich aufgebracht. »Und die Parther wollen hier einfallen? Eine so hochpolitische Information soll er herausgeben haben? Lächerlich! Wie hat sie das überhaupt gemacht?«

»Frage sie doch selber!« Illicia war beleidigt. Sah dieser Römer sie als Kinder an, die nicht wissen, was sie tun?

Sie wollte gehen, doch Silvanus hielt sie zurück. »Illicia, ich soll dir von deinem Vater ausrichten, daß du ein paar Tage hier bleiben sollst. Er will ... arbeiten.«

»Gut.« Mehr sagte sie nicht. Noch immer gekränkt, schritt sie hoch erhobenen Hauptes zurück in die Küche. Silvanus war es recht, so mußte er keine Erklärungen abgeben, warum Tollimos die Anwesenheit seiner Tochter nicht wünschte. Aber die Parther. Gute Götter, wenn das stimmte, so war es in der Tat eine hochbrisante Information, die Antonius dringend benötigte. Er konnte nicht umhin, den Mut und die Klugheit der Mädchen zu bewundern, obwohl er sich um sie sorgte. Der Zorn stieg erneut in ihm hoch. Laelia schwebte vielleicht in unmittelbarer Lebensgefahr. Wenn dem Parther bewußt wurde, was er da gesagt hatte ... Wenn er es wirklich so gesagt hatte. Aber der konnte doch unmöglich so dumm sein. Er mußte sofort mit Laelia sprechen.

Er ging zuerst in seine Kammer. Einem Impuls folgend, holte er seine beste Tunika aus der Truhe, die nachtblaue mit

Goldstickereien, spritzte sich etwas Wasser in das Gesicht, fuhr mit den Fingern durch das lichte Haar und begab sich dann zu Laelias Zimmer. Er klopfte. Sein Herz klopfte.

Von drinnen ein »Ja?«

Er öffnete die Tür einen Spalt. »Darf ich hereinkommen?«

»Natürlich!« Laelia saß auf ihrem Bett und hatte nachgedacht. Über ihn? Oder über die Parther?

»Laelia, ich muß mit dir sprechen.« Er setzte sich mit ernster Miene neben sie. »Illicia hat mir von deinem Gespräch mit Mithriventes erzählt. Was hast du dir dabei gedacht?«

Sie berichtete ihm alles – fast alles. Einige Kleinigkeiten ließ sie aus. Nachdem sie ihm die Wirkung des Weines geschildert hatte, beruhigte er sich ein wenig.

»Ich werde noch vor Sonnenaufgang eine Depesche an Antonius senden. Du bist geschickt, meine Laelia, trotzdem muß ich dich bitten, zukünftig die Finger von der Politik zu lassen. Ich könnte es nicht ertragen, wenn dir etwas zustieße.«

Laelia versprach es, hoffte sie doch inbrünstig, den widerlichen Parther nie mehr wiedersehen zu müssen. »Du siehst gut aus«, sagte sie dann und strich bewundernd seine Tunika glatt, die sich über seinem Bauch wölbte.

»Die Tunika ist ein Geschenk von Marcus Antonius, er ist manchmal, wie du ja weißt, außerordentlich großzügig. Ich selbst könnte mir das Stück nicht leisten, es ist aus Kos.«

»Ich meinte nicht die Tunika, ich meinte dich.«

»Oh!« Silvanus war Komplimente dieser Art nicht mehr gewohnt. »Du aber auch.«

Das stimmte. Laelia hatte sich nicht umgezogen, sie trug noch immer ihren moosgrünen Chiton, passend zu Augen und Haar. Er bemerkte die Kohle um ihre Augen und – wie gut diese Frau roch! Ein betörender Duft, der die Sinne erregte. Und er bemerkte das Armband. Leicht ihre Hand ergreifend, fuhr er bewundernd mit den Fingern über das Schmuckstück. »Wunderschöne Arbeit! Woher hast du das?«

»Als Entgelt für meine Übersetzung der Orakelfrage des Parthers. Hast du die Antwort gehört? ›Wenn Wolkentürme über die Berge ziehen, trifft ein Volk im Tal die Schatten seiner

Ahnen, und einen mächtigen Mann durchzuckt der Strahl der Erkenntnis.‹ Kannst du das deuten?«

»Hm, so ad hoc nicht.« Er war nicht ganz bei der Sache. »Ich werde es Antonius mitteilen. Aber zurück zu diesem Parther. Er hat dir dieses Armband geschenkt? Weißt du, was das wert ist? Ich beginne zu glauben, daß der Parther nicht nur an deinen Sprachfähigkeiten interessiert ist.«

Laelia lachte leise. Er war eifersüchtig, wie erfreulich! »Ich denke, es war als Anreiz für meine Spionagetätigkeiten gedacht.« Als sie bemerkte, daß Silvanus' Blick sich verfinsterte, setzte sie hinzu. »Ich konnte es nicht ablehnen, du weißt doch, wie diese Menschen sind. Er wäre hochbeleidigt gewesen. Immerhin habe ich ja auch für ihn übersetzt. Und wie könnte ich mich mit einem vogelgesichtigen, spitzbärtigen Widerling abgeben, wenn der herrlichste Mann des Römischen Reiches mich in meinem Zimmer besucht.«

Er schien versöhnt und küßte sie sanft. Sie fragte nach seinen Ermittlungen. Silvanus berichtete ihr alles. Besorgt sah sie ihn an. »Hat Antiphon dich verletzt?« Er zeigte ihr die Würgemale.

»Oh Silvanus, wie schrecklich. Das sieht böse aus.« Sie beugte sich über seinen Hals.

Zärtlich küßte er ihren Nacken. »Was denkst du über die Sache mit Tollimos, meine Allerliebste? Du kennst ihn länger als ich. Traust du ihm den Mord an Antigonos zu?«

Sie ließ die Finger in seinem Brusthaar spielen. »Ehrlich gesagt, ich weiß es nicht. Ich weiß sowieso nicht mehr, was ich denken soll. Offilia verschwindet, Tollimos quält Flusia – wer hätte ihm das zugetraut? Tollimos war immer freundlich, aber auch irgendwie ... verschlossen. Dennoch kann ich nicht glauben, daß er etwas mit dem Mord zu tun hat. Silvanus, erzähle es bitte nicht Illicia, die hat so schon genug Probleme.«

»Aber auch ihren Spaß – wenigstens in Priene. Doch ich werde schweigen.« Er küßte ihren Hals. Sie schnurrte genießerisch.

»Was willst du tun?«

Seine Küsse wanderten tiefer. »Ich werde dich nach allen Regeln der Kunst verführen.«

»Du Dummkopf, das meinte ich doch nicht. Was wirst du wegen Tollimos tun?« Laelia knuffte ihn in die Seite.

»Nun, ich werde ihn weiterhin bewachen lassen. Dann werde ich Flusia verführen. Eine wahrhaftige Schönheit. Wir sollten Illicia allerdings nicht sagen, daß sie die Frau war, die du mit Antigonos gesehen hast.«

»Versuche ruhig, Flusia zu verführen. Monoculos' Rache wird dir gewiß sein. Und ich hoffe, ich vergesse nicht, was wir Illicia alles nicht erzählen wollen.«

Ihre Hände strichen über seine muskulösen Oberarme. Plötzlich wurde sie ernst. »Silvanus, es tut mir leid wegen heute morgen. Das, was ich sagte, als du den Brief deiner Frau gelesen hast. Ich ... ich war eifersüchtig. Aber es ist nicht leicht für mich, du bist verheiratet und schreibst deiner Frau Briefe, und sie schreibt dir. Und ich bin deine Geliebte.«

Auch Silvanus wurde sehr ernst. »Du bist keine Geliebte, Laelia; Geliebte, das klingt so abwertend. Du bist viel mehr, du bist mir das Kostbarste auf der Welt. Ich liebe dich.« Er bettete sein Gesicht in ihr weiches Haar. »Und du, Laelia? Sag auch du mir, daß du mich liebst!« Er hielt sie fest umschlungen, und sie flüsterte es leise, ein wenig verschämt, in sein Ohr.

Irgendwann lagen sie sich erschöpft in den Armen.

»Wirst du deine Frau verlassen?« Laelia mußte diese Frage noch stellen.

Silvanus küßte sie zärtlich. »Laß mir ein wenig Zeit, mich zu lösen. Zehn Jahre lassen sich nicht einfach so abwerfen. Aber es ist keine Frage des Ob, sondern nur des Wann, Carissima«, murmelte er.

Keine Frage des Ob, sondern des Wann. Die Worte klangen in ihren Ohren nach. Sie glaubte ihm. Langsam breitete sich das Gefühl aus, daß es wirklich etwas Dauerhaftes werden könnte. Liebevoll betrachtete sie ihn, den der Schlaf schon übermannt hatte.

Glücklich schloß sie die Augen.

VIII

Sie erwachte früh am Morgen, weil Silvanus sich fertig angezogen über sie beugte. »Ich muß gehen. Schlaf du ruhig weiter, meine Laelia.« Zärtlich strich er über ihr Haar. »Ich komme vorbei, wenn ich etwas Neues erfahren habe. Sonst sehe ich dich heute abend.« Sanft küßte er zum Abschied ihre Nasenspitze, ihre Wangen, ihre Stirn, ihre Lippen.

Sie nickte schlaftrunken. Im Haus war es noch still. Bei Apollon, stand der Mann immer so früh auf? Oh, die Bestattung, natürlich! In ihrem Glück hatte sie die Bestattung vergessen.

Silvanus wandte sich noch einmal um. »Es war wunderschön!« Damit war er aus dem Raum. Leise schlich er über den Flur, horchte vor Offilias Zimmer und öffnete vorsichtig die Tür. Auf dem Bett lag der Gallier, vollständig angezogen, schnarchend. Offilia war nicht da.

Sacht schloß er die Tür wieder und eilte in sein Zimmer, um sich umzuziehen. Hoffentlich hatte ihn niemand gesehen. Bei aller Liebe, das mußte nicht sein. Man wußte nie, wie Väter reagieren, wenn er auch Bibulus nicht viel zutraute. Der war zu sehr mit seinen eigenen Problemen beschäftigt. Inzwischen hatte er Bibulus von der Liste seiner Verdächtigen gestrichen. Ein viel zu schwacher Charakter, dem Alkohol verfallen, kein ausreichendes Motiv und ein Alibi, das hatte er in Ephesos überprüfen lassen. Natürlich, er hätte sich einen Mörder dingen können, aber das hätte jeder gekonnt, der genug Geld hatte. Wenn dem so wäre, bliebe ihm, Silvanus Rhodius, kaum eine Chance, den Fall aufzuklären. Aber sein Gefühl sagte ihm, daß die Dinge anders lagen, daß er den Täter hier suchen mußte, im Umkreis des Opfers.

Im Stadion stellte er fest, daß anscheinend nicht nur ganz Didyma Antigonos' Bestattung beiwohnen wollte, sondern auch viele Gäste aus Milet und der Umgebung gekommen waren. Das Stadion war fast bis auf den letzten Platz besetzt, aber gedrücktes, trauriges Schweigen herrschte auf den Rängen. Silvanus hielt Ausschau nach bekannten Gesichtern, konnte aber in seiner Nähe keine entdecken. Laelia und Illicia hatten wegen des Gastmahles nicht mitkommen wollen.

In der Mitte der Wettkampfarena, wo neulich noch die Athleten miteinander gerungen hatten, war jetzt ein stattlicher Holzstoß aufgeschichtet und mit weißen Leintüchern bedeckt. Um ihn herum standen zahlreiche Klageweiber, deren Lieder dünn im weiten Rund des Stadions verhallten.

Nun traten die Priester aus dem Tempel, gefolgt von Musikanten. Silvanus hörte eine Flöte, deren Töne sich klagend über die sanften Klänge der Zimbeln und Harfen erhoben. Sie spielten eine traurige Weise, die ans Herz griff. Allen Menschen im Stadion, soweit sie Silvanus sehen konnte, standen Tränen in den Augen, vereinzelt hörte man Schluchzen. Der Tränenstrom begann richtig zu fließen, als die Träger mit der Totenbahre aus dem Tempel kamen. Sechs Männer trugen den Leichnam das kurze Stück bis zum Scheiterhaufen. Ihnen voran schritt Vigolos, zu seinen beiden Seiten Antigonos' Mutter und Vater. Hinter ihnen gingen prächtig gekleidete Männer und Frauen, die verschiedene Götterstatuen trugen – die Hausgötter der Familie, mutmaßte Silvanus. Es schien sich bei jenen Menschen um Verwandte oder Freunde der Familie zu handeln, denn denen oblag in der Regel diese ehrenvolle Pflicht.

Alle sammelten sich am Fuße des Scheiterhaufens. Leitern wurden angelegt, so daß der Leichnam hinaufgebracht werden konnte. Sie hatten Antigonos in weiße Tücher gehüllt. Da der Tote schon mehrere Tage lag, hatte man offensichtlich darauf verzichtet, ihn unbedeckt zu zeigen.

›Die Balsamierer haben wohl doch nichts mehr ausrichten können‹, dachte Silvanus mit schlechtem Gewissen.

Jetzt betrat Vigolos ein kleines Podest und begann seine Rede. Nervös umklammerte er ein Notiztäfelchen, auf das er gelegentlich einen Blick warf. Seine langatmige, wortreiche Begrüßung aller Anwesenden, vor allem der Würdenträger von Didyma und Milet, begann schon nach wenigen Sätzen das Publikum zu ermüden. Es wurde unruhig. Erst als er erschütternd auf das scheußliche Verbrechen zu sprechen kam, zog er alle in seinen Bann. Vigolos war allmählich im Fluß, seine anfängliche Nervosität war verflogen. Feurig verdammte er den schändlichen Mörder, der den Eltern den Sohn in der Blüte seiner Jahre entrissen, der ein geschätztes Mitglied des Apollon-Tempels vorzeitig hinweggerafft habe. Dies bedeute einen unwiederbringlichen Verlust für die Familie und das Heiligtum. Er rühmte mit heller, durchdringender Stimme Antigonos' Gläubigkeit, seinen Einsatz zum Ruhme des Tempels und sein unermüdliches Bestreben, diesen zu mehren.

Antigonos' Eltern, die zu beiden Seiten des Podestes standen, strömten die Tränen über die Wangen. Sophonisbe schwanden die Sinne, sie taumelte. Zwei Priester eilten herbei, um sie zu stützen. Hunderten von Kehlen entrang sich ein Stöhnen voller Anteilnahme.

Vigolos kam zum Ende. »Zum Glück – aber kann man von Glück sprechen, wenn ein Jüngling den Tod fand? – Sagen wir besser: Zum Troste der Familie, der hier anwesenden Trauernden und der Priester des Apollon-Tempels hat sich Marcus Antonius persönlich für die Aufklärung dieses tragischen Schicksalsschlages verbürgt. Aber wir müssen uns bewußt sein: Die gerechte Bestrafung des Mörders kann den Kummer nicht mildern, das kann nur Mitgefühl, nur Mitleid. Mitgefühl mit den Eltern, die einen unermeßlichen Verlust hinnehmen mußten, Mitleid, um ihren großen Schmerz zu lindern. Bitten wir Apollon, daß er uns allen, aber besonders den leidgeprüften Eltern, in dieser schweren Stunde beistehe.«

Damit stieg er von dem Podest herab und wandte sich dem Altar zu. Er gab Leonidas ein Zeichen, der mit einem brennenden Scheit an den Holzstoß herantrat und ihn entzündete, das gramvolle Gesicht abgewandt. Als die Flammen an den Leintüchern emporzüngelten und auf den verhüllten Leichnam übergriffen, durchhallte wieder ein Stöhnen das Stadion.

Die Priester begannen mit den Leichengesängen. Vigolos streute Myrrhe und Weihrauch in die Flammen, der aufsteigende Rauch mischte sich mit den herben Duftwolken und zog schwer über die Tribünen. Die Klageweiber umstanden den brennenden Scheiterhaufen, kreischten, stöhnten, wimmerten, rauften sich die Haare.

Die Trauergäste waren tief betroffen, allen rannen die Tränen über die Wangen, auch Silvanus konnte sich der allgemeinen Stimmung nicht entziehen.

Es dauerte lange, bis der Scheiterhaufen heruntergebrannt war. Ununterbrochen sangen die Priester ihre traurigen Hymnen, bis nur noch wenige Flammen aufflackerten. Dann sprach Vigolos die Gebetsformel und löschte mit Wein die letzten glühenden Scheite. Priester brachten eine Urne herbei. Vigolos begann, die Gebeine aus der Asche zu sammeln und legte sie vorsichtig hinein.

Sorgfältig schritt der Prophetes die Brandstätte ab, suchend den Blick auf den Boden geheftet. Als er schließlich alle Überreste in die Urne gelegt hatte, verschloß er sie sorgfältig. Mit beiden Händen streckte er sie den Trauernden anklagend entgegen. Bei dieser Bewegung rutschte sein Gewand, das vorher die Arme bedeckt hatte, über die Ellenbogen hoch, Sonnenstrahlen fingen sich in einem goldenen Armband und ließen es hell aufblitzen.

Langsam schritt Vigolos dann zum Ausgang, hinter ihm der Trauerzug. Die Klageweiber steigerten ihr Wehgeschrei, daß es in den Ohren schmerzte.

Als die Begräbnisprozession das Stadion verlassen hatte, stiegen die Trauergäste von den Rängen und reihten sich in den Zug ein. Langsam schritten sie die Heilige Straße entlang.

Sie näherten sich den Statuen der Branchiden, des alten sagenumwobenen Priestergeschlechts von Didyma. Hier hatte man Antigonos ein Grab vorbereitet.

Es dauerte eine Weile, bis auch die letzten sich an der Grabstelle eingefunden hatten, die Menschenmenge war kaum mehr zu überblicken. Vor dem Begräbnisplatz stellten sich die Priester im Halbkreis um Vigolos auf, ihre Hymnen hallten über die gesamte Länge des Zuges. Einige Trauergäste stimmten schluchzend mit ein, als die alten Gesänge erklangen.

Vigolos überreichte die Urne einem bereitstehenden Priester, hob beide Arme – wieder funkelte der goldene Armschmuck – und sprach das Gebet. Silvanus, nicht weit von dem Prophetes stehend, durchfuhr es heiß. Ein solches Armband hatte er bereits einmal gesehen, vorhin schon war es ihm aufgefallen, doch da war er zu weit entfernt gewesen, um die Ähnlichkeit zu erkennen. Was hatte das zu bedeuten?

Vigolos brachte abschließend auf dem Sockel ein Brandopfer dar. Duftschwaden stiegen auf und raubten den Vordersten fast den Atem. Alle Anwesenden hoben die Hände zum Gebet und murmelten die Sätze des letzten Geleits voller Andacht und Mitgefühl.

Als die Menge sich aufzulösen begann, überlegte Silvanus, ob er wirklich an dem Totenmahl teilnehmen sollte, eigentlich hatte er genug zu tun. Da trat Leonidas auf ihn zu. »Ich freue mich, daß du gekommen bist. Du hast unseren Sohn nicht gekannt, aber eure Wege haben sich doch bedeutungsvoll gekreuzt. Ich bin froh, daß Marcus Antonius dich mit der Aufklärung betraut hat und voller Zuversicht, daß du den Mörder finden wirst und der Tod meines Sohnes gerächt wird.«

Beschämt von Leonidas' vertrauensvollen Augen, senkte Silvanus den Kopf.

»Ich werde alles daransetzen ...«, murmelte er.

»Ich bin mir ganz sicher! Ich habe zu Apollon gebetet, die ganze Nacht. Er wird dir beistehen! Ich weiß es.«

Silvanus wollte seinen Optimismus gerne teilen. »Es ist gut zu wissen, daß man die Götter auf seiner Seite hat. Ich danke dir für deine Gebete«, antwortete er unbeholfen.

»Du wirst doch nachher zu unserem bescheidenen Mahl kommen? Bibulus war sehr zuvorkommend, wir haben dir zu danken für diese Empfehlung.«

»Ich fühle mich geehrt und werde kommen.«

Silvanus verabschiedete sich von Leonidas und ging in seine Herberge, um sich ein wenig zu erholen.

Als er dort ankam, herrschte reges Treiben, alle waren mit der Vorbereitung des Totenmahls, beschäftigt.

Silvanus eilte auf sein Zimmer. ›Eine eindrucksvolle Bestattung‹, dachte er, als er sich hinlegte und die Augen schloß. Es war ein schönes Gefühl, zu spüren, wie die Anspannung sich langsam löste. Wohlig reckte er seine Glieder und machte ein Schläfchen.

*

Laelia betrat pfeifend den Schankraum. Was war das nur für ein Lied, daß ihr nicht mehr aus dem Kopf gehen wollte? Keines von Rubis jedenfalls, das war sicher, und keines, das diesem Tag angemessen war. Die Bestattung müßte vorbei sein, schon vor geraumer Zeit hatte sie den Trauerzug davonziehen sehen. Sie hörte ihren Vater hinter der Theke rumoren. Was er da nur immer machte? Ständig schob er die Amphoren umher, nur um sie doch wieder an ihre angestammten Plätze zu rücken.

»Was tust du da, Vater?« rief sie zu ihm hinüber.

Ein unverständliches Murmeln kam unter der Theke hervor.

»Wo ist Rubi? Ich habe ihn heute noch gar nicht gesehen.«

Endlich kam Bibulus aus seiner Versenkung hervor. Schweiß stand ihm auf der Stirn, und die Haare klebten wirr an seinem Kopf. Mit einer flüchtigen Handbewegung strich er sie glatt. »Ja, stell dir vor, er hat die Kinder vorhin aus dem Artemis-Heiligtum abgeholt und wollte mit ihnen spazierengehen. Wohin weiß ich nicht. Er ist schon eine ganze Weile weg. Daß er sich wieder um seinen Nachwuchs kümmert, ist ein gutes Zeichen. Er schien sogar nüchtern zu sein, und einigermaßen ausgeruht. Ein Wunder nach dem ganzen Zeug, das er in den letzten Tagen in sich hineingeschüttet hat.«

Laelia begann, Tische und Stühle für das Totenmahl an ihre Plätze zu stellen, als die Tür aufgerissen wurde und ein Schatten die Öffnung verdunkelte. Dann erfüllte ein herzzerreißender Schrei die Taverne. Zu Tode erschrocken, standen Laelia und Bibulus wie versteinert und starrten auf die Tür.

Rubingetorix wankte herein. Weiß wie ein Leintuch stand er da. Plötzlich, ohne Vorwarnung geriet er ins Schwanken und sank auf den nächsten Stuhl.

Voller Sorge eilten sie zu ihm. »Ich denke, er war nüchtern, als er fortging? Und sieh mal hier, Vater, Rubis Hose ist ganz naß!« Laelia beugte sich über ihn und roch vorsichtig an seinem Mund. »Seltsam, er riecht kein bißchen nach Wein. Was ist ihm nur passiert?« Sie lief in die Küche und kam mit einem feuchten, kalten Tuch zurück, das sie ihm an die Stirn drückte. »Wo sind die Kinder?« fragte sie nicht sonderlich beängstigt. Allerdings mußte schon etwas Außerordentliches passiert sein, das Rubi bewogen hatte, sie allein zu lassen.

Langsam regte er sich. Verstört irrten seine Augen umher.

Laelia ergriff beruhigend seine Hand und tätschelte sie freundlich.

»Ist ja gut, Rubi, du bist zu Hause. Alles ist gut!« redete sie auf ihn ein. »Was ist los?«

Unverständliches Gemurmel war die Antwort. Zum ersten Mal in ihrem Leben bedauerte Laelia, daß sie kein Gallisch konnte. Eigentlich war es doch eine ganz melodische Sprache, wenn man sich an den Klang gewöhnt hatte. Ratlos hielt sie weiter Rubis Hand, während sie fieberhaft überlegte, ob sie nicht jemanden kannte, der diese Sprache beherrschte. Aber es fiel ihr niemand ein.

»Rubi, jetzt reiß dich zusammen. Du kannst doch ein bißchen Griechisch. Nun sag schon, was ist passiert?«

Rubi runzelte krampfhaft die Stirn. Ein Wort entrang sich seinen Lippen. »Tot!« hauchte er. Und noch einmal, »tot!« Dann sackte er wieder in sich zusammen.

›Offilia!‹ schoß es Laelia durch den Kopf, ›bei allen Göttern, er hat Offilia gefunden.‹ Bleich sank sie neben Rubi auf einen Stuhl. Dumpf sagte sie: »Silvanus! Wir müssen Silvanus holen!«

Bibulus reagierte sofort. »Er ist oben, ich gehe zu ihm.«

Mit Silvanus an seiner Seite kehrte er zurück. Dieser beugte sich zu Rubi hinunter und packte ihn an der Schulter. »Wer ist tot? Was ist passiert? So rede doch!«

Rubi raffte seine verbliebenen Kräfte noch einmal zusammen. »Tot!« wiederholte er. Dann fiel ihm noch etwas ein. »Mann! Tot!« Damit war seine Energie endgültig erschöpft. Er ließ den Kopf hängen und schloß die Augen.

Ungeduldig richtete Silvanus sich auf. »Hol einen Becher Wein. Wir müssen mehr aus ihm herausbekommen.«

Während Bibulus den Wein holte, wandte sich Silvanus an Laelia: »Wo ist Monoculos? Vielleicht müssen wir jemanden schicken, Hani Rami zu holen.«

Laelia, der bei dem Wort ›Mann‹ ein Stein vom Herzen gefallen war und die wieder Rubis Stirn kühlte, sah zu ihm auf. »Hinter dem Haus. Illicia ist auch dort. Sie rupfen die Hühner für das Essen. Soll ich sie holen?«

»Nein, warte noch, vielleicht erholt er sich ja.«

Bibulus kam mit dem Wein, richtete Rubi ein wenig auf und hielt ihm den Becher an die Lippen. Das meiste rann sein Kinn hinab, er bekam aber immer noch genug in den Mund, um sich zu verschlucken. Er hustete. Der Rotwein spritzte auf Bibulus' Chiton. Ohne sich darum zu kümmern, hielt er ihm nochmals den Becher an den Mund und versuchte, Rubi zum Schlucken zu bewegen. Seine Bemühungen zeigten Erfolg. Gierig trank Rubi den Becher aus und entschloß sich, seine Augen wieder zu öffnen.

Silvanus hockte sich neben ihn. »Wer ist tot? Kannst du mich überhaupt verstehen? Nicke einfach mit dem Kopf, wenn du mich verstehst.« Müde nickte Rubi.

»Du mußt es uns sagen: Wer ist tot?« Die letzten drei Worte sprach Silvanus langsam und betonte jede Silbe.

Rubi konzentrierte sich. »Mann!« sagte er mit größtem Nachdruck.

Verzweifelt richtete sich Silvanus wieder auf.

»Mann«, wiederholte Rubi.

»Ein Mann ist also tot. Wer denn?«

Als Antwort zuckte Rubi schwach mit den Schultern.

»Gut. Weißt du nicht. Wo ist er?« Wieder sprach Silvanus langsam und deutlich.

Rubi deutete vage in Richtung der Tür.

»Kannst du uns hinführen?« Zu aller Überraschung nickte Rubi.

»Meinst du, du kannst aufstehen?« fragte ihn Laelia. Als er wiederum nickte, richteten sie ihn gemeinsam auf. Rubi schwankte ein wenig. Vorsichtshalber nahmen ihn Silvanus und Bibulus zwischen sich und hielten ihn fest. Mit unsicheren Schritten strebte Rubi zur Tür, die nasse Hose klebte an seinen Beinen. Er bot einen bizarren Anblick.

Über seine Schulter hinweg rief Bibulus Laelia zu, sie solle sich um die Taverne kümmern.

»Und zu keinem Menschen ein Wort!« fügte Silvanus noch warnend hinzu.

Gekränkt schloß Laelia die Tür hinter ihnen. Als ob sie das nicht selber wüßte. Und dieser Gallier, welchen Schrecken er ihr eingejagt hatte. Hätte er nicht gleich sagen können, daß er einen Mann gefunden hatte, anstatt selber fast tot umzufallen? Oh, diese sensiblen Künstler! Aber vielleicht hatte er ja auch am Anfang gedacht, es sei Offilia, und erst bei näherem Hinsehen bemerkt, daß es ein Mann war. Nun, sie würde warten müssen, bis die anderen wieder zurück waren, um Näheres zu erfahren. Immerhin, Apollon sei Dank, war Offilia nicht das nächste Opfer, das war das Wichtigste!

*

Mit dem wackeligen Rubingetorix kamen sie nur langsam voran. Plötzlich blieb Rubi stehen und deutete auf das dichte Gebüsch, das hier den Bach säumte. »Mann!« flüsterte er. Dann erstarrte er. »Kinder!« verzweifelt blickte er suchend über die Felder, die sich zur Linken des Weges erstreckten. In der Ferne sahen sie einen einzelnen Baum am Ufer stehen.

»Zu dem Baum geht Rubi immer mit den Kindern zum Spielen und übt dort mit den älteren schwimmen,« erklärte Bibulus. »Von hier ist es ein ganzes Stück zu laufen, aber es ist die einzige Stelle, wo man bequem an den Bach herankommt. Wie du siehst, ist das Ufer stark bewachsen.«

»Dann laß es uns gleich hier versuchen!« entschloß sich Silvanus und ging voran. Den erschöpften Rubi ließen sie im Schatten eines Baumes zurück. Nur mit Mühe konnten sie sich einen Pfad durch das Gestrüpp bahnen. Silvanus zerriß seine Tunika an einem Strauch, Bibulus holte sich eine tiefe Schramme an einer Dornenranke. Fluchend kamen sie am Ufer des Baches an, der sich hier zu einem kleinen, flachen Teich staute. Was hatte Rubi nur bewogen, hierher zu gehen? Die Antwort fanden sie, als sie die Stelle sahen. Im Geäst eines umgefallenen Baumes, dessen Krone im Wasser lag, schaukelte munter ein kleiner Lederball. Ab und zu schwappte ihn eine

Welle gegen die Kniebeuge eines Beines, das einsam aus dem Wasser ragte. Der Rest des Körpers lag unter der Baumkrone verborgen.

»Mist!« stöhnte Silvanus. Eine Wasserleiche! Das waren die schlimmsten. Fast konnte er schon den Geruch wahrnehmen, der von ihr ausgehen würde, wäre sie erst einmal geborgen. Beinahe hätte er sich direkt vor Bibulus übergeben, aber ein Rest von Stolz hieß ihn sich zusammenzunehmen. Er schluckte das Würgen, das jetzt seinen Hals erreicht hatte, angestrengt hinunter. Seine Kehle war wie ausgetrocknet. Er wandte sich ab und rang um Fassung. Bibulus sah ihn entsetzt an. Er würde von ihm erwarten, daß er sich der Sache gewachsen zeigte, er mußte irgendeine Anweisung geben. Gut, so sei es. Mit einem Ruck wandte er sich zu Bibulus um. »Du gehst sofort zurück und holst die Legionäre aus Tollimos' Haus. Zeige ihnen den Weg, und geh dann direkt in deine Taverne zurück. Hast du mich verstanden? Und an Laelia kein Wort! Aber das läßt sich wohl nicht vermeiden«, sah er sofort die Unmöglichkeit seines Befehls ein. Ein Hitzeschwall überkam ihn, und er wischte sich mit dem Handrücken über die Stirn.

Besorgt fragte Bibulus, ob er ihn denn allein hier zurücklassen könne. »Du siehst gar nicht gut aus!«

»Doch, doch, geh nur. Beeile dich. Und vergiß Rubi nicht! Und die Kinder! Sag direkt auch Hani Rami Bescheid. Er soll kommen. Und eine Trage sollen sie mitbringen. Aber unauffällig, wenn es geht.«

Kopfschüttelnd machte sich Bibulus auf den Weg. »Unauffällig ...«, hörte ihn Silvanus noch murmeln.

Er setzte sich unter einen Baum direkt am Ufer. Noch eine Leiche! Zwei Tote innerhalb weniger Tage! An einem solch kleinen Ort! Das roch doch förmlich nach einer Verbindung! Oder? Nun, vielleicht war es ein Unfall gewesen, ertrinken konnte man leicht. Um das festzustellen, müßte er sich nur die Leiche näher ansehen. Das Würgen kam wieder hoch, und er überlegte, ob er sich nicht doch übergeben sollte, jetzt, wo er allein war. Die Spuren, fiel ihm ein, und er schluckte tapfer. Schwerfällig erhob er sich wieder. Spuren! Wenn es wirklich ein Verbrechen gewesen war, mußte es welche geben. Er entschloß sich, zunächst diese Möglichkeit in Betracht zu ziehen. Der Körper mußte schließlich irgendwie hierhergekommen sein – tot oder lebendig. Daß er den Bach heruntergeschwemmt worden war, konnte nicht sein, dazu war der zu schmal und zu seicht. Offensichtlich war Rubi durch den Bach gewatet, denn seine Hose war zwar naß, aber nicht zerrissen gewesen.

›Vielleicht wären auch wir besser durch den Bach gegangen‹, sagte sich Silvanus und betrachtete ärgerlich das Loch in seiner Tunika. Allerdings, der weite Weg durch das Wasser war auch kein erfreulicher Gedanke. Froh konnte er sein, daß Rubi eine so gute Ortskenntnis besaß und die Fundstelle so genau bezeichnet hatte.

Aber zurück zu den Spuren! Wenn die Tat direkt hier in Ufernähe passiert war, könnte es Zeichen eines Kampfes geben.

Silvanus sah sich um. Nur unberührte Natur weit und breit. Hier hatte es keinen Kampf gegeben. Die Leiche mußte mit Absicht genau an diese Stelle gelegt worden sein. Man hatte nicht damit gerechnet, daß so bald jemand hierherkommen würde. Er dachte an das Gestrüpp, durch das sie sich so mühsam einen Weg gebahnt hatten. Die Schneise war nicht zu übersehen. Wenn eine Leiche transportiert worden war, mußte es also eine deutliche Spur geben. Nur, wenn der Körper schon länger im Wasser gelegen hatte, wäre es möglich, daß alle Spuren überwuchert waren. Allerdings, das Bein hatte noch ganz gut ausgesehen. Er erinnerte sich an eine Leiche, die man aus dem Tiber gezogen hatte. Die hatte bereits länger als eine Woche im Wasser gelegen, und, bei allen Göttern, sie hatte auch danach ausgesehen. Dieses Bein hingegen hatte noch nicht die besondere Veränderung der Haut gezeigt. Zugegeben, er hatte es sich auch nicht so genau angesehen.

Da war etwas! Ein gutes Stück von seinem Standort entfernt war das Gebüsch niedergetreten. Eine schulterbreite Bahn zog sich bis zum Weg. Aufmerksam betrachtete er sie, untersuchte den Boden, jeden Ast und Zweig am Rand. Deutlich zeichnete sich eine Schleifspur ab. Fußspuren gab es keine, der Körper des Toten mußte sie verwischt haben. Der Täter hatte vermutlich die Leiche an den Füßen gefaßt und hinter sich her gezogen. Langsam schritt er die Bresche ab. An einem Dornbusch hing ein Stoffetzen. Grobes Leinen, wie es für die Arbeitskleidung von Sklaven verwendet wurde. Vorsichtig löste er das Stück Stoff von den Dornen und verstaute es in seinem Lederbeutel am Gürtel. Suchend schritt er weiter voran. Der Pfad führte auf den festgetretenen Weg, den sie gekommen waren. Auf dem letzten Stück war er mit Zweigen bedeckt, so daß vom Weg aus nichts zu sehen war. Silvanus ging zurück und suchte das Bachufer ab. Nichts. Mit dem Gefühl, alles, was nötig war, getan zu haben, setzte er sich unter den Baum, blickte auf das Bein und versuchte, seiner Übelkeit Herr zu werden.

Er hatte seine Körpersäfte wieder einigermaßen unter Kontrolle, als er seinen Namen rufen hörte. »Hierher«, antwortete Silvanus, und unter lautstarkem Fluchen und Schimpfen schlugen sich die Legionäre durch das Gestrüpp. Ein Stück weiter oben traten sie an das Ufer, gefolgt von Hani Rami. Als Silvanus sie sah, stand er auf, klopfte sich den Staub von seiner Tunika und ging zu ihnen.

»Salve Hani Rami! Es sind immer die unangenehmen Dinge, die uns zusammenführen.« Die Legionäre bedachte er mit einem Kopfnicken.

Bekümmert nickte der Arzt. Er hatte das Bein im Wasser schon gesehen.

»Ich schlage vor, Hani, du versuchst erst einmal, dir die Leiche an Ort und Stelle anzusehen. Ich fürchte, es wird nicht leicht. Hoffentlich ist er nicht im Geäst eingeklemmt. Komm, gehen wir.«

Silvanus hatte sich die ganze Zeit innerlich auf diesen Moment vorbereitet, wußte er doch, daß er die Leiche selbst in Augenschein nehmen mußte. Wichtige Hinweise konnten ihm sonst entgehen. Tapfer folgte er Hani Rami, der schon über den Baumstamm zur Krone kletterte. Aufgeschreckt aus ihrer Ruhe, sprangen Scharen von Fröschen quakend in den klaren Bach. Eilig strampelte eine Wasserschildkröte von dannen.

»Hier geht es nicht weiter!« rief Hani Silvanus zu. »Es bleibt uns nichts anderes übrig, als durch das Wasser zu ihm zu gelangen.« Schnaufend schob er sich rückwärts zum Ufer zurück.

Das Wasser reichte Silvanus bis zu den Knien, der Bach schien aber nicht tiefer zu werden. Während er auf das Bein zusteuerte, hatte Hani Rami ihn eingeholt und schob seinen Kopf tief in das dicht belaubte Geäst, um den vorderen Teil der Leiche ausfindig zu machen.

»Wir können ihn leicht herausziehen, wenn du willst, er hängt nicht fest.« Hanis Kopf kam wieder zum Vorschein.

»Nein, Hani, nicht anfassen, ich möchte mir erst einmal einen Überblick verschaffen.«

Hani trat beiseite, um für Silvanus Platz zu machen, wohl registrierend, daß dem dieser Teil seiner Arbeit nicht leichtfiel.

Plötzlich spürte Silvanus eine Hand auf seiner Schulter. »Ich glaube, du hast in letzter Zeit etwas mit dem Magen!« taktvoll reichte ihm Hani ein Fläschchen mit einer trüben Flüssigkeit. »Hier, trink etwas davon, dann wird es dir sofort bessergehen. Denn der Anblick wird bestimmt nicht zu deinem Wohlbefinden beitragen.«

Silvanus war überrascht, besah sich aber das Fläschchen und roch mißtrauisch daran. Nach einem Blick in Hani Ramis weise, ehrliche Augen leerte er es in einem Zug. Ein unangenehmer brennender Geschmack, der ihn an Thymian erinnerte, lag ihm auf der Zunge. Angewidert verzog er das Gesicht, spürte aber, wie die Flüssigkeit den Weg zu seinem Magen fand und sich wie Feuer in seinen Eingeweiden ausbreitete. Sogleich ließ seine Übelkeit nach, und er fühlte sich deutlich besser. Mit anerkennenden Worten gab er Hani Rami das Fläschchen zurück. Der verstaute es zufrieden in den Tiefen seines Gewandes.

»Heute abend werde ich dir noch ein Fläschchen davon geben. Morgen wird dein Magen dir keine Sorgen mehr bereiten, das verspreche ich dir!«

Im Schatten der Baumkrone standen Silvanus und Hani Rami nun vor dem Körper, der leise in den Wellen schaukelte. Die Strömung hatte das Gewand bis zu den Hüften hochgeschoben, darunter war er nackt. Er lag auf dem Bauch, das Gesicht im Wasser. Sein blankes Gesäß wirkte seltsam kindlich, unschuldig, wie es dort weiß aus dem Wasser herausragte. Dieser Mensch schien körperliche Arbeit verrichtet zu haben, nur bekleidet mit einem Lendenschurz. Die kräftigen Arme und Beine waren stark gebräunt, so daß die Blässe der Haut am Hinterteil noch deutlicher hervortrat.

Ringsum konnte Silvanus nichts Ungewöhnliches entdecken. Der Baum schien erst kürzlich umgestürzt zu sein, das Erdreich um den Wurzelballen war noch frisch und feucht. Wenn es Spuren gab, so befanden sie sich unter dem Baum. Man würde ihn später beiseite schaffen, entschied Silvanus. Zuerst sollten die Legionäre die Leiche aus dem Wasser herausholen.

Er bezog ein paar Meter entfernt Stellung, während Hani Rami jeden Handgriff der Soldaten überwachte und ihnen Anweisungen gab, wie sie den Körper zu bergen hatten. Auf dem kleinen Uferstreifen legten sie die Leiche ein paar Schritte von Silvanus entfernt nieder und drehten sie auf den Rücken, so daß sie sein Gesicht sehen konnten.

»Kennst du diesen Mann, Hani?«

Hani Rami schüttelte den Kopf. »Nein, ich habe ihn noch nie gesehen. Wäre es jemand von hier, würde ich ihn sicher wiedererkennen.« Hani widmete sich der Untersuchung des Toten. »Der Mann liegt schon ein paar Tage im Wasser, das kann ich an der Beschaffenheit seiner Haut erkennen. Außerdem haben sich schon Tiere an der Leiche zu schaffen gemacht.« Am Hinterkopf entdeckte er eine Verletzung. »Diese Wunde sieht aus, als sei sie ihm erst nach dem Tode zugefügt worden. Genaueres kann ich aber erst sagen, wenn ich den Schädel geöffnet habe.«

Silvanus spürte den scharfen Geschmack des Trunkes in seinem Mund.

Hani Rami sah sich die Augen des Toten genauer an. »Vielleicht war der Mann alkoholisiert und ist ertrunken? Oder hast du schon irgend etwas gefunden, was auf Mord hindeutet?« fragte er.

»Nein, ich glaube nicht, daß er ertrunken ist, dort drüben habe ich eine Schleifspur entdeckt. Es sieht so aus, als hätte ihn jemand an den Füßen hinter sich hergezogen. Könnte das die Wunde erklären?«

»Vielleicht!« murmelte Hani abwesend, während er den Mund einer näheren Betrachtung unterzog. Anschließend sah er sich die Hände und Füße des Opfers genauer an.

»Sieh dir mal seine Sandalen an. Sie sind ungewöhnlich, keine hiesigen, könnten delphische sein. Stammte der Sandalenabdruck auf Antigonos Gewand nicht von einer solchen Sandale?«

Wohl oder übel mußte Silvanus näher herantreten, um die Fußbekleidung des Mannes zu prüfen. Antiphon hatte behauptet, daß ihm ein Paar Sandalen fehlte, genau solche, wie diese. Daß dieser Tote ausgerechnet derartiges Schuhwerk trug, konnte Antiphon entlasten; in diesem Punkt jedenfalls. Ohnehin glaubte er nicht mehr an die Schuld des Sportlers.

Hani Rami unterbrach seinen Gedankengang.

»Die Fußgelenke zeigen Abdrücke, so als sei er gefesselt gewesen. Äußerlich kann ich auf den ersten Blick keine weiteren Verletzungen entdecken, ich werde ihn mir zu Hause genauer ansehen. Um aber sagen zu können, woran er gestorben ist, werde ich auch ihn aufschneiden müssen. Vielleicht wurde er vergiftet!« Hani Rami erhob sich, ging zum Bach und wusch sich die Hände. Er wischte sie an seinem Chiton ab und trat zu Silvanus, der nachdenklich jeden seiner Schritte beobachtete.

»Gift, sagst du?«

»Ja, möglicherweise. Sicher bin ich erst, wenn ich mir seine inneren Organe angesehen habe. So lange mußt du dich gedulden.«

»Gesetzt den Fall, er wäre vergiftet worden, woher, meinst du, könnte der Mörder Gift bekommen haben?« Gespannt ließ Silvanus Hani Rami nicht aus den Augen, ein dumpfes Gefühl der Angst erfaßte ihn. Wieder spürte er den ekelhaften Geschmack im Mund. Hatte ihn sein Instinkt diesmal im Stich gelassen? Doch Hani Rami antwortete ihm völlig unbefangen, ohne zu überlegen.

»Ich habe natürlich verschiedene Substanzen im Hause, die in der falschen Dosierung durchaus einen Menschen hinwegraffen können. Aber ich pflege sie in einem speziellen Schrank aufzubewahren, den ich stets verschlossen halte. Niemand außer mir kann an sie heran.« Plötzlich verstand Hani Rami, warum ihn Silvanus so merkwürdig ansah. Ein Lächeln erhellte sein Gesicht. »Oh Silvanus! Ich sehe, du denkst über den Trunk nach, den ich dir gegeben habe.« Er kicherte belustigt. So erheitert hatte Silvanus den ernsten Arzt noch nie gesehen.

»Falls es dich beruhigt, es war Thymiansaft mit einem Extrakt aus Trauben, was ich dir gab. Es führt keineswegs unmittelbar zum Tode.« Er zeigte auf den Stand der Sonne. »Bis zum Sonnenuntergang hast du Zeit, deine Angelegenheiten zu ordnen, es hat also keine Eile!« Wieder wurde der hagere Körper von einem Lachanfall geschüttelt.

Silvanus erbleichte, rang sich aber doch ein halbherziges Grinsen ab. »Sehr schön, ich denke, bis Sonnenuntergang habe ich meine paar Sachen in Ordnung gebracht!« Hanis Heiterkeitsausbruch beruhigte ihn etwas.

»Nein, jetzt einmal im Ernst, Silvanus. Es stimmt, ich habe einige Substanzen, die ich in geringer Dosierung als Heilmittel verwende. Ich sagte ja, auf die Menge der Substanz kommt es an. Was in starker Verdünnung heilend wirkt, kann in konzentrierter Form zum Tode führen. Man muß sehr genau darüber Bescheid wissen. Daher fertige ich solche Medikamente ausschließlich selbst an. Noch nicht einmal Laelia, die schon einen guten Einblick in die Heilkunde gewonnen hat, lasse ich in die Nähe dieser Gifte. – Nein, es ist völlig ausgeschlossen, daß das Gift, wenn es tatsächlich Gift war«, gab er zu bedenken, »aus meinen Beständen stammt.«

»Wer hat denn noch mit Giften zu tun? Irgendwoher muß es ja gekommen sein.«

Hani Rami hob hilflos er die Hände. »Ich weiß es nicht. Außer mir gibt es keinen Heilkundigen in Didyma – nur Laelia, in eingeschränkten Maße. Aber es dürfte nicht schwierig sein, in Milet oder Ephesos welches zu bekommen.« Er schüttelte den Kopf. »Vielleicht ergibt sich ein Hinweis, wenn ich weiß, um welches Gift es sich handelt, wenn es Gift war. Womöglich finde ich ja noch etwas anderes. Ich schlage vor, wir bringen ihn erst einmal zu mir. Dort werde ich alle nötigen Untersuchungen vornehmen. Du kannst gern mitkommen, wenn du willst!« forderte er ihn auf.

Erbleichend lehnte Silvanus ab. »Das wird nicht nötig sein! Ich vertraue dir vollkommen.«

Leichte Belustigung huschte wieder über Hanis Gesicht. »Vorhin sah das aber gar nicht so aus!«

Silvanus grinste, diesmal von ganzem Herzen.

Nach ein paar Schritten fiel Hani Rami noch etwas ein. »Ich denke, es wird besser sein, den Leichnam möglichst unauffällig zu mir zu bringen. Dort drüben gibt es einen kleinen Pfad, der direkt zur Rückseite meines Hauses führt.«

So befahl Silvanus den Legionären, den Leichnam zu Hani Rami zu bringen und dann umgehend zum Fundort zurückzukehren. Er wollte noch vor Einbruch der Dunkelheit den Baum beiseite räumen, um auch dort nach Spuren zu suchen. Mit Hani verabredete er, sich später bei Bibulus zu treffen, nach dem Mahl zu Ehren von Antigonos. Hoffentlich würde er rechtzeitig fertig, um noch daran teilnehmen zu können.

Als die Männer gegangen waren, entledigte er sich seiner nassen Tunika und setzte sich an das Ufer des Baches. Versonnen blickte er in das Wasser, während er die Bedeutung dieses neuen Fundes überdachte.

⋆

Das Wegräumen des Baumes ging schneller als erwartet, hatten die Legionäre doch noch zwei Pferde mitgebracht. Aber die Mühe lohnte sich nicht. Zwar hatte Silvanus auch nicht damit gerechnet, hier noch entscheidende Hinweise zu finden, aber er wollte sich keiner Unterlassung schuldig machen.

Auf dem Rückweg zu Bibulus' Herberge zog er gedankenverloren den Stoffetzen aus seinem Beutel, den er an dem Pfad gefunden hatte. Offensichtlich stammte er von dem Gewand des Toten, ein Sklave vermutlich, dessen Innerstes gerade in Hani Ramis Haus von seiner schützenden Hülle entblößt wurde. Ein Schauer lief ihm bei dem Gedanken über den Rücken, sein Magen allerdings meldete sich nicht, wie er erfreut bemerkte. Er lächelte über seinen Verdacht gegen Hani Rami. Nein! Sein Instinkt hatte ihn nicht getäuscht. Dennoch vergewisserte er sich, daß die Sonne schon fast untergegangen war und er sich noch bester Gesundheit erfreute.

Als er die Tür zur Schankstube öffnete, schlugen ihm gedämpfte Stimmen entgegen, der Leichenschmaus war noch im Gange. Im Dunst der Öllampen hatte er Mühe, Antigonos' Eltern zu finden. Als er sie sah, übermannte ihn wieder dieses tiefe Gefühl der Zuneigung und des Mitleids, dessen er sich schon bei der Bestattungszeremonie nicht hatte erwehren können. Er entschuldigte sich für seine Verspätung und wechselte ein paar mitfühlende Worte mit ihnen. Sophonisbe machte einen erschöpften Eindruck, aber die grenzenlose Verzweiflung, die sie heute morgen im Stadion ausstrahlte, hatte sich gelegt und einer beständigen tiefen Trauer Platz gemacht.

Sie luden ihn ein, einen Becher Wein mit ihnen zu trinken und an ihrem Mahl teilzuhaben. Dankend nahm er das Angebot an. Lange allerdings hielt es ihn nicht in der Runde der Trauergemeinde, es war ihm nicht nach größerer Gesellschaft zumute. So entschuldigte er sich bei Leonidas und Sophonisbe und suchte sich einen freien Tisch in einer abgeschiedenen Ecke. Von den übrigen Trauernden machte keiner Anstalten, sich zu ihm zu setzen, sein Ausdruck paßte zu der herrschenden Stimmung, er fiel nicht weiter auf.

Aus der Küche beobachtete Laelia ihren nachdenklichen Freund. Ihr Vater hatte zwar alles erzählt, was er wußte, aber natürlich wollte sie Genaueres erfahren. Doch die Pflicht hielt sie in der Küche bei der Arbeit. Illicia hatte ihr Bestes getan und trotz der kurzen Zeit ausgesuchte Speisen für das Totenmahl zubereitet, die angerichtet werden wollten. Trotz ihrer Abneigung gegen diese Art von Arbeit kam sie Laelia im Augenblick entgegen, konnte sie doch so ungestört ihren Gedanken nachhängen. Würde sich Silvanus wirklich von seiner Frau trennen? So etwas war leichter gesagt als getan. Würde er seine Karriere ihretwegen aufgeben? Vielleicht sollte sie Stolz zeigen und das Verhältnis lösen, bis er die Scheidung eingeleitet hatte? Aber war sie stark genug dafür? Allein bei dem Gedanken zog sich ihr Herz zusammen. Ach, welch schwierige Situation! Laelia seufzte.

Als die Trauergemeinde sich auflöste, verabschiedete sich Silvanus von Antigonos' Eltern. Sie würden morgen wieder nach Milet abreisen, sagte ihm Leonidas, und Silvanus versicherte ihnen, daß seine besten Wünsche sie begleiteten.

Allmählich leerte sich die Schankstube.

Eine Weile beschäftigte Silvanus noch das Los dieses Elternpaares, bis seine Gedanken wieder zu dem neuen Fall zurückkehrten. Je länger er über die Todesfälle nachdachte, desto überzeugter war er, daß sie in einem Zusammenhang standen. Aber er wollte sich zuerst Gewißheit darüber verschaffen, ob es sich bei dem Toten wirklich um einen Sklaven handelte.

Bibulus hantierte hinter seiner Theke, und Silvanus bat ihn, sich zu ihm zu setzen.

»Sag mal, Bibulus, was passiert eigentlich, wenn hier ein Sklave verschwindet?«

»Du meinst, wenn einer wegläuft?« vergewisserte sich Bibulus.

»Ja, wegläuft, wenn er eben plötzlich nicht mehr da ist.«

Bibulus gab bereitwillig Auskunft. »Didyma ist ein kleiner Ort, hier kennt jeder jeden. Wenn einem also ein Sklave abhanden kommt, helfen wir uns gegenseitig, wir stellen dann einen Suchtrupp zusammen. Seit ich hier bin, ist das aber erst einmal vorgekommen. Damals haben wir ihn schnell wiedergefunden.«

»Jeder kennt also die Sklaven des anderen? Keiner könnte, sagen wir mal, verkleidet, den Ort verlassen, ohne daß es jemandem auffällt?«

»Du fragst wegen des Toten, nicht wahr?« Neugierig rutschte Bibulus näher an ihn heran. »Ist es ein Sklave, den wir da gefunden haben?«

»Genau steht es noch nicht fest. Hani Rami untersucht ihn gerade. Aber zurück zu meiner Frage: Wäre es möglich, daß einer unerkannt fliehen kann?«

»Wenn ihn jemand sähe, würde es wahrscheinlich auffallen. Es käme allerdings auf die Verkleidung an«, schränkte Bibulus ein. »Aber wenn er bei Nacht losgelaufen ist ... Du weißt doch selbst, wie ausgestorben unser Ort nachts ist. Ich glaube wohl, daß das möglich wäre. Spätestens am nächsten Morgen aber wäre er vermißt worden. Und ich habe nicht gehört, daß irgendwo ein Sklave fehlt«, beantwortete Bibulus die Frage, die Silvanus ihm als nächste stellen wollte.

»Du hast also nicht gehört, daß jemand einen Sklaven vermißt?« Silvanus wollte eine ausdrückliche Bestätigung. »Kann es sein, daß du nichts davon weißt?«

Mitleidig lächelnd, antwortete Bibulus. »Silvanus! Wenn einer davon sofort erfährt, dann bin ich es. Du kannst dich darauf verlassen, wenn ich davon nichts weiß, dann auch niemand sonst.«

Also hatte der Besitzer geschwiegen, oder er wußte selbst noch nicht, daß ihm ein Sklave entlaufen war. »Könnte es nicht sein, daß der Besitzer noch nicht bemerkt hat, daß ihm ein Sklave fehlt?«

»Hier sind die Besitztümer noch überschaubar, Silvanus. Es gibt niemanden, der über eine so große Zahl von Sklaven verfügt, daß er die Übersicht verlöre. Nein, nein. Wenn ein Sklave entlaufen ist, merken wir es sofort. Schließlich sind wir auf sie angewiesen. Auf jeden einzelnen von ihnen. Wie ich schon sagte, so viele besitzt keiner, daß er auf einen verzichten könnte, noch nicht mal der Tempel.«

»Und jeder kennt die Sklaven des anderen? Das scheint mir nahezu unmöglich zu sein!«

»Natürlich kennen wir die Sklaven des anderen. In der Regel sind sie ja schon seit vielen Jahren in unserem Besitz. Wenn sich allerdings jemand einen neuen zulegt – das ist zweifellos etwas anderes.«

Silvanus dachte nach. Könnte er beweisen, daß es sich bei dem Toten wirklich um einen Sklaven handelte, hätte er einen weiteren Hinweis in der Hand. Allerdings, was wäre, wenn sich jemand nur als Sklave verkleidet hätte? Oder ein Fremder hatte sich während des Festes seines Sklaven entledigt?

Bibulus mischte sich in seine Überlegungen, indem er die Hände auf die Tischplatte stützte, bereit aufzustehen. »War das alles, was ich für dich tun konnte?«

»Ja, ich danke dir!« Mit einem Blick in seinen Weinkrug bat er ihn noch, ihm einen neuen zu bringen. »Und bringe doch bitte einen weiteren Becher mit. Hani Rami müßte bald kommen. Er braucht sicher etwas zur Stärkung.«

Silvanus mußte sich noch eine Weile gedulden. Er hatte auch den zweiten Krug fast geleert, als Hani Rami endlich hereinkam. Silvanus füllte den Rest des Weines in den Becher und schob ihn zu ihm hinüber. Ohne ihn anzurühren, begann Hani mit seinem Bericht.

»Es hat etwas gedauert, aber ich habe mir seine Organe genau angesehen. Es handelt sich wirklich um Gift, da bin ich jetzt ganz sicher.« Er trank einen Schluck.

»Wie kannst du dir da sicher sein?« fragte Silvanus der Vollständigkeit halber.

»Einige Substanzen verursachen bestimmte Veränderungen. Daran konnte ich erkennen, daß Gift die Todesursache war. Ich habe auch verschiedene in Verdacht. Wenn ich recht habe, so wird sich das bald zeigen, ich muß nur noch einen Versuch durchführen, dazu war jetzt nicht genug Zeit. Ich wollte dir so schnell wie möglich die ersten Ergebnisse bringen. Vor morgen mittag werde ich nichts Genaueres wissen.«

In diesem Moment ging die Tür auf. Ein römischer Kurier marschierte geräuschvoll in die Taverne, ging mit großen Schritten auf Silvanus zu und legte eine Depesche vor ihm auf den Tisch. »Salve Silvanus Rhodius, hier ist eine Botschaft von Marcus Antonius. Du sollst sie sofort lesen und Antwort geben.«

Silvanus brach das Siegel und las. Mit gerunzelter Stirn betrachtete er erst Hani Rami, dann den Boten.

»Ist gut!« sagte er zu letzterem. »Ich werde Antonius' Befehl gehorchen, sage ihm das.«

Der Legionär schlug zum Gruß die Faust kräftig auf seinen Brustpanzer und marschierte militärischen Schrittes wieder hinaus.

»Ich fürchte, ich werde nicht dasein, um deine Ergebnisse zu hören. Ich muß morgen nach Ephesos und werde zwei Tage fort sein. Wenn ich wieder zurück bin, komme ich direkt zu dir. Alles Weitere besprechen wir dann.«

»Ein paar Sachen gibt es aber noch, die du jetzt schon wissen solltest!« warf Hani Rami ein.

»Sag!«

»Da sind erst einmal seine Füße.« Aufmerksam sah Silvanus ihn an.

»Die Sandalen! Ich habe sie vermessen. Sie treffen genau das Maß des Abdrucks, den wir auf Antigonos' Gewand gefunden haben. Ich bin zwar kein Ermittler, aber das sieht mir doch sehr danach aus, als käme dieser Mann als Mörder von Antigonos in Frage!«

Bedächtig stimmte Silvanus ihm zu. »Natürlich dürfen wir keine voreiligen Schlüsse ziehen«, gab er zu bedenken. Sein Mißerfolg mit Antiphon hatte ihn vorsichtig werden lassen. »Es kann auch reiner Zufall gewesen sein. Vielleicht ist er nur an der Fundstelle gewesen und hatte Angst, etwas zu sagen. Gibt es noch etwas, das ich wissen muß?«

»Hm ...« Hani Rami dachte nach. »Da war noch mehr, was ich fand: die Spuren an den Fußgelenken. Der Mann war nicht gefesselt, er war angekettet. Und zwar mit Fußringen. Die Eisen haben deutliche Spuren an seinen Fußgelenken hinterlassen, schon fast vernarbte und frischere. Und die Kopfwunde stammt wahrscheinlich vom Transport. Auf jeden Fall war er bereits tot, als sie ihm zugefügt wurde. Das ist alles, bisher.« Zufrieden mit sich, verabschiedete sich Hani Rami. »Ich habe noch zu tun. Du verstehst«, und mit einem verschmitzten Lächeln fügte er hinzu, »ein wenig Gift mischen ...«

Also schien der Mann tatsächlich ein Sklave gewesen zu sein. Alles wies darauf hin, die Kleidung, die Fußringe, die gebräunte Haut, abgesehen von der Blässe seiner Lenden. Kein freier Mann arbeitete fast unbekleidet. Und niemand hatte seinen Verlust angezeigt! Eigenartig. Oder auch nicht. Wenn der Sklave von seinem Besitzer getötet worden war, warum hat dieser dann versucht, ihn zu verstecken? Immerhin war es kein großes Verbrechen, seinen Sklaven zu töten, und sollten Fragen gestellt werden, gab es immer Ausreden. Ein Streit zwischen Sklaven? Nein, dann wiederum hätte ihn jemand vermißt. Also doch der Besitzer. Warum aber ermordete jemand seinen Sklaven, und auch noch mit Gift? Nun, wenn der Sklave wirklich etwas mit dem Tod von Antigonos zu tun hatte, dann vielleicht nicht aus eigenem Antrieb. Er könnte zwar vor Gericht nicht gegen seinen Besitzer aussagen, aber vielleicht den entscheidenden Hinweis auf die wirklichen Hintergründe geben. War er nur der Handlanger gewesen und hatte verschwinden müssen? Erfahrungsgemäß reden Sklaven viel, früher oder später wäre ein Verdacht aufgekommen. Das war sein Todesurteil.

Dennoch, warum mit Gift, und warum wollte man ihn verschwinden lassen? Gift, weil es unblutig war, nicht jeder konnte einen Menschen erschlagen oder erstechen. Und er war in den Bach geworfen worden, weil der Täter in Panik geraten war, das kam vor.

Silvanus sah, daß sein Becher ausgetrunken und der Krug leer war. Genug für heute, beschloß er, zufrieden mit sich und voller Hoffnung, daß er den leidigen Fall bald aufgeklärt haben würde.

Illicia, die aus der Küche immer wieder einen Blick auf ihn und Hani Rami geworfen hatte, konnte sich nicht länger gedulden und eilte auf ihn zu. »Ihr habt noch einen Toten gefunden, hat mir Laelia erzählt?«

Silvanus war nicht überrascht, daß sie bereits davon wußte. »Ja, es stimmt. Vielleicht holst du auch gleich Laelia, sie platzt bestimmt schon vor Neugier. Ich muß dann nicht alles zweimal erzählen. Erstaunlicherweise hat sie sich noch gar nicht blicken lassen, seit ich hier bin.«

Illicia lief davon und kehrte mit Laelia zurück. Sie setzten sich zu ihm.

»So, nun erzähle schon, wer ist es diesmal?« Die beiden schienen kein bißchen entsetzt zu sein.

»Ihr erstaunt mich! Man könnte meinen, ihr hättet mehr mit Toten zu tun als ich!« Silvanus war ehrlich überrascht, als er ihre gespannten Gesichter sah.

»Jetzt tu mal nicht so! Es ist doch klar, daß diese Sache etwas mit Antigonos' Ermordung zu tun hat. Es kann doch kein Zufall sein, daß hier in Didyma die Leute plötzlich sterben wie die Fliegen.« Laelia versah das Wort Didyma mit besonderer Betonung.

Silvanus sah sich um, niemand saß in ihrer Nähe, so daß er sie in alles einweihen konnte. Zum Schluß setzte er noch hinzu: »Und jetzt, wo alle Spuren in eine bestimmte Richtung weisen, jetzt müssen wir nach Ephesos!« Befriedigt registrierte Silvanus die Überraschung auf ihren Gesichtern.

»Wir – nach Ephesos!« flüsterte Illicia. Marcus Antonius hatte seine Einladung also wahrgemacht.

»Ja, nach Ephesos! Morgen in aller Frühe brechen wir auf. So lautet der Befehl von Antonius. Packt eure neuen Kleider ein, die Perlen brauche ich ja nicht gesondert zu erwähnen«, meinte er mit einem Blick auf die Perlenschnüre, die sie seit ihrer Rückkehr aus Priene nicht abgelegt hatten. »Sagt euren Vätern Bescheid. Wir werden zwei Tage fort sein, übermorgen abend sind wir zurück. – Ausgerechnet jetzt ...«, murmelte er noch.

Illicia sprang auf. »Ich muß sofort meine Sachen holen! Mein Vater wird nicht sehr erfreut darüber sein, daß ich schon wieder wegfahre.«

Silvanus beruhigte sie. »Schicke besser Monoculos, es ist schon dunkel. Ich werde ihm ein paar Zeilen mitgeben. Schließlich reist du auf ausdrücklichen Befehl von Antonius, deine Anwesenheit in Ephesos ist unbedingt erforderlich. Somit wird dein Vater keine Einwände haben. Er sollte sich geehrt fühlen und kann stolz auf seine Tochter sein.«

Silvanus fragte Bibulus nach einem Schreibtäfelchen, kritzelte ein paar Zeilen darauf und gab es Monoculos. Dann sah er Laelia in die Augen und verabschiedete sich bedauernd, er müsse noch seinen Bericht schreiben, den er morgen Antonius vorlegen wollte.

*

Es paßte Silvanus überhaupt nicht, gerade jetzt nach Ephesos reisen zu müssen, auch wenn Laelias Begleitung eine schöne Zeit versprach.

Die Ereignisse hatten sich überschlagen, und einige vielversprechende Spuren müßten verfolgt werden. Und ausgerechnet jetzt kam Antonius' Depesche mit dem Befehl, sofort nach Ephesos aufzubrechen. Ein Schiff würde für sie in Milet vor Anker liegen, das sie schnell zum Hafen der bedeutendsten Stadt Kleinasiens bringen sollte. Die Bedeutung, die Antonius seinem Einzug hier beimaß, zeigte sich an den fieberhaften Vorbereitungen, denen er die letzten Tage in Priene gewidmet hatte. Dank des einnehmenden Wesens, das Antonius besaß, abgesehen von seiner Macht als Imperator, wurde ihm von allen Seiten größte Unterstützung zuteil. Silvanus hatte einen Teil dieser Vorbereitungen während seines kurzen Aufenthaltes in Priene miterlebt und am eigenen Leibe erfahren, wie groß die Sympathie der Einheimischen für Marcus Antonius war. Auch ihm war immer wieder große Freundlichkeit erwiesen worden, sobald Antonius' Name gefallen war.

Und jetzt mußte er also nach Ephesos, in Begleitung von zwei jungen Frauen, von denen eine, das wußte er inzwischen, das Herz des Imperators erobert hatte – und die andere das seine. Natürlich ersehnte er sich weitere leidenschaftliche Nächte, aber wie sollte es mit ihnen allen weitergehen? Es zeichnete sich keine Lösung am Himmel ab, so intensiv Silvanus auch hinaufsah und eine Eingebung erhoffte. Im Gegenteil, die Lage wurde immer verzwickter. Je länger er sich in Laelias Gegenwart aufhielt, desto bewußter wurde ihm, daß die erste Verliebtheit mehr und mehr einem tiefen Gefühl der Liebe gewichen war. Verzweiflung erfaßte ihn bei dem Gedanken, nach der Aufklärung des Mordes Didyma für immer verlassen zu müssen und Laelia vielleicht nie mehr wiedersehen zu können. So gesehen kam die Verzögerung gerade recht. Es bedeutete schließlich mindestens zwei Tage mehr, zwei Tage, die er ganz nah bei Laelia verbringen konnte.

Morgen vor Tagesanbruch wollten sie aufbrechen. Die Mädchen waren sehr aufgeregt gewesen, als er sie verlassen hatte.

Nachdem er seinen Bericht geschrieben und die Lampen gelöscht hatte, stand er nun am Fenster und starrte hinaus. Da war der Tempel. Friedlich ins silberne Mondlicht getaucht. Wer wußte, was sich dort für Dinge abspielten? Das Gespräch mit Antigonos' Eltern kam ihm wieder in den Sinn. Der Junge hatte sich verändert, seit er zum Tempel gehörte. Warum hatte er ständig diese Andeutungen gemacht? Was war ihm widerfahren? Fragen, für die er dringend eine Antwort brauchte. ›Wer weiß, was in meiner Abwesenheit noch alles passiert‹, dachte er.

IX

Als er erwachte, fühlte er sich, als hätte man ihn über Nacht an ein Kreuz geschlagen. Er hatte kaum ein Auge zugetan, zuviel war ihm durch den Kopf gegangen, erst gegen Morgen war er dann endlich eingeschlafen.

Unlustig stand er auf, seine Glieder waren steif und schmerzten. Trotzdem knüpften seine Gedanken wieder dort an, wo sie in der Nacht aufgehört hatten. Der tote Sklave! Hoffentlich plauderte niemand etwas aus, Bibulus zum Beispiel, wenn er zu tief in den Weinbecher geschaut hatte. Hani Rami und den Legionären konnte er trauen. Sollte sich herumsprechen, daß ein toter Sklave gefunden worden war, könnte das fatale Folgen haben. Nun, das einzige, was er jetzt noch tun konnte, war, Bibulus nochmals einzuschärfen, nichts zu sagen.

Er ging hinunter, um zu frühstücken.

Laelia und Illicia waren schon auf. Die Vorfreude auf das große Ereignis in Ephesos hatte auch sie kaum schlafen lassen. Während Laelia sich allerdings auf die gemeinsame Zeit mit Silvanus freute, sah Illicia der Begegnung mit Antonius mit gemischten Gefühlen entgegen. Hatte sie doch seit der berauschenden Nacht nichts mehr von ihm gehört. Nur die Perlen sagten ihr, daß all das kein Traum gewesen war.

Silvanus traf sie beide im Gastraum an, wo sie schweigend vor ein paar getrockneten Früchten und einem Krug Wasser saßen. Außer ihnen war kein Mensch da, so ergriff er Laelias Hand und führte sie kurz an seine Lippen. Laelia lächelte leise.

Hufeklappern vor der Tür zeigte ihnen, daß der Wagen da war. Monoculos brachte schwitzend ihr Gepäck hinaus, eine große Reisekiste. Daß Frauen immer so viel mitnehmen müssen! Silvanus schüttelte den Kopf. Er begrüßte die Legionäre – es waren die gleichen, die die jungen Frauen von Priene nach

Didyma gebracht hatten – und half seinen Begleiterinnen auf den Wagen.

Die Fahrt nach Milet dauerte nicht lange und verlief nahezu schweigend. Hin und wieder drückte Silvanus Laelias Hand und murmelte beruhigende Worte, da er wußte, daß sie sich vor der Seereise fürchtete – bei bewegtem Wasser überkam sie, wie auch Illicia, heftige Seekrankheit.

In Milet angekommen, fuhren sie sofort zum Hafen, dessen Einfahrt zwei große steinerne Löwen flankierten. Diese Löwen, so erklärte Laelia, hielten die Kette in den Mäulern, mit der man den Hafen beim Nahen eines Feindes absperrte. Jetzt läge sie aufgerollt dem einen Löwen zu Füßen.

Silvanus zeigte höfliche Hochachtung und bemerkte, daß diese Technik der von Rhodos kaum nachstünde, wo die Hafeneinfahrt einst durch den Koloß von Rhodos gesichert worden sei. Er könne das beurteilen, da einer seiner Vorfahren auf der Insel gelebt hätte, was der Familie den Namen einbrachte. Eine ziemliche Übertreibung, Laelia aber freute sich über den Vergleich.

Im Hafen lag bereits das Schiff. Es war eine schnelle Triere, die Antonius ihnen geschickt hatte. Der Befehlshaber des Schiffes begrüßte sie formvollendet und geleitete sie zu ihren Plätzen. Die Fahrt würde nicht lange dauern, beteuerte er, der Wind stehe günstig, und die Ruderer würden ihr übriges dazu beitragen. In ein paar Stunden würden sie in Ephesos eintreffen.

Wie versprochen verlief die Reise angenehm, der Wind wehte stetig aus südlicher Richtung, so daß sie zügig vorankamen. Das Schiff glitt so ruhig und gleichmäßig über die Wellen, daß die Mädchen von der Seekrankheit verschont blieben. Nach einer Weile machten sie sich auf, um sich alles anzusehen. Mit solch einer prächtigen Triere würden sie vermutlich nie wieder fahren.

Als der Hafen von Ephesos vor ihnen auftauchte, war die Zeit wie im Fluge vergangen. Sicher meisterte die Mannschaft die enge Zufahrt und umschiffte die Wälle, die die Verlandung des Hafenbeckens verhindern sollten. Sie legten in der Nähe einer festlich geschmückten Straße an, unmittelbar neben einer weitaus größeren, prächtigen Triere. Es war das Schiff des Marcus Antonius, wie der Kommandant ihnen erklärte, und ihm zu Ehren wäre auch die Straße so festlich geschmückt. »Und da hinten, am Ende der Straße, könnt ihr das Theater erkennen. Dort wird er seine Rede halten. Und ich kann schwören, daß es heute bis auf den letzten Platz besetzt sein wird, bei Dionysos!« rief er begeistert. »Ich wollte, ich könnte dabeisein, wenn unser Imperator hier einzieht!« Bedauernd fügte er hinzu: »Aber leider muß ich an Bord bleiben, so ist es meine Pflicht. Ich wünsche euch einen angenehmen Aufenthalt, um das Gepäck werden sich meine Leute kümmern. Salve!«

Staunend gingen sie an Land. Sicher, sie hatten schon viel über diese Metropole gehört, aber was sie da mit eigenen Augen sahen, reichte vollkommen, um ihnen den Atem zu verschlagen. Schon Milet und Priene hatten sie für Großstädte gehalten, eine derartige Straße aber hatte es noch nicht einmal dort gegeben. Laden reihte sich an Laden, vor jedem waren farbenfrohe Wimpel und Girlanden angebracht, die der Wind, der vom Hafen in die Stadt wehte, munter flattern ließ. Aber erst die Menschen! Tausende mußten es sein, die da jubelnd am Straßenrand standen und sich unter den säulengetragenen Arkaden drängten.

Neugierig stellten sie sich an die Seite, um abzuwarten, was passieren würde. Dann sahen sie, wie sich von der großen Triere ein Boot löste und auf die Anlegestelle zusteuerte. Marcus Antonius stand aufrecht darin, ohne zu wanken, und sah mit ersten Gesicht der Menge entgegen. Sicheren Schrittes entstieg er dem Boot und hielt einen Moment am Ufer inne, als der Jubel sich zu ohrenbetäubendem Lärm steigerte. Wie ein Gott stand er da, aufrecht, in seinem schimmernden Brustpanzer, purpurnem Mantel und Helmbusch.

Wie aus einem Mund begrüßten die abertausend Menschen ihren neuen Herrscher. Antonius nahm den Gruß mit großer Geste entgegen. Und dann sah er die drei am Rande stehen und bedeutete ihnen, sich hinter ihm in den Zug, der sich gerade formierte, einzureihen. Wie betäubt folgten die Mädchen seiner Anweisung.

Zunächst ging es in die Ebene hinaus, zum Artemis-Heiligtum, dem sogenannten Artemision, einem der Weltwunder. Hier brachte Antonius ein großzügiges Opfer dar, und man verweilte eine Zeitlang, bevor er in die eigentliche Stadt einzog.

Wie sie schließlich in das Theater gekommen waren? Sie konnten sich daran nicht mehr erinnern. Nur das Geschrei der Menschen schallte in ihren Köpfen, so daß die Stille, die im Theater plötzlich herrschte, sie überrascht um sich sehen ließ. Sie befanden sich auf den Ehrenplätzen, wie schon in Priene. Nur war Antonius diesmal nicht an ihrer Seite, sondern stand zwischen vornehmen Männern auf der Bühne.

Silvanus wandte sich an seine Begleiterinnen. »Das sind die angesehensten Bürger von Ephesos! Ich habe sie alle in Priene kennengelernt«, raunte er in ihre tauben Ohren. »Der da, der schlanke, grauhaarige, ist unser Gastgeber hier am Ort. Wir sind bei ihm einquartiert, erzählte mir einer der Legionäre.« Und mit einem Seitenblick auf Illicia, die wie versteinert auf ihrem Platz saß, fügte er hinzu: »Antonius wird ebenfalls dort wohnen!«

Laelia ergriff mitfühlend Illicias Hand, sie wußte, wie unwohl sie sich bei solchen Menschenansammlungen fühlte. »Hast du gehört? Antonius wird dort sein!« sagte sie laut in ihr Ohr.

Illicia fuhr zusammen. »Ich bin ja nicht taub!« fauchte sie ihre Freundin an, die erschrocken zurückzuckte. »Glaubst du etwa, er macht sich noch etwas daraus, was gewesen ist? Sieh dir das hier doch an! Was spiele ich da überhaupt für eine Rolle? Ich kann mir nicht erklären, was ihn dazu bewogen hat, uns einzuladen!« Dann spürte sie Antonius' Blick auf sich ruhen. Ein Lächeln huschte über sein Gesicht, unmerklich nickte er ihr zu, und im nächsten Moment war er wieder ganz Feldherr, ganz Herrscher über Kleinasien, einer der mächtigsten Männer der Welt.

»Siehst du!« flüsterte Laelia. »Hast du sein Strahlen gesehen, als er dich sah? Nun mach nicht so ein Gesicht!«

»Vielleicht sollte ich mir wirklich nicht so viele Gedanken darüber machen«, gab Illicia zu und entspannte sich etwas.

»Aber ich bin schließlich nicht jeden Tag in einer solchen Situation.«

Auch wenn Laelia sie ermunterte, verstand sie doch die Sorge ihrer Freundin, ging es ihr selbst ja nicht viel anders. Immerhin hatten sie sämtliche Regeln übertreten, die für junge Frauen ihres Alters galten. Wenn irgend jemand davon erführe, konnten sie sich in Didyma nicht mehr sehen lassen. Sogar ihre Väter würden Probleme bekommen, vielleicht müßten sie sogar fortgehen. War es das wert? Laelia wußte inzwischen, wie sie dazu stand.

Silvanus unterbrach rüde ihre Gedanken. »Seht ihr die da? Das sind die Abgesandten der griechischen Städte!« Silvanus zeigte auf eine Reihe würdig aussehender Herren, die auf der anderen Seite des Theaters die Ehrenplätze einnahmen. »Ich bin gespannt, wie sie das aufnehmen werden, was Antonius ihnen zu sagen hat! Es wird bitterer Wein sein, den sie da schlucken müssen!«

Antonius war vorgetreten und wartete, daß wieder Ruhe im Theater einkehrte. Nach einer ausführlichen Begrüßung aller Anwesenden begann er seine Rede:

»Ich kann mir denken, daß viele von euch vergessen haben, welche Bedrückung die attalidische Herrschaft Pergamons für euch bedeutet hat. Es gibt sogar einige unter euch, die mit vielen Worten diese gute alte Zeit wieder herbeisehnen. – Habt ihr vergessen, daß deren letzter Machthaber, Attalos der Dritte, Rom die Herrschaft über sein Königreich übertrug? Damit sollte die römische Regentschaft ausreichend legitimiert sein. Dennoch möchte ich euch die letzten Jahre in das Gedächtnis rufen! War nicht die römische Herrschaft, trotz aller Einwände, weniger bedrückend als die attalidische? Nun gut, auch mir ist bewußt, daß die römischen Steuereintreiber in der letzten Zeit zu habgierig geworden sind. Darum hat Gaius Julius Caesar diesen Exzessen nachdrücklich ein Ende bereitet. Allen Anwesenden wird das gut im Gedächtnis geblieben sein. Gaius Julius Caesar war es, der den Tribut, den diese Provinz zu zahlen hatte, um ein Drittel herabsetzte. – Um so verwerflicher, daß ihr, die kleinasiatischen Griechen, euch bereit erklärtet, den Mördern eures Wohltäters, eben dieses Gaius Julius Caesar,

Kriegssteuer zu zahlen!« Finster blickte er in die Runde. »Schändlich ist es, daß ihr auf solche Weise gegen die Triumvirn Partei ergriffen habt, die das Schwert erhoben, um Caesars Tod zu rächen!«

Hier legte er eine nachdrückliche Pause ein. Dann donnerte seine Stimme um so mächtiger.

»Aus diesem Grund – und das wißt ihr – habe ich das Recht, jawohl das Recht«, er erhob seine Stimme noch mehr, »euch zu bestrafen!«

Betretenes Schweigen lastete über dem Zuschauerraum.

Seine Stimme wurde sanft. »Doch will ich Milde walten lassen. Ich werde darauf verzichten, allzu harte Maßnahmen zu ergreifen, denn ich weiß wohl, daß eure Unterstützung nicht gänzlich freiwillig gewesen ist! Mir ist durchaus bekannt, daß der eine oder andere Zwang ausgeübt wurde. Dennoch, auf mir liegt eine große Verantwortung: Die siegreichen Truppen warten auf ihre versprochene Belohnung. Es sind hundertsiebzigtausend Fußsoldaten und zahllose Reiter, die erwarten, daß das ihnen gegebene Wort eingehalten wird. Was die Zuweisung von Besitz und Ackerland betrifft – nun, in dieser Hinsicht seid unbesorgt! Dies ist die Aufgabe Octavians in Italien. Soll er dort die Kolonisierung vorantreiben! Ich, Marcus Antonius, werde den Städten Kleinasiens diese Prüfung ersparen! Eure Einwohner werden nicht aus ihren Häusern und von ihren Tempeln vertrieben werden! Sie müssen nicht die Gräber ihrer Väter zurücklassen!« Triumphierend blickte er in die Runde und sah viele erleichterte Gesichter.

Silvanus wandte sich an seine Begleiterinnen. »Ist er nicht großartig? Ich habe die Rede bereits gehört, als er sie in Priene verfaßt hat! Aber mit soviel Enthusiasmus habe ich ihn noch nie reden hören.«

»Sei still«, raunte Illicia, denn Antonius fuhr schon fort.

»Nein! Das werde ich nicht verlangen! Ich werde mich damit begnügen, euch gewisse Abgaben aufzuerlegen, die mit euren Möglichkeiten vereinbar sind. Genau so viel, wie ihr an Brutus und Cassius habt entrichten müssen: einen Tribut für zehn Jahre. Damals hattet ihr zwei Jahre Zeit, diesen Betrag aufzubringen, diesmal werdet ihr es binnen einen Jahres schaffen. Ihr habt gehört, welche Verpflichtungen wir, die Triumvirn, gegenüber unseren tapferen Veteranen haben. Und wir werden unser gegebenes Wort einlösen! Dafür stehe ich hier vor euch! Ich bin überzeugt davon, daß ihr erkennt, welche Milde ich walten lasse und welche Nachsicht ich übe! Habt ihr doch eine weitaus härtere Bestrafung verdient.*«

Nach diesen scharfen Worten gelang es ihm gleichwohl, durch einige wohlgewählte Sätze die Stimmung wieder zu heben. Die Magistraten der Stadt fanden ein paar verlegene Dankesworte und wiesen noch auf die Feierlichkeiten hin, die zu Ehren von Marcus Antonius stattfinden würden. Damit fand diese Veranstaltung ihr Ende.

Vor dem Theater wartete der Festzug, der inzwischen noch weiter angewachsen war: Frauen tanzten als Bacchantinnen, Männer und Knaben als Satyrn verkleidet hinter Marcus Antonius her. Dieser bestieg einen prachtvollen Festwagen und führte erhaben den Zug an. Das Volk am Straßenrand hatte sich mit Efeu bekränzt, überall wurden Thyrsosstäbe geschwungen, und Harfen, Flöten und Schalmeien erklangen von allen Seiten. Die Menge jubelte Antonius als ihrem neuen freudenspendenden und huldreichen Dionysos zu. Dementsprechend floß der Wein in Strömen.

So bewegte sich der Zug – die Mädchen in Silvanus' Begleitung dicht hinter Antonius' Wagen – die Hauptstraße entlang bis zur Staatsagora. Hier löste sich der Festzug in ein allgemeines Volksfest auf. Die Stadt bewirtete das Volk, Staatssklaven verteilten Wein und Speisen. Eine Weile mischte sich Antonius leutselig unter das Volk, sprach hier mit einem Bürger, schlug dort einem Landmann auf die Schulter und küßte zahllose Kinder, die ihm entgegengereicht wurden, immer umringt von seiner Leibgarde, drohte hier doch jederzeit die Gefahr eines Attentats.

Dann gesellte er sich zu Silvanus, Laelia und Illicia. »Kommt! Wir gehen jetzt zu unserem Gastgeber, sein Sklave erwartet

---

* Nach Appian: Die Bürgerkriege, Buch V.

uns am Eingang der Agora. Er hat uns zu einem Festessen geladen.«

Im prächtigen Hause des Euyonimos waren zwei Zimmer für die jungen Frauen gerichtet. Sie hätten genug Zeit, sich auszuruhen und in Ruhe herzurichten, sagte Antonius, bevor er sich mit Silvanus und dem Gastgeber in die Bibliothek zurückzog. Illicia sah sehnsüchtig durch die geöffnete Tür, zum Teil wegen Antonius, der dahinter verschwand, zum Teil aber auch wegen der unzähligen Schriftrollen in endlosen Regalen. Dann geleitete eine munter schwatzende kleine Sklavin sie in das obere Stockwerk, zeigte ihnen ihre Räume und führte sie in das Bad. Beide Frauen waren ungewöhnlich still. Zurück in ihren Zimmern, kam Illicia nach kurzer Zeit zu ihrer Freundin. »Ich habe Angst!« gab sie unumwunden zu. Sie setzte sich auf Laelias Bett und rang die Hände.

Laelia hatte ihre Freundin nur einmal so gesehen, vor Jahren, als ihre kleine Schwester gestorben war. So nahm sie sie in den Arm und murmelte ein paar belanglose Worte in ihr Ohr.

»Ich weiß nicht, was ich machen soll!« schluchzte Illicia. »Wie soll das nur enden? Ach, Laelia, ich glaube, ich habe mich richtig verliebt.«

Daß Illicia so kühl mit Antigonos' Verlust umgegangen war, hatte Laelia zwar gewundert, aber doch nicht sehr überrascht. Jetzt jedoch schien sie fast verzweifelt. Laelia fühlte sich mitschuldig an dem Kummer ihrer Freundin. Sie hatte Illicia Mut gemacht, sich auf dieses Abenteuer einzulassen, obwohl sie von Anfang an gewußt hatten, daß es nur ein Abenteuer bleiben würde. Daß ihre Gefühle so tief und ernst werden würden, damit hatten sie nicht gerechnet.

»Dumm, dumm, dumm«, murmelte Laelia vor sich hin, während sie die schluchzende Illicia an sich drückte. Das schlechte Gewissen plagte sie, zudem meldeten sich ihre eigenen Bedenken wieder. Für sie beide sahen die kommenden Tage, Wochen, Monate nicht gerade rosig aus. Hätten sie doch nur ein wenig Weitblick gehabt.

»Gemeinsam werden wir es schon schaffen!« versuchte sie, Illicia und sich selbst Mut zu machen. Sie hatten sich immer aufeinander verlassen können, auch in den schwersten Stunden ihres Lebens. Aber waren sie jemals so schwer gewesen?

Es wurde langsam Zeit, sich für das Gastmahl zurechtzumachen. »Komm, Illicia, wir müssen uns jetzt ankleiden. Beruhige dich! Wir werden das alles überleben. Wir werden es schaffen.« Sie zog die immer noch schluchzende Illicia vom Bett hoch und schob sie zu dem Waschbecken. »So, jetzt wasch dir das Gesicht!«

Illicia betrachtete bekümmert ihr verschwollenes Antlitz. »So kann ich unmöglich hinaus! Das beste wird sein, ich bleibe hier. Sag einfach, ich fühle mich unwohl!« Müde ließ sie sich auf den kleinen Hocker vor dem Waschtisch sinken.

Laelia griff zum letzten Mittel, das ihr einfiel. Sie holte ein kleines Fläschchen, offensichtlich aus Hani Ramis Vorräten, aus ihrem Gepäck. »Hier! Das ist eines von Hanis Wundermitteln. Zuerst wäschst du dein Gesicht, dann trägst du die Flüssigkeit direkt auf die feuchte Haut auf.« Aufmunternd schob sie die Flasche näher.

»Du bist sicher, daß du mir das geben willst?« Beeindruckt betrachtete Illicia die Flüssigkeit, die das kleine Fläschchen enthielt. »Das kostet doch ein Vermögen! Und du meinst wirklich, ich soll ...?«

»Dies ist eindeutig ein Notfall! Und für solche Fälle habe ich es mitgenommen, du brauchst es jetzt nötiger als ich! Außerdem glaube ich, es ist genug für uns beide.«

Illicia hatte sich etwas beruhigt. Natürlich wußte sie, daß sie nicht so einfach dem Gastmahl fernbleiben konnte. So wusch sie ihr Gesicht und verteilte die Flüssigkeit darauf. Leichter Rosenduft erfüllte den Raum.

»Du wirst sehen, das Mittel wirkt wahre Wunder. Auf Hani Rami ist Verlaß. Wußtest du eigentlich, daß Hanis Bruder im Serapis-Tempel von Priene tätig ist? Er hat es mir nach unserem Besuch dort erzählt. Hätte er gewußt, daß wir dorthin reisen, hätte er uns einen Gruß für ihn mitgegeben.« Laelia versuchte, mit ihrer munteren Plauderei Illicia von ihrem Kummer abzulenken.

Nach einer Weile klopfte es an der Tür, und die kleine Sklavin kam herein. Dankbar nahmen die beiden ihre Hilfe beim

Schminken und Frisieren in Anspruch. Fertig angezogen, waren sie mit dem Ergebnis hoch zufrieden. Hanis Wundermittel hatte die erhoffte Wirkung gezeigt, die Tränenspuren waren von Illicias Gesicht verschwunden, und die kaum merkliche Schwellung um die Augen würde rasch vergehen. Außerdem hatte die Sklavin geschickt Kohle um die Augen verteilt. Sie hatten gerade ihre Perlen angelegt, als es wieder klopfte. Das Gastmahl würde in wenigen Minuten beginnen, man erwarte sie unten, meldete eine weitere Dienerin.

Die letzten Strahlen der Abendsonne fielen schräg durch die Dachöffnung und erhellten den bezaubernden Innenhof. Zierliche Säulen umstanden das Peristyl, der ganze Boden war mit Mosaiken belegt, die Wände von kostbaren Malereien bedeckt. Trotz der vielen Menschen, die diesen Raum bevölkerten, wirkte er seltsam still, beruhigend. Silvanus, der sie am Fuß der Treppe erwartete, geleitete sie in das Speisezimmer, wo die gedeckten Tische schon auf sie warteten. Da hier nicht genügend Platz für alle Gäste war, hatten die Sklaven auch im Peristyl Tische und Klinen aufgestellt. Euyonimos hatte reich aufgewartet. Die Tische bogen sich unter Tafelaufsätzen verschiedenster Formen und Größen, überall glänzten silberne und goldene Schalen und Becher, ein Delphin, aus dessen Maul roter Wein sprudelte, bildete den Höhepunkt.

Illicia und Laelia wurde eine Kline im Speisezimmer angewiesen, man zählte sie also zu den Ehrengästen. Behutsam ließen sie sich auf den weichen Polstern nieder. Verstohlen ließ Illicia ihre Hand über den kostbaren Stoff gleiten, weich, glatt und kühl fühlte er sich an. Und diese Farbenpracht! Ihre Begeisterung steigerte sich immer mehr. Mit geröteten Wangen und leuchtenden Augen sah sie sich um. Dies überstieg alles, was sie jemals gesehen hatte.

Im Unterschied zu den übrigen Räumen waren hier die Wände mit bestickten Stoffen verhangen. Durch den gewölbten Zugang öffnete sich der Blick auf das Peristyl. Tiefrot bemalte Wände, auf denen zarte Figürchen schwebten, harmonierten perfekt mit den Mosaiken des Fußbodens. Hier herrschte nicht nur Wohlstand, sondern auch Geschmack!

Auch die Büsten, die in den Nischen des Peristyls standen – vermutlich die Ahnen des Gastgebers –, waren Werke exzellenter Bildhauer, das sah sie sofort. Dagegen verblaßte sogar die Apollon-Figur, die sie zu Hause gehabt hatten. Sosehr sie ihr Heim liebte, dies hier war eine ganz eigene Welt. Die Wirklichkeit schien vollkommen ausgeschlossen, vollkommen unerheblich.

Beim Eintreten hatte sie sich kurz ein Mosaikbild auf dem Boden angesehen. Die verschiedenen Rot-, Grau-, Blau-, Gelb- und Brauntöne verliehen dem Bild eine großartige plastische Wirkung. Der Künstler hatte jede Schattierung der Körper mit den kleinen Steinchen modelliert. Ein großer Meister mußte das gewesen sein! Soviel hatte sie schon allein im Vorübergehen gesehen.

Ein Mann beobachtete seit geraumer Zeit Illicias umherschweifende Augen. »Gefällt dir das Haus?« fragte er jetzt mit belustigter Stimme.

»Gefallen? Es ist ganz wunderbar!« antwortete Illicia mit ehrlicher Begeisterung. »Und so geschmackvoll! Alles ist ausgesucht schön und paßt vorzüglich zusammen. Man hat das Gefühl – wie soll ich sagen? Es ist eine Stimmung von Frieden und Ruhe hier im Haus. Noch nicht einmal die vielen Menschen hier können sie stören. Es muß ein großartiger Baumeister gewesen sein, der das Haus entworfen hat!«

»Nun, er steht vor dir, dieser Baumeister«, sagte der Mann schlicht.

Mit großen Augen sah Illicia ihn an. Unglaublich, daß sie einem Menschen, der ein solches Wunderwerk vollbrachte, persönlich gegenüberstand.

»Du hast das entworfen?« fragte sie zweifelnd. Sie rechnete damit, daß er gleich herzlich über seinen gelungenen Scherz lachte. Aber nichts dergleichen geschah.

»In der Tat«, antwortete der Mann ruhig. »Es ist mein neuestes Bauwerk, das Haus für meinen Freund Euyonimos. Dieses Fest ist sozusagen seine Einweihung.«

Euyonimos, der mit Antonius gerade den Raum betrat, hörte seinen Namen und gesellte sich zu ihnen. »Wahrlich, das muß ich sagen, Pleistos hat sich mit diesem Haus selbst übertroffen. Nicht nur, daß er zum versprochenen Termin mit dem Bau fertiggeworden ist – das allein verdient schon die größte Hochachtung – nein! Er hat damit selbst meine kühnsten Erwartungen übertroffen.« Mit einem Blick auf Illicia, die interessiert zuhörte, fügte er hinzu, »du mußt wissen, er ist sehr eigen, mein Freund Pleistos. Kein einziges Mal hat er mich hineingelassen, um mir die Fortschritte zu zeigen. Erst als es fertig war, konnte ich mich von seiner Kunst überzeugen. Das war vor zwei Wochen. Seitdem wohne ich hier, und täglich überkommt mich noch die Freude über mein neues Heim!«

Antonius übernahm es nun, alle miteinander bekannt zu machen. Interessiert nahm Euyonimos zur Kenntnis, daß Illicia literarische Werke transkribierte, und ebenso aufmerksam, daß Laelia als Übersetzerin für mehrere Sprachen tätig war. »Dann wird euch sicherlich meine Bibliothek interessieren! Ich habe einige seltene Schriften gesammelt. Die würde ich euch gerne zeigen!«

Sie konnten ihre Freude über diese Gunst nicht verhehlen.

»Wir werden später Zeit haben, der Bibliothek einen Besuch abzustatten. Wenn ihr erlaubt, meine Gastgeberpflichten zwingen mich, nun das Mahl zu eröffnen.« Euyonimos geleitete Antonius zum Ehrenplatz.

Man legte sich. Sklaven brachten Wasser zum Reinigen der Hände, dann ergriff der Hausherr eine Schale und brachte das Trankopfer für die Götter dar. Nach einem Dank an den Ehrengast und der Ermunterung an die Gäste, herzhaft zuzugreifen, konnte das Gastmahl beginnen.

Eine nicht enden wollende Reihe von Sklaven in allen erdenklichen Hautfarben trug Schüsseln auf und servierte den Gästen. Der Raum war erfüllt vom Duft köstlicher Gewürze. Bronzene Wandleuchter in Form kleiner Knaben mit Fackeln in den Händen zauberten Licht- und Schattenspiele an die Wände, und auch in den Ecken standen hohe Leuchter auf kunstvoll geschmiedeten Ständern, die das Speisezimmer erhellten. Ein dunkelhäutiges Mädchen spielte auf einer Doppelflöte, ein schöner Jüngling zupfte die Kithara und sang dazu, so daß leise Musik das Mahl begleitete.

Die beiden jungen Frauen waren überwältigt von dem Angebot an Speisen. Illicia wählte bedacht etwas von einem eigenartig aussehenden Fisch, der in einer farbigen Soße schwamm. Mißtrauisch beäugte sie ihn von allen Seiten, bevor sie einen Bissen zum Munde führte. Er war köstlich! Ein ihr fremdes Gewürz unterstrich den zarten Geschmack des Fisches, aber erst die Soße! Sie wollte lieber nicht darüber nachdenken, was die verschiedenen Farben hervorrief, und genoß sie einfach.

Immer mehr Gänge wurden von den Sklaven hereingetragen. Unmöglich war es, von allem zu probieren, so gern sie das auch getan hätten. Als zum Abschluß das Obst gereicht wurde, erhoben sich die ersten Gäste und verteilten sich in lockeren Grüppchen auf die übrigen Räume.

Mit Spannung bemerkte Illicia, daß der Gastgeber auf sie zukam. Antonius unterhielt sich gerade mit seinem Nachbarn, versäumte es aber nicht, ihr kurz aufmunternd zuzulächeln.

Euyonimos neigte sich den Mädchen zu. »Wenn ihr euer Mahl beendet habt, würde es mich freuen, wolltet ihr mich in die Bibliothek begleiten!« Auffordernd wies er zur Tür. Die beiden sprangen erfreut auf, und auch Silvanus erhob sich von seiner Kline. Er hatte beschlossen, sie nicht aus den Augen zu lassen, auch nicht in einer Bibliothek.

Etwas verständnislos lauschte er dann dem Gespräch, das sich in dem mit Pergamenten und Papyri gefüllten Raum entspann. Euyonimos zog eine Schriftrolle nach der anderen aus dem Regal und entrollte sie vor den jungen Frauen. Zu jeder wußte er viel Unterhaltsames und Gelehrtes zu erzählen. Nachdem er sich überzeugt hatte, daß sie seine Schätze wohl zu würdigen wußten, ging er zu einer Truhe, die er geradezu feierlich öffnete, und entnahm ihr ein Kästchen. Vorsichtig stellte er es ab und ließ seine Hände auf dem Deckel ruhen. »Hier habe ich meinen größten Schatz!« sagte er andächtig. Behutsam öffnete er den Kasten und holte mehrere Schriftrollen heraus.

Silvanus stöhnte innerlich. Noch welche, was sollte an denen so Besonderes sein? Etwas angeschmuddelt sahen sie aus, sie gehörten erneuert.

Der Gastgeber achtete nicht weiter auf ihn, Apollon sei Dank! So entrollte sich vor den Augen der Mädchen wahrhaftig eine Kostbarkeit. Illicia und Laelia stockte der Atem. Es war wirklich etwas Einmaliges, was dort vor ihnen lag.

»Aristoteles' Schrift über die Dichtkunst!« hauchte Illicia.

»Ja, und nicht nur das«, fügte Euyonimos hinzu, »sie ist von seiner eigenen Hand mit Kommentaren versehen. Seht hier – und hier auch!«

Schweigend bewunderten sie das Werk. Sie vermeinten zu spüren, wie ein Hauch der Weisheit dieses berühmten Mannes über sie hinwegwehte.

»Wie ist sie in deinen Besitz gelangt?« wagte Laelia, das heilige Schweigen zu durchbrechen.

»Sie gehört meiner Familie schon seit vielen Generationen. In alten Zeiten, so erzählte man, sei ein Ahnherr von mir in der Akademie des Aristoteles gewesen. Ein seltenes Glück«, sagte er träumerisch, »Aristoteles persönlich habe ihm dieses Manuskript geschenkt, seitdem wird es immer weiter vererbt. Jetzt ist sie in meinem Besitz, und nach mir wird sie meinem Sohn gehören.« Letzteres schien ihn nicht besonders zu erfreuen.

»Da kann er sich aber glücklich schätzen! Wie gern wäre ich an seiner Stelle. Alles, was ich habe, würde ich dafür geben, auch nur einen kleinen Teil davon zu besitzen!« Das war Illicia herausgerutscht. Verlegen schaute sie sich nach etwas um, worauf sie die Aufmerksamkeit lenken könnte. Euyonimos betrachtete sie nachdenklich.

»Leider ist mein Sohn ganz und gar nicht dieser Auffassung.« Er rollte die Schriften wieder zusammen und legte sie zurück in das Kästchen. »Ich freue mich, daß euch meine kleine Sammlung gefallen hat. Jetzt aber müssen wir wieder zu den anderen Gästen zurück«, sagte er, plötzlich kurz angebunden.

Illicia tat ihre Bemerkung sehr leid, offensichtlich hatten ihre unbedachten Worte Euyonimos' Großmut ein Ende gesetzt.

Im Peristyl verließ sie Euyonimos, um sich wieder seiner Gesellschaft zu widmen. Unentschlossen blieben die drei vor einer Treppe stehen, die in die oberen Etagen führte.

»Ich muß mal!« flüsterte Illicia Laelia ins Ohr. Sie schaute sich suchend nach einem Sklaven um, den sie unauffällig fragen konnte, wo man diese Angelegenheit erledigen konnte.

Laelia nahm die Sache in die Hand. »Es wird hier sicher einen solchen Ort geben. Ich frage den da drüben.« Laelia sprach kurz mit einem rabenschwarzen Mohren, der in einen Gang zeigte. Dann erläuterte sie ihrer Freundin den Weg.

Illicia fand wie beschrieben den Eingang. Der kleine Raum war von Öllämpchen erleuchtet und bot mehreren Personen gleichzeitig die Möglichkeit, ihr Geschäft zu verrichten. Selbst hier herrschte geschmackvoller Luxus, die Wände waren mit Malereien versehen, die Sitze aus feingeädertem Marmor. Vorsichtig nahm sie Platz. Sogar hier waren diese besondere Ruhe und Besinnlichkeit zu spüren. Daher fühlte sie sich rundum erleichtert, als sie das Örtchen wieder verließ und sich zu Silvanus und Laelia zurückbegab. Inzwischen hatte sich Antonius zu ihnen gesellt und erwartete Illicias Rückkehr.

»Endlich habe ich Zeit, mich ein wenig um dich zu kümmern, meine Teure!« Seine Stimme klang weich, fast zärtlich. Er führte ihre Hand an seine Lippen, völlig unbesorgt darüber, ob sie jemand sah.

»Gegrüßt seist du, Laelia! Und auch du, Illicia, bist hier? Welche Überraschung!« ertönte es plötzlich hinter ihnen. Diese Stimme war beiden sehr vertraut. Verblüfft und etwas verlegen drehten sie sich zu dem Mann um, der ihnen die Grußworte zugedacht hatte. Vigolos stand vor ihnen, hoch aufgerichtet und wie immer mit kleinen Schweißperlen auf der Stirn, die er sich unauffällig mit dem Ärmel seines tadellosen Priestergewandes abzuwischen versuchte.

»Vigolos! Wir wußten nicht, daß du auch kommen würdest!«

»Nun, ich war ebenfalls nicht darauf vorbereitet, euch hier anzutreffen!« Tadelnd blickte er von Silvanus auf Antonius und schüttelte mißbilligend den Kopf. »Wie ich sehe, habt ihr schnell einflußreiche Freunde gefunden.« Durchdringend sah er Antonius an. »Dir scheint die Herrschaft über Kleinasien nicht zu genügen, Marcus Antonius, drängt es dich jetzt auch danach, die Herzen seiner Bewohnerinnen zu erringen?«

Furchtlos glitzerten seine kalten Augen, während sich wieder kleine Schweißtröpfchen auf seiner Stirn sammelten.

Antonius verzog verächtlich seinen Mund. »Vigolos, ach ja, Prophetes im Apollon-Heiligtum in Didyma, sei gegrüßt«, machte er ihn auf sein Versäumnis einer angemessenen Begrüßung aufmerksam und fuhr höflich und scheinbar ohne besonderes Interesse fort: »In nächster Zeit steht doch eine Überprüfung deines Tempels an, nicht wahr? Ich bin mir sicher, daß die Bücher richtig geführt sind, Vigolos! Trotzdem bringt eine Überprüfung immer eine Reihe von Unannehmlichkeiten mit sich. Aber ich bin überzeugt, daß euch nicht die unangenehmen Folgen einer entdeckten Unregelmäßigkeit treffen werden.« Er ergriff Illicias Hand und winkte Laelia und Silvanus, ihm zu folgen. Zurück blieb ein erbleichter Prophetes.

Antonius führte sie in das Speisezimmer, wo er allen einen Becher mit Wein füllte. Illicia, noch immer beunruhigt von dem unerwarteten Auftauchen Vigolos', fragte nach: »Was meintest du damit, daß der Apollon-Tempel überprüft wird?«

Antonius nahm einen Schluck und stellte den silbernen Becher auf einem Tisch ab. »Jeder Tempel wird von Zeit zu Zeit überprüft. Es ist doch bekannt, daß die Priester dazu neigen, ihr Scherflein ins Trockene zu bringen. Wenn man sucht, findet man fast immer etwas.«

Silvanus wurde aufmerksam.

»Ich hatte ohnehin vor, mir das Tempelpersonal, allen voran Vigolos, einmal näher anzusehen. Ich habe so ein Gefühl ... Ich wette auf deine silberne Sandale, Imperator, daß mit dem Tempel etwas nicht stimmt. Diese Andeutungen, die Antigonos immer machte ...« Er dachte an sein Gespräch mit Tollimos. Besorgt streifte sein Blick Illicia, wie sollte er seinen Verdacht begründen, ohne sie zu beunruhigen? » ... ich habe noch keine einleuchtende Erklärung dafür gefunden.«

»So, du hast also einen Verdacht?« Antonius' linke Augenbraue zuckte in die Höhe, was ihm einen sehr interessanten Zug verlieh, fand Illicia, die ihn nicht aus den Augen ließ.

»Ja, einen Verdacht schon, aber keinen Beweis. Dafür sind noch eingehende Befragungen nötig – auch im Tempel. Solange die dunklen Bemerkungen von Antigonos nicht zufriedenstellend erklärt werden können, könnte auch dort der Mörder zu suchen sein. Es schien mir unter den gegebenen Umständen klug zu sein, alle in Sicherheit zu wiegen. Deine Ankündigung einer Prüfung könnte im Tempel für Unruhe sorgen.« Silvanus sah Antonius mißmutig an, hatte dieser es doch binnen kürzester Zeit geschafft, sein vorsichtiges Vorgehen zunichte zu machen. Der einzige Vorteil war, daß auch Vigolos hier in Ephesos die Hände gebunden waren. Blitzartig wurde ihm klar, daß man diesen jetzt im Auge behalten mußte, er durfte auf keinen Fall Gelegenheit bekommen, eine Botschaft nach Didyma zu entsenden. Sofort bat er Antonius, entsprechende Maßnahmen ergreifen zu dürfen. Dieser erkannte auf der Stelle die Notwendigkeit und schickte einen Sklaven, seine Leibgarde zu suchen, um sie mit der Beobachtung von Vigolos zu beauftragen. Er hatte seinen Männern erlaubt, sich zwanglos zu verhalten, vermutete er doch im Hause des angesehenen Euyonimos keinerlei Gefährdung.

Mit ernster Miene wandte sich Antonius wieder an Silvanus. »Du brauchst dir keine Sorgen zu machen, meine Leibgarde ist zuverlässig. Sie werden jeden Schritt von Vigolos mit Argusaugen verfolgen. Du hättest mir deine Gedanken vorher mitteilen sollen!«

»Ich konnte doch nicht ahnen, daß er hier auftauchen würde!« versuchte Silvanus sich zu verteidigen.

»Es ist jetzt einmal passiert! Vielleicht solltest du mich jetzt über dein weiteres Vorgehen in Kenntnis setzen, damit ein ähnlicher Vorfall verhindert werden kann!«

Silvanus blickte kurz um sich, ob nicht ungebetene Ohren ihnen zuhörten, und begann leise zu berichten: »Wie schon gesagt, zuerst muß ich herausfinden, wem dieser tote Sklave gehört. Wir hatten bis jetzt keine Zeit dafür, ihn von jemandem ansehen zu lassen, der ihn kennen könnte, Crassus scheint mir der Richtige zu sein. Bisher haben ihn von den Einheimischen nur dieser Rubingetorix, der ihn gefunden hat, und der ägyptische Arzt, der ihn untersucht hat, zu Gesicht bekommen. Aus Rubingetorix war nichts Verständliches herauszubekommen, und Hani Rami kannte ihn nicht. Die Leiche ist jetzt bei ihm. Wir haben sie ja erst am Tag vor unserer Abreise gefunden! Hani Rami sollte zuerst die Todesursache feststellen, bevor ich jemanden anderes zu ihm lassen wollte. Sobald ich zurück bin, werde ich dafür sorgen, daß Crassus sich die Leiche einmal ansieht.«

Antonius nickte zustimmend.

»Hani Rami hat den Verdacht, daß Gift zum Tode des vermeintlichen Sklaven geführt hat.« Silvanus teilte den anderen mit, wie er mit dem Arzt verblieben war.

»Und wie geht es weiter?« wollte Antonius wissen.

»Sobald wir geklärt haben, wer der Mann ist und woran er gestorben ist, haben wir eine sichere Spur zum Mörder von Antigonos, will ich meinen.«

»Was macht dich so zuversichtlich, daß beide Fälle in einem Zusammenhang stehen?«

»Da ist einmal der Sandalenabdruck auf Antigonos' Gewand«, gab Silvanus zu bedenken. »Der Tote trug ein dazu passendes Paar Sandalen noch an den Füßen, was beweist, daß er zumindest am Tatort war. Zudem vermißt ihn noch keiner. Das sei sehr ungewöhnlich, sagte mir Bibulus. Es könnte sein, daß der Sklave Antigonos im Auftrag eines anderen getötet hat, der dann seinerseits den Sklaven beiseite schaffen mußte, weil er ein Risiko darstellte. Wenn dem so ist, handelt es sich bei dem Besitzer um eine höhergestellte Persönlichkeit. Zum einen, weil er soviel Einfluß besitzt, einen Sklaven zu einem Mord an einem Tempelangehörigen zu bewegen – selbst für einen Befehlsgewohnten ist ein solcher Auftrag keine Kleinigkeit. Zum anderen bedeutet der Tod eines Sklaven immerhin einen erheblichen finanziellen Verlust. Daher glaube ich, daß es kein armer Mann war, der sich da eines unliebsamen Zeugen entledigte. Und da kommen nicht viele in Betracht!« Silvanus machte eine bedeutungsvolle Pause. »Bleibt die Frage nach dem Motiv. Ich ziehe immer noch in Erwägung, daß Antigonos' Tod etwas mit seinen seltsamen Bemerkungen zu tun haben könnte, die er überall machte. Daß er sich seit seinem Eintritt in den Tempel verändert hat, haben mir seine Eltern erzählt. Irgend etwas muß in dieser Zeit passiert sein. Er könnte etwas herausgefunden haben, und als er begann, diese

Andeutungen zu machen, wurde er zu einer ernsten Gefahr, die beseitigt werden mußte. Wahrscheinlich hatte er angefangen herumzuschnüffeln und wußte noch gar nichts Konkretes. – Aber ich denke, das wird sich alles in Kürze klären.«

Laelia fragte nach, wieso er mutmaßte, daß Antigonos selbst nichts Genaueres wußte.

»Weil er ein gewissenhafter Mann war, das haben mir alle bestätigt. Er hätte sicher die Verwaltung in Milet informiert. Und gerade deswegen, glaube ich, fühlte er sich verantwortlich dafür, Genaueres herauszufinden. Sein Fehler war es, daß er den Mund nicht halten konnte. Das hat ihn wahrscheinlich das Leben gekostet. – Aber ich sagte ja, es sind alles noch Vermutungen.«

Zufrieden mit dieser Darlegung seiner Gedanken, lehnte sich Silvanus in die Polster zurück. Alle dachten schweigend über das Gehörte nach. Was Silvanus da gesagt hatte, klang durchaus einleuchtend ...

Illicia fiel etwas anderes ein. »Sag, Silvanus, hast du Antonius von den Kriegsplänen der Parther berichtet?«

Antonius kam ihm mit der Antwort zuvor. »Ja, Silvanus hat mir direkt Bericht erstattet. Der Bote kam gestern.«

»Und was wirst du dagegen tun? Du wirst doch etwas gegen dieses Volk unternehmen?« drängte Illicia, erschreckt von dem Gedanken, die Parther könnten Kleinasien besetzen.

Antonius beruhigte sie. »Du brauchst dir keine Sorgen zu machen. Ich bin schon länger über die Pläne der Parther informiert. Morgen erwarte ich eine Delegation von Orodes, dem Großkönig, und bin sehr gespannt, was sie mir mitzuteilen hat. Die Antwort, die die Parther vom Orakel erhalten haben, ist allerdings durchaus bemerkenswert.«

»Kannst du damit etwas anfangen?« fragend blickte sie Antonius an.

Der schüttelte den Kopf. »Jetzt ist wirklich nicht der richtige Augenblick, um über so widrige Dinge wie Morde und Parther zu sprechen. Laßt uns nicht mehr an die leidige Geschichte denken und den Abend genießen!« Er hob gerade seinen Becher, als Euyonimos in Begleitung eines jungen Mannes auf sie zukam.

»Antonius, mein Sohn Nestor möchte dich begrüßen.«

Das war sein Sohn? Der junge Mann war ihnen zuvor aufgefallen. Sie hatten kurz neben ihm gestanden und gehört, wie er sich mit einigen Gästen unterhalten hatte. Seine unangenehme, herablassende Art war ihnen allen aufgefallen. Er hatte ein schmales, blasses Gesicht. Seine Lider hingen schwer über den Augen, er schien sie nur mit Mühe offenhalten zu können. Dazu trug er den Kopf sehr hoch, vermutlich, damit er durch die verbliebenen Augenschlitze überhaupt etwas sehen konnte. Über seinem safrangelben Chiton trug er einen Mantel mit blauen Streifen, obwohl es keineswegs kühl war. Mißmutig nickte er der Gruppe zu.

»Nestor bricht morgen nach Antiochia auf«, versuchte Euyonimos ein Gespräch in Gang zu bringen. »Er geht zu meinem Bruder; wie du weißt, lehrt er dort an der Akademie. Ich hoffe, er wird ihm ein wenig Bildung vermitteln.« Zweifelnd blickte er auf seinen Sohn.

Nestor war völlig unbeeindruckt von der Hoffnung seines Vaters. »In Antiochia soll das Klima sehr angenehm sein«, näselte er schleppend. Offensichtlich hatte er mehr Wein getrunken, als gut für ihn war.

»Vielleicht kann Antonius etwas für deine Karriere tun, Nestor?« drängte sein Vater.

»Karriere?« fragte Nestor gedehnt. Ihm schien dieses Wort völlig fremd. »Was für eine Karriere?«

»Ich hatte gehofft, du hättest mittlerweile ein paar Überlegungen angestellt, was deine Zukunft betrifft!« Verzweiflung ergriff Euyonimos.

»Zukunft? Ich gehe doch nach Antiochia! Was soll ich mir da weitere Gedanken machen. Es wird sich schon etwas ergeben, wenn ich erst dort bin. – Ach, da drüben ist ja Perstylos. Den habe ich gerade gesucht.« Ohne ein weiteres Wort drehte der junge Mann sich um und verschwand. Bekümmert sah ihm sein Vater hinterher. »Entschuldige das ungebührliche Verhalten meines Sohnes, Antonius. Er hat wohl zuviel des Weines genossen.« Euyonimos war beschämt, Antonius dagegen eher amüsiert, kannte er doch solche jungen Männer zur Genüge. Ständig wurden sie ihm vorgestellt, in der Hoffnung, er könne ihnen eine gute Position verschaffen. Euyonimos selbst brachte er große Sympathie entgegen, weshalb er sich mit seiner Antwort zurückhielt. »Ich fürchte, ich kann dir da nicht viel weiterhelfen«, untertrieb er seine wirklichen Möglichkeiten. »Aber Antiochia ist eine Stadt mit vielen Gelegenheiten. Es wird sich da schon etwas Passendes finden.«

Euyonimos nickte resigniert. »Verzeih, daß ich dich überhaupt damit belästigt habe, ich hätte mir denken können, daß es keinen Zweck hat. Nestor ist für nichts zu begeistern, nur für ausgedehnte Trinkgelage mit zweifelhaften Freunden. Dieser Perstylos, ich habe ihn nur auf sein Drängen eingeladen, ist ein ganz schlimmer Bursche. Ich bin froh, wenn Nestor in Antiochia ist und mein Bruder ein Auge auf ihn hat.« Seufzend wandte er sich den jungen Frauen zu. »Ich wünschte, ich hätte solche Mädchen wie euch als Töchter, ihr wüßtet das Erbe, das Nestor erwartet, zu würdigen. Bei ihm wird es gewiß nicht lange dauern, bis auch die letzte Statue sich in einen leeren Weinschlauch verwandelt hat. – Aber ich will euch nicht mit meinen Problemen belasten. Ich hoffe, ihr seid mit allem versorgt?«

Sie dankten ihm und hoben als Antwort ihre vollen Becher, um auf sein Wohl zu trinken. Als er gegangen war, erklärte ihnen Antonius, daß Euyonimos schon immer Kummer mit Nestor gehabt habe. »Seit ich ihn kenne, erlebe ich ihn in Sorge um seinen Sohn. Es scheint allerdings immer schlimmer zu werden mit Nestor, er hat sich einem Kreis junger Männer angeschlossen, die stadtbekannte Trinker und Spieler sind.« Antonius gedachte einen Moment der zurückliegenden Jahre, in denen er selbst sich in Trinker- und Spielerkreisen einen bekannten Namen erworben hatte. Diese Zeiten waren jetzt vorbei ... »Ich hoffe für meinen Freund, daß der Aufenthalt in Antiochia seinen Sohn auf den richtigen Weg zurückführen wird. Ich kenne Euyonimos' Bruder, er ist ein strenger, gebildeter Mann. Er wird nicht dulden, daß Nestor bei ihm seine Zeit vertrödelt. Euyonimos dagegen ist eher etwas weltfremd, außer seiner Literatur gibt es nichts für ihn. Sie ist sein Leben und beherrscht sein Denken. Dem wirklichen Leben steht er völlig hilflos gegenüber. Bei alldem ist er ein herzensguter Mensch, ich habe nie erlebt, daß einmal ein scharfes Wort über seine Lippen gekommen wäre. Da zeigt sich wieder die Ungerechtigkeit der Götter: Niemand bekommt das, was er verdient.« Einen endlosen Moment lang schaute Antonius Illicia traurig an. Als er in ihren Augen Tränen glitzern sah, senkte er den Kopf.

Betreten schwiegen sie eine Weile. Weiter entfernt, im Peristyl, sahen sie Vigolos bei einer Gruppe von Priestern stehen. Immer wieder sah er zu ihnen herüber.

Ein ephesischer Würdenträger kam auf sie zu und bat, den Imperator für ein paar Minuten sprechen zu dürfen. Antonius streichelte kurz über Illicias Hand und erhob sich, um dem Mann zu folgen.

»Hast du gesehen, wie Vigolos uns anstarrt?« flüsterte Illicia beunruhigt ihrer Freundin zu.

Diese warf einen kurzen Blick auf den Prophetes. »Mach dir keine Gedanken. Ich glaube, die scharfen Worte von Antonius werden ihm den Mund verschließen.«

»Hoffentlich hast du recht«, Illicia tauchte ihre schweißnassen Hände in ein Wasserschälchen. »Trotzdem macht er mir angst!«

Das Gastmahl ging allmählich in ein Gelage über. Antonius kam nicht wieder. »Das war es dann wohl«, sagte Illicia mit heiserer Stimme zu Laelia, die mit hochrotem Kopf Silvanus' Annäherungsversuche zu bändigen versuchte. Entschlossen schob sie ihn von sich und richtete ihre Frisur. »Was meinst du damit?«

»Marcus ist verschwunden, ihr beide turtelt herum! Ich werde jetzt in mein Zimmer gehen und mich hinlegen. Was soll ich noch hier?«

Silvanus, der reichlich Wein getrunken hatte, legte großmütig einen Arm um Illicia. »So ist das, wenn man sich in einen begehrten Imperator verliebt, Illicia! Freue dich, daß er dich in sein Herz aufgenommen hat. Ich weiß, du bedeutest ihm mehr als jedes Liebesabenteuer, das er hatte. Und er hatte viele!« Lächelnd versuchte er, auch Laelia wieder an sich zu ziehen.

›Feinfühlig wie einer von Hannibals Elefanten‹, dachte Laelia, während sie seinen Annäherungsversuch brüsk zurückwies. »Entschuldige uns bitte einen Moment!« Sie befreite Illicia aus

Silvanus' Arm und führte sie beiseite. Silvanus blieb mit verdutztem Gesicht zurück. Was hatte er nun wieder falsch gemacht? Er hatte es doch gut gemeint.

Vor Illicias Zimmertür blieben sie einen Moment stehen.

»Ich werde jetzt schlafen gehen!« murmelte Illicia.

»Ist gut, ich werde Antonius Bescheid sagen, wenn ich ihn sehe.«

»Gar nichts brauchst du ihm zu sagen. Ich will ihn nicht sehen.« Entschlossen öffnete sie ihre Tür und ließ Laelia ratlos zurück.

Als diese zu Silvanus an die Kline trat, fand sie ihn schlafend. Na, großartig. Kaum ließ man ihn einen Moment aus den Augen, machte er ein Nickerchen. Lieblos rüttelte sie an seiner Schulter. Silvanus öffnete mühsam die Augen. Als er Laelia erkannte, lächelte er sie verschlafen an.

»Grinse nicht so dumm herum. Illicia ist völlig verzweifelt, und du schläfst! Wie kannst du nur soviel trinken! Wenn man mal wirklich Hilfe braucht, ist mit dir nichts anzufangen.«

Ernüchtert richtete Silvanus sich in den Polstern auf. »Was redest du da für einen Unsinn? Ich bin hellwach! Wo ist das Problem? Jetzt leg dich hierher, und sage was los ist, dann kann ich dir vielleicht auch helfen. Aber laß diese dummen Anschuldigungen!« Er zog Laelia neben sich.

»Dumme Anschuldigungen! Daß ich nicht lache!« Mühsam beherrschte Laelia ihren Zorn. »Ist doch wahr!«

»Was ist wahr? Daß ich ein wenig Wein getrunken habe? Daß ich eingenickt bin? Entschuldige mal! Seit Tagen raubt mir dieser Mordfall den Schlaf. Und daß du es nur weißt, nicht nur der Mord!« Seine ganze Körperhaltung war ein einziger Vorwurf. »Jetzt soll ich das auf Antonius' Befehl mal vergessen, trinke ein Schlückchen – und werde wüst beschimpft!« Aufgebracht rieb er mit der Hand über sein Kinn. »Was ist mit Illicia? Bereut sie jetzt, daß sie sich mit dem Imperator eingelassen hat? He? Es war doch wohl klar, daß das nichts Ernstes werden würde. Er ist schließlich nicht irgendwer! Außerdem ist er verheiratet, in Rom! Weiß sie das nicht?«

Laelias Augen funkelten aufgebracht. »Verheiratet? Natürlich weiß sie das. Und bereuen? Kommst du nicht auf den Gedanken, daß ich vielleicht auch bereue, was zwischen uns ist? Schließlich bist du auch verheiratet!«

Silvanus war schlagartig vollkommen nüchtern. »Das ist etwas anderes!« sagte er bestimmt.

»Ich wüßte nicht, was daran anders sein soll. Meinst du, mir macht das nichts aus? Was haben wir denn schon für eine Zukunft vor uns? Findest du die aussichtsreich?« Laelia redete sich in Rage. Rings herum war man jetzt auf sie aufmerksam geworden und sandte neugierige Blicke. Laelia senkte ihre Stimme.

»Das ist etwas ganz anderes!« beharrte Silvanus. »Wir haben doch schon so oft darüber gesprochen. Was soll das jetzt? Es ist hier wirklich nicht der passende Ort!« Auch Silvanus war das Interesse der anderen Gäste nicht entgangen. »Laß uns später darüber reden«, bat er sie versöhnlich.

Laelia war nicht in der Stimmung, darauf einzugehen. »Reden? Was sollen wir noch groß reden? Es ist alles gesagt. Wenn der Mord aufgeklärt ist, und es sieht ja so aus, als sei das bald, bist du weg. Weißt du, was das bedeutet, weg? Du ziehst mit Antonius weiter durch die Lande, ich aber bleibe in Didyma. Und was soll Illicia erst sagen? Ihr Vater ist Priester! Wenn der etwas davon erfährt ... Meinst du, das geht alles so spurlos an uns vorbei? Meinst du, wenn ihr weg seid, gehen wir wieder zum Alltag über, als sei nichts gewesen? Was bist du nur für ein Mensch?« Zweifelnd sah sie ihn an. Hatte sie sich wirklich in ihn verlieben können? Silvanus versuchte, sie zu besänftigen. Sie schüttelte seine Hand, die er auf ihren Arm gelegt hatte, ab, als verscheuchte sie eine lästige Fliege.

»Was erregt euch beide denn so? Und wo ist Illicia?« Antonius war wieder aufgetaucht. Sie wußten nicht, wie lange er schon dort gestanden und was er alles mitgehört hatte. Mit hochrotem Kopf erklärte ihm Laelia, Illicia sei bereits zu Bett gegangen.

»Dann werde ich zu ihr gehen!« erwiderte Antonius entschieden. Laelia zupfte an seiner Toga, was ihn innehalten ließ.

»Ja?«

»Illicia sagte, sie wolle dich nicht sehen!« warnte sie ihn.

Mit schon etwas trunkenen Augen sah Antonius sie an. »Sie will mich nicht sehen? Aber wieso nicht?«

›Männer!‹ dachte Laelia niedergeschlagen. ›Keinen Funken Feingefühl, kein Einfühlungsvermögen, nichts!‹

»Kannst du es dir nicht denken?« sagte sie. »Natürlich ist sie traurig. Und das ist noch milde ausgedrückt!«

Antonius begriff nicht. »Warum ist sie denn traurig? Hat ihr der Abend nicht gefallen? Hat sie jemand belästigt? Bei Dionysos! Warum müssen mich auch nur immer diese lästigen Verpflichtungen heimsuchen. Ich verfluche den Tag, an dem ich mich für die Politik entschied! Man ist doch kein Mensch mehr! Um jede Kleinigkeit muß man sich kümmern, niemand scheint selbständig denken zu können. Jeder will etwas von mir wissen. Und dann die althergebrachten Sitten! Ein Vorbild muß ich sein! Warum kann ich nicht leben wie ein normaler Mensch auch? Jeder Schritt, den ich gehe, wird beobachtet. Alles, was ich tue, wird kommentiert und für die Nachwelt aufgeschrieben. Als würde es irgend jemanden interessieren, wann ich die Latrine aufsuche. Und nun bereite ich Illicia Kummer. Der Frau, deren Erscheinung, deren ganzes Wesen den Geist verströmt, den ich verehre.«

»Vielleicht solltest du zu ihr gehen und ihr das selbst sagen.« Laelia war sich allerdings nicht sicher, ob das der richtige Weg war.

»Aber du sagtest doch, sie will mich nicht sehen!« Seine Ratlosigkeit wuchs.

»Das hat sie gesagt, und trotzdem glaube ich, daß sie dich erwartet. Ich denke, du kennst die Frauen?«

Er hörte den Vorwurf heraus. »Frauen«, seufzte er nur, »wer könnte sich anmaßen zu behaupten, er würde sie kennen?« Schweren Herzens erhob er sich und ging zu Illicias Kammer.

X

Am nächsten Morgen trafen sie sich erst beim Frühstück im Speisezimmer wieder. Die vergangene Nacht hatte bei allen ihre Spuren hinterlassen. Vor allem Silvanus sah schlecht aus. Dunkle Ringe hatten sich tief unter seinen Augen eingegraben, ab und zu verzog er schmerzhaft das Gesicht. Nur Laelia sah aus wie der junge Tag. Belustigt betrachtete sie ihn und streichelte ihm zart über das Haar. »Na, plagt dich dein Kopf?«

Silvanus litt.

Illicia schob schweigend ein paar Aprikosen im Kreis herum. Sie hatte noch kein Wort gesagt. Laelia betrachtete sie sorgenvoll, wagte aber nicht, sie anzusprechen. Vom Gastgeber war nichts zu sehen, ebensowenig von Antonius. Eine Sklavin hatte Laelia berichtet, daß beide in aller Frühe gefrühstückt hätten und in der Bibliothek zusammensaßen.

Eine zierliche Ägypterin kam herein und meldete ihnen die Ankunft der Legionäre, die sie nach Didyma zurückbringen würden. Dann verschwand sie in der Bibliothek, um auch ihren Herrn davon zu unterrichten.

Träge suchten die jungen Frauen ihr Gepäck zusammen und machten sich für die Abfahrt bereit. Sie warteten schon am Tor, als Euyonimos herbeigeeilt kam. Hinter ihm schritt ein übernächtigter Antonius.

Herzlich nahm Euyonimos nacheinander ihre Hände und drückte sie mit viel Wärme.

»Ihr habt mein Leben reicher gemacht.« Gerührt drehte er sich um und ließ sie mit Marcus Antonius und Silvanus allein. Auch Antonius verabschiedete sich, zunächst von Laelia, dann von Silvanus. Er bat sie, schon vorauszugehen, und blieb mit Illicia zurück.

Mit versteinertem Gesicht folgte Illicia ihnen kurze Zeit später.

Auf dem Schiff saß sie allein in einem Winkel, bis der Hafen von Milet am Horizont auftauchte. Laelia wagte einen Aufmunterungsversuch und setzte sich neben sie.

»Was ist denn los, Illicia, was ist passiert?«

»Nichts!« Illicias Stimme klang rauh.

»Ich sehe es dir doch an! Es ist wegen Antonius, nicht?«

»Unsinn, was soll mit ihm sein?«

»Es geht dir richtig zu Herzen, nicht wahr?« stellte Laelia mitfühlend fest.

»Sag doch gleich, daß du es schon immer gewußt hast, daß er verheiratet ist und ich keine Chancen habe! Sag es doch!« Illicias Augen glänzten feucht.

Laelia konnte sich vorstellen, wie es um ihre Freundin stand.

»Nein, Illicia, das sage ich nicht! Ich weiß doch selbst, wie das ist.« Sie drückte Illicia an sich. »Kopf hoch. Es geht vorbei, es dauert nur seine Zeit. Du kommst erst einmal mit zu uns, dann brauchst du dich nicht gleich mit deinem Vater auseinanderzusetzen.« Laelia war nicht wohl dabei, ihre Freundin mit solchen Banalitäten zu trösten. Aber darauf kam es nicht an, wichtig war, ihr zu zeigen, daß sie für sie da war.

Auf der Fahrt nach Didyma hatte sich Illicia dann wieder etwas gefangen. Sehr gesprächig allerdings war sie noch immer nicht. Laelia und Silvanus hatten sich offensichtlich wieder vertragen, saßen nah beieinander auf der breiten Bank, und er hielt ihre Hand.

Kurz vor dem Artemis-Heiligtum merkte Silvanus auf. »Halt!« rief er den Legionären zu, die sogleich die Pferde zügelten und zum Stehen brachten. Zwei fragende Augenpaare waren auf ihn gerichtet.

»Wenn wir schon einmal hier sind, kann ich gleich zu Hani Rami gehen und fragen, was seine Untersuchungen ergeben haben. Ihr habt ja sicheres Geleit, so daß ich euch guten Gewissens das kurze Stück allein weiterfahren lassen kann.« Zu Laelia gewandt fügte er hinzu: »Wir sehen uns später bei euch in der Taverne.« Er nickte Illicia aufmunternd zu und stieg aus, der Wagen rollte wieder an und verschwand rumpelnd hinter der Biegung.

Silvanus traf Hani im Garten. Ausgerüstet mit einem Eimer, versorgte er seine Pflanzen.

»Salve Hani Rami!«

Erfreut, den Römer zu sehen, stellte Hani den Eimer ab und eilte auf ihn zu. »Du bist wieder zurück? Das ist schön! Ich habe dich bereits erwartet, denn es gibt Neuigkeiten zu berichten.«

Silvanus war gespannt, was der Ägypter zu erzählen hatte.

»Komm in mein Haus, dort ist es kühl, und es läßt sich angenehmer sprechen.« In der Halle drückte Hani ihn auf einen Stuhl und verschwand. Mit einem Krug und zwei Bechern in den Händen kehrte er zurück.

»Hier habe ich etwas ganz Besonderes!« raunte er geheimnisvoll und goß ihnen beiden etwas Rotes hinein. »So etwas hast du noch nie gekostet. Probiere es nur!« Er hob seinen Becher und ermunterte Silvanus zu trinken. Den aber hatte der Argwohn doch noch nicht ganz verlassen, denn mißtrauisch roch er an der Flüssigkeit. Wohlgeruch nach altem, schwerem Wein stieg ihm in die Nase, was ihn zuversichtlicher stimmte und einen Schluck probieren ließ. Ein fremder aromatischer Geschmack entfaltete sich in seinem Mund.

»Das ist Wein von ägyptischen Trauben! Ich habe ihn selbst gekeltert!« vertraute der Arzt ihm an. »Ich habe die Reben aus Ägypten mitgebracht und sie hier angepflanzt. Der Ertrag reicht gerade für ein paar kleine Amphoren. Du mußt ihn ein wenig schlürfen, erst dann entfaltet er sein blumiges Aroma!«

Silvanus war stolz, daß Hani seinen erlesenen Tropfen mit ihm teilte, und folgte seinem Rat. Schlürfend nahm er noch einen Schluck und stellte überrascht fest, daß der Ägypter recht hatte. Schweren Herzens setzte er den Becher ab, denn er merkte, daß der starke Wein ihm in den Kopf zu steigen drohte. Hanis Ausführungen aber wollte er sich mit wachen Sinnen anhören.

»Bevor ich deinen Wein so richtig genießen kann, mußt du mir erzählen, was du herausgefunden hast. – Es hat doch noch niemand anders die Leiche gesehen, oder?«

Hani hob entrüstet die Hände, schüttelte den Kopf und begann mit seinem Bericht. »Ich habe dir ja von meinem Verdacht erzählt und darum weitere Untersuchungen gemacht. Die Einzelheiten möchte ich dir ersparen, sie sind doch sehr speziell, es würde dir nichts sagen. Aber verlaß dich darauf, meine Methoden sind sehr zuverlässig!«

Das war Silvanus sehr recht, ihm war mehr an den Ergebnissen gelegen. Außerdem waren ihm die herausragenden Kenntnisse, die die Ägypter in der Kunst der Medizin hatten, hinreichend bekannt.

»Ich habe große Mengen von Hyoskyamos gefunden!« triumphierte Hani.

»Von was?« Ratlosigkeit spiegelte sich in Silvanus' Augen.

»Von Hyoskyamos, oder auch Dios kyamos, Pythonion, emmanes, prophetis, Apollinaris, Typhonion genannt«, brillierte Hani mit seinen exzellenten Kenntnissen der Botanik.

»Ach ja?« Diese Aufzählung ließ Silvanus aufhorchen. Apollinaris? Das klang vielversprechend. »Was ist das denn genau?« fragte er ihn.

Hani Rami entschloß sich, volkstümlicher mit ihm zu reden.

»Es ist eine Art des Bilsenkrauts«, klärte er ihn auf.

»Und was hat es mit Bilsenkraut auf sich?« wollte Silvanus wissen.

»Hyoskyamos kann zur Entspannung oder als Schlaftrunk bereitet werden. Es ist aber auch bekannt für seine sinnverwirrende Wirkung, die seine Samen auslösen. Es erzeugt ekstatische Zustände – und findet bei Orakelstätten Verwendung.« Geradezu bescheiden hatte Hani Rami diese entscheidende Mitteilung vorgebracht. Silvanus war vom Donner des Jupiter gerührt.

»Was sagst du da? Bist du sicher?«

»Ja doch, ganz sicher. Nach der Untersuchung des Mageninhalts hatte ich den starken Verdacht, daß es sich um Bilsenkraut handeln könnte, so habe ich zur Sicherheit eine Urinprobe aus seiner Blase entnommen. Es war gerade noch genug darin, denn Bilsenkraut führt auch zur Entleerung von Blase und Darm. Ich habe dann etwas von dem Urin in das Auge eines Kaninchens geträufelt. Die Pupillen haben sich in der Tat unnatürlich geweitet. Das gab mir den letzten Beweis. Zufällig ist mir bekannt, daß es in der Orakelstätte von Delphi gern benutzt wird. Heißt es doch auch Pythonion oder Apollinaris, aber das sagte ich ja.«

Silvanus hatte den medizinischen Erläuterungen, die Hani Rami sichtlich Freude bereiteten, mit wachsendem Interesse gelauscht. »Das mag ja sein, aber diese Wirkung, die du da beschreibst, klingt doch ganz harmlos. Wie erklärst du, daß der Mann augenscheinlich tot ist?«

»Vielleicht erinnerst du dich daran, was ich dir sagte, als wir die Leiche fanden.« Hanis Mundwinkel zuckten verhalten. »Ich sagte, auf die Menge kommt es an. In kleinen Mengen hat Bilsenkraut die Wirkung, die ich dir soeben beschrieben habe. Im Magen des Toten habe ich so viel davon gefunden, daß es den stärksten Eber hinweggerafft hätte, wenn du mir diesen Vergleich erlaubst.«

Silvanus war noch immer nicht ganz überzeugt. »Wenn ich mich an meine Kinderzeit erinnere, so schmecken Heiltränke äußerst widerlich! Wie, meinst du, hat der Mörder es geschafft, daß der Sklave so viel davon zu sich genommen hat?«

»Es stimmt schon, daß Heilkräuter in der Regel sehr unangenehm schmecken. Beim Bilsenkraut sind es aber vor allem die Blätter. Und die riechen überdies unappetitlich. Bei den Samen ist das nicht so auffällig. Man kann sie gut mit anderen Substanzen mischen, die den Geschmack überdecken, mit starkem Wein zum Beispiel.«

»Ja«, murmelte Silvanus, »wenn man bedenkt, daß Sklaven starken Wein nicht gewöhnt sind, könnte es gehen.« Er lehnte sich auf dem Stuhl zurück, schlug die Arme übereinander und dachte nach.

»Wir müssen den Toten dringend identifizieren«, stellte er fest, »dann wird sich herausstellen, ob sich der Verdacht, den ich hege, bewahrheitet. Ich denke, Crassus sollte sich ihn einmal ansehen.«

»Du hast recht. Wenn es ein Sklave von hier ist, wird Crassus ihn vermutlich verkauft oder zumindest schon einmal gesehen haben. Gehst du selber zu ihm?«

»Ja«, sagte Silvanus und erhob sich mit einem bedauernden Blick auf seinen halbvollen Becher. Seine Miene hellte sich auf. »Ich werde ihn sofort holen, ein bißchen Bewegung wird mir guttun. Wenn er den Toten kennt, kann ich deinen Wein doppelt genießen.«

*

Zu Hause angekommen, erwartete die Frauen eine Überraschung. In der hintersten Ecke der Taverne saß eine blasse, eingesunkene Gestalt, die Laelia nur mit Mühe als ihre sonst so lebhafte Schwester Offilia erkannte. Umringt von ihrer munter plappernden Kinderschar, hatte sie ihr Hereinkommen nicht bemerkt. Illicia und die Legionäre, die die schwere Reisetruhe hinter der Tür abgestellt hatten, blieben abwartend am Eingang stehen, während Laelia zu ihrer Schwester eilte. »Wo, zum Hermes, hast du die ganze Zeit gesteckt?«

Offilia zuckte schmerzvoll zusammen, antwortete aber nicht.

Laelia wurde wütend. »Könntest du dich dazu durchringen, mal zu sagen, was das soll? Uns hier mit den Blagen allein zu lassen? Und die gnädige Frau treibt sich in der Weltgeschichte herum und macht sich ein schönes Leben! Die dumme Familie kann ja sehen, wie sie allein zurechtkommt. Und Antiphon sitzt derweil in der Folterkammer! Du bist wirklich das mieseste, das mieseste ...« Laelia fand keines der gängigen Schimpfwörter passend genug.

An Offilia prallten die Vorwürfe ab wie Wurfgeschosse an einer Festung. Still saß sie da, ein wenig zusammengekrümmt, und schob dem Kind auf ihrem Schoß einen Löffel in den Mund. »Wenn du dich beruhigt hast, könnt ihr euren Kram wegbringen. Die Gäste werden sonst darüber stolpern.« Ihre Stimme war leise, und ungerührt fütterte sie ihr Kind weiter, während sie gleichzeitig den älteren Brotstücke in den Mund stopfte.

Laelia bat die Legionäre, die Truhe schon einmal nach oben zu bringen, Illicia solle ihnen den Weg zeigen, und stürmte in die Küche, auf der Suche nach Bibulus. Sie fand ihn beim Sichten der Vorräte. »Vater, was hat das zu bedeuten? Wo ist sie die ganze Zeit gewesen? Hat sie dir etwas gesagt?«

Bibulus drehte sich zu ihr um und schaute sie ernsthaft an. »Sieh an, meine zweite Tochter ist da, man hört es! Kannst du deinen armen alten Vater nicht erst einmal anständig begrüßen, wie es sich gehört, anstatt sofort auf ihn einzuschimpfen?« Betreten umarmte sie ihren Vater und gab ihm einen liebevollen Kuß auf die Stirn. »Entschuldige Vater, aber ...«

»Nichts aber«, schnitt Bibulus ihr das Wort ab. »Hast du nicht gemerkt, daß es Offilia nicht gutgeht? Sie kann sich vor Schmerzen kaum auf den Beinen halten. Jetzt ist sie endlich wieder da, und du hast nichts Besseres zu tun, als sie gleich mit Schimpfwörtern zu überhäufen. Schäme dich!«

›Bibulus, die gute Seele‹, dachte Laelia. ›Hat die alte Venefica* ihn wieder eingelullt.‹

»Aber, Vater«, versuchte sie ihn zu beschwichtigen.

Entrüstet griff Bibulus nach einem Topf und begann ihn nachdrücklich mit Sand zu scheuern.

»Was ist denn los mit Offilia? Was hat sie denn?« versuchte Laelia, Mitleid zu heucheln.

Bibulus ließ von dem Topf ab. »Ich weiß es doch auch nicht. Gestern abend ist sie zurückgekommen, kaum daß sie sich auf den Beinen halten konnte. Kreidebleich war sie. Dann hat sie sich hingelegt. Sie ist gerade erst aufgestanden, weil die Kinder keine Ruhe gegeben haben. Aber es geht ihr noch immer nicht viel besser. Sie sagt ja nichts! Ich weiß nicht, was ich machen soll. Kein Wort habe ich bisher aus ihr herausbringen können. Ich werde Monoculos gleich zu Hani Rami schicken. Der soll einmal nach ihr sehen.« Bibulus ließ sich hilflos auf einen Schemel sinken und füllte sich einen Becher mit Wein. Es schien nicht der erste zu sein, den er in seiner Sorge geleert hatte.

Laelia versuchte einzulenken. »Vielleicht sollte ich vorher noch einmal mit ihr sprechen, bevor wir Hani Rami behelligen. Wenn es nichts Ernstes ist ...«

Entsetzt hob Bibulus den Kopf. »Laß das besser sein. Ich fürchte, du machst alles noch viel schlimmer!«

Sie zuckte mit den Schultern. »Übrigens, Vater, Illicia bleibt eine Weile bei uns. Ihr geht es nicht so gut. Ich habe ihr das hintere Zimmer gegeben, in dem sie auch neulich übernachtet hat. Ist es dir recht?«

---

* Hexe.

»Natürlich, mein Kind, das weißt du doch! Was hat die Arme denn?« fragte Bibulus teilnahmsvoll.

»Ach, es ist weiter nichts, sie fühlt sich nur nicht so gut.« Bevor ihr Vater weiterfragen konnte, eilte sie aus der Küche und in ihr Zimmer. Dann schaute sie bei Illicia nach dem Rechten. Diese lag mit offenen Augen auf dem Bett und starrte abwesend aus dem Fenster. Laelia erkannte, daß ihre Freundin ein wenig Zeit für sich allein brauchte. »Soll ich dir irgend etwas bringen, eine Kleinigkeit zu essen oder einen Becher Wein?« fragte sie vorsichtig. Illicia schüttelte stumm den Kopf.

»Oder komm doch herunter, wenn es dir bessergeht. Ablenkung tut dir vielleicht ganz gut. Außerdem«, versuchte sie Illicia zu locken, »willst du doch bestimmt auch wissen, was Silvanus bei Hani Rami herausgefunden hat.«

*

Mit einem mürrischen Crassus im Schlepptau kehrte Silvanus zu Hani Rami zurück. Es hatte ihn kaum Überredungskunst gekostet, diesen von der Notwendigkeit seines Kommens zu überzeugen. Hani führte sie in seinen Kräuterraum. Auf dem Tisch, der schon Antigonos' Leiche getragen hatte, lag jetzt der unbekannte Sklave, bedeckt mit einem Leintuch. Hani Rami trat hinzu und schlug es zurück, so daß Crassus das Gesicht des Toten sehen konnte. Silvanus ließ den Sklavenhändler nicht aus den Augen, immerhin war auch er verdächtig. Crassus trat bereitwillig hinzu und stieß einen überraschten Laut aus. »Ja, den kenne ich!«

Silvanus, der sich so schnell wie möglich aus der Nähe des Toten begeben wollte, gab Crassus ein Zeichen, ihm zu folgen. »Wir reden draußen weiter.« In der Halle ließ er sich auf seinen Stuhl fallen und trank einen Schluck Wein. Crassus machte nicht den Eindruck, als wollte er etwas verbergen. Silvanus richtete seine volle Aufmerksamkeit auf ihn, der unentschlossen stehengeblieben war. Hani bot ihm einen Hocker an, auf den er sich schließlich niederließ.

»Erzähle mir alles, was du über den Toten weißt«, forderte Silvanus ihn auf.

»Ich habe mir wirklich nichts dabei gedacht«, begann Crassus, sich zu verteidigen.

»Niemand hat dir einen Vorwurf gemacht, bis jetzt! Sag schon, wobei hast du dir nichts gedacht?«

»Als Chares diesen Sklaven von mir gekauft hat.« Schweißtropfen zeigten sich auf Crassus' bleicher Stirn.

»Also Chares hat der Sklave gehört?« Silvanus war nicht überrascht, aber hoch befriedigt, daß sich sein Verdacht zu erhärten begann.

»Nicht direkt Chares, aber dem Tempel«, korrigierte Crassus. »Chares kam im Auftrag des Tempels. Man suchte einen kräftigen Sklaven für niedere Arbeiten.«

»So, so, einen kräftigen Sklaven. Hat er Näheres dazu gesagt?«

»Nein, nur daß er schwere Arbeit zu verrichten habe und darum besonders kräftig sein müsse.«

»Und du konntest ihm natürlich helfen!«

»Ja, das heißt, nicht sofort. So viele Sklaven habe ich nun auch wieder nicht vorrätig. Ich mußte ihm erst das Passende besorgen.«

»Wann war Chares denn das erste Mal in dieser Angelegenheit bei dir?«

Crassus runzelte vor Anspannung die Stirn. Man sah ihm an, wie die Gedanken dahinter Gestalt annahmen. »Ich weiß es doch nicht mehr genau!« Verzweiflung schlich sich in seine Stimme.

»So ungefähr wirst du es mir doch sagen können!« ermunterte ihn Silvanus.

»Es ist vielleicht zwei, drei Wochen her. Ja, natürlich!« Crassus atmete erleichtert auf. »Es fällt mir wieder ein. Er war kurz vor meiner letzten Fahrt nach Side bei mir, die liegt gerade zwei Wochen zurück. Chares war, glaube ich, drei Tage vorher da. Ich habe ihm nämlich gesagt, daß er sich bis zu meiner Rückkehr gedulden müsse, daß ich ihm aber den richtigen Mann besorgen würde.«

»Und? Wie hat Chares darauf reagiert?«

»Er war sehr ärgerlich. Als könnte ich im voraus wissen, welche Wünsche meine Kunden haben! Verlangt exklusive

Vorratshaltung, der weiß wohl nicht, was das kostet!« Bei dem Gedanken an Chares' Auftreten wurde seine Stimme lauter. Er sprang von seinem Stuhl auf und wanderte rastlos zwischen den Säulen herum. »So eine Unverschämtheit! Da will man es allen Leuten recht machen, versucht auch die ungesagten Wünsche zu erahnen und zu erfüllen, und wird dann beschimpft.«

Silvanus mußte sich anstrengen, Crassus wieder zum Thema zurückzubringen. »Ich sehe, du hast es schwer in deinem Geschäft! Wie ging es dann weiter?«

»Er sagte noch, gerade jetzt gäbe es viel zu tun, sie bräuchten schnell eine Hilfe. Aber schließlich blieb ihm nichts übrig, als zu warten. Ich habe ihm allerdings versprechen müssen, wirklich einen Sklaven für den Tempel mitzubringen. Ach ja, Chares wollte auch noch, daß er vertrauenswürdig sei. Ist doch lachhaft! Hat man jemals gehört, daß ein Sklave vertrauenswürdig ist? Ich bitte dich! Ich habe ihm gesagt, daß das ein wenig viel verlangt sei. Schließlich kann man es ihnen nicht an der Stirn ablesen. Außerdem sind die, die am unschuldigsten aussehen, meistens am gefährlichsten. Mir persönlich sind ja Sklavinnen lieber. Da habe ich Erfahrung.«

»Ja, ja. Und du hast ihm dann diesen mitgebracht, der da hinten liegt?«

»Genau. Ich war recht stolz, daß ich ihn gefunden hatte. Es war nicht einfach, kann ich dir sagen. Aber ich habe ja gute Kontakte aufgebaut in Side ...«

Silvanus unterbrach seinen Wortschwall. »Du hast ihn also gefunden! Fasse dich kurz!«

Crassus' Enthusiasmus erstarb abrupt. »Ja, und der Händler konnte ausgezeichnete Referenzen für diesen Sklaven vorweisen.« Crassus schnaubte verächtlich. »Du kannst dir wohl vorstellen, was das heißt!«

Silvanus konnte es sich nicht vorstellen.

»Nun, solche Referenzen sind etwa so glaubwürdig wie ein syrischer Händler. Wie willst du sie überprüfen, wenn der ehemalige Besitzer längst tot ist oder nach Rom zurückberufen wurde oder sonstwohin ...« Crassus setzte sich wieder und starrte gierig auf Silvanus' Becher, den dieser aber nicht aus der

Hand ließ. Hani Rami machte keine Anstalten, Crassus etwas anzubieten.

»Wie verhielt der Sklave sich eigentlich? Hattest du irgendwelche Probleme während des Transports?«

»Ja, allerdings! Kaum waren wir aus Side heraus, hat er sich mit einem anderen Sklaven geprügelt. Deswegen habe ich ihn in Ketten legen lassen. Chares hat sich mächtig darüber aufgeregt, weil er vom Eisenring Abdrücke an den Fußgelenken hatte. Aber er wollte ja unbedingt einen kräftigen Sklaven. Daß er außerdem noch makellos sein sollte, hatte er mir nicht gesagt. Der Sklavenhandel ist wahrlich ein undankbares Geschäft!«

»Wie ging es weiter?«

»Als ich von Side zurückkam, schickte ich Chares eine Nachricht, daß seine gewünschte Ware da sei.«

»Hat es lange gedauert, bis er den Mann abgeholt hat?«

»Ha, er ist direkt mit dem Boten zurückgekommen. Er konnte es wohl gar nicht mehr abwarten. Muß ihn mächtig gedrückt haben«, verschwörerisch zwinkerte er Silvanus zu, dann wurde er plötzlich ernst. »Sag mal, Silvanus, wie ist der Sklave überhaupt ums Leben gekommen? Ich dachte ...«

»Du dachtest, er sei das Opfer von Chares' extravaganten Liebesspielen geworden, nicht wahr?«

Crassus nickte. »Aber, warum machst du überhaupt so ein Theater, es ist doch nur ein Sklave!«

Silvanus ließ es dabei bewenden. »Ich danke dir, daß du mir so bereitwillig Auskunft gegeben hast.«

»Kann ich jetzt gehen?«

»Warte noch einen Augenblick! Es ist dir doch klar, daß du niemandem etwas über unser Gespräch erzählst? Wenn ich erfahre – und ich erfahre es mit Sicherheit! –, daß du mit irgend jemandem darüber gesprochen hast, weißt du ja, was passiert!«

Crassus wußte genau, was Silvanus meinte, und versicherte ihm eilig sein Stillschweigen. Er ging hinaus, froh, daß ihm keine Schuld angelastet wurde.

Hoch zufrieden machte es sich Silvanus so bequem, wie es der Stuhl zuließ, und trank schlürfend seinen Wein. Hani hüllte sich eine Weile in orientalischen Gleichmut. Als der Römer aber keinerlei Anstalten machte, von sich aus etwas zu sagen, siegte doch die Neugierde. »Wie kannst du diesem Menschen vertrauen? Einem Sklavenhändler und Bordellbesitzer?«

»Sei unbesorgt, Hani! Ich bin mir sicher, daß er schweigt. Schon um seiner selbst willen.«

»Wie du meinst. Was wirst du jetzt tun? Gehst du zu Chares und stellst ihn zur Rede?«

»Nein, nicht sofort. Es ist schon spät, und ich bin müde. Es besteht kein Grund, etwas zu übereilen. Für so etwas sollte man ausgeruht sein und wohl vorbereitet. Ich gehe jetzt zurück in die Taverne, lasse nach zwei Legionären schicken, die den Tempel unauffällig im Auge behalten sollen, falls doch etwas durchsickert, und dann werde ich eine Depesche an Marcus Antonius schicken. Ich kann mir vorstellen, daß er an dieser Neuigkeit interessiert sein wird.«

*

Laelia saß an ihrem Tisch in der Taverne über einer Übersetzung. Sie versuchte, das Geschrei der Kinder zu überhören, was nicht einfach war. Offilia hatte sich ins Bett gelegt, und ein glückstrahlender treusorgender Rubingetorix bemühte sich, ihr alle Wünsche von den Augen abzulesen. Von Zeit zu Zeit huschte er mit einem Tablett durch den Schankraum.

»Hoffentlich gibt es kein sechstes Balg!« schickte Laelia einen Seufzer gen Himmel und wandte sich wieder ihrem Text zu. Sie kam nicht so recht in Fluß. Was Hani Rami wohl herausgefunden hatte? Wann Silvanus wohl den Fall gelöst haben wird? Daß er ihn lösen würde, daran zweifelte sie nicht. Ungeduldig schaute sie zur Tür. Wenn er nur endlich käme! Ärgerlich kratzte sie sich mit ihrem Griffel am Kopf. Es hatte keinen Zweck, an dieser Übersetzung zu arbeiten. Nach der anstrengenden Reise hatte sie jetzt sowieso keine Lust mehr dazu. Sie räumte ihre Utensilien zusammen und brachte sie in ihr Zimmer zurück. Vorsichtig öffnete sie Illicias Zimmertür einen Spalt. Illicia lag mit geschlossenen Augen auf dem Bett, ihre Brust hob und senkte sich gleichmäßig. Sie schlief, leise schloß Laelia die Tür. Wie sie ihre Freundin kannte, würde sie auch diesen Kummer verschmerzen. Wie schön wäre es, wenn Illicia einmal einen jungen Mann treffen würde, keinen hohen Staatsmann, nicht verheiratet, aber intelligent, gebildet und zudem noch nett, eben einen zum Verlieben ..., sie seufzte. Vor allem unverheiratet!

In diesem Moment hörte sie unten jemanden hereinkommen. Schwere Schritte erklommen die enge Treppe, dann stand Silvanus vor ihr.

»Laelia? Was stehst du hier im Dunkeln herum und erschreckst mich?«

»Silvanus!« rief sie erfreut aus, senkte aber sofort die Stimme. »Kommst du mit auf mein Zimmer?« flüsterte sie ihm zu.

»Wie gern würde ich das, meine Laelia! Aber ich muß sofort Marcus Antonius berichten. Du könntest mir allerdings einen Gefallen tun! Ich brauche etwas zum Schreiben, kannst du mir das besorgen?« Vielsagend lächelte er sie an.

Laelia eilte davon und brachte ihm das Verlangte. Kaum hatte sie die Tür hinter sich geschlossen, fiel sie ihm in die Arme, und sie küßten sich ausgiebig, bis Silvanus sie sanft von sich schob.

»So, meine Laelia, das hätten wir also erledigt. Jetzt kommt der Brief an die Reihe und dann ...«

Laelia nestelte unzüchtig an seiner Tunika herum.

»Laß das!« brummte er.

Laelias Kopf war unter der Tunika verschwunden, sie konnte ihn nicht gehört haben, denn sie ließ keineswegs von ihrer Tätigkeit ab. Die fand Silvanus eigentlich doch nicht so störend. Soviel Zeit muß sein, dachte er und schloß die Augen.

Schließlich kam er doch noch dazu, die Botschaft an Marcus Antonius zu verfassen. Laelia saß lächelnd neben ihm und sah ihm dabei zu.

»Willst du mir jetzt sagen, was du von Hani erfahren hast?«

»Ich muß erst die Nachricht schreiben. So lange wirst du dich gedulden müssen! Sei doch so gut und hole mir etwas zu essen. Ich habe einen Wolfshunger. Etwas zu trinken wäre auch schön! Würdest du das für mich tun?«

»Das fängt ja gut an! Schließlich sind wir nicht verheiratet.«

Silvanus zuckte zusammen.

Laelia tat es sofort leid, daß ihr das herausgerutscht war. »Natürlich, ich hole dir etwas.« Sie stand auf und verschwand.

Silvanus beendete seine kurze Mitteilung an Antonius und rollte sie zusammen, um sein Siegel darauf zu drücken. In diesem Moment kam Laelia mit einem gefüllten Tablett zurück. Sie hatte alles eingesammelt, was sie in der Küche hatte finden können. Die Zusammenstellung war ungewöhnlich, versprach aber Sättigung. Silvanus betrachtete zweifelnd den gesalzenen Trockenfisch, der auf einem Büschel Raute nett angerichtet war, aber ein wenig streng roch. Dazu gab es ein Schälchen mit Gerstenbrei, der, schon kalt, wahrscheinlich von heute morgen übriggeblieben war. Silvanus beschränkte sich auf ein Stück Brot, Ziegenkäse und ein paar Oliven. Beim Wein konnte selbst Laelia nichts verkehrt machen. Sie hatte einen Krug gewürzten Falerners mitgebracht, von dem er ihnen beiden einen Becher einschenkte.

Dann legte er sich auf sein Bett, zog Laelia neben sich und erzählte ihr alles, was er von Hani Rami gehört hatte.

»Damit könnte alles klar sein. Bis auf das Motiv. Und das werden wir morgen herausfinden. Jetzt muß ich nur noch einen Kurier auf den Weg schicken. Vielleicht wird Antonius morgen dabeisein wollen.« Unsicher betrachtete er Laelia, während er mit dem Finger über ihre Augenbrauen strich. »Was ist mit Illicia? Wie geht es ihr?«

»Ich habe vorhin nach ihr gesehen. Da hat sie geschlafen. Es geht ihr nicht besonders.«

»Was ist denn jetzt mit ihr und Antonius? Ist etwas vorgefallen?«

»Ich weiß es nicht. Sie hat noch nichts gesagt. Aber Illicia ist immer für klare Verhältnisse. Die Sache mit Antonius ist aussichtslos, da macht sie sich keine Hoffnungen. Aber diesmal ist es wirklich ernst. So verliebt habe ich sie seit unserer Jugendzeit nicht erlebt. Und ich kann sie ja auch verstehen! Antonius ist ein sehr gutaussehender Mann! Noch dazu gebildet und charmant. Illicia mag so etwas. Ich übrigens auch!«

Laelias Mund suchte sich einen Weg, den Hals hinab, in den Ausschnitt seiner Tunika.

»Laelia! Laß das! Ich muß den Brief wegbringen.« Er machte sich aus Laelias Umklammerung frei, ordnete seine Tunika und verließ fluchtartig die Kammer. In der Tür wandte er sich noch einmal zu ihr um. »Und daß du diesen Raum nicht verläßt! Ich habe noch etwas mit dir vor!«

Silvanus kehrte zurück und fand Laelia schlafend auf seinem Bett. Eine Schriftrolle lag lose zusammengerollt auf dem Boden. Er hob sie auf. Aha, Catullus! Zärtlich betrachtete er ihre friedlichen Gesichtszüge. Leise legte er sich auf das Bett und kuschelte sich an sie. Mit ihrem Geruch in der Nase schlief er ein.

*

Es war schon spät, als Laelia erwachte. Vorsichtig, um Silvanus nicht zu wecken, stand sie auf und ging nach unten. In der Küche traf sie eine geschäftig hantierende Illicia an.

»Was machst du denn da?« fragte sie überrascht. »Das brauchst du doch nicht! Es ist doch nicht viel los, das kann Thabea doch machen!«

Illicia rang sich ein Lächeln ab. »Du hast doch selbst gesagt, Abwechslung tut mir gut! Ich habe beschlossen, daß du recht hast! Außerdem ist einiges liegengeblieben in unserer Abwesenheit. Irgend jemand muß hier schließlich mal aufräumen! Die Sklaven sind auch nicht mehr das, was sie einmal waren. Ist Silvanus noch nicht da?«

»Doch, doch, er ist da. Er schläft oben.«

»Gibt es etwas Neues? Hat er etwas gesagt?«

»Ja! Der Fall ist ziemlich klar!«

Illicia vergaß vor Überraschung ihren eigenen Kummer. »Das sagst du mir erst jetzt? Nun mal heraus mit der Sprache, wer war es?«

»Er sieht so aus, als sei es Chares gewesen!«

»Was? Chares? Dieser Wicht hat Antigonos ermordet? Er war doch in Milet, denke ich!«

»Nein, nicht Antigonos hat er ermordet, sondern den Sklaven!«

»Aber wer hat denn dann Antigonos ermordet?«

Laelia hielt ihr zugute, daß die Liebe ihr den Verstand vernebelt hatte, und erklärte geduldig die Zusammenhänge.

»Aber warum denn nur? Warum mußte Antigonos sterben?«

»Das wird sich morgen herausstellen.« Laelia zögerte einen Moment. Sollte sie Illicia von dem Brief erzählen, den Silvanus an Antonius geschrieben hatte? Besser, sie wußte davon. Sonst gäbe es morgen womöglich eine böse Überraschung, wenn er plötzlich vor der Tür stand.

»Äh, Silvanus hat eine Depesche an Antonius geschickt.«

Illicia wandte sich den Lebensmitteln zu, um sie in die Regale einzuordnen. »Ach ja?« registrierte sie scheinbar uninteressiert.

»Ja, er meinte, Antonius wäre vielleicht gern dabei, wenn er Chares verhört. Es kann also gut sein, daß Antonius hier vorbeikommt.« Laelia wartete ab, wie Illicia auf diese Eröffnung reagieren würde.

»Natürlich, das kann ich mir vorstellen!« erwiderte sie nur.

Laelia war verunsichert. »Nun erzähle mir doch, was zwischen Antonius und dir ist!« bat sie eindringlich.

Illicia beschäftigte sich noch immer mit den Vorräten. »Was soll schon zwischen uns sein?«

»Du weißt genau, was ich meine!«

»Wir hatten eine schöne Zeit zusammen, aber sie ist nun vorbei! Du siehst, es ist wirklich nichts zwischen uns. Nichts mehr. Ich habe ihm gesagt, daß es mir immer schwerer werden würde, ihn verlassen zu müssen, je länger es dauert. Darum habe ich beschlossen, gleich Schluß zu machen.«

Laelia nickte traurig.

⋆

Silvanus hatte einen der Korbsessel an das Fenster gerückt und blickte versonnen auf den im Mondschein liegenden Tempel. Von unten aus der Taverne klangen gedämpfte Stimmen und Lachen zu ihm empor. Er hatte keine Lust auf den Trubel dort unten, er brauchte Ruhe zum Nachdenken.

Von diesem Tempel ging eine seltsame Faszination aus, fand er, und das undefinierbare Gefühl der Andersartigkeit dieses Ortes erfüllte ihn von neuem. Das laute Zirpen der hiesigen Zikaden, das sich anhörte wie das schnelle, rasselnde Atmen eines Lebewesens, trug dazu bei, diese geheimnisvolle Stimmung noch zu verstärken.

»Oh Apollon«, dachte er, »was für eine Woche. Wie sehr hat sich mein Leben verändert. Habe ich das dir zu danken?« Die Zeit hier kam ihm viel länger vor, nicht wie einige Tage, eher wie Wochen, Monate. Das Leben in Rom war weit weg, Lucida war weit weg, als gehöre das alles einer anderen Epoche an. Die Menschen in diesem Ort waren zu seinen Vertrauten, manche sogar zu Freunden geworden. Und natürlich Laelia. Was sollte er tun, nun, da sein Auftrag fast erfüllt war? Er liebte sie, das wußte er inzwischen, aber er würde mit Antonius weiterziehen müssen. Mußte er wirklich? Es war ja seine Entscheidung, er konnte jederzeit seinen Posten bei Antonius aufgeben. Aber sein Ziel war es gewesen, die politische Leiter zu erklimmen. Und nun, da er diesen hochsensiblen Fall hoffentlich bald gelöst haben würde, stand ihm alles offen. Antonius hatte es selbst gesagt, und Antonius stand zu seinem Wort. Sollte er auf all das verzichten? Auf eine glänzende Karriere, an deren Ende vielleicht sogar das Amt des Konsuls stehen konnte? Reiche Provinzen, denen er als Statthalter vorstehen würde? Paßte in dieses Bild eine Frau aus der Provinz Asien? Eine halbe Griechin? Eine Scheidung von Lucida wäre kein Problem, in Rom gehörten Scheidungen zum Alltag – aber wollte er sich wirklich von Lucida trennen? Gedankenspielereien waren einfach, eine definitive Entscheidung zu treffen dagegen eine ganz andere Sache. Und die Ehe mit einer halben Kleinasiatin würde ihm zum Nachteil gereichen. Als Affäre ja, sicher würde es Tuscheleien und Anspielungen geben, damit konnte man leben, das machte auch Antonius, aber würde Laelia so etwas mitmachen? Sollte er sie nach Rom mitnehmen, als seine Geliebte? Aber er wollte sie auch nicht aufgeben, er konnte sie nicht aufgeben. Allein von dem Gedanken an das, was sie vorhin mit ihm gemacht hatte, bekam er wieder weiche Knie.

Andererseits, was machte er sich für Gedanken? Um Konsul zu werden, mußte man militärische Erfahrungen vorweisen, Befehlshaber gewesen sein. Und das würde er nie werden. Das Kriegshandwerk war nicht seine Leidenschaft, würde es nie sein. Aber auch Cicero hatte nie viel Begeisterung für die Legionen gezeigt und war trotzdem Konsul geworden. Die Zeiten hatten sich geändert.

›Ach, Apollon, was soll ich tun?‹ Abwarten, beschloß er. Das Problem mußte ja nicht sofort gelöst werden. Vordringlich war jetzt, zu überlegen, wie er Chares überführen konnte. Denn daß dieser der eigentliche Mörder war, daran hatte er wenig Zweifel. Der tote Sklave war Beweis genug. Würde Chares der Prozeß gemacht werden, er wäre so gut wie verurteilt. Einfacher wäre es, gäbe der Priester seine Schuld zu. Dann konnte Antonius, wenn er wirklich morgen käme – was Silvanus bezweifelte, führte er doch gerade die Verhandlungen mit den Parthern –, der versammelten Priesterschaft und dem Volk von Didyma den überführten Mörder vorführen und alsbald hinrichten lassen. Und dann? Damit stand er wieder am Anfang seiner Gedankenkette.

Er überlegte gerade eine passende Strategie, um Chares zum Gestehen zu bringen, als es zaghaft an der Tür klopfte. Laelia huschte herein. Sein Herz machte einen Sprung, doch als er ihren Gesichtsausdruck bemerkte, wußte er, daß auch sie über ihre Zukunft nachgedacht hatte. Sie rückte einen Sessel neben den seinen, griff nach seiner Hand und sagte: »Silvanus, was soll werden? Wirst du gehen, wenn der Fall abgeschlossen ist?«

»Mea Carissima, ich weiß es nicht. Vielleicht bleibt Antonius ja noch länger in Ephesos, dann kann ich häufig herkommen. Vielleicht überträgt er mir auch ein Amt dort, und ich muß nicht mit ihm weiterziehen.«

»Du wirst also mit ihm gehen, wenn er das will?«

»Ich werde mit ihm sprechen, was sich machen läßt. Ich will nicht von dir fort, meine Laelia, aber wenn Antonius sagt, komm, dann werde ich gehen müssen. Ich bin schließlich eine Verpflichtung eingegangen.«

Laelia schaute bekümmert auf den Boden und sagte leise: »Bist du nicht auch mir gegenüber eine Verpflichtung eingegangen?«

Natürlich wußte Silvanus, daß man mit unverheirateten Mädchen nicht die Nächte verbringen durfte, es sei denn, man würde später die Ehe eingehen. Und er wußte, er könnte sich selbst nie wieder in die Augen sehen, würde er dieses ihm so wertvolle Mädchen sitzenlassen. Das Problem war nicht seine bevorstehende Abreise – römische Männer waren häufig unterwegs, besonders wenn sie mit Angelegenheiten der Politik und des Heeres befaßt waren –, sondern Lucida.

»Ja«, sagte er, »das bin ich. Und ich stehe dazu. Du weißt, wie sehr ich dich liebe. Aber, meine Laelia, gib mir Zeit, mich von Lucida zu lösen. Außerdem habe ich Angst, du könntest dich nach einer Weile eines Besseren besinnen und dich einem anderen zuwenden. Was mache ich dann?«

Laelia sah ihm in die Augen. »Bei Apollon, davor brauchst du wirklich keine Angst zu haben. Ich kann dir versichern, ich weiß, daß du für mich derjenige bist, mit dem ich mein Leben verbringen möchte.«

Er hob sie hoch und trug sie zu seinem Bett.

»Eines Tages werde ich vor deiner Tür stehen und bei dir bleiben.«

Damit war das Gespräch beendet, und sie widmeten sich anderen Dingen.

XI

Als er am nächsten Morgen erwachte, lag Laelias Kopf an seiner Schulter. Die Sonne stand schon hoch, doch er hatte keine Eile. Liebevoll weckte er das Mädchen. Verschlafen schmiegte sich Laelia enger an ihn, doch als er ihr Gesicht mit zarten Küssen bedeckte, erwachte auch in ihr die Leidenschaft von neuem.

Als sie zufrieden nebeneinanderlagen, fragte Silvanus: »Wo war denn Offilia nun eigentlich? Hatte ihr Verschwinden etwas mit Antiphon zu tun?«

Laelia schüttelte den Kopf. »Nein, ich habe sie gestern noch gefragt. Sie will mit dir sprechen, wegen Antiphon. Ich habe ihr bittere Vorwürfe gemacht, aber als sie den Grund ihres Verschwindens erklärte, hatte ich sogar ein etwas schlechtes Gewissen. Weggegangen ist sie, weil, nun, sie war wieder schwanger, und in Milet gibt es einen guten Arzt, der in solchen Notlagen hilft. Sie sagte, es war einfach zuviel auf einmal, darum habe sie nicht aussagen können. Ich glaube es ihr sogar. Auf der anderen Seite hat sie selber schuld. Das muß heutzutage ja nun wirklich nicht mehr vorkommen.«

Laelia hatte Silvanus von ihren Vorsichtsmaßnahmen erzählt. Der hatte erstaunt die Augenbrauen hochgezogen, ihre Umsicht bewundert und sich nicht getraut zu sagen, daß er selbst sehr wenig über das Thema wußte. Praktiziert hatte er – außer mit Lucida, mit der er sich am Anfang Kinder ersehnt hatte, aber nie welche bekam – meistens den Interruptus, wie auch die meisten seiner Freunde. Man tauschte sich ja aus. Nach übereinstimmender Meinung war dieser nicht unbedingt befriedigend, aber durchaus wirksam – meistens. Er zwang seine Gedanken wieder in die richtige Richtung. »Ich denke, ich werde sie nicht mehr befragen müssen. Die Sache scheint ja klar zu sein. Ich werde jetzt gleich zu Chares gehen und ihn festnehmen. Wenn ich Glück habe, gesteht er. Antiphon wird wegen Bestechung angeklagt, dann nach Delphi ausgeliefert. Tollimos' Hausarrest kann ich nun wohl aufheben. Aber jetzt muß ich gehen, meine Laelia, so schwer es mir fällt.« Er setzte sich auf.

Laelia schluckte. »Paß auf dich auf, mein Silvanus, Chares könnte gefährlich sein.«

Ganz andere Dinge hatte sie ihm sagen wollen. Vielleicht war dies ihr letztes Zusammensein. Aber Stolz und die Angst, sie könnte sich nicht beherrschen und die Tränen zurückhalten, die gerade morgens locker saßen, hinderten sie.

Er bemerkte es. »Es war wunderschön, Laelia. Und mach dir keine Sorgen, ich komme wieder.« Er gab ihr einen Kuß, stand auf, zog sich an und ging.

Ein kurzes Frühstück. Er war aufgeregt. Wie würde Chares reagieren? Als die beiden Legionäre, die Monoculos geholt hatte, zur Tür hereinkamen, erhob er sich.

Vor der Taverne blieb er stehen und lauschte. Pferde? O Jupiter! Die herannahenden Reiter waren jetzt deutlich zu sehen. Der purpurne Feldherrenmantel konnte nur einem Menschen gehören, Marcus Antonius! Silvanus hatte gehofft, der Imperator würde erst eintreffen, nachdem Chares gestanden hatte, nachdem alles geklärt war, wenn überhaupt. Nun würde er dabeisein, welch unangenehmer Gedanke.

Marcus Antonius zügelte sein Pferd aus vollem Galopp in den Stand und sprang leichtfüßig herab. »Salve mein Silvanus. Es freut mich, daß du erfolgreich warst. Wo ist denn der verkommene Mensch?«

»Salve Marcus Antonius. Ich bin gerade auf dem Weg, ihn festzunehmen. Er ist noch im Tempel. Wirst du mich begleiten?«

Er war erleichtert, als Antonius erklärte, er könnte ruhig schon vorgehen. »Mich gelüstet nach einer Erfrischung, dem guten Falerner dieser Taverne. Weißt du zufällig, ob Illicia hier ist?«

Apollon sei Dank, das ließ ihm Zeit. Bis die beiden fertig waren, würde er hoffentlich seine Arbeit beendet haben.

»Ja, sie müßte hier sein. Ich habe sie zwar noch nicht gesehen, aber sie hat hier übernachtet.«

Antonius lachte. »Du hast eher anderes gesehen, nicht wahr? Du siehst gut aus, mein Silvanus, aber es ist ja auch nicht mehr früh am Tag. Sind die Lenden erschöpft, arbeitet das Gehirn besser, sagt man. Kannst du das bestätigen?«

Silvanus war verlegen. Antonius liebte es zwar auch, bis in die späten Morgenstunden zu schlafen, war aber dafür bekannt, bei wichtigen Anlässen mit nur wenig Schlaf auszukommen. Die Festnahme dieses Mordverdächtigen war ein wichtiger Anlaß.

»Nun, mein Imperator, ich, äh, war noch etwas erschöpft von den vergangenen Tagen. Laelia hat damit nichts zu tun.«

»Nicht?« Antonius lächelte gutmütig. »Dann habe ich dich überschätzt.« Er schritt auf die Taverne zu. »Ach, übrigens, Silvanus«, er wandte sich noch einmal um, »heute morgen kam eine Frau zu meinen Leuten und fragte nach dir.«

Der Schreck zeichnete sich deutlich auf Silvanus' Gesicht ab. Lucida! Bei allen Göttern! Was sollte er jetzt tun? »Und?« stammelte er. Mehr brachte er nicht heraus.

Antonius hatte ihn genau beobachtet. »Ho, ho, ho!« lachte er jetzt dröhnend. »Da habe ich dich aber erwischt, was? Nun, beruhige dich, mein Freund, es ist keine Frau gekommen, und wäre es so gewesen, ich hätte sie weggeschickt. Habe ich doch deine Nachricht an meine Leute gesehen, und du kannst mir glauben, ich kenne die Situation. Du kannst dich auf mich verlassen. Salve.« Immer noch lachend, betrat er die Taverne.

Ein wenig ärgerlich, aber erleichtert machte sich Silvanus auf den Weg zum Tempel. Er liebte es nicht, wenn auf seine Kosten solche Späße gemacht wurden. Zugegeben, Antonius war bekannt dafür, und er, Silvanus, hatte so manches Mal beim Wein über diese Witze herzlich gelacht. Aber die waren gegen andere gerichtet gewesen, nicht gegen ihn. Nun gut, Lucida kam nicht, das war das Wichtigste, und jetzt galt es, Chares zu überführen.

Silvanus ging mit den Legionären zuerst zur Orakelkanzlei. Er hatte Glück, Chares war dort, dicht hinter einem jungen Steinmetz, der einen Orakelspruch in Stein schlug.

»Chares, ich habe mit dir zu reden.« Silvanus sprach mit Autorität. »Schick bitte den Jungen hinaus!«

Chares hatte überrascht aufgesehen. Als er die Legionäre bemerkte, zuckte ein Anflug von Panik über sein Gesicht, schnell aber hatte er sich wieder in der Gewalt. »Natürlich, Dionysios, bitte laß uns allein.«

Der Junge verschwand.

»Was kann ich für dich tun, Silvanus?« fragte Chares höflich.

Silvanus sah eindringlich auf ihn hinab. In solchen Situationen war seine Größe eine wahre Gabe der Götter, er konnte fast jeden Mann einschüchtern. »Chares, vermißt du nicht einen Sklaven?« Silvanus machte eine effektvolle Pause.

In Chares Augen flackerte die Angst wieder auf, fast konnte man sehen, wie die Gedanken durch sein Gehirn jagten. »Ich? Nein, ich vermisse keinen Sklaven. Wie kommst du darauf, Silvanus?«

Fast freundlich sagte Silvanus: »Wirklich nicht? Denke noch einmal nach, Chares! Einen Sklaven, jung und kräftig, der Eisenringe trug?« Er ließ Chares nicht aus den Augen, jede Reaktion war wichtig.

Dieser bemühte sich, seine Stimme unter Kontrolle zu halten, ruhig zu sprechen. Seine Anspannung war nur an dem krampfhaften Kneten seiner Finger ersichtlich. »Ach ja, jetzt erinnere ich mich. Mir fehlt tatsächlich ein Sklave. Er war aufsässig, darauf habe ich ihn im Gewölbe angekettet. Es war kein guter Kauf. Ich hatte seine Versorgung einem anderen Sklaven übertragen, und der erzählte, Poti, ein Thraker übrigens, sei davongelaufen. Wie er sich allerdings von den Ketten befreien konnte, war mir ein Rätsel. Der andere wird da wohl ein wenig nachgeholfen haben, darum habe ich ihn auch gleich verkauft, an einen Prozessionsteilnehmer. Ihr habt Poti gefunden? Sofort werde ich veranlassen, daß er gebührend bestraft wird.«

Silvanus betrachtete den fettleibigen Priester beinahe genüßlich. »Du brauchst ihn nicht mehr zu bestrafen, er ist tot.«

Chares trat Schweiß auf die Stirn, die Betroffenheit in seiner Stimme versuchte er diesmal nicht zu verstecken. »Der ist tot? Oh. Wo habt ihr ihn denn gefunden?«

»Im Bach. Weißt du, Chares, ich frage mich, warum du den Verlust des Sklaven nicht angezeigt hast. War er doch ein junger, kräftiger Mann, zudem nicht billig, wie ich erfuhr. Ich dachte, der Tempel leidet unter ständigem Geldmangel?« Silvanus sprach noch immer freundlich.

Chares' Finger kneteten heftiger. »Nun ja, ich habe sein Verschwinden erst ein paar Tage später bemerkt, und da dachte ich, er sei sowieso schon über alle Berge, und habe nicht mehr nach ihm suchen lassen. Ich wußte ja nicht, daß er im Bach ertrunken ist. Außerdem war er unbrauchbar.« Er versuchte abzulenken. »Ich danke dir, Silvanus, daß du mir diese Nachricht bringst, Sklaven, die Fluchtversuche machen, ermuntern die anderen. Wenn das aber tödlich endet, hat es den gegenteiligen Effekt. Ich hatte schon überlegt, die gesamte Sklavenschaft auszutauschen, das brauche ich jetzt zum Glück wohl nicht mehr zu tun. Wenn erst einmal einer die anderen auf den Gedanken gebracht hat ...«

»Du hast recht«, unterbrach Silvanus ihn mit ernster Stimme. »Solche Elemente muß man entfernen. Aus jeder Gruppe von Menschen. Gerade deshalb verstehe ich nicht, warum du nicht nach ihm hast suchen lassen. Du hättest doch ein Exempel statuieren können. Den anderen Sklaven, sagst du, hast du gleich verkauft, an einen Prozessionsteilnehmer. Poti aber wolltest du laufenlassen? Es paßt nicht zueinander, was du mir erzählst, Chares. Und wer hat gesagt, Poti sei ertrunken?«

Chares begann, leicht zu zittern. Stotternd hob er an: »Aber, du sagtest doch, im Bach ... Und was der andere Sklave erzählte, ach, ich weiß nicht mehr so genau. Ich bin ein friedliebender Mensch, Silvanus, solche Angelegenheiten liegen mir nicht, vielleicht habe ich auch etwas verwechselt.«

Jetzt wurde Silvanus' Tonfall drohend. »Poti ist vergiftet worden, mit Bilsenkraut! Und er hatte delphische Sandalen an den Füßen, Priester, Sandalen, von denen wir einen Abdruck auf dem Gewand des Antigonos gefunden haben. Gestehe, du hast den Thraker extra dafür gekauft, daß er Antigonos umbringt.« Silvanus war immer näher an den jetzt stark schwitzenden Priester herangetreten, bis er ihn an die Wand gedrängt hatte. »Und dann hattest du Glück. Praktisch, daß der Delphier mit Bestechung arbeitete, so fiel der Verdacht sofort auf ihn. Die Spiele, die Sandalen, der Delphier, es paßte alles wunderbar! Dann mußte nur noch der Sklave verschwinden. Bilsenkraut mit Wein ist ein gutes Mittel, nicht wahr? Alles lief wie gewünscht, fast perfekt. Dummerweise wurde der tote Sklave zu früh gefunden. Konntest du ihn nicht länger in deinem Gewölbe behalten, fing er an stinken? Da hast du ihn in den Bach geworfen. Sollte man ihn irgendwann finden, würde man denken, er sei ertrunken, äußere Verletzungen hatte er ja keine. Du dachtest ja, wir hätten unseren Mörder.«

Eine neue Pause, um das Gesagte wirken zu lassen. Chares atmete schwer, seine Beine zitterten.

Silvanus fuhr fort: »Du widerlicher Lüstling! Antigonos hat dich abgewiesen, er wollte dich nicht. Das konntest du nicht verkraften! Nicht wahr? Weißt du, welche Strafe auf Mord aus homosexuellen Motiven steht, nach römischem Recht? Kreuzigung? Nein, viel zu milde. Den wilden Tieren im Circus vorwerfen? Nein, nein! Die Täter werden aufgespießt, wie sie es mit ihren Opfern gemacht haben – oder machen wollten. Aber auf Pfähle natürlich. Kein schöner Tod, Chares. Langsam, ganz langsam geht das.«

Natürlich entsprach dies keineswegs der Wahrheit, war aber ein wirksames Mittel, dem Priester ein Geständnis zu entlocken, fand Silvanus. Sollte sich dieser Mörder seinen eigenen Tod doch ausmalen. Meistens führte eine solche Taktik zum sofortigen Erfolg. »Gestehst du allerdings, wird dir eine mildere Todesart zugesichert werden. Du kannst es dir überlegen.«

Chares gab seinen Widerstand auf, ihn verließ alle Kraft, und er sank an der Wand in sich zusammen. »Du hast unrecht«, sagte er leise, resigniert, »nicht aus sexuellen Motiven. Es war ganz anders.«

Silvanus wandte sich befriedigt von ihm ab und setzte sich.

»Wie?«

Donnernd wurde die Tür aufgerissen. Marcus Antonius, mit wehendem Purpurmantel und schimmerndem Brustpanzer, stürmte herein.

»Wie weit bist du?« fragte er unwirsch. Seine Augen blitzten vor Zorn.

›Illicia hat ihn abgewiesen‹, schoß es Silvanus durch den Kopf, ›bei Apollon, nach allem, was ich weiß, passiert ihm das nicht oft, eher nie. – Jetzt verstehe ich, warum seine Feinde ihn so fürchten, warum er jede Schlacht gewinnt. Sein Anblick ist wahrhaft furchterregend.‹

»Er hat gestanden, Imperator.«

Antonius blickte kurz auf die Legionäre, diese nickten bestätigend. »Gut. Bist du fertig mit ihm?«

»Nein. Er wollte gerade schildern, wie es gewesen ist.«

»So schildere, Priester.« Ein bohrender Blick traf Chares, als Antonius sich setzte. »Ich höre.«

»Antigonos mußte nicht deswegen sterben, nicht, weil er mich abwies. Es war ganz anders«, wiederholte Chares verzweifelt.

»So?«

Und jetzt berichtete Chares. Es war, als verspüre er Erleichterung, alles sagen zu können. Antigonos, so begann er, sei ein vielversprechender junger Mann gewesen. Intelligent, sportlich, gutaussehend, gläubig. Man war froh, ein solches Talent in seinen Reihen zu haben, Vigolos sah ihn schon als zukünftigen Prophetes. Daß seine finanziellen Mittel begrenzt waren, war bekannt, da hätten sich Möglichkeiten finden lassen. So wurde Antigonos besonders gefördert.

»Wie ich dir schon sagte, Silvanus, ich habe ihn begehrt, aber ich zwinge keinen. Auch Ablehnungen kann ich verkraften. Es gibt genug andere.« Er fuhr fort. Am Anfang hätte alles sehr gut ausgesehen. Antigonos lernte schnell. Irgendwann jedoch, den genauen Zeitpunkt könne er nicht mehr bestimmen, wandelte sich der Junge. Er wurde stiller, seine religiösen Ansichten strenger, die Diskussionen und Gespräche über Kulttraditionen und Ämter zu Streit. Antigonos zog sich zurück. »Ich weiß noch, wie wir uns wunderten, Vigolos und ich, was wohl mit ihm geschehen sei. Als wir erfuhren, daß er Illicia heiraten wollte, dachten wir, das hätte vielleicht seine Veränderung bewirkt. Möglich, daß Tollimos sein Versprechen gebrochen und Illicia oder Antigonos selbst etwas von seinen damaligen Machenschaften erzählt hatte. Ihr müßt wissen ...«

Silvanus unterbrach. »Wir wissen davon«, und an Antonius: »Tollimos hat damals gegen Bezahlung Orakelsprüche gefälscht.«

Antonius zog erstaunt eine Augenbraue hoch. Auch Chares war überrascht. »Das weißt du? Nun gut. Du hattest ja genug Zeit, es herauszufinden.« Er nahm seinen Bericht wieder auf. »Gut zwei Wochen vor den Spielen kam Vigolos zu mir. Er wisse jetzt, was mit Antigonos los sei. Der Junge hatte von den Orakelabsprachen mit den Parthern erfahren.«

Er hielt inne, denn sowohl Silvanus als auch Marcus Antonius hatten einen Laut des Erstaunens von sich gegeben.

»Ihr habt für die Parther Orakel gefälscht?« fragte Silvanus ungläubig nach. »Für die Parther?«

»Ja, für die Parther. Wie für andere auch. Der Tempel baut sich nicht von selbst. Antigonos, dieser Schnüffler, hatte mich vor einiger Zeit mit einem der Parther gesehen und belauscht. Wir hatten uns des Nachts getroffen, verkleidet. Da Antigonos sich nicht sicher war, unternahm er zunächst nichts. Danach aber hielt er die Augen offen, suchte nach Unregelmäßigkeiten und schlich eines Abends hinter mir her, als ich wieder mit dem Parther verhandelte. Da entschloß er sich, Vigolos davon zu unterrichten. Dieser Dummkopf, der Prophetes war doch derjenige, der mit der ganzen Fälscherei wieder angefangen hat. Damals, als Tollimos entdeckt wurde, war Vigolos Stephanephoros und mußte sich mit dem Betrug befassen. Das hatte ihn auf den Gedanken gebracht, in seinem Amtsjahr als Prophetes dasselbe zu tun, allerdings nicht nur bei Privatpersonen, sondern in großem Stil bei den politischen Orakeln. Ich habe mitgemacht, aber die Kontakte geknüpft, die Angebote gemacht hat Vigolos.« Chares machte eine Pause.

Antonius saß nachdenklich da, Silvanus war vollkommen gefangen von dem Bericht.

»Kann ich etwas zu trinken bekommen?« fragte Chares.

Antonius schickte einen der Legionäre mit einer Kopfbewegung los. »Bring drei Becher! Nein, für euch auch, also fünf. Bring den besten Tempelwein, den du finden kannst. Er ist sowieso von den Parthern bezahlt. Oder von anderen.«

»Weiter«, forderte Silvanus. »Für wen habt ihr noch Orakel gefälscht? Etwa auch für Römer? Für Brutus und Cassius?«

»Auch für die. Ein positives Orakel läßt die Truppen besser kämpfen, läßt die Bevölkerung die Abgaben leichter zahlen, hält Bundesgenossen und Freunde bei der Stange. Hast du gedacht, Römer tun so etwas nicht? Es waren einige, die zu uns kamen. Er noch nicht«, eine Kopfbewegung in Richtung Marcus Antonius, »aber er hätte es auch noch getan, unser Angebot hat noch kein Staatsmann verschmäht.«

»Mäßige dich, Priester, ich warne dich. Weiter, was war mit dem Mord?« Antonius' Stimme war drohend.

»Nun, Antigonos hatte also Vigolos von meinem Treffen mit den Parthern erzählt, dieser kam zu mir und machte mir Vorwürfe wegen meiner Unvorsichtigkeit. Ich sei schuld an dem Problem, also müsse ich es auch beseitigen. Dafür sehe er nur einen Weg. Wenn ich es nicht täte, so müsse er den Vorwürfen des Antigonos offiziell nachgehen. Ich wußte, den Jungen zu töten war der einzige Ausweg. Denn wäre es zu einem Prozeß gekommen, hätte Vigolos Antigonos als Zeugen gegen mich benannt. Mir hätte keiner geglaubt.«

Antonius nickte, Silvanus schaute angewidert auf den an der Wand hockenden Chares. Mit welcher Unverfrorenheit diese hochangesehenen Männer, Priester des Apollon, Politik manipulierten und mit Menschenleben umgingen, das war unfaßbar.

Doch Chares sprach schon weiter. »So bestellte ich also bei Crassus einen Sklaven, wie ihr wohl wißt. Sonst wäret ihr ja nicht auf meine Spur gekommen. Ich wollte einen kaltblütigen, dummen, einen geborenen Verbrecher; daß er allerdings Sandalen stiehlt, damit hatte ich nicht gerechnet. Apollon läßt eben doch nichts ungestraft. Ich beauftragte den Thraker, Antigonos am Abend vor der Prozession zu töten, wenn er vom Artemis-Heiligtum kommen würde. Die Heilige Straße war um diese Zeit vollkommen ausgestorben, alle außer Antigonos und den Frauen aus dem Artemis-Heiligtum waren ja in Milet. Und er mußte ihn überraschen, sonst hätte er gegen Antigonos keine Chance gehabt. Es lief wie geplant, Poti lauerte ihm auf und erstach ihn. Doch dann hörte der Einfältling ein Geräusch, bekam Angst und lief davon, so erzählte er jedenfalls später. Sein Auftrag hatte gelautet, die Leiche verschwinden zu lassen, man sollte denken, Antigonos wäre einfach fortgegangen. Aus Liebeskummer, aus religiösen Gründen, was auch immer. Jeder hätte es geglaubt, so, wie er sich vorher verhalten hatte. Als ihr ihn dann an der Heiligen Straße fandet, war ich genauso betroffen wie ihr, denn dort hätte er nicht sein sollen. Aber alles wendete sich zu unserem Vorteil, ihr hattet Antiphon, und wir waren zufrieden, besonders Vigolos. Der Thraker, dem ich zur Belohnung die Freiheit versprochen hatte, mußte natürlich sterben.« Chares' Gesicht war jetzt zu einem häßlichen Grinsen verzogen. »Am Abend nach der Prozession kam er zu mir. Er sollte sich ein paar Tage im Gewölbe verstecken, so sagte ich ihm, bis wieder Ruhe eingekehrt wäre. Dann gab ich ihm den starken Wein mit Bilsenkraut und wartete, bis er tot war. Den Sklaven umzubringen machte mir nichts aus, Sklaven gibt es genug. Um Antigonos allerdings tat es mir dann leid. Es ist alles Vigolos' Schuld! Aber jetzt wird ihn seine gerechte Strafe ereilen. Er ist der Anstifter, wenn ich sterben muß, soll er mit mir sterben.«

Auf ein Kopfzeichen von Marcus Antonius legten die Legionäre Chares in Fesseln.

Chares begehrte auf: »Das dürft ihr nicht! Hier herrscht Asyl, das wißt ihr doch. Ihr dürft mich hier nicht gefangennehmen.«

Antonius sprang auf, er mußte sich sichtlich beherrschen, den Priester nicht zu schlagen. »Schweig! Du redest von Asyl? Du, der du gegen den Tempel, gegen Apollon gefrevelt hast? Du weißt doch, daß in solchen Fällen das Asyl unwirksam wird!« Mit einer ausholenden Handbewegung befahl er den Soldaten: »Bringt ihn weg. In das Gewölbe, in dem er den Sklaven hat verrecken lassen.«

»Ja, Imperator. Wo ist das Gewölbe?«

»Bei Jupiter, finde es heraus. Und bewacht ihn gut. In zwei Tagen wird er gekreuzigt.« Und an Chares gerichtet, zischte er: »Wer weiß noch von euren Machenschaften?«

»Niemand, Römer. Antigonos hatte keine Zeit mehr, es jemandem zu sagen.« Chares ging trotz seiner Fesseln mit Würde.

»Imperator«, fragte Silvanus in die eingetretene Stille, »was ist mit Vigolos?«

»Der wird freiwillig kommen, sobald er sieht, daß wir seinen Stellvertreter haben. Wir brauchen nur zu warten. Und zur Not stehen meine Legionäre vor den Eingängen, sollte er fliehen wollen. Aber das wird er nicht.« Antonius lächelte grimmig und griff nach seinem Becher. »Gute Arbeit, Silvanus. Ich sehe, mein Vertrauen in dich war voll gerechtfertigt. Salute! Auch dein Bericht über das Vorhaben der Parther war sehr hilfreich, wenn auch deine kleine Freundin da kräftig geholfen hat, nicht wahr? Ich werde mich bei ihr noch erkenntlich zeigen. Und du, mein Freund, hast du einen speziellen Wunsch, möchtest du einen hohen Posten in meinem Stab?«

Silvanus sah seine Chance. »Wenn du Bedarf an Magistraten hier in der Gegend hast, Marcus Antonius, würde ich mich freuen, deine Interessen vertreten zu können.«

Antonius, breitbeinig in seiner Prunkrüstung auf dem Hocker sitzend, sah ihn erstaunt an. »Oh, ich dachte, du wolltest an meiner Seite Karriere machen, mein Silvanus, mich auf der Reise durch meine Provinzen begleiten. Aber ich sehe, Laelia Bibula hat dir den Kopf verdreht. Nun, ich werde es mir überlegen. Bist du ...«

Der Prophetes stand in der Tür, hoch aufgerichtet, stolz. Antonius erhob sich, der purpurne Federbusch auf seinem Helm bebte, und ging auf Vigolos zu. »Laß uns bitte allein, Silvanus, erwarte mich in der Taberna Bibuli. Berichte von deinem Erfolg, gib bekannt, daß Chares in zwei Tagen hingerichtet werden wird, aber über die Hintergründe schweige!«

Verwirrt erhob sich Silvanus und sah im Gehen noch den zufriedenen Ausdruck in Vigolos' Gesicht.

⋆

Man feierte. Besser gesagt, man versuchte zu feiern, denn die rechte Stimmung kam nicht auf. Laelia und Silvanus, Illicia, Bibulus, Rubingetorix, Hani Rami und Tollimos saßen beim Festmahl an einem der Tische in der Schankstube. Trotz der erlesenen Speisen fehlte es allgemein an Fröhlichkeit. Nur Tollimos, der sich mit seiner Tochter ausgesprochen hatte, wirkte wie befreit und war so gelöst, wie man ihn schon seit Jahren nicht mehr gesehen hatte. Ausgelassen prostete er Rubingetorix zu, welcher, voll des Weines, ein gallisches Lied zum besten gab.

Man war bestürzt über die Enthüllungen. Antigonos, ermordet auf Veranlassung eines der bestangesehenen Männer des Ortes. Von Chares, dem Stellvertreter des Oberpriesters, gebildet, Schriftsteller, weit über die Grenzen Didymas bekannt. Unfaßbar! Dann die öffentliche Hinrichtung übermorgen, eine Kreuzigung, das war in Didyma etwas noch nie Dagewesenes.

»Chares, nein, das hätte ich nicht gedacht«, sagte Bibulus gerade zum ungezählten Male und griff nach einer Gänsekeule.

Laelia, die von Silvanus unter dem Siegel der Verschwiegenheit die Wahrheit erfahren hatte, faßte unter dem Tisch nach Silvanus' Hand und fragte leise: »Wo Antonius wohl bleibt? Was hat er vor?« Silvanus zuckte die Schultern.

Illicia, traurig auch wegen der Enthüllungen ihres Vaters, aber gefaßt, sah zur Tür. »Da kommt er.«

Marcus Antonius stand strahlend im Eingang. »Ich sehe, ihr feiert. Richtig so, meine Freunde. Gebt mir einen Becher, wir wollen auf die Lösung des Falles anstoßen und unseren großartigen Ermittler Silvanus Rhodius feiern!« Er nahm den Helm vom Kopf, warf den purpurnen Mantel achtlos auf einen Stuhl, entledigte sich seines Brustpanzers und setzte sich neben Illicia. »Ah, das tut gut. Dein Falerner, Bibulus, läßt einen Rom vergessen. Und du, Illicia, wirst das Geschehene aufzeichnen. Willst du meine persönliche Geschichtsschreiberin werden? Ein Bericht mit dem Titel: ›Marcus Antonius ordnet die östlichen Provinzen und rächt den Frevel an Apollon‹, das würde mir schon gefallen!« Er drehte sich zu ihr um und drückte ihr – vor aller Augen – einen Kuß auf die Wange. Illicia saß steif da und errötete heftig. Bibulus und Tollimos schauten entgeistert auf den Imperator, Hani Rami unterdrückte ein Kichern. Doch Antonius' gute Laune war ansteckend. Als er die hervorragende Mitarbeit aller Anwesenden lobte, und herzhaft den köstlichen Speisen zusprach, lockerte sich die Stimmung zusehends.

Nur die Mädchen blieben schweigsam.

Antonius berichtete von seinem Gespräch mit Vigolos. »Der Prophetes war von Chares' Machenschaften vollkommen überrascht und zutiefst getroffen, Freunde. Es sei seine Schuld, so sagte er, er hätte erkennen müssen, was in Chares vorging. Aber er habe sich in ihm getäuscht, als Vorgesetzter versagt. Und er hat recht. Man muß seine Leute kennen und wissen, in wen man sein Vertrauen setzt«, betonte er und faßte dabei Silvanus ins Auge. »In ihn, zum Beispiel. Silvanus Rhodius werde ich dem zukünftigen Statthalter dieser Provinz, Munatius Plancus, als Stellvertreter zur Seite stellen. Und wie ich Silvanus kenne, wird er mein Vertrauen nicht enttäuschen.«

Der zögerte einen unmerklichen Augenblick. Dann nickte er hocherfreut.

Antonius fuhr fort: »Vigolos als Verantwortlicher wird nach meiner Abreise den Apollon-Tempel in Didyma verlassen und nach Klaros in das dortige Heiligtum gehen, zuvor wird er hier seine letzte Amtshandlung vollziehen. Morgen werde ich eine Frage an das Orakel richten, und Vigolos wird mir Apollons Antwort mitteilen. Dann wird seine Zeit hier beendet sein.«

Alle tranken auf diese weise Entscheidung des römischen Imperators, als einer seiner Leibwächter an Antonius herantrat mit der Mitteilung, ein Sklave warte draußen, er wolle zu Illicia, der Tochter des Tollimos.

»Bring ihn herein«, sagte Antonius.

Schüchtern betrat ein junger Mann den Raum und schaute verlegen um sich.

Antonius deutete mit einer Kopfbewegung auf Illicia. Der Sklave trat vor sie hin und überreichte ihr unter einer tiefen Verbeugung ein Kästchen.

»Ein Geschenk von Euyonimos aus Ephesos, Herrin. Mit den besten Grüßen.« Illicia nahm mit zitternden Händen das Kästchen an sich, öffnete es, blickte auf die Schriftrollen, die Aristoteles in seinen Händen gehalten hatte, und sah Antonius an.

Dieser lächelte.

Nachwort

Die Handlung und alle Personen dieses Romans außer Marcus Antonius sind frei erfunden. Nicht erfunden hingegen sind Ort und historischer Rahmen. Der Apollon-Tempel in Didyma spielte tatsächlich im Altertum eine bedeutende Rolle und ist noch heute zu bewundern.

Marcus Antonius ist vor allem durch die tragische Liebesgeschichte mit Kleopatra bekannt. Man weiß auch, daß er nach dem Sieg von Philippi sein neues Herrschaftsgebiet bereiste, allerdings ohne genaue Zeitabfolge. Hier zeigt sich ein Dilemma für den Historiker – die Quellen liefern widersprüchliche Aussagen, sind ungenau oder fehlen gänzlich. Wir haben diese Ungenauigkeiten und Lücken genutzt, um sie für unsere Geschichte mit Leben zu füllen – so ist nicht überliefert, daß Antonius in Didyma war, aber auch nicht, daß er es nicht war. Und da der Einzug in Ephesos historisch belegt ist (Appian), liegt es nahe, Antonius von dort nach Didyma reisen zu lassen.

Noch ein Wort zu der Person des Marcus Antonius. Dieser wird von den antiken Geschichtsschreibern zwar als großzügiger, gefühlvoller und umgänglicher Mann gezeichnet, insgesamt entstand aber trotz seiner Qualitäten als Politiker und Feldherr bereits hier das Antonius-Bild des verliebten, der ägyptischen Königin hörigen Mannes, der sein römisches Erbe verrät. Die neuere Forschung kontert mit dem Hinweis, daß Geschichtsschreibung immer von dem Sieger und für den Sieger erfolgt, und der war Octavian, der spätere Augustus.

Es gibt Bereiche, in denen selbst unter den Gelehrten unterschiedliche Auffassungen bestehen. Hier haben wir uns die Freiheit erlaubt, die Theorien zu bevorzugen, die sich am besten in unsere Geschichte einfügten.

Wir danken allen, die uns geholfen haben.

Hannover/Köln, im November 1998

GLOSSAR

Adyton	Kulthof eines Tempels, zu dem in der Regel nur die im Dienst der Gottheit Stehenden Zugang hatten.
Agora	Meist rechteckiger von Wandelhallen (Stoas) umgebener öffentlicher Versammlungs- und Marktplatz.
Apollon	Gott der Weissagung, der Heilkunst, des Lichtes, der Wissenschaft und Künste im griechischen und römischen Mythos; Sohn des Zeus und der Leto, Zwillingsbruder der Artemis.
Artemis	Göttin im griechischen Mythos, Herrin der Jagd, der Tiere und der freien Natur, auch Geburtsgöttin und Beschützerin von Jugend und Jungfräulichkeit, Schwester Apollons.
Atrium	Mit einer rechteckigen Öffnung im Dach versehener Repräsentations- und Empfangsraum des römischen Hausherrn.
Attis	Ein schöner Hirte, der, einem unwiderstehlichen Drang folgend, seine Heimat verließ, nach Phrygien eilte und, nachdem er sich selbst entmannt hatte, in den Dienst der Göttin trat, die ihm keine Rückkehr gestattete.
Branchiden	Ehemaliges Priestergeschlecht des Apollon-Heiligtums in Didyma.
Branchos	Einheimischer Hirte, dem Apollon erschien und die Sehergabe verlieh, Stammvater der Branchiden.
Caldarium	Warmwasserbad in den Thermen.
Ceres	Altitalische Göttin des Wachstums der Ackerfrüchte, später gleichgesetzt mit der griechischen Göttin Demeter.
Chiton	Hemdartiges kleinasiatischen Vorbildern nachempfundenes Kleidungsstück im antiken Griechenland in kurzer oder langer Form, wurde gegürtet getragen, ungegürtet nur von Priestern.
Delphi	Ort in Griechenland; wichtiges Apollon-Heiligtum und Orakelstätte.
Delphinion	Heiligtum des Apollon Delphinios in Milet, Ausgangspunkt der Prozession nach Didyma.

Dionysos — Gott der Vegetation, des Weines, der Ekstase und der Fruchtbarkeit im griechischen Mythos.

Equites — Römischer Ritterstand, nach den Senatoren der zweite Stand im Römischen Reich.

Horus — Ägyptischer Welt- und Lichtgott, von den Griechen Apollon gleichgesetzt.

Impluvium — Wasserbecken unter der Dachöffnung des Atriums zum Auffangen des Regenwassers.

Ionier — Aus dem Peleponnes und Attika stammende Griechen, die im 11. und 10. Jh. v. Chr. die Kykladen und die Mitte der Westküste Kleinasiens mit den Inseln Samos und Chios besiedelten.

Isis — Ägyptische Göttin der Magie, Herrscherin der Unterwelt und Verkörperung der weiblichen Fruchtbarkeit, deren Einflußgebiet sich im 2. Jh. v. Chr. in das Römische Reich ausbreitete; sie stand an vielen Orten im Mittelpunkt von Mysterienkulten. Mutter des Horus; das häufig dargestellte Motiv der Isis mit dem Horus-Knaben ist das Vorbild der Darstellung Marias mit dem Kinde.

Jupiter — Der an der Spitze der römischen Götterhierarchie stehende Gott; gleichgesetzt mit dem griechischen Zeus.

Kapitell — Oberster, plastisch ausladender Teil einer Säule, eines Pfeilers oder Pilasters (Halbpfeilers).

Kithara — Ein der Leier verwandtes Saiteninstrument.

Kline — Liegemöbel, je nach Funktion wurde in Schlaf-, Eß- und Arbeitsklinen unterschieden.

Legion — Größter Truppenverband des römischen Heeres, bestehend aus 4000 bis 6000 Fußsoldaten, 300 Reitern und Troß, mit Adler als Feldzeichen.

Legionär — Römischer Soldat, Mitglied einer Legion.

Leto — Tochter des Titanen Koios und der Phoibe, Mutter von Apollon und Artemis.

Mithras-Kult — Mysterien-Kult, ausgehend vom indoiranischen Gott Mithras; im Römischen Reich ein mit der Sonne in Verbindung stehender Erlösergott, vor allem von Legionären verehrt.

Mysterien — Kultische Feiern, deren Teilnehmer sich »einweihen« lassen mußten.

Nubier — Äthiopischer Volksstamm im früheren Nubien, südlich von Ägypten, heutiger Sudan.

Orchestra — Die zwischen Bühnenhaus und der Zuschauertribüne gelegene Spielfläche im Theater.

Parther — Iranisches Volk, das auf der Höhe seiner Macht das Gebiet vom Euphrat bis zum Indus beherrschte.

Peristyl	Ein mindestens auf drei Seiten von Säulen umgebener Innenhof des griechischen Wohnhauses.
Priapos	Kleinasiatischer Fruchtbarkeitsgott, dessen Symbol der Phallus war.
Prokonsul	Provinzstatthalter nach seinem Amtsjahr als Konsul
Prophetes	Vorsteher des Orakels im Apollon-Heiligtum; das Amt wechselte jährlich und wurde meist zehn Jahre nach der höchsten staatlichen Würde in Milet (Stephanephorie) bekleidet.
Prophetis	Medium des Orakels in Didyma, das die Antworten von Apollon empfängt; entspricht der Pythia in Delphi.
Prytaneion	Städtisches Amtsgebäude, entsprach in der Anlage vornehmen Wohnhäusern.
Stephanephoros	Höchstes Staatsamt in Milet.
Subura	Stadtteil in Rom.
Stoa	Säulenhalle. In Heiligtümern (wie auch in Didyma) diente sie zur Aufbewahrung und Ausstellung von Weihegeschenken; an der Agora als Wandelhalle und städtisches Kommunikationszentrum, welches den Platz umgab und hinter dem Gang häufig Läden und Speiseräume enthielt.
Tarate	Altmesopotamische Göttin mit priapeischen Symbolen.
Thermen	Badeanlagen.
Thyrsosstab	In einem Pinienzapfen auslaufender mit Efeu und Weinlaub umwundener Stab des Dionysos und seines Gefolges.
Tresviri Capitales	Da es in der römischen Republik keine Polizei als solche gab, waren Tresviri Capitales sowie Ädilen jeweils mit Teilbereichen der öffentlichen Ordnung beauftragt. Belegt sind für die Tresviri Capitales Zuständigkeiten in den Bereichen des nächtlichen Brandschutzes, der Aufsicht über Gefängnisse und Exekutionen sowie der Bestrafung von flüchtigen Sklaven. Weiterreichende Aufgaben können angenommen werden.
Triere	Dreiruderer, Kriegsschiffstyp des Altertums.
Tunika	Römisches Unter- und Obergewand von Männern und Frauen, im Normalfall gegürtet getragen.
Vestalinnen	Die sechs jungfräulichen Priesterinnen der Vesta (altitalische Göttin des Herdfeuers), die das Herdfeuer des römischen Staates hüteten.
Zeus	Der an der Spitze der griechischen Götterhierarchie stehende Gott; gleichgesetzt mit dem römischen Jupiter.

Personen

Marcus Antonius	römischer Politiker und Oberbefehlshaber, Herrscher über den Osten des Römischen Reiches, Triumvir (zweites Triumvirat: Antonius, Octavianus, Lepidus)
Silvanus Rhodius	römischer Ermittler
Lucida	Ehegattin des Silvanus Rhodius in Rom
Illicia	junge Frau in Didyma, Tochter des Tollimos und Freundin von Laelia
Laelia	junge Frau in Didyma, jüngere Tochter des Bibulus und Freundin von Illicia
Tollimos	ehemaliger Priester des Apollon, Vater von Illicia
Flusia	nubische Sklavin Illicias
Quintus Bibulus	Besitzer der Herberge Taberna Bibuli in Didyma, Vater von Laelia und Offilia
Offilia	nicht mehr ganz so junge Frau in Didyma, ältere Tochter des Bibulus, Ehegattin des Rubingetorix
Rubingetorix	gallischer Flötenspieler, Offilias Ehegatte
Monoculos	nahezu blinder Sklave Laelias
Thabea	Sklavin des Bibulus
Hani Rami	ägyptischer Arzt
Vigolos	Oberhaupt des Apollon-Tempels in Didyma, Prophetes
Chares	Stellvertreter Vigolos'
Antigonos	Priester des Apollon, Athlet, Quasi-Verlobter Illicias
Leonidas	Vater des Antigonos
Sophonisbe	Mutter des Antigonos
Die Alte	Wirtin des Antigonos
Sylphides	Priester im Apollon-Heiligtum in Didyma
Androchai	Priester im Apollon-Heiligtum in Didyma
Xopathes	Priester im Apollon-Heiligtum in Didyma
Phryne	Prophetes im Apollon-Tempel

Bandenia	Oberpriesterin des Artemis-Heiligtums
Thalia	Mädchen aus dem Artemis-Heiligtum
Panthella	Mädchen aus dem Artemis-Heiligtum
Antiphon	schöner delphischer Athlet
Sextus Crassus	Bordellbesitzer, Sklavenhändler, Freigelassener von Marcus Licinius Crassus
Nefer	ägyptische Sklavin des Sextus Crassus
Tergetes	Sklave des Sextus Crassus
Mithriventes	Mitglied der parthischen Delegation, der Sohn der Großnichte des parthischen Königs Orodes
Erymanthes	Gastgeber in Priene
Apollodoros	Neffe des Erymanthes, zu Besuch bei seinem Onkel
Euyonimos	Gastgeber in Ephesos
Nestor	Sohn von Euyonimos
Pleistos	Baumeister in Ephesos
Poti	Ein thrakischer Sklave
	Sowie weitere Gastwirte, Händler, Bürger, zahlreiche Legionäre, Arbeiter, Sklaven und ein Reiseführer
Gaius Julius Caesar	Mitglied des 1. Triumvirats (Caesar, Pompeius, Crassus), römischer Feldherr, Politiker und Diktator, ist schon tot
Octavian	römischer Politiker, Oberbefehlshaber im Westen des Römischen Reiches, Mitglied des 2. Triumvirats, der spätere Augustus
Brutus und Cassius	Mörder Caesars, sind auch schon tot
Munatius Plancus	Feldherr des Marcus Antonius, später Statthalter der Provinz Asien
Marcus Licinius Crassus	römischer Feldherr und Politiker, Mitglied des ersten Triumvirats, fiel im Feldzug gegen die Parther
Fulvia	dritte Ehefrau des Marcus Antonius
Orodes	parthischer König
Cicero	römischer Politiker, Redner und Jurist
Catullus	römischer Dichter

Die kursiv gedruckten Personen haben real existiert.